U0723441

纪德精选集

上

[法] 安德烈·纪德 著

李玉民 译

中国友谊出版公司

图书在版编目（CIP）数据

纪德精选集 ／（法）安德烈·纪德著；李玉民译
. —— 北京：中国友谊出版公司，2019.1（2021.5重印）
ISBN 978-7-5057-4121-8

Ⅰ．①纪… Ⅱ．①安… ②李… Ⅲ．①小说集－法国
－现代②散文集－法国－现代 Ⅳ．①I565.15

中国版本图书馆CIP数据核字(2017)第174235号

书名	**纪德精选集**
作者	[法]安德烈·纪德
译者	李玉民
出版	中国友谊出版公司
发行	中国友谊出版公司
经销	新华书店
印刷	文畅阁印刷有限公司
规格	880×1230毫米　32开
	24印张　450千字
版次	2019年2月第1版
印次	2021年5月第2次印刷
书号	ISBN 978-7-5057-4121-8
定价	128.00元
地址	北京市朝阳区西坝河南里17号楼
邮编	100028
电话	(010) 64678009

电话　(010) 59799930-601

目录

译者序

一

　　法国二十世纪作家中，若问哪一个最活跃、最独特、最重要、最容易招惹是非，又最不容易捉摸，那恐怕就非安德烈·纪德莫属了。有哪个作家活着的时候能够做到，让"右翼和左翼的正统者联合起来反对他"呢？又有哪个作家死的时候还能够做到，人们老大不乐意还得写悼念他的文章，将重重尴尬与怨恨编织成献给他的花圈呢？同那些虚伪的、思想狭隘而令人作呕的悼念文章相反，萨特和加缪所写的纪念文章则显示出感情的真挚，认识深刻而评价中肯。

　　萨特在《纪德活着》一文中写道："思想也有其地理：如同一个法国人不管前往何处，他在国外每走一步，不是接近就是远离法国，任何精神运作也使我们不是接近就是远离纪德……近三十年的法国思想，不管它愿意不愿意，也不管它另以马克思、

01

黑格尔或克尔凯郭尔作为坐标，它也应该参照纪德来定位。"

加缪在《相遇安德烈·纪德》一文中则写道："纪德对我来说，倒不如说是一位艺术家的典范，是一位守护者，是王者之子，他守护着一座花园的大门，而我愿意在这座花园里生活……向我们真正的老师献上这份温馨的敬意是理所当然的。对他的离去，一些人散布的那些无耻谰言，无损于他的一根毫发。当然，那些专事骂人的人至今对他的死仍猖猖不休；有些人对他享有的殊荣表现出酸溜溜的嫉妒，似乎这种殊荣只有不分青红皂白地滥施才算公正。"

两位大师从不同的立场与认识出发（尤其萨特能站在与纪德的分歧之上），不约而同地向纪德表示了敬意，这就从两个方面树立了榜样，表明不管赞成还是反对纪德，只有透彻地理解他，才有可能公正地评价他在法国文坛的地位和影响。

然而，漫说透彻，就是理解纪德又谈何容易。别的先不讲，拿诺贝尔文学奖评审委员会来说，就曾以不同的态度对待罗曼·罗兰和纪德，这正是基于对纪德的深刻不理解。

罗曼·罗兰(1866—1944)和安德烈·纪德(1869—1951)生卒年代相近，都以等身的著作经历了二十世纪上半叶，算是齐名的作家。然而，罗曼·罗兰于一九一五年就获得了诺贝尔文学奖，纪德还要等三十二年之后，到一九四七年，在七十八岁的高龄才获此殊荣，是因其"内容广博和艺术意味深长的作品——这些作品以对真理的大无畏的热爱，以敏锐的心理洞察力表现了人类的问题与处境"。

其实，纪德的重要作品，到了二十世纪一二十年代，绝大部分都已经发表，主要有：幻想小说《乌连之旅》(1893)、先锋派讽刺小说《帕吕德》(1895)、散文诗《人间食粮》(1897)、小说《背德者》(1902)、日记体小说《窄门》(1909)、傻剧《梵蒂冈的地窖》(1914)、日记体小说《田园交响曲》(1919)、小说《伪币制造者》(1926)、自传《如果种子不死》(1926)。此后，纪德虽然还发表了大量的戏剧作品、游记、日记和通信集，但是他的主要文学创作活动到一九二六年就告一段落了，人称"文坛王子"的地位已经确立，当然也就无愧于获奖的那段评语了。但是，诺贝尔奖的评委们还要花上二十多年的时间，才算弄懂了纪德。的确，纪德的一生和他的作品所构成的世界，就是一座现代的迷宫。

通常所说的迷宫，如古希腊神话传说中的克里特岛迷宫，人进去就会迷路，困死在里面。忒修斯是个幸运者，他闯进迷宫，杀死了牛头怪弥洛陶斯，不过也多亏拉着阿里阿德涅的线团，才最终走出来。然而，纪德的迷宫则不同，它不仅令人迷惑，还有一种不可思议的特点：一般人很难进入。他的每部作品，都是他这座迷宫的一道窄门；他的许多朋友、绝大部分读者，从这种窄门挤进去，仅仅看到一个小小的空间，只好带着同样的疑惑又退了出来。至于他的敌人，往往连窄门都闯不进去，只好站在门口大骂一通了。

事实上，在很长一段时间，无论为友为敌，还是普通读者，大都未能找见连通这些作品的暗道密室，未能一识纪德整座迷宫的真面目。克里特岛迷宫中有牛头怪，纪德迷宫中有什么呢？

纪德迷宫中，有的正是纪德本人。

换言之，纪德笔下的神话人物忒修斯进入的真正迷宫，正是纪德本人。

二

纪德生于巴黎，是独生子，父亲是法律学教授，为人平易随和，读书兴趣广泛，往儿子幼小的心灵播下了爱好文学的种子。母亲本家是鲁昂的名门望族，十分富有，安德烈·纪德一生衣食无忧，在库沃维尔有庄园，在巴黎有豪华的住宅，全是母亲留给他的遗产。纪德早年体弱多病，异常敏感好奇。不幸的是他十一岁时，性情快活、富有宽容和启迪精神的父亲过早辞世，只剩下凝重古板、生活简朴并崇尚道德的母亲，家庭教育失去平衡。母亲尽责尽职，对儿子严加管教，对他的行为、思想，乃至开销，看什么书，买什么布料，都要提出忠告。直到一八九五年母亲去世，纪德才摆脱这种束缚的阴影，实现他母亲一直反对的婚姻，同他表姐玛德莱娜结合，时年已二十六岁了。

纪德受到清教徒式的家庭教育，酿成了他的叛逆性格，后来他又接受尼采主义的影响，全面扬弃传统的道德观念，宣扬并追求前人不敢想的独立和自由。纪德自道："我的青春一片黑暗，没有尝过大地的盐，也没有尝过大海的盐。"纪德没有尝到欢乐，青春就倏忽而逝，这是他摆脱家庭和传统的第一动因："我憎恨家庭！那是封闭的窝，关闭的门户！"他过了青春期才真正焕发了青春，要拥抱一切抓得到的东西，表现出了前所未有的激情。在懂得珍惜的时候，能获得第二个青春，应是人生最大的幸福。尤为难能可贵的是，纪德身上久埋的青春激情，一直陪伴他走完一生。

被称为"不安的一代人的圣经"的《人间食粮》，正是作者这种青春激情的宣泄，是追求快乐的宣言书《人间食粮》充斥着一种原始的、本能的冲动，记录了本能追求快乐时那种冲动的原生状态；而这种原生状态的冲动，给人以原生的质感，具有粗糙、天真、鲜活自然的特性。恰恰是这些特点，得到了青年一代的认同。长篇小说《蒂博一家》的《美好的季节》一章中，有一个情节意味深长：主人公发现了《人间食粮》，说"这是一本你读的时候感到烫手的书"。纪德成为"那个时代青少年最喜爱的作家"（莫洛亚语），正是因为他的作品道出了青少年的心声。

莫洛亚还明确指出："那么多青少年对《人间食粮》都狂热地崇拜，这种崇拜远远超过文学趣味。"青年加缪看了纪德的

《浪子回家》，觉得尽善尽美，立即动手改编成剧本，由他执导的劳工剧团搬上舞台演出。的确，青少年在纪德的作品中，更多的是寻求文学趣味之外的东西，是纪德直接感受事物，直接感受生活的那种姿态。纪德甚至要修正一个著名的哲学命题"我思，故我在"，代之以"我感知，因此我存在"，将直接感受事物的人生姿态，提到前所未有的高度。

大多数人总是这样考虑："我应当感受到什么？"而纪德时时在把握："我感受到什么？"他的感官全那么灵敏，能突然同时集中到一个点，集中到一个事物上，将生命的意识完全化为接触外界的感觉，或者，将接触外界的感觉完全化为生命的意识。他将各种各样的感觉，听觉的、视觉的、嗅觉的、味觉的、触觉的，全都汇总起来，打成一个小包，如纪德所说："这就是生命。"同样，纪德将感受事物的战栗，化为表达感受的战栗的语句，这就是用生命写出来的作品。读纪德的作品，最感亲切的，正是通过战栗的语句，触摸到人的生命战栗的快感。可以说纪德著作的主旋律，就是感觉之歌、快乐之歌、生命之歌。

纪德认为，在人生的路道上，最可靠的向导，就是他的欲望："心系四方，无处不家，总受欲望的驱使，走向新的境地……"应当指出，早在童年和少年时期，纪德就特别迷恋《一千零一夜》和希腊神话故事，他虽然受母亲严加管教的束缚，但还是能经常与阿里巴巴、水手辛伯达为伴，与尤利西斯、普罗米修斯、忒修斯为伴，在想象中随同他们去冒险、去旅行，从而形成了他那不知疲倦的好奇心。进入第二个青春期，他那种好奇心就变成层出不穷的欲望。他同欲望结为终身伴侣。他一生摆脱或放弃了多少东西，包括家庭、友谊、爱情、信念、荣名、地位……独独摆脱不掉欲望。欲望拖着他到处流浪，将半生消耗在旅途上，尤其是北非，不知去过多少趟，甚至几度走到生命灭绝、唯有风和酷热猖獗的沙漠。而且，直到去世的前一个月，已是八十二岁高龄的纪德，还在安排去摩洛哥的旅行计划。可见，纪德同欲望既已融为一体，就永无宁日：一种欲望满足，又萌生新的欲望，"层出不穷地转生"。他在旅途上，首先寻找的不是客店，而是干渴和饥饿感，也不是奔向目的地，而是前往新的境界，要见识更美、更新奇的事物，寻求更大的快乐："下一片绿洲更美"，永远是下一个。他的旅途同他的目的地之间，隔着他的整整一生。他随心所欲，要把读他的人带到哪里？读者要抵达他的理想，他的目的地，就必须跟随他走完一生。

纪德认为，一位真正的艺术家所应当作的，"不是原原本本地讲述他经历的生活，而是原原本本经历他要讲述的生活。换句话说，将来成为他一生的形象，同他渴望的理想形象合而为一了；再说得直白点儿：成为他要做的人"（《日记》1892 年）。

"原原本本地讲述他经历的生活"，这样做需要十倍的勇气；而"原原本本经历他要讲述的生活"，写出这样的话就需要百倍的勇气，再言出必行则需要千倍的勇气。因为他提出的放纵天性，"做我们自己"，在当时的社会就是"大逆不道"，他必须"无法无天"，才能挣脱家庭和传统道德的束缚，赢得随心所欲、成为真我的自由。

纪德首先意识到，他在家庭教育的影响下，总是有意无意地压抑自己的天性，长此下去就要成为社会普遍认可的"完人"，即符合传统道德而天性泯灭的人。其次，他也看到当时文坛活跃的两大流派，象征派诗人如马拉美等，完全"背向生活"，而天主教派作家，则以一种宗教的情绪憎恨生活。更多的无聊文人身负的使命，就是掩饰生活。总而言之，在纪德看来，人们遵照既定的人生准则，无不生活在虚假之中。因此，必须同虚假的现实生活背道而驰，走一条逆行的人生之路，才能返回真正的生活。于是，他给自己定下的人生准则，就是拒绝任何准则："我决不走完全画好的一条路。"（《如果种子不死》）

同样，他也"要文学重新投入人生这个源泉中去"（《纪德谈话录》），并且大力实践，相继发表了《帕吕德》《乌连之旅》《背德者》《浪子回家》等等，尤其《人间食粮》和《如果种子不死》，前者是追求感官快乐的宣言书，后者是他同传统道德教育的一次彻底清算。

纪德就是这样，开着自制的、以行和以文为双组发动机的新车，动力十足地闯进社会，逆向行驶，横冲直撞，撞倒了路标指示牌，撞翻了许多路障。有人不禁惊呼：纪德是常规行为和传统道德的"颠覆者"，也是文学的"颠覆者"。

的确，纪德在做人和做文两方面，都百无禁忌，特立独行：他无视传统习惯，揭露约定俗成，打乱各种规则，冲破各种限制，挣断一条条有形和无形的锁链，从而引起无数惊诧和愤怒，招来无数谩骂和攻击。纪德的敌人在抨击他的长篇大论中，却也触及了他这些作品的核心：人的概念，即在没有上帝的世界中，人存在的理由。尼采说上帝死了，纪德反反复复探索了大半生，最后也走向无神论："独我的崇拜还能把上帝创造出来，崇拜可以离开上帝，而上帝却离不开崇拜。"于是提出没有上帝，人应该怎么办。人的问题，历来就是上帝的问题，灵与肉分离，鄙弃罪孽的尘世，但求灵魂的拯救。纪德一旦认识到上帝不存在，就主张追求肉欲的快乐并不是罪孽："您凭哪个上帝，凭什么理想，禁止我按照自己的天性生活呢？"他在《人间食粮》中完成的这种解放，在三十年后发表的《如果种子不死》中又有回响。

多样性是人类的一种深厚的天性，没有了上帝，人要做真实的自我，选择存在的方式就有了无限可能性。纪德感到他"自身有千百种可能，总不甘心只能实现一种"。（《日记》1892 年）他显然得出这样的结论：不应该选定一种而丧失其余的一切可能，要时刻迎候我的内心的任何欲念，抓住生活的所有机遇。

生活犹如他童年所看的万花筒，能变幻出光怪陆离的奇妙图景。这种生活的复杂却同他内心的复杂一拍即合。纪德在《如果种子不死》中写道:"我是个充满对话的人;我内心的一切都在争论,相互辩驳。""复杂性,我根本不去追寻,它就在我的内心。"正是这种内心的复杂所决定,纪德面对生活的复杂无须选择,仅仅随心所欲去一一尝试。

纪德认为,有多少相互敌对的欲望和思想,共处并存在我们身上,人有什么权力剥夺这种思想或那种欲念存在呢?要完完全全成为真实的自我,就必须让自身的差异和矛盾充分表现出来,决不可以想方设法去扼杀不协调的声音。

上帝死了,人还活着,人取代了上帝空出来的位置。这种完全获取了自由的人,虽然不能全能,却能以全欲来达到上帝全能的高度,才无愧于争得的自由。因此,人必须不惜一切代价,全面把握各种各样的生活真实,体验各种各样的生存形态,自由享用人间的所有食粮。

《梵蒂冈的地窖》第五篇第三节中,有这样一段意味深长的情节。朱利尤斯·德·巴拉利乌尔同拉夫卡迪奥讨论无动机的行为,朱利尤斯说了这样的话:"我们伪造生活,怕的就是它不像我们当初的自画像,这很荒谬。我们这样做,就可能把最好的东西给歪曲了。"接着,他又问拉夫卡迪奥:"……您理解'自由的天地'这几个字的意思吗?"

伪造生活,这是世人最荒谬的悲剧,因为歪曲的,可能恰恰是生活中最好的东西。朱利尤斯一旦摆脱了节制他生活的礼仪习惯，眼前呈现出真正的生活空间，一片自由的天地，他就不禁万分惊愕。他注视那片陌生的空间，不见一块禁止通行的标牌，也不见规定的路线，连指示方向的牌子也没有一块。自由的天地，就意味着可以走任何路线；既没有地图，也没有向导，只好独自往前走，身边没有助手，身后更没有牵着线团的阿里阿德涅，必须独自一个人去冒险。

在自由的天地中，如果只选定一个目标，只定一条路线，那么也就冒一种危险，事情就简单多了；好与坏、乐与苦各居一半几率。然而，面对自由的天地、陌生的空间，根本不做任何选择，或者说无一舍弃地选择整个生活空间，无一遗漏地要走所有可能的路线，那么，也就没有止境地去冒层出不穷的危险了。

生活的好坏与苦乐，不可预设，也不能预知，只能遍尝之后才能确认，因此，纪德的一生，他创作的一生，就是不放过任何可能性，永远探索，永远冒险。这种不加选择的全面选择，我们权且称为全欲。全欲就意味全方位地体验人生，全方位地思索探求，不惜品尝辛酸和苦涩、失望和惨痛。全欲，就意味不专，不忠，不定。不专于一种欲望，不忠于一种生存形态，不定于一种自我的形象。与这种全欲的生活姿态相呼应，纪德的文学创作也不选定一个方向，要同时朝各个方向发展，从而保留所有创作源泉，维护完全的创作自由。

11

纪德全方位的生活姿态，同他多方向的创作理念，就这样形成了互动的关系。他为了充分掌握人生的全部真实，就进入生存的各种形态，不能身体力行的，就由作品的人物去延伸，替他将所能有的欲望推向极致。另一方面，他那些迥然不同、相互矛盾的作品，写作和发表的时间虽有先后，但大多是同时酝酿构思的。可以说，没有后面谴责那种追求瞬间和感官刺激的《扫罗》，就没有前面的《人间食粮》；而没有前面《背德者》中那个为了感官的享乐就背弃道德的人物，也不会有后面《窄门》中那个压抑正常感情的清教徒的故事。

因此，以定格、定势、定型的尺度去衡量，去评价纪德的一生和他的作品，总要陷入矛盾和迷茫之中。纪德的这座迷宫，就好像变幻莫测的大海：没有定形的大海……惊涛骇浪向前推涌，波涛前后相随，轮番掀起同一处海水，却几乎没有使其推移。只有波涛的形状在运行，海水由一道波浪涌起，随即脱离，从不逐浪而去。每个浪头只在瞬间掀动同一处海水，随即穿越而过，抛下那处海水，继续前进。我的灵魂啊！千万不要依恋任何一种思想！将你每个思想抛给海风吹走吧，绝不要带进天国。

如果以主题词的方式，从总体上描述纪德的一生及其创作，那么用"动势""变势"，也许比较贴近吧。应当说，贯串纪德的一生及其全部作品的，正是一种动势、一种变势。

纪德就属于那些不断地蜕变，否则就不能生长的物种。每天清晨，他都要体味新生的感觉，体味新生感觉的温馨；每天清晨，他都要丢下昨日的躯壳，上路去迎接新生。未知物的孕育、艰难的更新，生命在纪德的身上就是这样不断隐秘地运行，神秘地再生；新的生命在他体内成形，那新生命即将是他，又和原来的他不同。

同样，纪德笔下的各种人物，无论是追求生活幻梦的乌连、时时在调侃的《帕吕德》中的那个主人公，还是《浪子回家》中的那个浪子，无论是《伪币制造者》中那位小说家爱德华、《梵蒂冈的地窖》中的那个"无动机行为"的拉夫卡迪奥，还是《田园交响曲》中的那个牧师，以及普罗米修斯、扫罗、康多尔王、柯里东、忒修斯，等等，无论哪一个都是纪德的一种生活尝试、一个心灵的影子，一种欲望的演示，都是纪德的一部分，又不能代表纪德的全部。

纪德的文学创作同他的生活一样，极力避开任何责任的路标，只靠好奇心，靠求知和创新的欲望来指引。他始终处于警觉状态，唯恐稍有疏忽就要重复自己，或者走上别人的老路；他坚决摈弃"共同的规则"，不写别人已写出或者能写出的作品，因而，他的每部新作，都与世上已有的作品，与他此前的作品迥然不同。他的某些作品甚至模糊了体裁的界线，究竟是随笔、散文诗、小说、叙事，还是别的什么，让批评家无法分类。傻剧又是小说，不伦不类。而他称之为唯一小说的《伪币制造者》，更是前所未见：叙述的多视角、空间的立体和层次感，尤其"景中景"、小说套小说复杂而奇妙的结构，的确是小说创作的一次革命。

纪德自由行动在无限广阔的空间，不选择方向也就不怕迷失方向；那么进入纪德迷宫的读者，不预先设定方向也就不会迷失方向了。

三

纪德令人迷惑的多变，就是他总拿已知去赌未知，拿他的全部过去，再去赌新的未来。他时而疾驰，时而急停，不断地变换方向，不断地猛转弯，从一个极端跳到另一个极端，甚至做出惊世骇人之举。纪德的惊世骇人之举，影响面最大的要数殖民地事件和访问苏联，这也是右翼和左翼正统者永远也不肯饶恕纪德的两大事件。

一九三六年六月十七日，纪德应苏联作协的盛情邀请，由五位左翼作家陪同访问了苏联，至八月二十一日回国，历时两月有余。归国不久便发表《访苏联归来》，三万多字的短文，加上次年出版的《附录》《补正》等材料，也不足十万字，可是却掀起轩然大波。一夜之间，纪德就从苏联和共产主义的友人变成"敌人"。当年那种辩论和攻击的激烈程度，只有经过重大政治运动的人，才能有所领会。

事过六十余年，尤其在我国十年浩劫结束，苏联解体之后，那场大辩论和本书所涉及问题的是是非非，早已十分明了，再谈文中这些批评和见解如何正确和基于善意，而攻击他的那些观点又如何荒谬和偏执，今天看来就显得有些多余了。我们固然佩服纪德的先见之明：早在半个世纪前，他就看出苏维埃政权要解体的种种征兆，并且提出了忠告。我们固然也钦佩纪德坚持正义的勇气：在世界范围左翼思想形成主流思潮的红色三十年代，他敢于冒天下之大不韪，站出来讲真话，触怒当时以苏联为核心的进步力量。对与错，从来就不能以一个政党、一条路线或一种思潮来划分，这一点早已被历史屡屡证明了。今天读《访苏联归来》，最引人深省的，还是纪德这次面对大是大非急转弯的思想轨迹和心理历程。我们在敬佩之余，要看一看一代知识分子的佼佼者，如何不避艰险，走了这样一段历程。

二十世纪二三十年代，世界刚刚经历了一次大战的灾难，法西斯主义又崛起，表现出咄咄逼人之势，而英、法等老牌资本主义国家养痈成患，越发暴露出虚弱、腐朽的一面。人类的命运与前途又遇到空前的挑战。一些有良知的知识分子，怀着忧患的意识，开始纷纷转向新型的苏维埃政权，把它看成是人类的希望。不能说他们这种选择，都是因为过分天真和狂热，至少像纪德这样特立独行的人，是经过充分思想准备的，绝非轻易受迷惑和轻

15

率的决定。

纪德生在新教家庭，受传统道德的禁锢，青春一旦失而复得，他的心灵就变成开在十字路口的客栈。他以百倍的激情，去做他青年时代该做而未做的事情——追求快乐。为此，他完全摈弃了传统道德和价值观念，拒绝任何生活准则，要享受真正的生活，做个真实的人。不要小看这"真实"二字，他一生如果有准则的话，这就是他的最高准则。从而他最憎恶虚假，他拒绝和鄙视的，大多是他认为虚假的东西。不过，他还仅限于追求个人自由和人生的快乐，不大关心社会和政治问题。

一九二五年七月十四日，他同友人动身去刚果和乍得旅行，次年五月回国，他就猛烈抨击殖民制度和大公司对土著民族的残酷剥削，发表了《刚果之行》和《乍得归来》。这样，围绕殖民地问题，议会里、报刊上都展开了大辩论，政府不得不派团去调查。纪德预言，照这样统治下去，殖民制度维持不了多久。抛开这场辩论的社会意义和纪德的论断正确性不谈，经过这个事件，纪德的思想里增添了一个重要的观念：正义。

进入三十年代，纪德越来越关注苏联在政治和社会方面所做的努力，也越来越同情共产主义。一九三四年一月，纪德和马尔罗曾去柏林面见希特勒的干将戈培尔，要求释放季米特洛夫和被关押的共产党人。同年，纪德进入反法西斯作家同盟警惕委员会。一九三五年六月，纪德主持召开了世界保卫文化作家代表大会。他成为苏联和共产主义的伟大朋友，究竟有什么思想基础呢？

纪德自道："引导我走向共产主义的，并不是马克思，而是《福音书》……"这不是戏谑之言。三十年来的创作生涯，他在作品中仅仅传播自由，而不是宣扬信仰，只因他没有信仰可宣扬。但这不等于说他不在寻觅。他反复阅读过《福音书》，做了笔记并写成小册子《你也是……》，从基督教教义中找到了他一直寻求的东西：不带宗教的基督教理想，没有教条的伦理；同样，他在共产主义学说中看到了没有家庭、没有宗教的社会理想。

他在一九三五年出版的《新食粮》中写道："快乐对我来说，就不仅像过去那样是一种天生的需要，还成为一种道德的义务。"纪德这个"背德者"能谈道德和义务，思想变化何其大啊。而且，他也不是空谈道德，在《新食粮》中还写道："我的幸福就在于增添别人的幸福，我有赖于所有人的幸福，才能实现个人幸福。"

维护虚假的东西，就要丧失他终生最看重的人格，也违背重大抉择从不以功利为前提的品性。"我认为真诚之所以重要，正因为事关大多数人和我本人的信仰。"这就不仅仅是做人的真诚，而是信仰的真诚了。"在我的心目中，还有比我本人更重要、比苏联更重要的东西，这就是人类，这就是人类的命运、人类的文化。"

纪德与众最大的不同，就是将他对待生活和写作的态度贯彻到底，原原本本经历他要讲述的生活……成为他要做的人。这就是他多变中贯彻到底的不变。

纪德的一生和他的作品，可以等同起来。

纪德原原本本经历了（包括心灵的行为）他要讲述的生活；同样，他的作品也原原本本地讲述了他经历（包括心灵的轨迹）的生活。没有作弊，也没有美饰。倒是他在《柯里东》《如果种子不死》等篇中暴露自己的同性恋癖，是令"亲痛仇快"的事。

萨特在悼念纪德的文章中写道：

> 他为我们活过的一生，我们只要读他的作品便能重活一次。纪德是个不可替代的榜样，因为他选择了变成他自身的真理。

纪德是在人生探索、文学创新两方面，都为后人留下最多启示的作家，他的书是每次重读都有新发现的作品，是让人思考、让人参与的作品。

李玉民

人间食粮

这就是我们在人间所吃的粮食。

——《可兰经》第 2 卷第 23 章

1927 年版序言

这是一本寻求逃避、寻求解脱的书，人们照例认为这是我的自述。我谨借这次再版的机会，向新读者说明几点，让他们更准确地把握写作本书的背景和动机，从而不那么看重它。

1.《人间食粮》这本书的作者，即或不是一个病人，也至少是一个正在康复的人，一个刚刚病愈的人，一个患过病的人。他就像险些丧命的人那样，拥抱生活，抒发情感未免显得过分。

2. 我写这本书的时候，正值文坛矫揉造作之风盛行、气氛沉闷不堪之际，因而觉得文学亟须重新接触大地，赤足扎实地踏在地面上。

这本书如何严重地触犯了当时的审美观，只需看它完全遭到冷落就明白了。没有一个评论家谈到它。十年期间，仅售出五百本。

3. 我写这本书的时候刚好结婚，生活固定下来，甘愿放弃自由，但是在这本作为艺术品的书中，我又立刻疾呼讨回自由。自不待言，我写这本书时，完全是坦率的，而且在披露内心时也同样坦诚。

4. 这里还补充一点：我说过不会停留在这本书上。我在书中描绘漂泊不定、无拘无束的状态，勾画出轮廓，就像小说家勾画主人公一样：那主人公同他相像，但又是他创造出来的；即使在今天看来，我勾画那种状态时并未脱离我自身，也可以说，我并未脱离那种状态。

5. 别人通常按照这本为青年写的书来评价我，就好像《人间食粮》中的伦理道德，就是我一生的伦理道德，就好像我没有带头遵循我在书中对青年读者提出的忠告："丢掉我这本书，离开我吧。"不错，我就随即离开了我写《食粮》那时的我，因此，我现在检查自己的一生，发现主导方面远远不是反复无常，反倒是始终如一。深深扎根于心灵和思想中的这种始终如一，我认为十分难得。哪些人临终能亲眼看到自己要做的事情全部完成，请列举出来，那么我就可以同他们并列。

6. 再讲一点：有些人只看到，或者只愿意看到，这本书旨在歌颂欲望和本能。我认为这未免是一种短见。我重新翻阅这本书，从中看到更多的，却是对清心寡欲的讴歌。这正是我离开一切而唯独铭记的一点，也正是我至今还信守的一点。如同我在续篇中讲述的那样，正是依赖这一点，后来我才皈依了《福音书》的教义，以便在忘我中达到最完美的自我实现，达到最高要求和不可限量的幸福。

　　"但愿本书教你关注你自身超过这本书，进而关注一切事物超过你自身。"这句话，你在《食粮》的引言和结尾中可能已经读到，为什么要我重复呢?

安·纪德

1926 年 7 月

引 言

　　纳塔纳埃尔，请不要误解，我不是兴致偶发，给本书取了个粗鄙的名字；题为"梅纳尔克"也未尝不可，然而，梅纳尔克同你一样，根本就不存在。唯一可行的办法，就是把我的名字印在封面上，不过，既作了书名，我又怎好署名呢?

　　我无须顾忌，自然而然地署上名字。而我在书中有时谈及我未曾游历的国度、未曾闻过的芳香、未曾做出的行为，抑或谈到你——我未曾谋面的纳塔纳埃尔，那也绝非虚应故事；须知比起你的名字，这些事情不见得更为虚妄。你哟，纳塔纳埃尔，将要读我这本书，我不知道你那时报什么名字，就姑且这样称呼吧。

　　这本书一旦看完就扔掉吧，然后就出行——但愿它引发你出行的渴望，无论离开什么地方，离开你的城市、你的家庭、你的居室，乃至你的思想。千万别携带我这本书。我若是梅纳尔克，就会拉起你的右手，领你走一程，不过，你的左手却毫无察觉。

一旦远离城市，我就立即放开你的手，并且对你说：忘掉我吧。

但愿本书教你关注你自身超过这本书，进而关注一切事物超过你自身。

第一篇

我这懒散的幸福，长期昏睡，现在醒来了……

————哈菲兹

一

纳塔纳埃尔，不必到别处寻觅，上帝无所不在。天地万物，无一不表明上帝的存在，但无一能揭示出来。

我们的目光一旦停留在一件事物上，就会立刻被那事物从上帝身边引开。

别人纷纷发表著作，或者钻研工作，而我却相反，漫游了三年，力图忘掉我所博闻强记的东西。这一退还学识的过程，既缓慢又艰难；不过，人们所灌输的全部知识，退还了对我更有裨益：一种教育这才真正开始。

你永远也无法明了，我们做了多大努力，才对生活发生了兴趣；而生活同任何事物一样，我们一旦感兴趣，就会忘乎所以。

我往往畅快地惩罚自己的肉体，只觉得体罚比错失更有快感：我沉醉其中，因不是单纯犯罪而得意扬扬。抛开优越感吧，那是思想的一大包袱。

我们总是举足不定，终生忧烦。如何对你讲呢？细想起来，任何选择都令人生畏，连自由也是可怕的，如果这种自由不再引导一种职责的话。这是在完全陌生的国度选择一条路，每人都会发现自己的路，请注意，只适用于自己；即使到最鲜为人知的非洲，找一条最荒僻的路径，也没有如此难以辨识。……有吸引我们的一片片绿荫，还有尚未枯竭的清泉幻景……不过，还是我们的欲望所至之处，才会有清泉流淌；因为，只有当我们走近时，那地方才成形存在，只有当我们行进时，景物才在周围逐渐展现；远在天边，我们一无所见，即使近在眼前，也仅仅是连续不断而变幻不定的表象。

如此严肃的话题，为什么用起比喻来了呢？我们都以为肯定能发现上帝，然而，唉！找见上帝之前，我们却不知道面向何方祈祷。后来，大家才终于想道：上帝无处不有，无所不在，哪里却又寻不到，于是就随意下跪了。

纳塔纳埃尔，你要仿效那些手擎火炬为自己照路的人。

你无论往哪儿走，也只能遇见上帝。——梅纳尔克常说："上帝嘛，也就是在我们前边的东西。"

纳塔纳埃尔，你一路只管观赏，哪里也不要停留。你要明白，唯独上帝不是暂存的。

关键是你的目光，而不是你目睹的事物。

你所认识的一切事物，不管多么分明，直到末世也终究与你泾渭分明，你又何必如此珍视呢？

欲望有益，满足欲望同样有益，因为欲望从而倍增。实话对你讲吧，纳塔纳埃尔，古有渴求之物一向是虚幻的，而每种渴求给我的充实，胜过那种虚幻的占有。

纳塔纳埃尔，我的爱消耗在许多美妙的事物上；我不断为之燃烧，那些事物才光彩夺目。我乐此不疲，认为一切热衷都是爱的耗散，一种甜美的耗散。

我是异端中的异端，总为各种离经叛道、思想的深奥隐晦和抵牾分歧所吸引。一种思想，唯其与众不同，才引起我的兴趣。我甚至从自身排除同情心；所谓同情心，无非是承认一种通常的感情。

纳塔纳埃尔，绝不要同情心，应有爱心。

要行动，就不必考虑这行为是好是坏。要爱，就不必顾忌这爱是善是恶。

纳塔纳埃尔，我要教会你热情奔放。

人生在世，纳塔纳埃尔，与其平平安安，不如大悲大恸。我不要休息，但求逝者的长眠，唯恐我在世之时，未能满足的欲望、未能耗散的精力，故世后又去折磨我。我希望在人世间，内心的期望能够尽情表达，真正的心满意足了，然后才完全绝望地死去。

绝不要同情心，纳塔纳埃尔，应有爱心。你明白这不是一码事，对不对？唯恐失去爱，我才对忧伤、烦恼和痛苦抱有同感，否则的话，这些我很难容忍。各人的生活，让各人操心去吧。

（今天写不了，谷仓里有个机轮总在运转。昨天我看到了，正打油菜籽，只见糠秕乱飞，籽粒滚落在地。尘土呛得人透不过气来。一个女人在推磨，两个漂亮的小男孩，光着脚丫在收菜籽。

我潜然泪下，只因无话可说了。

我明白，一个人除此再也无话可说的时候，就不能提笔写东西。但我还是写了，并就这同一话题写下去。）

* * *

纳塔纳埃尔，我很想给你一种谁也没有给过你的快乐。这种快乐，我本人倒是拥有，但不知如何给你。我希望与你交谈比谁都更亲切。我希望在夜晚这样的时刻到你身边：你翻开又合上一本本书，要从每本书里寻求更多的启示，你还在期待，你的热情自觉难以撑持而要转化为忧伤。我只为你写作，只为这种时刻写作。我希望写出这样一本书：你从中看不到任何思想、任何个人激情，只以为看到你本人热情的喷射。我希望接近你，希望你爱我。

忧伤无非是低落的热情。

每个生灵都能赤身裸体，每种激情都能丰满充实。

我的种种激情像宗教一般敞开。你能理解这一点吧：任何感觉都是一种无限的存在。

纳塔纳埃尔，我要教会你热情奔放。

我们的行为依附我们，犹如磷光依附磷。这些行为固然消耗我们，但是也化为我们的光彩。

我们的灵魂，如果说还有点价值，那也是因为比别的灵魂燃烧得更炽烈。

我见过你哟，沐浴在晨曦中的广袤田野；我在你的清波里沐浴过哟，蓝色的湖泊；清风的每一次爱抚，都令我喜笑颜开。纳塔纳埃尔，这就是我不厌其烦要向你絮叨的。纳塔纳埃尔，我要教会你热情奔放。

假如我知道更美的事物，那也正是我对你讲过的——当然要讲这些，而不是别的事物。

你没有教我明智，梅纳尔克。不要明智，要爱。

纳塔纳埃尔，我对梅纳尔克的感情超出出了友谊，接近于爱情。我对他爱如兄弟。

梅纳尔克是个危险人物，你可要当心；他那个人哪，智者们纷纷谴责，孩子们却无一惧怕。他教孩子们不要再仅仅爱自己的家，还逐渐引导他们脱离家庭，让他们的心渴望酸涩的野果，渴求奇异的爱情。啊！梅纳尔克，我本想还同你走别的路，一起漫游。可是你憎恶怯懦，力图教我离开你。

每人身上都有各种特殊的潜力。假如过去不是往现时投射一段历史，那么现时就会充满所有未来。然而可惜的是，独一的过去只能标示独一的未来，它将未来投射到我们面前，好似投射在空间一个无限的点。

永远不做无法理解的事情，方是万全之策。理解，就是感到自己胜任愉快。尽可能肩负起人道的责任，这才是良言正理。

生活的不同形式，我看对你们全是好的。（此刻我对你说的，也是梅纳尔克对我讲的话。）

凡是七情六欲和道德败坏的事，但愿我都体验过，至少大力提倡过。我的全身心曾投向所有信仰，有些夜晚我狂热极了，甚至信仰起自己的灵魂来，真觉得它要脱离我的躯体。——这也是梅纳尔克对我讲的。

我们的生活展现在面前，犹如满满一杯冰水，这只附着水汽的杯子，一个发高烧的病人双手捧着，想喝下去，便一饮而尽，他明明知道应当缓一缓，但就是不能将这一杯甘美的水从唇边移开：这水好清凉啊，而高烧又令他焦渴难耐。

二

啊！我多么畅快地呼吸夜晚寒冷的空气！啊！窗棂啊！月光穿过迷雾流泻进来，淡淡的恍若泉水——仿佛可以畅饮。

啊！窗棂啊！多少次我贴在你的玻璃上，冰一冰额头；多少次我跳下滚烫的床铺，跑到阳台上，眺望无垠静谧的苍穹，心中的欲火才渐渐烟消雾散。

往日的激情啊，你们致命地损耗了我的肉体。然而，崇拜上帝如果没有分神的时候，那么灵魂也会疲惫不堪！

我崇拜上帝，执迷到了骇人的程度，连我自己都觉得浑身不得劲。

"灵魂的虚幻幸福，你还要寻觅很久。"梅纳尔克对我说。

最初那段日子，心醉神迷而又狐疑——那还是遇见梅纳尔克之前——接着又是一个焦急等待的阶段，仿佛穿越一片沼泽地。我终日昏昏沉沉，睡多少觉也不见好。吃完饭我倒头就睡，睡醒了更觉得疲乏，精神迟钝麻木，真要化作木雕泥塑。

生命隐秘的活动，潜在的运行，未知物的萌生，艰难的分娩，昏睡，等待；同样，我像虫蛹，处于睡梦中，任由新生命在我体内成形。这新生命就将是我，同原来的我不相像了。光线仿佛要透过层层绿水和繁枝密叶，才照到我身上，只觉得浑浑噩噩，麻木不仁，就像喝醉了酒，又像极度昏迷。"噢！"我哀求道，"但愿急性发作，大病一场，让我疼痛难忍吧！"我的脑海阴云密布，风雨交加，压抑得人透不过气来，万物只待闪电劈开气鼓鼓的乌黑天盖，让碧空露出来。

等待哟，还要持续多久？等待过后，我们又剩下什么赖以生存呢？"等待！等待什么啊！"我高声疾呼，"难道还有什么东西，不是我们自身的产物吗？我们自身的产物，难道还会有我们不了解的东西吗？"

阿贝尔出生，我订了婚，艾里克的去世，把我的生活打乱了，可是，我的麻木状态非但没有结束，反而日甚一日了，就好像这种麻木状态，恰恰是我的纷乱思绪和优柔寡断造成的。我真想化为草木，在湿润的土壤里长眠。有时我也暗自思忖：也许会苦极生乐；于是我就劳乏肉体，以求精神解脱。继而，我重又沉沉大睡，就好像热得发昏的婴儿，大白天让人安置在闹室里睡觉。

睡了许久，我才从悠远的梦中醒来，浑身是汗，心怦怦狂跳，头脑依然昏昏沉沉。百叶窗紧闭，天光从下面的缝隙透进来，在白色天棚上映现草坪的绿幽幽反光。这暮色的幽光，是唯一令我惬意的东西，就好比一个人久处黑暗笼罩的洞穴，乍一走到洞口，忽见叶丛间透射过来的水色天光，微微颤动，是那么柔和而迷人。

家中的各种响动隐约传来。我又渐渐恢复神志，用温水洗了洗脸，依然无情无绪，便下楼走到花园，坐在长椅上，无事可干，只等夜晚降临。我一直疲惫不堪，不想说话，不想听人说话，也不想写作。于是，我读到这样一段：

……他看见前方
道路渺无人迹，
海鸟舒展翅膀，

正在沐浴嬉戏……

我还得在此蛰居……

别人迫使我住在

森林的浓荫下，

橡树下，这地窟里。

冷森森这土屋，

让我住得好厌烦。

黑黝黝这山谷，

巍巍然这山峦，

凄凉哟这树篱，

披满了荆棘，

居所了先乐趣。①

充实的生活有可能实现，但尚未如愿，不过，这种感觉有时隐约可见，去而复来，越来越萦绕心间。"啊！"我呼号，"干脆打开一个窗洞，让阳光涌入这永无休止的煎熬中！"

我的整个生命，似乎亟须焕然一新。我企盼第二个青春期。啊！我的双眼换上全新的视觉，洗去所蒙书籍的尘垢，恢复清亮，好似我所见的蓝天——今天下了几阵雨，碧空如洗。

---

① 此系《流亡之歌》，泰纳引用并译自《英国文学》第一卷第30页。

我病倒了，我去旅行，遇见了梅纳尔克。我的身体康复是个奇迹，可谓再生。我再生为一个新人，来到这新的天地，来到这彻底更新的事物中。

三

纳塔纳埃尔，我要同你谈谈等待。夏日里，我见过平野在等待，等待下点儿雨。道路上的尘埃变得极轻，稍起点风就漫天飞扬。这已不只是焦渴，而是一种焦虑了。土地干旱得龟裂，仿佛为迎接更多的雨水。荒原上野花香气郁烈，呛得人几乎受不了。烈日炎炎，草木都打蔫了。每天下午，我们都到露台下面休息，稍微躲避一下异常强烈的阳光。这正是结球果的树木蓄满花粉的季节，树枝动不动就摇晃，将花粉散播到远方。天空正孕育暴风雨，整个大自然都在等待。这一时刻异常庄严凝重，连鸟儿都缄默了。大地溽暑熏蒸，万物仿佛都热昏了；球果树花粉从枝叶间飘散，宛若金黄色的烟雾。——不久便下雨了。

我见过天空抖瑟着等待黎明。星辰一颗接一颗暗淡了。露水浸湿了草地。晨风轻拂，给人以冰凉之感。有一阵子，混沌的生命似乎还流连在睡梦中，我的头仍然困倦而滞重。我上坡一直走到树林的边缘，坐下来。每个动物都确信白昼即将来临，便重又投入劳作和欢乐；生命的奥秘也缘着绿叶的齿边重又传播。——

不久天就亮了。

我还多次见过黎明的景象，也曾见过等待夜幕降临的情景……

纳塔纳埃尔，但愿你内心的每种等待，连欲望也算不上，而仅仅是迎接的一种准备状态。等待朝你走来的一切吧，但是，你只能渴望投向你的东西，只能渴望你会拥有的东西。要知道一天到晚，每时每刻你都能完全拥有上帝。但愿你的渴望发自爱心，你的拥有体现爱意。欲望如无效果，又算什么欲望呢？

怎么！纳塔纳埃尔，你拥有上帝，竟然毫无察觉！拥有上帝就是看见，但是谁也不看。巴拉姆，在任何小径拐弯的地方，每次你的灵魂停在上帝面前，难道你就没有看见吗？只怪你用另一种方式想象上帝。

纳塔纳埃尔，唯独不能等待上帝。等待上帝，纳塔纳埃尔，就是不明白你已经拥有上帝了。不要把上帝和幸福区分开，你的全部幸福要投放在现时。

我的全部财富全带在身上，正像东方妇女带着全部家当到阴间。我在生命的每个瞬间都能感到身上携带着全部财富。这财富并不是许多实物的总和，而是我忠贞不贰的崇拜。我时时刻刻都完全把握自己的全部财富。

你要把夜晚视为白天的归宿，要把清晨视为万物的生长。

　　但愿你的视觉时刻更新。

　　智者就是见什么都感到新奇的人。

纳塔纳埃尔哟，你的头脑疲顿，完全是你的财富太庞杂所致，你甚至不知道喜欢哪一样，也不懂得唯一的财富就是生命。生命最小的瞬间也比死亡强大，是对死亡的否定。死亡不过是别的生命的准许证，为使万物不断更新，为使任何生命形成在"此生"表现，都不超过应占据的时间。你的话语响亮时，就是幸福的时刻；其余时间，你听着好了；不过，你一开口讲话，就不要听别人的了。

纳塔纳埃尔，你应当焚毁心中的所有书籍。

回旋曲

　　　　　　——赞颂我所焚毁的

　　有的书供人坐在小板凳上，

　　坐在小学生的课桌后阅读。

有的书可以边走边读

（只因是小开本的书）；

有的适于带到森林，

有的适于带到乡村。

有的书我在驿车上读过，

还有的躺在饲草棚里读。

有些书让人相信有灵魂，

另些书让人绝望吓掉魂。

有些书证明确有上帝在，

而别些书却证明不出来。

有些书出来不风光，

只能放在私人的书房。

另外一些书却备受

权威评论家的赞扬。

有的书介绍养蜂的学问，

有人就觉得内容太专门。

有的书详尽介绍大自然，

看了就不必出门去游玩。

有些书有识之士不屑理，

却引起儿童浓厚的兴趣。

一些书堂而皇之称选集，

各方面精彩论断收进去。

有些书要让人们爱生活，

另一些作者完稿就轻生。

有的书旨在撒播仇恨种，

也只能收获播种的仇恨。

有些书捧读字字放光芒，

娓娓谈来引人发奇想。

有的书爱不释手如兄弟，

情意真挚活得比我们强。

还有的书文字太奇特，

反复研读其意也难解。

纳塔纳埃尔，什么时候我们才能把所有书籍全烧毁！

有些书不值一文钱，

另一些价值不可限。

有些书大谈帝王与后妃，

另一些只写穷苦老百姓。

有的书语言柔和如细雨，

胜似中午树叶的絮语。

这本书约翰像老鼠啃噬过，

当时他在巴特摩斯岛①，

而我更爱吃覆盆子。

他啃书满腹尽苦涩，

后来就总是生幻觉。

纳塔纳埃尔，什么时候我们才能把所有书籍全烧毁！

光在书本上读到海滨沙滩多么柔软，我看不够，还要赤着双脚去感受……凡是没有体验过的认识，对我都没有用。

我在这世上只要见到一件柔美的东西，就想倾注全部温情去抚摩。大地多情的娇容啊，你的外表鲜花盛开，多么奇妙。深藏着我这渴望的景色哟！任凭我探索游荡的阔野！水畔纸莎草丛生的幽径！俯向河面的芦苇！豁然开朗的林间空地！透过枝叶展现无限前景的平野！我曾漫步在岩石或草木夹护的通道。我观赏过春天展卷。

---

① 巴特摩斯岛为太平洋莱思群岛中一个小岛，相传是圣约翰写《圣经·启示录》的地方。

万象层见迭出

从这天起，我的生命每一瞬间都有新鲜感，都是一种难以描摹的馈赠。就这样，我处于几乎持续不断的感奋惊愕中。很快我就陶醉了。昏头昏脑地尽情行走。

自不待言，我见到含笑的嘴唇就想亲吻，见到脸上的血、眼中的泪就想吸吮，见到枝头伸过来的果实就想啃上一口。每到一家客栈，饥饿就向我招手；每到一眼水泉，干渴总等着我（在每眼水泉，干渴程度各不相同）；我真想换别的字眼表达我别的欲望：在宽展的大路上行走的欲望；

在绿荫相邀之处休憩的欲望；

在近岸深水中游泳的欲望；

在每张床边做爱或睡觉的欲望。

我向每件事物大胆地伸出手，自认为有权得到我所渴望的对象。（况且，纳塔纳埃尔，我们对事物的欲望，主要不是想占有，而是施爱。）——啊！但愿万物在我面前五彩缤纷，但愿所有美物都修饰装点我的爱心。

第二篇

食粮！

我指望你哟，食粮！

我的饥饿不会中途止步，

得不到满足，它就叫嚷；

大道理不能把它降服，

节食只能给我灵魂营养。

满足啊！我寻找你，

你像夏日黎明一样美丽。

中午甘甜、暮晚清淡的水泉；拂晓时分冰冷的溪流；波浪送来的海风；桅樯林立的海湾；浪声汩汩的岸边的温暖……

啊！假如还有通往平野的道路，还有正午的闷热，田间的畅饮，以及干草垛里过夜的窝儿；假如有通往东方的道路，有心爱的海上航迹、摩苏尔^①的花园、图古尔特^②的舞蹈、海尔维第^③的牧歌；假如有通往北方的道路，有尼人尼^④的集市、扬起雪尘的雪橇、冰封的湖泊；那么，纳塔纳埃尔，我们的欲望当然不会寂寞了。

一艘艘货船驶入我们的港口，从鲜为人知的海岸运来成熟的水果。快点儿卸下来吧，好让我们终于能品尝。

食粮！

我期待你哟，食粮！

满足啊，我寻找你，

你像夏日欢笑一样美丽。

我知道我的哪种欲望

都准备好了一份答案。

我的每种饥饿都等待补偿。

食粮！

我期待你哟，食粮！

我要走遍天涯海角

---

① 伊拉克古城名。
② 阿尔及利亚沙漠中的一片绿洲。
③ 古高卢的东部地区，相当于现今的瑞士。
④ 俄罗斯古城名，即如今的高尔基市。

寻找满足我的欲望。

人世间我所知的最美的东西

纳塔纳埃尔啊！就是我的饥饿。

我的饥饿总是那么忠实，

忠于总是等待它的东西。

令夜莺陶醉的难道是美酒？

令雄鹰陶醉的难道是乳汁？

令画眉陶醉的难道是刺柏子酒？

　　雄鹰陶醉于翱翔，夜莺陶醉于夏夜，而原野则因炎热而颤抖。纳塔纳埃尔，但愿每一种激情都能令你陶醉。你吃了东西如无醉意，那就表明你还不怎么饿。

　　每种完美的行为都伴随着快感。由此你就明白你应该去做。我不喜欢有苦劳就邀功劳的人。既然觉得苦，当初何必不干别的事情呢。乐在其中，就表明这事情合适；纳塔纳埃尔，由衷的乐趣是我行动的最重要指南。

　　我知道我这肉体每天所能期望的快感、我这头脑所能承受的快感。尔后我就入睡，一进入梦乡，就不再管什么天空和大地了。

世间就是有些怪症，

偏要自己没有的东西。

"我们也一样，"他们说，"我们也一样，我们的灵魂肯定要经历巨大的烦恼！"大卫①，你在亚杜兰的洞穴里，渴望喝到那城池中的清水，你叹道："噢！谁能给我送来伯利恒城墙根下涌出的清凉的水？我小时候渴了就喝那里的水，可是现在，我发烧口干舌燥，那水却落到敌人手中。"

纳塔纳埃尔，切莫再想去尝旧日的清水。

纳塔纳埃尔，切莫在未来中寻找过去。要抓住每一瞬间的新奇，不要事先准备你的快乐，要知道，在你有备的地方，会猝然出现另一种快乐。

难道你还不明白，任何幸福都可遇而不可求，就像乞丐一样，你走在路上随时都可能碰见。你若是说你梦想的不是这样的幸福，因而一口咬定你的幸福已经断送，而你只肯接受符合你的道德原则和心愿的幸福，那么你就会处处不幸。

梦想明天是一种快乐，但明天的快乐却是另一样，幸好事实与人的梦想不同；唯其不同，事物才各具价值。

① 古以色列国王。他是伯利恒城耶西的小儿子，勇武绝伦，几经磨难，在国王扫罗死后，受膏为犹太王。他统一犹太各部落，定都耶路撒冷。

我可不愿意听你说：来吧，我给你准备了这样那样的欢乐。我只喜欢意外碰到的欢乐，只喜欢我的声音撞击岩石迸发出来的欢乐，那是为我们奔流的欢乐，既新鲜又强烈，犹如压榨机下汩汩流出的新酒。

　　我不愿意让我的欢乐经过修饰，也不愿意让书念美女①登堂入室；我亲吻她时，不必擦去吃葡萄留在嘴上的残痕，吻完之后，也不等嘴唇冷却，就喝起甜酒，吃起蜂蜜，连蜂蜡也一块儿吃下去。

　　纳塔纳埃尔，切莫事先为自己准备任何欢乐。

＊　＊　＊

　　只要不能说："好极啦！"你就说："该着！"幸福也就大有希望。

　　有人把幸福的时刻视为上帝的恩赐。那么其他人呢，认为是谁给的呢？

　　纳塔纳埃尔，切莫把你的幸福和上帝分割开。

　　"我感激'上帝'创造了我，假如我不存在，我会怪上帝不存在。不过，我感激的程度不会超过我的怨恨。"

　　纳塔纳埃尔，谈论上帝一定要自然。

---

① 《圣经》中的人物，即侍候年迈大卫王的美丽使女雅比沙。

我倒是认为，一旦确认了上帝的存在，大地、人类和我的存在，就是自然的了；然而，令我大感不解的是，我意识到了这一点竟不胜惊愕。

不错，我也唱过赞美歌，还写了这首

确证上帝存在的回旋曲

纳塔纳埃尔，我要教你了解，最美的诗篇就是无数论证上帝存在的篇章。想必你也明白，在此并不是要重复那些证据，尤其不会单纯地复录。况且，有些只证明上帝的存在，而我们所需要的证据，也能证明上帝是永恒的。

我完全清楚啊！是的，圣安塞姆①早有论证，美妙绝伦的幸运岛②上还有寓言，然而，唉！纳塔纳埃尔，可惜不是人人都能住到那里。

我知道绝大多数人都赞同，

而你，却相信上帝选民中的少数。

证据确凿，就像二加二等于四，

不过，纳塔纳埃尔，不是人人都会算术。

---

① 圣安塞姆 (1033—1109)，英国经院哲学学派创始人，他论证过上帝的存在和属性。
② 即西班牙的加那利群岛。

既然证明了上帝的存在，

可是上帝之前还另有主宰。

纳塔纳埃尔，只可惜那时我们不在场，

否则会看到男人和女人如何被创造出来。

他们肯定奇怪出世就不是婴孩，

却像厄尔布鲁士山①上的雪松，

生来就有几百年的树龄，

早已厌世地挺立在冲出洞壑的山顶。

纳塔纳埃尔！若是在那里迎接曙光该多好！可是，我们怎么那样懒，还没有起床？难道你那时没有要求出世？啊！换了我，肯定会提出要求……不过，上帝的神灵在洪水上沉睡了悠久的岁月，那时刚刚醒来。纳塔纳埃尔，当时我若是在场，肯定会要求上帝把万物造得大一些，你可不要反驳我说：那时根本觉察不出这种差别。②

也可以用目的原因来证明。

但不是谁都认为目的能反证原因。

---

① 欧洲最高峰，位于北高加索。
② "我完全可以设想出另一个世界，"阿尔西德说，"在那里二加二不等于四。""算啦，我看你不行。"梅纳尔克说。——作者原注

有人用对上帝的爱来证明上帝的存在。纳塔纳埃尔，正是因此之故，我才愿意爱一切，把所爱的一切称作上帝。不要怕我举你为例，我也不会从你说起。我爱物胜过爱人，在人世上，我最爱的肯定不会是人类。纳塔纳埃尔，请不要误解，我身上最强烈的感情，肯定不是善良，同样，我也认为善良不是我身上最优秀的品质，更不是我在人类身上所最赞赏的品质。纳塔纳埃尔，爱你的上帝要胜过爱他们。我也一样，懂得颂扬上帝，也为上帝唱过赞美诗，我甚至觉得有时做得过了点。

* * *

"你这样建起一个个体系，就觉得那么有趣？"他问我。

"最能令我感兴趣的东西，莫过于一种伦理，"我答道，"我的精神能在伦理中得到满足，我所尝到的乐趣，总要与此紧密相连。"

"伦理能增加你的乐趣吗？"

"不能，"我说，"只会证明我的乐趣是正当的。"

自不待言，我倒经常希望看到，有一种学说，乃至一个完整有序的思想体系，来解释我的行为；不过也有时，我只能把这视为自己纵欲的庇护所。

* * *

纳塔纳埃尔，每件事物都因时而至，应运而生，可以说仅仅因为需要而外化。

树木告诉我："我需要一叶肺，于是我的汁液就化为叶子，用来呼吸。后来呼吸完了，我的叶子就凋落了，但我并没有死亡，我的果实容纳了我对生命的全部思想。"

纳塔纳埃尔，不必担心，我不大赞赏寓言，不会滥用这种形式。除了生活，我不想教你别种智慧。要知道，思考太伤脑筋；我年轻时，就总考虑自己行为的后果，弄得精疲力竭，最后确信，干脆一动不动，才不会犯罪。

于是我写道："只有靠我的灵魂无法排遣的烦恼，我的肉体才能得救。"这句话写出来，连我自己都不明白要表达什么意思。

纳塔纳埃尔，我再也不相信罪孽之说了。

不过你要明白，用许多欢乐才换取这一点思想的权利。自称幸福而又思考的人，才真正称得上强者。

* * *

纳塔纳埃尔，每人的不幸，就在于每人总在观察，又让所见之物从属于自己。其实，每个事物重要与否在于本身，而不取决于我们。让你的眼睛化为所见之物吧。

纳塔纳埃尔，此后哪怕写一行诗，我也不能不把你这美妙的名字写进去。

纳塔纳埃尔，我要让你诞生在生活里。

纳塔纳埃尔，你是否充分领会我这话的深情厚谊？我希望更加靠近你。

就像那以利沙[1]，他要让那书念美女的儿子复活，就"俯卧在那孩子身上，嘴对着嘴，眼睛对着眼睛，手贴着手"。——我的整个身子趴在你身上，我这颗光芒四射的伟大的心，紧紧贴着你那颗仍然混混沌沌的灵魂，同时嘴对着你的嘴，额头顶着你的额头，滚烫的手握住你冰凉的手，而我怦怦直跳的心……（"于是，孩子的体温又缓过来……"《圣经》中写道。）好让你在快感中苏醒过来，然后抛开我，去投入充满激情的放荡生活。

纳塔纳埃尔，这就是我心灵的全部热情——你带走吧。

纳塔纳埃尔，我要教你热情奔放。

纳塔纳埃尔，不要停留在与你相似的事物旁边，切莫停留，纳塔纳埃尔。一旦环境变得与你相似，或者你变得像环境了，那么环境就对你不利了。你必须离开。对你最危险的，莫过于你的家庭、你的居室和你的过去。你只吸取每件事带给你的教益，只接受那事物流淌出直至流干的惬意。

纳塔纳埃尔，我要对你谈谈瞬间。你明白瞬间的存在具有何等力量吗？不是念念不忘死亡，就不能充分评价你这生活最短暂

---

[1] 《圣经·旧约》所载的犹太先知。

的瞬间。难道你还不明白，没有死亡这一昏惨幽暗的背景来衬托，每个瞬间漫说赫然显现，就是连令人赞叹的一下闪光也不可能吗？

我若不是考虑并确信，我有充分的时间去做事，就绝不肯再做什么了。想干事儿之前，我要先休息，反正有的是时间，也能做其他事情。假如我不知道这种生命形式终有尽头，不知道走完这一生，我就要安息，睡得比每天夜晚我等待的睡眠还要深沉，还要忘乎所以……那么我无论做什么都无所谓。

* * *

我就这样养成了习惯，总把每一瞬间从我一生中分离出来，以便获取一种独立而完整的欢乐，将一种完全特殊的幸福暮地集中在这瞬间，以致事情刚过我再一回想，简直认不出自己来了。

* * *

纳塔纳埃尔，直截了当地肯定，就是一大乐趣，譬如说：
棕榈的果实叫海枣，这是一种美味佳肴。

棕榈酒叫拉格蜜，是用棕榈树汁液酿造的；阿拉伯人见了这种酒不要命，我却不大爱喝。在瓦尔达①的美丽花园里，那个卡比利亚②牧人请我喝的就是一杯拉格蜜。

* * *

---

① 阿尔及利亚地名。
② 阿尔及利亚地名。

今天早晨，我在水泉公园小径上散步，发现一株奇异的蘑菇。

那蘑菇裹一层白色外壳，好像橘红色的木兰果，上面还有规则的灰色花纹，显见是内部分泌出来的孢粉形成的。我掰开一看，里面灌满泥浆似的物质，中心凝结一块透明的胶体物，散发出一股令人作呕的气味。

那蘑菇周围，还有一些长开的蘑菇，酷似老树干上常见的那种蕈状赘生物。

（这是我动身去突尼斯之前写的，现抄录给你，要向你表明：随便一物只要我一注视，对我来说它就多么重要了。）

翁夫勒尔 [①]（街头）

有时我觉得，我周围的人奔波忙碌，只是为了给我增加自身活力之感。

> 昨天我在这里，今天在那里；
>
> 天啊！那些人同我有何关系，
>
> 他们说呀，说呀，喋喋不休：
>
> 昨天我在这里，今天在那里……

我也知道有些日子，我只要念叨"二加二还等于四"，就觉

---

① 法国西部海港城市。

得心里充满某种至乐——只要看我的拳头放在桌子上……

可是另一些日子，我就觉得它完全无所谓了。

第三篇

博尔热兹别墅

这个小喷水池……(黑黝黝的)……每滴水、每道光线、每个生物都快意地沉没。

快意！这个词，我愿意不断地重复，把它当作"生趣"的同义词，甚至干脆称作"生活"。

啊！上帝没有单纯为此创造世界，就是因为人们只要喃喃一说就能明白……

这是清爽宜人的地方，在这儿睡觉其乐无穷，似乎在这之前谁也没有体验。

那儿还有美味的食品，等着我们饥肠辘辘。

亚得里亚海（凌晨三时）

缆绳间水手的歌声，搅得我心烦。

啊！异常古老而又特别年轻的大地，你若是知道，你若是知道，如此短暂的人生又苦又甜、妙不可言的滋味！

表象的永恒观念，你若是知道，临终等死，能赋予瞬间以多大的价值！

春天啊！一年生的植物，娇嫩的花朵开谢那么匆匆。人生只有一个春天，追忆某次欢乐，不等于又接近幸福。

菲索尔山冈

美丽的佛罗伦萨，值得认真考察的城市，富丽的花都，还特别庄严；爱神木的种子、"修长月桂枝"的花环。

万奇格利亚塔山冈。在那里，我第一次观赏到云彩在碧空中消散的情景，不禁十分惊讶，心想云彩不可能在空中消逝，本以为会越积越厚，直到下起雨来。情况完全不同，但见云彩一片接一片消失，最后晴空万里。这是奇妙的死亡，消逝在虚空里。

罗马，平奇奥山

那天令我愉悦的，是类似爱情的东西，但又不是爱情，至少不是男人谈论并追求的那种爱情，也不是所谓的美感。那感觉不是来自女人，也不是来自我的思想。如果说那仅仅是光引起的激情，我还要写出来吗，写出来你能理解吗？

当时我坐在这花园里，不见太阳，但是空中弥漫着光芒，仿佛天空的碧蓝色化为液体，化为霏霏雨丝。不错，空中布满光波和光的涡流，像雨点溅起的水泡闪闪发亮；不错，在这条长长的绿荫路上，光仿佛在流动，流泻的光给枝头挂满金色的泡沫。

那不勒斯。一家小理发店，面向大海和太阳。码头烈日炎炎，挑帘而入，放松一下，能舒服很久吗？心神恬然。鬓角挂着汗珠，面颊上肥皂沫微微颤动。刮完胡子再修脸，换上一把更快的剃刀。又用浸透温水的一小块海绵揉皮肤，提起嘴唇，修得很细。然后用淡淡的香水抹去剃刀留下的灼痛，再搽上一点香脂，进一步缓解灼痛。我还是不想动弹，便干脆接着理发。

阿马尔菲（夜间）

夜晚一阵阵等待，

不知等待什么爱。

海上的小屋，海上明月，明晃晃的把我照醒。

我走到窗口，还以为天亮了，想观赏日出……其实不然……是月亮(已是十分圆的满月)，月光却那么柔和，那么柔和，仿佛为海伦迎接第二个浮士德。大海苍茫。村庄死寂。深夜一只犬吠……挂着破布帘的一扇扇窗户……

没有人的位置。再也无法想象这一切怎么还会醒来。那狗拼命哀号，天再也不会亮了。辗转难寐，你会做出这种或那种举动吗？

你会去那寂无一人的花园吗？

你会跑到海滩洗浴吗？

你会去采摘月光下呈灰色的橘子吗？

你会去抚慰那只狗吗？

（多少次我感到大自然要求我有所举动，而我却不知道究竟该干哪一件。）

等待迟迟不来的睡意……

* * *

一个小孩尾随我到这围墙里的花园，他紧紧抓住轻拂扶梯的枝条。扶梯通向花园边上的平台——乍一看无法进入。

啊！小脸蛋儿，我在树下抚摩，多浓的绿荫也遮不住你的光彩，发髻投在你额头上的阴影，总显得更加幽暗。

我要拉着藤条和树枝下到花园里，我要在充满鸟叫胜似大鸟笼的小树丛，动情地大哭一场；一直哭到黄昏，哭到夜色给神秘的泉水染成金黄，进而使之变得幽深。

　　树枝下偎依着娇嫩的身体，

　　我敏感的手指触摸他光亮的肉皮；

　　我看见他那双小脚，

　　踏在细沙上悄无声息。

锡拉丘兹

平底小舟。天空低垂，有时化作暖雨降到我们身上。水草间散发出淤泥的气味，草茎沙沙作响。

水特别深，则不显蓝色泉水的汩汩喷涌。万籁俱寂。在这僻静的乡间，在这天然的喇叭口状的水潭中，喷泉宛如纸莎草间开放的水花。

突尼斯

天空一碧，唯有一点白，恰似风帆，唯有一点绿，恰似风帆水中的倒影。

夜。戒指在黝黯中熠熠闪光。

月光下漫步，思绪又不同于白昼。

荒径月光惨淡。墓地野鬼游魂。赤足踏在青石板上。

马耳他

天色还亮，已无日影，夏日暮晚沉醉在广场上。十分独特的激情。

纳塔纳埃尔，我要向你描述我见过的最美的花园。

在佛罗伦萨，到处在卖玫瑰花：有些日子，芳香弥漫全城。每天傍晚，我在卡西纳散步，到了星期天，则去无花的博博利花园。

在塞维利亚，靠吉拉尔达河畔有一座古老的清真寺，庭院里橘树相互对称，其余地面铺了石板。太阳当空的日子，人站在那儿，只投下一个矮小的影子。庭院呈正方形，四周高墙环绕，十分优雅之境，何以如此，我也无法向你解释。

城外有一座围着铁栅栏的大园子，栽植许多热带树木，我没有进去过，但隔着铁栅栏张望，看见珠鸡在里边乱跑，我想那里驯养了不少动物。

关于阿尔卡扎尔，又对你讲点什么呢？那是一副波斯奇景的花园，我向你讲述的时候，还觉得，我喜欢那花园胜过任何园子。我一边回想，一边吟诵哈菲兹的诗：

> 葡萄美酒伊斟来，
> 溅满袍襟乐开怀；
> 只因情深难自持，
> 人称智叟何足怪。

小径有喷泉装置，路面铺了大理石板，两旁长着爱神木和柏树，还有大理石砌成的水池，是后妃们沐浴的地方。园中唯有玫瑰、水仙和月桂，不见别种花卉。花园里端挺立一棵参天大树，可以想见上边因了一只夜莺。靠王宫还有些水池，品位极低，就像慕尼黑住宅区庭院中的水池，池边的雕像全是贝壳做成的。

也正是在慕尼黑御花园里，有一年春天，我品尝了五月草冰淇淋；旁边就是不停吹打的军乐队，听众虽非高雅之士，但都是音乐迷。夜晚迷醉在夜莺哀婉的歌声中，那歌声好似一首德国诗，令我惆怅。快乐一过了限度，就会流泪。这些花园的乐趣，恰恰使我痛苦地想到——本来我也可以到别处去。就是这年夏天，我学会了特意领略高温的滋味。眼皮格外敏感。记得一天夜晚乘火车，我走到敞着的车窗口，只想体味清风的吹拂。我闭上眼睛，但不是养神，而是要体味。闷热了一整天，晚风虽还带着热气，但吹在我热辣辣的眼皮上，却有清凉舒畅之感了。

在格拉纳达①，我去热内拉利夫平台，未见栽植的夹竹桃开花；同样，在比萨大公墓和圣马克小隐修院，本想观赏玫瑰，也没有如愿。倒是在罗马游平奇奥山时，正逢鲜花盛开的季节。下午天气闷热，许多人上山寻找阴凉的去处。我就住在附近，每天上山游玩。当时我正患病，什么也不能思索，精神恍惚，任由大自然之气沁人身心，有时感觉不到躯体的限度，仿佛扩展到很远，还有时觉得躯体十分畅快，仿佛变成多孔的糖块，渐渐融化了。我坐在石凳上，望不见令人疲惫不堪的罗马城了。居高临下，博尔热兹花园尽收眼底，稍远处最高的松树梢儿，也只到我的脚下。啊！平台，空间由此延展。嘿！凌空畅游！……

我真想夜间去法尔内兹那些花园里游荡，可惜人家不让进去。草木特别茂盛，掩蔽了那里的废墟。

在那不勒斯，有些花园地势低洼，沿海边像堤岸一样，阳光

---

① 西班牙格拉纳达省首府。

直射进去。

在尼姆，水泉公园布满清水渠。

在蒙彼利埃植物园，还记得一天傍晚，我和昂布鲁瓦兹坐在翠柏环绕的一座古墓上，如同在阿卡德缪斯花园里那样，一边悠闲地聊天，一边嚼着玫瑰花瓣。

一天夜晚在拜鲁，我们眺望月下波光粼粼的大海，该城水塔就在附近，流水声哗哗不断，平静的水池上游弋着镶白羽边的黑天鹅。

在马耳他，我去官邸花园里看书；老城有一小片柠檬树，当地人称"小树林"，我们喜欢去那里，摘下熟了的柠檬，一口咬下去，酸得受不了，但口中却留下清爽的余香。在锡拉丘兹惨不忍睹的采石场[1]，我们也吃过柠檬。

在海牙公园，一些经过驯化的黄鹿来来往往。

从阿佛朗什公园望圣米歇尔山，到了黄昏时分，远处的沙滩好似燃烧的物质。一些很小的城镇也有迷人的花园。你会忘掉那城镇，忘掉那名称，但你会渴望再去观赏那花园，可惜找不到重游之路了。

我梦想摩苏尔那里的花园，听说园中开满了玫瑰花。还有欧玛尔[2]歌颂过的纳什普尔的花园、哈菲兹歌颂过的设拉子的花园。

---

[1] 拉托米采石场古时是锡拉丘兹的国家监狱。
[2] 欧玛尔·海亚姆（约1047—1122），波斯诗人和数学家。

我们永远也见不到纳什普尔花园了。

不过，在比斯克拉，我领略了瓦尔迪那些花园，孩子们在那里放羊。

在突尼斯，除了墓地没有别的花园。在阿尔及尔实验园（栽植各种棕榈），我吃了从未见过的水果。至于卜利达，纳塔纳埃尔，我对你说些什么呢？

多么柔嫩啊，萨赫勒的青草！还有你那盛开的橘花，你那浓荫！多么芬芳啊，你那些花园的气息！

卜利达！卜利达！小玫瑰花！初冬时节，我没有认出你来。你神圣的树林，树叶常青，无须春天来更新；你的紫藤和常春藤，却好似用来烧火的枝条。山上的积雪滑下来，快要接近你。我在房间里都暖和不过来，更何况在你多雨的花园里。当时我正读费希特的《科学原理》，真觉得自己又虔诚起来。我变得十分温和，常说人应当安于忧伤的日子，并力图把这奉为美德。现在，我抖掉便鞋上的灰尘，让风吹到何处，谁又晓得呢？我曾像先知一样，游荡在荒漠的灰尘里；干燥风化的石头，在我的脚下滚烫（烈日暴晒的缘故）。现在，让我的双脚在萨赫勒的草地上停歇！但愿我们讲的全是情话！

卜利达！卜利达！小玫瑰花！我看见你温煦而芳香，绿叶成荫，花开满枝头。冬雪早已逃逝。在你神圣的花园里，洁白的清真寺闪着神秘的光辉。繁花压弯了常春藤，紫藤的一串串花朵，竟覆盖了一棵橄榄树。空气甘美，送来一阵阵橘花的芳香，就连纤弱的柑橘树也香气扑鼻。老树皮从桉树高高的枝丫上脱落，已然丧失了保护作用，犹如天气转暖脱掉的厚衣服，又像我那过了冬天就没价值的陈旧道德。

卜利达

初夏早晨，我们漫步在萨赫勒。路边茴香粗壮的茎梗显得无比壮丽（在金色的阳光下，或者在静止不动的桉树的绿荫下，茴香的茎梗黄里透绿，的确又鲜嫩又丰茂）。

还有那些或者惊讶或者沉静的桉树。

万物无不参与大自然，哪一种也不可能脱离。这是包罗万象的自然法则。列车在黑夜中奔驰，到凌晨则披上一身朝露。

船　上

多少夜晚啊！我对着圆圆的玻璃，我这舱室紧闭的舷窗，多少夜晚啊！我躺在铺位上向你张望，心中暗想：瞧着吧，等这只眼睛发白，那就要到黎明，我就起床，抖掉浑身的不适；黎明也要洗净大海，我们就将踏上陌生的土地。天已黎明，大海仍未平静，陆地还很遥远；我的神思在起伏摇荡的海面上颠簸。

整个躯体都记得波涛颠簸之苦，我想道：我要不要将一缕思绪挂到那摇晃的主桅杆上？波浪，难道我只能看见海水在晚风中飞溅吗？我将自己的爱撒播在波浪上，将自己的思想撒播在万顷波涛的荒原上。我的爱跃入前推后涌、前后相似的浪涛中。波浪过眼就认不出来了，而没有定形的大海，总是起伏动荡；远离人类，你的波涛无声无息，但流动不止，是任何力量也阻止不了的。这一片沉寂也无人听见。波涛已经撞击单薄的小舟了，那撞击声还让我们以为是风暴在怒吼呢。惊涛骇浪向前推涌，持续不断而又悄无声息。波涛前后相随，轮番掀起同一处海水，却几乎没有使其推移。只有波涛的形状在运行，海水由一道波浪涌起，随即脱离，从不逐浪而去。每个浪头只在瞬间掀动同一处海水，随即穿越而过，抛下那处海水，继续前进。我的灵魂啊！千万不要依恋任何一种思想！将你每个思想抛给海风吹走吧，绝不要带进天国。

奔涌不息的浪涛，是你们使我的思想如此动摇！你在波浪上什么也不能建造，波浪一遇压力就逃之夭夭。

到处漂流了这么久，令人沮丧，会不会抵达温馨的港湾呢？让我的灵魂抵港，终于得到安歇，然后站在旋转灯塔旁边的坚固堤坝上，再回首眺望大海吧。

第四篇

一

那天晚上，我们在佛罗伦萨

小山（正对着菲索尔山冈）上的花园里聚会。

"昂盖尔、伊迪埃、蒂梯尔，"梅纳尔克说道（纳塔纳埃尔，现在我以个人名义向你转述他的话），"你们不知道，也不可能知道，燃烧我青春的是什么激情。眼见时光流逝，我心里十分恼火；必须做出选择，我也总觉无法忍受。在我看来，选择，与其说是取舍，不如说是摈弃我没有选的东西。我惶恐地发现时光的狭隘性，发现时间仅有一维，不是我所希望的宽阔跑道，而是一条线，我的各种欲望跑在上面，势必相互践踏。我只能如此；要么干这，要么干那。我干了这个，很快就懊悔没有干那个，结果无所适从，往往什么也不敢干了，就像手臂始终张开，唯恐合抱

050

只抓住一件东西。由此铸成我的终生大错：自己下不了决心放弃许多其他东西，就不能持续地进行任何研究。获取任何东西，要付这样的代价，都太不合算了。无论怎样推理分析，也消除不了我的烦恼。走进欢乐的市场，而手中只有几个小钱（托谁的福？）可供支配。支配！选购，就意味放弃，永远放弃其他一切，而这其他一切却是大量的，比任何单个的东西更可取。"因此，我有点憎恶世间的任何占有，唯恐此后就只能占有这一样了。"

"商品！食品！多少新发现！为什么就不能毫无异议地供人享用呢？我知道世界的财富正在枯竭（尽管有无穷尽的替代物），也知道我喝了这杯水，就只给你剩个空杯子了，我的兄弟（尽管水泉就在附近）。然而你们！你们这些非物质的思想！你们这些不受拘束的生活方式、科学、关于上帝的认识、一杯杯真理，喝不干的杯子，你们为什么还讨价还价，不肯多给我们嘴唇几滴呢？其实我们再怎么渴，也不会把你们喝干；你们的水喝下去又满溢，总那么清凉，接待每一张新伸过去的嘴唇。——现在我领悟了，这个巨大的神泉的每滴水都是等价的，一小滴喝下去就会沉醉，就会向我们显示上帝的全部和整体。然而此时此刻，我的痴心妄想，有什么不渴望呢？我羡慕一切生活方式，看到别人无论干别的什么事，我都想自己也干去，听明白了，不是希望干过，而是去干，因为我很少怕苦怕累，认为苦和累是生活的教诲。我有三周妒忌巴门尼德^①学土耳其语，两个月之后又妒忌发现天文学的狄奥多西^②。我总不愿意限定轮廓，结果给自己勾勒的形象极为模糊，极不确切。"梅纳尔克，"阿尔西德说，"给我们谈谈你的生活吧。"

梅纳尔克便接着说道："……我十八岁完成了初级阶段的教育，不想干事儿，心没着没落，整个人无精打采，躯体也受不了那份限制，我就干脆出走，漫无目的地游荡，消耗我那一腔热情。你们所知道的事物，我全体验了：春天、大地的气息、田野盛开的野花、河面上的晨雾、牧场上的暮霭。我穿过一座座城镇，在哪儿也不想停留。我常想，幸福属于那些在世上无牵无挂的人，他们总是流动，怀着永恒的热忱到处游荡。我憎恶家园、家庭，憎恶人寻求安歇的所有地方，也憎恶持久的感情、爱的忠贞，以及对各种观念的迷恋———切损害正义的东西。我常说：我们应当全身心准备好，随时接受新事物。

"书本给我们指出每种短暂的自由，指出所谓自由，无非是选择自己的奴役地位，至少选择如何虔诚。就像菊科植物的花籽，四处飘荡，寻找肥沃的土壤，好扎根生长，唯有固定不动，才能开花结果。然而，我在课堂上学过，推理引导不了人的行

---

① 巴门尼德（约公元前515—前440），古希腊哲学家，著有《论自然》，认为生物是持续而永恒的。

② 大概指亚历山大的狄奥多西（？—566），基督教神学家，基督一性论派领袖。

为，每种推理都有对应的驳论，只需找到就行了。我在漫游的路上，就常常专心寻找驳论。

"我生活在妙不可言的等待中，等待随便哪种未来。我深知，就像疑问面对早已等在那里的答案一样，面对每种快乐而产生要享乐的渴望，总要先于真正的享乐。我的乐趣就在于每眼水泉都引我口渴；同样，在无水的沙漠里焦渴难忍的时候，我还是愿意受烈日的暴晒，以便增加我的焦渴。傍晚到了神奇的绿洲，那种清爽之感，又因盼望了一整天而格外不同。在浩瀚的沙漠中，烈日炎炎，温度极高，空气微微震颤，我仿佛昏昏欲睡，但又感到无意入睡的生命在搏动，在远处虽然抖瑟衰竭，而在我脚下却充满了爱。

"每天，我时时刻刻都在一心追求，追求深入自然界的更加直接的途径。我有一种可贵的天赋，就是不大自缚手脚。往昔的回忆对我的影响，仅限于使我的一生有个统一性，就好比那条神秘的线，把忒修斯^①同他过去的爱情连接起来，但并不妨碍他去观赏新景致。纵然那条线后来断了也无妨……神奇的复生！每天清晨一上路，我常常体味新生的感觉，体味新生感觉的温馨。——'诗人的天赋，'我叫起来，'你天生就有无穷无尽的遇合。'——四面八方我都欢迎，我的心灵是开在十字路口的客栈，

① 忒修斯是希腊神话中的英雄，他进迷宫杀死半人半牛怪，得到克里特国的公主阿里阿德涅的帮助，用线团把他引出迷宫。

谁愿意进就进来。我变得特别柔顺，和蔼可亲，我调动起所有感官准备接待，专心致志，什么都能听进去，自己连一点主见都没有了，什么短暂的悸动都能抓住，多么细微的反应都能捕捉，而且，什么也不再视为坏事，更确切地说，什么我也不反对了。况且，不久我就注意到，我对美的钟爱，极少建立在对丑的憎恶上。

"我憎恨厌倦的情绪，深知那是无聊所致。我主张人要追求事物的多样性。我居无定所，有时睡在田间，有时睡在田野。我看见晨曦在一行行麦子之间浮动，鸟雀在山毛榉林中醒来。清晨，我用草上的露水洗脸，再由朝阳晒干夜露打湿的衣服。有一天，我看见农夫高唱着歌儿，赶着牛拉的沉重大车，将丰收的粮食运回家。谁说还有比这更美的乡村景象！

"有时，我乐不可支，真想找人谈一谈，说明快乐在我心中永驻的原因。

"傍晚，我在陌生的村庄，观察白天分头干活儿、晚上团聚的人家。父亲累了一天回家来，孩子也放学了。房门开了一阵，迎接光亮、温暖和笑声，然后又关上过夜。一切游荡的东西都进不去了，待在户外萧瑟的夜风中。——家庭，我憎恨！封闭的窝，关闭的门户，怕人分享幸福的占有！有时，我躲在黑夜中，窥视一扇窗户，久久地观察那家人的习惯。父亲坐在灯旁边，母亲在做针线活儿，祖父的座位空着，一个孩子在父亲身边学习。——

我心里萌生强烈的愿望，恨不能带那孩子去流浪。

"第二天，我又见到那孩子放学出来；第三天，我同他说了话。四天之后，他便丢下一切跟我走了。我让他大开眼界，饱览原野的绚烂景色，让他明白原野为他敞开怀抱。于是我又传授，让他的灵魂更加喜爱流浪，说到底快活起来，最后甚至脱离我，自己去体验孤独。

"我独自一人，品尝自豪的狂喜。我爱在黎明前起床，在山顶牧场上召唤太阳，云雀的歌声便是我异想天开的翅膀，朝露便是我晨起的浴缸。我过分喜欢节食，吃得极少，结果头脑总是轻飘飘的，完全处于微醺的状态。我喝过多种葡萄酒，但我清楚，没有一种使我产生腹饥的这种昏昏然的感觉，大清早就天旋地转，趁太阳还未出来，我就躺在干草堆里睡一觉。

"我随身带着面包，但有时等到饿得半昏迷时才吃；于是，我就更加正常地感知大自然，觉得大自然更容易沁入我的身心：外界事物纷至沓来，我敞开所有感官接纳，来者全是客。

"我的心灵终于充满激情，而在孤独中，这种激情尤为猛烈；到了傍晚，就弄得我疲惫不堪。我还以自豪的情绪支撑着，但是难免不怀念伊莱尔；前一年他就劝我改一改脾气，否则太不合群了。

"我常在傍晚时分同他聊天。他还是个诗人，通晓万物的和谐。自然界的每种现象，都变成一种明快的语言，能让我们领会其原因。譬如：我们从飞行的姿态就能辨别出是什么昆虫，从鸣声能辨别出是什么鸟儿，从女人留在沙滩上的足迹能辨别出她的相貌。他也渴望种种冒险，这种渴望的力量使他变得无所畏惧。不错，我们心灵的青春期啊，什么荣耀也不能同你相比！我们畅想，憧憬一切，竭力抑制欲望也是枉然。我们的每种想法都是一股热情，感知事物对我们是一种奇异的刺激。我们消耗着绚丽多彩的青春，期待着美好的未来，一点也不觉得通向未来的道路有多么漫长，只管大踏步地向前进，同时咀嚼着树篱上的野花，嘴里充满一股甜美的味道和留有余香的苦涩。

"有时，我又路过巴黎，回到我度过勤学童年的那套房屋，小住几天或逗留几小时。屋里寂静无声，没有女人料理，衣物都胡乱丢在桌椅上。我端着灯，逐个察看房间，不想推开关闭多年的百叶窗，也不想拉开散发樟脑味的窗帘。屋里空气滞浊，有一股霉味。只有我的卧室还可以住人。在几间屋里，书房最昏暗也最寂静，书架上和书案上的书籍，仍然保持当初的排列。有时我翻开一本书，坐在灯前阅读——虽是白天还要点灯——很高兴忘记了时间；有时我也打开大钢琴，从记忆中搜索旧曲的节奏，只想起零星的片断，便住了手，以免过分伤感。次日，我离开巴黎，又流浪到远方。

"我天生一颗爱心。这颗爱心好似液体洒向四面八方。我觉得哪一种快乐都不是我个人的，要同邂逅的人共享。我一人独享的时候，也是过于自豪的缘故。

"有些人指责我自私，我就指责他们愚妄。我的本意，绝不爱任何人。无论男人还是女人，但我钟爱友情、亲情和爱情。我的爱仅仅是奉献，不是给予一个人而剥夺另一个人的。同样，我也不想独占任何人的肉体或心灵；在这方面也像在自然界那样，我到处流浪，哪儿也不停留。在我看来，任何偏爱都是不公正的；我要把自身交给大家，绝不交给某个人。

"我回忆每座城市，总要想起一次纵乐的情景。我在威尼斯参加过几次化装舞会，还在一只小船上尝到爱的欢乐。由提琴和笛子组成的一支小乐队伴奏，那小船后面还跟随几只小船，满载年轻女子和男人。我们驶向丽都，去那里迎接黎明。然而，旭日东升时，音乐早已停止，我们都疲倦地睡着了。就连虚假的欢乐给我们留下的这种疲惫，就连醒来我们感到欢乐已凋残的这种眩晕，我也都喜爱。我乘大船到别的港口，同水手们一起上岸，走进昏暗的小街，心中又开始责备自己不该产生这种渴望，去体验那唯一的诱惑。于是，到了那些低级下流的酒吧附近，我就丢下水手们，独自回到宁静的码头。夜晚静下心来，又想起那些小街，在遐想中，仿佛还听见那里传来的奇特而激动的喧哗。我更喜欢田野那些珍宝。

"然而，到了二十五岁，我明白，或者说我确信自己终于成熟了，该选择一种新的生活方式；发生这种变化，倒不是因为我厌倦了旅行，而是由于在流浪中过分增长的自尊心造成的苦恼。

"'为什么？'我问他们，'为什么你们还要我去远游？我当然知道路边的野花又开了，不过，那些鲜花现在等待的是你们。蜜蜂采蜜只有一段时间，然后就酿蜜了。'——我回到被遗弃的故居，从家具上拿掉衣物，打开窗户，再用流浪期间节衣缩食省出的一笔积蓄，买了许多珍玩、花瓶一类易碎的小摆设、珍本书籍，尤其凭着绘画的知识，以极低的价格买了一些画。十五年间，我像守财奴一样拼命积攒，不遗余力地充实自己，勤奋自学，掌握几种古代语言，阅读许多书籍，还学会弹奏多种乐器。每天，每一小时，都要花在卓有成效的学习上，尤其爱钻研历史和生物学，还熟悉各国文学。我广结友谊，况且，我博大的心灵和高贵的出身也不容我回避，我比什么都珍视友谊，但又绝不依附。

"五十岁那年，我瞧准机会，卖掉了所有东西。我凭着扎实的鉴赏力和对每件物品的了解，每件物品都卖出好价钱，两天之内就收入一大笔钱。我把钱存入银行，以确保长久的开销。什么都卖光，任何个人的东西也不留在世上，一点点往日的念心儿也不留。

"我对常陪我到田野散步的米尔蒂说：'像今天这样迷人的清晨，这雾气、这天光、这清新的空气，还有你这生命的搏动，你若能全身心投入进去，得到的乐趣不知要大多少倍。你似为乐在其中了，其实，你的生命最美好的部分被幽禁了，被你妻子、孩子、你的书本和学业攫取，并从上帝那里窃取走了。

"'你以为在眼前这一瞬间，就能直接、完全而强烈地感受生活，同时又不忘记生命之外的东西吗？你受生活习惯的束缚，生活在过去和未来中，不能凭本能感觉什么。米尔蒂，我们算什么，无非存在于这生命的瞬间；任何未来的东西还未降临，整个过去就在这瞬间逝去了。瞬间！你会明白，米尔蒂，瞬间的存在具有多大力量！因为，我们生命的每一瞬间，都根本无法替代。但愿有时你能专注于瞬间，米尔蒂，你若是愿意，而且能做到这一点，在这一瞬间不再牵挂妻室儿女，那么你在人间就单独面对上帝了。然而，你忘不了他们，总背负着你的全部过去，背负着你的全部情爱，以及在人间的全部牵挂，生怕这些失去似的。至于我，我的一切情爱，时刻在等待我，会给我一个新的惊喜；这种情爱，我始终了解，但是换个场合就认不出来了。要知道，米尔蒂，上帝以各种形式出现，专注一种形式，并且迷恋上，你就会迷住双眼。你的喜爱太专一，我看着真难受，但愿你能分散一些。你关闭的每扇门外，无不站着上帝。上帝无论以什么形式出现，都是值得珍视的，万物都是上帝的形体。'

"……我卖东西得到一笔钱之后，首先装备了一条船，带了三位朋友、几名船员和四名见习水手出海。我爱上了其中长得最不好的那个。不过，尽管他的抚摩非常温柔，我还是更喜欢观赏汹涌的浪涛。傍晚，我们驶进神奇的港湾，有时整夜寻欢作乐，天亮之前又离开。我在威尼斯认识一名佳妙无双的烟花女子，同她行乐三个夜晚；只因她长得太美了，我在她身边，就把我其他艳遇的情欢抛到九霄云外了。我那条船就是卖给了她，或者说送给了她。

"我在科莫湖畔的豪华别墅住了几个月，请来最文雅的乐师，还招来善于言谈又行事谨慎的美女。晚上，我们边聊天边听美妙的音乐，然后走下靠地面几级已被夜露打湿的大理石台阶，登上小船游荡，我们在情欢在节奏恬静的桨声中进入梦乡，归途中有时还睡意蒙眬，直到小船靠岸才猛然惊醒，偎在我怀中的伊多爱娜便悄然踏上岸边的石阶。

"第二年，我到旺岱，住在一座大园子里，请来三位诗人同住。他们歌颂我的款待，也吟诵有鱼儿水草的池塘、白杨林荫路、独立的橡树、丛生的榛树，以及园子的美观布局。秋季一到，我就叫人放倒园内的大树，特意把自己的居所搞成一片荒芜。园子变得面目全非，我们一大群人在里面闲逛，走在荒草丛生的林荫路上，无论走到哪儿都听得见伐木的斧声。横在路上的树枝常常剐住衣裙。伐倒的树木展现斑斓的秋色，真是无比绚丽，很久之后我还不想任何别的景象，须知我从那秋色看出自己的暮年晚景。

"此后，我到上阿尔卑斯省的一间小木屋住了一段时间，又去马耳他，住进一座白宫里，附近是老城的香树林，林中的柠檬像橘子一样又酸又甜；还坐在马车上漫游过达尔马提亚岛；再就是现在这座花园，坐落在佛罗伦萨小山上，正对着索菲尔山冈，今天晚上我邀请诸位来此聚会。

"请不要一口咬定对我说，我的幸福纯属机缘巧合：我固然有不少机遇，但是并没有利用。也不要认为我的幸福是靠财富实现的：须知我的心灵在世上无牵无挂，始终一无所有，我可以毫无留恋地死去。我的幸福基于奔放的热情。我狂热地崇拜，不加区别地穿越一切事物。"

二

我们登临的那座巨大的平台，从旋梯可以上去，它俯瞰全城，好似停泊在繁枝密叶之上的一艘巨轮，有时就像正驶往市区。这年夏天，等市井的喧嚣平息之后，我时常登上这艘臆想的轮船的高层甲板，品味夜晚凝思的恬静。嘈杂无声，升上来无不衰竭，犹如波涛汹涌，滚滚而至，高高的浪头扩展开来，拍击着墙壁。但是，我越爬越高，浪头再也打不到了。在平台的极顶，耳畔只有树叶的沙沙声以及黑夜热切的呼唤了。

碧绿的橡树和高大的月桂树，整齐地排列在林荫路两侧，高矗入天，树梢儿伸到平台边缘；不过，平台的圆形栏杆有几段突出去，仿佛悬在蓝天的阳台。我就是到那突出的部位坐下，一时浮想联翩，真以为是乘船航行。在城市另一侧黝黯的山峦之上，天空一片金黄色：细细的树枝从我所在的平台伸向灿烂的夕阳，还有几乎光秃秃的枝条冲向黑夜。城中仿佛烟雾缭绕，那是反光的尘土升到明亮的广场上空飘浮。在这高温的迷离夜色中，有时不知从哪儿放起一枚烟花，仿佛一声呐喊，呼啸着升空，画个半圆，随着一声神秘的爆破，又散落下来了。我爱这烟花，尤爱这一种，只见淡黄色的火星儿自如地散开，慢悠悠地降落，再看美妙的繁星，真以为也是这样突然奇幻产生的，而且那些火星儿散落之后，星星还缀满天空，就不免让人惊奇了……继而，渐渐地又认出每颗星所属的星座，于是心驰神往，久久不已。

"我身不由己，总受各种事件的支配。"约瑟夫又说道。

"活该！"梅纳尔克说道，"我还是喜欢这样看：不存在的东西，就是本来不可能存在的东西。"

三

那天夜晚，他们歌颂果实。梅纳尔克、阿尔西德和几个人聚会。伊拉斯当众吟唱

石榴谣

　　　　毫无疑问，三棵石榴籽，

就足以勾引起普洛塞耳皮娜^①的往事。

也许你还要久久地寻觅

灵魂不可能获取的幸福。

肉体的欢乐感官的欢乐，

别人要谴责也不必在乎，

随他谴责，我却不敢评说

肉体和感官的欢乐之苦。

热忱的哲人迪迪埃，我真敬佩，

你坚信自己的思想，并且认为

精神的快乐胜过一切快乐，

但这种喜爱不是人人都能具备。

我当然也爱你哟，

灵魂要命的战栗，

心之乐精神之乐，

肉欲我要歌唱你。

---

① 罗马神话中的冥后，宙斯和谷物女神得墨忒耳的女儿。

肉体之乐像芳草那样娇嫩，

又像绿篱的鲜花那样迷人，

但是要比牧草更快地枯萎或割倒，

也比一触即谢的绒线菊凋零得早。

视觉——最令我们懊恼的感官，

触摸不到的东西，会令我们遗憾。

我们的头脑容易捕捉思想，

而手却难抓住眼红的东西。

纳塔纳埃尔啊！

但愿你渴求的正是触摸之物，

不要希图占有更完美的东西。

我的感官最甜美的快乐，

就是已经解饮的焦渴。

毫无疑问，原野日出，

多么惬意呀，晨雾，

多么惬意呀，阳光，

多么惬意呀，赤脚下湿润的地面，

多么惬意呀，海浪打湿的沙滩；

还有在黑暗中亲吻的陌生嘴唇……

然而果实，纳塔纳埃尔，

果实，叫我怎么说呢？

你还没有尝到果实的滋味，

纳塔纳埃尔，正是这一点，

令我大失所望。

果肉细嫩而又多汁，

像带血的肉一样鲜美，

像流血伤口一样殷红。

果实并不声称特别解渴，

纳塔纳埃尔，

只盛在金丝篮中供人食用。

刚吃没味道，有点倒胃口，

不同于世界任何水果，

有点像熟透的番石榴，

果肉仿佛熟过了头；

吃完嘴里留下一股酸涩，

要消除酸涩应再吃一个；

只有吮吸果汁的瞬间，

才会领略美味的快感；

再想那乏味更觉恶心，

而这瞬间也尤觉销魂；

篮中水果很快吃下去，

只剩下最后一个垫底，

大家都不忍再分了吃。

唉！纳塔纳埃尔，

谁能说得准

唇上这苦涩多么难忍？

怎么用水也洗不净。

我们又想吃这水果，

整个心都感到焦灼。

集市上连续找三天，

只可惜季节已过。

纳塔纳埃尔，在浪游中，

在什么地方才能找见

又引起我们欲望的新水果？

有些水果我们在平台上品尝，

面对大海，面对西沉的太阳；

有些水果放进冰淇淋里，

还加少许利口酒和白糖。

有些水果要从树上采摘，

而私人果园四周有围墙，

正是夏天果熟的季节，

一边乘凉一边品尝。

还可以摆上几张小桌，

我们攀着树枝摇几摇，

果子在周围纷纷坠落，

嗜睡的果蝇惊得飞跑。

拾起落果放进大碗里，

我们闻香就馋涎欲滴。

有的果皮能把嘴唇弄脏，

只有渴极了才肯吃点儿。

我们常在沙石路边发现，

果子在叶丛中闪闪发亮，

手去摘时要被叶刺划破，

吃下去也并不怎么解渴。

有的可以用来做成蜜饯，

只需放在太阳下晒干。

有的经冬仍保留酸味，

吃几口就能倒了牙齿。

有的甚至在夏天，

果肉也总有凉意。

大家往往去小酒店，

就蹲在草席上尝鲜。

有的水果再也弄不到时，

一想起来就有口渴之感。

纳塔纳埃尔，

要不要我对你谈谈石榴？

在这东方集市上，

几文钱就出售。

堆在芦席上突然塌方，

只见好些滚落尘埃，

光身的孩子就哄抢。

石榴汁酸溜溜的，

就像未熟的覆盆子。

石榴花似蜡制作，

花色也如同果色。

深藏的珍宝，

蜂巢的隔层，

五角形筑造，

香味浓浓。

果皮开裂，

籽粒脱落，

血红的籽粒，

落进蓝色杯中，

还有金色汁液，

流入彩釉盘中。

西米阿娜，请把无花果歌颂，

只因无花果把爱藏在心中。

于是她说：我来歌颂，

无花果把爱藏在心中。

密室里举行婚礼，

花瓣紧紧合拢；

花香不外溢，

美味不外扩，

全部花香变美味。

朴实无华的花朵，

甜美可口的果实，

果实就是成熟的花朵。

她说：我歌颂了无花果，

你也来赞赞百花吧。

"好吧，"伊拉斯回答，"我们还没有唱完所有的花果。"诗人的天赋：动不动就大发感慨的天赋。

（在我看来，花的价值，就在于能结果。）

你还没有谈过李子。

> 树篱上的黑刺李，
>
> 经雪一冻甜如蜜。
>
> 欧楂要放烂了吃。
>
> 枯叶色的大板栗，
>
> 火上烤裂才好吃。

"记得有一天，我冒着严寒上山，从雪中采回来越橘。"

"我不喜欢雪，"洛泰尔说道，"那是一种神秘莫测的物质，还没有在大地上扎根。我讨厌雪那种刺眼的白光，把景物全埋没了。雪又那么冷，拒绝生命。我也知道，雪覆盖生命，保护生命，但是要等雪融化了，生命才能复苏。因此，我倒希望雪是灰色的、肮脏的，半融化状态，差不多跟雨水一样浇灌植物。"

"不要这样说，雪也同样很美。"于尔克说道，"雪只因爱得过分而融化的时候，才换上一副愁苦的容颜。你特别喜欢爱情，才愿意雪处于半融化状态。其实，雪在得意扬扬的时候，才显得非常美。"

"我们别争下去了，"伊拉斯说道，"我说：好极啦！你就别说：糟透啦！"

那天夜晚，我们每人都以歌谣体吟唱。莫利贝唱了一支

最著名的情人之歌

苏勒伊卡！为了你哟我才住口，

　　不再饮司酒官给我斟的酒。

鲍阿布迪[1]，我在格林纳达为了你

　　才给热内拉利夫的夹竹桃浇水。

巴尔基[2]，你从南方省来让我猜谜语，

　　我却成了苏莱曼[3]。

他玛[4]，我是你哥哥暗嫩，

　　因为不能占有你而断魂。

伯特莎贝，我正追一只金鸽，

　　登上我宫殿的最高露台，

　　忽见你要入浴，

　　赤裸着玉体走下来，

---

[1] 格林纳达最后一个国王。

[2] 自《可兰经》问世之后，阿拉伯作家就称赛伯伊国的王后为巴尔基。

[3] 即苏莱曼一世(1495—1566)，奥斯曼帝国苏丹。

[4] 他玛和暗嫩为兄妹，是大卫的儿女，暗嫩被他兄弟沙押龙杀害。

我就是让你丈夫为我自尽的大卫。

书念美女，我为你歌唱，

　　听来就像宗教的圣歌。

福纳丽娜，我在你的怀抱，

在你怀抱做爱而欢叫。

　　左贝伊德，我就是那天早晨你遇到的那个奴隶；当时我走在通向广场的街上，头顶着一只空篮子，而你叫我跟随你，叫我装满一篮子枸橼、柠檬、黄瓜、各种香料和糖果。我见你喜欢我，就向你喊累，于是你留我住下，陪伴你两个妹妹和三名出家的王子。我们每人轮流讲述自己的故事，并听别人讲述。轮到我时，我就说道："左贝伊德，同你相遇之前，我的生活没有故事，现在怎么能有呢？你不就是我的全部生活吗？"——顶篮子的奴隶说到这里，便大吃起蜜果（记得小时候，我特别渴望吃到《一千零一夜》中提到的蜜饯。后来我吃到了用玫瑰汁做成的蜜饯，还听朋友说过荔枝蜜饯）。

　　阿里阿德涅，我是过客忒修斯

　　　　把你遗弃给巴克科斯[1]，

---

① 罗马神话中的酒神。

以便继续赶我的路程。

欧律狄刻，我的美人儿，

　　我是你的俄耳甫斯[1]，

　　让你跟着好不心急，

　　只因回头望了一眼，

　　就把你抛在地狱里。

接着，莫普絮斯也唱了一支

不动产之歌

一看河水开始猛涨，

有些人就逃到山上，

还有人心想：淤泥能肥田；

另一些人心想：这回破了产；

还有人什么也不说，什么也不想。

河水已然涨得很高，

有些地方树木还看得见，

---

① 希腊神话中的歌手，善弹竖琴，去阴间寻找死去的妻子欧律狄刻，用乐声打动冥后。
冥后允许他把妻子带回人间，但一路上不得回顾。他快走到地面时，想回头看看妻子
是否跟来，结果欧律狄刻又回到阴间。

还有些地方露出房顶，

钟楼、高墙和远处的山峦，

另一些地方则什么也看不见。

有些农民将羊群赶上山，

还有些将小孩子抱上船；

另一些随身带上金首饰、

食物、证券和一切生财之物。

还有些农民什么东西也不带，

逃到船上漂洋过大海，

醒来发现到了陌生地，

有的到中国，有的到秘鲁，

还有些再也醒不来。

接着，居兹曼则唱了一支

疾病圆舞曲

在此仅录下最后一段

……

在达米亚特，我患了热症。

在新加坡，我浑身起了白色紫色疱疹。

在火地，我的牙齿全脱落。

在刚果河上，鳄鱼咬去我一只脚。

在印度，我得了一种萎靡病，

全身皮肤绿油油的又透明，

眼睛仿佛变大，充满了伤感。

我生活在一座灯火辉煌的城市，每天夜晚都发生形形色色的犯罪案件；然而，离港口不远的海面上，总漂浮着还没有派足苦役犯桨手的桨帆船。一天早晨，我登上一只船出海，总督交给我四十名桨手由我指挥。我们行驶了四天三夜，四十名桨手为我耗尽了惊人的臂力。他们划桨不停地搅动无穷的海浪，这种单调的疲劳动作，消磨了他们好滋事的精力。不过，他们的形象变美了，一个个沉思默想的神态，他们往昔的追忆在无垠的大海上流逝。傍晚，我们驶进一座运河纵横交错的城市，一座金色或灰色的城市，凭其灰褐色还是金黄色，则称作阿姆斯特丹或威尼斯。

四

傍晚，阳光灿烂的白昼刚刚结束，天色还没有完全黑下来，在菲索尔山脚下花园，西米阿娜、蒂梯尔、梅纳尔克、纳塔纳埃尔、海伦、阿尔西德和其他几个朋友聚会。那些花园坐落在佛罗伦萨城和菲索尔山之间，早在薄伽丘时代，庞菲尔、菲亚梅达就曾在那里吟唱。

天气炎热，我们在平台上吃过点心，又下来漫步在园中绿荫路上，吟唱了一阵，接着在桂树和橡树下徘徊，准备过一会儿，就躺在碧绿橡树掩映的一泓清泉的草地上，长时间休息，消除白天的疲倦。

我从一伙人走到另一伙人，只听见片言只语，不过大家都在谈论爱情。

"但凡情欲都快活，都值得体验。"埃利法斯说道。

"然而，不见得每一种都适于所有人，总应当有所选择。"

稍远处，特朗斯向费德尔和巴希尔叙述：

"我爱过一个卡比尔族女孩。她皮肤黝黑，肌体刚刚成熟，十分完美，在最娇柔，最沉迷的情欢中，能令人困惑地保持庄重的神态。她是我白天的烦恼，夜晚的欢乐。"

西米阿娜和伊拉斯都说：

"那是个经常要给人吃的小果子。"

伊拉斯唱道：

我们有几次小小的艳遇，就像大路边偷吃摘来的小酸果，真希望再甜点就好了。

我们坐到水泉旁边的草坪上：

……附近夜莺一阵鸣唱，我一时走神儿，没注意听他们的话，现在又听见伊拉斯说道：

"……我的各种感官都有各自的欲望。每次我要回到内心，总发现男女仆人坐满了餐桌，没有给我留下一点位置。贵宾席让渴欲占了，其他欲望也都纷纷争取那个位置，全桌闹得不亦乐乎，但是，所有欲望又联手对付我，一个个喝得醉醺醺的，一看见我走近餐桌，就群起而攻之，把我赶出去，拖到外面。我只好出来，到别处去给我的欲望采摘葡萄。

"欲望！美好的欲望，我要给你们带来压榨过的葡萄，再次给你们斟满巨大的酒杯，不过，你们要让我回到自己的居所，并且在你们醉入梦乡时，让我戴上紫藤和常春藤花冠，用以遮住我这额头的愁容。"

我本人也喝醉了，再也听不清别的谈话。有时，夜鸟停止啼鸣，夜显得格外幽静，仿佛独自一人凝望夜空。有时，我又似乎听见各处是人声笑语，同我们这伙人的谈话声交织在一起。那些声音说道：

> 彼此彼此，我们也经历了心灵的忧烦。
> 种种欲念不让我们塌下心来工作。
> ……
> 这一夏天，我的所有欲念都很焦渴。

都仿佛穿越了沙漠，

而我却拒绝给饮料喝，

知道喝多了会病倒。

（有的葡萄串上遗忘在安睡，有的葡萄串上蜜蜂在采蜜，还有的葡萄串上仿佛留住了阳光。）

每天夜晚有一种欲望坐在我床头。

次日黎明我发现它还没有走。

它在那儿守护我整整一通宵。

我走啊走，想把我的欲念拖疲劳，

不料仅仅把我的肉体累坏了。

现在，克勒奥达利兹则唱起：

我的一切欲望圆舞曲

不知昨夜做了什么梦，

醒来我的欲望就渴得不行，

睡梦中它们似乎穿越了沙漠。

在欲念和烦恼之间，

总徘徊着我们的不安。

欲念啊！你们就不会厌倦？

噢！噢！来了这小小的欢乐，

转瞬间就会过去！

唉！唉！我知道如何延续我的痛苦，

可是我的欢乐，却不知道如何驯服。

我的不安在欲念和烦恼之间徘徊。

在我看来，全人类就像个病人，在床上辗转反侧，想休息却怎么也无法入睡。

我们的欲望穿越了许多世界，

却从来没有得到餍足。

又渴望休憩又渴望欢乐，

大自然也挣扎得好苦。

我们在空荡荡的房间，

忧伤地高声呼喊。

我们登上塔楼，

只见到茫茫黑夜。

我们沿着干裂的堤岸，

哀号呼叫跟母狗一般。

我们在奥雷斯山上，像狮子一样怒吼；我们在盐湖岸边，像骆驼一样吃灰色藻类，吮吸空心茎中的汁液，只因沙漠里异常缺水。

我们像海燕，

飞渡了无处觅食的重洋。

我们像蝗虫，

为了果腹就一扫而光。

我们像海藻，

随着阵阵风暴到处漂荡。

我们像雪花，

任凭狂风卷得漫天飞扬。

噢！一死倒好，以求永远安息！但愿我的欲望终于衰竭，不再层出不穷地转生！欲望！我拖着你到处流浪；在田野里我让你凄惶，到了大都市我把你灌醉，把你灌得烂醉，却没有给你解渴；我让你沐浴在月色中，带你漫步，带你乘船在波浪上摇荡，好让你进入水上的梦乡……欲望！欲望！我拿你怎么办？你究竟要干什么？难道你就不会厌倦吗？

月亮从橡树枝叶间露出来，像往常一样，毫无变化，但是很美。现在，他们扎成几堆聊天，我只能零星听见几句。他们好像七嘴八舌，都在谈论爱情，根本不在乎有没有人听。

不久，谈话冷淡下来，而此刻，月亮隐没在橡树的繁枝密叶后面，大家挨着躺在叶子上，听着还喋喋不休的几个男女，但听不明白谈话的内容了，继而，那谈话声更加细微，传到我们耳畔，就混同青苔上溪流的潺潺声了。

西米阿娜忽然站起来，用常青藤做了一个花冠，我闻到撕破绿叶的清香。海伦解开长发，一直垂到长裙上。拉舍尔去采湿青苔，用来润润眼睛好睡觉。

连月光也消失了。我躺着不动，只觉心醉神迷，乃至有点感伤。我没有一起谈论爱情，但等天一亮就走，再去漫游。我头脑倦怠，早就想睡了。我睡了几个小时，天刚亮就上路了。

第五篇

一

多雨的诺曼底大地，驯化的乡野……

你说过：我们将在春天交欢，就在我熟悉的某某树丛下，在长满苔藓而隐蔽的某某地点，在白天的某一时辰，而且天气晴和温煦，去年在那儿鸣唱的鸟儿又去那儿欢唱。——然而，今年春天姗姗来迟，寒意料峭推荐一种不同的快乐。

夏季也无精打采，天气温和。你所盼望的女人没有来。于是你就说：这种种失望，至少秋天会来补偿，会来排遣我的烦恼。我估计她还是来不了，不过，至少树林会染上火红的秋色。有些日子还挺暖和，我就去池塘边上闲坐，去年那里落了许多枯叶。我坐在那里等待黄昏……在另一些日子的傍晚，我要下坡走到映着夕阳余晖的树林边缘。然而，今年秋雨连绵，树木染上霉斑，几乎没有着上秋色。池塘的水漫溢出来，你不可能到岸边闲坐。

＊ ＊ ＊

今年，我一直在田间忙碌，观看收割和耕地，眼看着秋季一天天过去。今年不同往年，秋天特别温暖，但是阴雨连绵。快到九月底，一场大风暴整整刮了十二小时，吹干了所有树木的半边。暴风没有刮落的那些树叶，就变成了金黄色。我离群索居，觉得这事儿和世上任何大事件同样重要，值得提一提。

＊ ＊ ＊

日复一日，晨昏朝夕，时光流逝。

清晨，有时天不亮我就起床，头脑还迷迷糊糊。唉！秋天灰蒙蒙的早晨！因情绪焦躁而彻底未眠，心灵没有得到休息，醒来疲惫不堪，真希望再睡下，尝一尝死亡的滋味。明天，我就离开这草地覆霜的萧瑟的乡间。狗在地穴里藏了面包和骨头，以备饥饿的日子；同样，我也知道在何处能找到快乐。我知道，在小溪拐弯的洼地有一丝暖风，在木栅栏上方挺立一棵未落叶的金色椴树；碰见铁匠铺的孩子上学，就冲他笑一笑，抚摩他一下；再往前走，能闻到厚厚的落叶的气味；我经过一间茅舍，可以冲一个女人微微一笑，亲一口她的小孩；铁匠铺叮叮当当的打铁声，秋天传到很远……"就这些吗？"——"算啦，睡觉吧！"——"事情也太微不足道了。"——"而我也太厌倦，不抱什么希望了……"

083

＊ ＊ ＊

在拂晓前朦胧夜色中启程，实在太遭罪了。灵魂和肉体都瑟瑟发抖，头昏眼花，还得寻找能够带走的东西。"梅纳尔克，你临行的时候，最喜欢什么？"他回答："最喜欢临死的滋味。"

当然，并不是看还有什么东西可以带走，而是放弃多少对我可有可无的东西。唉！纳塔纳埃尔，还有多少东西我们可以卸掉啊！灵魂再怎么卸空了，也不足以满满盛下爱——而爱情、期待和希望，唯有这些才是我们真正的财富。

啊！所有这些我们同样能生活的地方！幸福能繁衍的地方：勤劳的农场、不可估价的农活、劳累、无比安宁的睡眠……

出发吧！我们哪里停下哪里算！……

二　乘驿车旅行

我换下城里装束，以免总保持一种过分庄重的神态。

＊ ＊ ＊

他坐在旁边，紧紧靠着我。我感到他的心跳，便知道他是个活人；小小身躯的体温烤得我热乎乎的。他靠在我肩头睡着了。我听见他的呼吸声，呼出的热气令我难受，但是我不敢移动，怕把他弄醒。他那小小脑袋随着车子颠簸不停地摇晃。这辆车子挤得要命，其他人也都睡着了，在梦中打发残夜。

084

是的，不错，我体验过爱情，又是爱情，而且还有许许多多；可是，对当时的那种温情，难道我说不出一点体会吗？

是的，不错，我体验过爱情。

* * *

我成为游荡者，就是要接触一切游荡的东西。我怀着一股温情，对待一切无处取暖的东西，我十分热爱一切漂泊不定的东西。

* * *

记得四年前，我在这座小城度过一个黄昏；现在重游，同样是秋季，同样不是礼拜天，同样过了炎热的时刻。

记得那次也像今天这样，我在街上闲逛，一直走到城边，只见那里展现一座平台式花园，俯瞰着这个美丽的地方。

我沿着同一条路走去，认出所有的景物。

我又踏着上次的足迹，重温昔日的激动……有一条石凳我曾坐过。——"就是这儿，我在这儿看过书。""什么书呢？""哦！是维吉尔。""我还听见洗衣妇捣衣的声音。""我听见了。""那时一点儿风也没有……""就像今天这样。"

孩子们放学，从学校出来；记得那天也是。路上过往行人，也像上次那样。那天正值落日，现在恰巧黄昏，白天的欢歌行将止息……

就是这些。

"可是，这还不够做一首诗呀。"

"那就丢开吧。"我答道

* * *

我们有过拂晓就匆忙起来的情况。

车夫在院子里套车。

一桶桶水冲洗铺石街道。压水机井汲水的声响。

一夜思绪纷乱，未能成眠，起来脑袋昏昏沉沉。这地点又得离开；小小的卧室；这儿，我的头曾靠过一会儿；感受过，想过，失过眠。——死了算啦！随便什么地方（一旦命没了，就无所谓在哪儿，而且哪儿也不在）。

多少卧室一次次离开！多美妙啊一次次启程，我从来不愿意临行成为忧伤的场面。想到现在我有这个，心头总要一阵激动。

在这个窗口，我们再凭眺一会儿吧……一瞬间又产生出发的念头。我当即希望出发的瞬间在凭眺的瞬间之前……以便在这快要夜阑的时候，再眺望一下无限可能的幸福。

迷人的瞬间，向无垠的碧空抛了一朵曙光的浪花……

驿车备好了。出发吧！让我刚才所想的一切，跟我一起消失在出逃的迷惘之中。

穿越森林。不同温度气息的区域。最温暖的地段飘溢着大地的气息，最冷的地段散发着腐叶的气味。我又睁开闭着的眼睛。不错，那里是落叶，这里是翻耕的土地……

斯特拉斯堡

啊！"奇妙的大教堂！"——钟楼高耸入云！——在钟楼顶端，就像坐在摇摇晃晃的气球吊篮里，能俯视房顶上的鹳鸟。

正规而不自然，

还有长长的脚，

好似雕刻一般；目光缓缓移动，难得有这种观赏的机会。

旅 店

夜里，我到仓棚里睡觉；

早晨，车夫在草堆里把我找到。

旅 店

……

第三杯樱桃酒下肚，热血冲到我的脑门儿；

第四杯下肚，便有几分醉意，觉得所有物体都向我飘来，伸手可取；喝了第五杯，我所在的房间，这个世界似乎终于变得雄伟，而我的雄伟思想可以更加自由地演变了；

再喝下第六杯，我觉得有点喝累了，便进入梦乡。

（我们感官的所有乐趣，就像幻景一样残缺不全。）

旅 店

我品尝了旅店的浓酒，回味起来有一股紫罗兰的芬芳，让人酣睡了一中午。我也体验过夜晚喝醉的感觉，在你强大的思想重压下，整个大地仿佛摇晃起来。

纳塔纳埃尔，我来对你谈谈醉意吧。

纳塔纳埃尔，最简单的满足，就往往令我沉醉，而且在满足之前，欲望已经使我醉意醺醺了。我在旅途上，首先寻求的不是旅店，而是饥饿感。

醉意，由空腹产生，尤其大清早就赶路，那饥饿就不再是食欲，而是眩晕了。行路一直到黄昏，又有焦渴产生的醉意。

我饿极了，觉得粗茶淡饭也无比丰盛，就像穷奢极欲的宴饮。我满怀激情，体味我生命的强烈感受。但凡触碰我感官的东西，无不给我带来快感，如同我这可以触摸的幸福。

我也体验过微微改变思想的醉意。记得有一天，我的活跃思想，就像一节节抽出来的圆筒望远镜。总以为抽到最后一根，已经细极了，结果又抽出一根更细的。记得还有一天，我的思想变得十分圆滑，只好任其滚动了。还记得有一天，我的思想变得极富弹性，每种思想都相继采取所有其他思想的外形，相互变来变去。有时，两种思想平行，仿佛永远延伸下去而不相交。

我还体验过这样一种醉意：它能使你相信自己比实际上更善良，更高尚，更可敬，更有德行，更富有……

秋　天

农民在大田里正忙着秋耕，薄暮中垄沟扬起烟尘；耕马疲惫了，走得越来越慢。每天黄昏都令我陶醉，就好像头一回闻到泥土的气息。暮色中，我总喜欢坐到落叶满地的路边斜坡上，聆听耕田的农夫唱歌，观赏疲倦的夕阳要在天边的原野上安眠。

潮湿的季节，多雨的诺曼底大地……

漫步。……荒野，但并不崎岖。……悬崖峭壁。……森林。……冰凉的溪流。树荫下小憩，谈天说地。……橙红色蕨草。

"牧场啊！"我们心中暗想，"我们在旅途中为什么没有遇见你，我们多希望纵马从你上面飞驰而过"（牧场周围有森林环绕）。

黄昏散步。

夜晚散步。

散　步

……"生存"，对我来说，变得乐趣无穷。我真想普遍尝试各种生存方式，尝试鱼类和植物的生存方式。在感官的各种愉悦之中，我最想尝到的是触摸的快感。

原野上一棵树，独立秋雨中，枯黄的叶子纷纷飘落。我想雨水长时间浇灌，它深深扎在地下的根须早已浸饱了。

在那种年龄，我还是光着脚，直接踏着湿乎乎的地面、汩汩流淌的水洼、清凉或热乎的泥浆。我知道自己为什么这样喜欢水，尤其喜欢湿漉漉的东西，只因水比空气更能直接让我们觉出温差的变化。我喜欢潮润的秋风，喜欢诺曼底多雨的大地。

拉罗克

大车运回收获的芳香的食粮。

仓棚里堆满了饲草。

沉重的大车，你碰撞着路坡，在辙沟里颠簸；有多少回呀，我和晒草的野小子躺在草垛上，由你从田间载回！

啊！什么时候我还能躺夜草堆上，等待黄昏降临？……

黄昏降临了，我们到了仓棚门口，只见这农家院里还逗留一抹夕阳的余晖。

三　农家院

农　夫

农夫！歌唱你的农家院吧。

我要在你这仓棚附近休息一会儿，畅想饲草的清香将唤我忆起的夏天。

拿上你的所有钥匙，一扇一扇将门给我打开。

头一扇是草棚的门：

啊！时光有多么忠实呀！……啊！我怎么不挨着草棚，躺在温暖的草堆上休息，何必到处流浪，凭着一股热情去战胜沙漠的焦渴呢！……留在这里，我可以倾听收割者的歌声，可以清闲自在地看着大车载回沉甸甸的收获——无比珍贵的食粮，仿佛是我的欲望种种疑问所期待的答复。我无须再到原野上寻求什么，在这里从容不迫地就能完全满足我的欲望。

有笑的时刻，就有哭过的时刻。

有笑的时刻，过后，自然就有回忆笑过的时刻。

纳塔纳埃尔，毫无疑问，肯定是我本人，而不是别人，观看过这些青草随风摇晃——这些青草，现在枯萎了，同所有割倒的东西一样，散发着干草味儿……这些青草活着，绿油油的，又变成金黄色，在晚风中摇曳。——唉！怎么不回到那个时候，躺在草地边上……高高的青草迎接我们的欢爱！

小猎物在草叶下来回奔跑，跑过的每条小径都堪称林荫大道。我俯下身子，仔细察看地面，由一片叶子到另一片叶子，由一朵花到另一朵花，我看见成群的小昆虫。

我从绿叶的光泽和花瓣的质地，就能看出土壤的湿度。哪片草地开满了雏菊，然而，我们更喜欢那块草坪，那是我们欢爱的地方，白花花开满伞状花：有的小巧玲珑，有的形同大摇篮，色彩发暗，花瓣硕大。暮晚时分，草地变成深绿色，所有白花恍若脱离了花茎，由升腾的雾气托起，亮晶晶的，宛若漂浮的水母。

＊ ＊ ＊

第二扇是谷仓的门：

谷粒，我要赞颂你们。食粮。金黄的麦子，期待中的财富，无比珍贵的食物。

哪怕我们的面包吃光！谷仓，我还有你的钥匙。谷粒，你们就堆在谷仓里。你们让我全吃下去，难道还不能解饿吗？田野上有天空飞鸟，在谷仓里有成群的老鼠，而我们餐桌上坐着所有穷人……你们余下来的，是否能解除我的饥饿？……

谷粒，我抓了一把保留，等到春光明媚的季节，就播种在我这肥沃的田地里：一粒产一百粒，另一粒产一千粒。

食粮啊！食粮，我越饥饿，你也越丰美。

麦子啊，你刚生出来，像青青的小草，告诉我，你这弯弯的茎秆儿，能支撑多沉的金黄的麦穗儿？

金黄的麦秸、金黄的麦穗、金黄的麦捆——我播下的一把种子……

＊　＊　＊

第三扇是乳品房的门：

　　安歇！宁静！柳条箩筐不断滤滴，乳酪逐渐干缩，
再放在金属网箱里压成实块。七月三伏天的凝乳，气味
更新鲜、更寡淡，不，不是寡淡，而是隐隐约约有一股
酸味，淡淡的，吸到鼻孔深处才能觉出来，可以说已经
从嗅觉到味觉了。

　　搅乳器十分洁净。小块小块的黄油用甘蓝菜叶托
着。农妇两手红红的。窗户总敞着，但是装了金属纱
网，以防猫和苍蝇进入。

　　一排排大碗盛满牛奶。牛奶的颜色日益变黄，直到
奶油全部浮上来，慢慢结层，先是膨胀，继而又皱缩，
乳汁就这样脱脂了。等乳汁完全变清，就捞出奶油……
不过，纳塔纳埃尔，全过程我讲不清。我有一位务农的
朋友，他讲起来才头头是道呢，他告诉我每种东西的用
途，就是乳清也不能白扔（在诺曼底，乳清用来喂猪，
此外似乎还有更好的用场）。

＊　＊　＊

第四扇是牛棚的门：

093

牛棚里热乎乎的，叫人难以忍受，但是奶牛的气味很好闻。啊！真想回到孩提时代，我和浑身流汗气味好闻的农家孩子一起，在奶牛的腿之间钻来钻去，到食槽角落里找鸡蛋，连续几小时看着奶牛，看奶牛拉屎，啪的一声摊在地上，我们还打赌，看哪一头先拉屎；有一天我吓跑了，以为有一头牛会突然产下一只牛犊。

* * *

第五扇是果品贮藏室的门：

阳光普照的窗前，一串串葡萄吊在细绳上，每一粒都在酝酿和成熟，默默地咀嚼着阳光，酿制着芬芳的糖分。

梨。成堆的苹果。水果啊！我吃了你们多汁的果肉，把核儿吐到地上。让果核儿发芽，再给我们带来欢乐吧！

小小的杏仁，蕴藏着奇迹；果仁，微观的春天，在睡眠中等待。两个夏季之间的果实，历夏的种子。

纳塔纳埃尔，我们还要想一想，种子发芽的痛苦状（胚芽冲出核壳所付出的努力令人敬佩）。

然而现在，让我们惊叹这一点：每次孕育都伴随着快感。果实由美味包裹着，由欢乐不懈地追求生命。

果肉，爱情醇香的结晶。

* * *

第六扇是压榨室的门：

啊！厂棚下热气减退了，真希望此刻，我和你并排躺在压榨过的苹果中间，躺在压榨过而酸味刺鼻的苹果中间。啊！书念美女，我们一起来尝试一下，我们的身体躺在湿漉漉的苹果上，所产生的快感，凭借苹果圣洁的香味，会不会持续久些，会不会那么快就消失呢……

压榨机轮转动的声响伴随着我的回忆。

* * *

第七扇是蒸馏室的门：

光线昏暗。炉火熊熊。机器黑乎乎的。大盆的铜光闪亮。

蒸馏器，神秘流出的液汁，都十分珍惜地接收（我见过以同样方法接收松脂、樱桃木变质胶、韧性的无花果树乳汁、棕榈树截顶流出的酒液）。细口的玻璃瓶，醉醒的波涛在你这里面汇流，汹涌激荡。酒精，你集中了水果中全部甘美和烈性的成分，以及鲜花里全部甘美和芬芳的成分。

蒸馏器啊！要蒸馏出金色的液滴（有的比樱桃浓汁还要味美，有的像草地一样芬芳）。纳塔纳埃尔！这真是神奇的幻象，就仿佛整个春天浓缩在这里……啊！现在，让我的醉意像演戏一般，一幕幕展现春天吧！让我痛饮吧，等一会儿我就不再注意是关在这黑房子里……让我痛饮吧，既解脱我的精神，又让我的肉体领略我渴望的其他一切地方的景象。

* * *

第八扇是库房的门：

噢！我的金杯子打碎了——我清醒过来了。沉醉一向是幸福的替身。马车！随时都可能逃逸。雪橇，冰天雪地，我要把我的欲望套在雪橇上。

纳塔纳埃尔，我们走向万物：我们将陆续接触那一切。我的马鞍两侧的皮套里装有金子，箱子里装有几乎能让人喜欢寒冷的皮裘。车轮，谁会计算你奔逃时转动的圈数？马车，轻便的房屋，寄居我们悬望的快乐，让我们一时兴起将你劫走吧！犁铧，让牛带你在我们的田地上漫步吧！你要像尖刀一样翻耕土地吧！犁铧放在仓库里不用会生锈，所有农具都一样……我们身上的各种惰性哟，你们全在痛苦中等待，等待套上一种欲望拉走你们，那得是向往最美丽的地方的人……

雪橇！我要把我的全部欲望给你套上，让我们飞驰，在你后边扬起雪尘！……

最后一扇门向旷野敞开。

第六篇

林叩斯 ①

入世来观察，受命来守望。

——歌德（《浮士德》第2卷）

上帝的戒律，曾使我的灵魂受苦。

上帝的戒律，将有十条还是廿条？

界限要紧缩到何等程度？

是否教诲人禁忌日益增加？

而渴望我认为人间美好的事物，

是否还要受到新的惩罚？

① 林叩斯：希腊神话中的英雄，五十勇士之一。他乘船泛海，历尽艰险，取回被盗走的金毛羊。林叩斯拉丁文意为"锐利的眼睛"。歌德在《浮士德》中写道："千里眼林叩斯目光炯炯，不舍昼夜，引导航船通过暗礁和海滨。"

上帝的戒律，曾使我的灵魂病恹恹，

并用高墙封住唯一能让我止渴的水源。

……

但如今，纳塔纳埃尔，

我心里充满了怜悯，

认为人类的过错情有可原。

* * *

纳塔纳埃尔，我要告诉你：一切事物，都异乎寻常地自然。

纳塔纳埃尔，我要对你谈谈这一切。

小牧童，我要把没有镶金属的牧杖交到你手中，我们再带领尚无主人的羊群，缓慢地走向每个地方。

牧童啊，我要把你的欲望，引向世间一切美好的事物。

纳塔纳埃尔，我要让新的干渴在你的嘴唇上燃烧，然后把满杯的清凉水送到你唇边。我喝过，知道哪里有能解渴的清泉。纳塔纳埃尔，我要向你讲述清泉：

有从山岩间喷出的泉水；

有从冰川下涌出的泉水；

有的泉水乌蓝乌蓝，显得格外幽深。

（锡拉库萨的西雅耐泉之格外奇妙，也正是这个缘故。）

湛蓝的泉水，披荫的泉眼；纸莎草丛水花飞溅；我们从小舟上俯视，只见碧身小鱼浮游在宛若蓝宝石的沙砾上。

在宰格万，从仙女洞涌出的水流，当年还灌溉过迦太基。

在沃克吕兹，水从地下汩汩涌出，仿佛流经悠久的岁月，其势已成江河；人们可以从地下溯流而上，看到水流穿过洞窟，没入黝黯中。火炬的光亮摇曳而压抑，接着，前方一段尤为黑暗，令人想道：恐怕到了源头，再也不能溯流而上了。

有的泉水含有铁质，把岩石染得色彩斑斓。

有的泉水含有硫黄，绿莹莹的温泉，乍看上去好像有毒。其实，纳塔纳埃尔，人下水沐浴，肌肤就会变得柔软滑润，浴后再抚摩身子，更是妙不可言。

有的泉水一入黄昏便升起雾霭，乘着夜色飘浮，到了清晨才慢慢消散。

有的泉水细流涓涓，隐没在苔藓和灯芯草丛里。

有的泉水是浣纱女的天地，也是磨坊的动力。

永不枯竭的源泉啊！水流喷涌。泉眼之下水源多么丰足，荫蔽的蓄水层、露天的水潭。坚硬的岩石会因为崩裂，光秃的山坡将草木葱茏，不毛之地将生机勃勃，荒漠将变成花的海洋。

地下涌出的泉水远远超过我们的渴求。

水不断更新，天空的云雾重又降下来。

倘若平原缺水，那就让平原去山中痛饮……或者让地下暗流把山中水引向平原。——格勒纳德巨大的灌溉网。——水库，泉洞。——自不待言，泉水有奇特的美，沐浴其中美不胜收。游泳池啊！游泳池！我们出浴便全身洁净。

宛如晨曦中的朝阳，

宛如夜雾中的月亮，

我们在你的清波里。

将洗浴疲惫的肢体。

源泉有奇特的美；从地下滤出的水，像穿过水晶一般明净，饮之如琼浆玉液入腹。泉水清淡得像空气，无色无臭，近乎无存，只因其无比清冽，才感到其存在，恰似深藏不露的美德。纳塔纳埃尔，你是否理解人为何渴望畅饮这种水？

我感官的最大快乐，

是已经解除的干渴。

纳塔纳埃尔，现在我给你咏唱：

我解除干渴的圆舞曲

满斟的杯子，

甚于接吻的诱惑，

吸引着我的嘴唇，

端起来一饮而尽。

我感官的最大快乐，

是已经解除的干渴……

各色纷呈的饮料，

是用压出的橘汁

或柠檬汁来制成，

酸中还带点甜味，

才如此爽口清醇。

我喝过玻璃杯中的饮料，

杯子薄得令人担心：

唇触即破，遑论牙齿。

杯中的琼浆特别甘美，

同嘴唇几乎毫无隔阂。

我也喝过软杯中的饮料，

只要用手稍微挤压，

汁液就会升到唇边。

我还用客栈的粗杯，

饮过甜腻腻的糖水，

那是顶着烈日走了一天，

薄暮时分投进客栈。

池中水有时凉冰冰，

令我尤觉夜色的清芬。

我也喝过装进皮囊里的水，

有一股涂沥青的山羊皮怪味。

我几乎趴在溪边畅饮，

真想跳进去洗个痛快，

赤裸的双臂插进流水，

直到在溪底荡漾的白卵石……

但觉凉意由双臂流遍周身。

牧人用双手掬水解渴，

我劝他们用麦管汲饮。

在夏天最炎热的时刻，

有时我顶着烈日步行，

存心产生强烈的干渴，

再将干渴消弭于无形。

朋友，你可曾记得：在我们那次艰苦卓绝的旅行
中，有一夜我们睡下又起来，浑身大汗，去饮那瓦罐里
冰凉的水？

蓄水池、暗井，妇女要下去汲水。从未见过天日的
水，带着阴凉的气味，水质特别新鲜。

水异常清澈，而我却希望水色湛蓝，最好发绿，能
让我更加感到凉意迎人，并略带茴香味。

我感官的最大快乐，

是已经解除的干渴。

不！满天的星斗、大海的珍珠、海湾上的点点白羽，我尚未
一一清数。

还有那树叶的絮语、晨曦的笑容、夏日的欢颜。现在，我复
有何言？只因我缄默不语，你就以为我的心会恬静吗？

啊！沐浴在碧色中的田野！

啊！浸渍在蜜汁里的田野！

蜜蜂将飞还，满载着蜂蜡……

我见过暝色中的海湾：黎明还隐匿在如林的帆樯后面。晨曦中，小舟悄然无声地从大船之间划出；舟上人低头弯腰，好从绷直的缆绳下通过。夜间，我见过无数的弘舸启航，一艘艘隐没在黑夜里，复驶向白昼。

* * *

小径上的卵石，没有珍珠那么明亮，也没有泉水那么晶莹，但是却熠熠闪光。在我走过的林荫小径上，卵石静静地接收阳光。

然而，关于磷光现象，唉！纳塔纳埃尔，我能讲些什么呢？磷体有无数的细孔，能吸收灵光，还接受并遵从一切法则，通体透明。你没见过，穆斯林城墙夕照红，夜间便微微发光。幽邃的城墙，白天阳光泻入：中午（阳光储存起来），城墙呈白色，好似金属一般，夜间再徐徐释放，娓娓叙述阳光。——城池啊！在我看来，你像个透明体！从山丘上眺望，你在漆黑的夜幕笼罩下闪闪发光，宛如一盏象征虔诚之心的白玉琉璃灯，那光亮充盈，像透过细孔，形成乳白色的光晕。

幽暗中马路上的白色卵石，光的贮存库。暮霭中荒原上一丛丛白色欧石楠、清真寺里一块块大理石地板、海中岩洞开放的一朵朵海葵花……一切白色都是贮存的光。

我掌握了根据吸光的能力来判断各种物体。有些物体白天能接收阳光，到夜晚就好像光细胞。我见过正午原野上的激流，从远处黝黯的岩石上泻下来，水花飞溅，闪着万道金光。

不过，纳塔纳埃尔，我在这里只想对你谈"有形之物"，绝不谈

无形的事物

——因为

……正像那些千姿百态的海藻，一旦捞出海面，就黯然失色了……

如此，等等。

——变化无穷的景物不断向我们昭示：我们尚未认识景物所包容的幸福、沉思和愁绪的所有形式。我知道，童年时期有些日子，我还常常感到忧伤，但是一来到布列塔尼的荒原上，我的忧伤情绪便顿时烟消云散，似乎为景色所吸收融合了；因此，我能直面自己，赏玩自己的愁绪。

无穷无尽的新鲜事物。

他干了一件极普通的事儿，然后说道："我明白了：这事儿从来没有人干过，也从来没有人想过，说过。"——忽然，我觉得一切都纯真无邪。（世界的全部历史都包含在此时此刻中。）

7月20日　凌晨二时

起床。——"千万不能让上帝等待啊！"我一边起床一边嚷道。不管起得多么早，你总能看到生活在运行；生活睡得早，不像我们似的叫人等待。

曙光，你是我们最亲密的快乐。

春天，是夏天的曙光！

曙光，是每日的春天！

我们还未起床，

彩霞就已出现……

然而对月亮来说，

彩霞从来不算早，

或者说不算太晚……

睡　眠

我体验过夏天的午睡——中午的睡眠——是在凌晨就开始的劳作之后，疲惫不堪的睡眠。

下午二时。——孩子睡下了。沉闷的寂静。可以放点音乐，但是没有动手。印花布窗帘散发的气味。风信子和郁金香的芬芳。贴身衣物。

下午五时。——醒来，遍身流汗，心跳急速，连连打寒战，头轻飘飘的，百体通泰；肌肤的毛孔张开，似乎每一事物都能畅快地侵入。太阳西沉。草地一片金黄，暮晚时分方始睁开眼睛。啊！向晚的思绪如水流动！入夜时鲜花舒展。用温水洗洗额头，外出……靠墙的行行果树。夕照下围墙里的花园。道路；从牧场归来的牛羊；不必再看落日——已经观赏够了。

回到室内。在灯下重又工作。

纳塔纳埃尔，关于床铺，我能对你说些什么呢？

我曾睡在草垛上，也曾睡在麦田的垄沟里、沐浴阳光的草地上，夜晚还睡在饲草棚；我曾把吊床挂在树枝上，也曾在波浪的摇晃中成眠，睡在甲板上或者船舱狭窄的卧铺上，对着木讷的独眼似的舷窗。有的床上有靓女在等候我；在另一些床上，我也曾等候娈童。有的床铺极为柔软，好像和我的肉体一样专事做爱。我还睡过营房的硬板床，仿佛坠入地狱一般，我也曾睡在奔驰的火车上，无时无刻不感到在行进中。

纳塔纳埃尔，有入睡前美妙的养神，也有睡足后美妙的苏醒，但是没有美妙的睡眠。我只喜欢我认为是现实的梦。须知最甜美的睡眠也抵不上醒来的时刻。

我习惯面向大敞的窗户睡觉，有一种露宿的感觉。在七月酷暑的夜晚，我赤身裸体躺在月光下，到了黎明，乌鸦的鸣叫把我唤醒；我全身浸到冷水中，这么早就开始一天生活，未免扬扬得意。在汝拉山中，我的窗户俯临山谷；时过不久，谷壑就积满了雪。我躺在床上就能望见树林的边缘，乌鸦和小嘴乌鸦在那上空盘旋。清晨，羊群的铃铛声音把我唤醒。我的住所附近有一眼山泉，牧人赶着羊群去那儿饮水。这些情景还历历在目。

在布列塔尼的旅店里，我的身子喜欢接触带有好闻的浆洗味的粗布床单。在贝尔岛上，我被水手们的歌声吵醒，便跑到窗口，望见一只只小船划向远方。继而，我跑向海边。

有些住所环境极美，但是无论哪处我也不愿久留。担心门窗一关便成陷阱。那是禁锢精神的囚室。流浪生活就是放牧生活。——（纳塔纳埃尔，我要把牧杖交到你手中，该轮到你照管我的羊群，我累了。现在你就出发吧，各个地方都畅通无阻，而永不餍足的羊群总是咩咩叫唤，奔向新的牧场。）

纳塔纳埃尔，也有些新奇的住所令我留恋，有的在林中，有的在水边，有的特别宽敞。然而，我基于习惯，一旦不再留意住所，就丧失了新奇感；我又受窗外的景色吸引，开始遐想了。于是我便离去。

（纳塔纳埃尔，这种追求新奇事物的欲望，我无法向你解释清楚。我似乎根本没有触碰，没有破坏任何事物的新鲜感。然而，初见一种事物的一刹那感受十分强烈，以致后来重睹旧物就难以增强当初的印象。我之所以常常重游旧城故地，是想更仔细地体会时日和季节的变化，这在熟悉的场所容易感受些。我在阿尔及尔逗留期间，每天傍晚都要去一家摩尔人开的小咖啡馆，也是想观察从一个黄昏到另一个黄昏每个人极细微的变化，观察时间如何缓慢地改变这样一个小小空间。）

在罗马，我住的客房在平奇奥附近，与街道齐平，窗口安有铁栏杆，形同囚室。卖花女来向我兜售玫瑰花，空气中弥漫着芳香。在佛罗伦萨，我坐在桌前，就能望见那上涨的阿尔诺浑浊的河水。在比斯克拉的露台上，夜晚万籁俱寂，梅丽爱玛出现在月光下。她浑身裹着撕破的肥大白罩袍，来到玻璃门前，笑盈盈地把罩袍抖落。我的卧室里已给她摆好了点心。在格勒纳德，我在卧室的壁炉上，放的不是烛台，而是两个西瓜。在塞维利亚，有一些幽深的庭院，是用浅色大理石铺砌而成，绿荫覆盖，水汽氤氲，十分清爽；水涓涓细流，在庭院中央小水池里淙淙作响。

一道厚围墙，既能阻挡北风，又能吸入南来的光照，一座活动房子，能迁移，还能接受南边的全部恩惠……纳塔纳埃尔，我们的房间该是什么样子的？美景中的一个寄身之所。

我还要对你谈谈窗户：在那不勒斯，晚间在阳台上，陪着几位身着浅色衣裙的女子闲谈、遐想；半垂的帷幔把我们同舞会上喧闹的人隔开。谈话是那么装腔作势，真叫人难受，导致难堪的冷场。从花园里飘来橘花的浓烈香味，传来夏夜鸟儿的歌声。在鸟儿鸣唱的间歇中，能隐隐约约听见浪涛的拍击。

阳台；插有紫藤和玫瑰的花篮；夜间休憩；温馨。

（今晚，一阵凄厉的暴风雨，在我的窗外呜咽，雨水顺着玻璃窗流淌；我力图喜爱这暴风雨，胜过喜欢一切。）

纳塔纳埃尔，我再向你谈谈城市：

我看士麦那宛如一位熟睡的少女，而那不勒斯却像一位沐浴的荡妇，看那宰格万则像一个被曙光映红面颊的卡比利亚牧人。阿尔及尔白天在欢爱中战栗，夜晚在欢爱中忘情。

在北方，我见过在月光下沉睡的村庄，房屋的墙壁蓝黄两色错杂。村落周围展开一片旷野，田地上一堆堆大草垛。我出门走向空旷无人的田野，归来时村庄已经沉睡。

城市与城市不同。有时你真弄不清为何兴建。啊！东方的城、南方的城；平顶房舍的城，那屋顶是白色的露台；夜晚，浪荡的女子在露台上做美梦。寻欢作乐，爱的狂欢；广场上的路灯，从附近的山丘望去，犹如夜间的磷火。

东方的城市！火红热烈的节日。有些街道，当地人称为"圣街"，那里的咖啡馆挤满了妓女，她们跟着刺耳的音乐起舞。身穿白袍的阿拉伯人出出进进，甚至还有少年，在我看来年龄很小，居然已经懂得做爱了（有的人嘴唇比刚孵化的小鸟还热乎）。

北方的城市！火车站台、工厂、烟雾蔽空的城市。纪念性建筑物、千姿百态的钟楼、宏伟壮观的拱门。林荫大道上的马队、行色匆匆的人群。雨后发亮的柏油马路、大街两旁无精打采的栗树、始终等待你的女人。夜晚，无比温柔的夜晚，稍一招引，我就会感到全身酥软了。

十一点钟。——围墙，铁窗板的刺耳声响。城区。深夜，街道阒无一人，在我经过时，老鼠飞速地窜回阴沟。从地下室的气窗望进去，能看到光着半截身子的男人在做面包。

——嘿！咖啡馆！——我们在那里一直闹到深夜。醉意和谈兴驱走了睡意。咖啡馆！有的挂满画幅和镜子，显得富丽堂皇，出入的全是衣着考究的雅客。在另外一些小咖啡馆里，舞女唱着滑稽下流的小调，边跳边把短裙撩起。

在意大利，夏天的夜晚，咖啡馆露天座一直摆到广场上，供应美味的柠檬冰淇淋。在阿尔及利亚，有一家咖啡馆顾客常去抽大麻，我在那里险些遭人杀害；次年，警察局查封了那家店铺，因为去那里的人无不形迹可疑。

仍旧谈咖啡馆……啊！摩尔人开的咖啡馆！有时来一位说书人，讲述一个长篇故事。多少个夜晚，我尽管听不懂，还是去听他说书！德尔布门的小咖啡店，毫无疑问，我最喜欢你，傍晚安静的场所：一间土屋，坐落在绿洲的边缘，走出不远就是一片沙漠。我从那里看到，白天越是闷热，夜晚就越是恬静。在我近旁，吹笛人神情专注，吹着单调的曲子。——于是我想起你，设拉子的小咖啡馆，诗人哈菲兹颂扬过的咖啡馆。哈菲兹，陶醉在爱情和司酒官的酒中，静坐在露台上，几枝玫瑰伸到他身边；哈菲兹，挨着酣睡的司酒官，彻夜作诗，等待天明。

（但愿我生在这样一个时代：诗人只需以简单列举的方式来咏唱世间一切事物。这样，我就逐一赞赏每种事物，而这种赞美就表明事物的价值，这便是它存在的充足理由。）

*　*　*

纳塔纳埃尔，我们还没有一道观察树叶。叶子的各种曲线……

树木的叶丛；绿色的洞窟，叶间的缝隙；微风轻拂，枝叶婆娑，变幻不定；形状的旋涡；破裂的绿壁；富有弹性的框架；溜圆的摇曳；薄页和蜂房……

树枝参差的摇动……缘于细枝的弹性不同、抗风的能力各异，经受风力冲击的强弱也就不同……——我们换个话题吧……谈什么呢？既然不是做文章，也就无须选材……那就信手拈来！纳塔纳埃尔，信手拈来！

——身上的全部感官，突然同时集中到一个点，就能（也很难说）使生命的意识完全化为接触外界的感觉……（反之亦然）。
我到此境界，占据了这一洞穴，只觉得

传入我耳朵的是：

这潺潺不停的流水声、松涛忽强忽弱的呼啸、蝈蝈
儿时断时续的鸣叫，等等。

映入我眼帘的是：

太阳下溪流的粼粼波光、松涛的起伏……（瞧，一
只松鼠）……我的脚在碾动，在这片苔藓上碾了个洞，
等等。

侵入我肌肤的是：

这种潮湿的感觉、这青苔的绵软的感觉（噢！什么
树枝扎了我一下？……）我的额头埋在手掌里、手掌捂
着额头的感觉，等等。

钻入我鼻孔的是：

……(嘘！松鼠靠近了)，等等。

这一切汇总起来，打成一个小包。——这就是生命。——只有这些吗？——不，当然还有其他东西。

你认为我仅仅是各种感觉的一个聚合体吗？我的生命始终是：这个，加上我本人。——下一次我再向你谈我本人。今天不再给你唱

精神的不同形式的圆舞曲

也不唱

挚友圆舞曲

更不唱

各种际遇的叙事曲

叙事曲中有这样一段歌词：

在科莫，在莱特，葡萄成熟了。我登上一座大山丘，上面有古城堡的残垣断壁。葡萄的味道太甜腻，闻着不舒服，仿佛呛入我的鼻孔深处；但是吃了之后，却没有吃出什么特殊的滋味。——不过，我又饥又渴，几串葡萄足以把我醉倒。

……其实，在这首叙事曲中，我主要谈论男人和女人。现在我不想对你讲述，是不愿意在本书中诋毁什么人。恐怕你也了解，本书没有人物，就连我本身，也仅仅是个幻影而已。纳塔纳埃尔，我是守望城楼的林叩斯。长夜漫漫。曙光啊，我在城楼上翘首呼唤你！怎么绚烂也不算过分的曙光！

我向往新的光明，直到夜阑。如今我还未盼到，但还是寄予希望，我知道从哪个方向破晓。

毫无疑问，全体人民都在准备；我在城楼上，就听见街头喧声鼎沸。天将黎明！欢腾的人民已迎着旭日前进。

"你对黑夜有什么看法？哨兵，你对黑夜有什么看法？"

"我看到新的一代人上升，旧的一代人衰落。我看到，这浩浩荡荡的一代人上升，那么欢欣鼓舞，走向新生活。"

"你在城楼顶上望见了什么？你望见了什么，林叩斯，我的兄弟？"

"唉！唉！让另一位先知去哭泣哀号吧！黑夜来了，而白天也来临了。"

"他们的黑夜来临了，我们的白天也已来临。谁想睡觉就睡吧！林叩斯！现在，你从城楼上下来吧。天亮了。到旷野上来吧。仔细观察观察每个事物。林叩斯，来吧，过来吧！天亮了，我们相信天亮了。"

第七篇

阿敏塔斯的肌肤为什么这么黑？

——维吉尔

渡海　1895 年 2 月

从马赛港启航。

海风强劲，万里晴空。早到的暖流，樯桅的摇晃。

灿烂辉煌的大海，好像装饰了无数羽翎。波浪汩汩，催动航船。光辉灿烂，压倒一切的印象。想起从前的历次启航。

渡　海

多少回啊，我企足而待黎明……

……在沮丧的大海上……

我看见了曙光来临，

而大海并未因此而平静。

鬓角汗津津，虚弱无力。听天由命。

117

海上之夜

波涛汹涌，浪花飞沫冲刷甲板。螺旋桨跳动不已……

啊！冷汗淋漓，魂不附体！

枕头上的脑袋好像要裂开……今天夜晚月圆，光华皎洁，清辉洒在甲板上——但是我没有去观赏。

……等待浪涛袭来。……海水訇然涌上船舷。憋闷窒息；涌起来，又跌下去。我只好一动不动；我在海上究竟算什么呢？——一个软木塞，一个任凭风浪抛掷的可怜的瓶塞。

顺其自然，甚而忘却波浪；无念无欲的快感。化作一个物体。

夜　阑

清晨特别凉爽，水手用吊桶打起海水冲洗甲板；通风。——我在客舱听见用硬刷子刷木板的声响。剧烈的冲撞。——我想打开舷窗——海面疾风扑向我淌汗的前额的双鬓。我又想关上舷窗……铺位，重又撂倒。噢！抵港前这一路，颠簸真可怕！映在白色舱壁上旋转的倒影。逼仄。

我的眼睛看得发酸……

我用一根麦管吮吸冰镇柠檬水……

继而，在新的大地上醒来，好似大病初愈——梦中未见的种种景物。

阿尔及尔

整整一夜随波涛摇晃，

清晨醒来，却在海滩上。

高原，丘峦到此休憩；

西方，白昼到此消逝；

海滩，浪涛前来冲击；

深夜，我们的爱前来酣睡……

夜好似大港湾向我们围来；

思想、光线、忧愁的鸟儿，

要避开白昼来此歇息；

荆棘丛中阴影悄然……

牧场上静静流水，

清泉边水草芊芊。

……继而，远航归来。

海岸平静，港口泊船。

我们会看见候鸟和抛锚的小船，

在风平浪静的水面上安眠；

夜幕降临，给我们敞开

它那宁静而友好的大港湾。

——现在是万物入梦的时辰。

1895 年 3 月

卜利达！萨赫勒之花！冬天你黯淡凋残，到春天又争奇斗艳。这是一个细雨霏霏的早晨，天空倦慵、温和而忧伤。树木繁花正盛，芳香飘溢在修长的小径上。平静的水池有一股喷泉；远处传来兵营的军号声。

这是另一座花园，小树林人迹罕至，只见白色的清真寺在橄榄树下微微闪光。——神圣的树林！今天早晨，我拖着无比疲倦的思想，以及因相思而弄得精疲力竭的身体来此休息。紫藤哟，去年冬天，我目睹你那寒碜的光景，想象不出你繁花似锦的芳容。紫藤在树枝间摇动，成串的花球宛如高悬的小香炉，花瓣儿飘落在金砂小径上。水声，水池边的汨汨声，湿漉漉的音响；高大的橄榄树、白色的绣线菊、成林的丁香、丛丛荆棘、簇簇玫瑰；只身来到此境，追忆冬天，会感到多么倦怠，纵然面对春天也提不起精神，甚或希望景色更加肃杀些才好。唉！美景盛情相邀，向孤独者微笑，却处处蕴藏着欲望，如同排在空寂的小径上卑躬屈膝的队列。平静水池的潺潺水声，益发显得周围一片阒寂。

> 我知道那水泉，要去洗眼睑，
>
> 去神圣的树林我也认路，
>
> 熟悉那枝叶、林间空地的清凉；

待到黄昏，万籁俱寂，

我便前往那里，

清风软软抚弄，

更邀我们入梦而非做爱。

夜幕降落在冷泉上，

晨曦要在冰冷的水中泛起，

发白而抖瑟。纯洁的泉水。

往日我惊愕地望着霞光和万物，

总觉得晨曦有一股香味，

再待晨曦出现的时候，

我来到泉边洗洗发烫的眼睛，

是否还能闻到这种香味？

给纳塔纳埃尔的信

纳塔纳埃尔，你想象不出这一派阳光普照的景象，想象不出这持续的炎热给肉体带来的快感……悬空一根橄榄树枝、覆盖山峦的苍穹、一家咖啡馆门前的笛声……阿尔及尔显得十分炎热，充满节庆的气氛，因而我要离开三天。我逃避到卜利达，方始发现橘树已满枝繁花……

天一亮我就出门散步，也不注视任何物体，但又无不尽收眼底。各种未予理睬的感觉，在我身上汇集起来，组成一首美妙的

121

交响乐。时光流逝，我的兴奋情绪也减缓了，好比偏西的太阳放慢了速度。接着，我选择一个能引起我爱恋的人或物，但我希望是活动的，因为我的激情一经固定，就丧失活力了。每当新的一瞬间，我就好像什么还未见过，什么还未品味过。我狂热而胡乱追逐正在流逝的东西。昨天我跑步登上那俯临卜利达的山峦之巅，打算多观赏一会儿太阳，观赏夕阳西下、晚霞染红白色阳台的景象。我无意中发现树下的阴影与宁静；我在月光下徜徉，常有游泳之感，但觉身子沐浴在光亮温煦的空气中，轻飘飘地浮起来。

　　……我相信我所走的路是"自己的"路，相信自己走的是正路。保持这种无限的自信，已然成为我的习惯，如果宣过誓，就可以称为信仰了。

比斯克拉

　　女人在门口候客，她们身后有一条陡立的楼梯。她们坐在门槛上，神情严肃，脸上粉饰得活像一尊尊神像，头戴钱币缀成的冠冕。入夜，这条街就热闹起来。楼梯顶端点起灯，每个女人都坐在楼梯口所形成的光亮的壁龛里，全背着光，头上的金冠闪闪发亮。每个女人都好像在等我，特意等我。你要上楼去，往她冠冕上投一小枚金币就行了；那妓女顺手将灯熄灭；领你走进一间小屋，陪你用小杯喝咖啡，然后就在低矮的长沙发上同你做爱。

比斯克拉花园

阿特曼，你在信上对我说："我在等待您到棕榈树下放羊。您快回来吧！枝头行将报春：我们一道散步，排除一切思虑……"

——"阿特曼，你这牧羊人，你不必再去棕榈树下等我，也不必看春天是否在树枝间出现。我已经来了，春色也已满枝头；我们一道散步，排除了一切思虑。"

比斯克拉花园

今日天色阴沉，金合欢花香气浓郁。空气温馨而湿润。大片厚实的雨滴飘浮着，好像在空中形成……雨滴在树叶上滞留，逐渐加重，最后骤然落下来。

……我回忆起夏天的一场暴雨，真的，那还能叫作雨吗？温乎乎的雨点那么大，那么沉重，击打这座叶绿花红的棕榈园。沉重的雨点把枝叶和花瓣打落一地，好似情人送的花环散落在水中。水流浑浊泛黄，把花粉冲到远方去繁殖。池中的鱼呛昏了过去，听得见鲤鱼在水面上张口喘息的声音。

下雨之前，正午刮着呼呼的热风，将灼热的气息吹入地下。因此，现在树下的小径热气腾腾；金合欢枝条低垂，似乎要遮掩那些在石凳上作乐的情侣。——这是一座尽欢的乐园，男人穿着毛料衣裳，女人穿着带条纹的罩袍，都等待着水汽浸人体内。他们仍像原先那样坐在长凳上，但都沉默无言了，静静地聆听雨声，让这匆匆来去的夏日骤雨落到身上，打湿衣衫，洗浴身体。——空气湿重，树叶繁茂，令人流连忘返，以致我无法抗拒这种爱恋，一动也不动地坐在他们附近的凳子上。——雨霁，树枝还往下掉雨滴。这工夫，每个人都脱下皮鞋或凉鞋，赤脚踏着浸透雨水的泥土；柔软的泥土给人以快感。

* * *

两个身穿白羊毛衫的孩子，领我走进一座无人散步的公园。园子狭长幽深，里端有一扇洞开的门扉。树木高大，而天幕低垂，仿佛挂在树梢上。——墙垣。——雨中一片片村庄。远处一座座高山。雨水汇成湍流；树木的食粮；严肃而纵情的授粉；飘忽流动的芳香。

绿荫下的溪流；水渠漂流着树叶和花瓣，水流缓慢，当地人称为"灌溉渠"。

加夫萨游泳池具有危险的妩媚——对歌手有害的阴影①。现在，夜空没有一丝云彩，连雾霭也不见，显得特别深邃。

（那个身穿阿拉伯式白羊毛衫、模样很俊的孩子，名叫"阿祖斯"，意思是"宝贝儿"。另一个叫"瓦迪"，意思是"生在玫瑰的季节"。）

溪水如空气般温馨，

————————

① 原文为拉丁文。

我们俯身浸润嘴唇……

一泓幽暗的水流，夜色中看不清楚，一直到月光在水面洒上一片碎银。这股溪水仿佛从树丛里流出来，有昼伏夜出的动物来活动。

比斯克拉——清晨

黎明即出去……冲进……清新的空气中。一株夹竹桃在抖瑟的清晨里摇曳。

比斯克拉——黄昏

这棵树上鸟儿啁啾鸣叫。咦！简直不能想象，鸟儿能叫得这么响亮，就好像树木在呼叫——仿佛所有树叶都在呐喊——因为看不见隐藏在树冠中的鸟儿。我想：这种激情太强烈了，它们这样呼号会死掉的。今天晚上究竟怎么啦？难道它们一点也不知道，黑夜一过去，又会诞生新的黎明吗？难道它们害怕长眠不醒吗？难道它们想一夜之间尽欢而终吗？就好像一睡下去，便永远坠入漫漫的长夜里。暮春之夜多么短促啊！——嘿！夏之晨光又会将它们唤醒；它们快乐极了，只是模糊记得昨夜的睡眠，再把夜晚怕死的心情减轻一点儿而已。

比斯克拉——夜

灌木丛寂静无声，但周围的沙漠却震颤着蝈蝈儿的情歌。

舍特马

白昼渐长。——躺在这里。无花果树的叶子又长大了。用手搓搓叶子，便留下一股清香；叶柄流出泪般的乳浆。

骤热。——哈！我的羊群来了，我听见我所喜爱的牧人的笛声。是他过来呢？还是我迎上前去？

光阴慢移。——又是一个经年的干石榴挂在枝头，干瘪得裂开了，而那枝上已敛起新的花苞。斑鸠从棕榈树间掠过。蜜蜂在草地上忙碌。

（记得在昂菲达附近有口井，常有美妇人去汲水。离那儿不远耸立一块灰红色大岩石，有人对我说，岩石顶上常有蜂群盘旋；果然，一群群蜜蜂在那儿嗡鸣，蜂巢就筑在岩缝里。到了夏天，蜂巢不耐暑热而化开，蜜浆顺着岩石淌下来，昂菲达的居民纷纷来采蜜。）——牧人啊，快来吧！——（我口中嚼着一片无花果树叶。）

夏！金子的熔流；繁茂丰足；强烈的阳光灿烂辉煌。爱的畅快的流溢！谁愿意尝蜜？蜂房的蜡已经融化。

不过，那天我所见到最美的景象，还是赶回圈栏的羊群，它们小小的蹄子急促地踏着地面，沙沙声宛如骤雨；大漠夕阳西下，羊蹄踏处尘土飞扬。

* * *

绿洲！犹如岛屿浮在沙漠上。远处的棕榈树碧绿，标明那里有水源，树根可以畅饮。有时的确水如泉涌，夹竹桃俯向水面。——那天，约莫十点钟，我们到达那里，起初我们不愿意再往前走了。园中的鲜花十分娇媚，让人依恋难舍。——绿洲！(阿赫迈德对我说：下一片绿洲还要美得多。)

绿洲。下一片绿洲更美，鲜花遍地开放，树木飒飒作响；更高大的树木；垂在更丰沛的水泉上。时值正午，我们下水洗浴。——然后，我们又得离去。

绿洲。下一片绿洲，叫我怎么说呢？它还要美上几分。我们在那里等候夜幕降临。

园林！我还是要说，薄暮时分，你是多么静谧而恬适！园林啊！有的青翠欲滴，给人以洗浴之感；有的宛似树木单一的果园，杏子成熟了；另一些园中鲜花盛开，蜜蜂嘤嘤，花香四溢，浓烈得令人欲饮，像醇醪那样令人沉醉。

翌日，我只爱沙漠了。

* * *

乌马什

中午，我们抵达绿洲，就在岩石和黄沙之间。烈日下的疲惫村庄，不像在等候我们。棕榈肃立不动。几个老翁在门洞里闲聊，男人昏昏欲睡，儿童在学堂里喧闹；妇女，一个也见不到。

这个村落由土房组成，几条小巷白天呈玫瑰色，黄昏时变成紫色；中午阒无一人，到傍晚就热闹起来；咖啡店座无虚席，儿童放了学，老翁依然在门洞里聊天；天色暗下来，女人登上露台，她们摘掉面纱，都像花儿一样美；她们久久地相互倾诉烦闷。

阿尔及尔这条街，中午时分弥漫着茴香酒和苦艾酒的气味。在比斯克拉的摩尔人咖啡馆里，顾客只喝咖啡、汽水和茶水。阿拉伯茶叶，甘甜中略带胡椒和生姜味；这种饮料乏味，难以下咽，无法喝完一杯，令人联想起一个更为过分而极端的东方。

图古尔特的广场上，有卖香料的商贩。我们买了各种树脂香：有好闻的，有好嚼的，还有用于焚烧的。供焚烧的树脂制成丸状，点燃后冒出呛人的浓烟，同时散发一股沁人心脾的香味。这种烟气能引起宗教的玄想，清真寺举行宗教仪式时，焚烧的就是这种树脂香。口嚼的香料会使人立时感到满嘴苦涩，粘在牙齿上，非常难受，吐掉之后许久，余味还不消失。嗅的香料只需闻其味儿罢了。

在特马西宁的伊斯兰教隐士家吃饭，最后端上餐桌的是香饼；糕饼上装饰着金黄色、灰色或玫瑰色的树叶，好像是用面包屑揉成的，入口酥脆，俨若嚼沙，倒不乏风味：有玫瑰香的，石榴香的，还有的似乎完全走了味。——在这里就餐，如不拼命吸烟，简直难有醉意。菜量多得倒人胃口，而每上一道菜，话题也就随之改变。餐后，一名黑仆拎来水壶，往你手指浇浸了香料的水，下面则用水盆接着。那地方的女人和你行乐之后，也是这样给你洗手。

图古尔特

在广场上宿营的阿拉伯人；熊熊的篝火；夜色中几乎看不清袅袅青烟。

——沙漠中的商队！晓行夜宿的商队，旅途劳顿的商队，每每为海市蜃楼所陶醉，而现在却垂头丧气！商队！我为何不能同你们一道出发，商队！

有的商队向东方跋涉，去搜罗檀香、珍珠、巴格达蜜糕、象牙和刺绣品。

有的商队向南方行进，去寻觅琥珀、麝香、金粉和鸵鸟毛。

还有的商队选择西方，黄昏出发，渐渐隐没在耀眼的夕照中。

我见过疲惫不堪的商队归来：骆驼跑在广场上，商人卸下货驮，那是用帆布缝制的大货包，不知道里面装的是什么货物。另几匹骆驼载着妇女，她们都躲在驮轿里。还有几匹骆驼驮着帐篷什物，晚间就支起帐篷宿营。啊！无边无际的大漠黄沙，无穷无尽的伟壮的劳顿！——广场上燃起了篝火，准备晚餐。

啊！多少次黎明即起，面向霞光万道、比光轮还明灿的东方；——多少次走到绿洲的边缘，那里的最后几棵棕榈树枯萎了，生命再也战胜不了沙漠；——多少次啊，我的欲望伸向你，沐浴在阳光中的酷热的大漠，正如俯向这无比强烈的耀眼的光源……要何等激动的瞻仰、何等强烈的爱恋，才能战胜这沙漠的灼热呢？

不毛之地，冷酷无情之地，热烈赤诚之地，先知神往之地——啊！苦难的沙漠；辉煌的沙漠，我曾狂热地爱过你。

在那时时出现海市蜃楼的北非盐湖上，我望见犹如水面一样的白茫茫盐层。……我知道，湖面上映照着碧空，盐湖湛蓝得好似大海。……但是为什么会有一簇簇灯芯草，稍远处还会矗立着逐渐崩坍的页岩峭壁？为什么会有漂浮的船只和远处宫殿的幻象？——所有这些变了形的景物，悬浮在这片虚幻的深水之上。（盐湖岸边的气味令人作呕，岸边是可怕的泥灰岩，吸饱了盐分，烈日下暑气蒸腾。）

我曾见在朝阳的斜照中，阿马卡尔杜山变成玫瑰色，仿佛是一种正在燃烧的物质。

我曾见天边狂风怒吼，飞沙走石，令绿洲气喘吁吁，像一只遭受暴风雨袭击而惊慌失措的航船；绿洲被狂风掀翻。而在小村庄的街道上，瘦骨嶙峋的男人赤身露体，蜷缩身子，忍受着炙热焦渴的折磨。

我曾见荒凉的旅途上，骆驼的白骨蔽野。那些骆驼因过度疲顿，再难赶路，被商旅遗弃了，随即尸体腐烂，缀满苍蝇，散发出恶臭。

我也曾见过这种黄昏；除了虫鸣的尖叫，再也听不到任何歌声。——我还想谈谈沙漠：生长细茎针茅的荒漠，游蛇遍地，放眼望去，是一片随风起伏的绿色原野。

乱石杂陈的荒漠，不毛之地。页岩熠熠闪光，虎岬虫飞来舞去，灯芯草干枯了。在烈日的暴晒下，一切景物都发出噼噼啪啪的声响。

黏土地表的荒漠，只要有涓滴之水，万物就会充满生机。只要下一场雨，万物就会葱绿。这里土地虽然过于干旱，难得露出一丝笑容，但是青草似乎比别处更嫩更香。由于害怕未待结实就被烈日晒枯，青草都急急忙忙地开花授粉播香，它们的爱情是急促短暂的。太阳出来了，大地龟裂、风化，水从各个裂缝里逃逝。大地坼裂得面目全非，大雨滂沱，激流涌进沟里，冲刷着大地；但是大地无力挽留住水，依然干涸而绝望。

黄沙漫漫的荒漠。——宛似海浪的流沙，不断移动的沙丘，在远处像金字塔一样指引着商队。登上一座沙丘，便可望见天边另一座沙丘的顶端。

刮起狂风时，商队便停下来，赶驼人躲到骆驼身后避风。

黄沙漫漫的沙漠——生命灭绝，唯有风和热的搏动，阴天下雨，沙漠犹如天鹅绒一般柔软，夕照中，则像燃烧的火焰；而到清晨，又似化为灰烬。沙丘之间形成白色的谷壑，我们骑马穿过，每个足迹都立即被尘沙覆盖。由于疲惫不堪，每到一座沙丘，我们总感到难以跨越了。黄沙漫漫的荒漠啊，我早就该狂热地爱你！但愿你最小的尘粒在它微小的空间，也能映现宇宙的整体！微尘啊，你还记得什么是生命，生命又是从什么爱情中分离出来的？微尘也希望受到人的赞颂。

我的灵魂啊，你在黄沙上看到了什么？

——一堆堆白骨、空空的贝壳……

一天早晨，我们来到一座高高的沙丘脚下歇阴。我们坐下；那里还算阴凉，悄然长着灯芯草。

至于黑夜，茫茫黑夜，我能谈些什么呢？

这是缓慢的航行。

海浪输却沙丘三分蓝。

胜似天空一片光。

——我熟悉这样的夜晚，觉得一颗颗明星格外璀璨。

扫罗[①]，你在沙漠中寻找母驴，却没有找到，不期得到了你无意寻找的王位。

养一身虱蚤也有乐趣。

生活对我们曾经是

野性和骤然的滋味

但愿这里的幸福，

赛似荒冢的繁花。

---

① 《圣经·旧约》中希伯来人的第一位国王，约公元前 1030 年至公元前 1010 年在位。

133

第八篇

我们的行为同我们紧密关联，

仿佛磷光依附于磷体；

那些行为固然构成我们的光辉，

但也无非是消耗我们自身。

我的精神，你在传奇般旅途中，曾经极度亢奋。

我的心啊！我曾经让你鲸吞牛饮。

我的肉体，我也曾使你饱尝情爱。

如今，我静下心来，要点数我的资财，结果一无所获。

有时，我抚今追昔，要搜寻一些记忆，以便敷衍一段故事。我在其中却几乎认不出自己，而我的生活却充满故事，我感觉自己生活在一种不断更新的瞬间。所谓静心默思，对我是一种不可想象的束缚。我再也不理解"孤独"一词了；我一旦感到孤单，就不再成其为自身，而是兼收并蓄，济济一身了，并且心系四方，无处不家，总受欲望的驱使走向新的境地。最美好的回忆，对我只不过是幸福的余波。最小的一滴水——哪怕涓滴之泪——只要滋润我的手，就变成一种弥足珍贵的现实。

梅纳尔克，我思念你！

说说看，你那只被浪花泡沫玷污的航船，又要驶向哪些海洋？

梅纳尔克，如今你豪华阔绰，惹人艳羡，又因为能引起我的欲望而沾沾自喜，难道你还不回来吗？现在我若是停下休息，却没有你那么富足……不行，你教我永远也不要歇息。——这种漂泊无踪的生活，难道你还没有厌倦吗？至于我，有时我会痛苦地呼号，但是做什么事都没有感到疲惫。身体倦怠时，我则怪自己懦弱，而我的欲望早就期待我更加勇敢些。——诚然，要说有什么遗憾，哺养我们的爱神哟，那也是任凭你呈献给我的美果腐烂，连咬也没咬一口，就白白损失了。——因为，据《福音书》上说：今日你失去一件，来日你会得到百倍的补偿……唉！我的欲望捕捉再多的幸福，对我又有什么用呢？我已经体验了极为强烈的快感，哪怕再多一点点，恐怕我也无缘领受了。

远方有人说我苦修赎罪……

然而悔痛于我又有何益？

——萨迪

是的，我的青春一片黑暗，

如今悔之已晚。

我没有尝过大地的盐，

也没有尝过大海的盐。

我原以为自己就是大地的盐，

也曾害怕会丧失自己的咸味。

大海的盐绝不会丧失咸味，可惜我的嘴唇已然衰老，尝不出味儿来了。当我的灵魂渴望咸味时，我怎么没有去呼吸大海的空气呢？如今，哪一种酒能令我陶醉？

纳塔纳埃尔啊！你的灵魂冲我快乐微笑时，你就尽情欢乐吧；你的嘴唇还适于接吻时，你的拥抱还有快感时，你就满足你要爱的欲望吧。

因为，你肯定会这样想，也会这样说：美果就在眼前，沉甸甸的，压得枝头弯下来，不胜其负；我的嘴也正对着，垂涎欲滴，但是双唇却紧闭着，双手也合十祈祷，无法伸过去；——我的灵魂和肉体都绝望地忍着焦渴。——时光也令人绝望地流逝。

（书念美女，难道这是真的吗？真是这样吗？——

你等过我，而我却一无所知！

你找过我，而我却没有听见你的足音。)

唉！青春——人只能一段时间拥有，其余时间便成追忆。

（欢乐来敲我的房门，欲念在我心中响应，我在跪着祈祷，没有去开门。）

诚然，流水还能灌溉许多田地，为多少嘴唇解渴。但是，我从流水中能了解什么呢？对我来说，除了清凉还有什么呢？而清凉一过，又化为灼热了。——我的快乐的表象哟，也如水一般流逝。即使祈愿水在这里长流，那也是为了清凉永驻。

江河流水那永不枯竭的清凉，涧溪永不停歇的流泻，你们已不是当初盛来给我洗手的那点水：那水洗完手便倒掉，只因不清凉了。汲来之水，恰如人的智慧。人的智慧，你没有江河流水那种永不枯竭的清凉。

* * *

失　眠

等待。等待；焦灼不安；小径上的韶光年华……对一切你所称之为"罪孽"的强烈渴望。一条狗对着月亮凄然地嚎叫，一只猫像婴儿一样啼号。城市终于要尝到一点宁静，以待次日全部希望焕然一新。

我记得在小径上徜徉的时光，赤脚踏在石板上；记得我的头倚在阳台湿漉漉的铁栏杆上，月光下，我皮肤的光泽像熟透待摘的果实。等待哟，你使我们憔悴……熟透了的水果，我们焦渴难忍时，才肯吃上一口。腐烂的水果，使我们满口臭味，还让我的灵魂躁动不安。——无花果哟，幸运的人趁年轻，急不可待地咬食酸溜溜的果肉，吮吸香甜的乳汁……解渴之后，精神重又振奋，再继续赶路——我们即将上路，结束我们艰难的时日。

（自不待言，我竭尽了全力，防止我这灵魂遭受重大损耗；不过，我只有消耗感官，才能转移灵魂对上帝的专注。而我的灵魂，原本夜以继日地瞻念上帝，千方百计地进行种种困难的祈祷，消耗自身以示虔诚。）

今天早晨，我是从哪座坟墓潜逃出来的？——（海鸟舒展双翅戏水。）纳塔纳埃尔啊！生活的形象，在我看来，就好像馋涎欲滴的口中一个美味的水果。

有些夜晚难以成眠。

在床上久久期待，往往自己也不清楚期待什么，我徒然寻觅睡意，但觉四肢像情欢之后那样绵软无力。有时，我仿佛在肉欲的快感之外，寻求另一种更隐秘的快感。

我愈饮愈渴，干渴时时加剧，最后变得十分强烈，真想为这种欲念大哭一场。

我的感官都磨损得已然透亮，在早晨进城时，蔚蓝的天色竟侵入我体内。

我的牙齿也因撕破嘴唇的表皮而感到剧痛，齿尖似已磨损。双鬓也因口腔吮吸而塌陷下去。——田野里洋葱开花的一丝气味，也会无端令我恶心。

失　眠

夜间听见喊叫和呜咽的声音：唉！哭声，这就是那类恶臭之花结出的果实，甘甜之果。今后，我将带着欲望的不可名状的苦闷去游荡。你那些遮风避雨的房屋令我窒息，你那些床笫也难再使我满足。——从今以后，你在那无尽的漂泊中不要再寻找目的地了……

——我们的干渴变得十分强烈，以致这水我喝下一满杯，才发现它多么令人作呕。

书念美女啊！在我看来，你就像一个熟果，吊在禁闭而狭小的果园树荫下。

哦！我暗自思量，全人类都在安睡和享乐这两种渴望之间疲惫不堪。——在极度紧张和高度亢奋之间，肉体颓然瘫软，只想入睡，啊！睡眠！——啊！但愿新的欲念不要突然萌生，又唤醒我去追求生活！……

全人类都像病人似的躁动，在病榻上辗转反侧，以求减轻痛苦。

几周劳作之后，便是永久的休息。

就好像人死了，还能保全什么衣服似的！(简单化。) 我们一旦溘逝，好比脱衣裳睡觉那样。

梅纳尔克！梅纳尔克！我思念你！……

是的，我知道，我说过：有什么关系呢？——在这儿还是在那儿，我们都同样会很好。……

现在，那边夜幕降临了……

噢！时光如能倒流！往昔如能复来！纳塔纳埃尔，我真想带你去领略我那充满爱情的青春年华，那时生命在我身上像蜜一样流动。——尝到那么多幸福，灵魂是否终能得到慰藉？须知我曾在那里，曾在那些花园里，那正是我而非别人，倾听着芦苇的吟唱，呼吸着花香，凝视并抚摩着那孩子，无疑，每度新春都伴随一种欢乐。然而，过去的我，那另一个人，噢，我如何才能复归为那个人啊！——(现在，雨敲打着城中的屋顶，我的房间孤零零的。) 这正是洛西夫那边放牧归来的时候，羊群从山上返回；沙漠在夕照中金光闪闪；傍晚的宁静……现在；(现在)。

6 月之夜——巴黎

阿特曼，我思念你哟；比斯克拉，我思念你的棕榈。——图古尔特，我思念你的黄沙……——绿洲，沙漠的热风是否还在肆虐，刮得你的棕榈飒飒直响？晒裂的石榴，你是否听凭酸涩的籽粒坠落？

舍特马，我记得你那清凉的溪流，还有你那一靠近就出汗的温泉。——坎塔拉金桥哟，我记得你清亮的早晨和迷人的黄昏。——宰格万，我又看到你那无花果树和夹竹桃。——凯鲁万，我又看到你的仙人掌；苏塞，我又看到你的橄榄树。——乌马什，我想象你的荒凉，沼泽中间的断壁残垣的城市；还有你，晦暗的德罗赫，穷乡僻壤、荒沟芜谷、苍鹰盘旋的地方，我也想象你的萧索。

高耸的舍加，你是否一直凝望着沙漠？——姆赖耶沙漠，你是否还把纤弱的柽柳浸在盐湖中？——特马西纳，你始终还在阳光下憔悴吗？

我记得昂菲达附近那块荒瘠的岩石，每逢春天就从石上淌下蜂蜜来，记得旁边还有口水井，美妇常半裸着身子去汲水。

阿特曼的小屋，一直摇摇欲坠的小屋，你是否还在那里，现在沐浴在月光下？——在那小屋里，你母亲在织布，你那嫁给阿穆尔的姐姐在唱歌或讲故事；离那儿不远，在灰蒙蒙昏沉沉的泉水边，一窝斑鸠在夜间咕咕叫。

欲念啊！多少夜晚我辗转难眠，全神贯注于一种梦想！啊！这梦想如若是暮霭，是棕榈树下的笛声，是幽径上的白衣，是强光衬出的柔和影子……那么我就前往！……

小小的土陶油灯！夜风摇曳着你的火苗；窗户消失了，只有一方天空；屋顶上宁静的夜；月光。

在那空寂的大街小巷，有时一辆公共马车、一辆出租马车驶过；远处，火车长鸣，离开城区疾驶而去，大都市等待着晨醒……

室内地板上的阳台影子，在洁白书页上摇曳的灯光。呼吸声。

现在，云彩遮住月亮，眼前的花园宛若一池碧水……呜咽，紧闭的嘴唇，自信得过分，思绪不安。叫我怎么说呢？"真实的事物"。——他人——"他的"生活重要性；对他讲……

颂 歌

——代结束语

献给安·纪德先生

　　她把眼睛转向初现的星辰，说道："那些星星的名字我知道，每颗星星都有好几个名字，也各有各的效能。它们的运行看似平稳，实则迅疾，因而才炽热闪光。躁动的活力是它们疾速运行的动因，而光芒则是其结果。一种内在的意志推动并指引它们运行，一种美好的热情使它们燃烧并耗损。唯其如此，它们才璀璨绚丽。

　　"那些星星各具效能和力量，因而紧密相连，此星附于彼星，一星系于全体。每颗星都有既定的轨道，并且循规蹈矩，如若改道易辙，势必干扰其他星辰的运行，只因每颗星无不相互依存。每颗星都选择既定的轨道运行，既是它应遵循的、也是它愿遵循的轨道。每条轨道，在我们看来似乎是命中注定的，却又是每颗星最喜欢的，是它的心愿所归。它们为一种痴迷的爱所指引，而它们的选择又规定了运动的法则；我们都受制于这些法则而无法摆脱。"

尾 声

　　纳塔纳埃尔，现在抛掉我这本书吧，从这本书中摆脱出来吧。离开我，离开我吧。现在，你缠住我不放，扰得我心烦。当初我对你过分的爱，现在让我不胜其负。佯装教育人我也厌倦了。我什么时候说过要你变成我的样子呢？正因你不同于我，我才爱你，我爱的仅仅是你身上与我不同的东西。教育！——除了我本身，我还能教育谁呢？纳塔纳埃尔，要我如实相告吗？我不断地反躬自省。我自诲不倦。我向来只根据我能做什么来评价自己。

　　纳塔纳埃尔，抛掉我的书吧。不要在这书中寻求满足。也不要以为别人能代你找到，这种念头正是你的奇耻大辱。假如我为你找来食品，你反而不饿了；假如我为你铺好床铺，你反而不困了。

　　抛掉我这本书吧，须知对待生活有千姿百态，这只是其中的一种。去寻求你自己独特的生活方式吧。别人能做得跟你同样好的事情，你就不必去做；别人能写得跟你同样好的文章，你就不必去写。凡是你感到自身独具、别处皆无的东西，才值得你眷恋。啊！既要急切又要耐心地塑造你自己，把自己塑造成为无法替代的人。

新食粮

第一篇

一

等到我再也听不见大地的声响，再也吮吸不了大地的甘露那时候，你就会来了，以后也许你要看我这本书——要知道，我这部书稿正是为你写的，考虑到你对生命的好奇心大概还不够，还未以应有的态度赞赏自己的生命这一惊人的奇迹。有时我倒觉得，你要带着我这种焦渴去畅饮，而且也恰恰是我的欲望，令你俯向并爱抚另外一个人。

（欲望一旦变得多情，变得模糊不清，多么令我赞赏啊。我的爱扩散开来，朱庇特哟，一下子就裹住欲望的整个躯体，我就仿佛不知不觉化为云海。）

漫游的清风

爱抚过鲜花。

我一心倾听哟

人世初晨的歌。

清晨的陶醉，

朝霞、花瓣，

都沾满了露水……

不要过分等待，

要听从最亲切的劝告，

让未来缓慢地

侵入你的肌体。

阳光的温暖爱抚

变得特别轻柔，

多么胆怯的心灵，

也会沉迷于爱情。

人就是为幸福来到世间，

自然万物无不这样指点。

一种弥散的快乐沐浴土地，而这快乐却是大地应阳光的呼唤渗出来的，就像大地制造出这种亢奋的氛围，元素虽还处于抑制状态，但是已经具有生命，要摆脱原初的桎梏……只见错综复杂的法则产生了种种绚丽的现象：四时交替；潮涨潮落；水汽蒸发，又化雨返回大地；日复一日，平静地转换；季风来而复去；活跃起来的万物，都由和谐的节奏维系着平衡。一切都在酝酿快乐。这不很快就要具有生命，在绿叶中放肆地悸动，很快就要有个名称，分门别类，成为鲜花的芳香、水果的美味、鸟儿的意识和鸣声。因此，生命的复苏，发出信息，复又消逝，恰似水的循环；水在阳光下蒸发，重又凝聚为雨水。

每个动物都是快乐的一个载体。

万物都喜爱生存，而生存之物无不安乐。当快乐变得美味可口时，你就称为水果。当快乐变成歌声，你就称为鸟儿。

人就是为幸福来到世间，自然万物无不这样指点。正因为努力寻求欢乐，植物才发芽，蜂房才酿满蜜，人心才充满善良。

野鸽在树枝间欢跳，枝丫在风中摇曳，风吹斜了白色小船，在透过枝叶可见的波光粼粼的海上，那海涛卷起雪白的浪尘，还有那笑声、那蓝天，还有这一切的清亮，我的姊妹啊，这是我的心在诉说，向你的心诉说它的幸福。

我不大清楚谁能让我降生到这世上。有人对我说是上帝，不是上帝又能是谁呢？

我的确觉得，人生乐趣无穷，有时我甚至猜想，我出世之前就已渴望生存了。

不过，这种神学的讨论还是留待冬天吧，因为一讨论起来会惹许多闲气。

一扫而光。彻底清除，一切荡然无存！我赤条条立在处女地上，面对要重新繁衍的天地。

嘿！我认出你了，福玻斯①！你在结霜的草坪上方披散开浓发。带着你的弓箭来解救吧。你的金箭射穿我这闭合的眼帘，正中里面的阴影；你的金箭胜利了，打败了里面的妖魔。请给我的肌肤带来鲜艳和欲望，给我的嘴唇带来焦渴，给我的心带来迷惑吧。你从九霄向大地投下无数丝线的天梯，我要抓住最迷人的一条。我的双脚离开了地面，抓住一束阳光的末端摇荡。

我喜爱你哟，孩子！我要带你一起逃走。要手疾眼快，抓住这束阳光；这就是太阳！卸掉你的负载吧，过去的包袱再怎么轻，也不要让它扯你的后腿。

不要再等待！不要再等待啦！壅塞的道路啊！我要穿行而过。现在轮到我了。那束阳光向我示意。最可靠的向导，就是我的欲望，而今天早晨，我对一切都充满了爱。

---

① 希腊神话中的太阳神，即阿波罗。

万道光线交织，来到我的心上结扎起来。我用千百种敏感织成一件神奇的衣裳。神透过衣衫冲我笑，我也冲神微笑。谁说伟大的潘神已经死啦？我透过呼出的水汽瞧见他了。我的嘴唇也向他伸过去。今天早晨，我不正是听见他喃喃说道："你还等什么呢？"

　　我用思想和双手拉开重重帷幕，再也没有眼障，唯见光灿灿、赤裸裸的一片。

　　　　春天你这么懒洋洋，
　　　　我求你要温厚雅量。

　　　　春天你这么无精打采，
　　　　我这心投入你的胸怀。

　　　　我这犹豫不决的思想，
　　　　随着微风四处飘荡。

　　　　柔和的光线漫流，
　　　　蜜一般将我浸透。

　　　　啊！唯有通过睡眠，

才看得见和听得见。

我透过眼帘，
迎接你的光线。

太阳哟爱抚着我，
请原谅我的懒惰…

痛饮吧，宽容的太阳，
我这心田毫无设防。

新型亚当，今天由我来洗礼。这条河流，就是我的焦渴；这片荫凉的树林；就是我的睡眠；这个光身的孩子，就是我的欲念。鸟儿歌唱，就是我爱情的声音。我的心在这蜂房里嗡鸣。能推移的地平线啊，你就做我的边界吧：你在斜阳下还要往远推移，越发变得朦胧，变得蓝莹莹的。

这是爱情和思想的微妙汇流之处。

这页白纸在我面前闪闪发亮。

上帝要化为人形，同样，我的思想也要服从节奏的规律。

我这个善于再创造的画家，在这里要给我的美满幸福的形象涂上最动人、最鲜艳的色彩。

我只想抓住文字的翅膀了。是你吗，野鸽，我的快乐的化身？唔！先不要飞上天空。停在这里，歇息一下吧。

我趴在地上，身边树枝鲜果累累，弯下去接触到青草，拂弄最细嫩的草尖，稍加上野鸽一阵咕咕叫的分量，就摇晃起来。

我写这本书是为一名少年，一名像我十六岁时那样，但更自由又更成熟的少年，为让他日后能从中找到他惴惴不安提出问题的答案。不过，他会提出什么问题呢？

我同这个时代没有多大接触，而同时代人的种种游戏，也从未引起我多大兴趣。我从现时俯过身去，更有甚者，我预感过了一段时间，再回顾今天我们觉得生死攸关的问题，就会很难理解了。

我幻想新的和谐。文字的一种艺术，更为精妙，也更明快，不尚浮华辞藻，也不图证明什么。

噢！谁能把我的思想从逻辑的沉重锁链中解脱出来？我最真挚的激情，一表达出来就走了样儿。

生活可能会更美好，超过人们所允许的程度。智慧并不存乎理性，而是寓于爱中。唉！时至今日，我的生活也过分谨小慎微了。必须无法无天，才能摈弃新的法律。解脱啊！自由啊！我的欲望能抵达哪里，我都必定前往。我喜爱你哟，跟我一道走吧，我要把你一直带到那里；但愿你能走得更远。

遇 合

我们从早到晚开心，完成生活的各种举动，就像跳舞一样，又像完美的体操运动员，务求一举一动完全和谐，富有节奏感。马克去打水，压水泵，提水桶，无不合乎精神的节奏。我们要下窖去取一瓶酒，拔开瓶塞，再斟酒开饮，所有动作无不心中有数，都经过分解组合的。我们碰杯祝酒节奏鲜明。我们发明一些摆脱困境的步伐，还发明一些步伐表露或掩饰意乱心烦。有哀悼的快三步，也有贺喜的快三步。有巨大希望的轻快舞步，也有正当向往的小步舞。就像在著名的芭蕾舞中那样，我们既有小口角舞步、大争吵舞步，也有言归于好舞步。我们都擅长集体一致的动作，不过，完美伙伴的舞步则要单独完成。我们发明的最富情趣的步伐，就是大家一齐沿着宽阔的草地跑下坡去洗浴：步伐极快，因为都想跑一身大汗，于是连蹦带跳，而草地又适于大步跨跃，同时伸出一只手，好似追赶电车，另一只手则抓住在我们身上飘动的浴衣；我们气喘吁吁跑到水边，欢笑着背诵马拉美的诗句，立刻跳下水。

然而你会说，这一切还缺少点随意性，就很难有多大激情……哦！刚才我忘了讲：我们也有突发的欢蹦乱跳。

我一旦确信我不需要追求幸福，不料幸福就开始常驻心头了，是的，就是从我确信我什么也不需要就能幸福的那天起。我朝利己主义刨了一镐头，心中立刻大量涌流出快乐，足以供所有人畅饮。我随即明白，最好的教导就是表率。我把自己的幸福当成一种使命来承担。

　　"怎么！"我想道，"如果说，你的灵魂势必要随肉体泯灭，那就尽快欢乐吧。或者，如果说灵魂永存不灭，那么你就有永生永世，不是可以从容地关注你的感官没有兴趣的方面吗？你穿越这个美丽的国度，是不是因为它的魅力很快就要在你眼前剥夺走，你就不屑一顾，拒绝欣赏呢？你穿越的速度越快，目光也就越要贪婪；你逃离得越匆忙，拥抱也就越要果断！我作为瞬间的情人，明知留恋不住，为什么就不能那么深情地拥抱呢？不能专一的灵魂哟，抓紧时间吧！须知最美丽的花朵也最先凋谢。赶快俯身去闻它的芳香吧。永不凋谢的花朵是没有香味的。"
　　天生欢快的灵魂，你的歌声是清亮的，再也不必担心会有什么能使之黯然失色。
　　不过，现在我已然明白，事物都来去匆匆，唯有上帝永存，上帝并不久驻于物体之内，而是寓于爱中，现在我懂得如何在瞬间体味恬静的永恒了。
　　这种快活的心态，你若是不善于保持，也不要执意去追求。

温和而奇妙的景观

迎候我睡醒的双眼！

我绝不会声称

是非物质的化身；

但我爱你，无云的碧空。

我就像精灵一样轻盈，

如若依恋一角蓝天，

我就会命丧黄泉。

没有比这更具实质性，

据我所知来判断。

倾听你就意味听得见。

我不愿再久等，

要品尝这蜂浆。

今天早晨，就像提笔写字的人，知道墨水蘸多了点儿，怕滴在纸上，便写了一些花体字。

二

我心中感激，便每天创造上帝。每天醒来发现自己存在，就不免惊奇，赞叹不已。为什么解除痛苦只带来很少快乐，而欢乐结束却造成很大痛苦呢？其原因就是，你在痛苦中，总想着你没有得到的幸福；而在幸福中，就根本不想你侥幸免遭的痛苦；也就是说，你天生就是快乐的。

一个人该享受多少快乐，要视其感官和心灵的承受力而定。我的份额哪怕剥夺一点儿我也是遭受了抢劫。我无从知晓我出世之前是否渴望生活，但是现在既然活在世上，我就理应享受这一切。当然，我的感激之情极为诚笃，势必就有一颗诚笃的爱心，因此，微风稍许爱抚，就在我心中唤起一声感谢。常怀感激之情，我就懂得将抑面而来的一切化为快乐。

我们的思想抓住逻辑的扶手，就是怕跌跤的心理在作祟。有逻辑，就有摆脱逻辑的东西（毫无逻辑令我恼火，过分强调逻辑，也让我受不了）。有人爱讲道理，也有人让别人有道理去（假如我的理智认为我的心不该跳动，那么我却要断言我的心有理）。有人轻生，也有人轻道理。正因为没讲逻辑，我才意识到自身。我最宝贵最欢快的思想哟，我何必还煞费苦心证明你的产生是合理的呢？今天早晨，我翻阅普鲁塔克①的《名人列传》，看到罗慕路斯和忒修斯②一章，这两个城邦国家的奠基人，不是因为是"秘密结合的夫妻秘密"生下来的，就被人们视为神的儿子吗？……

我完全受我的过去的束缚。今天任何行为，无不受我昨日状态的规定。不过，在这急促、短暂而不可替代的瞬间，我的所为却可以逃脱……

啊！能够逃脱我自身！我要跳过自尊强加给我的约束。我迎风张开鼻孔。啊！起锚，去冒天大的危险……但愿这不会给明天造成后果。

我的思想绊到"后果"这个词上。我们行为的后果，自身的后果。我等待自己的，难道只有后果吗？后果，妥协，循规蹈矩，我不想走了，而想跳跃；一脚踢开过去，矢口否认过去，再也不信守诺言：原先我也太守信啦！未来哟，不忠实的，我多么爱你！

我的思想哟，什么海风或山风，才能带着你飞跃？青鸟儿，浑身悸动，拍打着翅膀，待在峭壁的边缘，不管现时把你送到多远，你还是要向前，你已经全神贯注，朝前冲去，逃匿于未来中。

---

① 普鲁塔克（约46—120），希腊语作家，著有《希腊罗马名人传》。
② 洛幕鲁斯是罗马的创建者和第一个国王，忒修斯是雅典城的创建者。

新的不安啊！尚未提出的问题！……昨天的折磨已使我精疲力竭，让我尝尽了苦头，我再也不相信昨天了；我探身望这未来深渊，丝毫也不头晕目眩。深渊的风啊，把我卷走吧！

三

每种肯定都以否定而告终。你自身舍弃的一切，都将存活。一切力图自我肯定的，反而自我否定；一切力图自我否定的，反而得到肯定。完全的占有，只有通过奉献才得以证实。凡是你不善于给出的，反过来会占有你。没有牺牲就谈不上复活。不祭献就不可能充分发展。你自身有意保护的东西，却要日益萎缩。

你怎么能看出果实熟了呢？——一离枝儿就看出来了。成熟就是为了奉献，最终无不成祭献品。

啊！由快感包裹的无比甜美的果实，我知道你必须放弃自身才能发芽。你周身的甜美，让它死掉！让它死掉吧！这厚厚的香甜美味的果肉，就让它死掉吧！因为它属于大地。让它死掉，你才能活下去。我知道："果实如若不死，就只能孤孤单单。"

上帝啊！告诉我如何不是为了死去而等待死亡。

任何美德，唯有舍弃自身才能圆满。果实的无比甜美，就是要追求萌芽。

真正的雄辩是放弃雄辩。个人唯有忘我才能得到确认。只考虑自己的人举步维艰。我一向最赞赏不知其美的美。最动人的线条，也是最柔顺的线条。基督正是放弃了神性，才真正变为上帝。换言之，正是以基督之形舍弃自身，上帝才创造了自己。

遇 合

致让-保罗·阿莱格列

（一）

那天，我们信步走在巴黎街头，走到塞纳河街时——你还记得那条街吧——遇见一个可怜的黑人，我们久久地打量他。那是在菲茨巴舍书店前面。我说明这一点，就是因为大家往往只顾抒情，根本不考虑准确性了。且说我们停下脚步，佯装欣赏书店的橱窗，其实是打量那个黑人。他显然十分穷苦，他越极力掩饰穷相就越看得出来，他是个自尊心极强的黑人。他头戴高筒礼帽，身穿合体的短礼服；不过，那顶帽子像马戏团小丑戴的那种，而礼服也破碍不成样子；贴身固然穿了衬衣，但也许仅仅因为穿在黑皮肤上才显出白色来；他的穷困从他那双磨破的鞋子看得尤为明显。他走路步子很小，完全像一个丧失目标的人，很快就不能往前走了。他每走三四步停一停，尽管天气挺冷，还是摘下炉筒帽扇扇风，再掏出一块脏手帕擦擦脑门儿，然后放回兜里。那头乱蓬蓬的白发下，露出宽阔的脑门儿；那目光无神，恰似一个对生活再也毫无指望的人；他仿佛视而不见迎面走过的行人，不过，一见有人驻足打量他，他出于自尊立刻戴上帽子继续走路。他肯定抱着希望去拜访了什么人，结果空手而归。看那神态，他不再抱任何希望了，就像要饿死的人，宁愿饿死也不再去折腰乞求了。

毫无疑问，他要表明，并向自己证明，不光是黑人才会落到这种屈辱的境地。噢！我真想跟上去，看他去哪里；其实，他没有可去的地方。噢！我真想上前同他攀谈，但又不知怎么讲才不会触怒他。再说，当时有你在场，我不清楚你对生命和一切有生命之物，究竟关心到什么程度。

……唉！不管怎么说，我本该上前同他谈谈。

（二）

就在当天稍晚些时候，我们乘地铁回来，遇见那个善气迎人的矮个儿男人。他吃力地抱着一个有布罩的玻璃鱼缸，从布罩侧面的开口看得见里面，但是外边又整个儿包了一层纸。起初还真弄不清里面装的是什么，看包得那么严实，我不禁笑着对他说："这是颗炸弹怎么的？"

于是，他把我拉到灯光旁边，诡秘地回答："这是鱼。"

他生性随和，也感到我们很想聊聊，就立刻补充说："我把鱼遮起来，免得惹人注意。不过，假如你们喜爱好看的东西（想必你们是搞艺术的），我就让你们瞧一瞧。"

就像母亲给婴儿换褓裸似的，他小心翼翼地打开鱼缸外面的纸包和罩布，同时接着说道："这是拿出来卖的，是我养的鱼。

瞧！这些小的，每尾十法郎。别看这么小，但你们想象不出这非常稀有。而且非常好看！阳光一照，你们再瞧瞧看。喏！这条绿色，这条蓝色，这条粉红色；鱼本身 没有颜色，但是阳光一照就五颜六色了。"

玻璃缸水中有十来条灵活的颌针鱼，轮番游到布罩的开口处，的确色彩缤纷。

"是您养的吗？"

"我还养不少别的鱼！不过，那些鱼我不拿出来卖，太娇嫩了：想一想吧！有的每尾值五六十法郎。买主要到我家去看，只有成交才能拿出去。上周有个喜欢鱼的阔佬，花一百二十法郎买走一尾。那是一条中国金鱼，有三条尾巴，就像帕夏①的脑袋……是不是很难养？当然难养啦！鱼食就是个难题，鱼总得肝病。每周要放一次矿泉水，这样成本就高了。如果不这么难饲养，当然就不贵了，那就跟兔子一样了。先生，你喜欢养鱼，应当去我家瞧瞧。"

现在，我把他的地址丢了。唉！真后悔没有去一趟。

（三）

"考虑问题，"他对我说道，"就应当从这一点出发，即最重要的发明创造，还有待于逐一发现。这些发明创造，无非表明观

---

① 帕夏：奥斯曼帝国省总督。

164

察到了最简单的事实，因为，大自然的所有奥秘都明摆着，我们天天熟视无睹。将来的人会觉得我们很可怜，将来他们利用了太阳的光和热，就会可怜我们的照明和燃料，还是千辛万苦从地下开采出来的，不为子孙后代着想而浪费了煤炭。在节俭方面，人是最灵巧的，可是什么时候才能搜集不适用或多余的热量，汇总到地球所有热点上呢？会做到的！总有一天会做到，"他以说教的口气继续说道，"等地球开始变冷的时候，就会做到了，因为到那时，煤炭也开始缺乏了。"

"可是，"我见他又要陷入枯燥的玄想中，就想用话岔开，"看您这么洞彻事理，想必您本人一定是个发明家了？"

"先生，"他立刻接过话题，"最伟大的人，不见得最有名气。请问，比起发明轮子、针和陀螺的人来，或者比起头一个发现孩子玩的滚圈能立得住的那个人来，一个巴斯德、一个拉瓦锡、一个普希金又算什么呢？关键就在于观察。然而，我们在生活中，什么也不注意看。比方说吧：衣兜儿，这是多么了不起的发明啊！怎么样！您想到了吗？可是，人人都在使用。跟您说吧，只要善于观察就行了。喏，瞧吧，要当心刚进来的那个人。"他突然改变了口气，并扯着袖子将我拉开，"他是个老笨蛋，自己没有任何发明，却总想剽窃别人的发明。在他面前，请您一个字也不要提（他是我的朋友 C，是济贫院的主治医生）。瞧瞧他是如何盘问那个可怜的神父的：那边那个绅士，虽然一身世俗打扮，其实他是个神职人员，也是个大发明家。非常遗憾，我同他谈不拢，我认为我同他一起，肯定能干出很大名堂；可是，每次我对他讲点什么，他总像用中国话回答。再说，近来他还总躲着我。等一会儿那老笨蛋走开之后，您就去见他。您会看到，他懂得不少有趣的事情，也看看他考虑问题是否有连贯性……喏，他现在一个人了，去吧！"

"等一下，您先告诉我，您发明了什么？"

"您想知道？"

他身子朝我探过来，随即又猛地朝后一仰，口气异常严肃地低声说道："我是纽扣的发明者。"

我的朋友 C 既已离开，那位"绅士"坐在那里，双手捧着头，两肘支在膝上，于是，我朝那座椅走去。

"我是不是在什么地方见过您？"我就这样同他搭讪。

"我也有这种印象，"他打量我一眼，就说道，"不过，说说看，刚才是不是您在同那位可怜的大使交谈？对，就是在那边独自散步的那位，他就要转过身去了……现在他怎么样啦？当初我们是好朋友，可是他生性特别嫉妒。从他明白少不了我之后，他就再也容忍不了我了。"

"怎么会这样呢？"我冒昧地问道。

"一讲您就明白了，亲爱的先生。他发明了纽扣，大概他告诉您了吧。不过，扣眼是我发明的。"

"因此你们就闹翻了。"

"当然了。"

（四）

在《福音书》中，我找不出什么明确的禁忌。问题倒是在于要尽量以明亮的目光瞻仰上帝，而我却感到，这世上我所贪图的每件物品，都变得不透明了，正因为如此，我才贪婪尘世，整个世界才很快就丧失了透明性，或者说我的目光失去明亮，我的灵魂再也感知不到上帝，抛开造物主而去亲近造物，也就不再生活在永恒之中，不再拥有上帝的王国了。

我又回到你面前，天主基督，正如回到你是活化身的上帝面前。我厌倦了，不想再蒙骗自己的心灵。我童年的神圣朋友，我原以为逃避你，却到处都与你重逢。我确信我这苛求的心，现在只有找到你就如愿以偿。唯独我自上的恶魔还否认你的教导是完善的，否认除你之外，我可以放弃一切，而我放弃一切才能重新找到你。

真正青春的门槛，

天堂的大门，

新的狂欢

迷醉我的灵魂……

167

主啊！让我的迷醉有增无减。

要填平这空间，

不要让我这灵魂

再同你隔断，

灵魂失意也不忘天尊……

主啊！让我的狂喜更加滋蔓。

干涸的沙滩

有赤足的脚印，

我天真的诗篇

也不排除押韵。

无忧无虑而狂喜，

把过去完全遗忘，

我的灵魂游弋

在有节奏的波浪上。

小树林欢笑，

只因鲜花初放，

大量鸟儿做巢

在哭泣的老橡树上。

摇动枝叶吧欢笑

神圣的节奏!

我尝过一种饮料,

比美酒还醇厚。

光线啊太强烈,

穿透我的眼帘!

主啊你的真理

刺伤我的心田。

遇　合

那是在佛罗伦萨一个节日。什么节日?记不清了。我的窗外是阿尔诺河滨路,在三圣桥和维奇奥桥之间。我伫立在窗前观赏人群,等待萌生投身进去的渴望,那要到傍晚气氛更加热烈的时候。我朝上游望去,只见维奇奥桥一片嘈杂,人群纷纷跑向那里;那正是在桥中间,没有遮拦,桥上镶缀的房屋在那里中断。我望见人们蜂拥过去,俯在桥栏杆上,伸臂指着浑浊河水中漂浮的一个小物品;那小物品没入漩涡中,再浮出来,被激流冲走。我下楼去询问,行人说是一个小姑娘掉进河里,她由衣裙托着漂浮了一会儿,现在沉下去不见了。靠岸几只小船解开缆绳,有人用挠钩在河中打捞,忙到天黑也没有打捞上来。

岂有此理!密密麻麻那么多人,谁也没有留意那女孩,在她要落水时抓住她?……我走到维奇奥桥。就在小姑娘投河的地点，一个约有十五岁的男孩在回答行人的问题。他讲述了事情的经过：他看见那小姑娘突然跨过栏杆，就冲过去，抓住她一只胳膊，拎着她悬空待了一会儿，而身后来往的行人却毫无觉察。他要把小姑娘拉上桥，一个人又力气不够，很想喊人帮忙，可是那小姑娘却对他说："别拉了，让我去吧。"那声调极其哀婉，他终于撒开手。小男孩哭着叙述这一经过。

（他本人也是个可怜的孩子，无家可归，那身衣衫破烂不堪，但也许还没有那么不幸。我想，他抓住那女孩的胳膊，要同死神争夺她的时候，也一定和她同样感到绝望，心里也同样充满能为他俩打开天堂之门的绝望的爱。他是出于怜悯才撒手的。"恳求……放开。"①）

有人问他是不是认识那女孩；不认识，是头一回见到。谁也不知道那女孩是什么人，后来调查几天也毫无结果。尸体捞上来了，看样子有十四岁，瘦骨嶙峋，衣裙十分褴褛。我真希望多了解些情况！她父亲是不是找了个姘头，她母亲是不是找了个汉子，她赖以生存的东西，在她眼前突然崩塌了……

"可是，"纳塔纳埃尔问我，"你这本书是写快乐，为什么要讲述这件事？"

"这件事，我本想以更简单的语言讲述。老实说，冲击不幸

---

① 原文为意大利文。

的那种幸福，我绝不要。剥夺别人财富的那种财富，我也绝不要。如果我的衣裳是剥夺别人身上的，那我宁愿在世上光着身子。主啊基督！你摆了宴席，你那天国的盛宴之所以美，就因为邀请了所有人。"

＊ ＊ ＊

这尘世间还有多么深重的穷困、苦难、灾祸和惨事，幸福的人一想到这一点，就不能不感到惭愧。然而，自己不能获取幸福的人，就无法帮助别人实现幸福。我感到内心有一股要幸福的热切愿望。不过，凡是靠损害别人、强占别人的方式得到的幸福，在我看来都是可憎的。再深一步探讨，就触及悲剧性的社会问题了。我这番道理的全部论据，也挡不住我从共产主义斜坡滑下去。[①] 要求富有的人分散其财产，我认为是个错误；况且，期待富有的人自动放弃他们视为生命的财富，那纯粹是痴心妄想。我一向憎恶独占任何财富；至于我的幸福，完全是上天的赐予，死亡从我手中夺不去什么东西。死亡能从我手中夺走的，也无非是零散的、天然的、不受控制和人所共有的财富。尤其是这种财富给我足足的享受，其余的就无所谓了，我喜欢小客栈的餐饮胜过最丰盛的宴席，喜欢公园胜过高墙围起来的最美的花园，也喜欢

---

① 这个下坡在我看来倒是上坡，而我的理智在这坡上和心灵汇合了。我说什么？今天，我的理智却赶到前边去了。如果说，我有时看不惯仅仅是理论家的某些共产党人，那么今天，另一种错误，即把共产主义变成一种感情问题，我认为同样是严重的。(1935年3月)——作者原注

171

散步时带着也不必担心的书籍，胜过最珍稀的版本；同样，一件艺术品，如果只能由我一人欣赏，那么它越美，我的忧伤也就越压倒我的快乐。

我的幸福就在于增添别人的幸福，我有赖于所有人的幸福，才能实现个人幸福。

* * *

我始终赞赏《福音书》中追求快乐的非凡努力。书中向我们传达基督的话，头一个词就是"幸福的……"他显圣的头一件事，就是把水变成酒。(真正的基督徒，喝纯净的水也足以沉醉。迦拿[①]的神迹，正是在真正的基督徒身上再现。) 然而，经过人们的可恶阐述，才导致崇拜《福音书》，圣化了悲伤和痛苦。只因基督说过："来找我吧，你们都受苦受难，我会给你们解除苦难。"人们就以为，只有折磨自己，饱尝痛苦，才能去见上帝；人们把上帝给人解除苦难变成了"赦罪"。

* * *

我早就觉得，快乐比忧伤更珍稀，更难得，也更美好。一旦发现这一点，无疑这是此生所能有的最重要的发现，快乐对于我来说，就不仅像过去那样是一种天生的需要，还成为一种道德的义务了。我认为，向周围传播幸福，最有效、最可靠的办法，就

---

① 迦拿：巴勒斯坦北部城市，相传基督在此首次显圣，将水变成酒。

是本人做出表率，因此，我决意要幸福。

我写过这样一句话："幸福而思考的人，可谓真正的强者。"——因为，基于愚昧的幸福，同我又有什么关系呢？基督的头一句话："幸福的是哭泣的人"，就是让人在快乐中，也要理解悲伤。谁认为这是鼓励哭泣，那么他的理解就大错特错了。

第二篇

我思，故我在。——

就是"故"这个词蹩脚。

我思，我就存在；下面的说法也许更有道理：

我感知，因此我存在——或者说：我认为，因此我存在——
这就等于说：

我想我存在。

我认为我存在。

我感到我存在。

这三种说法，我倒觉得最后这种说法最确切，也是唯一确切
的。因为归根结底，"我想我存在"，也许并不包含我存在的意
思。同样，"我认为我存在"，就是模仿"我认为上帝存在"，一
种证明上帝的方法，这样照搬未免胆大妄为了。至于"我感到我
存在"，在这里，我既是判断者又是当事人，怎么还会弄错呢？

我思，故我在——我想我存在，因此我存在。——因为，我总得想点儿什么事情。

例如：我想上帝存在。

或者：我想一个三角形的三个角等于两个直角，因此我存在。——在这里，倒是"我"无法确定，……可以说，因此这个存在——"我"是中性的。

我想：因此我存在。

完全可以说：我痛苦，我呼吸，我感觉——因此我存在。不错，如果说人不存在就不能思考，那么人存在完全可以不思考。

然而，只要我仅仅感觉到，那么我存在而并不考虑自己存在。通过思考这种行为，我意识到自己的存在；但是这样一来，我就不再是简单的存在；我是思考的存在体。

我想，因此我存在，就等于说：我想我存在；而"因此"这个词就像天平的梁，是不占一点分量的。天平的两个盘上只有我放的东西，即同样的东西。$X=X$。颠来倒去毫无意义，引不出任何结果，不大工夫就弄得头疼欲裂，想出去散步了。

＊ ＊ ＊

搅得我们寝食不安的某些问题；当然不是微不足道的，但根本解决不了——我们的决定若是依赖这些问题的解决，那就太荒唐了。因此尽可以不管。

"不过，在行动之前，我必须弄明白我为什么在这世上，上帝是否存在，是否看见我们；因为，上帝若是存在，我就认为他必然看见我，我就必须首先弄明白是否……"

"您就探究吧，探究吧。在这期间，您绝不会有什么行动。"

赶快将这碍事的包袱放到寄存处，而且像爱德华那样，随即把包裹单弄丢了。

* * *

以为可以不相信上帝恐怕更难，除非真的从来没有观赏过大自然。物质极细微的搏动……为什么会动起来？是什么动向？这一信息引我背离无神论，也同样背离你的信仰。物质能穿透也能延展，还能受思想的支配，而思想能同物质结合，甚至融为一体，我面对这种种现象的惊讶，完全可以称为宗教性的。世间万物无不令我惊讶。把我的惊愕称为崇拜吧，我欣然同意。大大超前啦！在这一切当中，我不但没有看到你的上帝的存在，反而看到，反而发现，哪里都不可能有上帝，上帝在那里也就不存在。

我准备称为神圣的，就是上帝本身也丝毫改变不了的一切。

这种说法（至少最后几个字）是受歌德一句话的启发，它妙就妙在既不包含信仰一个上帝，也不包含不可能接受一个与自然规律（即与他自身）相对立的上帝，一个不会与自然规律混同的上帝。

"我看不出这和斯宾诺莎学说有什么差异。"

"我并不强调差异。我上面提到的歌德，就乐于承认他得益于斯宾诺莎之处。要知道，每人总有一点吸收别人的东西。我所因袭的或认同的一些人，我乐于敬重他们，就像你们敬重你们教会中的'神父'一样。所不同的是，你们的传统要依据神的启示，排除任何思想自由，而充满人道的另一种传统，不仅让我的思想任意驰骋，而且还给予鼓励，让我只承认先由自己验证或无法验证的东西是真实的。——这绝不意味着妄自尊大，反而蕴含着谦抑，要极为耐心地思考，但也摈弃那种假谦虚，即认为人只能靠神的启示显灵，单凭自己不能认识任何真理。"

遇　合

"近来，人们总谈论我，"上帝对我说道，"许多反响传到我这里，有些还颇为刺耳。不错，我知道现在我挺时髦。可是，关于我的言论，大多我都不喜欢，有的我根本不理解。对了，您是行家（您不是自称有文学修养吗？），请您告诉我，在许许多多谬论中，有这样短短一句话：'应当自然而然地谈论上帝'……我挺喜欢，是谁讲的呢？"

"这句话是我讲的。"我满脸通红，答道。

"好哇。那么，你听我说，"从这时起，上帝用你称呼我了，"有些人总希望我干预，为他们打乱既定的秩序。这样越弄事情越复杂，还会弄虚作假，完全违背我的法则。让他们好好学习如何服从这些法则吧，让他们明白只有这样才能最有效地利用。人所能做的事情远远超出自己的想象。"

"人陷入了困境。"我说道。

"那就摆脱困境嘛,"上帝又说道,"我正是尊重人,才让他们自己应付去。"

上帝接着又说:"咱们不妨私下说说,这事对我倒也没有多大损害,而且是自然而然发生的。天地万物仿佛违反我的愿望,从几种原始材料中诞生的。因此,就连最小的芽苞放叶舒展,给我表明的道理,也胜过神学家的所有空论。我一下子创造了万物,自身也就分散在其中,隐匿并消失了。但是随着万物反复重现,结果我同万物融为一体,甚至怀疑起没有天地万物,我是否真会存在;可见,我是在造物中显示了自己的能力。不过,万物纷乱无序,只是在人的头脑里才排列有序了,例如声音、颜色、芳香,只因同人发生了关系才存在。无比瑰丽的朝霞、最为悠扬的风鸣、水中映现的天光,以及激滟的粼粼水波,只要还没有经人搜集,还没有通过人的感官变为和谐,这一切就永远是空泛寡味的。我的全部创造物,只有映现在这面敏感的镜子上,才显得有声有色,才显出情调……"

"不瞒你说,"上帝还对我说道,"人类令我大失所望。有些人口口声声自称是我的子民,借口为了更好地崇拜我,就无视我在世间为他们准备好的一切。不错,恰恰是把我称为天父的人,为了表达对我的爱,就苦修斋戒,弄得日益消瘦,他们怎么能推想我看着会高兴呢?……这样干对我毫无益处嘛!

"我把我最美好的秘密隐藏起来，就像你们对待自己的孩子那样，将复活节彩蛋藏在枝叶丛中。我特别喜欢肯花点儿力气去寻找的人。"

我斟酌并掂量我使用的"上帝"这个词，不能不看到它几乎没有实质意义，正因为如此，我才能随手拈来。它是一个形状不定的容器，内壁能无限扩展，能装下每人喜欢放进的东西，而且只容纳我们每人放入的东西。假如我放进去的是至高无上的神力，那么我对这容器怎么能不诚惶诚恐呢？假如我放进去的是对自身的关切，以及对我们每人的慈悲，那么我对这个容器怎么能不充满爱呢？假如我放进去的是雷霆，旁边再挂上闪电剑，那么我就不是面对暴风雨，而是面对上帝吓得发抖了。

谨慎、良知良能、善良，我根本想象不出人不具备这些品质。不过，人却能脱离开原本的含义，非常模糊地，即抽象地把这一切想象成为纯粹状态，从而塑造上帝；人还能想象先有上帝，先有绝对存在的主，再由他创造出现实世界，转而证明上帝的存在；总之，造物主需要造物，因为，他若是什么也不创造，就不成其为造物主了。可见，这两者始终关联，完全相互依存，说这个少不了那个，提造物主不能丢下所造之物；人需要上帝并不超过上帝需要人，而且更容易想象，无论少哪一方，那么一切都不复存在了。

上帝支撑我，我支撑上帝，我们同在。我这样想，就和天地万物融为一体了；同时，我也就融解并化入芸芸众生之中。

遇　合

"仁慈的上帝，倒还说得过去，"那可爱的女孩对我说道，"喏！算了，我把上帝丢给你了，因为我觉得，同你讨论根本没用。再说，上帝总能反复再现，照一般的说法，他总能找到他的造物。你就是其中一员，不管你愿意不愿意。昨天，本堂神父又对我说：'上帝不管你愿意不愿意，一定要拯救你，就因为你善良。'然而，你怎么能说你不热爱仁慈的上帝呢？你只要不十分固执，很快就会承认，你的善良是上帝的一部分仁慈，你身上的所有好品质都来自上帝……不过，我来找你，是要同你谈谈圣母。哦！真的，这回我可不会放过你！我一定要问个究竟，你是个诗人，怎么可能不热爱圣母呢？其实，你是热爱圣母的，只是自己不觉得，更确切地说，你因为太傲气不肯面对这一点。死不认账，你这个人真是顽固透顶！……怎么就不能痛痛快快地承认，清晨在睡梦惺忪的牧场上飘浮的白雾，就是圣母的长袍呢？怎么就不能痛痛快快地承认，突然降到汹涌波涛上的宁静，就是她那制伏蛇的纯洁双脚呢？还有在黑夜里，你欣赏的颤悠悠降落下来的星光，照得泉水粼粼发亮，并在你的心田映现，那正是圣母的目光；微风轻拂树叶的悦耳絮语声，沁入你的心灵，那正是她的声音。圣母的真身，唯独渴求圣洁，毫无邪念的人才能看见。圣母保护人心的纯洁，正是为了能在上面照出自己的仪容。我从来没有见过圣母，是的，还没有见过，不过我知道，是圣母，以及我对圣母的爱，使我的心灵免遭玷污。……好啦！要随和一点儿，还是承认并热爱圣母吧，这两者是一码事，你也会让我特别高兴！……而且，圣母无比宽宏大量，她还允许我更加喜爱小耶稣。啊！小耶稣！……不过，我爱他的同时，绝没有忘记他是圣母之子。再说，我们不能爱一个而不爱另一个，同时还爱圣灵。喏，真的，我越想越不 明白，你怎么这样固执。我的全部看法……如果冒昧讲出来：在这件事情上，我觉得你有点愚昧。"

"那好，我们就谈谈别的事吧。"我对女孩说。

＊ ＊ ＊

我承认长期以来，我把上帝这个词当作废品堆放室使用，把我最模糊不清的概念全丢进去。久而久之，便形成一个轮廓，极不像弗朗西斯·詹姆斯塑造出的白胡子的仁慈上帝，也没有显出多少生命力。正如老人要相继失去头发、牙齿、视力、记忆，最终失去生命一样，我的上帝也逐渐衰老（并不是他，而是我衰老），失去我从前赋予他的种种属性，首先（或最终）失去生命力，或者说失去现实性。一旦我不想他了，他也就不再存在了。唯独我的崇拜还能把他创造出来。我的崇拜可以离开上帝，而上帝却离不开崇拜。结果就像照镜子玩，我一旦明白自己是中心人物，就不再玩了。但是在一段时间，这个丧失了自己属性的圣体，还要躲进美学中，即躲进大自然的勃勃生机，数字的和谐中……现在，我连提一提他的兴趣都没有了。

不过，话又说回来，从前我称为上帝的那一大堆模糊的概念、情感、呼唤，以及呼唤的回声，如今我知道了，只是通过我，只是在我心中才存在，但如今想起来，我却觉得，这一切比整个世界，比我自身和全人类都更值得关注。

* * *

多么荒谬的世界观和人生观，竟然造成我们四分之三的苦难，而且还留恋过去，怎么也不开窍，不明白只有今天的快乐让位，明天的快乐才有可能；只有前浪退却，波浪才能呈现曲线美；而每朵花必须凋谢才能结果，而果子不落下来死掉，就不能保证再次开花结果；因此，就连春天也偎靠在冬天的门槛上。

* * *

上述的考虑促使我，而且始终促使我更注意倾听自然历史的教导，而不是人类历史的教导。我认为人类历史的教导收益不大，这种教导始终恍惚不定。

多么纤细的一棵小草的生长，也要服从一成不变的法则，而那些法则脱离人类的逻辑，至少绝不会归结为人类的逻辑。在这里可以重新开始探索，虽说难免失误，但是经过更严格的观察，更巧妙的比较，总能越来越接近永恒的真理，接近一个理解并超

182

越我的理智的上帝、我的理智无法否认的一个上帝。

一个不讲慈悲的上帝。其实，你的上帝也只有你所赋予他的那点慈悲。赋予他的无不具有人性。只差完全变成人了。只能如此，必须从这点出发。必须出发了。

＊ ＊ ＊

仁慈的上帝和希腊诸神两相比较，我更倾向于信奉希腊诸神。不过，我也不得不承认，那种多神论极富诗意，也就等于一种根本的无神论。而人们谴责斯宾诺莎的，也正是他的无神论。其实，他面对基督鞠躬所怀有的爱戴、崇敬，甚至笃诚，往往超过天主教徒，我指的还是最顺从的天主教徒。当然，他敬奉的是一个无神性的基督。

＊ ＊ ＊

基督教假说……不可接受。

然而，这一假说，唯物主义的看法却动摇不了。

是不是因为发现并揭露上帝的一种手法，我们就认为抓住他的过错了呢？

是不是因为明白了闪电的形成，我们就要剥夺上帝的雷电呢？

"星星太多了，人太多了。"X想道。他相信，也许他以为能在地球周围的天空，发现足数的星体，恰好可以维系地球悬空并运行，给予它光和热，还能让诗人们幻想。可是他知道，他不能把我们的地球看作宇宙的中心。"这样一来，也就不存在救世

183

了。"他说道，"对我来说，基督如果不再是中心，不再是一切，那就什么也不是了。"

然而，两者必居其一，可是我始终未能确认，究竟哪一种最难构想：一个容纳无限星体的无限空间；一个容纳有限星体的有限世界，其中一个星体也不多，然而越过那些星体运行的空间，还能看到什么呢？我的神思撞到一个界标。一个不能再翱翔的虚空。一个有存在物的障碍，或者一个无存在物的禁区——既不存在主体，也不存在客体。——如是逐渐消亡，那么从哪儿始的呢？这种虚无，究竟是存在物缓慢减少，还是骤然完全消失呢？

不对，这一切都不着边际。不过，从前人们不是照样诧异：大地怎么能有尽头，尽头又在哪里呢？直到有一天终于明白了：大地是圆形的，从它规则的圆周一点出发，又能到达出发点。

我干脆抛开了信念，我已确信人的思想不可能有这种信念。承认了这一点，还有什么可做的呢？自己臆造或者接受一些人为的东西，并竭力不以为是虚假的呢？……还是学会不要什么信念呢？我就是潜心探究这件事。我绝不认为，人丧失这种信念，就会悲观绝望。

第三篇

一

自然万物都在追求快乐。正是快乐促使草茎长高，芽苞抽叶，花蕾绽开。正是快乐安排花冠和阳光接吻，邀请一切存活的事物举行婚礼，让休眠的幼虫变成蛹，再让蛾子逃出蛹壳的囚笼。正是在快乐的指引下，万物都向往最大的安逸，更自觉地趋向进步……这就是为什么，我从快乐中得到的教益多于书本，为什么我越看书越糊涂。

这既不用深思熟虑，也不要讲究方式方法。我不假思索，一头就扎进这欢乐的海洋，惊讶地发现，自己在这海洋上游泳，根本不会沉下去。正是在快乐中，我们才完全意识到自己的存在。

这不用下什么决心，我完全是自然而然地投入。早就听说人本性恶，但是我倒希望亲身检验一下。不过，我对自身不如对别人的好奇心强烈，更确切地说，肉欲隐隐导向销魂的冲动，促使我挣脱自己。

探究伦理道德，在我看来并不多么机智，甚至是不可能的，只要我还不知道我是谁。停止寻找自我，就是要重新投入爱中。

在一段时间，要舍得抛开任何伦理道德，不再抵制欲念。唯有欲望能给我教益，因此我听凭驱使。

遇　合

"唉！"那可怜的残疾人对我说道，"哪怕有那么一回呢！哪怕有一回，能像维吉尔所说的那样，把自己'朝思暮想的人'搂在怀里……我觉得领略这次快乐之后，就是再也尝不到别的欢乐，就是死了，我也都认了。"

"可怜的人哟！"我对他说道，"这种快乐，只要尝过一回，你就会希望多多尝几回。假如你是诗人，在这类事情上，回忆比想象给你的折磨大得多。"

"你这是想安慰我吗？"那人反问道。

* * *

然而有多少回，我正要采撷快乐之果时，却像个禁欲者那样，猛然掉头而去。

这绝非放弃，而是一种十足的观望态度，看看这种欢悦究竟如何，也是一种十全十美的预测。因此，这种快乐实现了，我也不可能再有什么收益，就只能弃置不顾了，我深知一场欢乐有所准备，以求确保，就只能使其乏味，而一场惊喜完全把人抓住，才是最甜美的。不过，至少我还能从内心消除一切抵触、廉耻、审慎、犹豫和胆怯；这些障碍不除，人在寻欢作乐中也惶恐不安，肉体的快感一旦消失，心灵往往感到内疚。春天常驻我心间，而我在旅途中所见的天光水色、幼鸟的孵化、盛开的鲜花，我觉得无非是这内心春天的回声。我周身仿佛一团火，能把热情传给别人，就像借火给别人点烟，自己的烟头也会燃得更旺。我抖掉身上的烟灰，眼含炽烈的、传播爱的微笑。我想，善良不过是幸福的辐射，通过幸福这种简单的效应，我的心就奉献给所有人了。

尔后……随着年龄的增长，我感到的不是欲望减退，也不是厌腻，不是的。然而，在我贪欲的嘴唇上，欢乐往往提前兑现，留下过快衰竭的印迹。我认为占有不如追求那么有价值，我也越来越喜欢焦渴而不是解渴，越来越向往快乐而不是享乐，越来越想无限扩展爱而不是得到满足。

遇　合

我去瓦莱村探望。他说是快要康复，其实快要死了。他病得脱了相，我几乎认不出来了。

"噢，还不行，真不行了，"他对我说，"现在，器官一个接着一个，肝脏、肾脏、脾……全出毛病了。还有我这膝关节！……哪怕出于好奇，你也不妨瞧一瞧。"

他半掀开被子，收拢干瘦的腿伸出来，显露一个大球状的膝关节。他出了很多汗，衬衣贴在身子上，就更显得瘦骨嶙峋。我勉颜一笑，竭力掩饰内心的悲伤。

"其实，你早就知道，要很长时间才能康复，"我对他说道，"你住在这儿还不错吧？空气新鲜。饭食怎么样？……"

"好极了。我能保住这条命，就是因为消化还很好。近几天，我甚至增加了点体重，烧也退了不少。唔！总之，我明显好转了。"他强颜一笑，脸就变了形，看来他可能还没有完全丧失希望。

"再说，春天来了，"我急忙补充说，同时把脸转向窗口，不想让他瞧见我眼中满噙的泪水，"你可以到花园去坐坐了。"

"已经去过，每天午饭后就下去待一会儿。只是晚饭我才让人送到病房来。午饭，我要强撑着去食堂吃，到今天为止也就缺过三顿。回房要爬两层楼梯，有点儿吃力，但是我不着急，上四级就站住喘喘气，总共要爬二十分钟。不过，这样我也稍许活动活动，然后回到床上，心里就高兴极啦！而且，这样也好让人来打扫房间。但最主要的，还是我怕自己消沉下去……你在瞧我的书？……对，那是你写的《人间食粮》。这本小书一直陪伴我。你想象不出，我从中得到多少安慰和鼓励。"

这话比什么恭维都令我感动；老实说，我当初就是担心，这本书只会对身体强健的人产生影响。

"真的,"他又说道,"我病成这样,下楼到花园里,看见花要盛开了,也要像浮士德那样,对正在流逝的时间说:'你多美呀!……停下来吧!'当时,我看什么都那么和谐、美好……令我难堪的还是我本人,就像这合奏中的一个走调的音符,像这幅画中一个污点……我多么希望自己也很美啊!"

他沉默片刻,目光转向敞着的窗户,眺望蓝天。继而,似乎十分胆怯,压低声音说:"我希望你把我的情况告诉我父母。我呢,实在没有勇气给他们写信了,尤其不敢告诉他们实情。我母亲每次收到我的信,就立刻回信说:我病倒了是我的造化,这是上帝要拯救我,才让我吃这种苦头;我应当吸取教训,改过自新,只有这样我的病才能治好。因此,我给她写信总说见好了,免得惹她说教,……弄得心里只想咒神骂鬼。你给她写封信吧。"

"今天上午就写好。"我握住他汗津津的手,说道。

"噢!别用这么大劲儿,把我握疼了。"

他说着笑了笑。

二

我们的文学,尤其浪漫主义文学,总是赞扬、培育并传播伤感情调,但又不是那种积极而果断的、催人奋进并建功立业的伤感，而是一种松懈的心态，称之为忧郁，也就是让诗人的额头大大地苍白，目光充满惆怅的神色。这包含着时髦和风雅。快乐则显得粗俗，显得四肢发达而头脑简单；笑脸往往呈现一副怪态。可是，忧伤却显得雅人深致，因而显得老成持重。

至于我，一直喜欢巴赫和莫扎特，超过喜欢贝多芬，我认为缪塞这句广为传颂的诗：

绝望之歌才是歌中的绝唱

未免亵渎宗教，我也认为人处逆境，遭受打击，也不应当自暴自弃。

不错，我知道这其中毅然决然超过放任自流。我知道普罗米修斯被锁在高加索山上受折磨，基督被钉在十字架上死去，两个都是因为爱人类。我知道在半人半神中，唯有赫丘利①战胜了魔怪、九头蛇妖，以及欺压人类的所有邪恶力量，额头留下忧虑的神色。我也知道，要战胜的恶龙实在太多，现在还有，也许永远也铲不尽……然而，放弃快乐无异于不战自败，无异于认输和怯懦。

时至今日，人仅仅靠损害他人，骑在他人头上来享乐，即使是能达到幸福的那种享乐，我们再也不能允许了。要大多数人在尘世放弃由和谐自然而然产生的幸福，我同样也不能接受。

---

① 罗马神话中的英雄，即希腊神话中的赫拉克勒斯。

＊ ＊ ＊

不过，人类把希望之乡，把这片天赐的乐土糟蹋成如此模样……实在叫众神羞赧。就连摔坏自己玩具的孩子、践踏天天吃草的牧场、天天要饮水的泉流的牲口，以及弄脏自己窝的鸟儿，也都没有如此愚蠢。噢！城市凄惨的郊区！多么丑陋，多么杂乱，又恶臭不堪……郊区哟，我怀着几分理解和爱心，想到你本来可以成为花园，成为环城绿化带，保护最繁茂最温馨的草木，制止个人破坏大众快乐的任何行为。

闲暇哟！我考虑你可能是什么样子！那是在快乐的祝福中充满情趣的游戏啊！而工作，甚至工作，既然得到补偿，也就逃脱了亵渎宗教的诅咒。

＊ ＊ ＊

哪个进化论者会去设想，毛虫和蝴蝶之间有什么关系，除非他不知道这两者是同一生物。只有同一性，不可能存在进化关系。作为博物学爱好者，我自觉会竭尽我思想的全力，穷尽我思想的全部疑问，去解这个谜。

如果只有极少数人观察这种变化，如果这种变化又十分罕见，那么我们见了也许更要惊讶。然而，面对经常出现的奇迹，大家就不觉得新鲜了。

变化的何止是外形，还有习性、食欲……

"认识你自身吧"，这一格言既有害又可恶。凡是只顾观察自我者，就停止发展了。毛虫若是专心"认识自身"，就永远也变不成蝴蝶了。

＊ ＊ ＊

我明显感到一种不变贯穿我的多变；我感到的多变，却总是我。这种不变，既然我知道也感到它存在，那么又何必去争取呢？我这一生，始终不肯努力认识自己，也就是说，不肯探究自己。我总觉得，这种探究，更确切地说，这种探究的成功，势必给自身存在带来几分局限和贫乏；或者说，只有少许相当贫乏和局限的人，才能认识并了解自己；再确切点儿说，这种自我了解，会限制自己的存在和发展；因为，人一旦发现自己的样子，就想保持，总是处心积虑地像自己；还因为人最好不断地保护那种期望，保护一种永恒的、难以捉摸的变化。比起反复无常来，我更讨厌某种坚定不移的始终如一，更讨厌要忠实于本身的某种意志，以及害怕自相矛盾的心理。此外，我还认为，这种反复无常只是表面现象，其实正好应和某种深藏的连贯性。我同样认为，在这方面和其他方面一样，我们总受语言的欺骗，因为言语强加给我们的逻辑，往往比生活实存的还要多，而我们身上最可宝贵的，正是尚不确定的东西。

三

　　我有时乃至经常出于恶意，说别人的坏话比自己想讲的还要多，也出于怯懦，怕得罪作者，对许多作品，书和画说的好话比自己想讲的还要多。有时我冲一些人微笑，心里却觉得他们了无趣味，而且还佯装觉得一些蠢话十分风趣。有时我感到无聊得要命，却还装作很开心，不忍走开，只因人家对我说："再待一会儿吧……"我容许自己的理智制止心灵的冲动是常事；反之，内心沉默而嘴上高谈阔论也是常事。有时，为了赢得别人赞同，我就做出蠢事；反之，我认为应当做的事有时不敢做，心知做了也得不到别人的赞同。

　　追惜"活跃的年代"，是老年人最徒劳无益的日常营生。话虽这么说，我自己也难免。你鼓励我这么做，认为这种追悔能不知不觉将迷魂召回来。不过，你误解了我追悔和惋惜的性质。我心头痛悔的是"毫无作为"，是我在整个青年时代，本来能够做并应该做的事情，却被你的道德观制止了。你那道德观我再也不相信了，当初它最妨害我的时候我却认为最好遵奉，结果我为满足自尊心而拒绝了肉体的需要。须知人在风华正茂的时候，心灵和肉体就最适合恋爱，最有资格爱，也最有资格得到爱，拥抱起来最有劲儿，好奇心最强烈也最有教益，情欲也最有价值，然而，也正是在这种年龄，心灵和肉体最有力量抵制爱情的撩拨。

当时你称作的、我也随你称作的"诱惑"，正是我所怀恋的：如果说今天我感到懊悔，那不是因为受了几次诱惑，倒是因为抵制了许多诱惑，而后来我再去追求，那种诱惑已经不那么迷人，对我的思想也不那么有益了。

我懊悔自己的青春时代郁郁寡欢，懊悔当初看重虚构的而轻视现实的东西，懊悔自己背离了生活。

* * *

"噢！多少事情，我们本来可以做却没有做……"他们要辞世的时候会这样想。"多少事情，我们本来应当作却没有做！由于种种顾忌，由于延误时机，由于懒惰，总是这么想：'暖！反正有的是时间。'由于没有抓住一去不返的每一天，没有抓住再难寻觅的每一瞬间。由于总往后推，迟迟不做决定，不努力，不拥抱……"

光阴逝去再难追寻。

"噢！要轮到你了，"他们会想到，"你可得机灵点儿，抓住每一瞬间！"

* * *

我在时间长河的这一确定时刻，正处于我所占据的空间这个点。我绝不同意说这个点无关紧要。我伸直双臂，说道："这是南，这是北……我是结果，也将是原因。决定性的原因！一次机会，永世也不会再有了。我存在，不过我要弄清存在的理由。我要了解我为了什么活在世上。

＊ ＊ ＊

我们怕人讥笑，往往就十分怯懦。许多青年很有抱负，也自认为浑身是胆，然而他们一听人说他们的信念纯属"空想"，就立刻泄了气，唯恐自己在明智的人眼中成为幻想者。就好像人类的任何重大进步，不是一个个空想变成的现实！就好像明天的现实，不是昨天和今天的空想！除非未来仅仅是过去的简单重复，而这种看法最能剥夺我生活的一切乐趣了。是的，不抱着进步是可能的想法，我就会觉得生活毫无价值了。我在《窄门》中赋予阿莉萨的话，现在当作我的来引用：

"没有进步的状态，不管多么幸福，我也不稀罕……没有进展的一种快乐，我嗤之以鼻。"

＊ ＊ ＊

没有多少妖魔鬼怪值得我们那么惧怕。

妖魔鬼怪产生于恐惧——惧怕黑夜和光亮，惧怕死亡和生命，惧怕别人和自身，惧怕魔鬼和上帝，此外，你再也拿不出什么来恐吓我们了。不过，我们还生活在用来吓人的妖怪的威慑之下。是谁说过，敬畏上帝是智慧的开始。那是失慎的智慧，而真正的智慧哟，你始于恐惧的结束，你教育我们如何生活。

＊ ＊ ＊

尽可能将信心、悠闲和快乐带往四面八方，这很快就成为我的渴望，成为我不可缺少的幸福的要求。就好像我只能拿别人的幸福铸造自己的幸福，只能出于同情，也可以说受委托品尝他人的幸福。因此，我觉得一切可能阻碍幸福的东西都是可恨的，诸如胆怯，气馁，互不理解，诽谤中伤，美化臆想的痛苦形象，徒然渴望不现实的东西，党派、阶级、民族或种族的纷争，一切把人变成他自身和别人的仇敌的东西，不和的种子，压迫，恐吓，拒绝，等等。

* * *

松鼠不容许游蛇爬行，兔子见到乌龟和刺猬蜷缩起来便逃开。所有这种多样性，在人类也能见到。因此，你不要再指责不同于你的方面。人类社会只有具备多样活动方式，只有促进多样幸福的形式，才可能十全十美。

* * *

有些人成为我个人的仇敌，诸如：海淫海盗者、大煞风景者、教人意志衰退者、落伍者、迟钝缓慢者、玩世不恭者。

我痛恨一切降低人的价值的东西，痛恨一切减退人的智慧、信念和锐气的东西。因为，我不能接受明智总伴随着迟缓和狐疑。也正因为如此，我认为儿童往往比老人更明智。

* * *

他们的明智？……哼！他们的明智，最好不要太看重了。

他们的明智就是尽量少生活，防范一切，务求平安无事。

他们给人的忠告，总有一种墨守成规、停滞不前的味道。

他们就像一些家庭的母亲，千叮咛万嘱咐，弄得孩子无所适从：

"别荡得这么厉害，绳子要断的。"

"别待在树下，要打雷的。"

"别走在湿地儿上，你要滑倒的。"

"别坐在草地上，会弄脏衣裳的。"

"到你这年龄，也该懂事了。"

"还要向你重复多少遍：胳膊不要支在桌子上。"

"这孩子真叫人受不了！"

哎！太太，不见得比您还甚。

* * *

我把快乐比作那一大盆鲜奶，既出乎意料，又是特别期待的：那是一个闷热的晚上，我们在荒漠中走了一天路，赶到中途住地见到那盆鲜奶。我们穿越的地区，正流行非洲锥体虫病，饲养不了牛羊，因此，我们有几周没喝到奶了。不过，我们却没有觉察到，几个小时以来，我们已经走在能养牲口的地区了。假如青草不是那么高，而我们骑的马再高些，沿途我们就能望见放牧的一群群牲口。那天晚上，我们没有什么奢望，就将就喝热水解渴。那地方的水不洁净，小心起见，我们就烧开了喝，可是总有一股令人作呕的味道，那几天喝了多少烧酒和葡萄酒，也冲不下去，时常返上来。不料，那天晚上，在昏暗的茅屋里，我们发现为我们挤的满满一大盆鲜奶，真是喜出望外。薄薄的浮皮落了一层灰沙，失去了光泽。我们用杯子破开那层薄皮，在经受一天的酷暑之后，看到下面的奶，尤其觉得纯洁新鲜。我们喝下去的似乎不是雪白的奶，而是阴凉、休憩和安慰……

第四篇

一

我只喜爱能呼吸并活着的东西。归根结底，我的思想在致力于组织，致力于建设。然而，我要使用的材料，首先还没有检验，也就什么也不可能建设。已经公认的各种概念、原则，我的思想没有亲自辨识之前概不接受。况且我也知道，最响亮的话也是最空泛的话。我信不过那些夸夸其谈的人，那些正统派、伪君子，一碰到就先戳穿他们的高谈阔论。我要弄清楚，在你的德行里隐藏着何等自命不凡，在你的爱国主义中隐藏着何等私利，在你的爱情中隐藏着何等肉欲和私念。不，我不再把灯笼当作星星，我的天空并不会因此而黑暗；我不再听凭幽灵牵着鼻子走，只喜爱现实的东西，我的意志也并不会因此而衰退。

* * *

人过去并不完全是现在这个样子，这种信念立刻允许一种希望：人将来也并不完全会是现在这样子。

真的，我也会像福楼拜那样，对着进步的偶像微笑或大笑，因为别人给我们描述的进步，恰如一尊可笑的神像。商业和工业的进步，尤其艺术的进步，简单愚蠢透顶！知识的进步嘛，当然还算得上。不过，我看重的还是人本身的进步！

人过去并不完全是现在这样子，这是缓慢变化取得的，尽管还有神话传说，但这一点我已觉得无可置疑。我们的目光局限于为数不多的几世纪，因而看到人过去同现在差不多，并赞叹从法老时代以来就毫无变化；然而，若是探进"史前的深渊"中，那就大不一样了。如果说人并不始终是这个样子，那么怎么能认为人会永远如此呢？人会变的。

可是，他们想象，而且还要我相信，人类还像那个该死的但丁，永世伫立不动，绝望地喊道："哪怕每千年能跨进一步，我也早就上路了。"

这种进步的想法在我的头脑里扎了根，并同其他想法相结合，或者降服了其他想法。

（完人的幻想，由于古时能暂时得到平衡，每个时期都产生过。）人类必须超越现状，这一想法令人心驰神往，也立刻降低了一切能阻止这种进步的势力的声望（就像基督徒憎恨邪恶的那样）。

* * *

这一切将荡涤干净。该扫荡的，还有可能不该扫荡的，因为，两者怎么分得开呢？你要通过维系过去来拯救人类，其实，只有摈弃过去，只有摈弃过去中不再有用的东西，才可能进步。然而，你就是不肯相信进步，说道："过去如何，将来还那样。"我却认为：过去如何，将来不会再那样。人要逐渐摆脱从前保护自己、今后要奴役自己的东西。

* * *

不仅要改变世界，还要改变人。新型的人从哪里出现呢？

不会从外部。伙计，要善于从你自身上发现，就像从矿石中，能提炼出毫无杂质的纯金属；你期待的这种人，向你自身索取吧。从你自身得到吧。要敢于成为你现在这样的人。不要轻易放过自己。每人身上都蕴藏着极大的可能性。要坚信你的力量和你的青春。要不断地对自己重复说："这事儿完全取决于我。"

* * *

通过混杂得不到任何好东西。

我年轻的时候，满脑子尽是杂交、骡子和鹿豹。

选择的可贵。

首要可贵之点：耐心。

与单纯的期待毫无共通之外。不如说耐心同执着相交融。

遇 合

（一）

我在波旁内地区认识一位老小姐，

她在衣柜里保存了大量陈药，

越存越多，几乎装不进别的物品。

我见老小姐现在身体完全康健，

就冒昧地向她进言：

这些药她肯定再也用不着，

保存下去恐怕没有什么必要。

老小姐听了这话满脸通红，

我真以为她要大哭一通。

她把瓶装药、管装药和盒装药，

一样一样拿出来，边拿边说道：

"这药治好过我一次肠绞痛，

这药治好过我的疲劳症！

有一次腹股沟涂了这药膏，

就渐渐化脓消了肿，

难保病不复发，留着还有用。

有一段时间我大便干燥，

服了这药片就立刻见好。

至于这件器械，大概是吸入器，

不过恐怕坏了，已不好使……"

最后，老小姐还向我透露一点，

当时她买这些药花了许多钱。

听了这话我才明白，

这正是她舍不得的原因所在。

（二）

尔后，到了终须抛开这一切的时候。

"这一切"，包括什么呢？

对一些人来说，就是

积聚起来的万贯家财、

房地产、一架架的藏书，

以及专供寻欢作乐、

消磨闲暇的大沙发；

对另外许多人来说，

则是辛苦和劳作。

撇下家庭和朋友、

正在成长的子女、

刚刚动手的活计、

有待完成的作品、

快要实现的梦想；

还有想重读的书籍；

还有从未闻过的芳香；

还有不太满足的好奇心；

还有指望你救济的穷人：

还有期待的平安和清静……

忽然大势已去，一蹶不振。

于是有一天，听人这样讲：

"你可知道……我刚刚见到，

龚特朗，他一命呜呼了。

一周以来，他只剩下一口气儿，

反复念叨：'我有感觉，

我感到我要走了。'

然而还抱一线希望，

可是神仙也回天乏术。"

"他究竟得了什么病？"

"据说是内分泌腺失调。

而且，大夫说他心脏很糟

好像是胰岛素中毒的症状。"

"你讲的这些，真有意思。"

"据说他留下的遗产好大一笔，

还有收藏的绘画和勋章。

列出清单全上缴国库，

一文钱也不给旁系亲属。"

"收藏勋章！真是莫名其妙，

人怎么还能有这种爱好！"

* * *

别说大话了。你见过死亡，这根本不是什么滑稽事。你极力开玩笑，就是要掩饰你的恐惧，听你说话的声音都颤抖，而你这首打油诗也蹩脚得很。

"有可能……不错，我是见过死亡……我倒是觉得，临死的时候，恐惧往往过去了，感觉完全迟钝了。死神是戴着毛皮手套来捉我们的。它先把人弄昏了再掐死，先把我们要诀别的一切变得完全模糊，离开眼前，失去现实性。世界变得极为苍白，也就不难离开，离开也就没有什么遗憾了。

"因此我就想，死也不会是多难的事情，归根结底，人终有一死。说穿了，如果人生在世不止死一次的话，那也许习惯一下就好了。"

不过，一生未能如愿，死倒是很残酷的。于是，宗教便可乘虚而入，对这种人说："别担心，到彼界再开始吧，你会得到报偿的。"

必须从"此界"就生活。

朋友，什么也不要相信，未经验证概不接受。殉道士的血从来就没有证明什么。哪种狂热的宗教都有自己的信徒，都能激起炽热的信念。有人会为了信仰而死，也会为了信仰去杀人。求知的欲望产生于疑问。不要再相信了，还是求知吧。正因为缺乏证据，才更要强加于人。不要轻信，不要接受强加的东西。

剧烈的精神震荡——麻痹痛苦……

想起蒙田讲过一个精彩的故事：他从马上摔下来，昏迷过去。卢梭也叙述过一次事故，说是险些要了他的命："我一点感觉也没有了，不知道碰撞，坠落，以及随后的情况，直到苏醒过来……夜已深了，我望着天空，有几颗星星，还有点青草绿树。我最初的感觉是个美妙的时刻。我还能意识到自己，也完全是通过这一刻。这一刻我获得了新生，仿佛觉得我看见的所有物体，充实了我轻松的存在。我全身心沉浸在现时，什么也不记得了……既没有疼痛的感觉，也没有害怕、不安的感觉……"

那本博物学的小书，战争爆发时不知放到哪里去了，后来一直没有找到，连书名和作者的姓名都忘记了（那是小开本的英文书，酱紫色封面），我仅仅看了导言部分，那意思是劝人学习博物学。《导言》中（这一点我记得很清楚）说道：所谓痛苦，坦率地讲，是人的虚构，而自然万物都争相让人避免，如果没有人的臆想，还能把痛苦压缩到微乎其微。并不是说生物都不会感到痛苦，但首先那些孱弱的、不适于环境的生物，生灭就似乎没有什么意识。接着举了几个有力的例证，其中一例就是母鸡，它从老鹰的爪下死里逃生，立刻又去啄食了，无忧无虑一如既往。据作者说，我也同意他的看法：这是因为动物生活在现时，感觉不到人所臆想的绝大部分痛苦，既不会追念过去（遗憾、内疚），也不会担心未来。作者继续他的大胆论述，而我一看就立刻同意他的观点：他认为被追逐的野兔或鹿（追逐者不是人，而是另一种动物），在奔跑，腾跳和闪避中获取乐趣。不管怎么说，我们知道这一点是千真万确的：老鹰的爪子，同一切猛击一样，能使猎物当即昏迷，往往不待猎物感到痛苦就已毙命。不过我也看到，他的论述走得太远，难免显得有悖于常理，但是我认为总括看来完全正确，从自然万物到人类，生存的幸福远远超过痛苦。然而，这情况到人类面前则止步。这也怪人类自己。

人类如若少几分疯狂，本可以免遭兵灾战祸；如若少几分残酷，本可以免受穷困之苦，大大有利于绝大多数人。这不是空想，而是直截了当地指出：我们大部分痛苦绝不是命中注定的、不可避免的，完全是我们自找的。有些痛苦虽然还无法避免，如各种疾病，但是我们也有治疗的办法。我坚信人类会更强壮、更健康，因而也更快乐，而我们所受的痛苦，差不多全是我们自己造成的。

二

我把大自然称作上帝，只是图简便，也是要刺激一下神学家。因为，你会注意到，神学家闭眼不看自然，他们即使偶尔看一看，也不会观察。

与其求学于人，不如求教于上帝。人是虚伪的，人的历史就是遁词和伪装的历史。我从前写过："一辆鲜菜车上装载的真理，比西塞罗最美好的时代还多。"有人类史，也有十分准确称为博物学的自然史。在自然史中，要善于聆听上帝的声音，不要随便听听就罢了，而要向上帝提出具体问题，迫使上帝明确地回答。不要欣赏一下就罢了，而要仔细观察。

这样，你就会发现，凡是幼小的都十分娇嫩，每个花蕾外面包了多少层！幼芽一旦萌发，起保护作用的表层就立刻成为障碍；幼芽必须冲破苞皮，冲破当初保护它的外壳，才可能生长。

人类珍爱自己的襁褓，可是，只有摆脱襁褓，人类才能成长。断奶的婴儿推开母亲的奶头，并不是忘恩负义。他不再需要母乳了。朋友，你再也不肯从这传统的、由人提纯过滤的奶水中汲取营养了。你已经长出牙齿，能咬食并咀嚼了，应当到现实生活中去寻求食粮。你勇敢点儿，赤条条地挺立起来，冲破外壳，推开你的保护者；你只需要自身汁液的冲腾和阳光的召唤，就能挺直地生长。

你也会发现，所有植物都把自己的种子散播到远处：那些种子或者散发着芳香，引来鸟儿啄食，被带到它们独自去不了的地方，或者自身有小螺旋片和小翅膀，能随风飘到四面八方。须知一种植物长期生长在一块土地上，土壤就越来越瘠薄，越来越差了，新一代植物在同一地方，就不能像上一代植物那样汲取营养了。不要去吃你的祖先消化过的食物。瞧一瞧梧桐树和无花果树带翼的种子飞翔吧，它们似乎懂得，靠父辈的荫庇，就只能变得孱弱，衰退下去。

你还会发现，汁液冲腾，总让离树干最远的树梢儿最先鼓起芽苞。要领悟这其中的道理，尽量远离过去。

要理解古希腊这个神话：阿喀琉斯浑身刀枪不入，只有一处例外，就是母亲触摸过而变得敏感的那个部位。

忧愁哟，你制服不了我！我通过哀叹和啼哭却听见一首美妙的歌曲。这首歌由我随意填词，它在我感到意志要动摇时给我信心。这首歌由我填满你的名字，朋友，还填满对能勇敢回答者的召唤：

"低垂的额头，挺起来吧！俯视坟墓的眼睛，抬起来吧！抬起眼睛不要望空荡荡的天空，要望那地平线，要望你双脚会走到的地方，新生而勇敢的朋友啊，你准备离开死人腐臭的这些地方，你要让希望带领你向前，绝不让眷恋过去之情拉住你。冲向未来吧。不要再到梦幻中去寻求诗情画意，要善于到现实中观赏吧。现实中若是还没有，那么你就给它增添几分吧。"

尚未解除的焦渴、尚未满足的食欲、战栗、空盼、疲惫、失眠……这一切你都能幸免，朋友啊！我多么希望会是这样！你的嘴唇俯向你的双手，果实累累的树枝弯向你的双手。拆毁所有的垣墙，铲平你前面所有屏障；正是贪婪嫉妒的人在屏障上写道："私人邸宅，禁止入内。"你的劳作，终于能获得全部报偿。抬起额头，你的心终于充满爱，不再积满仇恨和妒意。是的，终于让空气尽情地抚摸你，让阳光尽情地照耀你，让幸福盛情地邀请你。

* * *

我异常兴奋地俯在船头，望着向我扑来的无数波涛、岛屿、陌生国度的冒险，而且已经……

"不对，"他对我说道，"你这景象是虚假的。你看见那些波涛，你也看见那些岛屿，而我们却看不见未来，只看见现时。我看见这一瞬间带来的东西：想一想吧，这一瞬间要从我这儿夺走的东西，我永远再也见不到了。谁站在船头往前看，形象地讲，就只看见空茫茫一片……"

"空茫茫一片，却充满可能性。在我看来，过去的不如现时的重要，现时的不如可能的和将来的重要。我把可能和将来混为

210

一谈，认为凡是可能的总要竭力变成现实；而且，如果有人促进的话，凡是可能的，将来必成现实。"

"你可能矢口否认是神秘主义者！然而你完全清楚，这么多可能性，只有一种会变成现实，这就要把其他所有可能性打入虚无之中，本来能成为现实而未成为现实，多么叫人遗憾啊！"

"我更清楚，只有把过去抛到身后才能前进。据说，罗得^①的妻子就因为要往后看。结果化为一尊盐的雕像，即凝固的眼泪。罗得转向未来，便同自己的女儿睡觉了。事情就是这样。

我这本书，就是为你写的哟，纳塔纳埃尔！当初我给你起这个名字，现在看来哀怨的色彩太浓了；今天我称呼你朋友，你在心里再也不要接受一点哀怨的情绪。

你要力图使哀怨对你毫无作用。自己能获取的，就不要哀求他人。

我已是过来人，现在轮到你了。此后，我的青春将在你身上延续。我将能力传给你。假如我感到你能接替我，那我死了也甘心。我的希望寄托在你身上。

感到你很勇敢，有这一点，我死而无憾。接过我的快乐吧。把增加别人的幸福当作你自身的幸福吧。工作吧，斗争吧，绝不

---

① 罗得：《圣经》中的人物。所多玛城被毁时，罗得得到天使救援。神让他们出逃时不得回头看，但他妻子不听，结果变成一根盐柱。两个女儿同罗得逃出，她们见父亲无子，就把他灌醉，与他同房，便各生一子。

要接受你能改变的任何不幸。要反复告诫自己：这完全取决于我。你若是曾经相信逆来顺受就是明智，那么就不要再相信了，也不要再追求什么明智。

朋友，不要原样接受别人推荐给你的生活。要始终确信，生活，无论你自己的生活还是别人的生活，能够变得更美好。不要相信另一个世界的生活，不要用来世生活来安慰现世生活，来帮助我们接受现世的苦难。不要接受。有朝一日，你开始明白，生活中几乎所有的苦痛，责任不在上帝而在人类本身，你就不再甘心忍受这一些苦痛了。不要祭祀偶像了。

背徳者

献给亨利·盖翁

——他的真挚伙伴

安·纪德

引言

　　我给予本书以应有的价值。这是一个尽含苦涩渣滓的果实，宛似荒漠中的药西瓜。药西瓜生长在石灰质地带，吃了非但不解渴，口里还会感到火烧火燎，然而在金色的沙上却不乏瑰丽之态。

　　我若是把主人公当作典范，那就得承认很不成功。即使少数几个人对米歇尔的这段经历感兴趣，也无非是疾恶如仇，要大义凛然地谴责他。我把玛丝琳写得那么贤淑并非徒劳，读者不会原谅米歇尔把自己看得比她还重。

　　我若是把本书当作对米歇尔的起诉状，同样也不会成功，因为，谁对主人公产生义愤也不肯归功于我。这种义愤，似乎是违背我的意志而产生的，而且来自米歇尔及我本人，只要稍有可能，人们还会把我同他混为一谈。

　　本书既不是起诉状，也不是辩护词，我避免下断语。如今公众不再宽恕作者描述完情节而不表明赞成还是反对。不仅如此，甚至在故事进行之中，人们就希望作者表明态度，希望他明确表示赞成阿尔赛斯特还是菲兰特[①]，赞成哈姆莱特还是奥菲莉亚，赞成浮士德还是玛格丽特，赞成亚当还是耶和华。我并不断言中立性（险些说出模糊性）是一位巨匠的可靠标志，但是我相信，不少巨匠十分讨厌……下结论，准确地提出一个问题，也并不意味着推定它早已解决了。

我在此使用"问题"一词也是违心的。老实说，艺术上无问题可言，艺术作品也不足以解决问题。

如果把"问题"理解为"悲剧"，那么我要说，本书叙述的悲剧，虽然在主人公的灵魂中进行，也还是太普通，不能限定在他个人的经历中。我无意标榜自己发明了这个"问题"，它在成书之前就已存在。不管米歇尔告捷还是败绩，这个"问题"依然存在，作者也不拟议胜败为定论。

如果几位明公只肯把这出悲剧视为一个怪现象的笔录，把主人公视为病人；如果他们未曾看出主人公身上具有某些恳切的思想与非常普遍的意义，那么不能怪这些思想或这出悲剧，而应当怪作者。我是说应当怪作者的笨拙。尽管作者在本书中投进了全部热情、全部泪水和全部心血，然而，一部作品的实际意义和一

---

① 法国古典主义戏剧家莫里哀的诗剧《恨世者》中的人物。

朝一夕的公众对它的兴趣，这两件事毕竟大相径庭。宁可拿着好货而无人问津，也不屑于哗众取宠，图一时之快。我以为这样考虑算不上自命不凡。

眼下，我什么也不想证明，只求认真绘制，并为这一幅画配好光亮色彩。

致内阁总理 D.R 先生的信

西迪贝·姆 189× 年 7 月 30 日

是的，你猜得不错，我亲爱的兄弟，米歇尔对我们谈了。这就是他的叙述。你要看看，我也答应了你，不过，要寄走的当儿，我又迟疑了。重新读来，我越往下看，越觉得可怕。啊！你会怎样看我们的朋友呢？再说。我本人又如何看呢？难道我们把他一棍子打死，否认他残忍的性情会改好吗？恐怕如今不止一个人敢于承认在这篇叙述里可以看到自己的影子。人们是设法发挥这种人的聪明才智，还是轻易拒绝让他们享有公民权利呢？

米歇尔对国家能有什么用？不瞒你说，我不知道……他应当有个差使。你才德出众，身居高位，又握着大权，能给他找个差使吗？——从速解决。米歇尔忠于职守，现在依然，然而，过不了多久，他就要只忠于他自己了。

我是在湛蓝的天空下给你写信的。我和德尼、达尼埃尔来了

219

十二天，这儿响晴薄日，没有一丝云彩。米歇尔说两个月来碧空如洗。

我既不忧伤也不快乐。这里的空气使我们心里充满一种无名的亢奋，进入一种似乎无苦无乐的状态。也许这就是幸福吧。

我们守在米歇尔身边，不愿意离去。你若是看了这些材料，就会明白其中的缘故了。我们就是在这里，在他的居所等待你回信。不要拖延。

你也知道，德尼、达尼埃尔和我，上中学时就跟米歇尔关系密切，后来我们的友谊逐年增长。我们四人之间订了某种协定：哪个一发出呼唤，另外三人就要响应。因此，我一收到米歇尔神秘的呼叫，立即通知达尼埃尔和德尼，我们三个丢下一切，马上启程。

我们有三年没见到米歇尔了。当时他结了婚，携妻子旅行，上次他们经过巴黎时，德尼在希腊，达尼埃尔去了俄国，而我呢，你也知道，我正守护着我那染病的父亲。当然，我们还是互通音信。西拉和维尔又见过他，他俩告诉我们的情况使我们大为诧异。我们一时还解释不了。今非昔比，从前他是个学识渊博的清教徒，由于过分笃诚而举止笨拙，眼睛极为明净，面对他那目光，我们过于放纵的谈话往往被迫停下来。从前他……他的记述中都有，何必还向你介绍呢？

德尼、达尼埃尔和我听到的叙述，现在原原本本地寄给你。

米歇尔是在他住所的平台上讲的，我们都在他旁边，有的躺在暗影里，有的躺在星光下。讲完的时候，我们望见平原上晨光熹微。米歇尔的房子，以及相距不远的村庄，都俯临着平原。庄稼业已收割，天气又热，这片平原真像沙漠。

米歇尔的房子虽然简陋古怪，却不乏魅力。冬天屋里一定很冷，因为窗户上没安玻璃，或者干脆说没有窗户，只有墙上的大洞。天气好极了，我们到户外躺在凉席上。

我还要告诉你，我们一路顺风，傍晚到达这里，因为天气炎热而感到十分劳顿，可是新鲜景物又使我们沉醉。我们在阿尔及尔只作短暂停留，便去君士坦丁。从君士坦丁再乘火车，直达西迪贝·姆，那里有一辆马车等候着我们。离村子还很远公路就断了。就像奥姆布里①地区的一些村镇那样，这座村庄斜卧在山坡上。我们徒步上山，箱子由两头骡子驮着。从这条路上去，村子的头一栋房子便是米歇尔的住宅。有一座隔着矮墙，或者说圈着围墙的花园，里面长着三棵弯弯曲曲的石榴树、一棵挺拔茂盛的欧洲夹竹桃。一个卡比尔②小孩正在那儿玩，他见我们走近，便翻墙逃之夭夭。

米歇尔见到我们并无快乐的表示，他很随便，似乎害怕流露出任何感情。不过，到了门口，他表情严肃地挨个同我们三人拥抱。

---

① 意大利中部地区。
② 居住在阿尔及利亚的柏柏尔人。

直到天黑，我们也没有交谈十句话。晚餐摆在客厅里，几乎是家常便饭。客厅的豪华装饰却令我们惊异，不过，你看了米歇尔的叙述就会明白。吃完饭，他亲手给我们煮咖啡喝。然后，我们登上平台，这里视野开阔，一望无际。我们三人好比约伯^①的三个朋友，一边等待着，一边观赏火红的平原上白昼倏然而逝的景象。

等到夜幕降临，米歇尔便讲了起来：

---

① 《圣经》中的人物，他具有隐忍精神，经受住了神的考验。

第一章

　　亲爱的朋友，我知道你们都忠于友谊。你们一呼即来，正如我听到你们的呼唤就会赶去一样。然而，你们已有三年没有见到我。你们的友谊经受住了久别的考验，但愿它也能经受住我此番叙述的考验。我之所以突然召唤你们，让你们长途跋涉来到我的住所，就是要同你们见见面，要你们听我谈谈。我不求什么救助，只想对你们畅叙。因为我到了生活的关口，难以通过了。但这不是厌倦，只是我自己难以理解。我需要……告诉你们，我需要诉说。善于争得自由不算什么，难在善于运用自由。——请允许我谈自己。我要向你们叙述我的生活，随便谈来，既不缩小也不夸大，比我讲给自己听还要直言不讳。听我说吧！

　　记得我们上次见面，是在昂热郊区的农村小教堂里，我正举行婚礼。宾客不多，但都是挚友，因此，那次普通的婚礼相当感人。我看出大家很激动，自己也激动起来。从教堂出来，你们又

223

到新娘家里，同我们用了一顿快餐。然后，我们登上租车出发了。我们的思想依然随俗，认为结婚必旅行。

我很不了解我妻子，想到她也同样不了解我，心中并不十分难过。我娶她时没有感情，主要是遵奉父命。父亲病势危殆，只有一事放心不下，怕把我一人丢在世上。在那伤痛的日子里，我念着弥留的父亲，一心想让他瞑目于九泉，就这样完成了终身大事，却不清楚婚后生活究竟如何。在奄奄一息的人床头举行订婚仪式，自然没有欢笑，但也不乏深沉的快乐。我父亲是多么欣慰啊。虽说我不爱我的未婚妻，但至少我从未爱过别的女人。在我看来，这就足以确保我们的美满生活。我对自己还不甚了了，却以为把身心全部献给她了。玛丝琳是孤儿，同两个兄弟相依为命。她刚到二十岁，我比她大四岁。

我说过我根本不爱她，至少我对她丝毫没有所谓爱情的那种感觉。不过，若是把爱情理解为温情、某种怜悯以及理解敬重之心，那我就是爱她的。她是天主教徒，而我是新教徒……其实，我觉得自己简直不像个教徒！神父接受我，我也接受神父——这事万无一失。

如别人所称，我父亲是"无神论者"，至少我是这样推断的，我从未能同他谈谈他的信仰，这在我是由于难以克服的腼腆，在他想必也如此。我母亲给我的胡格诺[①]教派的严肃教育，同她那美丽的形象一起在我心上渐渐淡薄了——你们也知道我早年丧母。那时我还想象不到，童年最初接受的道德是多么紧紧地控制我们，也想象不到它给我们的思想留下什么影响。母亲向我灌输原则的同时，也把这种古板严肃的作风传给了我，我全部贯彻到研究中去了。我十五岁时丧母，由父亲扶养。他既疼爱我，又向我传授知识。当时我已经懂拉丁语和希腊语，跟他又很快学会了希伯来语、梵文，最后又学会了波斯语和阿拉伯语。将近二十岁，我学业大进，以致他都敢让我参加他的研究工作，还饶有兴趣地把我当作平起平坐的伙伴，并力图向我证明我当之无愧。以他名义发表的《漫谈弗里吉亚人的崇拜》，就是出自我的手笔，他仅仅复阅一遍。对他来说，这是最大的赞扬。他乐不可支，而我看到这种肤浅的应景之作居然获得成功，却不胜惭愧。不过，从此我就有了名气。学贯古今的巨擘都以同人待我。现在我可以含笑对待别人给我的所有荣誉……就这样，到了二十五岁，我几乎只跟废墟和书籍打交道，根本不了解生活。我在研究中消耗了罕见的热情。我喜欢几位朋友（包括你们），但我爱的是友谊，而不是他们；我对他们非常忠诚，但这是对高尚品质的需求；我珍视自己身上每一种美好情感，然而，我既不了解朋友，也不了解

---

① 16世纪至18世纪，法国天主教派对加尔文教派的称呼。

自己。我本来可以过另一种生活，别人也可能有不同的生活方式，这种念头从来就没有在我的头脑里闪现过。

我们父子二人布衣粗食，生活很简朴，花销极少，以致我到了二十五岁，还不清楚家道丰厚。我不大想这种事，总以为我们只是勉强维持生计。我在父亲身边养成了节俭的习惯，后来明白我们殷实得多，还真有点儿难堪。我对这类俗事很不经意，甚至父亲去世之后，我作为唯一的继承人，也没有弄清自己的财产。直到签订婚约时才恍然大悟，同时发现玛丝琳几乎没有带来什么嫁妆。

还有一件事我懵然不知，也许它更为重要——我的身体弱不禁风。如果不经受考验，我怎么会知道呢？我时常感冒，也不认真治疗。我的生活过于平静，这既削弱又保护了我的身体。反之，玛丝琳倒显得挺健壮。不久，我们就认识到，她的身体的确比我好。

花烛之夜，我们就睡在我在巴黎的住所——早已有人收拾好两个房间。我们在巴黎仅仅稍事停留，买些必需的东西，然后去马赛，再换乘航船前往突尼斯。

那一阵急务迭出，头绪纷繁，弄得人头晕目眩。为父亲服丧十分悲痛，继而办喜事又免不了心情激动，这一切使我精疲力竭。上了船，我才感到劳累。在那之前，每件事都增添疲劳，但又分散我的精神。在船上一闲下来，思想就活动开了。有生以来，这似乎是头一回。

我也是头一回这么长时间脱离研究工作，以往，我只肯短期休假。当然，几次旅行时间稍长些，一次是在我母亲离世不久，随父亲去西班牙，历时一个多月；另外一次去德国，历时一个半月；还有几次，都是工作旅行。旅行中，父亲的研究课题十分明确，从不游山玩水；而我呢，只要不陪同他，就捧起书本。然而这次，我们刚一离开马赛，格拉纳达和塞维利亚①的种种景象就浮现在我的脑海。那里天空更蓝，树荫更凉爽，那里充满了欢歌笑语，像节日一般。我想，此行我们又要看到这些了。我登上甲板，目送马赛渐渐远去。

继而，我猛然想起，我有点儿丢开玛丝琳不管了。

她坐在船头，我走到近前，第一次真正看她。

玛丝琳长得非常美。这你们是知道的，你们见过她。悔不该当初我没有发觉。我跟她太熟了，难以用新奇的目光看她。我们两家是世交，我是看着她长大的，对她如花般的容貌早已习以为常……我第一次感到惊异，觉得她太秀美了。

她头戴一顶普通的黑草帽，任凭大纱巾舞动。她一头金发，但并不显得柔弱。裙子和上衣的布料相同，是我们一起挑选的苏

①　西班牙的两个地方。

格兰印花细布。我自己服丧，却不愿意她穿得太素气。

她觉出我在看她，于是朝我回过身来……直到那时，我对她虽然算不上热情，好歹以冷淡的客气代替爱情。我看得出来，这使她颇为烦恼。此刻，玛丝琳觉察出我头一回以不同的方式看她吗？她也定睛看我，接着极为温柔地冲我微笑。我没有开口，在她身边坐下。直到那时，我只为自己生活，至少按照自己的意志生活。我结了婚，但仅仅把妻子视为伙伴，根本没考虑我的生活会因为我们的结合而发生变化。这时，我才明白独角戏到此结束。

甲板上只有我们二人。她把额头伸向我，我把她轻轻搂在胸前；她抬起眼睛，我亲了她的眼睑。这一吻不要紧，我猛地感到一种新的怜悯之情油然而生，充塞我的心胸，不由得热泪盈眶。

"你怎么啦？"玛丝琳问我。

我们开始交谈了。她的美妙话语使我听得入迷。从前，我根据观察而产生成见，认为女人愚蠢。然而，那天晚上在她身边，我倒是觉得自己又笨又傻。

这样说来，我与之结合的女子，有她自己真正的生活！这个想法很重要，以致那天夜里，我几次醒来，几次从卧铺上支起身子，看下面卧铺上我妻子玛丝琳的睡容。

翌日天朗气清，大海近乎平静。我们慢悠悠地谈了几句话，拘束的感觉又减少了。婚姻生活真正开始了。十月最后一天的早晨，我们在突尼斯下船。

我只打算在突尼斯小住几天。我向你们谈谈我这愚蠢想法：在这个我新踏上的地方，只有迦太基和罗马帝国的几处遗址引起我的兴趣，诸如奥克塔夫向我介绍过的梯姆戈、苏塞的镶嵌画建筑，尤其是杰姆的古剧场，我要立即赶去参观。首先要到苏塞，从那里再改乘驿车。但愿这一路没有什么可参观的景物。

然而，突尼斯使我大为惊奇。我身上的一些部位、一些尚未使用的沉睡的官能，依然保持着它们神秘的青春，一接触新事物，它们就感奋起来。我主要不是欣喜，而是惊奇，愕然。我尤为高兴的是，玛丝琳快活了。

不过，我日益感到疲惫，但不挺住又觉得难为情。我不时咳嗽，不知何故，胸部闹得慌。我想我们南下，天气渐暖，我的身体会好起来。

斯法克斯的驿车晚上八点钟离开苏塞，半夜一点钟经过杰姆。我们订了前车厢的座位，料想会碰到一辆不舒适的简陋的车，情况却相反，我们乘坐的车还相当舒适。然而寒冷！……我们两个相信南方温暖的气候，都穿得非常单薄，只带一条披巾，幼稚可笑到了何等地步？刚一出了苏塞城和它的山丘屏障，风就刮起来。风在平野上蹿跳，怒吼，呼啸，从车门的每条缝隙钻进来，防不胜防。到达时我们都冻僵了。我还由于旅途颠簸，十分劳顿，咳得厉害，身体更加支持不住了。这一夜真惨！——到了杰姆，没有旅店，只有一个破烂不堪的堡^①权当歇脚之处，怎么办呢？驿车又启程了。村子里的各户人家都已睡觉。夜仿佛漫漫无边，废墟的怪状隐约可见，犬吠声此呼彼应。我们还是回到土垒的厅里，里边放着两张破床，不过，在厅里至少可以避风。

次日天气阴晦。我们出门一看，不禁大吃一惊，只见天空一片灰暗。风一直未停，只是比昨夜小了些。驿车到傍晚才经过这里……跟你们说，这一天实在凄清。古剧场一会儿就跑完了，相当扫兴，在这阴霾的天空下，我甚至觉得它很难看。也许是疲惫的缘故，我感到特别无聊，想找找碑文也是徒劳，将近中午就无事可干，我颓然而返。玛丝琳在避风处看一本英文书，幸好她带在身边。我回来，挨着她坐下。

"多愁惨的一天！你不觉得十分无聊吗？"我问道。

"不，你瞧，我看书呢。"

"我们到这里来干什么呢？你不冷吧？"

"不太冷。你呢？真的！你脸色刷白。"

"没事儿……"

晚上，风刮得又猛了……

驿车终于到来。我们重又赶路。

在车上刚颠了几下，我就感到身子散了架。玛丝琳非常困

---

① 北非的一种建筑物，可作住房、商队客店或堡垒。

乏，倚着我的肩头很快睡着了。我心想咳嗽别把她弄醒了，于是轻轻地，轻轻地移开，扶她偏向车壁。然而，我不再咳嗽了，却开始咯痰。这是新情况，咯出来并不费劲，间隔一会儿咯一小口，感觉很奇特。起初我几乎挺开心，但嘴里留下一种异味，我很快又恶心起来。工夫不大，我的手帕就用不得了，还沾了一手。要叫醒玛丝琳吗？……幸而想起有一条长巾掖在她的腰带上，我轻轻地抽出来。痰越咯越多，再也止不住了，咯完感到特别轻松，心想感冒快好了。可是突然，我觉得浑身无力，头晕目眩，好像要昏倒。要叫醒她吗？……唉！算了！……（想来从童年起，我就受清教派的影响，始终憎恨任何因为软弱而自暴自弃的行为，并立即把那称为怯懦。）我振作一下，抓住点儿东西，终于控制住眩晕……只觉得重又航行在海上，车轮的声音变成了浪涛声……不过，我倒停止咯痰了。

继而，我昏昏沉沉，打起瞌睡来。

当我醒来的时候，已经满天曙光了。玛丝琳依然沉睡着。快到站了。我手中拿的长巾黑乎乎的，一时没看出什么来，等我掏出手帕一看，不禁傻了眼，只见上面满是血污。

我头一个念头是瞒着玛丝琳。可是，怎么才能不让她看到吐的血呢？——浑身血迹斑斑，现在我看清楚了，到处都是，尤其手指上……真像流了鼻血……好主意，她若是问起来，我就说流了鼻血。

玛丝琳一直睡着。到站了。她先是忙着下车，什么也没看到。我们预订了两间客房。我趁机冲进我的房间，把血迹洗掉了。玛丝琳什么也没有发现。

但是，我身体十分虚弱，吩咐伙计给我们俩送上茶点。她脸色也有点儿苍白，但非常平静，笑盈盈地斟上茶。我在一旁不禁气恼，怪她不留心，视若无睹。当然，我也觉得自己失于公正，心想是我掩盖得好，才把她蒙在鼓里。这样想也没用，气儿就是不顺，它像一种本能似的在我身上增长，侵入我的……最后变得十分强烈。我再也忍不住了，装作漫不经心地对她说道："昨天夜里我吐血了。"

她没有惊叫，只是脸色更加苍白，身子摇晃起来，本想站稳，却一头栽倒在地板上。

我疯了一般冲过去：玛丝琳！玛丝琳！——真要命！这怎么得了！我一个人病了还不够吗？——刚才我说过，我身体非常虚弱。几乎也要昏过去。我打开门叫人，伙计跑来。

我想起箱子里有一封引荐信，是给本城一位军官的。我就凭着这封信，派人去请军医。

不过，玛丝琳倒苏醒过来了。现在，她俯在我的床头，而我却躺在床上烧得发抖。军医来了，检查了我们两人的身体。他明确说，玛丝琳没事，跌倒时没有伤着；至于我，病情严重，他甚至不愿意说是什么病，答应傍晚之前再来。

军医又来了，他冲我微笑，跟我说了几句话，给了我好几种药。我明白他认为我的病治不好了。——要我以实相告吗？当时我没有惊跳。我非常疲倦，无可奈何，只好坐以待毙。——"说到底，生活给了我什么呢？我兢兢业业工作到最后一息，坚决而满腔热忱地尽了职。余下的……哼！跟我有什么关系？"我心中暗道，觉得自己一生清心寡欲，值得称道。只是这地方太简陋。"这间客房破烂不堪。"我环视房间。我猛然想道：在隔壁同样的房间里，有我妻子玛丝琳。于是，我听见她说话的声音。大夫还没有走，正同她谈话，而且尽量把声音压得很低。过了一会儿，我大概睡着了。

等我醒来的时候，玛丝琳在我身边。我一看就知道她哭过。我不够热爱生活，因此不吝惜自己。只是这地方简陋，我看着别扭。我的目光几乎带着快感，落在她的身上。

现在，她在我身边写东西。我觉得她很美。我看见她封上好几封信，然后她起身走到我的床前，温柔地抓住我的手："你现在感觉怎么样？"她问道。

我微微一笑，忧伤地说："我能治好吗？"她立即回答："治得好呀！"她的话充满了强烈的信心，几乎使我也相信了，就像模糊感到生活的整个前景和她的爱情一样，我眼前隐约出现万分感人的美好幻象，以致泪如泉涌。我哭了许久，既不能也不想控制自己。

玛丝琳真令人钦佩，她以多么炽烈的爱才劝动我离开苏塞，从苏塞到突尼斯，又从突尼斯到君士坦丁……她扶持，救疗，守护，表现得多么亲热体贴！后来到比斯克拉病才治愈。她信心十足，热情一刻未减，安排行程，预订客房，事事都做好准备。唉！要使这趟旅行不太痛苦，她却无能为力。有好几回我觉得不能再走，要一命呜呼了。我像垂危的人一样大汗不止，喘不上气来，有时昏迷过去。第三天傍晚到达比斯克拉，我已经奄奄一息了。

第二章

　　为什么谈最初的日子呢？那些日子还留下什么呢？只有无声的惨痛的记忆。当时我已不明白自己是何人，身在何地。我眼前只浮现一个景象：我生命垂危，病榻上方俯身站着玛丝琳，我的妻子。我的生命——我知道完全是她的精心护理、她的爱把我救活了。终于有一天，犹如迷航的海员望陆地一样，我感到重现一道生命之光，我能够冲玛丝琳微笑了。为什么叙述这些情况呢？重要的是，拿一般人的说法，死神的翅膀碰到了我。重要的是，我十分惊奇自己还活着，并且出乎我的意料，世界变得光明了。我心想，从前我不明白自己在生活。这回要发现生活，我的心情一定非常激动。

　　终于有一天，我能起床了。我完全被我们这个家给迷住了。简直就是一个平台。什么样的平台啊！我的房间和玛丝琳的房间都对着它。它往前延伸便是屋顶。登上最高处，望见房屋之上是棕榈树，棕榈树之上是沙漠。平台的另一侧连着本城的花园，并且覆盖着花园边上金合欢树的枝叶。最后，它沿着一个庭院，到连接它与庭院的台阶为止。小庭院很齐整，匀称地长着六棵棕榈树。我的房间非常宽敞，白粉墙一无装饰，有一扇小门通玛丝琳的房间，一道大玻璃对着平台。

一天天不分时日，在那里流逝。我在孤寂中，有多少回重睹了这些缓慢的日子！……玛丝琳守在我的身边，或看书，或缝纫，或写字。我则什么也不干，只是凝视她。玛丝琳啊！玛丝琳！……我望着，看见太阳，看见阴影，看见日影移动。我头脑几乎空白，只有观察日影。我仍然很虚弱，呼吸也非常困难，做什么都累，看看书也累。再说，看什么书呢？存在本身，就足够我应付的了。

一天上午，玛丝琳笑呵呵地进来，对我说："我给你带来一个朋友。"于是我看见她身后跟进来一个褐色皮肤的阿拉伯儿童。他叫巴齐尔，一对大眼睛默默地瞧着我。我有点儿不自在，这种感觉就已经劳神。我一句话不讲，显出气恼的样子。孩子看见我态度冷淡，不禁慌了神儿，朝玛丝琳转过去，偎在她身上，拉住她的手，拥抱她，露出一对光着的胳膊，那动作就像小动物一样亲昵可爱。我注意到，在那薄薄的白色无袖长衫和打了补丁的斗篷里面，他是完全光着身子的。

"好了！坐在那儿吧。"玛丝琳见我不自在，就对他说，"乖乖地玩吧。"

孩子坐到地上，从斗篷的风帽里掏出一把刀，拿着一块木头削起来。我猜想他是要做个哨子。

过了一会儿，我在他面前不再感到拘束了，便瞧着他。他仿佛忘记了自己在什么地方。他光着两只脚，脚腕手腕都很好看。他使用那把破刀灵巧得逗人。真的，我对这些发生了兴趣吗？他的头发理成阿拉伯式的平头，戴的小圆帽很破旧，流苏的地方有一个洞。无袖长衫垂下一点儿，露出娇小可爱的肩膀。我真想摸摸他的肩膀。我俯过身去，他回过头来，冲我笑笑。我示意他把哨子给我，我接过来摆弄着，装作非常欣赏。现在他要走了。玛丝琳给了他一块蛋糕，我给了两个铜子。

次日，我第一次感到无聊。我期待着，期待什么呢？我觉得无事可干，心神不宁。我终于憋不住了："今天上午，巴齐尔不来了吗，玛丝琳？"

"你要见他，我这就去找。"

她丢下我，出去了，一会儿工夫又只身回来。疾病把我变成什么样子了？看到她没有把巴齐尔带来，我伤心得简直要落泪。

"太晚了，"她对我说，"孩子们放了学都跑散了。要知道，有些孩子真可爱。我想现在他们都认识我了。"

"至少想办法明天让他来。"

次日，巴齐尔又来了。他还像前天那样坐下，掏出刀来，要削一个硬木块，可是木头没削动，拇指倒割了个大口子。我吓得一抖，他却笑起来，伸出亮晶晶的刀口，瞧着流血很好玩。他一笑，就露出雪白的牙齿。他津津有味地舔伤口。啊！他的身体多好啊！这正是他身上使我着迷的东西：健康。这个小躯体真健康。

第二天，他带来一些弹子，要我一起玩。玛丝琳不在，否则会阻止我。我犹豫不决，看着巴齐尔。小家伙抓住我的胳膊，把弹子放在我的手里，非要我玩不可。我一弯腰就气喘吁吁，但我还是撑着跟他玩。我非常喜爱巴齐尔高兴的样子。最后，我支持不住了，已经汗流浃背，扔下弹子，一下子倒在沙发上。巴齐尔有点儿惊慌地看着我。

"病啦？"他亲热地问道，那声音美妙极了。玛丝琳回来了。

"把他领走吧，今天上午我累了。"我对她说。

几小时之后，我又咯了一口血。我正在平台上步履沉重地散步，玛丝琳在她房间里干活，好在她什么也没有看见。当时我气喘，就深呼了一口气，突然上来了，满嘴都是……但不像初期那样咯鲜血，这回是一个肮脏的大血块，我恶心地吐在地上。

我踉跄了几步，心里七上八下，浑身发抖，非常担心，又非常恼火。在这以前，我认为病会一步步好起来，只要等待痊愈就行了，这一突然变故又把我抛向后边。怪哉，最初咯血的时候，我没有这样害怕过，记得我那时候几乎是平静的。现在怕从何而来，恐惧从何而来呢？是了，唉！我开始热爱生活了。

我返身回去，弯着腰，找到了我咯的血，用一根草茎挑起来，放在我的手帕上，仔细瞧瞧。这是一摊发黑的肮脏的血，黏糊糊的，看着真恶心。我想到巴齐尔的鲜红鲜红的血。我突然产生一种欲望，一种渴求，产生一种从未有过的强烈而急切的念头：活下去！我要活下去，我要活下去。我咬紧牙，握紧拳头，发狂地、懊恼地集中全身力气走向生活。

这次咯血的前一天，我收到 T 的一封信。信中回答了玛丝琳担心的问题，满篇都是治疗方法，还附来几本医学普及读物和一本更加专业的书。我觉得这本专著更加严肃些。我漫不经心地浏览一遍信，根本没看印刷品。首先因为，这些小册子很像童年时大量塞给我的道德小读物，引不起我的好感；其次因为所有这些建议令我心烦；再说，我认为《结核患者手册》《结核病实践治疗法》之类的书，并不符合我的病情。我认为自己没有患结核病。我情愿把最初的咯血归咎于别种原因，或者老实说，我根本不找原因，回避想这事，也不大考虑，断定自己即或不是痊愈，至少也快要治好了……现在我看了信，又手不释卷地读了那本书和小册子。犹如大梦初醒，我猛然感到我的治疗不得法。在此之前，我得过且过，完全抱着不切实际的希望。现在我猛然感到自己的生命遭受打击，它的心中受了重创，似乎众多敌人在我身上积极活动。我谛听，我窥视，我感觉到了，但不经过搏斗是战胜不了的……我还低声补充一句："这是意志问题。"就好像为了使自己更加信服似的。

我的心理进入了敌对状态。

天色渐晚，我制订了自己的战略。在一段时间内，我研究的唯一目的，就是要治好病。我的义务，就是恢复身体健康。只要对我身体有益的，就说好称善；凡是不利于治病的，全部忘掉丢开。晚饭前，就呼吸、活动、饮食几方面，我已做出了决定。

我们在一个小亭子里用餐，周围平台环绕，远离尘嚣，安安静静，两人单独吃饭，的确富有情趣。一名老黑人从附近一家饭店给我们送来能够将就的饭菜。玛丝琳管订菜，要这盘，不要那盘……我平时不大觉得饿，缺什么菜，订的菜不够，我也不怎么在意。玛丝琳食量小，不知道，也没有察觉我不够吃。在我的所有决定里，多吃是首要的一条。我打算这天晚上就付诸实践，不料无法实行。订的不知道是什么菜汤，无法下咽，还有烤肉，火候太过，简直拿人开玩笑。

我火冒三丈，把气撒在玛丝琳身上，冲她讲了一大通难听的话。我指责她，听我那口气，仿佛她早就应当感到，菜做得不好的责任在她。我刚刚采用了饮食法，就推迟实行，这小小的延误后果极为严重。我把前些日子的情况置于脑后，认为少这一餐，身体就垮了。我固执己见。玛丝琳只好进城去买罐头、随便什么肉糜。

时间不长，她就买回来一小罐。我狼吞虎咽，几乎全吃光了，仿佛要向我们两人证明，我需要多吃些。

当天晚上，我们商量决定，伙食要大大改善，也要增加数量：每三小时一餐，早晨六点半就开第一餐。饭店的菜太一般，要大量添加各种各样的罐头食品……

这天夜里我难以成眠，完全沉醉在新的疗效的预感中。想来我有点儿发烧，正好身边有一瓶矿泉水，我喝了一杯，两杯，第三次干脆对着瓶口，把剩下的一口气喝光。我重温了一下决心干的事，就像复习功课一样。我要学会使用敌意去对付任何事情，我必须同一切搏斗——我只有自己救自己。

最后，我望见夜空发白，快天亮了。

这是我重大行动的准备之夜。

次日是星期天。必须承认，我一直没有过问玛丝琳的宗教信仰，是漠不关心还是碍于面子，反正我觉得这与己无关，我也根本不重视。等她回来我听说，她为我祈祷了。我定睛看了她一会儿，然后口气尽量温和地说："不必为我祈祷，玛丝琳。"

"为什么？"她颇为不安地问道。

"我不喜欢寻求保护。"

"你拒绝天主的保佑？"

"事后，他就要我感恩戴德。这样就得报恩，我可不愿意。"

我们表面上在说笑，但谁心里都明白我这话的重要性。

"可怜的朋友，单靠自己，你治不好的。"她叹道。

"治不好也认了……再说，"我见她神色黯然，口气就缓和一点儿补充道，"有你帮助我呀。"

241

第三章

我还要长时间地谈论我的身体。我要大谈特谈。你们乍一听，准会以为我忘掉了精神方面。在这个叙述中，这种疏忽是有意的，当时在那儿也是实际情况。我没有足够气力维持双重生活，心想精神和其余的事，等我病好转后再考虑不迟。

我的身体还远远谈不上好转，动不动就出虚汗，动不动就着凉，如同卢梭讲的那样，我"呼吸短促"。有时发低烧，早晨一起来就常常疲惫不堪。于是我蜷缩在扶手椅里，对一切都漠然，只顾自己，一心想呼吸顺畅些。我艰难地、小心地、有条理地吸气，呼气时总有两声震颤，我以多大毅力也不能完全憋住。后来很长一段时间，我只有非常注意才能避免。

不过，我最头疼的是，我的病体对气温的变化非常敏感。今天想来，我认为是病上加病，整个神经系统紊乱了。我找不出别种解释，因为那一系列现象，仅仅当成结核病症状是说不通的。

我不是感到太热，就是感到太冷。添加衣服到了可笑的程度，一不打寒战，就又出起虚汗；脱掉一些，一不出虚汗，就又开始打寒战。我身体有几个部位冻僵了，尽管也出汗，摸着却跟大理石一样冰凉，怎么也暖和不过来。我怕冷到了如此地步，洗脸时脚面上洒了点水，这就感冒了；怕热也是这样。这种敏感我保留了下来，至今依然，不过现在却很受用，全身感到通畅舒坦。我认为任何强烈的敏感，都可以成为痛快或难受的起因，这取决于肌体的强弱。从前折磨我的种种因素，现在却使我心旷神怡。

不知道为什么，直到那时，我居然把门窗关得严严的睡觉。遵照 T 的建议，我试着夜间敞着窗户。起初打开一点点，不久便大敞四开。我很快就习以为常，窗户非开着不可，一关上就透不过气来。后来，夜风和月光入室接近我，我感到多么惬意啊！……

总之，我心情急切，恨不能一下子跨过初见转机的阶段。多亏了坚持不懈的护理，多亏了清新的空气和营养丰富的食品，不久我的身体就好起来。我一直怕上下台阶气喘，没敢离开平台，可是到了一月初，我终于走下平台，试着到花园里散散步。

玛丝琳拿着一条披巾陪伴我，那是下午三时许。那地方经常刮大风，有三天叫我很不舒服，这回风停了，天气温煦宜人。

这是座公园。有一条宽宽的路把公园分割成两部分，路边长着两排叫作金合欢的高大树木，树荫下安有座椅。有一条开凿的

243

水渠，我是说渠面不宽而水很深，它几乎笔直地顺着大路流去，接着分成几条水沟，把水引向园中的花木。水很浑浊，颜色宛似浅粉或草灰的黏土。几乎没有外国人，只有几个阿拉伯人在园中徜徉。他们一离开阳光，长衫便染上暗灰色。

我走进这奇异的树荫世界，不觉浑身一抖，有种异样的感觉，于是围上披巾。不过，我毫无不适之感，恰恰相反……我们坐到一张椅子上。玛丝琳默默不语。几个阿拉伯人从面前走过，继而又跑来一群儿童。玛丝琳认得好几个，她招招手，那几个孩子就过来了。她向我一一介绍，接着有问有答，嘻嘻笑，撇撇嘴，做些小游戏。我觉得有点儿闹得慌，又不舒服了，感到疲倦，身体汗津津的。不过，要直言的话，妨碍我的不是孩子，而是她本人。是的，有她在场，我有些拘束。我一站起身，她准会跟着起来；我一摘下披巾，她准会接过去；我又要披上的时候，她准会问："你不是冷了吧？"还有，想跟孩子说话，当着她的面我也不敢，看得出来这些孩子得到她的保护。我呢，对其他孩子感兴趣，这既是不由自主的，又是存心的。

"回去吧。"我对她说，但心里暗暗决定独自再来公园。

次日将近十点钟，她要出去办事，我便利用这个机会。小巴齐尔几乎天天上午都来，他给我拿着披巾，我感到身体轻松，精神爽快。公园里的林荫路上几乎只有我们俩。我缓步而行，坐下歇一会儿，起身再走。巴齐尔跟在后面喋喋不休，他像狗一样又忠实又灵活。一直走到妇女洗衣服的水渠边，只见水流中间有一块平石，上面趴着一个小姑娘，脸俯向水面，手伸进水中，忽而抓住，忽而抛掉漂来的小树枝。她赤着脚，浸在水中，脚面已经形成水印，水印以上的肤色显得深些。巴齐尔走上前去，同她说了两句话。她回过头来，冲我笑笑，用阿拉伯语回答巴齐尔。

"她是我妹妹。"他对我说。接着他向我解释，他母亲要来洗衣裳，他妹妹在那儿等着。她叫拉德拉，在阿拉伯语里是"绿色"的意思。他讲这番话的时候，声音悦耳清亮，十分天真，我也产生了十分天真的冲动。

"她求你给她两个铜子。"他又说道。

我给了她十苏，正要走，这时他的母亲，那位洗衣妇来了。那是个出色的丰满的女人，宽宽的额头刺着蓝色花纹，头顶着衣服篮子，酷似古代顶供品篮的少女雕像。她也像古雕像那样，身上只围着蓝色宽幅布，在腰间扎起来，又一直垂至脚面。她一看见巴齐尔，便狠狠地叱呵他。他激烈地回嘴，小姑娘也插进来，三人吵得凶极了。最后，巴齐尔仿佛认输了，向我说明今天上午他母亲需要他。他神色怏怏地把披巾递给我，我只好一个人走了。

我没有走上二十步，就觉得披巾重得受不了，浑身是汗，碰到椅子就赶紧坐下来。我盼望跑来个孩子，减去我这个包袱。不大工夫，果然来了一个。这是个十四岁的高个子男孩，皮肤像苏丹人一样黑，他一点儿也不腼腆，主动帮忙。他叫阿舒尔，若不是独眼，我倒觉得他模样挺俊。他喜欢聊天，告诉我河水从哪儿流来，它穿过公园，又冲进绿洲，而且流经整个绿洲。我听着他讲，便忘记了疲劳。不管我觉得巴齐尔如何可爱，可是现在我却对他太熟了，很高兴能换一个人陪我。甚至有一天，我决定独自来公园，坐在椅子上，等待一次巧遇。

我和阿舒尔又停了好几回，才走到我的门前。我很想邀他进屋，可是又不敢，怕玛丝琳说什么。

我看见她在餐室里，正照顾一个小孩子。那男孩身形瘦小，十分赢弱，乍一见，我产生的情绪不是怜悯，而是厌恶。玛丝琳有点儿心虚地对我说："这个小可怜病了。"

"至少不会是传染病吧？得了什么病？"

"我还说不准。他好像哪儿都有点儿疼。他法语讲得挺糟。等明天吧，巴齐尔来了可以当翻译。我让他喝了点儿茶。"

接着，她见我待在那儿不再吭声，就像道歉似的补充说："我认识他很长时间了，一直没敢让他来，怕你劳神，也许怕惹你讨厌。"

"为什么呢？"我高声说，"你若是高兴，就把你喜欢的孩子全领来吧！"我想本来可以让阿舒尔进屋，结果没敢这样做，心中有点儿气恼。

我注视着妻子，只见她像慈母一样温柔，十分感人。不大工夫，小孩就心里暖和和地走了。我说刚才去散步了，并且口气婉转地让玛丝琳明白，为什么我喜欢单独出去。

平时夜里睡觉，还常常惊醒，身体不是冷得发僵，就是大汗淋漓，这天夜里却睡得非常安宁，几乎没有醒。次日上午，刚到九点钟，我就要出去。天气晴和。我觉得完全休息过来了，毫无虚弱乏力之感，心情愉快，或者说兴致勃勃。外面风和日丽，不过，我还是拿了披巾，仿佛作为由头，好结识愿意替我拿的人。我说过，公园和我们的平台毗邻，几步路就走到了。我走进树荫覆盖的园中，顿觉心旷神怡。金合欢树芳香四溢，这种树先开花后发叶。然而，有一种陌生的淡淡的香味，由四面八方飘来，好像从好几个感官沁入我的体内，令我精神抖擞。我的呼吸更加舒畅，步履更加轻松，但是碰见椅子我又坐下，倒不是因为疲乏，而是因为心醉神迷。树荫有点儿稀薄而且是活动着的，但并不垂落下来，仿佛刚刚着地。啊，多么明亮！——我谛听着。听见什么啦？了无；一切。我玩味每一种天籁。——记得我远远望见一棵小树，觉得树皮是那么坚硬，不禁起身走过去摸摸，就像爱抚一样，从而感到心花怒放。还记得……总之，难道是那天上午我要复活了吗？

忘记交代了，当时我独自一人，无所等待，也把时间置之度外。仿佛直到那一天，我思考极多而感受极少，结果非常惊异地发现：我的感觉同思想一样强烈。

我讲"仿佛"，是因为从我幼年的幽邃中，终于醒来千百束灵光、千百种失落的感觉。我意识到自己的感官，真是又不安，又感激。是的，我的感官，从此苏醒了，整整一段历程使我重又发现，往昔又重新编织起来。我的感官还活着！它们从未停止过存在，甚至在我潜心研究的岁月中间，仍然过着一种隐伏而狡黠的生活。

那天一个孩子也没遇见，但是我心中释然。我从兜里掏出袖珍本《荷马史诗》，从马赛启程以来，我还没有翻开过。这次重读了《奥德赛》里的三行诗，记在心里，觉得从诗的节奏中寻到了足够的食粮，可以从容咀嚼了，便合上书本，待在那里，身心微微颤动，思想沉湎于幸福之中，真不敢相信人会如此生机勃勃。

第四章

玛丝琳见我的身体渐渐复原，非常高兴，几天来向我谈起绿洲的美妙果园。她喜欢到户外活动。在我患病期间，她正好有空闲远足，回来时还为之心醉。不过，她一直不怎么谈论，怕引起我的兴头，也要跟随前往，还怕看到我听了自己未能享受的乐趣而伤心。现在我身体好起来，她就打算用那些景物吸引我，好促使我痊愈。我也心向往之，因为我重又爱散步、爱观赏了。第二天我们就一道出去了。

她走在前头。这条路实在奇特，我在任何地方也没有见过。它夹在两堵高墙之间，懒懒散散地向前延伸。高墙里的园子形状不一，也把路挤得歪歪斜斜，真是九曲十八弯。我们踏上去，刚拐了个弯，就迷失了方向，不知来路，也不明去向。温暖的溪水顺着小路，贴着高墙流淌。墙是就地取土垒起来的，整片绿洲都是这种土，是一种发红或浅灰的黏土，水一冲颜色便深些，烈日一照就龟裂，在燥热中结成硬块，但是一场急雨，它又变软，地面软乎乎的，赤脚走过便留下痕迹。墙上伸出棕榈树枝叶。我们走近时，惊飞了几只斑鸠。玛丝琳瞧了瞧我。

我忘记了疲劳和拘谨，默默地走着，只感到胸次舒畅，意荡神驰，感官和肉体都处于亢奋状态。这时微风徐起，所有棕榈叶都摇动起来，我们望见最高的棕榈树略微倾斜。继而风止，整个空间复又平静。我听见墙里有笛声，于是，我们从一豁口进去。

这地方静悄悄的，仿佛置于时间之外，它充满了光与影，寂静与微响：流水淙淙，那是在树间流窜、浇灌棕榈的溪水；斑鸠谨慎地相呼；一个儿童的笛声悠扬。那孩子看着一群山羊，他几乎光着身子，坐在一棵被砍伐了的棕榈的木墩上，看见我们走近并不惊慌，也不逃跑，只是笛声间断了一下。

在这短短的沉寂中，我听见远处有笛声呼应。我们往前走了几步，玛丝琳说道："没必要再往前走了，这些园子都差不多，就是走到绿洲的边上，园子也宽敞不了多少……"

她把披巾铺在地上："你歇一歇吧。"

我们在那儿待了多久？我不清楚。时间长短又有什么关系呢？玛丝琳在我身边，我躺着，头枕在她的腿上。笛声依然流转，时断时续；淙淙水声……时而一只羊咩咩叫两声。我合上眼睛，感到玛丝琳凉丝丝的手放在我的额上；感到烈日透过棕榈叶，光线十分柔和。我什么也不想，思想有什么用呢？我有一种异样的感觉。

时而传来新的声音，我睁开眼睛，原来是棕榈间的清风。它吹不到我们身上，只能摇动高处的棕榈叶……

次日上午，我同玛丝琳重游这座园子。当天傍晚，我独自又去了。放羊娃还在那儿吹笛子。我走上前去，跟他搭话。他叫洛西夫，只有十二岁，模样很俊。他告诉我羊的名字，还告诉我水渠在当地叫什么。据他说，这些水渠不是天天有水，必须精打细算，合理分配，灌好树木，立即引走。每棵棕榈树下都挖了一个小积水坑，以便浇灌。那里有一套闸门装置，孩子一边摆弄，一边向我解释如何用它控制水，把水引到特别干旱的地方去。

又过了一天，我见到了洛西夫的哥哥。他叫拉什米，稍大一点儿，没有弟弟好看。他踩着树干截去老叶留下的坎儿，像登梯子一样，爬上一棵被打去顶枝的棕榈树，然后又灵活地下来，只见他的衣衫飘起，露出金黄色的身子。他从树上摘下一个小瓦罐，小瓦罐吊在新截枝的伤口边上，接住流出来的棕榈汁液，用来酿酒。阿拉伯人很爱喝这种醇酒。应拉什米的邀请，我尝了一口，不大喜欢，觉得辣乎乎，甜丝丝的，没有酒味。

后来几天，我走得更远，看见别的牧羊娃和别的羊群。正如玛丝琳说的那样，这些园子全都一样，然而每个又不尽相同。

玛丝琳还时常陪伴我，不过，一进果园，我往往同她分手，说我乏了，想坐下歇歇，她不必等我，因为她需要走得远些。这样，她就独自去散步了。我留下来同孩子们为伍。不久，我就认识了许多。我同他们长时间地聊天，学习他们的游戏，也教他们别的游戏，把我身上的铜子都输掉了。有些孩子陪我往远走（我每天都增加一段路），指给我回去的新路，替我拿外套和披巾，因为有时我两件都带上。临分手的时候，我分给他们一些铜子。有时他们一边玩耍，一边跟着我，直到我的门口；有时他们也会跨进门。

而且，玛丝琳也领回一些孩子，是从学校带来的，她鼓励他们学习。放学的时候，听话的乖孩子就可以来。我带来的则是另一帮。不过，他们能玩到一处。我们总是特意准备些果子露和糖果。不久，甚至不用我们邀请，别的孩子也主动来了。我记得他们每一个人，眼前还浮现他们的面容……

一月末，突然变天了，刮起冷风，我的身体立刻感到不适。对我来说，市区和绿洲之间的那大片空场，又变得不可逾越了。我又重新满足于在公园里走走。接着下起雨来，冷雨。北面群山大雪覆盖，一望无际。

在这些凄清的日子里，我神情沮丧，守着火炉，拼命地同病魔搏斗，而病魔乘恶劣气候之势，占了上风。愁惨的日子：我既不能看书，也不能工作；稍微一动就出虚汗，浑身难受；精神稍微一集中就倦怠；只要不注意呼吸，就感到憋气。

在这些凄苦的日子里，我只能跟孩子们开开心。由于下雨，只有最熟悉的孩子才来。衣裳都淋透了，他们围着炉火坐成半圈。我太疲倦，又太难受，只能看着他们。然而，面对他们健康的身体，我的病会好起来。玛丝琳喜欢的孩子都很赢弱，老实得过分。我对她和他们非常恼火，终于把他们赶走了。老实说，他们引起我的恐惧。

一天上午，我对自身有个新奇的发现。房间里只有我和莫克蒂尔，在受我妻子保护的孩子中间，唯独他没有使我产生丝毫反感。我站在炉火前，双肘撑在壁炉台上，好像在专心看书，但是在镜子里能看到身后莫克蒂尔的活动。我说不清出于什么好奇心，一直暗中监视他。他却不知道，还以为我在埋头看书。我发现他蹑手蹑脚地走到一张桌子跟前，从上面偷偷抓起玛丝琳放在一件活计旁边的剪刀，一下塞进他的斗篷里。我的心一时间猛烈地跳动，但是，再明智的推理也无济于事，我没有产生一点儿反感。这还不算！我也无法确信我完全是别种情绪，而不是开心和快乐。等我给莫克蒂尔充裕时间偷了剪刀之后，我又回身跟他说话，就好像什么事也没发生似的。玛丝琳非常喜爱这个孩子，然而我认为，当我见到她的时候，没有戳穿莫克蒂尔，还胡编了一套话说剪刀不翼而飞，并不是怕使她尴尬。从这天起，莫克蒂尔成为我的宠儿。

第五章

　　我们在比斯克拉不会住多久了。二月份的连雨天一过，天气骤热。经过了几个难熬的暴雨天，一天早晨我醒来，忽见碧空如洗。我赶紧起床，跑到最高的平台上。晴空万里，旭日从雾霭中脱出，已经光芒灿灿；绿洲一片蒸腾；远处传来干河涨水的轰鸣。空气多么明净清新，我立即感到舒畅多了。玛丝琳也上来了，我们想出去走走。不过这天路太泥泞，无法出门。

　　过了几天，我们又来到洛西夫的园子，只见草木枝叶吸足了水分，显得柔软湿重。对于非洲这块土地的等待，我还没有体会到。它在冬季漫长的时日中蛰伏，现在苏醒了，灌足了水，一派生机勃勃，在炽烈的春光中欢笑。我感到了这春的回响，宛似我的化身。起初还是阿舒尔和莫克蒂尔陪伴我们，我仍然享受他们轻浮的、每天只费我半法郎的友谊。可是不久，我对他们就厌烦了，因为我本身已不那么虚弱，无须再以他们的健康为榜样，再说，他们的游戏也不能给我提供乐趣了，于是我把思想和感官的激发转向玛丝琳。从她的快乐中我发现，她依旧很忧伤。我像孩子一样道歉，说我常常冷落她，并把我反复无常的脾气归咎于我的病体，还说直到那时候，我由于身子太虚弱而不能跟她同房，但此后我渐渐康复，就会感到情欲激增。我这话不假，不过我的身体无疑还很虚弱，只是在一个多月之后，我才渴望同玛丝琳交欢。

气温日益增高。比斯克拉固然有迷人之处，而且后来也令我忆起那段生活，但是除此之外，我们没有什么可留恋的了。我们突然决定走了，用了三个小时就把行李打好，是次日凌晨的火车。

启程的前一天夜晚，我还记得清清楚楚。月亮有八九分圆，从敞开的窗户照进来，满室清辉。我想玛丝琳正在酣睡。我躺在床上难以成眠，有一种惬意的亢奋感，这不是别物，正是生命。我起身，手和脸往水里浸一浸，然后推开玻璃门出去了。

夜已深了，静悄悄的，没有一点儿声息，仿佛空气都睡了，只有远处隐约传来犬吠声。那些阿拉伯种犬跟豺一样，整夜嗥叫。面前是小庭院，围墙形成一片斜影。整齐的棕榈既无颜色，又无生命，似乎永远静止……一般来说，总还能在沉睡中发现生命的搏动，然而在这里，没有一点儿睡眠的迹象，一切仿佛都死了。我面对这幽静不禁感到恐怖，陡然，我对生命的悲感重又侵入我的心，就像要在这沉寂中抗争、显现和浩叹。这种近乎痛苦的感觉十分猛烈，以致我真想呼号，如果我能像野兽那样嘶叫的话。我还记得，我抓住自己的手，右手抓住左手，想举到头顶，而且真的做了。为什么呢？就是要表明我还活着，要感受活着多么美妙。我摸摸自己的额头、眼睑，浑身不觉一抖。心想总有一天，我渴得要命，但恐怕连把水杯送到嘴边的气力也没有了……我返身回屋，但是没有重新躺下。我想把这一夜固定下来，铭刻在我的记忆中，永志不忘。我不知道干什么好，便从桌子上拿起一本书——《圣经》，随便翻开，借着月光看得见字，我读了基督对彼得讲的这段话。唉！后来我始终没有忘却：现在，你想干什么就干什么，你想去哪里就去哪里吧。不过，将来老了，你就要伸手……你就要伸手……次日凌晨，我们动身了。

第六章

旅途的各个阶段就不赘述了。有些阶段只留下模糊的记忆。我的身体时好时坏，遇到冷风就步履踉跄，瞥见云影也隐隐不安，这种脆弱的状态常常导致心绪不宁。不过，至少我的肺部见好，病情每次反复都轻些，持续的时间也短些。虽然病来的时候势头还那么猛烈，但是，我身体的抵抗力却增强了。

我们从突尼斯到马耳他，又前往锡拉库萨，最后回到语言和历史我都熟悉的古老大地。自从患病以来，我的日子就不受审查和法律的限制了，如同牲畜或幼儿那样，全部心思都放在生活上。现在病痛减轻，我的生活又变得确实而自觉了。久病之后，我原以为自己又恢复原状，很快就会把现在同过去联系起来。不过，身处陌生国度的新奇环境中，我可以如此臆想，到达这里则不然了。这里的一切都向我表明令我惊异的情况：我已经变了。

在锡拉库萨以及后来的旅程中，我想重新研究，像从前那样潜心考古，然而我却发现，由于某种缘故，我在这方面的兴趣即或没有消失，至少也有所变化。这缘故就是现时感。现在我看来，过去的历史酷似比斯克拉的小庭院里夜影的那种静止、那种骇人的凝固、那种死一般的静止。从前，我甚至很喜欢那种定型，因为我的思想也能够明确。在我的眼里，所有史实都像一家博物馆中的藏品，或者打个更恰当的比喻，就像腊叶标本集里的植物，那种彻底的干枯有助于我忘记，它们曾饱含浆汁，在阳光下生活。现在，我再玩味历史，却总是联想现时。重大的政治事件引起的兴奋，远不如诗人或某些行动家在我身上复苏的激情。在锡拉库萨，我又读了忒奥克里托斯^①的田园诗，心想他那些名字动听的牧羊人，正是我在比斯克拉所喜欢的那些牧羊娃。

　　我渊博的学识渐次醒来，也开始妨碍我，扫我的兴。我每参观一座希腊古剧场、古庙，就会在头脑里重新构思。古代每个欢乐的节庆在原地留下的废墟，都引起我对那逝去的欢乐的悲叹；而我憎恶任何死亡。

　　后来，我竟至逃避废墟，不再喜欢古代最宏伟的建筑，更爱人称"地牢"的低矮果园和库亚纳河畔。要知道，那果园的柠檬像橙子一样酸甜。库亚纳河流经纸莎草地，还像它为普洛塞尔皮娜^②哭泣之日那样碧蓝。

---

① 忒奥克里托斯（约公元前310—前245）：古希腊诗人，田园诗的首创者。
② 普洛塞尔皮娜：罗马神话中的冥后，也是丰产女神，同希腊神话中的佩尔塞福涅。

后来，我竟至轻视我当初引为自豪的满腹经纶。我当初视为全部生命的学术研究，现在看来，同我也只有一种极为偶然的习俗关系。我发现自己不同往常：我在学术研究之外生活了，多快活啊！我觉得作为学者，自己显得迂拙；作为人，我能认识自己吗？我才刚刚出世，还难以推测自己会成为什么人，这就是应当了解的。

在被死神的羽翼拂过的人看来，原先重要的事物失去了重要性，另外一些不重要的变得重要了。换句话说，过去甚至不知何为生活。知识的积淀在我们精神上的覆盖层，如同涂的脂粉一样裂开，有的地方露出鲜肉，露出遮在里面的真正的人。

从那时起我打算发现的那个人，正是真实的人、"古老的人"，《福音》弃绝的那个人，也正是我周围的一切：书籍、导师、父母，乃至我本人起初力图取消的人。在我看来，由于涂层太厚，他已经更加繁复，难于发现，因而更有价值，更有必要发现。从此我鄙视经过教育的装扮而有教养的第二位的人。必须摇掉他身上的涂层。

好比隐迹纸本，我也尝到辨认真迹的学者的那种快乐。在手稿上晚近添加的文字下面，发现更加珍贵得多的原文。这原文究竟是什么呢？若想阅读，不是首先得抹掉后来的载文吗？

因此，我不再是病弱勤奋的人，也不再恪守先前的拘板狭隘的观念。这本身不只是康复的问题，还有生命的充实与重新进发，更为充沛而沸热的血流。这血流要浸润我的思想，一个一个浸润我的思想，要渗透一切，要激发我全身最久远、敏锐而隐秘的神经，并为之傅彩。因为，强壮还是衰弱，人总要适应，肌体依据自身的力量而组结。但愿力量增大，提供更大的可能性，那么……这种种思想，当时我并没有，这里的描绘不免走样。老实说，我根本不思考，根本不反躬自省，仅仅受一种造化的指引。怕只怕过分贪求地望一眼，会搅乱我那缓慢而神秘的蜕变。必须让隐去的性格从容地再现，而不应人为地培养。放任我的头脑，并非放弃，而是休闲。我沉湎于我自己，沉湎于事物，沉湎于我觉得神圣的一切。我们已经离开了锡拉库萨，我跑在塔奥尔米纳①至莫勒山的崎岖的路上，大声喊叫，仿佛是在我身上呼唤它：一个新生！一个新生！

当时我唯一勉力坚持做的，就是逐个叱呵或消除我认为与我早年教育、早年观念有关的一切表现。基于对我的学识的鄙夷，也出于对我这学者的情趣的蔑视，我不肯去参观亚格里真托。几天之后，我沿着通往那不勒斯的大路行进，也没有停下来看看波斯图姆巍峨的神庙。不过，两年之后，我又去那儿不知祈祷哪路神仙了。

我怎么说唯一的勉力呢？我自身若是不能焕然一新，能引起

① 意大利西西里岛东海岸的村镇。

我的兴趣吗？图新而尚未可知，只有模糊的想象，但是我悠然神往，愿望从来没有如此强烈，矢志使我的体魄强健起来，晒得黑黑的。我们在萨莱诺附近离开海岸，到达拉维洛。那里空气更加清爽，岩石千姿百态，山谷深邃莫测，胜境有助于游兴，因此我感到身体轻快，流连忘返。

拉维洛与波斯图姆平坦的海岸遥遥相对，它坐落在巉岩上，远离海岸，更近青天。在诺曼底人统治时期，这里是座相当重要的城堡，而今不过是一个狭长的村落。我们去时，恐怕是唯一的外国游客。我们下榻的旅店，从前是一所教会建筑，它坐落在山崖上，平台和花园仿佛垂悬于碧空之中。一眼望去，除了爬满葡萄藤的围墙，唯见大海。待走近围墙，才能看到直冲而下的园田。把拉维洛和海岸连接起来的，主要不是小径，而是梯田。拉维洛之上，山势继续拔起。山上空气凉爽，生长着大片的栗子树、北方草木；中间地带是橄榄树、粗大的槲树，以及树荫下的仙客来；地势再低的近海处，柠檬林则星罗棋布。这些果园都整理成小块梯田，依坡势而起伏，几乎雷同，相互间有小径通连，人们可以像小偷一样溜进去。在这绿荫下，神思可以远游。叶幕又厚又重，没有一束阳光直射下来。累累的柠檬垂着，宛似颗颗大蜡丸，四处飘香，在树荫下呈青白色。只要口渴，伸手可摘，果实甘甜微涩，非常爽口。

树荫太浓，我在下面走出了汗，也不敢停歇。不过，我拾级而上，并不感到十分疲惫，还有意锻炼自己，闭着嘴往上攀登，一气儿比一气儿走得远，尚有余力可贾。最后达到目标，争强好胜之心得到报偿。我出汗很久又很多，只觉得空气更加顺畅地涌入我的胸中。我以从前的勤奋态度来护理身体，已见成效了。

我常常惊奇自己的身体康复得这么快，以致认为当初夸大了病情的严重性，以致怀疑我病得并不是那么严重，以致自嘲还咯了血，甚而遗憾这场病没有更加难治些。

起初我没有摸清自己身体的需要，因此胡治乱治，后来经过耐心品察，在谨慎和疗养方面终于有了一套精妙的办法，并且持之以恒，像游戏一般乐在其中。最令我伤脑筋的，还是我对气温变化的那种病态的敏感。肺病既已痊愈，于是我把这种过敏归咎于神经脆弱，归咎于后遗症。我决心战胜它。我见几个农民袒胸露臂在田间劳作，看到他们漂亮的皮肤仿佛吸足了阳光，心中艳羡，也想把自己的皮肤晒黑。一天早上，我脱光了身子观察，只见胳膊肩膀瘦得出奇，用尽全力也扭不到身后。尤其是皮肤苍白，准确点说是毫无血色，我不禁满面羞愧，潸然泪下。我急忙穿上衣服出门，但不像往常那样去阿马尔菲，而是直奔覆盖着矮草青苔的岩石。那里远离人家，远离大路，不会被人瞧见。到了那儿，我慢慢脱下衣裳。风有些凉意，但阳光灼热。我的全身暴露在阳光中。我坐下，又躺倒，翻过身子，感觉到身下坚硬的地面。野草轻轻地拂我。尽管在避风处，我每次喘气还是打寒战。

然而不大工夫，全身就暖融融的，整个肌体的感觉都涌向皮肤。

　　我们在拉维洛逗留半个月。每天上午，我都到那些岩石上去晒太阳。我还是捂着很厚的衣服，可是不久就觉得碍事和多余了。我的皮肤增加了弹性，不再总出汗，能够自动调节温度了。

　　在最后几天的一个上午（正值四月中旬），我又采取了一个大胆的步骤。在我所说的重峦叠嶂中有一股清泉，流到那里正好形成一个小瀑布，水势尽管不大，但在下面却冲成一个小潭，积了一泓清水。我去了三次，俯下身子，躺在水边，心里充满了渴望。我久久地凝视光滑的石底，真是纤尘不染，草芥未入，唯有阳光透射，波光粼粼，绚丽多彩。第四天去的时候，我已下了决心，一直走近无比清澈的泉水，不假思索，一下子跳进去，全身没入水中。我很快感到透心凉，从水里出来后，就躺在草地上晒太阳。这里长着薄荷，香气扑鼻。我掐了一些，揉揉叶子，再往我的湿漉漉而滚烫的身子上搓。我久久地自我端详，心中喜不自胜，再也没有丝毫的羞愧。我的身体显得匀称，性感，而且中看，虽说不够强健，但是以后会健壮起来的。

第七章

由此可见，我的全部行为、全部工作，就是锻炼身体。这固然蕴含着我那变化了的观念，但是在我眼里也仅仅成了一种训练、一种手段，本身再也不能满足我了。

还有一次行动，在你们看来也许是可笑的，不过我要重新提起，因为它可以表明，我处心积虑地要在仪表上宣示我内心的衍变，迫切心理达到了何等幼稚可笑的程度：在阿马尔菲，我剃掉了胡子。

在那之前，我的胡子全部蓄留，头发理得很短，从未想到自己无妨换一种发型。我头一次在岩石上脱光身子的那天，突然感到胡子碍事，仿佛它是我无法脱掉的最后一件衣裳。须知我的胡子不是锥型，而是方形，梳理得很齐整。我觉得它像假的，样子既可笑，又非常讨厌。回到旅店客房，照照镜子，还是讨厌，那是我一贯的模样：文献学院的毕业生。吃罢午饭，立刻去阿马尔菲，我已经拿定了主意。市镇很小，在广场上仅有一家大众理发店，我也只好将就了。这是赶集的日子，理发店里挤满了人，不得不没完没了地等下去。然而，不管是令人疑惧的剃刀、发黄的肥皂刷、店里的气味，还是理发匠的猥辞，什么也不能使我退却。感到剪刀下去，胡须纷纷飘落，我就像摘下面具一般。重新露面的时候，我极力克制的紧张情绪不是欢快，而是后怕，但这又有何妨！我只是认定，并不责怪这种感觉。我看自己的样子挺漂亮，因此，怕的不是这个，而是觉得人家洞察了我的思想，又陡然觉得这种思想极为骇人。

胡子剃掉，头发倒留了起来。

这就是我新的形体，暂时还无所事事，但以后会有所作为的。我相信这形体认为我自己会有惊人之举，不过还要宽以时日。我心想要看日后，待它更加成熟之时。这样一来，玛丝琳就会误解。的确，我的眼神的变化，尤其是我刮掉胡子那天的新模样，很可能引起了她的不安。不过，她已经非常爱我，不会仔细打量我，再说，我也尽量使她放心。关键是不让她打扰我的再生，为了掩她耳目，我只好伪装起来。显而易见，玛丝琳嫁的人和爱的人，并不是我的"新形体"。这一点我常常在心中叨念，以便时刻惕厉，着意掩饰，只给她一个表象。而这表象为了显得始终一贯，忠贞不渝，变得日益虚假了。

我同玛丝琳的关系暂时维持原状，尽管我们的枕席之欢越来越浓烈。我的掩饰本身（如果可以这样说，我要防止她判断我的思想的行为）也使情欲倍增。我是说这种情欲使我经常照顾玛丝琳。被迫作假，开头我也许有点儿为难。然而，我很快就明白，公认的最卑劣之事（此处只举说谎一件）难以下手，只是对从未干过的人而言，一旦干了出来，哪一件都会很快变得既容易又有趣，给人以再干的甜头，不久好像就合情合理了。如同在任何事情上战胜了最初的厌恶心理那样，我最终也尝到了隐瞒的甜头，于是乐在其中，仿佛在施展我的尚未认识的能力。我在更加丰富充实的生活中，每天都走向更加甜美的幸福。

第八章

从拉维洛到索伦托，一路风光旖旎。这天早上，我真不期望在大地上看到更美的景色了。岩石灼热，空气充畅，野草芳菲，天空澄净，这一切使我饱尝生活的美好情趣，给我极大的满足，以致我觉得百感俱隐，唯有一种淡淡的快意萦绕心头。缅怀或惋惜，希冀或渴求，未来与过去，统统缄默了，我只感受到现时送来和带走的生活。——"身体的快感啊！"我高声发起感慨，"我的肌肉的铿锵节奏！健康啊！"

玛丝琳过分文静的快乐会冲淡我的快乐，正如她的脚步会拖慢我的脚步一样，因此，我一大早就动身，比她先走一步。她准备乘车赶上我，我们预计在波西塔诺用午餐。

快到波西塔诺的时候，我忽然听到有人在怪声怪调地唱歌，伴随着车轮的隆隆低音。我立刻回头望去，起初什么也没有看见，因为大路到这里绕峭壁拐了个弯。继而，赫然出现一辆马车，狂驶过来，正是玛丝琳乘坐的那辆。车夫立在座位上，一边扯着嗓子唱歌，一边手舞足蹈，拼命鞭打惊马。这个畜生！他经过我面前，听见我吆喝也不停车。我险些挨轧，纵身闪到路旁……我冲上去，无奈车跑得太快。我担心得要命，既怕玛丝琳摔下来，又怕她待在上面出事儿，马一惊跳，就可能把她抛到海里去。马陡然失蹄跌倒。玛丝琳跳下车要跑开，但我已经赶到她面前。车夫一看见我，迎头便破口大骂。我火冒三丈，这家伙刚一出口不逊，就扑上去，猛地把他从座位上拉下来，同他在地上扭作一团，但我没有失去优势。他似乎摔蒙了，我见他想咬我，照他面门就是一顿拳头，打得他更不知东南西北了。我仍不放手，用膝盖抵住他的胸脯，极力扭住他的胳膊。我瞧着这张丑陋的面孔，它被我的拳头砸得更加难看了。哼！这个恶棍，他唾沫四溅，口水满脸，鼻子流血，还不住口地骂！真的！把他掐死也应该。也许我真会干得出来……至少我觉得有这个能力，想必是顾忌警察，才算罢手。

我费了好大劲儿，才把这个疯子牢牢捆住，像口袋一样把他扔到车里。

嘿！事后，玛丝琳和我交换怎样的眼神啊！当时危险并不大，但是我必须显示自己的力量，而且是为了保护她。我立即感到可以把自己的生命献给她，愉快地全部献给她……马站了起来。我们把醉鬼丢在车厢里不管，两人登上车夫座位，驾车好歹到了波西塔诺，接着又赶到索伦托。

正是这天夜里我完全占有了玛丝琳。

我在交欢上仿佛焕然一新，这一点你们理解吗？还要我重复吗？

也许由于爱情有了新意，我们的真正婚礼之夜才无限缠绵。今天回想起来，我还觉得那一夜是绝无仅有的：炽热的欲火、交欢时的惊奇，增添了多少柔情蜜意。一夜工夫就足以宣示最伟大的爱情，而这一夜是多么铭心刻骨，以致我唯独时时念起它。这是我们心灵交融的片刻的欢笑。但是我认为这欢笑是爱情的句点，也是唯一的句点。此后，唉！心灵再也难于跨越，而心灵要使幸福重生，只能在奋力中消损。阻止幸福的，莫过于对幸福的回忆。唉！我始终记得那一夜。

我们下榻的旅店位于城外，四周是花园和果园，客房外面伸出一个宽大的阳台，树枝拂得到。晨曦从敞着的窗户射进来。我轻轻地支起身子，深情地俯向玛丝琳。她依然睡着，仿佛在睡梦中微笑，我觉得自己更加强壮，而她更加柔弱，她的娇媚易于摧折。我的脑海思绪翻腾，思忖她不说谎，心中暗道我一切都为了她，随即又讲："我为她的快乐究竟做了什么呢？我几乎终日把她丢在一旁。她期待从我这儿得到一切，而我却把她弃置不管！唉！可怜的，可怜的玛丝琳！"转念至此，我热泪盈眶。我想以从前身体衰弱为理由为自己开脱，但是枉然。现在我还只顾自己，一味养身，又是为何呢？眼下我不是比她健康吗？

　　她面颊上的笑意消失了，朝霞尽管染红每件物品，却使我猝然发现她那苍白的忧容。也许由于清晨来临，我的心绪才怅然若失："玛丝琳啊，有朝一日，也要我护理你吗？也要我为你提心吊胆吗？"我在内心高呼道。我不寒而栗。于是，我满怀爱情、怜悯和温存，在她闭着的双目中间亲了一下，那是最温柔、最深情、最诚笃的一吻。

第九章

我们在索伦托度过的几天很惬意，也非常平静。我领略过这种恬适、这种幸福吗？此后还会尝到同样的恬适和幸福吗？……我厮守在玛丝琳的身边，考虑自己少了，照顾她多了，觉得跟她交谈很有兴味，而前些日子我却乐于缄默。

我认为我们的游荡生活能够令我心满意足，但我觉察出她尽管也优哉游哉，却把这种生活看作临时状况。起初我不免惊异，然而不久就看到这种生活过于闲逸。它持续一段时间犹可，因为我的身体终于在舒闲中康复，但是赋闲之余，我第一次萌生了工作的愿望。我认真谈起回家的事，看她喜悦的神情便明白，她早就有这种念头了。

然而，我重新开始思考的历史上的几个课题，却没有引起我早先那种兴趣。我对你们说过，自从患病之后，我觉得抽象而枯燥地了解古代毫无用处。诚然，我以前从事语史学研究，譬如，力图说明哥特语对拉丁语变异所起的作用，忽视并且不了解泰奥多里克①、卡西奥多鲁斯②和阿玛拉丝温特③等形象，及其令人赞叹的激情，只是钻研他们生活的符号和渣滓。可现在，还是这些符号，还是全部语史学，在我看来却不过是一种门径，以便深入了解在我面前显现的蛮族的伟大与高尚。我决定进一步研究那个时期，在一段时间内，集中考查哥特帝国的末年，并且趁我们旅行之机，下一程到它灭亡的舞台——拉文纳④看看。

不过，老实说，最吸引我的，还是少年国王阿塔拉里克的形象。在我的想象中，这个十五岁的孩子暗中受哥特人的怂恿，起来同他母后阿玛拉丝温特分庭抗礼，如同马摆脱鞍辔的束缚一般抛弃文化，反对他所受的拉丁文明的教育，鄙视过于明智的老卡西奥多鲁斯的社会，偏爱未曾教化的哥特人社会。趁着锦瑟年华，性情粗犷，过了几年放荡不羁的生活，慢慢完全腐化堕落，十八岁便夭折了。我在这种追求更加野蛮古朴状况的可悲冲动中，发现了玛丝琳含笑称为"我的危机"的东西。既然身体不存在问题了，我至少把思想用上，以求得一种满足，而且在阿塔拉里克暴卒一事中，我极力想引出一条教训。

① 指奥斯特罗哥特国王，称泰奥多里克大王，于公元 474 年至 526 年在位。
② 卡西奥多鲁斯（约 485—约 580）：拉丁语作家。
③ 阿玛拉丝温特（？—535）：泰奥多里克大王之女，继父位称女王。她在儿子阿塔拉里克成年之前一直摄政，后被丈夫泰奥达特谋杀。
④ 拉文纳：意大利城市。

我们没有去威尼斯和维罗纳，匆匆游览了罗马和佛罗伦萨，在拉文纳停留了半个月便返回巴黎，戛然结束旅行。我同玛丝琳谈论未来的安排，感到一种崭新的乐趣。如何度过夏季，仍然犹豫未决。我们二人都旅行够了，不想再走了。我希望安安静静地从事研究，于是，我们想到一处庄园去。那座庄园在诺曼底草木最丰美的地区，位于利西厄与主教桥之间，它从前属于我母亲，我童年时有几次随她去那里消夏，自从她仙逝之后，就再也没有去过。我父亲把它交给一个护院经管。那个护院现已年迈，他自己留下一部分租金，并按时把余下部分寄给我们。在几股活水横贯的花园里，有一座非常好看的大房子，给我留下了极为美妙的印象。那座庄园叫作莫里尼埃尔，我认为到那里居住比较适宜。

　　我还谈到，这年冬季去过罗马，但是这次是作为研究者去的，而不是去当游客。不过，最后这项计划很快给打消了，因为我在那不勒斯收到一个久已到达的重要邮件，突然得知法兰西学院空出一个讲席，好几次提到我的名字。虽说是代课，将来却正因此而能有较大的自由。函告我的那位朋友还指出，我若是愿意接受，只需进行一些简单的活动。他力主我接受下来。我先是迟疑，特别怕受人役使；继而又想，在课堂上阐述我对卡西奥多鲁斯的研究成果，可能很有意思，而且，这也会使玛丝琳高兴，于是我决定下来。一旦决定，我就只考虑有利方面了。

　　在罗马和佛罗伦萨的学术界，有我父亲不少熟人，我同他们也建立了通讯关系。如果我要到拉文纳和别的地方考察研究，他们可以提供各种方便。我一心想工作。玛丝琳也百般体贴，曲意逢迎，巧用心思促使我工作。

在旅行结尾阶段，我们的幸福十分平稳宁静，没有什么好叙述的。人们最动人心弦的作品，总是痛苦的产物。幸福有什么可讲的呢？除了经营以及后来又毁掉幸福的情况，的确不值得一讲。——而我刚才对你们讲的，正是经营幸福的全部情况。

第十章

我们在巴黎停留的时间很短，只用来购置物品和拜访几个人，于六月上旬到达莫里尼埃尔庄园。

前面讲过，莫里尼埃尔庄园位于利西厄和主教桥之间，在我所见过的绿荫最浓最潮湿的地方。许多狭长而和缓的冈峦，止于不远的非常宽阔的欧日山谷；欧日山谷则平展至海边。天际闭塞，唯见充满神秘感的矮树林、几块田地，尤其是大片草地，缓坡上的牧场。牧场上牛群羊群自由自在地吃草，水草丰茂，一年收割两次。还有不少苹果树，太阳西沉的时候，树影相连。每条沟壑都有水，或成池沼，或成水塘，或成溪流，淙淙水声不绝于耳。

啊！这座房子我完全认得！那蓝色房顶，那砖石墙壁，那水沟，那水中的倒影……这座古老的房子可以住十二个人。现在有玛丝琳、三个仆人，有时我也帮把手，我们也只能使房子的一部分活跃起来。我们的老护院叫博加日，他已经尽了力，准备出几个房间。沉睡二十年之久的老家具醒来了。一切仍然是我记忆中的样子：护壁板还没有损坏，房间稍一收拾就能住人了。博加日把找到的花瓶都插上了鲜花，表示欢迎我们。经他的安排，大院子和花园里最近几条林荫路也已经锄掉杂草，平整好了。我们到达的时候，房子正接受最后一抹夕阳。从房子对面的山谷中，已然升起静止不动的雾霭，只见溪流在雾霭中时隐时现。我人还未到，就蓦地辨出那芳草的清香。我重又听见绕着房子飞旋的燕子的尖厉叫声。整个过去陡然跃起，就仿佛它在等候我，认出了我，待我走近前便重新合抱似的。

几天之后，房子就整理得相当舒适了。本来我可以开始工作了，但我仍旧拖延，仍旧谛听我的过去细细向我追述。不久，一个意外喜事又打断了这种追述——我们到达一周之后，玛丝琳悄悄告诉我，她怀孕了。

我当即感到应当多多照顾她，多多怜爱她，至少在她告诉我这个秘密之后的那些日子，我几乎终日守在她的身边。我们来到树林附近，坐在我同母亲从前坐过的椅子上，在那里，光阴来临都更加赏心悦目，时光流逝也更加悄然无声。如果说从我那个时期的生活中，没有突现任何清晰的记忆，那也绝不是因为它给我留下的印象不够鲜明，而是因为一切糅合，一切交融，化为一体的安逸，在安逸中晨昏交织，日月相连。

我慢慢地恢复了学术研究。我觉得心神恬静，精力充沛，胸有成竹，看待未来既有信心，又不狂热，意愿仿佛平缓了，仿佛听从了这块温和土地的劝告。

我心想，毫无疑问，这块万物丰衍、果实累累的土地堪称楷模，对我有种潜移默化的作用。在水草丰美的牧场上，这健壮的耕牛，这成群的奶牛，预示着安居乐业的年景，令我啧啧称赞。顺坡就势栽植的整齐的苹果树，夏季丰收在望，我畅想不久果压枝垂的喜人景象。这井然有序的富饶、快乐的驯从、微笑的作物，呈现一种承旨而非随意的和谐，呈现一种节奏、一种人工天成的美。大自然灿烂的丰赠，以及人调解自然的巧妙功夫，已经水乳交融，浑然一体了，很难再说应当赞赏哪一方面。我不禁想，如若没有这种受统制的野生蛮长之力，人的功夫究竟如何呢？反之，如若没有阻遏它并笑着把它引向繁茂的机智的人工，这种野生蛮长之力又会怎样呢？——我的神思飞向一片大地，那里一切力量都十分协调，任何耗散都得到补偿，所有交换都分毫不差，因而容不得一点儿失信。继而，我又把这种玄想用于生活，建立一种伦理学，使之成为明智地利用自己的科学。

我先前的冲动，隐匿到何处了？我如此平静，仿佛就根本没有那阵阵冲动似的。爱情如潮，已将那冲动全部覆盖了。

老博加日却围着我们转，大献殷勤。他里里外外张罗，事事督察，点子也多，让人感到他为了表现自己是必不可少的角色，做得未免过分。必须核实他的账目，听他没完没了地解释，以免扫他的兴。可是他仍不知足，还要我陪他去看田地。他那为人师表的廉洁、那滔滔不绝的高论、那溢于言表的得意、那炫耀诚实的做法，不久便把我惹火了。他越来越缠人，而我却觉得，只要夺回我的安逸生活，什么灵法儿都是可取的——恰巧在这种时候，一个意外事件改变了我同他的关系。一天晚上，博加日对我说，他儿子夏尔第二天要到这里。

我只是"哦"了一声，几乎没有反应，直到那时，我并不关心博加日有几个孩子。接着，我看出他期待我有感兴趣和惊奇的表示，而我的漠然态度使他难受，于是问道："现在他在哪儿呢？"

"在一个模范农场，离阿朗松不远。"博加日答道。

"他年龄大概有……"我又说道。原先根本不知道他有个儿子，现在却要估计年龄，不过我说得很慢，好容他打断我的话。

"过了十七了，"博加日接上说，"令堂去世那时候，他也就四岁。嘿！如今长成了个大小伙子，过不了多久，就要比他爸爸高了。"博加日一打开话匣子，就再也收不住了，不管我的厌烦神情有多明显。

次日，我早已把这事儿置于脑后了。到了傍晚，夏尔刚到，就来向我和玛丝琳请安。他是个英俊的小伙子，身体那么健壮，那么灵活，那么匀称，即便为见我们而穿上了蹩脚的衣服，也不显得十分可笑。他的脸色自然红润，不大能看出来羞赧。他眸子仍然保持童稚的颜色，好像只有十五岁；他口齿相当清楚，不忸忸怩怩，跟他父亲相反，不讲废话。我忘记了初次见面的晚上，我们谈了什么话。我只顾端详他，无话可讲，让玛丝琳同他交谈。翌日，我第一次没有等老博加日来接我，自己跑到山坡上的农场，我知道那里开始了一项工程。

一个水塘要修补。这个水塘像池沼一样大，现在总跑水，漏洞业已找到，必须用水泥堵塞，因而先得抽干水，这是十五年来没有的事了。水塘里的鲤鱼和冬穴鱼多极了，都潜伏在水底。我很想跳进水塘，抓一些鱼给工人，而且，这次农场异常热闹，又是抓鱼，又是干活。附近来了几个孩子，也帮助工人忙乎。过一会儿，玛丝琳也会来的。

我到的时候，水位早已降下去了。时而塘水动荡，水面骤起波纹，露出惶恐不安的鱼群的褐色脊背。孩子在水坑边蹚着泥水，捉住一条亮晶晶的小鱼，便扔进装满清水的木桶里。鱼到处游窜，把塘水搅得越来越浑浊，变成了土灰色。想不到鱼这么多，农场四个工人把手伸进水里随便一抓，就能抓到。可惜玛丝琳迟迟不来，我正要跑去找她，忽听有人尖叫，说是发现了鳗鱼。但是，鳗鱼从手指间滑跑，一时还捉不住。夏尔一直站在岸上陪着他父亲，这时再也忍耐不住，突然脱掉鞋和袜子，又脱掉外衣和背心，再高高地挽起裤腿和衬衣袖子，毅然下到水塘里。

我也立刻跟着下去。

"喂！夏尔！"我喊道，"您昨天回来赶上了吧？"

他没有答言，只是冲着我笑，心思已经放到抓鱼上。我又马上叫他帮我堵住一条大鳗鱼，我们两双手围拢才把它抓住，接着又逮住一条。泥水溅到我们脸上，有时突然陷下去，水没到大腿根，全身很快就湿透了。我们玩得非常起劲，仅仅欢叫几声，但没有交谈几句话。可是到了傍晚，我已经对夏尔称呼你了，却记不清是从什么时候开始的。我们在这次联合行动中相互了解的事情，比进行一次长谈还要多。玛丝琳还没有到，恐怕不会来了。不过，我对此已不感到遗憾了，心想她在场，反而会妨碍我们的快乐情绪。

第二天一早，我就去农场，找到了夏尔。我们二人朝树林走去。

我很不熟悉自己的土地，也不大想进一步了解，然而，不管是土地还是租金，夏尔都了如指掌，真令我十分惊奇。他告诉我，我有六个佃户，本来可以收取一万八千法郎的租金，可是我只能勉强拿到半数，耗损的部分主要是各种修理费和经纪人的酬金，这些情况我确实不甚了了。他察看庄稼时发出的微笑很快使我怀疑到，我的土地的经营，并不像我原先想的那样好，也不像博加日对我说的那样好。我向夏尔盘根问底。这种实践的真知，由博加日表现出来就叫我气恼，由这个年轻人表现出来却令我开心。我们一连转了几天，土地很广阔，各个角落都探察遍了之后，我们更加有条理地从头开始。夏尔看到一些田地耕种得很糟，一些场地堆满了染料木、蓟草和散发酸味的饲草，丝毫也不向我掩饰他的气愤。他使我跟他一起痛恨这种随意撂荒土地的做法，跟他一起向往更加合理的耕作。

"不过，"开头我对他说，"经营不好，谁吃亏呢？不是佃户自己吗？农场的收成可好可坏，但是并不改变租金呀。"

夏尔有点儿急了："您一窍不通。"他无所顾忌地答道，说得我微微一笑。"您呀，只考虑收入，却不愿意睁开眼睛瞧瞧资产逐渐毁坏。您的土地耕种得不好，就会慢慢失掉价值。"

"如果能耕种得好些，收获大些，我看佃户未必不肯卖力干。我知道他们很重利，当然是多多益善。"

"您这种算法，没有计入增加的劳动力。"夏尔继续说，"这种田离农舍往往很远，种了也不会有什么收益，但起码不至于荒芜了。"

谈话继续。有时候，我们在田地里信步走一个钟头，仿佛一再思考同样的事情。不过，我听得多了，就渐渐明白了。

"归根结底，这是你父亲的事儿。"有一天，我不耐烦地对他说。夏尔面颊微微一红。

"我父亲上年纪了，"他说道，"监视履行租契，维修房子，收取租金，这些就够他费心的了。他在这里的使命不是改革。"

"你呢，有什么建议呀？"我又问道。然而，他却闪烁其词，推说自己不懂行。我一再催促，才逼他讲出自己的看法。

"把闲置的土地从佃户手里拿回来，"他终于提出建议，"佃户让一部分土地休耕，就表明他们收获太多，不愁向您交租。他们若是想保留土地，那就提高租金。——这地方的人都懒。"他又补充一句。

在六个属于我的农场中，我最愿意去的是瓦尔特里农场。它坐落在俯视莫里尼埃尔的山丘上，佃农那人并不讨厌，我很喜欢跟他聊天。离莫里尼埃尔再近一点儿的农场叫古堡农场，是以半分成制租出去的。而由于主人不在，一部分牲口就归博加日了。现在我有了戒心，便开始怀疑博加日本人的诚实，他即使没有欺骗我，至少听任好几个人欺骗我。固然给我保留了马匹和奶牛，但我不久就发现这纯属子虚，无非是要用我的燕麦和饲草喂佃户的牛马。以往，博加日时常向我讲些漏洞百出的情况，诸如牲口死亡、畸形、患病等等，我以宽容的态度听着，全都认可了。佃户的一头奶牛只要病倒，就算在我的名下；我的一头奶牛只要膘肥体壮，就归佃户所有了。原先我没有想到会有这种事，然而，夏尔不慎提了几句，讲了几点个人看法，我就开始明白了。思想一旦警觉起来，就特别敏锐了。

经我提醒，玛丝琳仔细审核了全部账目，但是没有挑出一点儿毛病，这是博加日的诚实的避风港。——"怎么办？"——

"听之任之。"——不过，我心里憋气，至少可以注意点牲口，只是不要做得太明显。

我有四匹马、十头奶牛，这就够我伤脑筋的。其中有一匹尽管三岁多了，仍叫"马驹子"，现在正在驯它。我开始发生了兴趣，不料有一天，驯马人来对我说，它根本驯不好，干脆出手算了。就好像我准保不大相信，那人故意让马撞坏一辆小车的前身，马腿撞得鲜血淋淋。

这天，我竭力保持冷静，只是看到博加日神情尴尬，才忍住了，心想归根结底，他主要是性格懦弱，而不是用心险恶。全是仆人的过错，他们根本不检束自己。

我到院子里去看马驹子。仆人正打它，一听见我走近，就赶紧抚摩它，我也佯装什么也没有看见。我不怎么识马，但觉得马驹子好看。这是一匹半纯种马，毛色鲜红，腰身修长，眼睛有神，尾巴几乎是金黄色。我检查了马没有动着筋骨，便吩咐仆人把它的伤口包扎一下，没有再说什么就走了。

当天傍晚，我又见到夏尔，立刻问他觉得马驹子怎么样。

"我认为它很温驯，"他对我说，"可是，他们不懂得门道，非得把马弄得狂躁了不可。"

"换了你，该怎么办呢？"

"先生愿意把它交给我一周吗？我敢打包票。"

"你怎么驯它？"

"到时候瞧吧。"

次日，夏尔把马驹子牵到草场一隅，上面有一棵高大的核桃树遮阴，旁边溪水流淌。我带玛丝琳去看了，留下了极为鲜明的印象。夏尔用几米长的缰绳把马驹子拴在一根牢固的木桩上。马驹子非常暴躁，刚才似乎狂蹦乱跳了一阵，这会儿疲惫了，也老实了，只是转圈小跑，步伐更加平稳，轻快得令人惊奇，那姿势十分好看，像舞蹈一样迷人。夏尔站在圈子中心，马每跑一圈，他就腾地一跃，躲过缰绳。他吆喝着，时而叫马快跑，时而叫马减速。他手中举着一根长鞭，但是我没有见他使用。他年轻快活，无论神态和举止，都给这件活儿增添了热烈的气氛。我还没看清怎么回事，他却猝然跨到马上。马慢下来，最后停住。他轻轻地抚摩马，继而，我突然看见他在马上笑着，显得那么自信，只是抓住一点儿鬃毛，俯下身去抚摩。马驹子仅仅尥了两个蹶子，重又平稳地跑起来，真是英姿飒爽。我非常羡慕夏尔，并且把这想法告诉了他。

"再驯几天，马对鞍具就习惯了。过半个月，它会变得像羊羔一样温驯，就连夫人也敢骑上。"

他的话不假，几天之后，马驹子就毫无疑虑地让人抚摩，备鞍，让人遛了。玛丝琳的身体若是顶得住，也可以骑上了。

"先生应当骑上试试。"夏尔对我说。

若是一个人，说什么我也不干，但是，夏尔还提出他骑农场的另外一匹马。于是，我来了兴致，要陪他骑马。

　　我真感激我母亲！在我童年时，她就带我上过骑马场。初学骑马的久远记忆还有助于我。我骑上马，并不感到特别吃惊。不大工夫，我就全然不怕，姿势也放松了。夏尔骑的那匹马不是良种，要笨重一些，但是并不难看。我们每天骑马出去遛遛，渐渐成了习惯。我们喜欢一大早出发，骑马在朝露晶莹的草地上飞奔，一直跑到树林边缘。榛子湿漉漉的，骑马经过时摇晃起来，将我们打湿。视野豁然开朗，已经到了宽阔的欧日山谷。极目远眺，大海微茫，只见旭日染红并驱散晨雾。我们身不离鞍，停留片刻，便掉转马头，奔驰而归，到古堡农场又流连多时。工人刚刚开始干活，我们抢在前头并俯视他们，心里感到自豪。然后，我们突然离开。我回到莫里尼埃尔，正赶上玛丝琳起床。

　　我吸饱了新鲜空气，跑马回来，四肢有点儿疲顿僵麻，心情醉醺醺的，头脑晕乎乎的，但觉得痛快淋漓，精力充沛，渴望工作。玛丝琳赞同并鼓励我这种偶发的兴致。我回来服装未换就去看她，带去一身潮湿的草木叶子的气味。她因等我而迟迟未起床，她说她很喜欢这种气味。于是，我向她讲述我们策马飞驰、大地睡醒、劳作重新开始的种种情景。她体会我的生活，好像跟她自己的生活一样，感到由衷的高兴。不久我就错误地估计了这种快活心情。我们跑马的时间渐渐延长，我常常将近中午才返回。

然而，下午和晚上的时间，我尽量用来备课。工作进展顺利，我挺满意，觉得日后集讲义成书，恐怕未必徒劳无益。可是，由于逆反心理的作用，一方面我的生活渐渐有了条理，有了节奏，我也乐于把身边的事物都安排得井井有条；而另一面，我对哥特人古朴的伦理却越来越感兴趣。一方面我在讲课过程中，极力宣扬赞美这种缺乏文化的愚昧状态，那大胆的立论后来招致物议；而另一方面，我对周围乃至内心可能唤起这种状态的一切，即或不是完全排除，却也千方百计地控制。我这种明智，或者说这种悖谬，不是一发而不可收拾吗？

有两个佃户的租契到圣诞节就期满了，希望续订，要来找我办理。按照习惯，只要签署一份所谓的"土地租约"就行了。由于天天跟夏尔交谈，我心里有了底，态度坚决地等佃户上门；而佃户呢，也仗着换一个佃户并非易事，开头要求降低租金，不料听了我念的租约，惊得目瞪口呆。在我写好的租约里，我不仅拒绝降低租金，而且还要把我看见他们没有耕种的几块地收回来。开头他们装作打哈哈，说我开玩笑，几块地我留在手里干什么呢？这些地一钱不值，他们没有利用起来，就是因为根本派不了用场……接着，他们见我挺认真，便执意不肯，而我也同样坚持。他们以离开相威胁，以为会把我吓倒。哪知我就等他们这句话："哦！要走就走吧！我并没有拦着你们。"说完我抓起租约，嚓的一声撕为两半。

这样一来，一百多公顷的土地就要窝在我的手里了。有一段时间，我已经计划由博加日全权经营，心想这就是间接地交给夏尔管理。我还打算自己保留相当一部分，况且这用不着怎么考虑：经营要冒风险，仅此一点就使我跃跃欲试。佃户要到圣诞节的时候才能搬走，在那之前，我们还有转圜的余地。我让夏尔要有思想准备，见他喜形于色，我立刻感到不快。他还不能掩饰喜悦的心情，这使我意识到他过分年轻。时间已相当紧迫，这正是第一茬庄稼收割完毕，土地空出来初耕的季节。按照老规矩，新老佃户的活计交错进行，租约期满的佃户收完一块地，就交出一块地。我担心被辞退的佃户蓄意报复，采取敌对态度，而情况却相反，他们宁愿对我装出一副笑脸（后来我才知道，他们这样做有利可图）。我趁机从早到晚出门，去察看不久便要收回来的土地。时已孟秋，必须多雇些人加速犁地播种。我们已经购买了钉齿耙、镇压器、犁铧。我骑马巡视、监督并指挥人们干活，过起发号施令的瘾。

在此期间，佃户正在毗邻草场的地方收苹果。苹果这年空前大丰收，纷纷滚落到厚厚的草地上。人手根本不够，从邻村来了一些，雇用一周。我和夏尔手发痒，常常帮他们干。有的人用长竿敲打树枝，震落晚熟的苹果；熟透的自落果单放，它们掉在高高的草丛中，不少摔伤碰裂。到处是苹果，一迈步就踩上。一股

287

酸溜溜、甜丝丝的气味，同翻耕的泥土气味混杂起来。

秋意渐浓。最后几个晴天的早晨最凉爽，也最明净。有时，潮湿的大气使天际变蓝，退得更远。散步就像旅行一般，方圆仿佛扩大了。有时则相反，大气异常透明，天际显得近在咫尺，似乎一鼓翅就到了。我说不清这两种天气哪一种更令人情意缠绵。我基本备完课了，至少我是这样讲的，以便更理直气壮地撂下。我不去农场的时候，就守在玛丝琳身边。我们一同到花园里，缓步走走，她则沉重而倦慵地倚在我的胳膊上。走累了就坐到一张椅子上，俯视被晚霞照得通明的小山谷。她偎依在我肩头上的姿势十分温柔，我们就这样不动也不讲话，一直待到黄昏，体味着一天的时光融入我们身体里的感觉。

犹如一阵微风时而吹皱极为平静的水面，她内心最细微的波动也能在额头上显示出来。她神秘地谛听着体内一个新生命在颤动。我身体俯向她，如同俯向一泓清水，无论往水下看多深，也只能见到爱情。唉！倘若追求的还是幸福，相信我即刻就要拢住，就像用双手徒劳地捧流水一样。然而，我已经感到幸福的旁边，还有不同于幸福的东西，它把我的爱情点染得色彩斑斓，就像点染秋天那样。

秋意渐浓。青草每天都被露水打得更湿，长在树木背阴处的再也干不了，在熹微的晨光中变成白色。水塘里的野凫乱鼓翅膀，发狂般躁动，有时成群飞起来，嘎嘎喧嚣，在莫里尼埃尔上空盘旋一周。一天早上，它们不见了，因为已经被博加日关起来了。夏尔告诉我，每年秋天迁徙的时节，就会把它们关起来。几天之后，天气骤变。一天晚上，突然刮起大风，那是大海的气息，集中而猛烈，送来北风和雨，吹走候鸟。玛丝琳的身孕、新居的安排和备课的考虑，都催促我们回城。坏天气的季节来得太早，将我们赶走了。

后来到十一月份，我因为农场的活倒是回去过一次。我听了博加日对冬季的安排很不高兴。他向我表示要打发夏尔回模范农场，那里还有很多东西可学。我同他谈了好久，找出种种理由，磨破了嘴皮，也没有说动他。顶多他答应让夏尔缩短一点儿学习时间，稍微早些回来。博加日也不向我掩饰他的想法：经营这两个农场相当费力，不过，他已经看中两个非常可靠的农民，打算雇来当帮手。他们就算作付租金佃户，算作分成制佃农，算作仆人。这种情况当地从未有过，不是什么好兆头，但是他又说，是我要这样干的。——这场谈话是在十月底进行的。十一月初我们就回巴黎了。

第十一章

我们的家安在帕希附近的 S 街。房子是玛丝琳的一位哥哥给我的，我们上次路过巴黎时看过，比我父亲给我留下的那套房间大多了。玛丝琳有些担心，不单房租高，各种花销也要随之增加。我假装极为厌恶流寓生活，以打消她的种种顾虑，我自己也极力相信并有意夸大这种厌恶情绪。新安家要花不少钱，这一年会入不敷出。不过，我们的收入已很可观，今后还会更可观。我把讲课费、出书稿酬都打进来，而且还把我的农场将来的收入打进来，简直热昏了头！因此，多少费用我也不怕，每次心里都想自己又多了一道羁縻，从而一笔勾销我所有感觉，或者害怕在自身感到的游荡癖。

最初几天，我们从早到晚出去采购物品。尽管玛丝琳的哥哥热心帮忙，后来代我们采购过几次，可是不久，玛丝琳还是感到疲惫不堪。本来她需要休息，哪知家刚刚安置好，紧接着她又不得不连续接待客人——由于我们一直出游在外，这次安了家来人特别多。玛丝琳久不与人交往，既不善于缩短客访时间，又不敢杜门谢客。一到晚上，我就发现她精疲力竭。我即或不用担心她因身孕而感到的疲倦，起码也要想法使她少受点儿累，因而经常替她接待客人，有时也替她回访。我觉得接待客人没意思，回访更乏味。

我向来不善言谈，向来不喜欢沙龙里的侈谈与风趣，然而从前，我却经常出入一些沙龙，但是那段时间已很遥远了。这期间发生了什么变化呢？我跟别人在一起感到无聊、烦闷和气恼，不仅自己拘束，也使别人拘束。那时我就把你们看作我唯一真正的朋友，可是偏偏不巧，你们都不在巴黎，而且一时还回不来。当时就是对你们，我会谈得好些吗？也许你们理解我比我自己还要深吧。然而，在我身上滋生的，如今我对你们讲的这一切，当时我又知道多少呢？在我看来，前途十分牢稳，我从来没有像那样掌握未来。

当时即使我有洞察力，可是在于贝尔、迪迪埃和莫里斯身上，在许许多多别的人身上，我又能找到什么高招对付我自己呢！对这些人，你们了解，看法也跟我一样。唉！我很快就看出，跟他们谈话如同对牛弹琴。我刚刚同他们交谈几次，就感到他们给我造成的无形压力，我不得不扮演一个虚伪的角色，不得不装成他们认为我依然保持的样子，否则就会显得矫揉造作。为了相处方便，我就假装具有他们硬派给我的思想与情趣。一个人不可能既坦率，又显得坦率。

我倒愿意重新见见考古学家、语文学家这一圈子人。不过跟他们一交谈，也兴味索然，无异于翻阅好的历史字典。起初，我对几个小说家和诗人还抱有希望，认为他们多少能直接了解生活，然而，他们即便了解，也必须承认他们不大表现出来。他们多数人似乎根本不食人间烟火，只摆出活在世上的姿态，差一点点就觉得生活妨碍写作，令人恼火了。不过，我也不能谴责他们，我难于断定不是自己错了……再说，我所谓的生活，又是什么呢？——这正是我盼望别人给我指点迷津的。——大家都谈论生活中的事件，但绝口不提那些事件的原因。

至于几个哲学家，训迪我本来是他们的本分，可是我早就清楚能从他们那里得到什么教诲。数学家也好，新批评主义者也罢，都尽量远远避开动荡不安的现实。他们无视现实，就像几何学家无视他们测量的大量物品的存在一样。

我回到玛丝琳的身边，丝毫也不掩饰这些拜访给我造成的烦恼。

"他们都一模一样，"我对她说，"每个人都扮演双重角色。我跟他们之中一人讲话的时候，就好像在跟许多人讲话。"

"可是，我的朋友，"玛丝琳答道，"您总不能要求每个人都跟其他所有人不同。"

"他们相互越相似，就越跟我不同。"

继而，我更加怅然地又说："谁也不知道有病。他们生活，徒有生活的样子，却不知道自己在生活。况且，我也一样，自从和他们来往后，我不再生活了。日复一日，今天我干什么了呢？恐怕九点钟前就离开了您，走之前，我只有片刻时间看看书，这是一天里唯一的良辰。你哥哥在公证人那里等我，告别公证人，他没有放手，又拉我去地毯商店。在高级木器商店里，我感到他碍手碍脚，但是到了加斯东那里才同他分手。我同菲利浦在那条街的餐馆吃过午饭，又去找在咖啡馆等候我的路易，同他一起听了泰奥多尔的荒谬的讲课。出门时，我还恭维泰奥多尔一通，为了谢绝他星期天的邀请，只好陪他去亚瑟家。于是，又跟亚瑟去看水彩画展，再到阿贝尔蒂娜家和朱莉家投了名片。我已精疲力竭，回来一看，您跟我一样累，接待了阿德莉娜、玛尔特、雅娜和索菲娅。现在一到晚上，我就回顾一天的所作所为，感到一天光阴蹉跎过去，只留下一片空白，真想抓回来，再一小时一小时重新度过，心里愁苦得几欲落泪。"

然而，我却说不出我所理解的生活是什么，说不出我喜欢天地宽些、空气新鲜的生活，喜欢少受别人限制、少为别人操心的生活，其秘密是不是单单在于我的拘束之感。我觉得这一秘密奇妙难解，心想好比死而复活之人的秘密，因为我在其他人中间成了陌生人，仿佛是从阴曹地府里回来的人。起初，我的心情痛苦而惶惑，然而不久，又产生一种崭新的意识。老实说，在我的受到广泛称誉的研究成果发表的时候，我没有丝毫得意的感觉。现在看来，那恐怕是骄傲心理吧？也许是吧，不过至少没有掺杂一丝的虚荣心。那是我第一次意识到自己的价值：把我同世人分开、区别开的东西，至关重要；除我而外，任何人没有讲也讲不出来的东西，正是我要讲的。

不久我就登台授课了。我受讲题的激发，在第一课中倾注了全部簇新的热情。我谈起发展到绝顶的拉丁文明，描述那无愧于人民的文化艺术，说这种文化宛如分泌过程，开头显示了多血质和过分旺盛的精力，继而便凝固，僵化，阻止思想同大自然的任何珠联璧合的接触，以表面的持久的生机掩盖生命力的衰退，形成一个套子，思想禁锢在里面就要松弛，很快萎缩，以致衰竭了。最后，我彻底阐明自己的观点，断言这种文化产生于生活，又扼杀生活。

历史学家指责我的推断概括失之仓促，还有的人讥弹我的方法；而那些赞扬我的人，又恰恰是最不理解我的人。

我是讲完课出来，头一次同梅纳尔克重新见面的。我同他向来交往不多，在我结婚前不久，他又出门了，他去进行这类考察研究，往往要和我们暌隔一年多。从前我不大喜欢他，他好像挺傲气，对我的生活也不感兴趣。这次见他来听我的第一讲，我不禁感到十分意外。他那放肆的神态，我乍一见敬而远之，但是挺喜欢。他冲我微笑的样子，让人感到善气迎人，十分难得。当时有一场荒唐而可耻的官司闹得满城风雨，报纸乘机大肆诋毁他，那些被他恃才傲物、目无下尘的态度刺伤了的人，也都纷纷借机报复。而令他们大为恼火的是，他好像不为所动，处之泰然。

"何苦呢，就让他们有道理好了，既然他们没有别的东西，只能以此安慰自己。"他就是这样回答别人的谩骂。

然而，"上流社会"却义愤填膺，那些所谓"互相敬重"的人认为必须以蔑视回敬；他们把他视作同路人。这又是一层原因：我似乎受到一种秘密力量的吸引，在众目睽睽之下，走上前去，同他友好地拥抱。

看到我在同什么人说话，最后几个不知趣的人也走了，只剩下我和梅纳尔克。

刚才受到情绪激烈的批评和无关痛痒的恭维，现在只听他对我的讲课评论几句，我的心情就宁帖了。

"您把原先珍视的东西付之一炬，"他说道，"这很好。只是您这一步走晚了点儿，不过，火力也因而更加猛烈。我还不清楚是否抓住了您的要领。您这人真令我惊讶。我不好同人聊天，但是希望跟您谈谈。今天晚上赏光，同我一起吃饭吧。"

"亲爱的梅纳尔克，"我答道，"您好像忘记我有了家室。"

"哦，真的，"他又说道，"看到您敢于上前跟我搭话，态度那么热情坦率，我还以为您自由得多呢。"

我怕伤了他的面子，更怕自己显得软弱，便对他说，我晚饭后去找他。

　　梅纳尔克到巴黎总是暂时客居，在旅馆下榻。即便如此，他也让人整理出好几个房间，安排成一套房子的规模。他有几个仆人侍候，单独吃饭，单独生活。他嫌墙壁和家具俗气丑陋，就把他从尼泊尔带回来的几块布挂上去，他说等布挂脏了好赠送给哪家博物馆。我过分急于见他，进门时见他还在吃饭，便连声叨扰。

　　"不过，我还不想就此结束，想必您会容我把饭吃完。您若是到这儿吃晚饭，我就会请您喝希拉兹酒，这是哈菲兹[①]歌颂过的佳酿。可是现在太迟了，这种酒宜于空腹喝。您至少喝点儿别的酒吧？"

　　我同意了，心想他准会陪我喝一杯，却见他只拿一只杯子，不免奇怪。

　　"请原谅，我几乎从来不喝酒。"他说道。

　　"您怕喝醉了吗？"

　　"哎！恰恰相反！"他答道，"在我看来，滴酒不沾，才是酩酊大醉。我在沉醉中保持清醒。"

---

① 哈菲兹 (1320—1389)：波斯最著名的抒情诗人。

"而您却给别人斟酒。"

他微微一笑。

"我总不能要求人人具备我的品德。在他们身上发现我的邪癖，就已经不错了。"

"起码您还吸烟吧？"

"烟也不大吸。这是一种缺乏个性的消极的醉意，极容易达到。我在沉醉中寻求的是生活的激发，而不是生活的缩减。不谈这个了。您知道我是从哪儿来的吗？从比斯克拉。我听说您不久前到过那里，就想去寻觅您的踪迹。这个盲目的学者，这个书呆子，他到比斯克拉干什么去啦？我有一种习惯，只有别人告诉我的事情，我听完后，不再探究，而对我自己要了解的事情，老实说，我的好奇心是没有止境的。因此，凡是能去的地方，我都去寻觅，搜索，调查过了。我的冒失行为还真有用，正是这种行为使我产生了再同您晤面的愿望，而且我知道现在要见的，不是我从前所见的那个墨守成规的老夫子，而是……是什么，这要由您来向我说明。"

我感到自己的脸涨红了。

"您了解到我什么情况了，梅纳尔克？"

"您想知道吗？不过，您不必担心呀！您了解您的朋友和我的朋友，知道我不可能对任何人谈论您。您也瞧见了您讲的课是否为人理解！"

"然而，"我略微不耐烦地说，"还没有任何迹象表明我对您可以深谈。好了！您究竟打听到我什么情况了？"

"首先，听说您得了一场病。"

"哦，这情况毫无……"

"哎！这情况就已经很重要了。还听说您好独自一人出去，不带书（从这儿我开始佩服您了），或者，您不是独自一人出去的时候，更愿意让孩子而不是让尊夫人陪同。不要脸红呀，否则我就不讲下去了。"

"您讲吧，不要看我。"

"有一个孩子，如果我记得不错的话，他叫莫克蒂尔，长得没有那么俊，又好偷，又好骗。我看出他能提供很多情况，便把他笼络住，收买他的信任，您知道这并不容易，因为，我认为他一边说不再撒谎，一边还在撒谎。他对我讲的有关您的事，您告诉我是不是真的。"

这时，梅纳尔克已经起身，从一个抽屉里拿出一个小匣子，把它打开。

"这把剪刀是您的吧？"他问道，同时递给我一样锈迹斑斑的、又尖又弯的形状很怪的东西。然而，我没有怎么费劲就认出正是莫克蒂尔从我那儿偷走的小剪刀。

"对，是我的，这正是我妻子原来的剪刀。"

"他说是趁您回过头去的工夫拿走的，那天房间里只有你们两个人。不过，有趣的还不在这儿。他说他把剪刀藏进斗篷的当儿，就明白了您在镜子里监视他，而且瞥见了您映在镜子里的窥察的眼神。您目睹他偷了东西，却绝口不提！对您这种缄默，莫克蒂尔感到非常意外……我也一样。"

"听了您讲的，我也深感意外——怎么！他居然知道我瞧见啦！"

"这还不是最重要的。您想比一比谁狡猾，在这方面，那些孩子总能把我们耍了。您以为逮住了他，殊不知他却逮住了您……这还不是最重要的。请向我解释一下，您为什么保持沉默。"

"我还希望别人给我解释呢。"

我们静默了半晌。梅纳尔克在屋里踱来踱去，漫不经心地点燃一支烟，随即又扔掉。

"事情在于'一种意识'。"他又说道，"正如别人所说的'意识'，而您好像缺乏，亲爱的米歇尔。"

"'道德意识'，也许是吧。"我勉强一笑，说道。

"哎！不过是所有权的意识。"

"我看您自己这种意识也不强。"

"可以说微乎其微，您瞧，这里什么也不是我的。不提也罢，就连我睡觉的这张床也不属于我。我憎恶安逸，有了财物，就滋长这种思想，就会高枕无忧。我相当喜爱生活，因而要活得清醒。我正是以这种不稳定的情绪刺激，至少激发我的生活。我不能说我好冒险，但是我喜欢充满风险的生活，希望这种生活时刻要我付出全部勇气、全部幸福和整个健康的体魄。"

"既然如此，您责怪我什么呢？"我打断他的话。

"哎！您完全误解了我的意思，亲爱的米歇尔。我试图表明自己的信念，这下又干了蠢事！……如果说我不大理会别人赞同还是反对，这总不是自己要出面表示赞同或反对。对我来说，这些词没有多大意义。刚才我谈自己太多了，自以为被人理解，话就刹不住闸……我只想对您讲，对一个缺乏所有权意识的人来说，您似乎很富有，这就严重了。"

"我富有什么呀？"

"什么也没有，既然您持这种口吻……不过，您不是开课了吗？您在诺曼底不是拥有土地吗？您不是来帕希安家，并且把家布置得相当豪华吗？您结了婚，不是盼个孩子吗？"

"就算是吧！"我不耐烦地说道，"然而，这仅仅证明我有意把自己的生活安排得……拿您的话说，比您的生活更'危险'。"

"是啊，仅仅。"梅纳尔克讥诮地重复道，接着猛然转过身来，把手伸给我：

"好了，再见吧。今天晚上就到此为止，再谈下去，也不会有什么名堂。改日见吧。"

有一段时间我没有再见到他。

我又忙于应付新的事务、新的思虑。一位意大利学者通知我，他把一批新资料公之于世，我为了讲课用了很长时间研究那些资料。感到头一讲没有被人正确领会，就更激起我的愿望，我要以不同方法更有力地阐明以下几讲。因此，我原先以巧妙的假说提出的观点，现在就要演绎成学说。多少论证者的力量，就在于别人不理解他们用含蓄的话阐述的问题。至于我，老实说，我还不能分辨在必要的正常论证中，又有多少固执的成分。我要讲述的新东西越难讲，尤其越难讲明白，就越急于讲出来。

然而，跟行为一对照，话语变得多么苍白无力啊！生活、梅纳尔克的一举一动，不是比我讲的话雄辩千倍吗？我恍然大悟，古代贤哲近乎纯粹道德的教诲，总是言行并重，甚而行重于言！

上次晤面之后将近三周，我又在家里见到了梅纳尔克。他到的时候，正值一次人数众多的聚会的尾声。为了避免天天有人打扰，我和玛丝琳干脆每星期四晚上敞门招待，其他日子就好杜门谢客了。因此，每星期四，自称是我们朋友的人便纷纷登门。我们的客厅非常宽敞，能接待很多人，聚会延至深夜。如今想来，吸引他们的主要是玛丝琳的丽雅，以及他们之间交谈的乐趣。至于我，从第二次晚会开始，就觉得听无可听，说无可说，难以掩饰烦闷的情绪。我遛来遛去，从吸烟室到客厅，又从前厅到书房，东听一句，西瞥一眼，无心观察他们在干什么。

安托万、艾蒂安和戈德弗鲁瓦仰卧在我妻子的精巧的沙发椅上，在争论议会的最近一次投票。于贝尔和路易乱弄乱摸我父亲收藏的出色的铜版面。在吸烟室里，马蒂亚斯把点燃的雪茄放在香木桌上，以便更专心地听列奥纳尔高谈阔论。一杯柑香酒洒在地毯上。阿贝尔的一双泥脚肆无忌惮地搭在沙发床上，弄脏了罩布。人们呼吸着物品严重磨损带来的粉尘……我心头火起，真想把我的客人一个个全推出去。家具、罩布、铜版画，一旦染上污痕，在我看来就完全丧失价值。物品垢污，物品患疾，犹如死期已定。我很想独自占有，把这一切都封存起来。我不免思忖，梅纳尔克一无所有，该是多么幸福啊！而我呢，我正是苦于要珍惜收藏。其实，这一切对我又有什么要紧呢？

在灯光稍暗、由一面没有镀锡的镜子隔开的小客厅里，玛丝琳只接待几个密友。她半卧在靠垫上，脸色惨白，不胜劬劳。我见了陡然惊慌起来，心下决定这是最后一次接待客人了。时间已晚。我正要看表，忽然摸到放在我背心兜里的莫克蒂尔那把小剪刀。

"这小家伙，既然偷了剪刀就弄坏，就毁掉，那他为什么要偷呢？"

这时，有人拍拍我的肩膀，我猛地回身，原来是梅纳尔克。

恐怕只有他一人穿着礼服。他刚刚到。他请我把他引见给我妻子，他不提出来，我绝不会主动引见。梅纳尔克仪表堂堂，相貌有几分英俊；已经灰白的浓髭胡垂向两侧，将那张海盗式的面孔截开；冷峻的眼神显出他刚毅果决有余，仁慈宽厚不足。他刚同玛丝琳一照面，我就看出玛丝琳不喜欢他。等他俩寒暄几句之后，我便拉他去吸烟室。

当天上午我就得知，殖民部长交给他一项新的使命。不少报纸发消息的同时，又回顾了他那充满艰险的生涯，溢美之言唯恐不足以颂扬，仿佛忘记了不久前还肆意毁谤他。报纸争相渲染他前几次勘察中的发现，对国家，对全人类所作的贡献，就好像他只为人道主义的目的效力。还称颂他吃苦耐劳，忠于职守，胆识过人，大有他专门追求这类赞誉的劲头。

我一上来也向他道贺，可是刚说两句就被他打断了。

"怎么！您也如此，亲爱的米歇尔，然而当初您可没有骂我呀，"他说道，"还是让报纸讲这些蠢话去吧。一个品行遭到非议的人，居然有几点长处，现今看来是咄咄怪事。我完全是一个整体，无法区分他们派在我身上的瑕瑜。我只求自然，不想装什么样子，每次行动所感到的乐趣，就是我应当从事的标志。"

"这样很可能有建树。"我对他说。

"我有这种信念，"梅纳尔克又说道，"唉！我们周围的人若是都相信这一点就好了。可是，大多数人却认为对他们自己只有强制，否则不会有任何出息。他们醉心于模仿。人人都要尽量不像自己，人人都挑个楷模来仿效，甚至并不选择，而是接受现成的楷模。然而我认为，人的身上还另有可观之处。他们却不敢，不敢翻过页面。模仿法则，我称作畏惧法则。怕自己孤立，根本找不到自我。我十分憎恶这种精神上的广场恐惧症，这是最大的怯懦。殊不知人总是独自进行发明创造的。不过，这里谁又立志发明呢？自身感到的不同于常人之处，恰恰是稀罕的，使其具有价值的东西。然而，人们却要千方百计地取消，就这样还口口声声地说热爱生活。"

我由着梅纳尔克讲下去。他所说的，正是上个月我对玛丝琳讲过的话，我本来应当同意。然而，出于何等懦弱心理，我却打断他的话，一字不差地重复玛丝琳打断我时说的那句话：

"然而，亲爱的梅纳尔克，您总不能要求每个人都跟其他所有人不同。"

梅纳尔克戛然住声，样子奇怪地凝视我，接着，他完全像欧塞贝①那样跨上一步告辞，毫不客气地转身去同埃克托尔交谈了。

话刚一出口，我就觉得很蠢，尤其懊悔的是，梅纳尔克听了这话可能会认为，我感到被他的话刺痛了。夜深了，客人纷纷离去。等客厅里的人几乎走空了，梅纳尔克又朝我走来，对我说道："我不能就这样离开您。无疑我误解了您的话，至少让我存这种希望吧。"

---

① 欧塞贝 (265—340)：希腊基督教徒作家。

"哪里，"我答道，"您并没有误解。我那话毫无意义，实在愚蠢，刚一出口我就懊悔莫及，尤其感到在您的心目中，我要被那话打入您刚刚谴责的那些人之列，而我可以明确地告诉您，我像您一样讨厌那类人，我憎恶所有循规蹈矩的人。"

"他们是人间最可鄙的东西，"梅纳尔克又笑道，"跟他们打交道，就别指望有丝毫的坦率，因为他们唯道德准则是从，否则就会被认为行为不正当。我稍微一觉察您可能同那些人气味相投，就感到话语冻结在嘴唇上了。我当即产生的忧伤向我揭示，我对您的感情多么深笃。我就希望是自己失误了，当然不是指我对您的感情，而是指我对您的判断。"

"的确，您判断错了。"

"哦！是这么回事吗？"他猛然抓住我的手，说道，"告诉您，不久我就要启程了，但是我还想跟您见见面。我这次远行，比前几次时间更长，风险更大，归期难以预料。再过半个月就动身，这里还无人知晓我的行期这么近，我只是私下告诉您，天一破晓就起行。不过，每次动身之前那一夜，我总是惶恐不安。向我证明您不是循规蹈矩的人吧。在那最后一夜，能指望您陪伴我吗？"

"在那之前，我们还会见面的嘛。"我颇感意外地说道。

"不会见面了。这半个月，我谁也不见了，甚至不在巴黎。明天，我去布达佩斯，六天之后，还要到罗马。那两个地方有我的友人，离开欧洲之前，我要去同他们话别。还有一个在马德里盼我去呢。"

"一言为定，我跟您一起度过那个夜晚。"

"好，我们可以饮希拉兹酒了。"梅纳尔克说道。

这次晚会过后几天，玛丝琳的身体开始不适。前面说过，她常常感到疲倦，但她忍着不哀怨，而我却以为这种倦怠是她有身孕的缘故，是非常自然的，也就没有在意。起初请来一个老大夫，他不是糊涂，就是不谙病情，叫我们一百个放心。然而，看到玛丝琳总是心绪不宁，身体又发热，我就决定另请特××大夫，他是公认的医道最高明的专家。大夫奇怪为什么没有早些就医，并做出了严格的饮食规定，说患者前一阵就应当遵循了。玛丝琳太好强，不知将息，结果疲劳过度。在一月末分娩之前，她必须终日躺在帆布椅上。她完全服从极为难耐的医嘱，无疑是她颇为担心，身体比她承认的还要不舒服。她一直硬挺着，现在一种教徒式的服帖摧垮了她的意志，以致几天当中，她的病情便突然加重了。

我更加精心护理，并且拿特××的话极力安慰她，说大夫认为她身体没有任何严重的病状。然而，她那样忐忑不安，最后也使我惊慌失措了。啊！我寄寓希望的幸福，真好比幕上燕巢！未来毫无把握！当初我完全埋在故纸堆里，忽然一日，现实却令我心醉，哪知未来禳解了现实的魅力，甚至现实禳解往昔的

306

魅力。自从我们在索伦托度过的那一良宵，我的全部爱、全部生命，就已经投射在前景上了。

话说到了我答应陪伴梅纳尔克的夜晚。整整一个冬夜要丢下玛丝琳，我虽然放心不下，但还是尽量让她理解这次约会和我的诺言非同儿戏，绝不能爽约失信。这天晚上，玛丝琳感觉好一些，不过我还是担心，一位女护士代替我守护她。然而一来到街上，我重又惴惴不安。我内心进行搏击，要驱除这种情绪，同时也恨自己无计摆脱。我的神经渐渐高度紧张，进入一种异常亢奋的状态，同造成这种状态的痛苦悬念既不同又相近，不过更接近于幸福感。时间不早了，我大步走去。大雪纷纷降落。我呼吸着凛冽的空气，迎斗严寒，迎斗风雪与黑夜，终于感到十分畅快。我在体品自己的勇力。

梅纳尔克听见我的脚步声，便迎到楼道上。他颇为焦急地等候我，只见他脸色苍白，皮肉微微抽搐。他帮我脱下大衣，又逼我脱掉湿了的皮靴，换上软绵绵的波斯拖鞋。在炉火旁边的独脚圆桌上，摆着各种糖果。室内点着两盏灯，但还没有炉火明亮。梅纳尔克首先询问玛丝琳的身体状况。我回答说她身体很好，一语带过。

"你们的孩子呢，快出世了吧？"他又问道。

"还有两个月。"

梅纳尔克朝炉火俯下身去，仿佛要遮住他的面孔。他沉默下

307

来，久久不语，以致弄得我有些尴尬，一时不知道说什么好。我起身走了几步，继而走到他跟前，把手搭在他的肩膀上。于是，他仿佛顺着自己的思路，自言自语地说："必须抉择。关键是弄清自己的心愿。"

"唔！您是要动身吗？"我问道，心里摸不准他话的意思。

"也许吧。"

"难道您还犹豫吗？"

"何必问呢？您有妻子孩子，就留下吧。生活有千百种形式，每人只能经历一种。艳羡别人的幸福，那是想入非非，即便得到也不会享那个福。现成的幸福要不得，应当逐步获取。明天我就要启程了。我明白，我是按照自己的身材裁制这种幸福。您就守住家庭的这种平静的幸福吧。"

"我也是按照自己的身材裁制幸福的。"我高声说道，"不过，我个子又长高了。现在，我的幸福紧紧箍住我，有时候，勒得我几乎喘不上来气儿！"

"哦！您会习惯的！"梅纳尔克说道。接着，他站在我面前，直视我的眼睛，看到我无言以对，便辛酸地微微一哂，又说道："人总以为占有，殊不知反被占有。

"斟希拉兹酒吧，亲爱的米歇尔，您不会经常喝到的。吃点儿这种粉红色果酱，这是波斯人的下酒菜。今天晚上，我要和您交杯换盏，忘记明天我起行之事，随便聊聊，就当这一夜十分漫长。如今诗歌，尤其哲学，为什么变成了死字空文，您知道吗？就是因为诗歌哲学脱离了生活。古希腊直截了当地把生活理想化，以致艺术家的生活本身就是一部诗篇，哲学家的生活就是本人哲学的实践。同样，诗歌和哲学参与了生活，相互不再隔绝不解，而是哲学滋养着诗歌，诗歌抒发着哲学，两者相得益彰，具有振聋发聩的力量。然而，如今美不再起作用，行为也不再考虑美不美，明智却独来独往。"

"您的生活充满了智慧，"我说道，"何不写回忆录呢？——再不然，"我见他微微一笑，便补充说："就只记述您的旅行不好吗？"

"因为我不喜欢回忆，"他答道，"我认为那样会阻碍未来的到达，并且让过去侵入。我是在完全忘却昨天的前提下，才强行继承每时每刻。曾经幸福，绝不能使我满足。我不相信死去的东西，总把不再存在和从未有过两种情况混为一谈。"

这番话大大超越了我的思想，终于把我激怒了。我很想往后拉，拉住他，然而我绞尽脑汁，也想不出反驳他的话。况且，与其说生梅纳尔克的气，还不如说生我自己的气。于是，我默然不语。梅纳尔克则忽而踱来踱去，宛似笼中的猛兽，忽而俯向炉火，忽而沉默良久，忽而又开口说道："哪怕我们贫乏的头脑善于保存记忆也好哇！可是偏偏保存不善，最精美的变质了，最香艳的腐烂了，最甜蜜的后来变成最危险的了。追悔的东西，当初往往是甜蜜的。"

重又长时间静默，然后他说道："遗憾、懊恼、追悔，这些都是从背后看去的昔日欢乐。我不喜欢向后看，总把自己的过去远远甩掉，犹如鸟儿振翅飞翔离开自己的身影。啊！米歇尔，任何快乐都时刻等候我们，但总是要找到空巢，要独占，要独身的人去会它。啊！米歇尔，任何快乐都好比日渐腐烂的荒野吗哪①，又好比阿梅莱斯神泉水，根据柏拉图的记载，任何瓦罐也装不了这种神泉水。让每一时刻都带走它送来的一切吧。"

梅纳尔克还谈了很久，我在这里不能把他的话一一复述出来。许多话都刻在我的脑海里，我越是想尽快忘却，就越是铭记不忘。这并不是因为我觉得这些话有什么新意，而是因为它们陡然剥露了我的思想，须知我用多少层幕布遮掩，几乎以为早已把这种思想扼杀了。一宵就这样流逝。

到了清晨，我把梅纳尔克送上火车，挥手告别之后，踽踽独行，好回到玛丝琳的身边，一路上情绪沮丧，恨梅纳尔克寡廉鲜耻的快乐。我希望这种快乐是装出来的，并极力否认。可恼的是自己无言以对，可恼的是自己回答的几句话，反而会使他怀疑我的幸福与爱情。我牢牢抓住我这毫无把握的幸福，拿梅纳尔克的话说，牢牢抓住我的"平静的幸福"。唉！我无法排除忧虑，却又

---

① 《圣经·旧约》中记载的神赐食物，使古以色列人在旷野四十年得以存活。

故意把这忧虑当成我的爱情的食粮。我探望将来，已经看见我的小孩冲我微笑了。为了孩子，我的道德现在重新形成并加强。我步履坚定地朝前走去。

唉！这天早晨，我回到家，刚进前厅，只见异常混乱，不禁大吃一惊。女护士迎上来，用词委婉地告诉我，昨天夜里，我妻子突然感到特别难受，继而剧烈疼痛，尽管算来她还没到预产期。由于感觉不好，她就派人去请大夫。大夫虽然连夜赶到，但是现在还没有离开病人。接着，想必看到我面如土色，女护士就想安慰我，说现在情况已经好转，而且……我冲向玛丝琳的卧室。

房间很暗，乍一进去，我只看清打手势叫我肃静的大夫，接着看见昏暗中有一个陌生的面孔。我惶恐不安，蹑手蹑脚地走到床前。玛丝琳紧闭双目，脸色惨白，乍一看我还以为她死了。不过，她虽然没有睁开眼睛，却向我转过头来。那个陌生人在昏暗的角落里收拾并藏起几样物品，我看见有发亮的仪器、药棉，还看见，我以为看见一块满是血污的床单……我感到身子摇晃起来，倒向大夫，被他扶住了。我明白了，可又害怕明白。

"孩子呢？"我惶恐地问道。

大夫惨然地耸了耸肩膀。——我一时蒙了，扑倒在病榻上，失声痛哭。噢！猝然而至的未来！我脚下忽地塌陷，前面唯有空洞，我在里面踉跄而行。

这段时间，记忆一片模糊。不过，最初，玛丝琳的身体似乎恢复得挺快。年初放假，我有点儿闲暇时间，几乎终日陪伴她。我在她身边看书，写东西，或者轻声给她念。每次出去，准给她带回来鲜花。记得我患病时，她尽心护理，十分体贴温柔，这次我也以深挚的爱对待她，以致她时常微笑起来，显得心情很舒畅，我们只字不提毁掉我们希望的那件惨事。

不久，玛丝琳得了静脉炎，炎症刚缓和，血管栓塞又突发，她生命垂危。那是在深夜，还记得我俯身凝视她，感到自己的心脏随着她的心脏停止或重新跳动。我定睛看着她，希望以强烈的爱向她注入一点儿我的生命，我像这样守护了她多少夜晚啊！当时我自然不大考虑幸福了，但是，能时常看到她的笑容，却是我忧伤中的唯一快慰。

我重又讲课了。哪儿来的力量备课讲授呢？记忆已经消泯，我也说不清一周一周是如何度过的。不过有一件小事，我要向你们叙述：

那是玛丝琳血管栓塞突发之后不久的一天上午，我守在她的身边，看她似乎见好，但是遵照医嘱，她必须静卧，甚至连胳膊也不能动一下。我俯身喂她水喝，等她喝完仍未离开，这时，她用目光暗示我打开一个匣子，然而由于言语障碍，说话的声音极其微弱。匣子就放在桌子上，我打开了，只见里面装满了带子、布片和毫无价值的小首饰。她要什么呢？我把匣子拿到床前，把东西一样一样捡出来给她看。"是这个吗？是那个吗？……"都不是，还没有找到。我觉察出她有些急躁。——"哦！玛丝琳！你是要这小念珠啊！"她强颜微微一笑。

"难道你担心我不能很好护理你吗？"

"哎！我的朋友！"她轻声说道。——我当即想起我们在比斯克拉的谈话，想起她听到我拒绝她所说的"上帝的救援"时畏怯的责备。我语气稍微生硬地又说道："我完全是靠自己治好的。"

"我为你祈祷过多少回啊。"她答道，声音哀伤而轻柔。我见她眼睛里流露出一种祈求的不安的神色，便拿起小念珠，撂在她那只歇在胸前床单上的无力的手中，赢得了她那充满爱的泪眼的一瞥，却不知道如何回答。我又待了一会儿，颇不自在，有点手足无措，终于忍耐不住了，对她说道："我出去一下。"

说着我离开怀有敌意的房间，仿佛被人赶出来似的。

那期间，血管栓塞引起了严重的紊乱，心脏掷出的血块使肺堵塞，负担加重，呼吸困难，她发出咝咝的喘息声。病魔已经进驻玛丝琳的体内，症状日渐明显。病入膏肓了。

第十二章

季节渐渐宜人。课程一结束，我就带玛丝琳去莫里尼埃尔，因为大夫说危险期已过，她若想痊愈，最好到空气新鲜的地方去休养。我本人也特别需要休息。我几乎每天都坚持守夜，始终提心吊胆，尤其是玛丝琳栓塞发作期间，我对她产生一种血肉相连的怜悯，自身感到她的心脏的狂跳，结果我被弄得精疲力竭，也好像大病了一场。

我很想带玛丝琳去山区，但是，她向我表示渴望回诺曼底，称说那里的气候对她最适宜，还提醒我应该去瞧瞧那两座农场，谁让我有点儿轻率地包揽下来了。她极力劝说，我既然承担了责任，就必须搞好。我们刚刚到达那里，她就催促我去视察土地……我说不清在她那热情的执意态度中，是不是有很大的舍己为人的成分。她是怕我若不如此，就会以为自己被拖在她身边照顾她，从而产生不够自由之感……玛丝琳的病情也确有好转，面颊开始红润了。看到她的笑容不那么凄然了，我觉得无比欣慰。我可以放心地出去了。

就这样，我回到农场。当时正割第一茬饲草。空气中飘着花粉与清香，犹如醇酒，一下子把我灌醉。仿佛自去年以来，我就再也没有呼吸，或者只吸些尘埃，现在畅吸着甜丝丝的空气，多么沁人心脾。我像醉倒一般坐在坡地上，俯视莫里尼埃尔，望见它的蓝色房顶、池塘的如镜水面；周围的田地有的收割完了，有的还青草萋萋；再远处是树林，去年秋天我和夏尔骑马就是去那里游玩。歌声传入我的耳畔已有一阵工夫，现在又越来越近了，那是肩扛叉子或耙子的饲草翻晒工唱的。我几乎一个个都认出来了。实在扫兴，他们使我想起了自己在那儿是主人，而不是流连忘返的游客。我迎上去，冲他们微笑，跟他们交谈，仔细询问每个人的情况。当天上午，博加日就向我汇报了庄稼的长势，而且在此之前，他还定期写信，不断让我了解农场发生的各种细事。看来经营得不错，比他当初向我估计的好得多。然而，有几件重要事情还等我拍板。几天来，我尽心管理一切事务，虽无兴致，但总可以装出忙碌的样子，以打发我的无聊日子。

一俟玛丝琳的身体好起来，几位朋友便来做客了。这一圈子人既亲密又不喧闹，深得玛丝琳的欢心，也使我出门更加方便了。我还是喜欢农场的人，觉得与他们为伍会有所收益，这倒不在于总是向他们打听，我在他们身边所感到的快乐难以言传，仿

315

佛我是通过他们来感受的。仅仅看到这些穷光蛋，我就产生一种持久的新奇感，然而，不待我们的朋友开口，我就已经熟悉了他们谈论的内容。

如果说起初他们回答我的询问时，态度比我还要傲慢，那么时过不久，他们跟我就熟了些。我总是尽量同他们多接触，不仅跟他们到田间地头，还去游艺场所看他们。我对他们的迟钝思想不大感兴趣，主要是看他们吃饭，听他们说笑，满怀深情地监视他们的欢乐。说起类似某种感应，就像玛丝琳心跳引起我心跳的那种感觉，即对他人的每一种感觉都立刻产生共鸣。这种共鸣不是模糊的，而是既清晰又强烈的。我的胳臂感到割草工的酸痛，我看见他们疲劳，自己也疲劳；看见他们喝苹果酒，自己也觉得解渴，觉得酒流入喉。有一天，他们磨刀时，一个人拇指深深割了一道口子，而我却有痛彻骨髓之感。

我观察景物似乎不单单依靠视觉，还依靠某种接触来感受，而这种接触也因奇异的感应而无限扩大了。

博加日一来，我就有些不自在，不得不端起主子的架子，实在乏味。当然，我该指挥还是指挥，不过是按照我的方式指挥雇工。我不再骑马了，怕在他们面前显得高高在上。为了使他们跟我在一起时不再介意，不再拘谨，我尽管小心翼翼，但还是像以往那样，总想探听人家的隐私。我总觉得他们每人的生活都是神秘莫测的，有一部分被隐蔽起来。我不在场的时候，他们干些什么呢？我不相信他们没有别的消遣，推定他们每人都有秘密，因而非要探个究竟不可。我到处转悠，跟踪盯梢，尤其爱缠着性情最粗鲁的人。仿佛期待他们的昏昧能放出光来启迪我。

有一个人格外吸引我。他长得不错，高高个头，一点儿不蠢，但是就好随心所欲，行事唐突，全凭一时的冲动。他不是本地人，偶然被农场雇用，卖劲干两天活，第三天就喝得烂醉如泥。一天夜里，我悄悄地去仓房看他，只见他醉卧在草堆里，睡得死死的。我凝视他多久啊！……真是来去无踪，突然有一天他走了。我很想知道他的去向。当天晚上听说是博加日把他辞退的，我十分恼火，便派人把博加日叫来。

"好像是您把皮埃尔辞退了。"我劈头说道，"请问为什么？"

我竭力控制恼怒的情绪，但他听了还是愣了一下："先生总不会留用一个醉鬼吧，他是害群之马，把最好的雇工都给带坏了。"

"我想留用什么人，比您清楚。"

"那是个流浪汉啊！甚至不知道他是从哪儿来的。这种人到此地来不会有好事，等哪天夜里，他放火把仓房烧掉，也许先生就高兴了。"

"不管怎么说，这是我的事情，农场总归还是我的吧，我乐意怎么经营，就怎么经营。今后，您要开掉什么人，请事先告诉我缘故。"

前面说过，博加日是看着我长大的，非常喜爱我，不管我说话的口气多么刺耳，他也不会大动肝火，甚至不怎么当真。诺曼底农民就是这种秉性，对于不了解动机的事情，即对于同切身利益无关的事情，他们往往不相信。博加日只把我的责言看作一时的怪念头。

然而，我申斥了一通，不能就此结束谈话，觉得自己言辞未免太激烈，便想找点儿别的话头。

"您儿子夏尔大概快回来了吧？"我沉吟片刻，终于问道。

"我看到先生根本没把他放在心上，还以为您早把他忘记了呢。"博加日还有点儿负气地答道。

"我，把他忘记，博加日！怎么可能呢？去年我们相互配合得多好啊！农场的事务，在很大程度上我还要依靠他呢。"

"先生待人的确仁道，再过一星期，夏尔就回来了。"

"那好，博加日，我真高兴。"我这才让他退下了。

博加日说中了八九分，我固然没有把夏尔置于脑后，但是也不再把他放在心上了。原先跟他那么亲热，现在对他却兴味索然，这该如何解释呢？看来，我的心思与情趣大异于去年。老实说，我对两座农场的兴趣，已不如对雇工的兴趣那么浓了。我要同他们交往，夏尔不离左右就会碍手碍脚。因此，尽管一想起他来，往日的激动情怀又在我心中苏醒，但是看到他的归期渐近，我不禁有些担心。

他回来了。啊！我担心得多有道理，而梅纳尔克否认一切记忆又多有见地！我看见进来的不是原先的夏尔，而是一位头戴礼帽、样子既可笑又愚蠢的先生。天哪！他的变化多大啊！我颇为拘束，发窘，但是见他与我重逢的那种喜悦，我对他也不能太冷淡。不过，他的喜悦也令我讨厌，样子显得笨拙而无诚意。我是在客厅里接待他的，由于天色已晚，看不清他的面孔。等掌上灯来，我发现他蓄起了颊髯，不觉有些反感。

那天晚上的谈话相当无聊。我知道他要待在农场，自己干脆不去了，在将近一周的时间里，我埋头研究，并泡在客人中间。后来我重新出门时，马上又有了新的营生。

树林里来了一批伐木工。这个树林每年都卖一部分木材。树林等分十二块，每年都能提供几棵不再生长的大树，以及长了十二年可以用作烧柴的矮树。

这种生意冬季成交，根据卖契条款，伐木工必须在开春之前把伐倒的树木全部运走。然而，指挥砍伐的木材商厄尔特旺老头十分拖拉，往往到了春天，伐倒的树木还横七竖八地堆放着，而在枯枝中间又长出了细嫩的新苗；伐木工再来清理的时候，就要毁掉不少新苗。

今年，买主厄尔特旺老头马虎到了令我们担心的地步。由于没有买主竞争，我只好低价出手。他这样便宜买下了树木，无论怎样都保险有赚头，因而迟迟不开工，一周一周拖下来，一次推托没有工人，还有一次借口天气不好，后来不是说马病了，有劳务，就是说忙别的活……花样多得很，谁说得清呢？左拖右拖，直到仲夏，一棵树还没有运走。

若是在去年，我早就大发雷霆了，而今年我却相当平静。对于厄尔特旺给我造成的损失，我并不佯装视而不见。然而，树林这样破败芜杂却别有一番风光，我常常兴致勃勃地去散步，窥视猎物，惊走蝰蛇，有时久久坐在一根横卧的树干上，树干仿佛仍然活着，从截面发出几根绿枝。

到了八月中旬，厄尔特旺突然决定派人。一共来了六个，称说十天完工。采伐的地段几乎与瓦尔特里农场相接，我同意从农场给伐木工送饭，以免他们误工。送饭的人叫布特，是个名副其实的小丑，烂透了，被军队开出来的——我指的是头脑，因为他的身体棒极了。他成了我喜欢与之交谈的一个雇工，而且我不用去农场就能同他见面。其时，我恰巧重新出来游荡，一连几天，我总是在树林里逗留，用餐时才回莫里尼埃尔，还经常误了吃饭的时间。我装作监视劳动，而醉翁之意不在酒，只想瞧那些干活的人。

厄尔特旺的两个儿子时而来帮这六个人干活，大的二十岁，小的十五岁，他们身材挺拔，一脸横肉，脸型像外国人，后来我还真听说他们母亲是西班牙人。起初我挺奇怪，那女人怎么会来此地生活，不过，厄尔特旺年轻时到处流荡，四海为家，很可能在西班牙结了婚。由于这种缘故，本地人都藐视他。还记得我初次遇见厄尔特旺家老二时正下着雨。他独自一人，仰卧在柴垛码得高高的大车上，埋在树枝中间高唱着，或者说以号代唱，歌曲特别怪，我在当地闻所未闻。拉车的马识途，不用人赶，径自往前走。这歌声使我产生的感觉难以描摹，因为我只在非洲听到过类似的歌曲。小伙子异常兴奋，仿佛喝醉了，我从车旁走过时，他一眼也没有看我。次日我听说他是厄尔特旺家的孩子。我在树林中流连，就是想再见到他，至少也是为了等候他。伐倒的树很快就要运光了。厄尔特旺家的两个小伙子仅仅来了三次，他们的样子很傲气，我从他们嘴里掏不出一句话。

相反，布特倒好讲话。我设法使他很快明白，跟我在一起讲话可以随便，于是，他不再拘束，把当地的秘密全揭出来。我贪婪地听着。这些秘密既出乎我的意料，又不能满足我的好奇心。难道这就是暗中流播震荡的事情吗？也许这不过是一种新的伪装吧？无所谓！我盘问布特，如同我从前撰写哥特人残缺不全的编年史那样。从他叙述的深渊升起了一团迷雾，直至我的脑际，我不安地吮吸着。他首先告诉我，厄尔特旺同他女儿睡觉。我怕稍微流露出一点儿谴责的神情会使他噤声，便微微一笑，受好奇心的驱使问道：

"那母亲呢？什么话也不讲吗？"

"母亲！死了有十二年了……在世时，厄尔特旺总打她。"

"他们家几口人？"

"五个孩子。大儿子和小儿子您见到过，还有一个小子，十六岁，身体不壮，想要当教士。另外，大女儿跟父亲已经生了两个孩子……"

我逐渐了解到厄尔特旺家的其他情况：那是一个是非之地，气味强烈，虽说我的想象力还算丰富，也只能把它想象成一只牛蝇——且说一天晚上，大儿子企图强奸一个年轻女仆，由于女仆挣扎，老子就上前帮儿子，用两只粗大的手按住她。当时，二儿子在楼上，该祈祷还祈祷，小儿子则在一边看热闹。说起强奸，我想那并不难，因为布特还说过了，不久那女仆也上了瘾，就开始勾引小教士了。

"没有得手吧？"我问道。

"他还顶着，但是不那么硬气了。"布特答道。

"你不是说还有一个女儿吗？"

"她呀，有一个跟一个，而且什么也不要。她一发了情，还要倒贴呢。只是不能在家里睡觉，老子会大打出手的。他说过这样的话，在家里，谁愿意干什么就干什么，可是别把外人扯进来。拿皮埃尔来说，就是您从农场开掉的那个小伙子，他就守不了嘴，一天夜里，他从那家出来，脑袋上是带着窟窿眼儿的。打那以后，就到庄园的树林里去搞。"

我又用眼神鼓励他，问道："你试过吗？"

他装装样子垂下眼睛，嘿嘿笑道："有过几次。"

322

他随即又抬起眼睛："博加日老头的小儿子也一样。"

"博加日老头的哪个儿子？"

"阿尔西德呗，就是住在农场的那个。先生不认识他吗？"

听说博加日还有一个儿子，我呆若木鸡。

"去年，他还在他叔叔那里，这倒是真的。"布特继续说道，"可是怪事，先生竟然没有在树林里撞见他。他差不多天天晚上偷猎。"

布特说到最后，声音放低了，同时注视着我，于是我明白要赶紧一笑置之。布特这才满意，继续说道："先生心里清清楚楚有人偷猎。嘿！林子这么大，也糟蹋不了什么。"

我没有不满的表示，布特胆子很快就大了，今天看来，他也是高兴说点儿博加日的坏话。于是，他领我看了阿尔西德在洼地下的套子，还告诉我在绿篱的哪个地方十有八九能堵住他。那是在一个土坡上，围树林的绿篱上有个小豁口，傍晚六点钟光景，阿尔西德常常从那里钻进去。我和布特到了那儿，一时来了兴头，便下了一个铜丝套，而且极为隐蔽。布特怕受牵连，让我发誓不说出他来，然后离开了。我趴在土坡的背面守候。

我白白等了三个傍晚，开始以为布特要了我，到了第四天傍晚，我终于听见极轻的脚步越来越近。我的心怦怦直跳，突然领略到偷猎者胆战心惊的快感。套子下得真准，阿尔西德撞个正着。只见他猛然扑倒。腿腕被套住。他要逃跑，可是又摔倒了，

323

像猎物一样挣扎。不过，我已经抓住了他。他是个野小子，绿眼珠，亚麻色头发，样子很狡猾。他用脚踢我，被我按住之后，又想咬我，咬不着就冲我破口大骂，那种脏话是我前所未闻的。最后我忍不住了，哈哈大笑。于是，他戛然住声，怔怔地看着我，放低声音说："您这粗鲁的家伙，却把我给弄残了。"

"看看嘛。"

他把套子退到套鞋上，露出脚腕，上面只有轻轻一道红印。——没事儿。——他微微一笑，又嘟囔道："我回去告诉我爹，就说您下套子。"

"见鬼！这个套子是你的。"

"这个套子，当然不是您下的了。"

"为什么不是我下的呢？"

"您下不了这么好。让我瞧瞧您是怎么下的。"

"你教给我吧。"

这天晚上，我迟迟不回去吃饭，玛丝琳不知道我在哪儿，非常担心。不过，我没有告诉她我下了六个套子，我非但没有斥责阿尔西德，还给了他十苏钱。

次日同他去起套子，发现逮住两只兔子，我十分开心，自然把兔子让给他。打猎季节还未到。猎物怎样脱手，才不至于牵连本人呢？这个天机，阿尔西德却不肯泄露。最后还是布特告诉我，窝主是厄尔特旺，他小儿子在他和阿尔西德之间跑腿。这样一来，我是不是步步深入，探悉这个野蛮家庭的底细呢。我偷猎的劲头有多大啊！

每天晚上我都跟阿尔西德见面，我们捕捉了大量兔子，甚至还逮住一只小山羊，它还微有气息。回想起阿尔西德宰它时欣喜的样子，我总是不寒而栗。我们把小山羊放在保险的地点，厄尔特旺家小儿子夜里就来取走。

采伐的树木被运走了，树林的魅力锐减，白天我就不大去了。我甚至想坐下来工作，须知上学期一结束，我就拒聘了，这工作既无聊，又毫无目的，而且费力不讨好。现在，田野传来一点歌声、一点喧闹，我就倏忽走神儿。对我来说，一声声都变成了呼唤。多少回我啪地放下书本，跃身到窗口，结果一无所见！多少回突然出门……现在我唯一能够留神的，就是我的全部感官。

现在天黑得快了。天一擦黑，就是我们的活动时间，我像盗贼潜入门户一样溜出去。从前我还没有领略过夜色的姣美，现已练就一双夜鸟一般的眼睛，欣赏那显得更高、更摇曳多姿的青草，欣赏那显得更粗壮的树木。在夜色中，一切景物都淡化了，地面变得疏阔，整个画面也变得幽邃了。最平坦的路径也似乎险象环生，只觉得过着隐秘生活的万物到处醒来。

"现在你爹以为你在哪儿呢？"

"以为我在牲口棚里看牲口呢。"

我知道阿尔西德睡在那里，同鸽子和鸡群为邻。由于晚间门上锁，他就从屋顶的洞口爬出来，衣服上还保留着家禽热乎乎的气味。

继而，他收起猎物，不向我挥手告别，也不说声明天见，就倏地没入黑夜中，犹如翻进活门暗道里。农场里的狗见到他不会乱咬乱叫。不过我知道，他回去之前，肯定要去找厄尔特旺家那小子，把猎物交出去。然而在哪儿呢？我无论怎样探听也是枉然，威吓也好，哄骗也罢，都无济于事。厄尔特旺那家人绝不让人靠近。我也说不清自己的荒唐行径如何才算大获全胜，是继续追踪越退越远的一件普通秘密呢？还是因好奇心太强而臆造那件秘密呢？——阿尔西德同我分手之后，究竟干了什么呢？他真的在农场睡觉吗？还是仅仅让农场主相信他睡在那里呢？哼！我白白牵扯进去，一无所获，非但没有赢得他的更大信任，反而失去几分他的尊敬，不禁又气恼又伤心。

他突然消失，我感到极度孤单，穿过田野和露重的草丛回返，浑身泥水和草木叶子，但仍旧沉醉于夜色、野趣和狂放的行为中。远处莫里尼埃尔在酣睡，我的书房或玛丝琳卧室的灯光，宛似平静的灯塔指引我。玛丝琳以为我关在书房里，而且我也使她相信，我夜间不出去走走就难以成眠。此话不假，我讨厌自己的床铺，宁肯待在仓房里。

今年野味格外多，穴兔、野兔和雉纷至沓来。布特看到一切顺利，过了三天也入伙了。

偷猎的第六天晚上，我们下的十二副套子只剩下两副了，白天几乎被一扫而光。布特向我讨一百苏再买铜丝套子，铁丝套子根本不顶事。

次日，我欣然看到我的十副套子在博加日家里，我不得不称赞他的热忱。最叫人啼笑皆非的是，去年我未假思索地许诺，每缴一副套子赏他十苏，因此，我不得不给博加日一百苏。布特用我给的一百苏又买了铜丝套子。四天之后，又故技重演。于是，再给布特一百苏，再给博加日一百苏。博加日听我赞扬他，便说道："该夸奖的不是我，而是阿尔西德。"

"唔！"我还是忍住了，过分惊讶，我们就全坏事儿了。

"对呀，"博加日接着说，"有什么办法呢，先生，我上年纪了，农场的事就够我忙乎的。小家伙代我查林子，他也熟悉，人又机灵，到哪儿能找到偷下的套子，他比我清楚。"

"这不难相信，博加日。"

"因此，先生每副套子给的十苏，我让给他五苏。"

"他当然受之无愧。真行啊！五天工夫缴了二十副套子！他干得很出色。偷猎的人只好认了，他们准会消停。"

"哎！先生，恐怕是越抓越多呀。今年的野味卖的价钱好，对他们来说，损失几个钱……"

327

我被愚弄得好惨，几乎认为博加日是同谋。在这件事情上，令我气恼的不是阿尔西德的三重交易，而是看到他如此欺骗我。再说，他和布特拿钱干什么呢？我不得而知，也永远摸不透这种人。他们到什么时候都没准话，说骗我就骗我。这天晚上，我给了布特十法郎，而不是一百苏，但警告他这是最后一次，套子再被缴走，那就活该了。

　　次日，我看见博加日来了，他显得很窘促，随即我比他还要窘促了。发生了什么情况呢？博加日告诉我，布特喝得烂醉如泥，直到凌晨才回农场，博加日刚说他两句，他就破口大骂，然后又扑上来把他揍了。

　　"因此，"博加日对我说，"我来请示，先生是否允许我（说到此处，他顿了顿），是否允许我把他辞退了。"

　　"我考虑考虑吧，博加日。听说他对您无礼，我非常遗憾。这事我知道。让我独自考虑一下吧，过两个小时您再来。"——博加日走了。

　　留用布特，就是给博加日极大的难堪；赶走布特，又会促使他报复。算了，听天由命吧，反正全是我一人的罪过。于是，等博加日再一来，我就对他说：

　　"您可以告诉布特，这里不用他了。"

　　随后我等待着。博加日怎么办的呢？布特会说什么呢？直到当天傍晚，这起风波我才有所耳闻。布特讲了。我听见他在博加

328

日屋里的喊声，当即就明白了，小阿尔西德挨了打。博加日要来了，果然来了，我听见他那老迈的脚步声越来越近，心怦怦跳得比捕到猎物时还厉害。难熬的一刻啊！所有高尚的感情又将复归，我不得不严肃对待。编造什么话来解释呢？我准装不像！唉！我真想卸掉自己的角色……博加日走进来。我一句话也没有听懂。实在荒谬，我只好让他重说一遍。最后，我听清了这种意思：他认为罪过只在布特一人身上；放过了难以置信的事实；说我给了布特十法郎，干什么呢？他是个十足的诺曼底人，绝不相信这种事。那十法郎，肯定是布特偷的，偷了钱又撒谎，这种鬼话，还不是为了掩饰他的偷窃行为，但这怎么能骗得了他博加日呢。再也别想偷猎了。至于博加日打了阿尔西德，那是因为小伙子到外面过夜了。

好啦！我保住了。至少在博加日看来，一切正常。布特这家伙真是个大笨蛋！这天晚上，我自然没有兴致去偷猎了。

我还以为完事大吉了，不料过了一小时，夏尔却来了。老远就望见他的脸色比他爹还难看。真想不到去年……

"喂！夏尔，好久没见到你了。"

"先生要想见我，到农场去就行了。看林子，守夜，又不是我的事儿。"

"哦！你爹跟你讲了……"

"我爹什么也没有跟我讲，因为他什么也不知道。他那么大年纪了，何必了解他的主人嘲弄他呢？"

"当心，夏尔！你太过分了……"

"哼！当然，你是主人嘛！可以随心所欲。"

"夏尔，你完全清楚，我没有嘲弄任何人，即使我干自己喜欢的事，那也是仅仅损害我本人。"

他微微耸了耸肩。

"您都侵害自己的利益，如何让别人来维护呢？你不能既保护看林人，又保护偷猎者。"

"为什么？"

"因为那样一来……哼！跟您说，先生，这里面弯道道太多，我弄不清，只是不喜欢看到我的主人同被抓的人结成一伙，跟他们一起破坏别人为他干的事。"

夏尔说这番话时，声调越来越理直气壮，他那神态几乎是庄严的。我注意到他刮掉了颊髯。他说的话也的确有道理。由于我沉默不语(我能对他说什么呢)，他继续说道：

"一个人拥有财产，就有了责任，这一点，先生去年教导过我，现在仿佛忘却了。应当认真履行职责，否则就没有资格拥有财产。"

静默片刻。

"这是你全部要讲的话吗？"

"是的，先生，今天晚上就讲这些，不过，如果先生把我逼急了，也许哪天晚上我要来对先生说，我和我爹要离开莫里尼埃尔庄园。"

他深鞠一躬，便往外走。我几乎未假思索就说道："夏尔！——他当然是对的……嘿！嘿！所谓拥有财产，如果就是这样！……夏尔，那我就追他去，连夜把他追回来。"

仿佛为了确认我的突然决定，我又极快地说："你可以去告诉你爹，我要出售莫里尼埃尔庄园。"

夏尔又严肃地鞠了一躬，一句话未讲就走开了。

这一切真荒唐！真荒唐！

这天晚上，玛丝琳不能下楼来用餐，打发人来说她身体不舒服。我惴惴不安，急忙上楼去她的卧室。她立刻让我放心。"不过是感冒了。"她期望地说。她着凉了。

"你就不能多穿点儿吗？"

"然而，我刚打个冷战，就披上披肩了。"

"应当在打冷战之前，而不是在那之后披上。"

她凝视着我，强颜一笑。噢！也许这一天从起来就极不顺当，是我容易忧心吧，哪怕她高声对我说："我是死是活，你就那么关心吗？"我也不会像这样洞悉她的心思。毫无疑问，我周围的一切在瓦解，我的手抓住了多少东西，却一样也保不住。我朝玛丝琳冲过去，连连吻她那苍白的面颊。于是，她再也忍不住，伏

331

在我的肩头痛哭。

"哎！玛丝琳！玛丝琳！咱们离开这儿吧。到了别处，我会像在索伦托那样爱你。你以为我变了，对不对？等到了别处，你就会看清楚，咱们的爱情一点儿没有变。"

然而，我还没有完全排解她的忧郁，不过，她已经重又紧紧地抓住了希望！

暮秋未至，而天气却又冷又潮湿；玫瑰的末茬花蕾不待开放就烂掉了。客人早已离去。玛丝琳虽然身体不适，但还没有到杜门谢客的程度。五天之后，我们就启程了。

第十三章

　　我再次试图收心，牢牢抓住我的爱情。然而，我要平静的幸福何用呢？玛丝琳给我的并由她体现的幸福，犹如向不累的人提供的休憩。不过，我感到她多么疲倦，多么需要我的爱，因而对她百般抚爱，情意缠绵，并佯装这是出自我的需要。我受不了看到她痛苦，是为了治愈她的苦痛才爱她的。

　　啊！亲亲热热的体贴、两情缱绻的良宵！正如有的人以过分的行为来强调他们的信念那样，我也张大我的爱情。告诉你们，玛丝琳立即重新燃起希望。她身上还充满青春活力，以为我也大有指望。我们逃离巴黎，仿佛又是新婚宴尔。可是，旅行的头一天，她就开始感到身体很不好。一到纳沙泰尔，我们不得不停歇。

　　我多么喜爱这海绿色的湖畔！这里毫无阿尔卑斯山区的特色，湖水有如沼泽之水，同土壤长期混合，在芦苇之间流动。我在一家很舒适的旅馆给玛丝琳要了一间向湖的房间，一整天都守在她的身边。

她的身体状况很不妙，次日我就让人从洛桑请来一位大夫。他非要问我是否知道我妻子家有无结核病史，实在没有必要。我回答说有，其实并不知道，却不愿意吐露我本人因患结核病而险些丧命，而玛丝琳在护理我之前从未生过病。我把病因全归咎于栓塞，可是大夫认为那只是偶然因素，他明确对我说病已潜伏很久。他极力劝我们到阿尔卑斯高山上去，说那里空气清新，玛丝琳就会痊愈。这正中下怀，我就是渴望整个冬季在恩迦丁度过。一俟玛丝琳病体好些，禁得住旅途的颠簸。我们就重新启程了。

旅途中的种种感受，如同重大事件一般记忆犹新。天气澄净而寒冷，我们穿上了最保暖的皮袄。到了库瓦尔，旅馆里通宵喧闹，我们几乎未合眼。我倒无所谓，一夜失眠也不会觉得困乏，可是玛丝琳……这种喧闹固然令我气恼，然而，玛丝琳不能闹中求静，以便成眠，尤其令我气恼。她多么需要好好睡一觉啊！次日拂晓前，我们就重新上路。我们预订了库瓦尔驿车的包厢座，各中途站若是安排得好，一天工夫就能到达圣莫里茨。

蒂芬加斯坦·勒朱利、萨马丹……一小时接着一小时，一切我都记得，记得空气的清新和寒峭，记得叮当的马铃声，记得我饥肠辘辘，中午在旅馆门前打尖，我把生鸡蛋打在汤里，记得黑面包和冰凉的酸酒。这些粗糙的食品，玛丝琳难以下咽，仅仅吃了几块饼干；幸亏我带了些饼干以备旅途食用。眼前又浮现落日的景象：阴影迅速爬上森林覆盖的山坡，继而又是一次暂歇。空气越来越凛冽而刚硬。驿车到站时，已是夜半三更，寂静得通透，通透……用别的词不合适。在这奇异的透明世界中，细微之声都能显示纯正的音质与完足的音响。又连夜上路了。玛丝琳咳嗽……难道她就止不住吗？我想起乘苏塞驿车的情景，觉得我那时咳嗽得比她好些，她太费劲了……她显得多么虚弱，变化多大啊！坐在昏暗的车中，我几乎认不出她来了。她的神态多么倦怠啊！她那鼻孔的两个黑洞，叫人怎么忍心看呢？——她咳嗽得几乎上不来气。这是她护理我的一目了然的结果。我憎恶同情；所有传染都隐匿在同情中；只应当跟健壮的人同气相求。——噢！她真的支持不住了！我们不能很快到达吗？……她在做什么呢？……她拿起手帕，捂到嘴唇上，扭过头去……真可怕！难道她也要咯血？——我猛地从她手中夺过手帕，借着半明半暗的车灯瞧了瞧……什么也没有。然而，我的惶恐神情太明显了，玛丝琳勉强凄然一笑，低声说道："没有，还没有呢。"

终于到达了。赶紧，眼看她支撑不住。我对给我们安排的房间不满意，先住一夜，明天再换。多好的客房我也觉得不够好，多贵的客房我也不嫌贵。由于还没到冬季，这座庞大的旅馆几乎空荡荡的，房间可以任我挑选。我要了两个宽敞明亮而陈设又简单的房间，一间大客厅与之相连，外端镶着宽大的凸窗户，对面便是一片蓝色的难看的湖水，以及我不知名的突兀的山峰。

那些山坡不是林太密，就是岩太秃。我们就在窗前用餐。客房价钱奇贵，但这又有何妨！我固然不授课了，可是在拍卖莫里尼埃尔庄园。走一步看一步吧。再说，我要钱干什么呢？我要这一切干什么呢？现在我变得强壮了。我想财产状况的彻底变化，和身体状况的彻底变化会有同样教益。玛丝琳倒需要优裕的生活，她很虚弱。啊！为了她，花多少钱我也不吝惜，只要……而我对这种奢侈生活既厌恶又喜欢。我的情欲洗濯沐浴其中，但又渴望漫游。

这期间，玛丝琳的病情好转，我日夜守护见了成效。由于她吃得很少，我就叫些美味可口的菜肴，以便引起她的食欲。我们喝最好的酒。我们每天品尝的那些外国特产葡萄酒，我十分喜爱，相信玛丝琳也会喝上瘾，有莱茵的酸葡萄酒、香味沁我心脾的托凯甜葡萄酒。记得还有一种特味酒，叫巴尔巴－格里斯卡，当时只剩下一瓶，因而我无从知晓别的酒是否会有这种怪味。

我们每天出去游览，起初乘车，下雪之后便乘雪橇，但是身体捂得严严的。每次回来，我的脸火辣辣的，食欲大增，睡眠也特别好。不过，我并没有完全放弃学术研究，每天用一个多小时来思考我感觉应当讲的话。历史问题自然谈不上了。我对历史研究的兴趣，早已是仅仅当作心理探索的一种方法。前面讲过，当我看到历史有惊人相似之处的时候，我是如何重新迷上过去的。当时我居然要逼迫古人，从他们的遗墨中得到某种对生活的秘密指示。现在，年轻的阿塔拉里克要同我交谈，就可以从墓穴里站起来。我不再倾听陈迹了。古代的一种答案，怎么能解决我的新问题呢！人还能够做什么？这正是我企盼了解的。迄今为止，人所讲的，难道是他们所能讲的全部吗？难道人对自己就毫无迷惘之点吗？难道人只能重弹旧调吗？……我模糊地意识到文化、礼仪和道德所遮盖、掩藏和遏制得完好的财富，而这种模糊的意识在我身上日益增强。

于是我觉得，我生来的使命就是为了某种前所未有的发现，我分外热衷于这种探幽索隐，并知道探索者为此必须从自身摈弃文化、礼仪和道德。

后来，我在别人身上竟然只赏识野性的表现，但又叹惋这种表现受到些微限制便会窒息。在所谓的诚实中，我几乎只看到拘谨、世俗和畏怯。如果能把诚实当成一种难能可贵的品质来珍视，我何乐而不为呢。然而，我们的习俗却把它变成了一种契约关系的平庸形式。在瑞士，它是安逸的组成部分。我明白玛丝琳有此需要，但是并不向她隐瞒我的思想的新路子。在纳沙泰尔，听她赞扬这种诚实，说它从那里的墙壁和人的面孔中渗出来，我就接上说道："有我自己的诚实就足矣，我憎恶那些诚实的人，即使对他们无须担心，从他们那儿也无可领教。况且，他们根本没有东西可讲……诚实的瑞士人！身体健康，对他们毫无意义。没有罪恶，没有历史，没有文学，没有艺术，不过是一株既无花又无刺的粗壮的玫瑰。"

我讨厌这个诚实的国家，这是我早就料到的，可是两个月之后，讨厌的情绪进而变为深恶痛绝，我一心想离开了。

适值一月中旬。玛丝琳的身体好转，大有起色，慢慢折磨她的持续的低烧退了，脸色开始红润，不再像从前那样始终疲惫不堪，又喜欢出去走走了，尽管还走不远。我对她说，高山空气的滋补作用在她的身上已经完全发挥出来，现在最好下山去意大利，那里春光融融，有助于她的痊愈。我没有用多少唇舌就说服了她，我本人更不在话下，因为我对这些高山实在厌倦了。

然而，趁我此时赋闲，被憎恶的往事又卷土重来，尤其是这些记忆烦扰着我：雪橇的疾驶、朔风痛快地抽打、食欲；雾中漫步、奇特的回声、突现的景物；在十分保暖的客厅里看书、户外景色、冰雪景色；苦苦盼雪、外界的隐没、惬意的静思……啊，还有，同她单独在环绕落叶松的偏僻纯净的小湖上滑冰，傍晚同她一道返回……

南下意大利，对我来说，犹如降落一般眩晕。天气晴朗。我们渐渐深入更加温煦的大气中，高山上的苍郁的树木落叶松与冷杉，也逐步让位给秀美轻盈的繁茂草木。我仿佛离开了抽象思维，回到了生活中。尽管是冬季，我却想象到处飘香。噢！我们只冲影子笑的时间太久啦！清心寡欲的生活令我陶醉，而我醉于渴，正如别人醉于酒。我生命的节俭十分可观，一踏上这块宽容

338

并给人希望的土地，我的所有欲望一齐爆发。爱的巨大积蓄把我胀大，它从我肉体的深处冲上头脑，使我的思绪也轻狂起来。

这种春天的幻象须臾即逝。由于海拔高度的突然降低，我一时迷惑了。可是，我们一旦离开小住数日的贝拉乔、科莫的以山为屏的湖畔，便逢上了冬季和淫雨。恩迦丁地处高山，虽然寒冷，但是天气干燥清朗，我们还禁得住，不料现在来到潮湿阴晦的地方，我们的日子就开始不好过了。玛丝琳又咳嗽起来。于是，为了逃避湿冷，我们继续南下，从米兰到佛罗伦萨，从佛罗伦萨到罗马，再从罗马到那不勒斯，而冬雨中的那不勒斯，却是我见到的最凄清的城市。无奈，我们又返回罗马，寻觅不到温暖的天气，至少也图个表面的舒适。我们在宾丘山上租了一套房间，房间特别宽敞，位置又好。到佛罗伦萨时，我们看不上旅馆，就在科里大道租了一座精美的别墅，租期为三个月。换个人，准会愿意在那里永久居住下去，而我们仅仅待了二十天。即便如此，每到一站，我总是精心地安排好一切，就好像我们不再离开了。一个更强大的魔鬼在驱赶我。不仅如此，我们携带的箱子少说也有八只，其中有一只装的全是书，可是在整个旅行过程中，我却一次也没有打开。

我不让玛丝琳过问甚而试图缩减我们的花费。我们的开销高得过分，维持不了多久，这我心里清楚。我已经不再指望莫里尼埃尔庄园的款项了，那座庄园一点儿收益也没有了，博加日来信说找不到买主。然而，我瞻念前景，干脆更加大手大脚地花钱。哼！平生仅此一次，我要那么多钱何用？我这样想道，同时，我怀着惶恐不安与期待的心情观察到，玛丝琳那衰弱的生命比我的财产消耗得还要快。

尽管事事由我料理，她不必劳神，可是几次匆匆易地，未免使她疲顿。然而，如今我完全敢于承认，更加使她疲顿的是害怕我的思想。

"我完全明白，"有一天她对我说，"我理解你们的学说——现在的确成了学说。也许，这个学说很出色。"她又低沉地、凄然地补了一句："不过，它要消灭弱者。"

"理所当然。"我情不自禁地立即答道。

于是我觉得，这个脆弱的人听了这句狠话，恐惧得蜷缩起来，并开始发抖。哦！也许你们以为我不爱玛丝琳。我敢发誓我热烈地爱着她。她从来没有这么美，在我的眼里尤其如此。她有一种柔弱酥软的病态美。我几乎不再离开她，百般体贴地照顾她，日夜守护她，一刻也不松懈。无论她的睡眠气息多么轻，我自己习练得比她的还要轻；我看着她入睡，而且首先醒来。有时我想到田野或街上独自走走，却不知怎的柔情系恋，怕她烦闷，心中忽忽若失，很快就回到她的身边。有时我唤起自己的意志，抗御这种控制，心下暗道："冒牌伟人，你的价值不过如此啊！"于是，我强制自己在外面多逛一会儿，然而回去的时候就要带着满抱的鲜花，那是花园的早春花或者暖室的花……是的，告诉你们，我深情地爱着她。可是，如何描述这种感情呢？……随着我的自重之心减弱，我更加敬重她了。人身上共存着多少敌对的激情和思想，谁又说得清呢？

阴雨天气早已过去，季节向前推移，杏花突然开放了。那是三月一日，早晨我去西班牙广场。农民已经把田野上的雪白杏花枝剪光，装进了卖花篮里。我一见喜出望外，立即买了许多，由三个人给我拿着。我把整个春意带回来了。花枝划在门上，花瓣下雪般纷纷落在地毯上。玛丝琳正好不在客厅。我到处摆放花瓶，插上一束花，只见客厅一片雪白。我心里喜滋滋的，以为玛丝琳见了准高兴。听见她走来，到了。她打开房门。怎么啦？……她身子摇晃起来……她失声痛哭。

"你怎么啦？我可怜的玛丝琳……"

我赶紧过去，温柔地抚慰她。于是，她像为自己的哭泣道歉似的说："我闻到花的香味难受。"

这是一种淡淡的、隐隐的蜂蜜香味。我气急了，眼睛血红，二话未讲，抓起这些纯洁细嫩的花枝，通通折断，抱出去扔掉。——唉！就这么一点点春意，她就受不了啦！……

我时常回想她那次落泪，现在我认为，她感到自己的大限已到，为惋惜别的春天而涕泣。我还认为，强者自有强烈的快乐，而弱者适于文弱的快乐，容易受强烈快乐的伤害。玛丝琳呢，有一点儿微不足道的乐趣，她就要陶醉；欢乐再强烈一点，她反倒禁不住了。她所说的幸福，不过是我所称的安宁，而我恰恰不愿意，也不能够安常处顺。

四天之后，我们又启程去索伦托。我真失望，那里的气候也不温暖。万物仿佛都在抖瑟，冷风刮个不停，使玛丝琳感到十分劳顿。我们还是住到上次旅行下榻的旅馆，甚至要了原先的客房。可是，望见在阴霾的天空下，整个景象丧失了魅力，旅馆花园也死气沉沉，我们都很惊诧。想当初，我们的爱情在这座花园游憩的时候，觉得它多么迷人啊。

我们听人夸说巴勒莫的气候好，就决定取海路前往，要回到那不勒斯上船，不过在那里又延宕了些时日。老实说，我在那不勒斯至少不烦闷。这是个生机勃勃的城市，不背陈迹的包袱。

我几乎终日守在玛丝琳身边。她精神倦怠，晚间早早就寝。我看着她入睡，有时我也躺下，继而，听她呼吸渐渐均匀，推想她进入了梦乡，我就蹑手蹑脚地重新起来，摸黑穿好衣服，像窃贼一样溜出去。

户外！啊！我痛快得真想喊叫。我能做什么呢？到现在我也不知道。蔽日的乌云已经消散，八九分圆的月亮洒着清辉。我漫无目的地走着，既无情无欲，又无拘无束。我以新的目光观察一切，侧耳谛听每一种声响，吮吸着夜间的潮气，用手抚摩各种物体。我信步徜徉。

我们在那不勒斯度过的最后一个晚上，我延长了这种游荡的时间，回来发现玛丝琳泪流满面。她对我说，刚才她突然醒来，发现我不在身边，就害怕了。我尽量解释为什么出去了，并保证以后不再离开她，终于使她的情绪平静下来。然而，到达巴勒莫的当天晚上，我按捺不住，又出去了。橘树的第一批花开放了，有点儿微风就飘来花香。

我们在巴勒莫仅仅住了五天，接着绕了一大圈，又来到塔奥尔米纳，我们二人都渴望重睹那个村子。我说过它坐落在很高的山腰上吗？车站在海边。马车把我们拉到旅馆，又得立即把我拉回车站，以便取行李。我站在车上好跟车夫聊天。车夫是从卡塔尼亚城来的西西里孩子，他像忒俄克里托的诗一样清秀，又像果实一样绚丽、芬芳而甘美。

"太太长得多美呀！"他望着远去的玛丝琳说，声音听起来十分悦耳。

"你也很美啊，我的孩子。"我答道。由于我正朝他俯着身子，我很快忍耐不住，便把他拉过来亲吻。他只是咯咯笑着，任我又亲又抱。

"法国人全是情人。"他说道。

"意大利人可不是个个都可爱。"我也笑道。后来几天，我一直都在寻找他，但是不见踪影了。

我们离开塔奥尔米纳，去锡拉库萨。我们正一步一步拆毁我们的第一次行程，返回到我们爱情的初始阶段。在我们第一次旅行的过程中，我的身体一周一周好起来，然而这次我们渐渐南下，玛丝琳的病情却一周一周恶化了。

由于何等荒唐的谬误，何等一意孤行，何等刚愎自用，我援引我在比斯克拉康复的事例，不但自己确信，还极力劝她相信她需要更充足的阳光和温暖！……其实，巴勒莫海湾的气候已经转暖，相当宜人，玛丝琳挺喜欢那个地方，如果住下去，她也许能……然而，我能自主选择我的意愿吗？能自主决定我的渴望吗？

到了锡拉库萨，因为海上风浪太大，航船不定时，我们被迫又等了一周。除了守在玛丝琳的身边，其余时间我就到老码头那儿消遣。啊，锡拉库萨的小小码头！酸酒的气味、泥泞的小巷、发臭的酒店，只见醉醺醺的装卸工、流浪汉和船员在里边滚动。这帮贱民成为我的愉快伴侣。我何必懂得他们的话语，既然我的整个肉体都领会了他们的意思。在我看来，这种纵情狂放还给人以健康强壮的虚假表象，心想对他们的悲惨生活，我和他们不可能发生同样的兴趣，然而怎么想也无济于事……啊！我真渴望同他们一起滚到餐桌下面，直到凄清的早晨才醒来。我在他们身边，就更加憎恶奢华、安逸和受到的照顾，憎恶随着我强壮起来而变得多余的保护，憎恶人要避免身体同生活的意外接触而采取的种种防范措施。我进一步想象他们的生活，极想追随他们，挤进他们的醉乡……继而，我眼前突然出现玛丝琳的形象。此刻她在做什么呢？她在病痛中呻吟，也许在哭泣……我急忙起身，跑回旅馆。旅馆门上似乎挂着字牌：穷人禁止入内。

玛丝琳每次见我回去，态度总是一个劲儿，脸上尽量挂着笑容，不讲一句责备的话，也没有一丝狐疑。我们单独用餐，我给她要了这家普通旅馆所能供应的最好食品。我边吃边想：一块面包、一块奶酪、一根茴香就够他们吃了，其实也够我吃了。也许在别处，也许就在附近，有人在挨饿，连这点儿东西都吃不上，而我餐桌上的东西够他们饱食三日！我真想打通墙壁，放他们蜂拥进来吃饭。因为感到有人在挨饿，我的心就惶恐不安。于是，我又去老码头，把装满衣兜的硬币随便散发出去。

人穷就受奴役，要吃饭就得干活，毫无乐趣。我想，一切没有乐趣的劳动都是可鄙的，于是出钱让好几个人休息。我说道："别干了，你干得没意思。"我梦想人人都应享有这种闲暇，否则，任何新事物、任何罪愆、任何艺术都不可能勃兴。

玛丝琳并没有误解我的意思。每次我从老码头回去，也不向她隐瞒在那里遇见的是多么可怜的人。人蕴藏着一切。玛丝琳也隐约看到我极力要发现什么，由于我说她常常相信她在每人身上陆续臆想的品德，她便答道："您呢，只有让他们暴露出某种恶癖，您才心满意足。要知道，我们的目光注视人的一点，总好放大，夸张，使之变成我们认定的样子，这情况难道您还不清楚吗？"

但愿她这话不对，然而我在内心不得不承认，在我看来，人的最恶劣的本能才是最坦率的。再说，我所谓的坦率又是什么呢？

我们终于离开锡拉库萨。对南方的回忆和向往时时萦怀。在海上，玛丝琳感觉好一些……我重睹了大海的格调。海面风平浪静，船行驶的波纹仿佛会持久存在。我听见洒水扫水的声音，那是在冲刷甲板，水手的赤足踏得甲板啪嚓啪嚓直响。我又见到一片雪白的马耳他。突尼斯快到了……我的变化多大啊！

天气很热，碧空如洗，万物绚烂。啊！我真希望快感的全部收获在此升华成每句话。无奈我的生活本无多大条理，现在要强使我的叙述更有条理也是枉然。好长时间我就考虑告诉你们，我是如何变成现在这样的。噢！把我的思想从这种令人难以忍受的逻辑中解脱出来！……我感到自身唯有高尚的情感。

突尼斯。阳光充足，但不强烈。庇荫处也很明亮。空气宛似光流，一切沐浴其中，人们也投进去游泳。这块给人以快感的土地使人满足。但是平息不了欲望。任何满足都要激发欲望。

缺乏艺术品的土地。有些人只会欣赏已经描述并完全表现出来的美，我藐视这种人。阿拉伯民族有一点就值得赞叹，他们看到自己的艺术，歌唱它，却又一天天毁掉它，根本不把它固定下来，不把它化为作品传之千秋万代。此地没有伟大的艺术家，这既是因也是果。我始终认为这样的人是伟大的艺术家：他们大胆赋予极其自然的事物以美的权利，而且令同样见过那些事物的人叹道："当时我怎么就没有理解这也是美的呢？……"

我没有带玛丝琳，独自去了我尚未游览过的凯鲁万城。夜色极美，我正要返回旅馆休息，忽然想起一帮阿拉伯人睡在一家小咖啡馆的露天席子上，于是同他们挤在一起睡了。我招了一身虱子回来。

海滨的气候又潮又热，大大地削弱了玛丝琳的身体。我说服她相信，我们必须尽快前往比斯克拉。当时正值四月初。

这次旅途很长。头一天，我们一气赶到了君士坦丁；第二天，玛丝琳十分劳顿，我们只到达坎塔拉。向晚时分，我们寻觅并找到了一处阴凉地方，比夜晚的月光还要姣好清爽。那阴凉宛如永不枯竭的泉水，一直流到我们面前。在我们闲坐的坡上，望得见红彤彤的平原。当天夜里，玛丝琳难以成眠，周围寂静得出奇，一点细微的响动也使她不安。我担心她有低烧，听见她在床上辗转反侧。次日，我发现她脸色更加苍白。我们又上路了。

比斯克拉。这正是我的目的地。对，这是公园，长椅……我认出了我大病初愈时坐过的长椅。当时我坐着看的是什么书呢？《荷马史诗》。从那以后，我再也没有翻开过。——这就是我抚摩过表皮的那棵树。那时候，我多么虚弱啊！……咦！那帮孩子来了……不对，我一个也不认得了。玛丝琳的表情多严肃啊！她跟

347

我一样变了。这样好的天儿，为什么她还咳嗽呢？——旅馆到了。这是我们住过的客房；这是我们待过的平台。——玛丝琳想什么呢？她一句话也没有跟我说。她一进房间，就躺到床上；她疲倦了，说是想睡一会儿。我出去了。

我认不出那些孩子，而他们却认出了我。他们得知我到达的消息，就全跑来了。怎么会是他们呢？真令人失望！发生了什么事情呢？他们长得这么高了，仅仅两年多点儿的工夫——这不可能……这一张张脸，当初焕发着青春的光彩，现在却变得这么丑陋，这是何等疲劳、何等罪恶、何等懒惰造成的啊？是什么卑劣的营生早早把这些俊秀的身体扭曲了？眼前的景象像企业倒闭一般……我一个个询问。巴齐尔在一家咖啡馆里洗餐具；阿舒尔砸路石，勉强挣几个钱；阿马塔尔瞎了一只眼。谁会相信呢，萨代克也规矩了，帮他一个哥哥在市场上卖面包，看样子也变得愚蠢了。阿吉布跟随他父亲当了屠夫，他胖了，丑了，也有钱了，不再愿意同他地位低下的伙伴说话……体面的差事把人变得多么蠢笨啊！我在我们中间所痛恨的，又要在他们身上看到了吗？——布巴凯呢？——他结婚了。他还不到十五岁。实在可笑。——其实不然，当天晚上我见到了他。他解释说，他的婚事纯粹是假的。我想他是个该死的放荡鬼！真的，他酗酒，相貌走了样儿……这就是保留下来的一切吗？这就是生活的杰作啊！——我在很大程度上是来看他们的，心中真抑制不住忧伤。——梅纳尔克说得对，回忆是自寻烦恼。

莫克蒂尔怎么样？——哦！他出了监狱，躲躲藏藏，别人都不跟他交往了。我想见见他。当初他是所有孩子里最漂亮的，他也会令我失望吗？……有人找到了他，给我带来。——还好！他并没有蜕化，甚至在我的记忆中，他也没有如此英俊。他的矫健与英俊达到了完美程度。他认出我来，立马就眉开眼笑。

"你入狱之前干什么了？"

"什么也没干。"

"偷东西了吧？"

他摇头否认。

"你现在干什么？"

他又笑起来。

"哎！莫克蒂尔！你若是没什么事儿干，就陪我们去图吉尔特吧。"——我突然心血来潮，想去图吉尔特。

玛丝琳的身体状况不好，我不知道她有什么心事。那天晚上我回旅馆的时候，她紧紧偎依着我，闭着眼睛一句话不讲。她的肥袖筒抬起来时，露出了消瘦的胳臂。我抚摩着她，像哄孩子睡觉似的摇了她好长时间。她浑身颤抖，是由于情爱，由于惶恐，还是由于发烧呢？……哦！也许还来得及……难道我就不能停下来吗？——我思索，并发现自己的价值：一个执迷不悟的人，——可是，我怎么开得了口，对玛丝琳说我们明天去图吉尔特呢？……

现在，她在隔壁房间睡觉。月亮早已升起，此刻光华洒满平台，明亮得几乎令人惊悚。人无处躲藏。我的房间是白石板地面，月色显得尤为粲然。流光从敞着的窗户涌进来，我认出了它在我的房间的光华和房门的阴影。两年前，它照进来的比这还要远……对，正是它现在延伸到的地方——当时我夜不成寐，便起床了。我的肩头倚在这扇门扉上。还记得，棕榈也是纹丝不动……那天晚上，我读到什么话了呢？……哦！对，是基督对彼得说的话："现在，你想干什么就干什么吧，你想去哪里就去哪里吧……"我去哪里呢？我要去哪里呢？……我还没有告诉你们，我上次到那不勒斯的时候，一天又独自去了波斯·图姆……噢！我真想面对那些石头痛哭一场！古迹的美显得质朴、完善、明快，却遭到遗弃。艺术离我而去，我已有所感觉，但是让位给什么了呢？代替的东西不再像往昔那样呈现明快的和谐。现在我也不知道我为之效力的神秘上帝。新的上帝啊！还让我认识新的种类，意想之外的美的类型吧。次日拂晓，我们乘驿车启程了。莫克蒂尔跟随我们，他快活得像国王。

谢卡、凯菲尔多尔、姆莱耶……各站死气沉沉，走不完的路途更加死气沉沉。老实说，我原以为这些绿洲要欢快得多，不料满目石头与黄沙，继而有几簇花儿奇特的矮树丛，有时还望见暗泉滋润的几株试栽的棕榈……现在，我喜欢沙漠而不是绿洲。沙漠是光彩炫目、荣名消泯的地方，人工在此显得丑陋而可怜。现在我讨厌任何别的地方。

"您喜爱非人性。"玛丝琳说道。瞧她那自我端详的样子！那目光多么贪婪！

次日有些变天，也就是说起风了，天际发暗。玛丝琳感到很难受，黄沙灼热的空气刺激她的喉咙，强烈的光线晃花她的眼睛，怀有敌意的景物在残害她。然而，再返回去已为时太晚。过几个小时就到图吉尔特了。

这次旅行的最后阶段虽然相隔很近，给我留下的印象却非常淡薄。第二天旅途的景色、我刚到图吉尔特所做的事情，现在都回忆不起来了。不过，我还记得我的心情是多么急切和匆促。

上午非常冷。向晚时分，刮起了干热的西罗科风。玛丝琳由于旅途劳顿，一到达就躺下了。我本指望找一家舒适一些的旅馆，想不到客房糟透了。黄沙、曝日和苍蝇，使一切显得昏暗、肮脏而陈旧。从拂晓以来，我们几乎就没有进食，我立即吩咐备饭。可是，玛丝琳觉得没有一样可口的，任我怎么劝还是一口也咽不下去。我们随身带了茶点。这些琐事全由我承担了。晚餐将就吃几块饼干，喝杯茶，而当地水太污浊，煮的茶也不是味儿。

仁心已泯，最后还虚有其表，我在她身边一直守到天黑。陡然，我仿佛感到自己精疲力竭。灰烬的气味啊！慵懒啊！非凡努力的悲伤啊！我真不敢瞧她，深知自己的眼睛不是寻觅她的目光，而是要死死盯住她那鼻孔的黑洞。她脸上的痛苦表情令人揪心。她也不瞧我。我如同亲身触及一般感到她的惶恐。她咳得厉害，后来睡着了，但时而惊抖。

夜晚可能变天，趁着还不太晚，我要打听一下找谁想想办法，于是出门去。旅馆前面的图吉尔特广场、街道，甚至气氛都非常奇特，以致我觉得不是自己看到的。过了片刻，我返回客房。玛丝琳睡得很安稳。刚才我的惊慌是多余的。在这块奇异的土地上，总以为处处有危险，这实在荒唐。我总算放下心来，便又出去了。

广场上奇异的夜间活动景色：车辆静静地来往，白斗篷悄悄地游弋，被风撕破的奇异的音乐残片，不知从何处传来。一个人朝我走过来……那是莫克蒂尔。他说他在等我，算定我还会出门。他咯咯笑了。他经常来图吉尔特，非常熟悉，知道该领我到哪儿去。我任凭他把我拉走。

我们走在夜色中，进入一家摩尔咖啡馆。刚才的音乐声就是从这里传出去的。一些阿拉伯女人在跳舞——如果这种单调的移动也能称作舞蹈的话。——其中一个上前拉住我的手，她是莫克蒂尔的情妇。我跟随她走，莫克蒂尔也一同陪伴。我们三人走进一间狭窄幽深的房间，里边唯一的家具就是一张床。床很矮，我们坐到上面。屋里关着一只白兔，它起初非常惊慌，后来不怕人了，过来舔莫克蒂尔的手心，有人给我们端来咖啡。喝罢，莫克蒂尔就逗兔子玩，这个女人则把我拉过去；我也不由自主，如同沉入梦乡一般。

噢！这件事我完全可以作假，或者避而不谈，然而，我的叙述若是不真实了，对我还有什么意义呢？

莫克蒂尔在那里过夜，我独自返回旅馆。夜已深了。刮起了西罗科焚风，这种风卷着沙子，虽在夜间仍然酷热，迷人眼睛，抽打双腿。突然，我归心似箭，几乎跑着回去。也许她已经醒来，也许她需要我吧？……没事儿，房间的窗户是黑的，她还在睡觉。我等着风势暂缓好开门。我悄无声息溜进黑洞洞的房间。——这是什么声响？……听不出来是她咳嗽……真的是她吗？……我点上灯……

玛丝琳半坐在床上，一只瘦骨伶仃的胳膊紧紧抓住床头栏杆，支撑着半起的身子。她的床单、双手、衬衣上全是血，面颊也弄脏了；眼睛圆睁，大得可怕；她的无声比任何垂死的呼叫都更令我恐怖。我在她汗津津的脸上找一点儿地方，硬着头皮吻了一下。她的汗味一直留在我的嘴唇上。我用凉水毛巾给她擦了额头和面颊。床头下有个硬东西硌着我的脚，我弯腰拾起，正是在巴黎时她要我递给她的小念珠，刚才从她的手中滚落了。我放到她张开的手里，可是她的手一低，又让念珠滚落了。我不知如何是好，想去找人来抢救……她的手却拼命地揪住我不放。哦！难道她以为我要离开她吗？她对我说："噢！你总可以再等

353

一等。"她见我要开口，立即又补充一句："什么也不要对我讲，一切都好。"

我又拾起念珠，放到她的手里，可是她再次让它滚下去——我能说什么？实际上她是撒手丢掉的。我在她身边跪下，把她的手紧紧按在我的胸口。

她半倚在长枕上，半倚在我的肩头，任凭我拉着她的手，仿佛在打瞌睡，可是她的眼睛却睁得大大的。

过了一小时，她又坐起来，把手从我的手里抽回去，抓住自己的衬衣，把绣花边的领子撕开了。她喘不上气儿。——将近凌晨时分，又吐血了……

我这段经历向你们讲完了，还能补充什么呢？——图吉尔特的法国人墓地不堪入目，一半已被黄沙吞没……我仅余的一点儿意志，全用来带她挣脱这凄凉的地方。她安息在坎塔拉她喜欢的一座私人花园的树荫下，距今不过三个月，却恍若十年了。

米歇尔久久沉默，我们也一声不响，每个人都有一种莫名的失意感。唉！我们觉得米歇尔对我们讲了他的行为，就使它变得合情合理了。在他慢条斯理解释的过程中，我们无从反驳，未置一词，未免成了他的同道，仿佛参与其谋。他一直叙述完，声音也没有颤抖，语调动作无一表明他内心哀痛，想必他厚颜而骄矜，不肯在我们面前流露出沉痛的心情，或许他出于廉耻心，怕因自己流泪而引起我们的慨叹，还兴许他根本不痛心。至今我都难以辨别骄傲、意志、冷酷与廉耻心，在他身上各占几分。

过了一阵工夫，他又说道："老实说，令我恐慌的是我依然年轻。我时常感到自己的真正生活尚未开始。现在把我从这里带走，赋予我生存的意义吧，我自己再也找不到了。我解脱了，可能如此，然而这又算什么呢？我有了这种无处使用的自由，日子反倒更难过。请相信，这并不是说我对自己的罪行厌恶了，如果你们乐于这样称呼我的行为的话。不过，我还应当向自己证明我没有僭越我的权利。

"当初你们同我结识的时候，我有一种坚定的信念，而今我知道正是这种信念造就真正的人，可我却丧失了。我认为应当归咎于这里的气候，令人气馁的莫过于这种持久的晴空了。在这里，无法从事任何研究，有了欲念，紧接着就要追欢逐乐。我被光灿的空间和逝去的人所包围，感到享乐近在眼前，人人都无一例外地沉湎其中。我白天睡觉，以便消磨沉闷的永昼及其难熬的空闲。瞧这些白石子，我把它们放在阴凉的地方，然后再紧紧地握在手心里，直到起镇静作用的凉意散尽。于是我再换石子，把凉意耗完的石子拿去浸凉。时间就这样过去，夜晚来临……把我从这里拉走吧，而我靠自己是办不到的。我的某部分意志已经毁损了，甚至不知道哪儿来的力量离开坎塔拉。有时我怕被我消除的东西会来报复。我希望从头做起，希望摆脱我余下的财产。瞧，这几面墙上还有盖儿。我在这儿生活几乎一无所有。一个有

355

一半法国血统的旅店老板给我准备点儿食品，一个孩子早晚给我送来，好得到几苏赏钱和一点儿亲昵——就是你们进来时吓跑的那个。他特别怕生人，可是跟我一起却很温顺，像狗一样忠诚。他姐姐是乌莱德－纳伊山区人，每年冬季到君士坦丁向过客卖身。那姑娘长得非常漂亮，我来此地头几周，有时允许她陪我过夜。然而一天早晨，她弟弟小阿里来这儿撞见了我们两个。那孩子极为恼火，一连五天没有露面。按说，他不是不知道他姐姐是怎样生活，靠什么生活的。从前他谈起来，语气中没有表露一点儿难为情。这次难道他嫉妒了吗？——再说，这出闹剧也该收场了，因为我既有些厌烦，又怕失去阿里。自从事发之后，就再也没有让那位姑娘留宿。她也不恼，但是每次遇见我，总是笑着打趣说，我喜爱那孩子胜过喜欢她，还说主要是那孩子把我拴在这里。也许她这话有几分道理……"

轻经典

出品人：许 永
责任编辑：许宗华
特邀编辑：林园林
装帧设计：海 云
印制总监：蒋 波
发行总监：田峰峥
投稿信箱：cmsdbj@163.com
发 行：北京创美汇品图书有限公司
发行热线：010-59799930

创美工厂
微信公众平台

创美工厂
官方微博

纪德精选集

下

[法] 安德烈·纪德 著

李玉民 译

中国友谊出版公司

窄 门

你们要努力进窄门。

——《路加福音》13 章 24 节

第一章

　　我这里讲的一段经历，别人可能会写成一部书，而我倾尽全力去度过，耗掉了自己的特质，就只能极其简单地记下我的回忆。这些往事有时显得支离破碎，但我绝不想虚构点儿什么来补缀或通连——气力花在涂饰上，反而会妨害我讲述时所期望得到的最后的乐趣。

　　丧父那年我还不满十二岁，母亲觉得在父亲生前行医的勒阿弗尔已无牵挂，便决定带我住到巴黎，好让我以更优异的成绩完成学业。她在卢森堡公园附近租了一小套房间，弗洛拉·阿什布通小姐也搬来同住。这位小姐没有家人了，她当初是我母亲的小学教师，后来陪伴我母亲，不久二人就成了好朋友。我就一直生活在这两个女人中间，她们的神情都同样温柔而忧伤，在我的眼中只能穿着丧服。且说有一天，想来该是我父亲去世很久了，我看见母亲便帽上的饰带由黑色换成淡紫色，便惊讶地嚷了一句：
"噢！妈妈！你戴这颜色太难看了！"

第二天，她又换上了黑饰带。

我的体格单薄。母亲和阿什布通小姐百般呵护，生怕我累着，幸亏我确实喜欢学习，她们才没有把我培养成个小懒蛋。一到气候宜人的季节，她们便认为我脸色变得苍白，应当离开城市。因而一进入六月中旬，我们就动身，前往勒阿弗尔郊区的封格斯马尔田庄，舅父布科兰住在那里，每年夏天都接待我们。

布科兰家的花园不是很大，也不怎么美观，比起诺曼底其他花园，并没有什么特色。房子是白色三层小楼，类似上个世纪许多乡居农舍。小楼坐西朝东，对着花园，前后两面各开了二十来扇大窗户，两侧则是死墙。窗户镶着小方块玻璃，有些是新换的，显得特别明亮，而四周的旧玻璃却呈现黯淡的绿色，有些玻璃还有瑕疵，我们的长辈称之为"气泡"。隔着玻璃看，树木歪七扭八，邮递员经过，身子会突然隆起个大包。

花园呈长方形，四周砌了围墙。房子前面，一片相当大的草坪由绿荫遮着，周围有一条砂石小路。这一侧的围墙矮下来，能望见围着花园的田庄大院，能望见大院的边界，按当地规矩的一条山毛榉林荫道。

小楼背向的西面，花园则更加宽展。靠南墙有一条花径，由墙下葡萄牙月桂树和几棵大树的厚厚屏障遮护，受不着海风的侵袭。沿北墙也有一条花径，隐没在茂密的树丛里，我的表姐妹管它叫"黑色小道"，一黄昏就不敢贸然走过去。顺着两条小径走下几个台阶，便到了花园的延续部分菜园了。菜园边上的那堵围墙开了一个小暗门，墙外有一片矮树林，正是左右两边的山毛榉林荫路的交汇点。站在西面的台阶上，目光越过矮树林，能望见那片高地，欣赏高地上长的庄稼。目光再移向天边，还望见不太远处小村子的教堂，在暮晚风清的时候，还能望见村子里几户人家的炊烟。

在晴朗的夏日黄昏，我们吃过饭，便到"下花园"去，出了小暗门，走到能够俯瞰周围的一段高起的林荫路。到了那里，我舅父、母亲和阿什布通小姐，便在废弃的泥炭岩矿场的草棚旁边坐下。在我们眼前，小山谷雾气弥漫，稍远的树林上空染成金黄色。继而，暮色渐浓，我们在花园里还流连忘返。舅母几乎从不和我们出去散步，我们每次回来，总能看见她待在客厅里……对我们几个孩子来说，晚上的活动就到此为止，不过，我们回到卧室还往往看书，过了一阵就听见大人们也上楼休息了。

一天的时光，除了去花园之外，我们就在学习室里度过。这间屋原是舅父的书房，就摆了几张课桌。我和表弟罗贝尔并排坐着学习，朱丽叶和阿莉莎坐在我们后面。阿莉莎比我大两岁，朱丽叶比我小一岁。我们四人当中，数罗贝尔年龄最小。

我打算在这里写的，并不是我最初的记忆，但是唯有这些记忆同这个故事相关联。可以说，这个故事确实是在父亲去世那年开始的。我天生敏感，再受到我们服丧的强烈刺激，即或不是由于我自己的哀伤，至少是目睹母亲的哀伤所受的强烈刺激，也许就容易产生新的激情：我小小年纪就成熟了。那年我们又去封格斯马尔田庄时，我看朱丽叶和罗贝尔就觉得更小了，而又见到阿莉莎就猛然明白，我们二人不再是孩子了。

不错，正是父亲去世的那年，我们刚到田庄时，母亲同阿什布通小姐的一次谈话证实我没有记错。她正同女友在屋里说话，我不意闯了进去，听见她们在谈论我的舅母。母亲特别气愤，说舅母没有服丧或者已经脱下丧服（老实说，布科兰舅母穿黑衣裙，同母亲穿浅色衣裙一样，我都觉得难以想象）。我还记得，我们到达的那天，吕茜尔·布科兰穿着一件薄纱衣裙。阿什布通小姐一贯是个和事婆，她极力劝解我母亲，还战战兢兢地表明："不管怎么说，白色也是服丧嘛。"

"那她搭在肩上的红纱巾呢，您也称为'丧服'吗？弗洛拉，您别气我啦！"我母亲嚷道。

只有在放假那几个月，我才能见到舅母，无疑是夏天炎热的缘故，我见她总穿着开得很低的薄薄的衬衫。我母亲看不惯她披着火红的纱巾，见她袒胸露臂尤为气愤。

吕茜尔·布科兰长得非常漂亮。我保存的她的一小幅画像，就能看出她当年的美貌：她显得特别年轻，简直就像她身边两个

362

女儿的姐姐。她按照习惯的姿势侧身坐着，左手托着微倾的头，纤指挨近唇边俏皮地弯曲着。一副粗眼发网，兜住半泻在后颈上的那头卷曲的浓发。衬衫大开领，露出一条宽松的黑丝绒带，吊着一副意大利镶嵌画饰物。黑丝绒腰带绾了一个飘动的大花结，一顶宽边软草帽由帽带挂在椅背上，这一切都给她平添了几分稚气。她的右手垂下去，拿着一本合拢的书。

吕茜尔·布科兰是克里奥尔人 ①，她没见过，或者很早就失去了父母。我母亲后来告诉我，沃蒂埃牧师夫妇当时还未生子女，便收养了这个弃女或孤儿。不久，他们举家离开马尔提尼岛，带着孩子迁到勒阿弗尔，和布科兰家同住在一个城市，两家人交往便密切起来。我舅父当时在国外一家银行当职员，三年后才回家，一见到小吕茜尔便爱上她，立刻求婚，惹得他父母和我母亲十分伤心。那年吕茜尔十六岁。沃蒂埃太太收养她之后，却生了两个孩子，她发现养女的性情日益古怪，便开始担心会影响亲生的子女；再说家庭收入也微薄……这些全是母亲告诉我的，她是要让我明白，沃蒂埃他们为什么欣然接受她兄弟的求婚。此外我推测，他们也开始特别为长成姑娘的吕茜尔担心了。我相当了解勒阿弗尔的社会风气，不难想象那里人会以什么态度对待这个十分迷人的姑娘。后来我认识了沃蒂埃牧师，觉得他为人和善，

---

① 拉丁美洲安的列斯群岛等地的后人后裔，统称克里奥尔人。

既勤谨又天真，毫无办法对付阴谋诡计，面对邪恶更是束手无策——这个大好人当时肯定陷入困境了。至于沃蒂埃太太，我就无从说起了。她生第四胎时因难产死了，而这个孩子与我年龄相仿，后来还成为我的好友。

吕茜尔·布科兰极少进入我们的生活圈子。午饭过后，她才从卧室姗姗下来，又随即躺在长沙发床或吊床上，直到傍晚才懒洋洋地站起来。她那额头时常搭一块手帕，仿佛要拭汗，其实一点儿晶莹的汗气也没有。那手帕非常精美，又散发出近似果香的一种芬芳，令我赞叹不已。她也时常从腰间的表链上，取出同其他小物件吊在一起的一面有光滑银盖的小镜子，照照自己，用手指在嘴唇上沾点唾液润润眼角。她往往拿着一本书，但是书几乎总是合着，中间插了一个角质书签。有人走近时，她也不会从遐想中收回心思看人一眼。从她那不经意或疲倦的手中，从沙发的扶手或从衣裙的纹褶上，还往往掉下一方手帕，或者一本书，或者一朵花，或者书签。有一天——我这里讲的还是童年的记忆——我拾起书，发现是诗歌，不禁脸红了。

吃罢晚饭，吕茜尔·布科兰并不到家人围坐的桌子旁，而是坐到钢琴前，得意地弹奏肖邦的慢板《玛祖卡舞曲》，有时节奏戛然中断，停在一个和音上……

我在舅母跟前，总感到特别不自在，产生一种又爱慕又恐惧的感情骚动。也许本能在暗暗提醒我防备她；再者，我觉出她蔑视弗洛拉·阿什布通和我母亲，也觉出阿什布通小姐怕她，而我母亲不喜欢她。

吕茜尔·布科兰，我不想再怨恨您了，还是暂且忘掉您对我造成了多大伤害……至少我要尽量心平气和地谈论您。

不是这年夏天，就是第二年夏天——因为背景环境总是相同，我的记忆相重叠，有时就难免混淆——有一次，我进客厅找一本书，见她在里面，就想马上退出来，不料她却叫住我，而平时她对我好像视而不见：

"干吗急忙就走哇？杰罗姆！难道你见我就害怕吗？"

我只好走过去，而心却怦怦直跳。我尽量冲她微笑，把手伸给她。她一只手握住我的手，另一只手则抚摩我的脸蛋儿。

"我可怜的孩子，你母亲给你穿得真不像样！……"

她说着，就开始揉搓我穿着的大翻领水兵服。

"水兵服的领口要大大地敞开！"

她边说边扯掉衣服上的一个纽扣。

"喏！瞧瞧你这样是不是好看多啦！"

她又拿起小镜子，让我的脸贴在她的脸上，还用赤裸的手臂搂住我脖子，手探进我半敞开的衣服里，笑着问我怕不怕痒，同时手还继续往下摸……我突然一跳，猛地挣开，衣服都扯破了。我的脸火烧火燎，只听她嚷了一句："呸！一个大傻帽儿！"

我逃开了，一直跑到花园深处，在浇菜的小水池里浸湿手帕，捂在脑门儿上，接着又洗又搓，将脸蛋儿、脖子以及被这女人摸过的部位全擦洗一遍。

有些日子，吕茜尔·布科兰就"犯病"，而且突然发作，闹得全家鸡犬不宁。碰到这种情况，阿什布通小姐就赶紧领孩子去干别的事。然而，谁也捂不住，可怕的叫喊从卧室或客厅传来，传到孩子们的耳朵里。我舅父慌作一团，只听他在走廊里奔跑，一会儿找毛巾，一会儿取花露水，一会儿又要乙醚。到吃饭的时候，舅母还不露面，舅父焦虑不安，样子老了许多。

发病差不多过去之后，吕茜尔·布科兰就把孩子叫到身边，至少是罗贝尔和朱丽叶，她从不叫阿莉莎。每逢这种可悲的日子，阿莉莎就闭门不出，舅父有时去看看她，因为父女俩时常谈心。

舅母这样发作，也把仆人们吓坏了。有一天晚上，病情格外严重。当时我正在母亲的房间，听不大清客厅里发生的事情，只听厨娘在走廊里边跑边嚷："快叫先生下来呀，可怜的太太要死啦！"

我舅父当时正在楼上阿莉莎的房间，我母亲出去迎他。一刻钟之后，他们俩从敞着的窗前经过，没有注意我在屋里，母亲的话传到我耳中："要我告诉你吗，朋友，这样闹，就是做戏给人看。"她还一字一顿重复好几遍："做——戏——给——人——看。"

这情况发生在暑假快结束的时候，父亲去世有两年了。后来很久我没有再见到舅母。一个可悲的事件把全家搅得天翻地覆，而在这种结局之前不久还发生一件小事，促使我对吕茜尔·布科兰的复杂而模糊的感情一下子转化为纯粹的仇恨了。不过，在讲述这些情况之前，我也该谈一谈我的表姐了。

阿莉莎·布科兰长得很美，只是当时我还没有觉察到。她别有一种魅力，而不是单纯的美貌吸引我留在她身边。自不待言，她长得很像她母亲，但是她的眼神却不同，因此很久以后，我才发现母女这种相似的长相。她那张脸我描绘不出了，五官轮廓，甚至连眼睛的颜色都记不清了，只记得她微笑时已经呈现的近乎忧郁的神情，以及眼睛上方挑得特别高的两道弯眉，那种大弯眉的线条，我在哪儿也未见过……不，见也见过，是在但丁时期的一尊佛罗伦萨小雕像上，在我的想象中，贝雅特丽奇^①小时候，自然也有这样高耸的弓眉。这种眉毛给她的眼神乃至整个人，平添了一种又多虑探询又信赖的表情——是的，一种热烈探询的表情。她身上的每个部位，都完全化为疑问和期待……我会告诉您，这种探询如何抓住我，如何安排了我的生活。

看上去，也许朱丽叶更漂亮，她身上焕发着健康和欢乐的神采。然而，比起姐姐的优雅深致来，她的美就显得外露，似乎谁

---

① 贝雅特丽奇：佛罗伦萨少女，是但丁在《神曲》中一个人物的创作原型。

都能一览无遗。至于我表弟罗贝尔，还没有什么独特的地方，无非是个我这年龄的普通男孩。我同朱丽叶和罗贝尔在一起玩耍，同阿莉莎在一起却是交谈。阿莉莎不怎么参加我们的游戏，不管我怎么往前追溯，她在我的记忆中总是那么严肃，一副微笑而若有所思的样子。——我们俩谈些什么呢？两个孩子在一起，又能谈什么呢？我很快就会向您说明，不过，我还是先讲完我舅母的事儿，免得以后再提及她了。

那是父亲去世之后两年，我和母亲去勒阿弗尔过复活节，由于布科兰家在城里的住宅较小，我们没有去住，而是住到母亲的一位姐姐家。我姨妈家的房子宽敞，她名字叫普朗蒂埃，孀居多年，我难得见到她，也不怎么认识她的子女，他们比我大得多，性情差异也很大。照勒阿弗尔的说法，"普朗蒂埃公馆"并不在市内，而是坐落在俯临全城的、人称"海滨"的半山腰上。布科兰家临近商业区。走一条陡峭的小路，能从一家很快到另一家，我每天上坡下坡要跑好几趟。

且说那一天，我是在舅父家吃的午饭。饭后不大工夫，他就要出门。我陪他一直走到他的办公室，然后又上山去普朗蒂埃家找我母亲。到了那儿我才听说，母亲和姨妈出去了，直到晚饭时才能返回。于是，我立即又下山，回到我很少有机会闲逛的市区，走到因海雾而显得阴暗的港口，在码头上溜达了一两个小时。我突然萌生一种欲望，要出其不意，再去瞧瞧刚分手的阿莉莎……我跑步穿过市区，按响布科兰家的门铃，门一打开就往楼上冲，却被女仆拦住了："别上楼，杰罗姆先生！别上楼，太太正犯病呢。"

我却不予理睬："我又不是来看舅妈的……"阿莉莎的房间在三楼。一楼是客厅和餐室，舅母的房间在二楼，里面有说话声。我必须从门口经过，而房门大敞着，从里边射出一道光线，将楼道隔成明暗两部分。我怕被人瞧见，犹豫片刻，便闪身到暗处，一见房中的景象就惊呆了：窗帘全拉上了，两个枝形大烛台上的蜡烛的光亮增添一种喜兴，舅母躺在屋子中央的长椅上，脚下有罗贝尔和朱丽叶，身后站着一个身穿中尉军服的陌生青年。今天看来，拉两个孩子在场实在恶劣，但当时我太天真，还觉得尽可放心呢。

她们笑着注视那陌生人，听他以悠扬的声调反复说：

"布科兰！布科兰！……我若是有一只绵羊，就肯定叫它布科兰。"

我舅母咯咯大笑。我看见她递给那青年一支香烟，那青年点着烟，她接过来吸了几口，便扔到地上，那青年扑上去要拾起来，假装绊到一条披巾上，一下子跪倒在我舅母面前……这种做戏的场面很可笑，我趁机溜过去，没有让人瞧见。

来到阿莉莎的房门口，我停了片刻，听见楼下的说笑声传上

369

来。我敲了敲门，听听没有回应，大概是敲门声让楼下的说笑声盖住了。我便推了一下，房门无声无息地开了。屋子已经很暗了，一时看不清阿莉莎在哪儿。原来她跪在床头，背对着透进一缕落日余晖的窗子。我走近时，她扭过头来，但是没有站起身，只是咕哝一句："噢！杰罗姆，你又回来干什么？"

我俯下身去吻她，只见她泪流满面……

这一刹那便决定了我的一生，至今回想起来，心里仍然惶恐。当时对于阿莉莎痛苦的缘由，我当然还不十分了解，但是已经强烈感到如此巨大的痛苦，这颗颤抖的幼小心灵，这个哭泣抽动的单弱身体，是根本承受不了的。

我站在始终跪着的阿莉莎身旁，不知道该如何表述我心中刚刚萌发的激情，只是把她的头紧紧搂在我胸口，嘴唇贴在她的额头上，以便倾注我的灵魂。我陶醉在爱情和怜悯中，陶醉在激情、献身和美德的混杂而模糊的萌动中，竭尽全力呼唤上帝，甘愿放弃自己的任何生活目标，要用一生来保护这个女孩子免遭恐惧、邪恶和生活的侵害。我心里充满祈祷，最后也跪下，让她躲进我的怀抱，还隐隐约约听她说道："杰罗姆！他们没有瞧见你，对不对？噢！快点儿走吧！千万别让他们看到你。"

继而，她的声音压得更低："杰罗姆，不要告诉任何人……可怜的爸爸还什么也不知道……"

我对母亲只字未提，然而我也注意到，普朗蒂埃姨妈总和母亲嘀嘀咕咕，没完没了，两个女人神秘兮兮的样子，显得又匆忙又难过，每次密谈见我靠近，就打发我走开："孩子，到一边玩去！"这一切向我表明，布科兰的家庭隐私，她们并不是一无所知。

我们刚回到巴黎，就接到要母亲回勒阿弗尔的电报——舅母私奔了。

"同一个人跑的吗？"我问留下照看我的阿什布通小姐。

"孩子，这事儿以后问你母亲吧，我回答不上什么来。"家里的这位老朋友说道。出了这种事，她也深感惊诧。

过了两天，我们二人动身去见母亲。那是个星期六，第二天我就能在教堂见到表姐妹了，心思全放在这事上。我这孩子的头脑，特别看重我们重逢的这种生活。归根结底，我并不关心舅母的事儿，而且顾及面子，我也绝不问母亲。

那天早晨，小教堂里的人不多，沃蒂埃牧师显然是有意宣讲基督的这句话："你们尽力从这窄门进来吧。"

阿莉莎隔着几个座位，坐在我前面，只能看见侧脸。我目不转睛地注视着她，完全忘记了自己，就连笃诚地聆听到的这些话语，也仿佛是通过她传给我的。舅父坐在母亲旁边哭泣。

牧师先将这一节念了一遍："你们尽力从这窄门进来吧，因为宽门和宽路通向地狱，进去的人很多；然而，窄门和窄路，却通向永生，只有少数人才找得到。"接着，他分段阐明这个主题，首先谈谈宽路……我神游体外，仿佛在梦中，又看见了舅母的房间，看见她躺在那里，笑嘻嘻的，那个英俊的军官也跟着一起笑……嬉笑、欢乐这个概念本身，也化为伤害和侮辱，仿佛变成罪恶的可恶的炫耀！……

"进去的人很多。"沃蒂埃牧师又说道，接着便描绘起来。于是我看见一大群打扮得花枝招展的人欢笑着，闹哄哄地向前走去，拉成长长的队列，而我感到自己既不能也不愿跻身其间，因为与他们同行，我每走一步都会远离阿莉莎。——牧师又回到这一节的开头，于是我又看见应当力求进去的那扇窄门。我在梦幻中，看到的窄门好似一台轧机，我费力才挤进去，只觉创巨痛深，但也在其中预先尝到了天福的滋味。继而，这扇门又变成阿莉莎的房门，为了进去，我极力缩小身形，将身上的私心杂念统统排除掉……"因为窄路通向永生……"沃蒂埃牧师继续说道。于是，在一切苦行的尽头，在一切悲伤的尽头，我想象出并预见到另一种快乐，那种纯洁而神秘的天使般的快乐，是我的心灵渴望已久的。我想象那种快乐犹如一首又尖厉又轻柔的小提琴曲，犹如一团要将我和阿莉莎的心烧成灰烬的烈焰。我们二人身上穿着《启示录》中所描述的白衣①，眼睛注视着同一目标，手拉着手

---

① 见《圣经·启示录》，灵魂没有污点的人才能穿上圣洁的白衣服。

前进……童年的这种梦想，引人发笑又有什么关系！我原原本本复述出来，难免有模糊不清的地方，不能把感情表达得更准确，但也只是措辞和形象不完整的缘故。

"只有少数人才找得到。"沃蒂埃牧师最后说道。他还解释如何才能找到窄门……"少数人"。——也许我就是其中之一。

布道快结束时，我的精神紧张到了极点，等礼拜一完，我就逃掉了，不打算看看表姐，而这是出于骄傲的心理，要考验自己的决心（决心我已经下了），认为只有立刻远远离去，才更能配得上她。

第二章

　　这种苦行的训诫，在我的心灵产生了共鸣。我天生就有责任感，又有父母做出表率，以清教徒的戒律约束我心灵初萌的激情，这一切终于引导我崇尚人们所说的美德。因此在我看来，我约束自身，同别人放纵自己一样，都是天经地义的。对我的这种严格要求，我非但不憎恶，反而沾沾自喜。我对未来的追求，主要不是幸福本身，而是为赢得幸福所付出的无限努力，可以说在这种追求中，幸福与美德已经合而为一了。当然，我不过是个十四岁的孩子，尚未定型，还可能往不同的方向发展。然而时过不久，我出于对阿莉莎的爱恋，便毅然决然确定了这个方向。这是心灵的一次顿悟，我一下子认识了自己。在此之前，我觉得自己内向自守，发展得不好，虽然充满期望，但是不大关心别人，进取心也不强，仅仅梦想在克制自己这方面的胜利。我爱好学习，至于游戏，只喜欢动脑筋和费点儿力的。我不大与年龄相仿的同学交往，有时凑凑趣儿，也仅仅出于友情或礼貌。不过，我同阿贝尔·沃蒂埃结下友谊，第二年他转学到巴黎，又入了我那班，成了我的同窗。他是个可爱的男孩，有点懒散。我对他主要感到亲热而不是钦佩，我和他在一起，至少可以聊聊我的神思时时飞去的地方：勒阿弗尔和封格斯马尔。

我表弟罗贝尔·布科兰，作为寄宿生，也在我那所中学学习，但是比我低两班，到了星期天才能见面。他长得不像我的表姐妹，如果不是她们的弟弟，我就根本没有兴趣见他。

当时我的爱占据了我的全部心思，而且正是在这种爱的照耀下，这两个人的友谊在我的心目中才有了重要性。阿莉莎就好比《福音》中所讲的那颗无价之宝珍珠，而我则是变卖全部家产、志在必得的人。不错，我还是个孩子，这样谈论爱情，把我对表姐的感情称作爱情，难道就错了吗？我后来所经历的一切，在我看来没有一样更配得上这种称呼——而且，我长到一定年龄，肉体上感受到十分具体的欲念之后，这种感情也没有发生本质的变化。童年时只想配得上，后来我也并不更为直接地寻求占有这个女子。无论努力学习还是助人为乐，我所做的一切都秘密献给阿莉莎，从而发明一种更为高尚的美德：我只为她所做的事，又往往不让她知道，我就是这样陶醉在一种自迷的谦抑中。唉！不大考虑自己的愉悦，结果养成一种习惯，绝不满足于毫不费劲的事情。

这种争强好胜，难道只激励我一人吗？我没有觉出阿莉莎有什么反应，她也没有因为我或者为我做任何事，而我的全部努力却只为了她。她的心灵朴实无华，还完全保持最自然的美。她的贞淑那么娴雅裕如，仿佛是自然的流露。就连她那严肃的目光，也因稚气的微笑而富有魅力。我恍若又看见她抬起极其温柔、略带疑问的目光，也就明白舅父在惶惶无主的时候，为什么要到长女身边讨主意，寻求支持和安慰。第二年夏天，我经常看见他们父女交谈。舅父伤心不已，衰老了许多，在餐桌上极少开口，有时突然强颜欢笑，看着比他沉默还要让人难受。他待在书房里一支接着一支吸烟，直到傍晚时分阿莉莎来找他，再三恳求，他才出去走走。阿莉莎就像照看孩子似的，带他到花园里。二人沿着花径走下去，到了菜园台阶附近的圆点路口，就坐到事先摆放好的长椅上。

一天傍晚，我迟迟未归，躺在高大的紫红色山毛榉树下的草坪上看书。隔着一排月桂篱笆就是那条花径，能遮住视线，却挡不住说话的声音。忽然，我听见阿莉莎和我舅父的谈话，显然他们刚刚谈过罗贝尔，阿莉莎又提到我的名字，说话声也开始清晰了，只听我舅父高声说："哦！他呀，他什么时候都会喜欢学习。"

我无意中成了窃听者，真想走开，至少有个表示，让他们知道我在这儿，可是，怎么表示呢？咳嗽一声？或者喊一嗓子："我在这儿！我听见你们说话了！"……到底没有吭声，倒不是受好奇心的驱使想多听点儿，而是由于尴尬和胆怯。再说，他们只是路过，我也只能听到点儿只言片语……可是，他们走得极慢，阿莉莎肯定还像往常那样，挎一只轻巧的篮子，边走边摘下开败的花朵，拾起被海雾催落在果树墙脚下的青果。我听见她清亮的声音："爸爸，帕利西埃姑父是个出色的人吗？"

舅父的声音低沉含混，回答的话我没有听清。阿莉莎又追问道："你是说很出色，对吗？"

舅父的回答还是特别模糊不清。接着，阿莉莎又问道："杰罗姆人挺聪明，对不对？"

我怎么没有竖起耳朵呢？……可是没用，我一点儿也听不清。阿莉莎又说道："你认为他能成为一个出色的人吗？"

这回，舅父提高了嗓门："可是，孩子，我要首先弄清楚，你是怎么理解'出色'这个词的！有人可能非常出色，表面上却看不出来，至少在世人看来并不出色……在上帝眼里却非常出色。"

"我也正是这么理解的。"阿莉莎说道。

"再说……现在能说得准吗？他还太年轻……对，当然了，他将来会有出息；但是，要有成就，光凭这一点还不够……"

"还需要什么呢？"

"哦，孩子，你叫我怎么说呢？还需要自信、支持、爱情……"

"支持，你指什么？"阿莉莎截口问道。

"感情和尊重，我这辈子就缺少这些。"舅父伤心地回答。接着，他们说话的声音终于消失了。

无意间我偷听了别人的谈话，不禁感到内疚，做晚祷的时候，就拿定主意向表姐认错。也许这次，倒是好奇心在作祟，想多了解点儿情况。

第二天，没等我讲上两句，她就对我说道：

"喏，杰罗姆，这样听别人说话很不好。你应该招呼我们一声，或者走开。"

"我向你保证，我不是存心要听……是无意中听到的……再说，你们只是打那儿经过。"

"我们走得很慢。"

"对，可我听不大清啊，而且不久就听不见你们的说话声了……告诉我，你问需要什么才能有成就，舅父是怎么回答的。"

"杰罗姆，"她笑着说道，"你听得一清二楚，还让我再说一遍，是要逗人玩呀。"

"我向你保证只听见开头……听见他说要有信心和爱情。"

"接着他还说，需要许多其他东西。"

"那你呢，是怎么回答的？"

阿莉莎的神情突然变得非常严肃。

"他谈到生活中要有人支持时，我就回答说你有母亲。"

"哎！阿莉莎，你完全明白，母亲不能守我一辈子呀……再说，这也不是一码事儿……"

阿莉莎低下头：

"他也是这么回答我的。"

我颤抖着拉起她的手："将来无论我成为什么人，只是为了你才肯成为那样子。"

"可是，杰罗姆，我也可能离开你呀。"

我的话则发自肺腑："而我，永远也不离开你。"

她微微耸了耸肩："你就不能坚强点儿，独自一人走路？我们每人都应当单独到达上帝那里。"

"那得你来给我指路。"

"有基督啊，为什么你还要另找向导呢？我们二人祈祷上帝而彼此相忘，难道不正是相互最接近的时刻吗？"

"是的，让我们相聚，"我打断她的话，"这正是我每天早晚祈求上帝的。"

"难道你还不明白，在上帝那里相交融是怎么回事儿吗？"

"这我心领神会，就是在一件共同崇拜的事物中，欣喜若狂地重又相聚。我觉得正是为了和你重聚，才崇拜我知道你也崇拜的东西。"

"你的崇拜动机一点儿也不纯。"

"不要太苛求我了。如果到天上不能与你相聚，我就不管什么天不天了。"

她一根手指按到嘴唇上，神情颇为庄严地说："你们首先要寻找天国和天理。"

我们这种对话，我记录时就明显地感到，在那些不懂得一些孩子多么爱用严肃的言辞的人看来，有点儿不像孩子说的。我有什么办法呢？设法辩解吗？既不辩解，也不想粉饰而显得更加自然一些。

我们早就弄来拉丁文的福音书，大段大段背诵下来。阿莉莎借口辅导弟弟，也早就和我一起学习拉丁文，不过现在想来，她主要是为继续跟踪我的阅读。自不待言，在明知她不会伴随我的情况下，我也不敢轻易对一个学科发生兴趣。这一点有时固然会妨害我，但是也并不像人想象的那样，能阻遏我思想的冲动。情况正相反，我倒觉得她什么方面都很自如，走在我前面。不过，我是依据她来选择自己的精神道路的。当时我们满脑子所想的，我们所称作的思想，往往只是某种交融的借口，而这种交融更为巧妙，要超过感情的修饰、爱情的遮掩。

当初，母亲不免担心，她还测量不了这种感情有多深。现在她感到体力渐衰，就喜欢用同样的母爱将我们俩搂抱在一起。她多年患有心脏病，近来发作的次数越来越多了。有一次发病特别厉害，她就把我叫到面前，说道："我可怜的孩子，你看见了，我老多了，总有一天会突然抛下你。"

她住了声，喘息非常艰难。我再也忍不住了，高声说出她似乎期待的话："妈妈……你也知道，我要娶阿莉莎。"

我的话显然触动了她最隐秘的心事，她马上接口说："是啊，我的杰罗姆，我正想跟你谈这件事呢。"

"妈妈！"我哭泣着说，"你认为她爱我，对不对？"

"对，我的孩子。"她温柔地重复了好几遍，"是的，我的孩子。"她又吃力地补充道，"还是由主来安排吧。"

这时，我凑得更近了，她便把手放在我头上，又说道："我的两个孩子，愿上帝保佑你们！愿上帝保佑你们俩！"说罢，她又进入昏睡状态，我也就没有设法将她唤醒。

这次谈话再也没有提及了。次日，母亲感觉好一点儿，我又去上学了。知心话说了半截儿就刹住了。况且，我又能多了解什么呢？阿莉莎爱我，对此我一刻也不怀疑。这种疑虑，即使在我心上萌生过，随着不久发生的哀痛事，也就永远冰释了。

我母亲是在一天傍晚安详去世的，临终只有我和阿什布通小姐在身边。最后这次发病夺去了她的生命，开头并不比前几次严重，最后才突然恶化，亲戚们都来不及赶过来。这头一天夜晚，我就和母亲的老友为亲爱的死者守灵。我深爱着我的母亲，可我惊奇地发现，我流泪归流泪，心里并不怎么感到悲伤，主要还是为阿什布通小姐而洒同情之泪，只因她眼看着比她年岁小的朋友先去见上帝了。而我暗想表姐就要来奔丧，这个念头完全控制了我的哀痛。

舅父第二天就到了，他把女儿的一封信交给我。阿莉莎要晚一天，和普朗蒂埃姨妈一同来。她在信中写道：

杰罗姆，我的朋友，我的兄弟，我多么遗憾，未能在临终前对她把话说了，好极大地满足她的心愿。现在，但求她宽恕我！但愿从今往后，上帝是我们二人的唯一向导。别了，我可怜的朋友。你的比任何时候都更加情深的阿莉莎。

这封信意味着什么呢？她遗憾未能讲出来的，究竟是什么话呢？不就是定下我们的终身吗？我还太年轻，不敢急于求婚。况且，难道我还需要她的承诺吗？我们不是已经跟订了婚一样吗？我们相爱，对我们的亲友，这不是什么秘密了。舅父同我母亲一样，都没有阻挠；情况正相反，他已经把我看成他儿子了。

没过几天便是复活节了，我又到勒阿弗尔去度假，住在普朗蒂埃姨妈家，但是每顿饭几乎全在舅父布科兰家吃。

菲莉西·普朗蒂埃姨妈是世上最和善的女人了，然而，无论我还是表姐妹，跟她都不十分亲密。她不停地忙忙碌碌，累得上气不接下气。她的动作一点儿也不轻柔，声音一点儿也不悦耳，就连爱抚我们也笨手笨脚，一天也不分个什么时候，总憋不住要亲热一通，而对我们来说，她的亲热未免过火。布科兰舅父很喜欢她，不过一听他对她讲话的语气，我们就不难觉出他更喜欢我母亲。

"我可怜的孩子，"一天晚上她对我说道，"不知道今年夏天你打算干什么，我要先了解你的计划，再决定我自己做什么。我若是能帮你什么忙的话……"

"我还没怎么考虑呢,"我回答说,"看吧,也许去旅行。"

她又说道:"要知道,我家里,封格斯马尔那边,什么时候都欢迎你。你去那边,你舅父和朱丽叶都会高兴的……"

"您是说阿莉莎吧。"

"可不是嘛!真抱歉……说了你都不会相信,我还以为你爱朱丽叶呢!后来你舅父告诉我了……还不到一个月呢……你也知道,我很爱你们,可又不大了解你们,见面的机会太少啦!……还有,我也不怎么善于观察,没有时间停下来,仔细看一看与我无关的事情。我见你总和朱丽叶一起玩……我就想……她长得那么美,人又特别喜兴。"

"对,现在我还愿意和她一起玩儿,但我爱的是阿莉莎……"

"很好!很好!由你自己……我呢,你也知道,可以说我不了解她;她比她妹妹话少。我想,你挑选她,总是有充分的理由。"

"哎,姨妈,我并没有经过挑选才爱她。我从来就没考虑过有什么理由……"

"别生气,杰罗姆,我跟你说说,没有恶意……我要跟你说什么来着,都让你给弄忘了……唔!是这样,我想啊,最后当然要结婚了;不过,你还在服丧,现在就订婚,还不大妥当……再说,你年龄也太小……我想过,你母亲不在了,你再一个人去封格斯马尔,就可能引起闲话……"

"说得是啊，姨妈，正因为如此，我才说去旅行。"

"对。我的孩子，这么着吧，我想我要是去那儿，事情就可能方便多了。我安排了一下，今年夏天空出来一段时间。"

"只要我一开口，阿什布通小姐准愿意陪我来。"

"我就知道她会来，但是光有她还不够，我也得去……哦！我没有那种意思，要取代你可怜的母亲。"她补充一句，突然抽噎起来，"我可以管管家务……反正，不会让你、你舅父和阿莉莎感到我碍事。"

菲莉西姨妈估计错了，她认为自己去了怎么怎么好，其实，她只会妨碍我。正如她所宣布的那样，一进入七月份，她就进驻封格斯马尔。没过几天，我和阿什布通小姐也去了。她借口帮助阿莉莎料理家务，让这个十分清静的住宅回荡着持续不断的喧闹。她为讨我们喜欢而大献殷勤，如她所说"方便事情"，但是殷勤得过分，弄得阿莉莎和我极不自在，在她面前几乎不吭声。她一定觉得我们态度很冷淡……即使我们开口讲话，难道她就能理解我们爱情的性质吗？反之，朱丽叶的性格，就容易适应这种过分的亲热。而我见姨妈偏爱小侄女，不免心生反感，也许就影响了我对姨妈的感情。

一天早晨，姨妈收到一封信，她便把我叫到跟前："我可怜的杰罗姆，万分抱歉，我女儿病了，来信叫我。没法子，我得离开你们……"

我满怀毫无必要的顾虑，跑去问舅父，不知道姨妈走了之后，我该不该留在封格斯马尔田庄。可是，我刚一开口，舅父便嚷道："我那可怜的姐姐又想出什么花样儿，多么自然的事情也被她搞复杂了。哎！你为什么要离开我们呢？你不是差不多已经成了我的孩子了吗？"

姨妈在封格斯马尔只住了半个月，她一走就清静了，这种极似幸福的静谧，重又笼罩这所住宅。丧母的哀痛，并没有给我们的爱情蒙上阴影，只仿佛增添几分严肃的色彩。一种日复一日的单调生活开始了，我们恍若置身于音响效果极佳的场所，连心脏的轻微跳动都听得见。

姨妈走后几天，有一次我们在晚餐桌上谈起她——我还记得这样的话：

"真忙乎人！"我们说道，"生活的浪涛，怎么可能没有给她的心灵留下一点儿间歇呢？爱心的美丽外表啊，你的映像在这里变成了什么样子？"……我们这样讲，是想起歌德的一句话，他谈论施泰因夫人 [1] 时写道："看看世界在她心灵的映像，一定很美妙。"我们当即排起等级来，认为沉思默想的特质才是上乘。舅父一直没有插言，这时苦笑着责备我们。

"孩子们，"他说道，"哪怕自己的影像破碎了，上帝也能认

---

[1] 夏洛蒂·冯·施泰因夫人 (1742—1827)：歌德少年时的情人。

出来。要注意，我们评价人，不能根据一时的表现。我那可怜的姐姐身上，凡是你们讨厌的方面，全都事出有因，而那些事件我非常了解，也就不会像你们这样严厉地批评她。年轻时惹人喜爱的品质，到老年没有不变糟的。你们说菲莉西忙乎人，可是在当初，那完全是可爱的激情，本能的冲动，一时忘乎所以，显得特别喜兴……我可以肯定，我们当年和你们今天的样子，没有什么大差异。我那时候就挺像你，杰罗姆，也许比我估计的还要像。菲莉西就像现在的朱丽叶……对，长相也一样……"他又转身，对大女儿说："你说话的一些声调，有时会猛然让我想起她。她也像你这样微笑，也有这种姿势，有时就像你这样闲坐着，臂肘朝前，交叉的手指顶着脑门儿，不过，这种姿势在她身上很快就消失了。"

阿什布通小姐朝我转过身，声音压得相当低："看看阿莉莎，就能想起你母亲。"

这年夏天，天空格外晴朗，万物似乎都浸透了碧蓝。我们青春的热忱战胜了痛苦，战胜了死亡，阴影在我们面前退却了。每天清晨，我都被快乐唤醒，天一亮就起床，冲出去迎接日出……这段时光，每次进入我的遐思，就会沾满露水又在我眼前浮现。朱丽叶比爱熬夜的姐姐起得早，她同我一道去花园。她成为我和她姐姐之间的信使，我没完没了地向她讲述我们的爱情，她好像总也听不厌。我爱得太深，反而变得胆怯而拘谨，有些话不敢当面对阿莉莎讲，就讲给朱丽叶听。这种游戏，阿莉莎似乎听之任之，见我同她妹妹畅谈也似乎很开心，她不知道或者佯装不知道，其实我们只是谈她。

爱情啊，狂热的爱情，你这美妙的矫饰，通过什么秘密途径，竟然把我们从笑引向哭，从极天真的欢乐引向美德的境界！

夏天流逝，多么纯净，又多么滑润，滑过去的时光，今天在我的记忆中几乎没有留下什么痕迹。唯一记得的事件就是谈话，看书……

"我做了一个伤心的梦，"暑假快结束的一天早晨，阿莉莎对我说，"梦见我还活着，你却死了。不，我并没有看着你死，只是有这么回事儿：你已经死了。太可怕了，简直不可能，因此我得出这样的结果：你仅仅外出了。我们天各一方，我感到还是有办法与你相聚。于是我就想法儿，为了想出办法，我付出极大的努力，一急便醒了。

"今天早晨，我觉得自己还在梦中，仿佛还在继续做梦，还觉得和你分离了，还要和你分离很久，很久……"说到这里，她声音压得极低，又补充一句："分离一辈子，而且一辈子都要付出极大的努力……"

"为什么？"

"每人都一样，必须付出极大的努力，我们好能团聚。"

她这番话，我没有当真，或者害怕当真。我觉得心跳得厉害，就突然鼓起勇气，仿佛要反驳似的，对她说道："我呀，今天早晨也做了个梦，梦见要娶你，要结合得十分牢固，无论什么，无论什么也不能将我们分开——除非死了。"

"你认为死就能将人分开吗？"她又说道。

"我是说……"

"我想恰恰相反，死亡能把人拉近……对，能拉近生前分离的人。"

这些话深深打进我们的内心，说话的声调今天犹然在耳，但是全部的严重性，到后来我才理解。

夏天流逝过去。大部分田地已收完庄稼，光秃秃的，视野之广出人意料。我动身的前一天，不对，是前两天傍晚，我和朱丽叶走下去，到下花园的小树林。

"昨天你给阿莉莎背诵什么来着？"她问我。

"什么时候？"

"就在泥炭石场的长椅上，我们走了，把你们丢下之后……"

"唔！……想必是波德莱尔的几首诗……"

"都是哪些诗？你不愿意念给我听听吗？"

"不久我们要沉入冰冷的黑暗……"我不大情愿地背诵道。不料她立刻打断我，用颤抖而变了调的声音接着背诵："别了，我们的灿烂夏日多短暂！"

"怎么！你也熟悉？"我十分惊讶，高声说道，"我还以为你不喜欢诗呢……"

"为什么这样说呢？就因为你没有给我背诵诗吗？"她笑着说道，但是颇有点不自然，"你有时候好像认为我是个十足的笨蛋呢。"

"非常聪明的人，也不见得都喜欢诗嘛。我从来就没有听你念过，你也从来没有要我给你背诵。"

"因为阿莉莎一个人全包揽了……"她停了片刻，又突然说道："你后天要走啦？"

"也该走了。"

"今年冬天你打算做什么？"

"上巴黎高师一年级。"

"你想什么时候和阿莉莎结婚？"

"等我服完兵役吧。甚至还得等我稍微确定将来要干什么。"

"你还不知道以后要干什么？"

"我还不想知道。感兴趣的事情太多了，我尽量推迟选择的时间，一经确定就只能干那一件事儿了。"

"你推迟订婚，也是怕确定吗？"

我耸耸肩膀，未予回答。她又追问道："那么，你们不订婚还等什么呢？你们为什么不马上订婚呢？"

"为什么一定要订婚呢？我们知道彼此属于对方，将来也如此，这还不够吗，何必通知所有人呢？如果说我情愿将一生献给她，那么我用许诺拴住我的爱情，你认为就更美好吗？我可不这么想。发誓愿，对爱情似乎是一种侮辱……只有在我信不过她的情况下，我才渴望同她订婚。"

"我信不过的可不是她……"

我们俩走得很慢，不觉走到花园的圆点路——正是在这里，我无意中听到了阿莉莎和她父亲的谈话。我忽然萌生一个念头：刚才我看见阿莉莎到花园来了，坐在圆点路，也能听到我们的谈话，何不让她听听我不敢当面对她讲的话。这种可能性立刻把我抓住了，这样做戏我很开心，于是提高嗓门：

"唉！"我高声说道，显出我这年龄稍嫌夸张的激情，而且十分专注自己说的话，竟然听不出朱丽叶的话外之音……"唉！我们若能俯向我们心爱的人的心灵，就像对着镜子一样，看看映出我们的是一副什么形象，那该有多好啊！从别人身上看自己，好比从自身看自己，甚至看得还要清楚。在这种温情中多么宁静！在这种爱情中多么纯洁！"

我还自鸣得意，认为我这种蹩脚的抒情搅乱了朱丽叶的方寸，只见她突然把头埋在我的肩头："杰罗姆！杰罗姆！我希望确信你能使她幸福！如果她也因为你而痛苦，那么我想我就要憎恶你。"

"哎！朱丽叶，"我高声说道，同时吻了一下她的额头，"那样我也要憎恶自己。你哪儿知道！……其实，正是为了只同她更好地开始我们的生活，我才迟迟不肯决定干什么职业！其实，我的整个未来悬着，全看她的啦！其实，没有她，将来无论成为什么人，我都不愿意……"

"你跟她谈这些的时候，她怎么说呢？"

"可是，我从来不跟她谈这些！从来不谈。也正因为如此，我们到现在还没有订婚。我们之间，从来不会提结婚的事，也不会谈我们婚后如何如何。朱丽叶啊！在我看来，跟她一起生活简直太美了，我还真不敢……这你明白吗？我还真不敢跟她说这些。"

"你是要给她来个意外惊喜呀。"

"不是！不是这么回事儿。其实我害怕……怕吓着她，你明白吗？……怕我隐约望见的巨大幸福，别把她吓坏了！……有一天我问她想不想旅行，她却回答说什么也不想，只要知道有那种地方，而且很美，别人能够前往，这就足够了……"

"你呢，杰罗姆，你渴望去旅行吗？"

"哪儿都想去！在我看来，一生就像长途旅行——和她一道，穿过书籍，穿过人群，穿过各地……起锚，你明白这词的意思吗？"

"明白！这事儿我经常想。"朱丽叶喃喃说道。

然而我听而不闻，让她这话像受伤的可怜小鸟跌落到地上，我接着又说："连夜启程，醒来一看，已是霞光满天，感到两个人单独在变幻莫测的波涛上漂荡……"

"然后，就抵达小时候在地图上见过的一个港口，觉得一切都是陌生的……我想象得出，你由阿莉莎挽着手臂，从舷梯下船。"

"我们飞快跑到邮局，"我笑着补充一句，"去取朱丽叶写给我们的信……"

"……是从封格斯马尔寄出的，她会一直留在那儿，而你们会觉得，封格斯马尔科么小，多么凄凉，又多么遥远……"

她确实是这么讲的吗？我不能肯定，因为，我也说了，我的爱情占据了我的全部心思，除了这种爱的表述，我几乎听不见别种声音。

我们走到圆点路附近，正要掉头往回走，忽见阿莉莎从暗处钻出来。她脸色十分苍白，朱丽叶见了不禁惊叫起来。

"不错，我是感觉不太舒服，"阿莉莎结结巴巴赶紧说，"外面有点儿凉。看来我最好还是回去。"她话音未落，就离开我们，快步朝小楼走去。

"她听见我们说的话了。"等阿莉莎走远一点儿，朱丽叶高声说道。

"可是，我们并没有讲什么令她难过的话呀。恰恰相反……"

"放开我。"她说了一声，便跑去追赶姐姐。

这一夜我睡不着了。阿莉莎只在吃晚饭时露了一面，便说头痛，随即又回房间了。她都听见我们说了什么吗？我惴惴不安，回想我们说过的话。继而我想到，我散步也许不该紧挨着朱丽叶，不该用手臂搂着她，然而，这是孩童时就养成的习惯啊，而且阿莉莎何止一次看见我们这样散步。嘿！我真是个可怜的瞎子，只顾摸索寻找自己的过错，居然连想也没有想朱丽叶说过的话。她的话我没有注意听，也记不大起来了，也许阿莉莎听得更明白。管它是什么缘由！我忐忑不安，一时乱了方寸，一想到阿莉莎可能对我产生怀疑，便慌了手脚，决心克服自己的顾虑和恐惧，第二天就订婚，也不想一想会有别的什么危险，更不顾我对朱丽叶可能说过什么话，也许正是她那关于订婚的话影响了我。

这是我离开的前一天。她那样忧伤，我想可以归咎于此吧。看得出来她在躲避我。整个白天过去，我一直没有单独同她见面的机会，真担心该说的话没有对她说就得走了，于是在快要吃晚饭的时候，我径直去她房间找她。她背对着房门，抬着两只手臂，正往颈上系一条珊瑚项链，面前的镜子两侧，各点燃一支蜡烛。她微微探着身子，注视肩头上面，先是在镜子里看见我，持续注视我半晌，没有转过身来。

"咦！我的房门没有关上吗？"她说道。

"我敲过门，你没有应声，阿莉莎，你知道我明天就走吧？"

阿莉莎一句话也没有回答，只是把没有扣上的项链放到壁炉上。"订婚"一词，我觉得太直露，太唐突了，不知道临时怎么绕弯子说出来。阿莉莎一明白我的意思，就仿佛站立不稳了，便靠到壁炉上……然而，我本人也抖得厉害，根本不敢抬头看她。

我站在她身边，没有抬起眼睛，但拉住她的手。她没有把手抽回去，只是脸朝下倾一倾，稍稍抬起我的手吻了一下。她半偎在我身上，轻声说道："不，杰罗姆，不，咱们还是不要订婚吧，求求你了……"

我的心怦怦狂跳，我想她一定能感觉到。她声音更加温柔，说道："不，现在还不要……"

"为什么？"

"我正该问你呢，为什么？为什么要改主意呢？"

我不敢向她提昨天那次谈话，但是她定睛看着我，一定觉出我在往那儿想，就好像干脆回答我的想法："你搞错了，朋友，我并不需要齐天的洪福。咱们现在这样不是也挺幸福吗？"

我想笑笑，却没有笑出来："不幸福，因为我就要离开你。"

"听我说，杰罗姆，今天晚上这会儿，我不能同你谈什么……咱们最后这时刻，别扫了兴……不，不。我还像往常一样爱你，放心吧。我会给你写信的，并且向你解释。我保证给你写信，明天就写……你一走就写……现在，你走吧！瞧，我都流泪了……让我一个人待会儿。"

她轻轻推我，把我从她身旁推开。这就是我们的告别，因为到了晚上。我就再也未能同她说上什么话，而次日我动身的时候，她还关在房间里。我看见她站在窗口，向我挥手告别，目送我乘坐的车子驶远。

第三章

　　这一年光景，我差不多未能见到阿贝尔·沃蒂埃。他提前入伍服兵役，而我则重读修辞班，准备拿学士学位。今年我和阿贝尔同入巴黎高师，我比他小两岁，可以等毕业之后再去服兵役。

　　我们俩这次重逢，都非常高兴。他离开部队之后，又旅行了一个多月，我真怕见了面发现他变了。他往日的魅力丝毫未减，只是增加了几分自信。开学的前一天下午，我们是在卢森堡公园度过的。我的心事当然憋不住，对他谈了许久，况且他原也了解我的恋情。这一年当中，他同一些女人有过交往，不免有点儿优越感，摆出一副自命不凡的神气，对此我倒毫不介意。他笑话我不善于决断，照他所说的原则，绝不能让女人冷静下来。由他说去，我心想他这套高论对我对阿莉莎都不适用，这表明他对我们还不十分了解。

　　我回到巴黎的次日，便收到这封信：

亲爱的杰罗姆：

　　对于你提议的事（也是我提议的事！就这样称呼我们的订婚吧！），我思考再三，恐怕我年龄太大，对你不合适。现在也许你还不觉得，因为你还没有机会看到别的女人，然而我却想到，我嫁给你之后，万一看出失去你的欢心，那会感到多么痛苦。你读我这封信，一定非常气愤，我仿佛听见你的抗辩之声了。不过，我还是请你再等一等，等你涉世稍深的时候再说。

　　要明白，我讲这些只为了你好，至于我，深信永远也不会停止爱你。

阿莉莎

我们停止相爱！怎么可能有这种事！——我感到伤心，更感到奇怪，一时心乱如麻，立刻跑去，让阿贝尔看看这封信。

　　他摇着头看完信，从紧闭的嘴唇中讲出一句："既然如此，你打算怎么办呢？"他见我双臂举起，满脸疑惑和苦恼，便又说道："至少我希望你别回信。一旦同一个女人争论起来，那就完蛋了……听我说，我们星期六就住在勒阿弗尔，星期日一早就可以去封格斯马尔，星期一早上赶回来上第一节课。我服兵役之后，还没有见到你那些亲戚呢。有这个借口就足够了，也挺体面的。如果阿莉莎看出来这是个借口，那就再好不过了！朱丽叶由我来照看，你就去跟她姐姐谈。你千万别耍小孩子脾气……老实说，你这爱情里面，总有点什么我弄不大明白。大概你没有全告诉我……无所谓！我会搞清楚的……我们去的事，千万不要通知，要出其不意，让你表姐来不及戒备。"

我推开花园的栅栏门，只觉心怦怦狂跳。朱丽叶立刻跑来迎接我们。阿莉莎正在收拾内衣和床上用品，没有急于下楼。我们在客厅里，同舅父和阿什布通小姐聊天，阿莉莎终于进来了。如果说我们的突然到来会使她心慌意乱，可是她至少没有流露出一丝一毫。我自然想到阿贝尔对我说的话，她迟迟不露面，肯定要准备好对付我。朱丽叶异常活跃，相比之下，阿莉莎的矜持态度就显得太冷淡了。我觉得出来，她不赞成我去而复返，至少摆出一副不以为然的神态；而在这种态度的后面，我实在不敢期望隐藏着多么强烈的感情。她坐到靠窗的一个角落，离我们挺远，仿佛在聚精会神地做一件刺绣活儿，嘴唇还翕动着计数针脚。阿贝尔在讲话，幸而有他！我连开口说话的勇气都没有了，要不是他讲述一年服兵役的情景和旅游见闻，那么这次重聚的开头一段时间，就会非常沉闷了。舅父本人也显得忧心忡忡。

刚吃过午饭，朱丽叶就把我叫到一边，又拉我去花园。

"想得到吗，有人向我求婚啦！"我们一到没人的地方，她就高声说道，"菲莉西姑妈昨天给爸爸写信来，说是尼姆①的一个葡萄园主想攀亲。据姑妈说，他那人非常好，今年春天在社交场合，他遇见我几次，就爱上我了。"

"那位先生，你注意到了吗？"我问道，语气中含着对求婚者的不由自主的敌意。

"注意到了，一看就知道是什么人。是个好性儿的堂吉诃德式人物，没有文化，长得很丑，非常俗气，姑妈一见他就憋不住笑。"

"那么，他有……希望吗？"我又以揶揄的口气问道。

"瞧你，杰罗姆！开什么玩笑！一个经商的！……你若是见过他，就不会这样问了。"

"那……舅父是怎么答复人家的？"

"跟我的答复一样，我年龄还太小，不能结婚……倒霉的是，"她又笑着补充道，"姑妈料到了这种答复，还在附言上说明一句：爱德华·泰西埃尔先生——这是他的名字，他同意等我，早早提出来，是为了'排上号'……荒唐透顶。可是，我有什么办法呢？我总不能让人转告，说他长得太丑吧！"

"当然不能，只能说你不愿意嫁给一个葡萄园主。"

她耸了耸肩膀："这种理由，在姑妈脑子里可站不住脚……

---

① 法国南方城市。

不说这个了。——阿莉莎给你写信啦？"

她说起话来滔滔不绝，显得非常冲动。我把阿莉莎的信递给她，她看了就满面通红，在我听来似乎含着恼怒地问我："那么，你怎么办呢？"

"我也不知道了，"我回答，"现在我来了，却又感到还不如写信好说些，我已经责备自己不该来。你明白她是什么意思吗？"

"明白，她要给你自由。"

"给我自由，难道我看重自由吗？你明白她为什么给我写这些吗？"

她回答一声："不知道。"语气十分冷淡，我听了虽然还猜不出真相，但至少立即确信朱丽叶也许不是不知情。——我们走到花径的拐弯处，她身子突然一转，说道："你现在走吧，反正你不是来同我谈话的。咱们在一起的时间已经太久了。"她逃开了，朝小楼跑去。过了一会儿，我就听见她弹起钢琴。

等我回到客厅时，她还在弹琴，但无精打采的，仿佛随意地即兴弹奏，同时跟去找她的阿贝尔闲聊。我又转身离去，到花园游荡许久，寻找阿莉莎。

她在果园里，正采摘在墙脚下初放的菊花，花香与山毛榉树枯叶的芬芳相混杂。空气中弥漫着秋意。阳光只有照在几排靠墙的果树上，才显出几分暖意，不过东半边的天空格外纯净。她的脸几乎让大帽子全遮住了，那顶译兰①帽，是阿贝尔旅游时给她带回来的，她立即就戴上了。我走近时，她没有立即回过身，但是禁不住微微抖了一下，表明她听出了我的脚步声。我已经全身绷紧，鼓起勇气面对她的责备，以及她要射向我的严厉的目光。然而，我快要走到跟前时，好像胆怯了，又放慢了脚步。而她呢，开头也不回身看我，还低着头，好似赌气的孩子，不过背冲着我伸出握满鲜花的手，仿佛示意要我过去。我一见招呼的手势，反而站住了，就觉得好玩似的。她终于回过头，朝我走了几步，抬起那张脸，我方始看见她满面笑容。她的目光照亮一切，我忽又觉得什么都那么简单，那么容易，毫不费劲就开了口，声调极其正常："是你的信招我回来的。"

"这我想到了，"她说道，接着便用婉转的声音冲淡严厉的责备，"我就是生这个气。你为什么曲解我的话呢？当时说得很清楚呀……(现在看来，愁苦和困难，果然都是胡思乱想出来的，完全是我头脑的产物。) 我跟你说得明明白白，咱们这样很幸福，你要改变，我拒绝了，你又何必大惊小怪呢？"

的确，我在她身边感到很幸福，十分幸福，因而我的思想也要同她的思想完全吻合。我不再奢望什么，除了她的微笑，只要像这样，同她手拉着手在暖融融的花径上散步，就心满意足了。

---

① 荷兰的省名。

其他任何希望，一下子全打消了，我完全沉浸在眼前的美满幸福中，一本正经地对她说道："如果你认为这样好，咱俩就不订婚了。我收到你的信时，便恍然大悟，自己确实是幸福的人，但又要失去幸福了。唔！将我原来的幸福还给我吧，我已经离不开了。我爱你就是爱你，等一辈子也愿意。不过，阿莉莎，最让我受不了的念头，就是你不再爱我，或者怀疑我的爱情。"

"唉！杰罗姆，我无法怀疑了。"

她对我说这话的声音，既平静又伤悲。然而，她那微笑焕发光彩，呈现出无比恬静的美，我见了不免惭愧，自己不该这样多心和争辩。我还当即觉得，从她声音深处听出的隐隐伤悲，也是由这种多心和争辩引起的。话锋一转，我又谈起自己的计划、学习，以及可望大有收益的这种新型生活。巴黎高师还不像近年这样子，那时鼓励勤奋学习，只有懒学生和笨学生，才会感到比较严格的纪律的压力。我倒喜欢这种修道院式的生活习惯，与外界隔绝，况且，社交界对我也没有什么吸引力，只要阿莉莎害怕，在我眼里就立刻变得可憎了。在巴黎，阿什布通小姐还保留她和我母亲同住的那套房间。阿贝尔和我在巴黎，只有她这么一个熟人，每个星期天，我们都要去她那儿坐几小时。每个星期天，我都要给阿莉莎写信，好让她完全了解我的生活。

我们坐到敞开的温床的框架上，只见黄瓜粗大的藤蔓爬出来，最后一茬黄瓜已经摘掉了。阿莉莎听我讲，还问我一些事

401

儿。我还从未感到她如此温柔而专注,如此殷切而情深。担心,忧虑,甚至极轻微的躁动,都在她的微笑中涣然冰释,都在这种迷人的亲热中化为乌有,犹如雾气消散在清澈的蓝天中一样。

我们坐在山毛榉小树林的长椅上,过了一会儿,朱丽叶和阿贝尔也来了。下午的晚半晌,我们又重读斯温伯恩 ① 的诗:《时间的胜利》,每人一节节轮流读,直到夜幕降临。

"好了!"在我们动身的时候,阿莉莎拥抱我,半打趣地说,"现在答应我,从今往后,再也不要这样胡思乱想了。"她摆出一副大姐姐的样子,这也许是我行事莽撞使然,也许是她喜欢如此。

"怎么样!订婚了吧?"我们刚重又单独在一起,阿贝尔就问我。

"亲爱的,这事儿不用再提了。"我答道,随即又以不容置疑的口气补充一句:"这样更好。今天晚上,我比什么时候都更幸福。"

"我也一样。"他突然搂住我的脖子,高声说道,"我要告诉你一件事儿,非常美妙,异乎寻常!我狂热地爱上了朱丽叶!去年我就有所觉察,不过后来,我到外面去闯荡了,在这次重新见

---

① 斯温伯恩 (1837—1909):英国诗人。

你的表姐妹之前，我还不愿意向你透露。现在呢，定了，我这辈子有着落了。我爱，岂止爱，对朱丽叶是崇拜！"

"我早就觉得，对你像连襟一样亲热……"

阿贝尔又笑又闹，紧紧地拥抱我，还像孩子一样，在我们回巴黎的火车座位上打滚。听他这样坦陈爱情，我惊呆了，也感到有点儿别扭，只觉得他的表白中有文学渲染的成分。然而，这样的激情和欢乐，又有什么办法抵制呢？……

"这么说，你已经表白爱情啦？"在他闹腾中间，我终于插言问道。

"还没有！还没有！"他高声答道，"我不想匆忙翻过这事的最迷人的一章。爱情最美好的时刻，并不是说出：我爱你……"

"嘿！你这慢功夫大师，你不会责怪我吧。"

"说到底，"我有点儿恼火，又说道，"你认为她那方面，也……"

"她这次又见到我时有多慌乱，你没有注意到吗？这次拜访自始至终，她是那么激动，脸一阵一阵红，话也特别多！……是啊，你当然什么也没有注意到了，心思全放在阿莉莎身上……她还向我问这问那！如饥似渴地听我说话！这一年来，她的智力发展极快。我真不明白，你怎么能说她不爱看书，你总认为只有阿莉莎才喜欢书……然而，老弟，她懂那么多，真叫人吃惊！你知道晚饭前，我们玩什么了吗？一起回想但丁的一首抒情诗，我们轮流每人背诵一句；我背错了时她还纠正。这句诗你肯定知道——我是否能理智地对待爱情。① 你可没有告诉我，她学过意大利文。"

"就连我也不知道啊。"我说道，心中也颇感意外。

"怎么可能！开始背诵诗的时候，她就说是你教给她的。"

"她一定是哪天听到我给她姐姐念了，她常在一旁做衣裳或刺绣，可是见鬼，当时她一点儿也没有显露出来听懂了。"

"真的！阿莉莎和你，也真够自私的。你们俩完全封闭在自己的爱情里，瞧也不瞧一眼她的才智和心灵的出色展现！我也不是自吹自擂，可毕竟我来得正是时候……哎！哪里，哪里，我不怪你，这你完全明白。"他说着，又拥抱我，"只求你答应我，只字也不要向阿莉莎透露。我要独自处理这件事。朱丽叶已经坠入情网，这是肯定的，而且相当肯定，我甚至敢把她撂一撂，下次放假再说，这期间连信都不打算给她写。不过，新年放假，你我一道去勒阿弗尔，到那时……"

"到那时怎么样……"

"到那时，阿莉莎就会突然得知我们订婚了。我打算将这事儿办得干脆利落。你猜接下来会出现什么情况吗？你一直得不到阿莉莎的允诺，我就以我们的榜样给你争取到手。我们要说服她

---

① 原文为意大利文。

相信，我们总不能在你们之前结婚……"

他这样一直讲下去，话语像浪涛一样，简直要把我淹没，甚至火车抵达巴黎也不住口，甚至回到学校还讲个没完。我们从火车站步行回校，虽然已是深夜，他还是陪我到宿舍，并且留下一直谈到清晨。

阿贝尔兴高采烈，把现在和未来一股脑儿全安排了。他展望到了，已经具体讲述我们双双举行婚礼的情景。他还想象并描绘每个人的惊讶和喜悦，自己也迷上了我们的美丽故事，迷上了我们的友谊和他在我的爱情中所起的作用。如此撩人的火热激情难以抵制，我终于觉得受了感染，也渐渐响应他那种虚无缥缈的建议。我们的雄心和勇气，也借助爱情之势膨胀起来，设想大学一毕业，我们就请沃蒂埃牧师主持婚礼，然后四个人动身去旅行，然后我们就干一番大事业，而我们的妻子也乐意同我们合作。阿贝尔对教书不感兴趣，他自认为天生就适于写作，只要创作出几部成功的剧本，就能很快挣到他需要的一大笔钱。至于我这个人，更喜欢研究，不大考虑收益，打算潜心研究宗教哲学，写一部宗教哲学史……可是，怀有那么多希望，现在回想起来又有什么用呢？第二天，我们又投入学习。

第四章

转眼到了新年假期，这段时间过得飞快，我还受上次同阿莉莎谈话的激励，信念一刻也没有动摇。我按照心中的打算，每逢星期日给她写一封很长的信。一周的其他时日，我则回避同学，几乎只跟阿贝尔交往，在想念阿莉莎中生活，在自己爱看的书上为她做了不少记号，根据她可能产生的兴趣，来决定自己该对什么感兴趣。她经常给我回信，但是信的内容还是令我不安，看得出来，她热心关注我，主要是在鼓励我学习，而不是出于思想的冲动。在我看来，评价，讨论，批评，无非是表达思想的一种方式，可是她却相反，用这一切掩饰自己的思想。有时我甚至怀疑，她是当作一种游戏……管它呢！我拿定主意不发一点儿怨言，信中丝毫也不流露自己的不安情绪。

十二月底，我和阿贝尔又动身去勒阿弗尔。

我下了火车，便直奔普朗蒂埃姨妈家，到那儿时不巧她不在。不过，我刚在房间里安顿好，一名仆人就来通知说她在客厅里等我。

姨妈稍微问两句我的身体怎样，居住和学习怎样，接着就受亲情和好奇心的驱使，不管不顾地问道：

"你还没有告诉我呢，孩子，上次你在封格斯马尔住的那段日子，满意不满意？你的事儿有了点儿进展吧？"

姨妈为人憨直，我只好受着。可是，用最纯洁、最温柔的语言谈论我们的感情，我都觉得有点儿唐突，何况如此简单地对待呢。然而，她说话的语气却那么直率，那么亲热，我若是恼火就未免太愚蠢了。不过，开头我还是有所反应："春天那时候，您不是对我说过订婚太早吗？"

"对，我知道，开头大家都这么说。"她拉起我一只手，深情地紧紧握住，又说道："我知道，你要上学，要服兵役，好几年结不了婚。再说了，我个人就不大赞成订婚之后拖得太久，这会让姑娘们生厌的……不过，有时候也挺感人的……还有，订婚也没有必要搞得那么正式……只是让人明白——唔！当然也不要张扬——让人明白，别再给她们找人家了。此外，订了婚，你们就能通信了，保持联系。总之，再有人登门求婚——这种情况很可能有，"她恰如其分地微微一笑，暗示道，"那就可以婉转地告诉对方……不行，别费这个心了。你知道吧，有人来向朱丽叶求婚了！今年冬天，她非常引人注意。年龄倒是还小了点儿，她也是

407

这样答复人家的。不过，那年轻人表示愿意等待——说准确点儿，那人也不年轻了……但总归是门好亲，是个靠得住的人。明天你也就见到了——他要来瞧瞧我的圣诞树。对他是什么印象，你告诉我。"

"只怕他白费心思，姨妈，朱丽叶另有意中人了。"我说道，强忍着才没有立即讲出阿贝尔的名字。

"哦？"姨妈怀疑地撇了撇嘴，头歪到一边，发出疑问，"你这话可真叫我奇怪，她怎么什么也没有对我说呢？"

我咬住嘴唇，免得话说多了。

"哼！到时候就知道了……这阵子，朱丽叶身体不舒服……再说，现在不是谈她的事儿……啊！阿莉莎也很可爱……总之，有还是没有，你有没有向她表白？"

"表白"这个词，我打心眼儿里就反感，觉得它粗鲁得要命，但是，既然正面提出这个问题，我又不会说谎，就只好含糊地回答："表白了。"我立即感到脸上发烧。

"那她怎么说？"

我垂下头，真不愿意回答，但又事出无奈，就更加含糊地回答："她不肯订婚。"

"好哇，这个小丫头，她做得对！"姨妈高声说道，"你们的时间长着呢，当然了……"

"噢！姨妈，别说这事儿了。"我说道，可是拦也拦不住。

"其实，她这么做我一点儿也不奇怪。我一直觉得，你的表姐比你懂事……"

也不知道当时我怎么了，无疑是让这样的盘问弄得神经紧张，我突然感到心痛欲裂，便像小孩子一样，脑门儿伏到好心肠的姨妈的双膝上，失声痛哭。

"姨妈，不，您不明白，"我高声说道，"她没有要求我等待……"

"什么！她是拒绝你啦！"她说道，语气满含怜悯，非常轻柔，同时用手扶起我的头。

"也不是……不，还不完全是。"

她忧伤地摇了摇头："你担心她不爱你啦？"

"哎！不是，我担心的不是这个。"

"我可怜的孩子，你要想让我明白，那就得稍微说清楚一点儿呀。"

我又羞愧，又懊悔，不该显得这样意志薄弱。姨妈当然弄不明白，我这样含糊其辞是何缘故。不过，阿莉莎拒绝的背后，如果隐藏着什么明确的动机，那么姨妈慢慢探问，也许能帮助我弄个水落石出。她很快就主动提出了：

"听我说，"她又说道，"明天早上，阿莉莎要来帮我布置圣诞树，我很快就能弄清到底是怎么回事，吃午饭的时候告诉你。我敢肯定，你会明白并没有什么可惶恐不安的。"

我去布科兰家吃晚饭。朱丽叶确实病了几天，在我看来样子变了。她那眼神略显凶狠，甚至近乎冷酷，跟她姐姐的差异比以前更大了。这天晚上，我同她们姐儿俩哪个都没有机会单独谈话，而且，我也丝毫没有这种愿望。舅父又显得疲惫，因此饭后不久，我就告辞了。

　　普朗蒂埃姨妈布置的圣诞树，每年都要招来一大帮孩子和亲友。圣诞树放在对着楼梯口的门厅里，而门厅又连着前厅、客厅，以及设了餐台的玻璃门的冬季花房。圣诞树还没有装点好。圣诞节的早晨，也就是我到达的次日，正如姨妈所说，阿莉莎早早就来了，帮着往圣诞树上挂装饰物、彩灯、水果、糖果和玩具。我倒十分乐意和她一起忙乎，但是，我得让姨妈和她单独聊聊，因此没有同她照面就出门了，整个上午就品味自己的不安情绪。

　　我先去布科兰舅父家，想见见朱丽叶，但是听说阿贝尔比我早到一步，正在她身边，我就立刻退出来，以免打扰一场关键性的谈话。我在码头和街上游逛，直到吃午饭时才返回。

　　"傻小子！"姨妈一见我回来，便高声说，"怎么能这样糟蹋自己的生活呢！今天早上你跟我说的那一套，没有一句是在理的话……哼！我也没有拐弯抹角，干脆打发走费力帮我们的阿什布通小姐，等到只有我和阿莉莎了，我就直截了当地问她，今年夏天为什么没有订婚。你大概以为会把她问得不好意思吧？——她

410

一点儿也没有显得慌乱，非常平静地回答我说，她不愿意在她妹妹之前结婚。当初你若是开门见山地问一问，她就会像对我这样回答你。这点儿事就了不得了，自寻烦恼，对不对？明白了吧，我的孩子，什么也比不上实话实说……可怜的阿莉莎，她还对我提起她父亲，说她不能抛下不管……唔！我们谈了很多。这丫头，非常懂事。她还对我说，她还不能肯定她就是对你合适的姑娘，恐怕年龄大了，希望你找个朱丽叶那样年龄的……"

姨妈还在说下去，可我已经听而不闻了。只有一个情况对我来说关系重大：阿莉莎不肯在她妹妹之前结婚。——嘿！不是还有阿贝尔嘛！这个自命不凡的家伙，他讲得还真有道理：一箭双雕，同时解决两桩婚事……

事情一说破却如此简单，我听了内心十分激动，但是尽量掩饰，只显露出在她看来非常自然的一种欢快，并且让她高兴的是，这种欢快似乎是她给的。刚吃过午饭，我也记不清找了一个什么借口，又离开她，去找阿贝尔了。

"哼！我跟你说什么来着！"他一听说我的高兴事儿，就一边拥抱我，一边高声说，"老弟呀，我已经可以向你宣布，今天上午，我同朱丽叶的谈话几乎具有决定意义，尽管我们差不多只谈了你。不过，她显得有点儿疲惫、烦躁……我害怕说得过头会使她过分激动，也害怕谈得过久会使她过分亢奋。有了你告诉我的这个情况，这事儿就成了！老弟呀，我这就扑向我的手杖和帽子，你要一直陪我到布科兰家门口，以便拉住不让我在半路飞起来——我觉得身子比欧佛里翁 ① 还轻……等朱丽叶得知仅仅由于她阿莉莎才不肯答应你，等我马上一求婚……啊！朋友，我眼前已经浮现父亲的身影。今天晚上，他就站在圣诞树前，边赞美上帝边流下幸福的眼泪，满怀祝福地把手伸在两对跪着的未婚夫妇头上。阿什布通小姐要化作一声叹息，普朗蒂埃姨妈也会化作满襟泪水，而灯火辉煌的圣诞树将歌颂上帝的荣耀，像《圣经》里的群山那样鼓掌。”

只有等到天黑时，才能点亮圣诞树上的灯火，孩子和亲友才在圣诞树周围团聚。我同阿贝尔分手之后，无事可干，只觉六神无主，心情焦躁。为了消磨等待的这段时间，便跑到圣阿雷斯悬崖上，不料迷了路，等我回到普朗蒂埃姨妈家时，欢庆活动已经开始好一会儿了。

我一走进门厅，就看见阿莉莎，她好像在等我，一见我便迎上来。她穿一件半圆开领的浅色上衣，脖子上挂着一枚老式的紫晶小十字架，那是我母亲的遗物，我送给她留作纪念，但是还从未见她戴过。她面容倦怠，一副惨苦的神情，看着真叫我心里难受。

“为什么这么晚你才回来？”她声调压抑，急促地说道，“我

---

① 欧佛里翁：希腊神话中阿喀琉斯之子，长有双翼。

本来要跟你谈谈。"

"我在悬崖上迷路了……怎么，你不舒服了……噢！阿莉莎，出什么事儿啦？"

她站在我面前，嘴唇发抖，一时说不出话来。我惶恐不安到了极点，都不敢问她了。她抬手放到我的脖颈上，似乎要把我的脸拉近，想必要跟我说话。可是不巧，这时进来几位客人，她不免气馁，手又垂落下去……

"来不及了。"她喃喃说道。接着，她见我泪水盈眶，就以这种哄小孩的解释来回答我疑问的目光，好像这就足以使我平静下来："不……放心吧，我只是有点儿头疼，这些孩子太喧闹了……我不得不躲到这儿来……现在，我该回到他们身边了。"

说罢她就突然离去。又有人进来，将我和她隔开。我打算进客厅找她，却看见她在另一端，正带周围一帮孩子做游戏。在我和她之间，我认出好几个人，要过去就得被他们缠住，寒暄一通，我感到自己做不来，也许溜着墙根儿……试试看吧。

我经过花房的大玻璃门时，忽然觉得胳臂让人抓住了。原来是朱丽叶，她半躲在门洞里，用门帘遮住身子。

"咱们到花房去，"她急匆匆说道，"我得跟你谈谈。你走你的，我随后就去那儿找你。"继而，她半打开门，停了一会儿，便溜进花房。

出什么事儿啦？我本想再跟阿贝尔碰碰头。他究竟说了什么？究竟干了什么？……我回到门厅瞧了瞧，这才进花房，看见朱丽叶在等我。

朱丽叶满脸通红，双眉紧锁，目光透出一种冷酷而痛苦的表情，眼睛亮晶晶的，就好像发了高烧，连说话的声音也似乎变得生硬而发紧了。她的情绪显得异常激奋，样子显得美极了，我虽然心事重重，见她这么美也不禁惊讶，甚至有点儿发窘。房中只有我们二人。

"阿莉莎跟你谈过啦？"她立刻问我。

"没说上两句话，是我回来太晚了。"

"你知道她要我先结婚吗？"

"知道了。"

她定睛看着我：

"那你知道她让我嫁给谁吗？"

我愣在那里没有回答。

"嫁给你！"她嚷了一声。

"简直荒唐透顶！"

"可不是嘛！"她的声调里既含绝望，又含得意。她挺了挺身子，确切地说，整个身子往后一仰……

"往后的事儿该怎么办，现在我知道了。"她含混地补充了一句，便打开花房的门，人一出去，随手又狠狠将门关上。

在我的头脑里和心里，一切都动摇了。我感到血液击打着太阳穴。在极度慌乱中，只有一个念头：找到阿贝尔，也许他能向我解释姐妹俩的话为什么这么怪……可是我不敢回客厅，怕是我这心慌意乱的样子，谁都能看得出来。于是我来到外面。花园寒气袭人，倒使我冷静下来。我在园中待了一会儿，夜幕降临，海雾遮蔽了城市，树木光秃秃的，大地和天空看上去无限凄凉……这时歌声响起，一定是围着圣诞树的儿童们的合唱。我走进门厅，看见客厅和前厅的门全敞着。客厅里空荡荡的，只发现姨妈半躲在钢琴后面，正和朱丽叶说话，客人全挤在前厅的圣诞树周围。孩子们唱完赞歌，全体肃静，站在圣诞树前边的沃蒂埃牧师，便开始布道了。他绝不放过任何一次机会，进行他所说的"撒播良种"。灯光和热气让我感觉不舒服，我还想到外面去，却忽然瞧见阿贝尔正靠门站着。他在那儿大概有一阵工夫了。他以敌视的眼神注视我，当我们的目光相遇时，他就耸耸肩膀。我朝他走过去。

"笨蛋！"他低声说道，继而，又突然说道："喂！走！咱们出去，这种说教我都听腻了！"我们一出了门，他见我不说话，只是不安地看着他，便又说道："笨蛋！其实，她爱的是你，笨蛋！你就不能早点儿告诉我？"

我惊呆了，简直不敢相信。

"不可能，对不对！你光靠自己，甚至都察觉不出她的感情！"

他抓住我的胳臂，狠命地摇晃。他咬牙切齿，说话带着咝咝

415

的颤音。

"阿贝尔，求求你了，"我由他拖着大步胡乱走着，半晌没吭声，也终于声音颤抖地说道，"先别发这么大火，还是告诉我怎么回事儿吧。我什么也不知道哇。"

来到一盏路灯下，他突然拉我站住，凝视我的脸。继而，他又猛地把我拉到一起，头搭在我肩上，呜咽着咕哝道："对不起！我也一样，是个笨蛋。可怜的兄弟，我不比你强，也没有看出来。"

流过眼泪，他看来平静了一些。他抬起头，又朝前走去，同时说道："怎么回事儿？……现在说它还有什么用呢？我不是跟你说过，今天早晨我同朱丽叶谈过了。她简直美极了，也显得特别兴奋，我还以为是我引起的，其实只是因为谈论你。"

"当时你就没有明白过来？……"

"没有，就是不明白。可是现在，多么微小的迹象，也都一清二楚了……"

"你就肯定没有弄错？"

"弄错！哎！亲爱的，只有瞎子，才看不出她爱的是你。"

"那么阿莉莎……"

"阿莉莎牺牲自己。她无意中发现了秘密，就想给妹妹让位。喏，老弟！按说，这并不难理解……那会儿，我还要同朱丽叶谈谈，可是，我刚说两句话，确切地说，她一明白我的用意，就从我们坐的长沙发上站起来，一连说好几遍："我早就料到了。"而那声调却表明根本没有料到……"

"喂！可开不得玩笑！"

"怎么这么说？这件事，我觉得很滑稽……她冲进姐姐的房间。房里传出吵闹声，我听了不禁慌了神儿，很想再见见朱丽叶，不料过了一会儿，却是阿莉莎出来了。她戴了帽子，见到我显得挺不自然，匆匆打了声招呼就走过去了……就是这些。"

"你没有再见到朱丽叶？"

阿贝尔迟疑了一下，才说道："见到了。阿莉莎走后，我就推门进去，看见朱丽叶站在壁炉前，臂肘搁在大理石炉台上，双手托着下巴颏儿，正一动不动地照镜子。她听见我进去的声音，头也不回，只是跺着脚嚷道："哎呀！别来烦我！"语气非常生硬，我不好再说什么就走了。就是这些。"

"那么现在呢？"

"哦！跟你一说，我感觉好多了……现在吗？跟你说，你要想法儿治好朱丽叶爱情的创伤。在这之前，阿莉莎不会回到你身边，否则就算我不了解她。"

我们默默地走了许久。

"回去吧！"他终于说道，"客人现在都走了。恐怕父亲在等我了。"

我们回去一看，客厅里的人果然都走了，前厅里的圣诞树上的礼物被拿光了，彩灯差不多全熄了，旁边只剩下姨妈和她的两个孩子、布科兰舅父、阿什布通小姐、我的两个表姐妹，还有一个相当可笑的人物，我曾见他同姨妈长时间交谈，不过这会儿才认出他就是朱丽叶所说的那位求婚者。他的身材比我们每人都高大、健壮，脸色也比我们每人都红润，但是头顶差不多秃了。他显然来自另一个等级，另一个阶层，另一个种族，在我们中间似乎感到自己是异类。他揪着一大撮花白髭胡，神经质地捻来捻去。门厅的灯已经熄灭，但是门还开着，因此，我们俩悄悄地回来，谁也没有发觉。我一阵揪心，有一种可怕的预感。

"站住！"阿贝尔说了一声，同时抓住我的胳臂。

这时，我们看见陌生人走到朱丽叶近前，拉起她的手；而朱丽叶没有扭头看他，但是手却任由人家握住而未反抗。我的心顿时沉入黑夜。

"喂，阿贝尔，怎么回事？"我嗫嚅道，就好像我还不明白，或者希望理解错了。

"这还用说！小丫头要抬高身价。"他说道，话语夹着嘘音，"她可不肯甘居姐姐之下。天使肯定在天上鼓掌祝贺呢！"

阿什布通小姐和我姨妈都围在朱丽叶身边，舅父过去亲了亲小女儿，沃蒂埃牧师也凑上前……我往前跨了一步，阿莉莎一发现我，立即跑过来，颤抖着说道："杰罗姆啊，这事儿可不成。朱丽叶并不爱他！今天早上她还跟我说来着。想法儿阻止她，杰罗姆！噢！将来她可怎么办啊？……"

她伏在我的肩上哀求，简直痛苦欲绝。只要能减轻她的惶恐不安，豁出命去我也干。

忽然，圣诞树那边一声叫喊，接着便是一阵混乱……我们跑过去，只见朱丽叶不省人事，倒在我姨妈的怀里。大家都围拢过去看她，我几乎瞧不见，只看到散乱的头发向后扯她那张惨白的脸。她的身体在抽搐，显然不是一般的昏厥。

"哎！没事儿，没事儿！"姨妈高声说，以便让我舅父放心，而沃蒂埃牧师用食指指天，已经在安慰他了。姨妈又说道："没事儿！一点儿事也没有。只是太激动了，一时神经太紧张。泰西埃先生，您有劲儿，帮我一把，我们把她抬进我的房间，放到我床上……放到我床上……"接着，她又附在长子的耳边说了句什么，只见他立刻出门，肯定是请医生去了。

姨妈和那个求婚者，抬着半仰在他们手臂上的朱丽叶的肩膀。阿莉莎则深情地搂住妹妹的双脚。阿贝尔上前托住她那要朝后仰的头——我看见他拢起她那散乱的头发，弯下腰连连亲吻。

到了房间门口我就停下。大家将朱丽叶安置在床上。阿莉莎对泰西埃先生和阿贝尔说了几句话，我没有听见。她把他们送到门口，请求我们让她妹妹休息，有她和我姨妈照看就行了……

阿贝尔抓住我的胳臂，拉我到外面。我们俩心灰意懒，漫无目的，在黑夜中走了很久。

419

第五章

　　我的一生除了爱情别无他求，于是抓住爱情不放，只关注我的女友，其他什么也不期待，也不想期待了。

　　次日，我正要去看看她，姨妈却拦住我，递给我她刚收到的这封信：

　　……朱丽叶服了医生开的药之后，直到凌晨，烦躁的情绪才算缓解。我恳求杰罗姆这几天不要来。朱丽叶需要绝对的安静，她会听出杰罗姆的脚步或者说话的声音。

　　朱丽叶病成这样，恐怕我得守护了。假如杰罗姆动身之前，我还不能接待他，亲爱的姑妈，就烦请你转告一声，我会给他写信的……

这道禁令只是针对我，姨妈可以随便去，任何别人也可以随便去布科兰家，而且姨妈上午就要去一趟。我能弄出什么声音来？多么差劲儿的借口……没关系！

"好吧，不去就不去。"

不能很快去看看阿莉莎，我心里特别不是滋味，然而又害怕再次见面，害怕她把妹妹的病状归咎于我，因此不去见她，倒比见她发脾气容易忍受一些。

至少，我还想见见阿贝尔。到了他家门口，一名女仆交给我一张字条：

> 我给你留这张字条，免得你担心。待在勒阿弗尔，离朱丽叶这么近，这是我不能忍受的。夜晚同你分手之后，我就立即乘船去南安普敦。我打算去伦敦 S 君家……度完假期。我们回学校再见。

所有人的救援，一下子全丧失了，再待下去就只有痛苦，于是未等开学，我就回到巴黎。我的目光转向上帝，转向广施真正的安慰、各种恩泽和完美赏赐的主。我的痛苦也同样献给他，想必阿莉莎也是向他寻求庇护的，而且一想到阿莉莎在祈祷，我的祈祷也就受到鼓舞和激励。

在沉思和学习中过去好长一段时间，除了我和阿莉莎往来通信，没有任何大事可言。她的信件我全留着，此后有记忆模糊的地方，就拿来参照……

勒阿弗尔的消息，起初还是通过姨妈，也仅仅通过她得到的。我得知头几天朱丽叶病情严重，着实让人担惊受怕。我离开的第十二天早上，终于接到阿莉莎的这封信：

> 亲爱的杰罗姆，请原谅，没有及早给你写信。我们可怜的朱丽叶病成这样子，我实在抽不出时间来。你走之后，我几乎日夜守护她。我们的情况，我曾请姑妈告诉你，想必她这样做了。你应当知道，这几天来，朱丽叶好多了。我感谢上帝，但是还不敢太乐观。

直到现在我还没有怎么提罗贝尔，他比我晚几天回到巴黎，给我带来他两位姐姐的消息。我关心他是因为她们的缘故，而不是我天生的性格所致。他在农学院就读，每逢放假，我总照顾他，想方设法多让他散散心。

我不敢直接问阿莉莎和我姨妈的事情，就是通过罗贝尔了解到的：爱德华·泰西埃去得很勤，探望朱丽叶的病情，不过，在罗贝尔离开勒阿弗尔之前，朱丽叶还没有再同他见过面。我还得知从我走后，她在姐姐面前一直沉默不语，怎么也无法让她开口。

不久之后，我又听姨妈说，订婚一事，朱丽叶本人要求尽早正式宣布，而阿莉莎却像我预感的那样，希望立即解除。她决心已定，只是板着脸，一言不发，什么也不看，怎么劝告，怎么命令，怎么哀求也无济于事……

时间就这样过去。我只收到阿莉莎一些令我极为失望的短信，还真不知道回信写什么好。冬季的浓雾笼罩，无论学习的灯光，还是爱情和信仰的全部热忱，唉！都不能驱散我心中的黑夜和寒冷。时间就这样过去了。

后来，春季的一天早上，我忽然收到姨妈转来的一封信——是她不在勒阿弗尔时阿莉莎写给她的。信中能说明问题的部分抄录如下：

> ……赞扬我的顺从吧！我听从了你的劝告，接见了泰西埃先生，同他长谈了。我承认他的表现极佳，老实说，我几乎相信，这门婚事不会像我当初担心的那样不幸。当然，朱丽叶并不爱他，但是一周一周下来，他给我不值得爱的印象逐渐削弱了。他能清醒地看待自己的处境，也没有看错我妹妹的性格，不过，他深信他所表达的爱情极为有效，自信没有他的恒心所克服不了的东西。这就表明他爱得很深。
>
> 杰罗姆那么照顾我弟弟，令我十分感动。我想他这

样做，完全出于责任——也可能是为了让我高兴——因为罗贝尔和他的性格没有什么相似之处。毫无疑问，他已经认识到，担负的责任越艰巨，就越能教诲和提高人的心灵。这种思考未免超凡脱俗！不要太笑话你的大外甥女，须知正是这类想法支撑着我，帮助我尽量把朱丽叶的婚姻视为一件好事。

　　亲爱的姑妈，你的体贴关怀，让我心里感到很温暖！……然而，你不要认为我有多么不幸，我几乎可以说：恰恰相反，因为，朱丽叶刚刚经受的考验，也在我身上产生了反响。《圣经》里的这句话："信赖人必不幸。"过去我常背诵，却不大明白，现在却恍然大悟了。这句话最早不是在我的《圣经》里，而是在杰罗姆寄给我的一张圣诞贺卡上读到的，那年他还不到十二岁，我也刚满十四岁。卡片上有一束花，当时我们觉得非常好看，旁边印着高乃依① 的释义诗：

　　是何种战胜尘世的魅力

　　今天引我飞升去见上帝？

　　把希望寄托在世人身上，

---

① 　高乃依 (1606—1684)：法国古典主义悲剧作家。

到头来自身就会遭祸殃！

　　不过，老实说，我更喜欢耶利米①那句言简意赅的话。毫无疑问，杰罗姆当时选这张贺卡，没大注意这句话。但是从他新近的来信能判断出，如今他的倾向同我颇为相像。我感谢上帝把我们俩同时拉得靠近他。

　　我们那次谈话，我还记忆犹新，不再像过去那样给他写长信，免得打扰他学习。你一定会认为，我这样谈他是想借机补回来。我就此撂笔，怕再写下去。下不为例，不要太责怪我了。

　　这封信叫我怎么想啊！可恨姨妈总爱瞎管闲事（阿莉莎提到的令她对我沉默的那次谈话，究竟是怎么回事），还瞎献殷勤，干吗把信转给我看！阿莉莎保持沉默，已经够我受的了。哼！她不再对我讲的事却写信告诉别人，这情况就更不应该让我知道啦！这封信处处让我气愤——我们中间这些细小的秘密，她都这么轻易地讲给姨妈听，语调还这么自然，这么坦然，这么认真，这么诙谐，叫我看着简直……

　　哎，不，我可怜的朋友！你恼火，就因为这封信不是写给你

---

① 耶利米（约公元前650 / 645—前580）：《圣经·旧约》中四先知之一，做过犹太王约西亚的先知。

的。"阿贝尔对我说道。阿贝尔成为我每天的伙伴,是我唯一能够谈心的人。我感到孤独的时候,感到气馁,需要发点怨言赢得同情的时候,就不断向他倾诉;我陷入困境的时候,也相信他能给我出好主意,尽管我们性情不同,或者正因为性情不同……

"咱们研究研究这封信吧。"他说着,将信往写字台上一摊。

四天三夜,我是在气恼中度过的!现在朋友要给我分析分析,我自然愿意听一听了:"朱丽叶和泰西埃这部分,我们就丢进爱情之火中,对不对?我们知道那火焰的厉害。不错!我看泰西埃就像扑火的飞蛾……"

"别说这个了,"我听他这样开玩笑不禁反感,便对他说,"看看其余部分吧。"

"其余部分?"他说道,"其余部分全是写给你的。你就抱怨吧!没有一行,没有一个词不充满对你的思念。可以说,整个这封信就是写给你看的。菲莉西姨妈将它转给你,倒是物归原主了。阿莉莎不能直接写给你,就寄给这位好婆婆,这是不得已而求其次。其实,你姨妈懂得什么高乃依的诗!——顺便说一句,这是拉辛^①的诗——跟你说吧,她这是同你谈心。所有这些话,是说给你听的。两周之内,你表姐如不以同样轻松愉快的口气,写同样的长信,那只能表明你是个大笨蛋……"

---

① 拉辛(1630—1699):法国古典主义悲剧作家。

"她不大可能这样做。"

"这全看你的了！你还要我出主意吗？那好，从现在起，在很长一段时间内，你绝口不提你们的爱情，也不提结婚。她妹妹出了事儿之后，她懊恼的正是这个，难道你还看不出来吗？你要在手足之情上下功夫，不厌其烦地同她谈罗贝尔，既然你这样耐心照顾这个傻瓜。只要持续不断地让她的精神得到愉悦，其余的事儿就自然水到渠成。嘿！换了我，瞧我怎么给她写信！……"

"你可没有资格爱她。"

然而，我还是按照阿贝尔的主意行事。时过不久，阿莉莎的信果然又恢复生气。不过，我还不敢指望她由衷地快活起来，毫无保留地交心，那要等到即或不能保障朱丽叶的幸福，也要保障她的终身之后。

阿莉莎告诉我，朱丽叶病情好转，婚礼将在七月份举行。阿莉莎在信中还说，她认为办喜事那天，我和阿贝尔肯定要上课而参加不了……我明白她的意思，我们最好不要出席婚礼。于是，我们便以考试为由，仅仅去信祝贺了。

婚礼之后约有半个月，阿莉莎给我写来一封信：

我亲爱的杰罗姆：

　　你想想我该多么惊讶，昨天我偶尔翻阅拉辛的这本漂亮的书，发现了夹在我的《圣经》中快十年的圣诞贺卡，就是你送给我的那张贺卡上的四句诗：

是何种战胜尘世的魅力

今天引我飞升去见上帝？

把希望寄托在世人身上，

到头来自身就会遭祸殃！

我原以为是引自高乃依的一首释义诗，老实说，当时我并不觉得它有多美。不过，我接着阅读第四章圣歌时，碰到几节诗，觉得十分美妙，就忍不住抄下来寄给你。从你贸然写在页码边上的缩略姓名来判断（我的确养成了这种习惯，爱在我的书和阿莉莎的书上我喜欢的章节旁，写下她名字的头一个字母，以示提醒），你肯定读过。这倒没有什么关系！反正我抄录下来也是自得其乐。我还以为有什么新发现，可是一看到是你建议读的，开头不免有点儿扫兴，继而转念一想，你跟我一样喜欢这些诗章，又以喜悦取代了这种不快的感觉。我抄录的时候，就觉得你又跟我一起阅读：

永恒智慧如雷的声音，

用这种话语教导我们：

人类子孙哟，你们听着

光靠自身有什么结果？

虚妄的灵魂，实在谬误，

竟让纯洁的血液流出，

往往只换取虚形幻影，

而不是能果腹的圣饼，

你们付出纯洁的血液。

为何比从前还要饥饿？

我向你们推荐的圣饼，

唯有天使才能享用；

使用的是优质面粉，

由上帝亲手制作而成。

这种圣饼多么香甜，

尘世的餐桌怎能得见！

随我走我就给圣饼，

你们不要留恋这尘寰。

过来吧，你们要永生？

拿着吧，吃下这圣饼。

……

被俘的灵魂有多幸运，

在主的枷锁里得安宁，

渴了畅饮长生之泉，

长生泉永远也流不尽。

这泉水人人可畅饮，

这泉水欢迎所有人。

然而我们却狂奔乱窜，

跑去寻找什么泥潭，

寻找什么骗人的水池，

那里的水时刻会流逝。

多美呀！杰罗姆，多美呀！你真的和我觉得它同样美吧？我这个版本上有一条小注解，说德·曼特侬夫人①听到德·欧马尔小姐唱这支圣歌，似乎十分赞赏，"洒了几滴眼泪"，并请她重复唱了一段。现在我记在心里，还不厌其烦地背诵。我唯一伤感的是，在这里没有听你给我朗诵过。

我们那对旅行结婚的夫妇，继续传来佳音。要知道，在巴约讷和比亚里茨，尽管天气酷热，别提朱丽叶玩得有多高兴。后来，他们又游览了封塔拉比亚，到布

---

① 德·曼特侬侯爵夫人(1635—1719)：先是负责教育路易十四的子女，1683 年与国王结婚。1715 年国王去世，她便隐居圣西尔，设学校教育穷苦的贵族子弟。

尔戈斯停了停，两次翻越比利牛斯山脉……现在，朱丽叶是在蒙塞拉给我写来一封欢欣鼓舞的信。他们打算还要在巴塞罗那逗留十天，然后再回到尼姆，因为爱德华要在九月之前赶回去，以便安排好收获葡萄。

父亲和我，我们住到封格斯马尔已有一周，阿什布通小姐明天就来，四天之后，罗贝尔也回来了。跟你说，这个可怜的孩子考试没有通过，倒不是因为题目太难，而是主考老师向他提出的问题太古怪，弄得他不知所措。我从你的信中得知罗贝尔很用功，就难以相信他没有准备好，看来还是那位主考老师喜欢刁难学生。

至于你的优异成绩，亲爱的朋友，我不能说什么祝贺的话，总觉得这是理所当然的。杰罗姆，我对你信心十足，一想到你，心里就充满希望。你前次提起的那项工作，现在能着手就做起来吗？……

……这儿的花园什么也没有变，然而，住宅却显得空荡荡的！我求你今年不要回来，现在你该明白为什么，对不对？我感到这样更好些。可是我每天都要在心里说一遍，因为，这么久不见你，确实挺难受的……有时，我就不由自主地寻找你，看看书会停下，猛然一回头……就觉得你在旁边！

我接着写信。已经是夜间了，别人都睡觉了，我还对着敞开的窗户给你写信。花园弥漫着芳香，空气温煦。你还记得吗，我们小时候，一看见或者听到美妙的东西，心中就想：上帝啊，谢谢你创造出来……今天夜晚，我全部心思都在想：上帝啊，谢谢你创造出这样美好的夜晚！于是，我突然希望你就在这儿，感到你在这儿，就在身边，这种愿望极为强烈，你大概已经感觉到了。

　　是的，你在信中说得好，"在天生纯良的心灵里"，赞美和感激融为一体……还有多少事情我要写给你呀！——我想到朱丽叶说的那个阳光灿烂的国家。我还想到别的国度，更加辽阔，更加空落落，阳光也更加灿烂。我身上寓居一种奇异的信念：终有一天，我也不知道以什么方式实现，我们将一同看到神秘的大国……

您不难想象，我看这封信是多么欣喜若狂，又流下多少爱情的眼泪。还有一些信件接踵而来。阿莉莎固然感谢我没有去封格斯马尔，她固然也恳求过我今年不要去见她，但是她确实也遗憾我不在跟前，现在渴望同我见面，每页信纸都回响着这一召唤。我哪儿来的力量拒不响应呢？无疑是听了阿贝尔的劝告，无疑怕一下子毁了我的快乐，也是我拘板的天性阻遏我感情的宣泄。

　　后来的几封信中，凡是能说明这篇故事的部分，全抄录如下：

亲爱的杰罗姆：

看你的信，我沉浸在喜悦中。我正要答复你从奥尔维耶托写来的信，又同时接到你分别从阿西西和佩罗贾写来的信。我也神游这些地方，仿佛只把躯体留在这里。真的，我和你行驶在翁布里亚①的白色大路上；一早和你一道启程，用崭新的目光凝望曙光……在科尔托纳的平台上，你真的呼唤我了吗？我听见了……在阿西西城的北山上，我们渴得要命！方济各会修士给我的那杯水多么可口！我的朋友啊！我是透过你看每件事物。我多么喜欢你给我的信上关于圣徒方济各的那段话！是的，应当寻求的，绝不是思想的一种解放，而是一种狂热。思想的解放必定会产生可恶的骄傲。树立思想的抱负，不是要反抗，而是要效劳……

尼姆方面的消息好极了，我觉得这是上帝允许我尽情欢乐。今年夏天的唯一阴影，就是我那可怜父亲的精神状态。尽管我悉心照料，他依然愁眉苦脸，确切说来，我一丢下他独自一人，他就重又沉入悲伤，而且总是难以自拔。我们周围的大自然多么欢快，可是大自然的语言对他变得陌生了，他甚至都不用心去听了。——

---

① 翁布里亚：意大利中部地区。

阿什布通小姐还好。我给他们二人念你的信。每封信，我们都要足足谈论三天；接着下一封信又寄到了。

……罗贝尔前天离开我们。假期的最后几天，他要去他朋友 R 君家度过，R 君的父亲经营一座模范农场。毫无疑问，我们在这里过的生活，在罗贝尔看来不大快活。他提出要走，我当然只能支持他的计划……

……要对你讲的事儿太多了！我真渴望这样永无休止地交谈下去！有时，我想不出词儿来，思路也不清晰了——今晚给你写信，就恍若做梦——只有一种近乎紧迫的感觉：有无限的财富要赠予和接受。

在那么漫长的几个月中，我们竟然能保持沉默。毫无疑问，我们那是冬眠。噢！那个可怕的沉默的冬季，但愿它永远结束啦！我又重新找到了你，就觉得生活、思想、我们的灵魂，一切都显得那么美，那么可爱，那么丰饶而永不枯竭。

9 月 12 日

你从比萨寄来的信收到了。我们这里也晴空万里，诺曼底从来没有像现在这样美。前天我独自一人漫步，穿越田野兜了一大圈，回家并不觉得累，还兴奋不已，完全陶醉在阳光和快乐之中。烈日下的草垛多美啊！我无须想象自己在意大利，就能感到一切都很美好。

是的，我的朋友，你所说的大自然的"混杂的颂歌"，我聆听并听懂了，这是欢乐的礼赞。这种礼赞，我从每声鸟啼中都能听出，从每朵花的芳香中都能闻到，因此我认定，赞美是唯一的祈祷形式——我和圣徒方济各重复说：我的上帝！我的上帝！"而非别者"①，心中充满难以言传的爱。

你也不必担心，我绝不会转而成为无知修会修女！近来我看了不少书，这几天也是下雨的关系，我仿佛将赞美收敛到书中了……刚看完马勒伯朗士②，就立刻拿起莱布尼茨③的《致克拉克的信》。继而放松放松，又看了雪莱④的《钦契一家》，没有什么意思，还看了《多愁善感的女人》……说起来可能惹你生气，我觉得雪莱的全部作品、拜伦的全部作品，也抵不上去年夏天我们一起念的济慈⑤的四首颂歌；同样，雨果的全部作品，也抵不上波德莱尔⑥的几首十四行诗。"大"诗人这个字眼儿，说明不了什么，重要的是是不是一位"纯"诗人……我

① 原文为意大利文。
② 马勒伯朗士 (1638—1715)：法国哲学家、神学家。
③ 莱布尼茨 (1646—1716)：德国哲学家、数学家。
④ 雪莱 (1792—1822)：英国诗人。
⑤ 济慈 (1795—1821)：英国诗人。四首颂歌当指《夜莺》等。
⑥ 波德莱尔 (1821—1867)：法国诗人，著有《恶之花》。

的兄弟哟！谢谢你帮我认识，理解并热爱这一切。

……不，切勿为了相聚几天的欢乐就缩短你的旅行。说正经的，我们现在还是不见面为好。相信我，假如你在我身边，我就不会进一步思念你了。我不愿意惹你难过，然而现在，我倒不希望你在眼前了。要我讲实话吗？假如得知你今天晚上来……我马上就躲开。

唔！求求你，不要让我向你解释这种……感情。我仅仅知道我一刻不停地思念你（这该足以使你幸福了），而我这样就很幸福。

……

收到最后这封信不久，我便从意大利回国，并且立即应征入伍，被派往南锡服兵役去了。在那里我举目无亲，没有一个熟人，不过独自一人倒也欣然，因为这样一来，无论对阿莉莎和我这骄傲的情人来说，情况就更加清楚。她的书信是我的唯一庇护所，而我对她的思念，拿龙沙①的话来讲，就是"我的唯一隐德来希②"。

老实说，我轻松愉快地遵守相当严厉的纪律，什么情况都能挺住，我在写给阿莉莎的信中，仅仅抱怨她不在身边。我们甚至

---

① 龙沙 (1524—1585)：法国七星诗社的诗人。
② 隐德来希：古希腊哲学家亚里士多德的用语，意为"圆满"。

认为，这样长时间的分离，才是对我们勇气的应有的考验。"你呀，从来不抱怨，"阿莉莎给我写道，"你呀，我也很难想象会气馁……"为了证明她这话，又有什么我不能忍受的呢？

我们上次见面一别，将近一年过去了。这一点她似乎没有考虑，而仅仅从现在才开始等待。于是我写信责怪她，她却回信说：

我不是同你一道游览意大利了吗？忘恩负义！我一天也没有离开过你。要明白，从现在起的一段时间里，我不能跟随你了，正因为如此，也仅仅因为如此，我才称作分离。不错，我也尽量想象你穿上军装的样子……可是我想象不出来。顶多能想到晚上，你在甘必大街的那间小寝室里写信或看信……甚至能想到，不是吗？一年之后你在封格斯马尔或者勒阿弗尔的样子。

一年！我不计数已经过去的日子，我的希望盯着将来的那一点，看着它缓慢地，缓慢地靠近。想必你还记得，在花园尽头，墙脚下栽种菊花的那堵矮墙，我们曾冒险爬上去过，你和朱丽叶大胆地往前走，就像直奔天堂的穆斯林教徒；可是我，刚走两步就头晕目眩，你在下面就冲我喊："别低头看你的脚！……往前看！盯住目标！一直朝前走！"最后，你还是爬上墙，在另一头等

437

我，这比你的话管用多了——我不再发抖了，也不觉得眩晕了，眼睛只注视着你，跑过去，投入你张开的手臂……

杰罗姆，如果没有对你的信赖，那我该怎么办呢？我需要感到你坚强，需要依靠你。你可别软弱。

我们故意延长等待的时间，这是出于一种挑战的心理，也许是基于害怕的心理，害怕我们重聚不会那么完美，我们商定临近新年那几天假，我就去巴黎陪陪阿什布通小姐……

我对您说过，我并不把所有信件照录下来。下面是我在二月中旬收到的一封信：

前天我好激动啊，经过巴黎街 M 书店，看见橱窗赫然摆着阿贝尔的书——你告诉过我，可我总不相信他会真的出书。我忍不住走进去，但是觉得书名十分可笑，犹豫半晌最终没有对店员讲。我甚至想随便抓一本书就离开书店，幸好柜台旁边有一小摞《狎昵》出售，我无须开口，操起一本，丢下一百苏就走了。

我真感激阿贝尔没有把他的作品寄给我！我一翻阅就会感到丢脸。说丢脸，主要不是指书本身——我在书中看到的蠢话比下流话多——而是想到书的作者阿贝尔，就是你的好友阿贝尔·沃蒂埃。我一页页看下去，并没有找见《时代》杂志的批评家所发现的"伟大天才"。在我们勒阿弗尔经常谈论阿贝尔的小圈子里，我听说这本书非常成功。这种不可理喻的庸俗无聊的才智，被称作"轻松自如"和"优美"。自不待言，我始终持谨慎的态度，只对你谈谈我的读后感。至于可怜的沃蒂埃牧师，开头他挺伤心，这也是理所当然的，后来就拿不定主意了，是不是应当引以为豪，因为周围的人都极力劝他相信儿子的成功。昨天在普朗蒂埃姑妈家，V太太突然说："令郎成绩斐然，牧师先生，您应当高兴才是！"他却有点惶恐不安，回答说："上帝啊，我还没有想到这一步……"您会想到的！您会想到的！"姑妈连声说道，她这话当然没有恶意，不过语气充满了鼓励，把所有人，包括牧师本人全逗笑了。据说报上已经载文，透露他正为一家通俗剧院创作剧本《新阿拜拉尔》，可是搬上舞台会怎么样呢？……可怜的阿贝尔！难道这就是他所渴望的成功，并要以此为满足吗？

昨天我阅读《永恒的安慰》，看到这段话："凡真正渴求真正永恒的荣耀者，则必放弃世俗的荣耀；凡不能于内心鄙视世俗的荣耀者，则必不会爱上天的荣耀。"由此我想：我的上帝，感谢你选中杰罗姆当此上天的荣耀，而相比之下，另一种荣耀不值一提。

在单调的营生中，一周又一周，一月又一月流逝过去。然而，我的思想只能紧紧抓住回忆或者希望，倒也不怎么觉得时间过得多慢，时日多么漫长。

舅父和阿莉莎打算六月份去尼姆郊区看望朱丽叶，那是她的预产期；不过，那边的消息不太好，他们便提前动身了。

到尼姆之后，阿莉莎给我写信来：

你的上封信寄到勒阿弗尔时，不巧我们刚刚离开，经过一周才转到我手中，究竟是怎么回事儿呢？整整一周，我就跟丢了魂儿似的，又惊悚，又猜疑，虚弱得很。我的兄弟啊！只有同你在一起，我才能真正成为我自己，超越我自己……

朱丽叶身体状况有所好转，说不上哪天就分娩，我们等着，并不怎么担心。她知道我今天早晨给你写信。我们到达埃格－维弗的次日，她就问过我："杰罗姆呢，他怎么样啦？……他一直给你写信吗？……"我自然不能对她说谎。"你再给他写信时，就告诉他……"她迟疑一下，又含笑极为轻柔地说，"……说我治好了。"——她给我写信总那么快活，只怕她是做戏骗我，也骗她自己……她今天用来营造幸福的东西，同她从前所梦想的大相径庭，而当初她的幸福应当取决于她所梦想的东西!……噢!所谓的幸福同心灵相去不远，而似乎构成幸福的外部因素则无足轻重!我独自在常青灌木丛那边漫步，有许多感触，这里就不赘述了。不过我要说一点：最令我惊讶的是，我并没有感到更快活。朱丽叶幸福了。我应当满心欢喜才是……然而为什么又无缘无故地伤感，而我却摆脱不掉这种情绪呢？……你从意大利给我写信那时候，我善于通过你观察万物；而现在我没有你所看到的一切，似乎都是从你那儿偷来的。还有，我在封格斯马尔和勒阿弗尔，养成了忍耐雨天的抗力；可是到了这里，这种抗力用不上了，而我感到它派不上用场，心中便觉不安。当地人的笑容和景物令我不快，我所说的"忧愁"，也许仅仅不像他们那样喧闹罢了……毫无疑问，从前我的快乐中掺杂几分骄傲，因为现在，我来到这种陌生的欢快的氛围中，就有一种近似屈辱的感觉。

　　我来到这里之后，就未能怎么祈祷——我有一种幼稚的感觉，上帝不在原来的位置上了。再见，我马上就搁笔了。我感到羞愧，竟然这样亵渎上帝，表现出软弱和伤感，而且还老实承认，写信告诉你这一切，这封信如果今晚不寄走，明天我就可能撕掉……

接下来的一封信，就只谈了刚出生的小外甥女，打算请她做教母，朱丽叶多么高兴，舅父多么高兴，就是不提她本人的感想。

继而，又是从封格斯马尔写来的信，七月份朱丽叶去了那里……

今天早晨，爱德华和朱丽叶离开了我们。我最舍不得的还是我那小教女，半年之后再见面，恐怕认不出她的每一个动作了；而到现在为止，她的一举一动，无不是在我的注视下生发出来的。人的成长，总是那么神妙难测而令人惊讶！我们只是因为不大留意，才没有经常产生这种惊奇之感。有多少时辰，我俯看这充满希望的小摇篮。由于何等自私、自满和不求上进，人的这种发展就戛然而止，距离上帝那么远就固定下来呢？唉！假如我们能够，而且愿意靠上帝再近一点儿……那种竞赛该有多好啊！

看来朱丽叶很幸福。我见她放弃钢琴和阅读，起初还挺伤心。可是，爱德华·泰西埃不喜欢音乐，对书籍也没有什么大兴趣，因此，朱丽叶不去寻求不能与他分享的乐趣，也算是明智之举。反之，她对丈夫的营生渐渐发生兴趣，而丈夫也让她了解所有生意情况。今年，他的生意有很大发展，他还开玩笑地说，他结了这门婚事，才在勒阿弗尔赢得大量客户。最近这次外出洽谈生意，爱德华还让罗贝尔陪同，对他关怀备至，并说了解他的性格，可望他对这项工作实实在在产生兴趣。

父亲的身体好多了。眼见女儿幸福了，他也年轻起来，又开始关心农场、花园，有时还让我继续高声给他念书。前一阶段阿什布通小姐也在，我开始给他们念德·于伯奈男爵的游记，我对这本书也产生浓厚的兴趣，由于泰西埃一家人来才中断。现在，我有更多的时间用来读书，不过，我还等你给予指点。今天上午，我一连翻看了好几本书，对哪一本都不感兴趣！……

从这时候起，阿莉莎的信越发暧昧而急迫了。夏末，她在给我的信中这样写道：

我怕让你担心，就没有告诉你，我是多么盼望你回来。在重新见到你之前，我度日如年，每一天都压得我喘不上气来。还有两个月呀！我觉得比我们已经别离的全部时间还要长！我在等待中为了消磨时光所干的事儿，在我看来全是暂时性的，无足挂齿，我强制自己做什么都做不下去。书籍丧失了灵验，读起来索然无味；散步也吸引不了我；花园也黯然失色，没有了芳香，整个大自然都失去了魔力。我羡慕起你当兵的苦差事儿，羡慕不由你选择的强制训练。那种训练让你顾不了自己，让你疲惫不堪，鲸吞你的白天，而到了晚间，又把你困乏的身子推入梦乡。你向我谈到的操练，描绘得活灵活现，真叫我心神不宁。这几天夜晚我觉都睡不好，好几次惊醒，听见了起床号声，实实在在听到了。你说的那种微微的陶醉、清晨的那种轻快、那种惺忪的状态……我都能想象得真真切切。在清冷的灿烂曙光中，马尔泽维尔高原的景色该有多美！……

近来我的身体不大好。唔！也没有什么大事儿。大概只是因为盼你的心情急切了些。

六周之后，我又收到一封信：

我的朋友，这是我最后一封信了。你的归期虽然还未确定，但是也不会久了，因此我不能再给你写信了。本来我希望在封格斯马尔田庄与你相见，可是现在季节变得很糟，天气非常冷了，父亲开口闭口要回城。朱丽叶和罗贝尔都不在跟前，让你住在我们家一点儿问题也没有。不过，你最好住到菲莉西姑妈那里，她也会很高兴接待你的。

相见的日期迫近，我盼望的心情也越发焦急了，简直惶恐起来了。原先那么盼你回来，现在仿佛又怕你回来；我尽量不去想它。我想象听见你按门铃的声音、你上楼的脚步声，而我的心即刻停止跳动，或者感到不适……尤其不要期望我能对你说什么……我感到我的过去就此完结，往前什么也看不见。我的生命停止了……

不料，四天之后，即我复员的前一周，我又收到她一封信：

我的朋友，我完全同意你的想法，不在勒阿弗尔逗留太久，也不把我们久别后第一次见面的时间拉得太长。我们在信中什么都写到了，见了面还有什么可说的呢？既然从二十八号起，你就得回巴黎注册，那你就别犹豫，甚至不要惋惜只同我们一起待了两天。我们不是有整整一生吗？

第六章

我们第一次见面是在姨妈家。我突然觉得服了兵役，自己变得滞重而笨拙了……事后我想到，她一定觉得我变样了。然而对我们来说，初见的这种错觉又有什么关系呢？——我这方面，开头还不敢怎么正眼看她，生怕不能完全认出她来了……不对，弄得我们这样不自在的倒不如说是硬要我们扮演的未婚夫妇的这种荒唐角色，以及人人要走开、让我们单独在一起的这种殷勤态度。

"哎，姑妈，你一点儿也不妨碍我们呀，我们并没有什么秘密事儿要说。"阿莉莎终于嚷起来，因为这位老人家要躲避的意图太明显了。

"不对！不对，孩子们！我非常了解你们，好久没见面了，总有一大堆小事儿，彼此要聊一聊……"

"求求你了，姑妈，你走开，就太让我们扫兴了。"阿莉莎说这话，声调带有几分火气，真叫我难以辨认了。

"姨妈，我向您保证，如果您走开，我们就一句话也不讲了。"我笑着帮腔，但是我们俩单独在一起，心里就萌生几分惶恐。于是，我们三个又接着说话，讲些无聊的事儿，每人都装出快活的样子，故意显得那么兴奋，以掩饰内心的慌乱。次日我们还要见面，舅父邀请我去吃午饭，因此这第一个晚上，我们倒也不难分手，而且还很高兴结束这场戏。

我提早好多时间到舅父家，不巧阿莉莎正同一位女友说话，不好意思打发走，而那位又不识趣，没有主动离去。等到终于只剩下我们两个人了，我还装作奇怪，为什么没有留人家吃饭。昨天一夜，我们都没有睡好觉，都显得无精打采，一副倦怠的样子。舅父来了。阿莉莎看出我觉得他老多了。他耳朵也背了，听不清我说什么。要让他听明白，我就只好大声嚷嚷，结果说出来的话也变蠢了。

午饭过后，普朗蒂埃姨妈如约开车来接我们，带我们去奥尔舍，并打算回来时让我和阿莉莎步行一段路，因为那段路风景最美。

虽已深秋，可这天的天气却很热。我们步行的一段海岸阳光直射，没有什么魅力了。树木光秃秃的，一路没有遮阴的地方。我们担心老人家的汽车在前边等久了，便不适当地加快了脚步。我头疼得厉害，根本想不出什么话茬儿，为了装作坦然一点儿，或者想借由免得说话，我就边走边拉着阿莉莎的手，而阿莉莎也任凭我拉着。一方面心情激动，快步走得气喘吁吁，另一方面彼此沉默又颇尴尬，结果我们的血液冲到脸上。我听见太阳穴怦怦直跳，阿莉莎的脸色也红得难看。不大工夫，我们感到手心出汗了，潮乎乎的，握在一起挺别扭，就干脆放开，各自伤心地垂下去。

我们走得太急，到了路口却早早赶在汽车前面——姨妈走另一条路，为了给我们聊天的时间，她的车开得很慢。于是，我和阿莉莎就坐到路边的斜坡上。我们浑身出了汗，忽然吹来一股冷风，吹得我们一激灵，我们又赶紧站起来，去迎姨妈的车子。……然而，最糟糕的还是可怜的姨妈的过分关心，她确信我们肯定说了很多话，就想问我们订婚的事儿。阿莉莎再也受不了了，泪水盈眶，推说头疼得厉害。结果回去这一路，大家都默默无语。

次日我醒来，就觉得腰酸背痛，有点儿感冒，浑身难受得很，直到下午才决定再去布科兰家。不巧阿莉莎有客人，是普朗蒂埃姨妈的孙女玛德兰。普朗蒂埃去了——我知道阿莉莎时常爱跟她聊天。她到祖母家住几天，一见我进屋便高声说："一会儿你离开这儿，要是直接回'山坡'，咱们就一起走吧。"

我机械地点了点头，这下子又不能跟阿莉莎单独谈谈了。不过，这个可爱的小姑娘在场，无疑帮了我们的忙，我们就不像昨天那样尴尬得要命了。我们三人很快就随便聊起来，谈话的内容也不像我开头担心的那样琐碎。我起身告辞的时候，阿莉莎冲我古怪地微微一笑，就好像到这时她还未明白，第二天我就要走了。再者，不久我们还会见面，因此我这次告别，也就没有出现伤感的场面。

可是，晚饭之后，我又感到隐隐不安，便下山进城，游荡了将近一小时才决定再次去按布科兰家的门铃。这次是舅父出来接待我。阿莉莎身体不适，已经上楼回房间，一定是随即上床歇息了。我同舅父聊了一会儿，便起身离去……

几次见面都这么不凑巧，可是责怪又有什么用呢？就算事事如意，我们也会生出尴尬事儿来。这一点，阿莉莎也感觉到了，这比什么都让我心里难受。我刚回到巴黎，就接到她的来信：

　　我的朋友，这次见面多叫人伤心！你似乎在怪罪别人，可是这样连你自己都不信服。现在我终于明白了，将来恐怕就永远如此了。唔！求求你，我们再也不要见面了！

　　我们有多少话要讲，可是见了面，为什么这样别扭，有这种做作的感觉，为什么这样目瞪口呆，讲不出话来呢？你回来的第一天就沉默寡言，我还窃窃心喜，以为你会打破沉默，对我讲些美妙的事情，不讲完是不会走的。

　　然而，去奥尔舍的那趟散步，我看多么凄苦，尤其我们拉在一起的手放开，无望地垂落下去，我就感到心痛欲碎。最令我伤心的倒不是你的手放开我的手，而是感到你不这样做，我的手也会放开的，既然它在你的手中不舒服了。

　　第二天，也就是昨天的事儿，我等了你一上午，简直要发疯了。我实在烦躁不安，在家待不住了，就给你留了个字条，让你到海堤那儿去找我。我久久凝望波涛汹涌的大海，可是独自观望海景，我心中又苦不堪言。我往回家走时，猛然想象你就在我的房间等我呢。我知道自己下午没有空：头一天玛德兰表示要来看我，我原以为上午能见到你，便约她下午来。不过，也许多亏有她在场，我们这次重逢才有这段唯一美好的时光。当时一阵工夫，我产生一种奇异的幻觉，似乎这种轻松的谈话会持续很久，很久……然而，你凑近我和玛德兰坐着的长沙发，俯身对我说"再见"时，我都未能应答，就觉得一切全结束了——我恍然大悟，你要走了。

　　你和玛德兰刚一走，我就感到这是不可能的，也是无法容忍的。你想不到，我又出门啦！还想跟你谈谈，把我没有对你说的话全讲出来。我已经抬脚朝普朗蒂埃家跑去……可是天色已晚，没时间了，我就未敢……我心中绝望，回到家给你写信……说我再也不想给你写信了……写一封诀别信……因为归根结底，我深深地感到，我们的全部通信无非一大幻影，我们每人，唉！不过是在给自己写信……杰罗姆！杰罗姆！噢！我们还是永远分开吧！

不错，我撕掉了这封信，可是，现在我给你重写一封，差不多还是原样。我的朋友啊，我对你的爱丝毫未减！非但未减，而且一当你靠近，我就心慌意乱，局促不安，从而比任何时候都更明显地感到，我爱你有多深，可又多么绝望。你应知道，因为我在内心必须承认：你离得远我爱你更深。唉！这种情况我早就料到！这次见面我是多么热切地企盼，却最终让我明白这一点；而你，我的朋友，你也应当深信不疑。别了，我深深爱着的兄弟，愿上帝保佑你并指引你——唯有靠近上帝才不受惩罚。

就好像这封信给我造成的痛苦还不够似的，她在第二天又加写这段附言：

在发信之前，我还得向你提一点要求：关系你我二人的事，你还是谨慎一些。你不止一次伤害了我，将我们之间的事儿告诉了朱丽叶或阿贝尔。正因为如此，我在你觉察之前，早就想到你的爱理性成分居多，是温情和忠诚在理智上的一种执意的表现。

毫无疑问，她是怕我向阿贝尔出示这封信才补充最后这几行文字。她是看出了什么而起了疑心，才这样警觉起来了呢？难道她在我的言谈话语中，早就看出我朋友出过主意的影子吗？……

其实从那以后，我感到同他疏远多了！我们已经分道扬镳。我已经学会独自承受折磨我的忧伤的重负，阿莉莎的这种嘱咐显然是多余的。

一连三天，我一味地抱怨，想给阿莉莎写信，又顾虑多多，怕争论起来太认真，申辩起来太激烈，又怕哪个词用得不当，揭了我们的伤疤而难以医治了。我的爱情在奋力挣扎的这封信，不知反复写了多少遍。今天拿起来再看，每次都要流泪，泪水会浸湿我终于决定寄出去的这封信的副本：

阿莉莎！可怜可怜我，可怜可怜我们俩吧！……你的信叫我心里难过。对于你的种种担心，我真希望一笑置之！对，你写给我的这些，我早就有所感觉，只是不敢承认而已。你把纯粹臆想的东西当成多么可怕的现实，又极力把它加厚隔在我们中间！

　　如果你感到对我的爱减弱了……噢！这种残忍的设想，跟我的头脑不沾边，也遭到你这封信从头至尾的否定！那么，你这种一时的恐惧又有什么要紧的呢？阿莉莎！我一要讲道理，语句就僵硬冻结了，只能听见自己这颗心在痛苦呻吟了。我爱你爱得太深，就无法显得机灵；我越爱你，就越不会跟你说话。"理性的爱"，让我怎么回答好呢？我对你的爱，是发自我的整个灵魂，怎么能划分得开我的理智和感情呢？既然我们的通信为你诟病，既然通信将我们抬得很高，又将我们抛入现实中而遭受重创，既然你现在认为，你写信只是给自己看的，既然我没有勇气再看到一封类似的信，那么求求你了，我们就暂时停止书信来往吧。

　　我在信中接着表示不同意她的判决，要求重新审议，恳请她再安排一次会面。而刚结束的这次见面，处处不顺，背景条件、配角人物、季节都不利，就连我们热情洋溢的通信，也没有慎重地为我们做心理准备。而这一次，我们会面之前要完全保持沉默。我还希望春天，将会面安排在封格斯马尔田庄，那里有过去的时光为我辩护，舅父也愿意在复活节假日接待我，至于多住些日子还是少住两天，那就看她高兴什么样子。

我主意已定，信一发出去，就专心投入学习中了。

可是还未到年底，我就又见到阿莉莎了，只因近几个月来，阿什布通小姐身体渐渐不支，在圣诞节前四天去世了。我服兵役回来，就同她住在一起，基本上没有离开过，是看着她咽气的。阿莉莎寄来一张明信片，表明她挂念我的哀痛，更切记我们保持沉默的誓愿。她赶头一趟火车来，再乘第二趟火车返回，只来参加葬礼，因为舅父来不了。

送葬的几乎只有我们两个人，我们跟随灵柩，并排走着，一路上没有说几句话。然而到了教堂，她坐到我身边，有好几次我觉出，她朝我投来深情的目光。

"就这么定了，"临别时她对我说，"复活节前什么也不谈。"

"好吧，可是到了复活节……"

"我等你。"

我们走到了墓地门口，我提出陪她去车站，而她却一招手叫住一辆车，连句告别的话也没讲就走了。

第七章

　　"阿莉莎在花园里等你呢。"舅父像父亲一样吻了我，对我说道。我是四月底来到封格斯马尔田庄的，没有看到阿莉莎立刻跑来迎我，开头还颇感失望，但是很快又心生感激，是她免去了我们刚见面时的俗礼寒暄。

　　她在花园里端。我朝圆点路走去，只见紧紧围着圆点路有丁香、花楸、金雀花和锦带花等灌木，这个季节正好鲜花盛开。我不想远远望见她，或者说不想让她瞧见我走近，便从花园另一侧过去，沿着一条树枝遮护的清幽小径，脚步放得很慢。天空似乎同我一样欢快，暖融融、亮晶晶的，一片纯净。她一定以为我要从另一条花径过去，因此我走到近前，来到她身后，她还没有听见。我站住了……就好像时间也能同我一道停住似的。我心中想道：就是这一刻，也许是最美妙的一刻，它在幸福到来之前，甚至胜过幸福本身……

我想走到跟前跪下，走了一步，她却听见了，霍地站起来，手中的刺绣活儿也失落到地上。她朝我伸出双臂，两手搭在我肩上。我们就这样待了片刻。她一直伸着双臂，满脸笑容探着头，一言不发，温情脉脉地凝视我。她穿了一身白衣裙。在她那张有些过分严肃的脸上，我重又发现她童年时的笑容。……

　　"听我说，阿莉莎，"我突然高声说道，"我有十二天假期，只要你不高兴，我一天也不多留。现在我们定下一个暗号，标示次日我应该离开封格斯马尔。而且到了次日，我说走就走，既不责怪谁，也不发怨言。你同意吗？"

　　这话事先没有准备，我讲出来更为自然。她考虑了片刻，便说道："这样吧，晚上我下楼吃饭，脖子上如果没戴你喜爱的那副紫晶十字架……你会明白吗？"

　　"那就是我在这里住的最后一晚。"

　　"你能那样就走吗？不流泪，也不叹息……"

　　"而且不辞而别。最后一晚，还像头一天晚上那样分手，极其随便，会引你心中犯合计：他究竟明白了没有？可是第二天早晨，你再找我，就发现我悄然离去。"

　　"第二天，我也不会寻找你。"

　　我接住她伸过来的手，拉到唇边吻了吻，同时又说道："从现在起，到那决定命运的夜晚，不要有任何暗示，以免让我产生预感。"

"你也一样，不要暗示即将离开。"

现在，该打破这种庄严的会面可能在我们之间造成的尴尬气氛，我又说道："我热切希望在你身边的这几天，能像平常日子一样……我是说，我们二人，谁也不觉得有什么特别的。再说……假如我们一开始别太急于要谈……"

她笑起来。我则补充说："我们就一点儿也没有可以一起干的事了吗？"

我们始终对园艺感兴趣。新近来的花匠不如原来那个有经验，花园撂了两个月，好多处需要修整。有些蔷薇没有剪枝，有的长得很茂盛，但是枯枝壅塞；还有的支架倒塌，枝蔓乱爬；另外一些疯长的，夺走了其他枝叶的营养。这些花大多都是我们从前嫁接的，都还认得自己干的活儿，但是照料起来，费时费工，占去了我们头三天的时间。我们也说了许多话，绝没有涉及严肃的事儿，沉默的时候，也没有冷场的沉重之感。

我们就这样彼此重又习惯了。我不想作任何解释，还是倚重于这种习惯。就连分离的事儿，也在我们之间淡忘了；同样，我常常感到的她内心的那种畏惧，以及她所担心我的灵魂深处的那种矛盾，也都已锐减。阿莉莎显得青春焕发，比我秋天那次可悲的探访时强多了，在我看来比任何时候都更美丽。我这次来，还没有拥抱过她。每天晚上，我都看见金链吊着紫晶小十字架，在她胸衣上闪闪发亮。我有了信心，希望也就在我心中复萌了。我说什么，希望？已经是深信不疑了，而且我想象阿莉莎也会有同感。我对自己没有什么怀疑了，因而对她也不再心存疑虑了。我们的谈话逐渐大胆起来。

一天早晨，空气温馨欢悦，我们感到心花怒放，我不禁对她说："阿莉莎，朱丽叶现在生活幸福美满了，你就不能让我们俩也……"

我说得很慢，眼睛注视她，忽见她的脸唰地失去血色，异乎寻常地惨白，我到嘴边的话都没有说完。

"我的朋友！"她说道，但是目光没有移向我，"在你身边，我感到非常幸福，超出了我想象人所能得到的；不过，要相信我这话：我们生来并不是为了幸福。"

"除了幸福，心灵还有什么更高的追求呢？"我冲动地嚷道。

她却喃喃地说："圣洁……"这话说得声音极低，我不如说是猜出来的，而不是听到的。

我的全部幸福张开翅膀，离开我冲上云天。

"没有你，我根本达不到。"我说道。我随即将额头埋到她双膝里，像孩子一样哭起来，但流的不是伤心泪，而是爱情泪。我又重复说："没有你不行，没有你不行！"

这一天像往日一样过去了。然而到了晚上，阿莉莎没有戴那副紫晶小十字架。我信守诺言，次日拂晓便不辞而别。

我离开的第三天，收到这样一封古怪的信，开头还引了莎士比亚剧中的几句诗：

> 又弹起这曲调，节奏逐渐消沉，
>
> 经我耳畔，如微风吹拂紫罗兰；
>
> 声音轻柔，偷走紫罗兰的清芬，
>
> 偷走还奉送。够了，不要再弹；
>
> 现在听来，不如从前那样香甜①……

不错！我情不自禁，一上午都在寻找你，我的兄弟！我无法相信你真的走了，心中还怨你信守诺言。我总想：这是场游戏，我随时会看到他从树丛后面出来。——其实不然！你果真走了。谢谢。

这天余下来的时间，我的头脑就一直翻腾着一些想法，希望告诉你——而且，我还产生一种真切的、莫名其妙的担心，这些想法，我若是不告诉你，以后就会觉得对不住你，该受你的谴责。

你到封格斯马尔的头几个小时，我就感到在你身

---

① 原文为英文，引自莎士比亚的《第十二夜》。

边，整个身心都有一种奇异的满足，我先是惊讶，很快又不安了。你对我说过："十分满足，此外别无他求！"唉！正是这一点令我不安……

我的朋友，我怕让你误解，尤其怕你把我心灵纯粹强烈感情的表露，当作一种精妙的推理。(噢！若是推理，该是多么笨拙啊)

"幸福如不能让人满足，那就算不上幸福"，这是你对我说的，还记得吗？当时，我不知道如何回答才好。——不，杰罗姆，幸福不能让我们满足。杰罗姆，它也不应该让我们满足。这种乐趣无穷的满足感，我不能看作是真实存在的。我们秋天见面时不是已经明白，这种满足掩盖多大的痛苦吗？……

真实存在的！哎！上帝保佑并非如此！我们生来是为了另一种幸福……

我们以往的通信毁了我们秋天的会面，同样，回想你昨天跟我在一起的情景，也消除了我今天写信的魅力。我从前给你写信时的那种陶醉心情哪里去了？我们通过书信，通过见面，耗尽了我们的爱情所能期望的全部最单纯的快乐。现在，我忍不住要像《第十二夜》的奥西诺那样高喊："够了！不要再弹！现在听来，不如刚才那么香甜。"

460

别了，我的朋友。"从现在开始爱上帝吧。"唉！你能明白我是多么爱你吗？……一生一世我都将是你的。

阿莉莎

我对付不了美德的陷阱。凡是英雄之举，都会令我眼花缭乱，倾心仿效，因为我没有把美德从爱情中分离出去。阿莉莎的信激发出我的最轻率的热忱。上帝明鉴，我仅仅是为了她，才奋力走上更高的美德之路。任何小径，只要是往上攀登，都能引我同她会合。啊！地面再怎么忽然缩小也不为快，但愿最后只能载我们二人！唉！我没有怀疑她的巧饰，也难以想象她能借助峰巅再次逃离我。

我给她回了一封长信，只记得其中这样一段比较清醒的话：

我经常感到，爱情是我保存在心中最美好的情感，我的其他所有品质都挂靠在上面。爱情使我超越自己，可是没有你，我就要跌回到极平常极平庸的境地。正因为抱着与你相会的希望，我才总认为多么崎岖的小径也是正道。

不记得我在信中还写了什么，促使她在复信中写了这样一段话：

可是，我的朋友，圣洁不是一种选择，而是一种天职（在她的信中，这个词下面画了三条线强调）。如果你是我当初认为的那种人，那么，你也同样不能逃避这种天职。

完了。我明白了，确切地说我有预感，我们的通信到此打住，无论多么狡猾的建议，多么执着的意愿，也无济于事了。

然而，我还是怀着深情给她写长信。我寄出第三封信后，便收到这封短信：

我的朋友：

绝不要以为我决意不再给你写信了，我只是对信没有兴趣了。不过，你的几封信还是让我开心，但是我越来越自责，不该在你的思想里占这么大位置。

夏天快到了。这段时间我们就不写信了，九月份后的半个月，你就来封格斯马尔，在我身边度过吧。你同意吗？如果同意，就不必回信了。我把你的沉默视为默许，但愿你不给我回信。

我没有回信。毫无疑问，这种沉默不过是她给我安排的最后的考验。经过数月学习和数周旅行之后，我回到封格斯马尔田庄时，就完全心平气和、深信不疑了。

　　开头连我自己也弄不清楚的事情，三言两语怎么就能立刻说明白呢？从那时起，我整个儿陷入了悲痛，除了原因，我在这里还能描绘什么呢？因为，我未能透过最虚假的外表，感受到一颗还在搏动的爱恋的心，至今我在自身也找不出可以自我原谅的东西，而起初我只看见这种外表，却认不出自己的女友，便责怪她……不，阿莉莎，即使在当时，我也不责怪你！只是因为认不出你而绝望地哭泣。现在再看你的爱缄默的诡计和残忍的伎俩，我就能衡量出这种爱的力量，那么你越是残酷地伤我的心，我不是越应该爱你吗？

　　鄙夷？冷漠？都不是，根本不是人力可以制胜的东西，不是我能与之搏斗的东西。有时我甚至犹豫，怀疑我的不幸是不是庸人自扰，须知这种不幸的起因始终极其微妙，而阿莉莎始终极其巧妙地装聋作哑。我又能抱怨什么呢？她接待我时，比以往任何时候都更加笑容满面，更加殷勤和关切。第一天，我差不多被迷惑住了……她换了一种发式，头发平平地梳向后边，衬得面部线条非常直板，表情也变样了。同样，她穿了一件色彩黯淡的粗布料胸衣，极不合体，破坏了她那身段的风韵……然而归根结底，这些又有什么关系呢？她若想弥补，这些都不在话下，而且我还盲目地想，第二天她就会主动地，或者应我的请求改变……我更为担心的是她这种殷勤关切的态度，这在我们之间是极不寻常的，只怕这是出自决心而非激情，如果冒昧地讲，出自礼貌而非爱情。

晚上，我走进客厅，发现原来位置上的钢琴不见了，不禁奇怪，便失望地叫起来。

"钢琴送去修了，我的朋友。"阿莉莎回答，声调十分平静。

"我跟你说过多少次，孩子，"舅父说道，责备的口气相当严厉，"你一直用到现在，弹着不是挺好嘛，等杰罗姆走了再送去修也不迟，何必这么急，剥夺我们一大乐趣……"

"哎，爸爸，"阿莉莎脸红了，扭过头去说，"近来钢琴的音色特别沉浊，就是杰罗姆怕也弹不成调子。"

"你弹的时候，听着也不那么糟嘛。"舅父又说道。

有一阵工夫，阿莉莎头俯向暗影里，仿佛专心计数椅套的针脚，然后她突然离开房间，过了好久才回来，用托盘给舅父端来每晚要服的药茶。

第二天，她的发型未改，胸衣也未换。她和父亲坐在屋前的长椅上，又拿起昨晚就赶着做的针线活儿，确切地说是缝补活儿。旁边一个大篮子，装满了旧袜子，她全掏出来，摊在长椅上和桌子上。几天之后，又接着缝补毛巾、床单之类的东西……她的精神全用在活儿上，嘴唇失去任何表情，眼睛也尽失光亮。

第一天晚上，就是这张没了诗意的面孔，我几乎认不出了，注视了好一会儿，也不见她对我的目光有所觉察，我几乎惊恐地叫了一声："阿莉莎！"

"什么事儿？"她抬起头来问道。

"我就想瞧瞧你能不能听见我说话。你的心思好像离我特别远。"

"不，我就在这儿；不过，这类缝缝补补的活儿要求非常专心。"

"你缝补这工夫，要我给你念点儿什么吗？"

"只怕我不能注意听。"

"你为什么挑这样劳神的活儿干呢？"

"总得有人干呀。"

"有很多穷苦女人，干这种活儿是为挣口饭吃。你非干这种费力不讨好的活儿，总不是为了省几个钱吧？"

她立刻明确对我说，干这种活儿最开心，好长一段时间以来，她就不干别的活儿了，恐怕全生疏了……她含笑说这些情况，温柔的声音也从来没有如此让我伤心。"我说的全是自然而然的事儿，你听了为什么愁眉苦脸呢？"她那张脸分明这样说。我的心要全力抗争，但只能使我窒息，连话都到不了嘴边了。

第三天，我们一起去摘玫瑰花，然后，阿莉莎让我把花儿送到她房间去。这一天，我还没有进过她的房门。我心中立刻萌生

465

多大希望啊！因为当时，我还怪自己不该这样伤心呢——她一句话，就能驱散我心头的乌云。

每次走进她的房间，我心情总是很激动，不知道屋里是怎么布置的，形成一种和谐而宁静的氛围，一看就认出是阿莉莎所特有的。窗帘和床帷布下蓝色的暗影，桃花心木的家具亮晶晶的，一切都那么整齐、洁净和安谧，一切都向我表明她的纯洁和沉思之美。

那天早晨我走进屋，发现我从意大利带回的马萨乔两幅画的大照片，从她床头的墙上消失了。我感到诧异，正要问她照片哪儿去了，目光忽又落到旁边摆她喜爱的书的书架上，发现一半由我送的、一半由我们共同看的书慢慢积累起来的小书库，全部搬走了，换上了清一色毫无价值的、想必她会嗤之以鼻的宗教宣传小册子。我又猛然抬起头，看见阿莉莎笑容可掬——不错，她边笑边观察我。

"请原谅，"她随即说道，"是你这副面孔惹我发笑，你一看见我的书架，脸就失态了……"

我可没有那份心思开玩笑。

"不，说真的，阿莉莎，你现在就看这些书吗？"

"是啊，有什么奇怪的？"

"我是想，一个聪明的人看惯了精美的读物，再看这种乏味的东西，难免不倒胃口。"

"你这话我就不明白了，"她说道，"这是些朴实的心灵，同我随便聊天，尽量表达明白，我也喜欢和它们打交道。我事先就知道，我们双方都不会退让——它们绝不会上美妙语言的圈套，而我读它们时，也绝不会欣赏低级趣味。"

"难道你只看这些了吗？"

"差不多吧。近几个月来，是这样。再说，我也没有多少看书的时间了。不瞒你说，就在最近，我想再看看你从前教我欣赏的伟大作家的书，就感觉自己像《圣经》里所讲的那种人，极力拔高自己的身长。"

"你读的是哪位伟大的作家，结果给了你这样古怪的自我评价？"

"不是他给我的，而是我读的时候自然产生的……他就是帕斯卡尔①。也许我碰上的那一段不大好……"

我不耐烦地打了个手势。她说话的声音清亮而单调，就像背书似的，眼睛一直盯着花束，插花摆弄起来没个完。她见了这个手势，略停了一下，然后又以同样的声调说下去："处处是高谈阔论，令人惊讶，费了多大的气力，只为了证明一点点东西。有时我不免想，他那慷慨激昂的声调，是不是来自怀疑，而不是发自信仰。完美的信仰没有那么多眼泪，说话的声音也不会那

---

① 帕斯卡尔 (1623—1663)：法国科学家、哲学家、散文作家，著有《思想录》。

么颤抖。"

"这种颤抖和眼泪，才显出这声音之美。"我还想争辩，但是没有勇气了，因为在这些话里，根本见不到我从前在阿莉莎身上所珍爱的东西。这次谈话，我是根据回忆如实地记录下来，事后未作一点修饰或编排。

"如果他不从现世生活中先排除欢乐，"她又说道，"那么在天平上，现世生活就会重于……"

"重于什么？"我说道，听了她这种古怪的话不禁愕然。

"重于他听说的难以确定的极乐。"

"这么说你也不相信啦？"我高声说道。

"这无关紧要！"她接着说，"我倒希望极乐是无法确定的，以便完全排除交易的成分。热爱上帝的心灵走上美德之路，并不是图回报，而是出于高尚的本性。"

"这正是隐藏着帕斯卡尔的高尚品质的秘密怀疑论。"

"不是怀疑论，而是冉森派[①]教义，"阿莉莎含笑说道，"我当初要这些有什么用呢？"她扭头看那些书，接着说道："这些可怜的人，自己也说不清究竟属于冉森派、寂静派[②]，还是别的什么派。他们拜伏在上帝面前，就像风吹倒的小草，十分单纯，心情既不慌乱，也谈不上美。他们自认为很渺小，知道只有在上帝面

---

① 冉森派：天主教新教派，在17世纪的法国一度很有影响，后来遭到镇压。
② 寂静派：信奉神秘主义，教徒可以越过教会，直接与天主对话。

前销声匿迹，才能体现出一点儿价值。"

"阿莉莎！"我高声说道，"你为什么要作践自己？"

她的声音始终那么平静、自然，相比之下，我倒觉得自己这种感叹显得尤为可笑。

她又微微一笑，摇了摇头。

"最后这次拜访帕斯卡尔，我的全部收获……"

"是什么呢？"我见她住了口，便问道。

"就是基督的这句话：'要救自己的命者，必然丧命。'至于其余部分，"她笑得更明显，还定睛看着我，接着说道，"其实，我几乎看不懂了。跟小人物相处一段时间之后，也真怪了，很快就受不了大人物的那种崇高了。"

我心情这样慌乱，还能想到什么回答的话吗？……

"今天如果需要我同你一起读所有这些训诫、这些默祷……"

"哎！"她打断我的话，"我若是见到你看这些书，会感到很伤心的！我的确认为，你生来适于干大事业，不应该这样。"

她说得极其随便，丝毫也没有流露出她意识到，这种绝情话能撕裂我的心。我的头像一团火，本想再说几句话，哭一场——说不定我的眼泪会战胜她；然而，我臂肘支在壁炉上，双手捧着额头，待在那里一句话也讲不出来。阿莉莎则继续安安静静地整理鲜花，根本没有瞧见我的痛苦，或者佯装没有瞧见……

这时，午饭的第一次铃声响了。

"无论如何我也赶不上吃午饭，"她说道，"你快去吧。"就好像这纯粹是一场游戏似的，她又补充一句：

"以后我们接着再谈。"

这场谈话没有接续下去。我总是抓不住阿莉莎，倒不是她故意躲避我，然而总碰到事儿，一碰到就十分紧迫，必须马上处理。我得排队等待，等她料理完层出不穷的家务，去谷仓监视完修理工程，再拜访完她日益关心的佃户和穷人，这才轮到我。剩下来归我的时间少得可怜，我见她总那么忙忙碌碌。不过，也许我还是通过这些庸庸琐事，并且放弃追逐她，才最少感到自己有多么失意。而极短的一次谈话，却能给我更多的警示。有时，阿莉莎也给我片刻时间，可实际上是为了就合一种无比笨拙的谈话，就像陪一个孩子玩儿似的。她匆匆走到我跟前，漫不经心，笑吟吟的，给我的感觉十分遥远，仿佛与我素昧平生。我在她那笑容里，有时甚至觉得看出某种挑战，至少是某种讥讽，看出她是以这种方式躲避我的欲望为乐……然而，我随即又转而完全怪怨自己，因为我不想随意责备别人，自己既不清楚期待她什么，也不清楚能责备她什么。

原以为乐趣无穷的假日，就这样一天天过去了。每一天都极大地增加我的痛苦，因而我惊愕地注视着一天天流逝，既不想延长居留的时间，也不想减缓其流逝的速度。然而，就在我动身的两天前，阿莉莎陪我到废弃的泥炭石场。这是秋天一个清朗的夜晚，一点儿雾气也没有，就连天边蓝色的景物都清晰可辨，同时也看见了过去最为飘忽不定的往事——我情不自禁抱怨起来，指出我丧失多大的幸福，才造成今天的不幸。

"可是，我的朋友，对此我又能怎么样呢？"她立刻说道，"你爱上的是一个幽灵。"

"不，绝不是幽灵，阿莉莎。"

"那也是个臆想出来的人物。"

"唉！不是我杜撰出来的。她曾是我的女友，我要把她召回来。阿莉莎！阿莉莎！您是我曾经爱的姑娘。您到底把自己怎么啦？您把自己变成了什么样子？"

她默然不答，低着头，慢慢揪下一朵花的花瓣，过了半晌才终于开口："杰罗姆，为什么不直截了当地承认，你不那么爱我了？"

"因为这不是真的！因为这不是真的！"我气愤地嚷道，"因为我从来没有这样爱过你。"

"你爱我……可你又为我惋惜！"她说道，想挤出个微笑，同时微微耸了耸肩。

"我不能把我的爱情置于过去。"

我脚下的地面塌陷了，因而我要抓住一切……

"它同其他事物一样，也必然要过去。"

"这样一种爱情，只能与我同生死。"

471

"它会慢慢削弱的。你声称还爱着的那个阿莉莎，只是存在于你的记忆中了。有朝一日，你仅仅会记得爱过她。"

"你说这种话，就好像有什么能在我心中取代她的位置，或者，就好像我的心能停止爱似的。你这么起劲地折磨我，难道就不记得你也曾经爱过我吗？"

我看见她那苍白的嘴唇颤抖了。她声音含混不清，喃喃说道："不，不，这一点在阿莉莎身上并没有变。"

"那么什么也不会改变。"我说着，便抓住她的胳臂……

她定下神儿来，又说道："有一句话，什么都能解释明白，你为什么不敢说出来呢？"

"什么话？"

"我老了。"

"住口……"

我立即争辩，说我本人也老了，同她一样。我们年龄相差多少还是多少……这工夫，她又镇定下来，唯一的时机错过了，我一味争辩，优势尽失，又不知所措了。

两天之后，我离开了封格斯马尔，走时心里对她和对我自己都不满意，还对我仍然称为"美德"的东西隐隐充满仇恨，对我始终难以释怀的心事也充满怨愤。最后这次见面，我的爱情这样过度表现，似乎耗尽了我的全部热情。阿莉莎说的话，我乍一听总是起而抗争，可是等我的申辩声止息之后，她的每句话却以胜利的姿态，活跃在我心中。唉！毫无疑问，她说得对！我所钟爱的，不过是一个幽灵了：我曾爱过并依然爱着的阿莉莎，已经不复存在……唉！不用说，我们老啦！诗意消失，面对这种可怕的局面，我的心凉透了。可是归根结底，诗意消失不过是回归自然，无须大惊小怪。如果说我把阿莉莎捧得过高，把她当成偶像供奉，并用我所喜爱的一切美化了她，那么我长时间的苦心经营，最后剩下了什么呢？……阿莉莎刚一自行其是，便回到本来的水平，平庸的水平上，而我本人也一样，但是在这种水平上，就没有爱她的欲望了。哼！纯粹是我的力量将她置于崇高的地位，而我又得竭尽全力追求美德去会她。现在看来，我这种努力该有多么荒谬而空幻啊！如果不那么好高骛远，我们的爱情就容易实现了……然而，从此以后，坚持一种没有对象的爱，又有什么意义呢？这就是固执，而不是什么忠心了。忠于什么呢？——忠于错误。干脆承认自己错了，不是最为明智吗？……

这期间，我接受推荐，要立即进入雅典学院 ①，倒不是怀着多大抱负和兴趣，而是一想到走就高兴，好像一走就全摆脱了。

———————————

① 法国在希腊雅典设立的学院，派去高等师范学生深造。

第八章

不过，我又见到了阿莉莎……是三年之后的事儿了，夏季快要过去的时候。在那之前约十个月，阿莉莎来信告诉我舅父病故。当时我正游览巴勒斯坦，便写了一封颇长的回信，但是没有得到回音……

后来，忘了是借什么事情，我到了勒阿弗尔，信步就自然走到封格斯马尔田庄。我知道进去能见到阿莉莎，但又怕她有别人。我事先没有通知一声，又不愿意像普通客人那样登门拜访，于是心中迟疑，举足不前：我进去呢，还是连面也不见一见就走呢？……对，当然不见更好。我只是在林荫路上走一走，在长椅上坐一坐就行了——也许她还时常去闲坐……我甚至开始考虑留下个什么标记，能向她表明我到过这里又走了……我就这样边想边缓步走着，既已决定不见面，内心悲怆的凄苦就化为淡淡的忧伤了。我已经走上林荫路，怕被人撞见，便走在旁边的人行道上，正好沿着田庄大院围墙的斜坡。我知道斜坡有一处能俯瞰花园，攀登上去，就看见一名我认不出来的花匠在耙平一条花径，转眼他就从我的视野消失了。大院的新栅栏门关着。看家狗听见我经过，便吠了起来。再走出不远，林荫路到头了，我就拐向右边，又来到花园的围墙下，接着想去同我刚离开的林荫路平行的山毛榉树林。在经过菜园的小门时，忽然产生一个念头：从小门进花园去。

小门插着，但是门闩不堪一撞，我正要用肩头撞开……这时忽听有脚步声，我便躲到墙角。

我看不着是谁从花园里走出来，但听声音我能感到是阿莉莎。她朝前走了三步，低声唤道："是你吗，杰罗姆？"

我这颗怦怦狂跳的心，戛然停止跳动，喉头一发紧，连话也讲不出来。于是，她又提高嗓门，重复问道："杰罗姆，是你吗？"

听她这样呼唤我，我的心情激动极了，不禁双膝跪下。由于我一直没有应声，阿莉莎又朝前走了几步，转过墙角，我就突然感到她近在咫尺——近在咫尺，而我却用手臂遮住脸，就仿佛害怕马上见到她似的。她俯身看了我半晌，而我则吻遍了她两只柔弱的手。

"你为什么躲起来呢？"她问道，语气十分自然，就好像不是分别三年，而只有几天没见面。

"你怎么知道是我？"

"我在等你。"

"你在等我？"我万分惊讶，只能用疑问的口气重复她的话……

她见我还跪在地上，便说道："走，到长椅那儿去。不错，我就知道还能见你一面。这三天，每天傍晚我都来这儿，就像今天傍晚这样呼唤你……你为什么不应声呢？"

"如果不是被你撞见，我连面也没见你就走了。"我说道，并且极力控制刚见面时支持不住的激动心情，"我路过勒阿弗尔，只是想在这林荫路上走一走，在花园周围转一转，到泥炭矿场的长椅上坐一会儿，想必你还常来坐坐，然后就……"

"瞧瞧这三天傍晚，我来这儿读什么了。"她打断我的话，递给我一包信。我认出这正是我从意大利给她写的信。这时我抬起眼睛，见她样子变得厉害，又瘦又苍白，不觉心如刀绞。她紧紧偎着我，压在我的手臂上，就好像感到害怕或者发冷似的。她还身穿重孝，头饰仅仅扎着黑色花边发带，从两侧衬得她的脸愈显苍白。她面带微笑，可是整个人儿好像要瘫倒。我不安地问她，现在是否单独一人住在封格斯马尔。不是，罗贝尔和她在一起。八月份，朱丽叶、爱德华和三个孩子也来住过一段时间……我走到长椅跟前坐下，这种询问生活状况的谈话，又继续了一阵。她问我工作情况，我很不愿意回答，要让她感到我对工作没有兴趣了。我就是要让她失望，正如她让我失望一样。然而，她却不动声色，我也不知道是否达到了目的。至于我，既满腔积怨，又满怀深情，极力用最冷淡的口气跟她说话，可是又恨自己不争气，说话的声音有时因为心情激动而颤抖。

夕阳被云彩遮住一阵工夫，要落下地平线时又露出头来，几乎正对着我们，一时颤动的霞光铺满空旷的田野，突然涌进我们脚下的小山谷。继而，太阳消失了。我满目灿烂的霞光，什么话也没有讲，只觉得沐浴在金色的辉光中，心醉神迷，怨恨的情绪随之烟消云散，内心只有爱这一种声音了。阿莉莎一直俯身偎着我，这时直起身来，从胸口掏出一个薄纸小包，要递给我，但欲给又止，似乎迟疑不决。她见我惊讶地看着她，便说道："听我说，杰罗姆，这是我的紫晶十字架，这三天傍晚一直带在身上，因为，我早就想给你了。"

"给我有什么用？"我口气相当生硬地说道。

"给你女儿，算是你留着我的一个念心儿。"

"什么女儿？"我不解地看着阿莉莎，高声说道。

"求求你，平心静气地听我说。别，不要这样注视我，不要注视我，本来我就很难开口。不过，这话，我非得跟你讲不可。听我说，杰罗姆，总有那么一天，你要结婚吧？……别，不要回答我，不要打断我的话，我恳求你了。我仅仅想让你记住我曾经非常爱你，而且……我早就有这个念头了……存在心里三年了……你喜爱的这个小十字架，将来有一天，你的女儿戴上，算是对我的纪念，唔！但她不知道是谁的……你给她起名的时候……或许也可以用我这名字……"

她声音哽咽，说不下去了。我几乎充满敌意地嚷道：

"你干吗不亲手给她呢？"

她还要说什么。她的嘴唇像抽泣的孩子那样翕动，但是没有流下眼泪。她那眼神异常明亮，显得那张脸流光溢彩，具有一种超凡的天使般的美。

"阿莉莎！我能娶谁呢？你明明知道我爱的只能是你……"猛然，我拼命地一把搂住她，近乎粗鲁地把她搂在我怀里，用力亲吻她的嘴唇。一时间，她似乎顺从了，半倒在我怀里，只见她的眼神模糊了，继而合上眼帘，同时又以一种在我听来无比准确、无比和谐的声音说道：

"可怜可怜我们吧，我的朋友！噢！不要毁了我们的爱情。"

也许她还说过：做事不要怯懦！也许这是我自言自语，我也弄不清了。不过，我倒是突然跪到她面前，情真意笃地抱住她，说道："你既然这样爱我，为什么要一直拒绝我呢？你瞧！我先是等朱丽叶结了婚，我明白你也是等她生活幸福了；现在她幸福了，这是你亲口对我讲的。好长一段时间我以为，你要继续生活在父亲身边，可是现在，只剩下我们两个人了。"

"唔！过去就过去了，我们不要懊悔，"她喃喃说道，"现在，这一页我已经翻过去了。"

"现在还来得及，阿莉莎。"

"不对。我的朋友，来不及了。还记得那一天吧，我们出于相爱，就彼此抱着高于爱情的期望，从那一天起就来不及了。多亏了你呀，我的朋友，我的梦想升到极高极高，再谈任何世间的欢乐，就会使它跌落下来。我时常想，我们在一起生活是什么情景：一旦我们的爱情……不再完美无缺了，我就不可能再容忍……"

"你是否想过，我们没有对方的生活是什么情景吗？"

"没有！从来没有。"

"现在，你看到啦！这三年来，没有你，我艰难地流浪……"

夜幕降临。

"我冷。"她说着便站起来，用披肩紧紧裹住身子，让我无法再挽起她的手臂了，"你还记得《圣经》的这一节吧，当时我们为之不安，担心没有很好理解：'他们没有得到许诺给他们的东西，因为上帝给我们保留了更美好的……'"

"你始终相信这些话吗？"

"不能不信。"

我们并排走着，谁也没有再说话。过了一会儿，她才接着说道："你想象一下吧，杰罗姆，最美好的！"她的眼泪突然夺眶而出，而她仍然重复道："最美好的！"

我们又走到我刚才见她出来的菜园小门。她转身面对我。

"别了！"她说道，"不，你也不要再往前走了。别了，我心爱的人。最美好的……现在就要开始了。"

她注视了我一会儿，眼里充满难以描摹的爱，双臂伸着，两手搭在我肩上，既拉住我又推开我……

小门一重新关上，我一听见她插上门闩的声音，便挨着门扑倒在地，简直悲痛欲绝，在黑夜中哭泣了许久。

何不拉住她，何不撞开门，何不闯进不会拒绝接纳我的房子里呢，不行，即使今天再回顾这段往事的全过程……我也觉得不能那么干，现在不能理解我的人，就表明他始终不理解我。

我感到极度不安，实在忍耐不住，几天之后便给朱丽叶写信，告诉她我去过封格斯马尔，见到阿莉莎又苍白又消瘦，我又多么深感不安。我恳求她保重身体并给我消息，可是等阿莉莎写信是等不来了。

信寄出不到一个月，我收到这样一封回信：

亲爱的杰罗姆：

　　我要告诉你一个非常沉痛的消息：我们可怜的阿莉莎离开人世了……唉！你在信中表示的忧虑完全是有道理的。近几个月来，她身体日渐衰弱，却没有什么明显

480

的病症；不过，她经我一再恳求，同意去看勒阿弗尔的A大夫。大夫给我写信说，她没有患什么大病。可是，你去看望她之后的第三天，她突然离开了封格斯马尔。这还是罗贝尔写信告诉我的，要不是罗贝尔，我还根本不知道她离家出走——她很少给我写信，因而没有她的音讯，我也不会很快惊慌起来。我狠狠责备罗贝尔，不该放她走，应当陪她去巴黎。说起来你会相信吗，从那时候起，我们就不知道她的下落了。你能判断出真叫我担心死了，既见不到她，又无法给她写信。过了几天，罗贝尔去了巴黎，但是没有发现一点线索。他那人懒洋洋的，我们怀疑他是否尽力了。必须报警，我们不能总处于这种情况不明的折磨人的状态。于是，爱德华去了，经过认真寻找，终于发现阿莉莎藏身的那家小疗养院。可惜太迟啦！我收到疗养院院长的一封信，通知我她去世的消息，同时也收到爱德华的电报，说他甚至未能见她最后一面。她临终那天，把我们的地址写在一个信封上，好让人通知我们，在另外一个信封里，她装了给勒阿弗尔公证人的信件副本，遗嘱全写在上面。信中有一段我想与你有关，不久我会告诉你。爱德华和罗贝尔参加了前天举行的葬礼。护送灵柩的除了他们俩，还有几位病友——她们一定要参加葬礼，并且一直伴随她的遗体到墓地。可惜我没法儿去，第五个孩子随时要分娩了。

我亲爱的杰罗姆，我知道她的死讯要给你造成极痛深悲，我给你写信时也心如刀割。已有两天，我不得不卧床，写信很吃力，但是不愿意让任何人代笔，连爱德华和罗贝尔也不行，只能由我向你谈唯独我们二人了解的人。现在，我差不多成了老主妇了，厚厚的灰烬已经覆盖了火热的过去，现在可以了，希望再见到你。如果你要到尼姆来办事或游览，那就请到埃格－维弗来。爱德华会很高兴认识你，我们二人也能谈谈阿莉莎。再见，亲爱的杰罗姆。我非常伤心地拥抱你。

几天之后我便得知，阿莉莎将封格斯马尔田庄留给她兄弟，但是要求她房间的所有物品和她指定的几件家具，全部寄给朱丽叶。不久我就会收到封好寄给我的一包材料。我还得知她要求给她戴上紫晶十字架，正是最后相见那次我拒收的那枚——爱德华告诉我，她如愿以偿了。

公证人转寄给我的一包密件，装有阿莉莎的日记。我这里抄录许多篇。——只是抄录，不加评语。不难想象，我读这些日记时心中的感触和震动，要表述必然挂一漏万。

阿莉莎的日记

埃格－维弗

前天从勒阿弗尔动身，昨天到达尼姆。这是我头一回旅行！既不用操心家务，也不必动手做饭，不免有点儿无所事事。而今天，188x年5月24日，正逢我二十五岁生日，我开始写日记——虽无多大乐趣，也算有点儿营生，因为，有生以来，也许我这是第一次感到孤独。来到这异乡，这近乎陌生的土地，我还不熟识。它要向我讲述的，一定类似诺曼底向我讲述的，我在封格斯马尔百听不厌的事情——因为无论在哪里，上帝都不会变样——然而，这片南方的土地讲一种我未学过的语言，我听着不免感到惊奇。

5月24日

朱丽叶在我身边的躺椅上打盹。我们所在的露天走廊，给这座意大利式住宅增添了魅力，它与连接花园的铺沙庭院齐乎……朱丽叶待在躺椅上，就能望见起伏延伸至水塘的草坪，望见水面上嬉戏的一群五颜六色的野鸭，以及游弋的两只天鹅。据说水源是一条小溪，夏季从不枯竭。不过，小溪穿过园子，穿过越来越荒野的树丛，在干渴的灌木丛和葡萄园之间越来越窄，很快就完全窒息了。

　　……昨天我陪朱丽叶的时候，爱德华·泰西埃带父亲参观了花园、农场、贮藏室和葡萄园——因此今天一清早，我就初次散步，独自探索这个园子了。这里的许多花草树木我不认识，很想知道名字，每种植物就折一根小枝，好在吃午饭的时候能问别人。我认出了一种，就是杰罗姆在博尔盖萨别墅或多里亚－庞菲利那儿赞赏的青橡树……是我们诺尔省这种树的远亲，外观差异极大。这些树枝繁叶茂，差不多将园子尽头的一块狭小的空地遮得严严实实，给这块踩着软绵绵的草坪蒙上神秘的色彩，足以引来仙女歌唱。我对大自然的情感，在封格斯马尔打上深深的基督教烙印，到了这里，却不由自主地染上神话色彩，我不免惊讶，甚至有点惊慌。然而，越来越压抑我的这种恐惧，还是宗教式的。我还叨念着：hicnemus①。空气特别清新，周围静得出奇。我想到俄耳甫斯②，想到阿尔米达③，忽听一声鸟啼，独声啼叫，就在身边，极其婉转清脆，就好像整个大自然都等待这声啼叫。我的心剧烈地跳动，靠在一棵树上待了片

① 原文为拉丁文，意为"这就是树林"。
② 俄耳普斯：希腊神话中的诗人、歌手，善弹竖琴。
③ 阿尔米达：法国 17 世纪作家吉诺的五幕悲剧《阿尔米达》中的主人公。又，16 世纪意大利诗人塔索的长诗《被解放的耶路撒冷》中的人物。

刻，这才回房，而全家上下还没有一人起床。

5 月 26 日

一直没有杰罗姆的消息。他的信即使寄往勒阿弗尔，也会给我转来的……我的不安心情，只能对这本日记诉说。三天来，无论昨天的博地之行，还是祈祷，都未能片刻使我释念。今天，我也写不了别的什么：我到达埃格－维弗之后所产生的无名忧伤，也许没有别的缘故。——这种忧伤，在我内心的极深处，现在我觉得早就有了，只是被我引以为自豪的快乐掩盖了。

5 月 27 日

为什么要欺骗自己呢？我是通过推理，才对朱丽叶的幸福感到高兴的。她这幸福，当初我多么诚心祝愿，甚至愿意为之牺牲我的幸福，可今天我却痛苦地看到，这幸福来得如此容易，同我们二人当初想象的大相径庭！这事儿多复杂啊！如果……我能分辨清，看到朱丽叶是在别处，而不是在我的牺牲中找到幸福，她无须我做出牺牲就幸福了。我感到受了伤害，只是因为一种强烈的自私心理复萌。

现在，我得不到杰罗姆的消息就惴惴不安，这就应

485

当扪心自问：我真的心甘情愿做出牺牲吗？上帝不再要求我这样做，我就觉得蒙受了屈辱。难道一开始我就不行吗？

5 月 28 日

这样剖析我的伤感，该有多么危险！我的心思已经倾注在这本日记上。卖弄风情的心理，我原以为克服了，难道在这里又抬头了吗？不行，但愿这本日记不要充当我的心灵顾影自怜的镜子！我写日记是由于忧伤，而不是像我开始所想的那样出于无聊。忧伤是一种"犯罪的心态"，我早就没有这种感受了，现在依然憎恨，我要"简化"我的灵魂，清除这种状态。这本日记应当助我的心灵重获快乐。

忧伤是一种复杂的情感。当初我从不分析自己的快乐。

在封格斯马尔，我也是一个人，比在这里还要孤单……可是，我为什么不感到孤独呢？杰罗姆从意大利给我写信来的时候，我就承认他没有我也能生活，没有我也生活过来了，而我的思想追随他，只要分享他的快乐就行了。然而现在，我又情不自禁地呼唤他，觉得没有他，所有新奇的景物看着都烦人……

486

6 月 10 日

这本日记刚刚开了头，就中断这么久，只因小莉丝出生了，天天晚上长时间守护朱丽叶。我所能写信告诉杰罗姆的情况，毫无兴趣记在日记里。我要避免许多女人的无法容忍的通病：日记写得太琐碎。这本日记，我要当作自我完善的一种手段。

接下来的好多页是她的读书笔记和摘抄的片段，等等。然后，又是她在封格斯马尔写的日记：

7 月 16 日

朱丽叶生活幸福，她这样说，看样子也如此——我没有权利，也没有理由怀疑……然而，我在她身边的时候，这种美中不足、颇不舒服的感觉，又是从何而来呢？——也许感到这种幸福太实际了，得来太容易，完全是"特制"的，恐怕要束缚并窒息灵魂……

现在我不禁扪心自问，我所期望的究竟是幸福，还是走向幸福的过程。主啊！谨防我得到极快就能实现的幸福！教会我拖延，推迟我的幸福，直到来到您的身边。

接下来许多页全撕掉了，一定是讲述我们在勒阿弗尔那次痛苦相见的日记。直到第二年，才重又记日记，但是没有注明日期，肯定写于我在封格斯马尔逗留期间。

我有时听他说话，就仿佛看着自己在思想。他解释我的情况。向我本人揭示我自己。没有他，我还算存在吗？只有和他在一起我才算存在……

我有时也犹豫，我对他的感情，真就是人们所说的爱情吗？人们一般所描绘的爱情和我所能描绘的相差太远。我希望什么也不说，爱他却又不知道自己在爱他，尤其希望爱他而他却不知道。

在没有他的生活中，我无论经历什么事，也不会有丝毫快乐了。我的全部美德仅仅是为了取悦于他，然而我一到他身边，就感到自己的美德靠不住了。

我喜欢弹钢琴练习曲，这样觉得每天都会有点进步。也许这也是我爱读外文书的秘密所在——这倒不是说任何外语我都偏爱，也不是说我所欣赏的本国作家不如外国作家，而是说书中的含义和情绪要费些琢磨，一旦琢磨透了，并且琢磨得越来越透，无意中就可能萌生一种自豪感，在精神的愉悦上，又增添了无以名状的心灵的满足，而我似乎少不得这种心灵的满足了。

不是处于进展的状态，无论多么幸福也不可取。我所想象的天堂之乐，并不像混同于上帝那样，而是像持续不断而又永无止境地靠拢……如果不怕玩弄字眼儿的话，我要说不是"进展性"的快乐，我一概不屑一顾。

今天早晨，我们二人坐在林荫路的长椅上，我们什么话也不讲，也没有讲什么话的需要……突然，他问我是否相信来世。

"当然相信，杰罗姆，"我立刻高声说道，"在我看来，这不只是一种希望，而是一种确信……"

我猛然感到，我的全部信念，都体现在这声叫喊里了。

"我很想知道，"他又说道……他停了片刻，才接着说，"如果没有信仰，你的生活态度会不同吗？"

"我怎么知道呢？"我回答，继而又补充道，"就说你本人吧，我的朋友，你在最热忱的信念的驱使下，就再也不可能改变生活态度了。你变了，我也不会爱你了。"

不，杰罗姆，我们的美德，不是极力追求来世的报偿，我们的爱情也不是寻求回报。受苦图报的念头，对于天生高尚的心灵是一种伤害。美德并不是高尚心灵的一件装饰品——不是的，而是心灵美的一种表现形式。

爸爸身体又不怎么好了，但愿没有什么大病，可是一连三天，他只能喝牛奶。

昨天晚上，杰罗姆上楼回房之后，爸爸和我又多坐了一会儿，不过中间出去了半晌。我独自一人，就坐到长沙发上，确切地说躺了下来，不知为什么，我几乎从未有过这种情况。灯罩拢住灯光，我的眼睛和上半身处在暗影里，而脚尖从衣裙下稍微露出来，正好映上一点灯光，我则机械地注视自己的脚尖。这时，爸爸回来了，他在门口停了片刻，神情古怪，既微笑又忧伤地打量我，看得我隐隐有点儿不好意思，就急忙坐起来，于是，他向我招了招手。

"过来，到我身边坐坐。"他对我说道。尽管时间已经很晚了，他还是向我谈起我母亲，这是从他们分离之后从未有过的情况。他向我讲述他如何娶了她，如何爱她，而最初那段生活，我母亲对他意味着什么。

"爸爸，"我终于问道，"请你告诉我，你干吗今天晚上对我讲这些，是什么引起来的，干吗偏偏在今天晚上对我讲这些呢？"

"就因为我回客厅见你躺在长沙发上，一刹那间真以为又见到你母亲。"

我着重记下这一情景，也是因为这天晚上……杰罗姆扶着我的座椅靠背，俯身从我的肩头上看我手捧的书。我看不见他，但是能感觉到他的气息，如同他身体传出的热气和颤动。我佯装继续看书，可是书中说的什么意思看不懂了，连行数也分辨不清，心中莫名其妙乱成一团麻。我趁着还能控制住的时候，急忙站起身，离开客厅一阵工夫，幸而他什么也没有看出来……后来，客厅只剩下我一人了，就躺在沙发上，爸爸觉得我像母亲，而当时我恰巧想到她。

昨天夜里，我睡得很不安稳，沉重的往事像痛悔的浪潮，涌上我的心头。主啊，教会我憎恶一切貌似邪恶的事物吧。

可怜的杰罗姆！他哪儿知道，有时他只需有个举动，而我有时就等待这个举动……

我还是小姑娘的时候，就已经考虑到他而希望自己漂亮点儿。现在想来，我从来只是为了他才"追求完美"，而这种完美，又只能在没有他的情况下才会达到。上帝呀！您的教诲，正是这一条最令我的心灵困惑。

能融合美德和爱情的心灵，该有多么幸福啊！有时我就产生这样的疑问：除了爱，无尽的爱，永无止境的爱，是否还有别的美德……然而有些日子，唉！在我看来，美德与爱情完全相抵触了。什么！我内心最自然的倾向，竟敢称之为美德！哼，诱人的诡辩！花言巧语的诱惑！幸福的骗人幻景！

今天早晨，我在拉布吕耶尔①的作品中看到这样一段话："在人生的路上，有时就遇到遭禁的极为宝贵的乐趣，极为深情的誓盟，我们渴望至少能够允许，这也是人之常情。如此巨大的魅力，只有另一种魅力能超越，即凭借美德舍弃这一切的魅力。"

为什么我要臆想出禁绝呢？难道还有比爱情更强大、更甜美的魅力在暗暗吸引我吗？啊！若能爱得极深，两个人同时超越爱情，那该有多好！……

唉！现在我再明白不过了，在他和上帝之间，唯独有我这个障碍。如果像他对我讲的那样，他对我的爱当初也许使他倾向于上帝，那么事到如今，这种爱就成为他的阻碍了。他总恋着我，心中只有我，而我成为他崇拜的偶像，也就阻碍他在美德的路上大步前进。我们二

---

① 拉布吕耶尔 (1645—1696)：法国散文作家，著有《品性录》。

人必须有一个先行达到那种境界，可是我的心太懦弱，无望克服爱情，上帝啊，那就允许我，赋予我力量，好去教他不再爱我吧。我牺牲自己的功德，将他无限美好的功德献给您……如果说失去了他，今天我的心灵要哭泣，但这不正是为了以后能在您身上同他相聚吗……

我的上帝啊！还有更配得上您的心灵吗？他生在世上，难道就没有比爱我更高的追求了吗？他若是停滞在我这水平上，我还会同样爱他吗？一切可能成为崇高的东西，如果沉湎在幸福中，会变得多么狭隘啊！……

星期日

"上帝给我们保留了更美好的。"

5月3日星期三

幸福就在眼前，近在咫尺，他若是想得到……只要一伸手，就能抓住……

今天早晨同他谈了话，我做出了牺牲。

星期一晚间

他明天走……

亲爱的杰罗姆，我无限深情，始终爱你，但是这种爱，我却永远不能对你讲了。我强加给自己的眼睛、嘴唇和心灵的束缚严厉极了，因而同你分离，对我来说倒是一种解脱、一种苦涩的满足。

我尽量照理性行事，然而一行动起来，促使我行动的道理却离我而去，或者变得在我看来荒谬了，于是我不再相信了……

促使我逃避他的理由吗？我不再相信了……不过，我还照样逃避他，但是怀着忧伤的情绪，而且不明白自己为什么还要逃避。

主啊！杰罗姆和我，我们走向您，相互鼓励，携手向前，走在生活的大道上，如同两个朝圣的香客，有时一个对另一个说："你若是累了，兄弟，就靠在我身上吧。"而另一个则回答："只要感到你在我身边就足够了……"可是不行啊！您给我们指出的道路，主啊，是一条窄路，极窄，容不下两个人并肩而行。

7月4日

六周多没有翻开这本日记了。上个月，我重读了几页，发现了一种荒唐的、有罪的念头：要写得漂亮些……好给他看……我写日记，本来是要摆脱他，现在就好像继续给他写信。

我觉得"写得漂亮"（我知道其中的含义）的那些页，我统统撕毁了。凡是谈到他的部分，也该全部撕掉，甚至应当撕掉整个日记……可我未能做到。

我撕毁那几页，就有点儿洋洋自得了……如果没有这么重的心病，我就会觉得好笑了。

我确实感到自己干得漂亮，撕掉的是至关重要的东西！

7月6日

我不得不清洗我的书架……

我拿走一本又一本，从而逃避他，可又总是遇见他。就连我独自发现的篇章，也恍若听见他给我朗诵的声音。我的兴趣，仅仅在于他所感兴趣的东西，而我的思想也采用了他的思想形式，两者难以区分开，就像从前我乐得将两者混淆那样。

有时，我故意写得糟糕一些，以便摆脱他那语句的节奏，然而，这样同他斗争，表明还忘不掉他。我干脆决定在一段时间内，只看《圣经》（也许还看看《仿效基督》①），此外，在日记里，也只记下我每天所读的显眼的章节。

---

① 《仿效基督》：15世纪拉丁文宗教读物。

从七月一日起，就像"每日面包"那样，我每天抄录一段经文。我这里只抄录附有评点的几段。

7月20日

"将你的所有全部卖掉，分给穷人。"照我的理解，我这颗只想交给杰罗姆的心，也应当分给穷人。这同时不是也教他这样做吗？……主啊，给我勇气吧。

7月24日

我停止阅读《永恒的安慰》了。只因我对这种古语兴趣很大，读着往往驰心旁骛，尝到近乎异教徒的喜悦，违背了我要从中获取教益的初衷。

又捧起《仿效基督》，但不是我看着太费解的拉丁文本。我喜欢我所读的译本甚至没有署名——当然是新教的，不过小标题却明示："适于所有基督教团体"。

"啊！如果你知道行进在美德的路上，你自己得到多大安宁，给别人多大快乐，那么你就会更加用心去做了。"

8月10日

上帝啊，我向您呼唤的时候，怀着儿童信念般的激情，用的是天使般的超凡声音……

这一切，我知道，是来自您，而不是来自杰罗姆。可是为什么，您要处处将他的形象，置于您和我之间呢？

8月14日

用了两个多月，才算完成这项事业……主啊！帮帮我吧！

8月20日

我清楚地感到，我从忧伤的情绪清楚地感到，我要做出的牺牲，在心中并未完成。上帝啊，让我认识到，唯独他给我带来的这种喜悦，完全是您赐予的。

8月28日

我所达到的德行的境界多么平庸，多么可怜啊！难道我太苛求自己吗？——不要再为此痛苦了。

基于多么怯懦的心理，才总是乞求上帝赐予力量！现在，我的全部祈求是一种哀怨之声。

8月29日

"瞧一瞧旷野里的百合花……"

这样简单的一句话，今天早晨却使我陷入无法排遣的忧伤中。我来到田野，心田和眼眶都充满泪水，情不自禁地一再重复这句话。我眺望空旷的平野，只见农民弯腰扶犁艰难地耕地……"旷野里的百合花……"上帝啊，你究竟在哪儿呢？

9 月 16 日晚 10 时

我又见到他了。他就在这小楼里。我望见从他窗口射到草坪的灯光。我写这几行文字时，他还没有睡下，也许还在想我。他没有变——他这样讲，给我的感觉也是这样。我能按照自己的决定表现，以便促使他打消对我的爱吗？……

9 月 24 日

噢！多么残忍的谈话，我装作无动于衷、冷若冰霜，而我的心却如醉如痴……在此之前，我只是逃避他。今天早晨，我感到上帝给了我足以制胜的力量，况且一味逃避斗争也是怯懦的表现。我胜利了吗？杰罗姆对我的爱减少了几分吗？……唉！这是我既希望又害怕的事情……我爱他从未达到如此深挚的程度。

主啊，要把他从我身边拯救走，如果必须毁掉我，那就下手吧！……

"请您进入我的心中和灵魂里，以便带去我的痛苦，继续在我身上忍受您蒙难所余下的苦难。"

我们谈到了帕斯卡尔……我能对他说什么呢？多么可耻而荒谬的话啊！我边说边感到痛苦，今天晚上悔恨不已，就好像亵渎了神灵。我又拿起沉甸甸的《思想集》，书自动翻开，正是致德·罗阿奈兹小姐的信那部分："我们自愿跟随拖着我们的人，就不会感到束缚，如果开始反抗并背离，就会非常痛苦了。"

这些话直截了当地触动我，我没有勇气看下去了，便翻到另一处，发现一段妙文，我从未看过，便抄录下来。

第一本日记到此结束。第二本肯定销毁了，因为阿莉莎留下来的文字，是三年后在封格斯马尔写的，那是九月份，即我们最后一次见面的前不久。

最后这本日记开头这样写道。

9 月 17 日

上帝啊，您知道我要有他才能爱您。

9 月 20 日

上帝啊，把他给我，我就把心交给您。

上帝啊，让我再见他一面吧。

上帝啊，我保证把心给您，您就将我的爱情所求的赐给我，我就把余生完全献给您。

上帝啊，饶恕我这种可鄙的祈求吧，可是，我就是不能从我的嘴唇上抹掉他的名字，也不能忘却我这颗心的痛苦。

上帝啊，我向您呼叫，不要把我丢在痛苦中不管。

9月21日

"你们将以我的名义，向天父请求一切……"主啊！我不敢以您的名义……我即使不再祈求了，难道您就不大了解我的心的妄念吗？

9月27日

从今天早晨起，十分平静。昨晚思索，祈祷几乎整整一夜。我忽然觉得，一种明亮清澈的宁静涌到我周围，潜入我的心田，犹如儿时我所想象的圣灵。我当即躺下，唯恐这种喜悦仅仅是一时的兴奋。不久我就睡着了，并将这种欢愉带入梦乡。今天早晨起来，这种心情依然。现在我确信他要来了。

杰罗姆！我的朋友，我还称你兄弟，但是我爱你远远超过手足之情……有多少次啊，我在山毛榉树林里呼唤你的名字！……每天日暮黄昏，我就从菜园的小门出去，走上已经暗下来的林荫路……你可能会突然应声回答，出现在我的目光一览无余的石坡后面，或者，我会远远望见你，望见你坐在长椅上等我，我的心不会狂跳……反之，没有见到你，我倒有点奇怪。

还是不见一点儿人影。太阳沉入无比纯净的天幕。我还在等待，相信时过不久，我就要和他并排坐在那张长椅上……我已经在倾听他说话。我真喜欢听见他叫我的名字……他会来的！我的手要放在他的手中，额头要偎在他的肩上。我要坐在他身边呼吸。昨天，我就随身带了他的几封信，打算再看一遍，可是我满脑子想他，就没有看信。我还带着他喜爱的那枚紫晶十字架，记得有一年夏季，在我不愿意他走的日子里，每天晚上我都戴上小十字架。

我打算把这枚十字架还给他。这一梦想由来已久：他结了婚，他的头一个女儿取名叫小阿莉莎，我当教母，将这个首饰送给她……为什么我一直未敢对他讲呢？

10 月 2 日

今天我的心情轻松欢快，宛若一只在天上筑了巢的小鸟儿。今天他肯定会来，我有这种感觉，知道事必如此。我真想把这事儿高声向所有人宣扬，也需要记下来。我再也不想掩饰自己的喜悦了。就连一向心不在焉、对我漠不关心的罗贝尔，也注意到了我的情绪变化，他问得我心慌意乱，不知如何回答。今天晚上，我怎么等待呢？……

不知怎的，我仿佛戴了一副凸透镜，它将爱情的光芒全聚在我这颗心的唯一热点上，并且到处向我显现他那扩大了的形象。噢！这样等待，我多累啊！主啊！那幸福的大门，请给我打开片刻吧。

10 月 3 日

唉！光芒全部熄灭了！他好似影子，从我的怀抱里逃逸。原先他就在这儿！他就在这儿！我还能感觉到他。我呼唤他。我的双手、我的嘴唇，在黑夜里徒然地寻找他……

我既不能静下心来祈祷，又不能安稳地入睡。我又出来，到黑魆魆的花园里，无论待在房中还是小楼里，都感到害怕。我痛苦万分，一直走到同他分手的那扇小门，重又打开，异想天开地希望他又回来了。我呼唤，在黑暗中摸索。我回到房中给他写信。我接受不了自己的哀痛。

究竟发生了什么事儿！我对他讲了什么？我又做了什么呢？在他面前，何必总夸大自己的美德呢？我这颗心完全否定的一种美德，能有多大价值呢？我暗中违背上帝教导我说的话……我满腹的心事，却一句也没有说出来。杰罗姆！杰罗姆！我的痛苦的朋友，我在你身边就肝肠寸断，离开你又痛不欲生。刚才我对你讲的那一切，你只倾听我的爱向你诉说的那部分吧。

信撕了又写……天已拂晓，灰蒙蒙的浸透了泪水，同我的思想一样愁惨……我听见田庄头一阵响动，万物睡醒了，又活动起来了……"现在，你们起来吧，时间已到……"

这封信不会发出去。

10 月 5 日

嫉妒的上帝啊，您既已剥夺了我的一切，那就把我的心也拿走吧。从今往后，这颗心没有了任何热情，对什么也不会产生兴趣了。请助我一臂之力，战胜我这可怜的残余吧。这所房子、这座花园，都无法容忍地激发我的爱情。我要逃往只能见到您的一个地方。

您要帮我把我的全部财富分给您的穷人，不过，让我将封格斯马尔田庄留给罗贝尔，我不会忍心卖掉。我倒是写好了一份遗嘱，但是大部分必须履行的手续还不清楚。昨天，我未能和公证人谈透，怕他猜出我的决定，就去通知朱丽叶或者罗贝尔……到巴黎之后再补齐吧。

10 月 10 日

到达这里，身体十分疲惫，头两天不得不卧床休息。他们不顾我的反对，请来了大夫。大夫认为必须做手术。硬顶有什么用呢？我没有费多少唇舌就让他们相信，我特别怕动手术，希望等"体力恢复一点儿"再说。

我隐瞒了姓名和住址，但是我向疗养院办公室交了一大笔钱，足以使他们痛快地接待我，而且只要上帝认为有必要，我在这里生活多久都成。

我挺喜欢这个房间。室内非常洁净，就无须装饰四壁了。我十分诧异，自己的心情近乎快乐，这表明我对生活不再抱任何期望了。这也表明，现在我必须只考虑上帝，而上帝的爱只有占据我们的整个身心，才会无比美妙……我随身只带了《圣经》，不过今天，我心中响起比我读到的话更高的声音，即帕斯卡尔这一失声的痛哭："无论什么，不是上帝的就不能满足我的期望。"

噢！我这颗失慎的心，竟然期望人间的欢乐……主啊，您将我置于绝望的境地，就是要叫我发出这声呼喊吗？

10 月 12 日

您快来主宰吧！快来主宰我的心，来成为我的唯一主宰，主宰我的整个身心吧。我再也不想拿这颗心同您讨价还价了。

我的心灵仿佛十分衰老，可是又保持一种特别的稚气。我仍是当年那个小姑娘，屋子必须规整，脱下的衣裙必须叠好放在床头，我才能睡着觉……

我死的时候，也打算这样。

10 月 13 日

这本日记又读一遍，然后好销毁。"伟大的心灵不该散布自己的惶惑之感。"这句美妙的话，我想是出自

克洛蒂尔德 [1] 之口。

　　我正要将日记投入火中，却被一声警告制止了——我觉得日记已不属于我本人了，日记完全是为杰罗姆写的，我没有权力从他手中夺走。我的种种担心、种种疑虑，今天看来十分可笑，不可能再那么重视，也不会相信杰罗姆看后会内心纷扰。我的上帝啊，让他也发现一颗心的笨拙声调吧。这颗心渴望到了狂热的程度，要把他推上我本人都万难抵达的美德之巅。"我的上帝，带我登上我达不到的这个崖顶。"

　　"欢乐，欢乐，欢乐，欢乐的泪水……" [2]

　　不错，超过人世欢乐，越过一切痛苦，我感觉到了这种无与伦比的欢乐。我达不到的崖顶，我知道有个名称：幸福……我也明白，如果不追求这种幸福，我便虚度此生……然而，主啊！您曾许诺给放弃红尘的纯洁灵魂。"即刻就幸福了，"您的圣言说道，"即刻就幸福了，死在主的怀抱里的人。"难道我一定得等到死吗？我的信念正是在此处动摇了。主啊！我用全部气力向您呼喊。我在黑夜中；我等待黎明。我向您呼喊，到死方休。来解除我心中的干渴吧。这幸福，我渴望马上……或者我

---

① 克洛蒂尔德(475—545)：法国王后，克洛维一世的妻子，她曾劝说丈夫皈依天主教。
② 引自帕斯卡尔的《遗言》。

应当确信得到啦？也许就像性急的小鸟儿，天不亮就叫起来，是呼唤而不是宣告黎明，难道我也不等天放亮就歌唱吗？

10 月 16 日

杰罗姆，我要让你知道什么是完美的欢乐。

今天早晨，我翻肠倒肚，大吐了一阵，立刻感到身子虚弱极了，一时间或许就要死去。但其实不然。开头，我通身都极其平静；继而，一种惶恐不安的情绪袭上心头，使我的肉体和灵魂都颤抖起来，就好像猛然醒悟，一下子悟透了自己的一生。我仿佛第一次注意到，我那房间光秃的四壁惨不忍睹。

我害怕了。现在我还在写，就是要自我安慰，保持镇定。主啊！但愿我至死也不会说出一句大逆不道的话。

我还能起床。我跪下来，像个孩子似的……

现在我想死去，速速死去，别等到我又明白过来自己孤单一人。

去年我又见到了朱丽叶。接到她告诉我阿莉莎死讯的那封信，十余年过去了。一次我到普罗旺斯地区旅行，趁机在尼姆停

507

留。泰西埃家的住房相当美观，位于中心闹市区弗舍尔大街。我虽已写信告知，可是踏进门槛时，心情还是颇为激动。

一名女仆带我上楼进客厅，等了不大工夫，朱丽叶便出来见我。我恍若看见普朗蒂埃姨妈——同样的走路姿势、同样的丰盈体态、同样气喘吁吁的热情。她立刻问我的情况，问题一个接着一个，也不等我回答：问我职业生涯如何，在巴黎的住处怎样，又问我干些什么，有什么交往，到南方来做什么？为什么不能再往前走走，到埃格－维弗呢？爱德华见到我会非常高兴的……然后，她又向我介绍所有人的情况，谈到她丈夫、几个孩子，还谈到她弟弟、去年的收成，以及不景气的生意……从而我得知，罗贝尔卖掉了封格斯马尔田庄，搬到埃格－维弗来住，现在成为爱德华的合伙人。他留在葡萄园，改良品种并扩大栽植面积，而爱德华就能腾出手来跑外面，主要管销售事宜。

在说话的工夫，我的目光不安地寻找能忆旧的物品，在客厅的新家具中间，认出了几件封格斯马尔的家具。然而，还能拨动我心弦的往事，现今朱丽叶似乎置于脑后，或者有意绝口不提。

楼梯上有两个男孩在玩耍，他们有十二三岁，朱丽叶叫过来介绍给我。大女儿莉丝随父亲去埃格－维弗了。不一会儿，回来一个十岁的男孩，正是朱丽叶写信通知我那个沉痛消息时说要出生的那个。那次有些难产，朱丽叶好长时间身体没有恢复过来。直到去年，她才好像一高兴，又生了一个女孩，听口气是她最喜爱的孩子。

"她睡在我的房间，就在隔壁，"她说道，"过去看看吧。"她带我往那儿走时，又说道："杰罗姆，我未敢写信跟你说……你愿意当这小丫头的教父吗？"

"你若是喜欢这样，我当然愿意了。"我略感意外地说，同时俯向摇篮，又问道："我这教女叫什么名字？"

"阿莉莎……"朱丽叶低声答道，"孩子长得有点儿像她，你不觉得吗？"

我握了握朱丽叶的手，没有回答。小阿莉莎被母亲抱起来，睁开眼睛，我便接到我的怀抱里。

"你若是成家，会是多好的父亲啊！"朱丽叶说着，勉颜一笑，"你还等什么，还不快结婚？"

"等我忘掉许多事情。"我瞧见她脸红了。

"你希望很快忘记吗？"

"我希望永不忘记。"

"跟我来。"她忽然说道，并且走在前面，带我走进一间更小的屋子。只见屋里已经暗了，一扇门通她的卧室，另一扇门通客厅。"我有空的时候，就躲到这里来。这是这所房子里最安静的屋子，在这里，我就有点儿逃避了生活的感觉。"

这间小客厅同其他屋不一样，窗外不是闹市，而是长有树木的院子。

"我们坐一坐吧，"她说着，便倒在一张扶手椅上，"如果我理解不错的话，你是要忠于阿莉莎，永远怀念她。"

　　我没有立即回答，过了一会儿才说道："也许不如说忠于她对我的看法吧……不，不要把这当成我的一个优点。我觉得自己不可能有别种做法。我若是娶了另一个女人，就只能假装爱人家。"

　　"唔！"她应了一声，仿佛不以为然。接着，她的脸掉转开，俯向地面，就好像要寻找什么丢失的东西："这么说来，你认为一种毫无希望的爱情，也能长久地保存在心中啦？"

　　"是的，朱丽叶。"

　　"而生活之风每天从上面吹过，却不会吹灭它吗？……"

　　暮色渐浓，犹如灰色的潮水，涌上来，淹没了每件物品，而所有物品在幽暗中，仿佛又复活了，低声讲述各自的往事。我又看见了阿莉莎的房间——姐姐的家具，全由朱丽叶集中到这里了。现在，她的脸又转向我，脸庞我看不清，不知眼睛是否闭着。我觉得她很美。我们二人都默然无语。

　　"好啦！"她终于说道，"该醒醒了……"

　　我看见她站起身，朝前走了一步，就像乏力似的，又倒在旁边的椅子上，双手捂住脸，看样子她哭了。

　　这时，一名女仆进屋，端来了油灯。

帕吕德

于贝尔

将近五点钟，天气凉下来。我关上窗户，又开始写作。

六点钟，我的挚友于贝尔进屋，他是从跑马场来的。

他问道："咦！你在工作？"

我答道："我在写《帕吕德》。"

"《帕吕德》是什么？"

"一本书。"

"写给我的？"

"不是。"

"太深奥？……"

"很无聊。"

"那你写它干什么？"

"我不写谁会写呢？"

"又是忏悔？"

"几乎算不上。"

"那是什么呀？"

"坐下说吧。"

等他坐下来，我便说道：

"我在维吉尔作品中看到两句诗：

他的田地固然处处是石块和沼泽，

但是对他来说相当好了，他很高兴这就知足了。

"我这样翻译：'这是一个牧人对另一个牧人讲话；他对那人说，他的田地固然处处是石块和沼泽，但是对他来说相当好了，他很高兴这就知足了。'——一个人不能置换田地的时候，这样想就最明智了，你说呢？"

于贝尔什么也没有说。

我接着说道："《帕吕德》主要是讲一个不能旅行的人的故事……在维吉尔的作品中，他叫蒂提尔；——《帕吕德》这个故事，讲的是一个人拥有蒂提尔的那片土地，非但不设法脱离，反而安之若素，就是这样……我来叙述：——头一天，他看到自己挺满意，想一想该干点什么呢？第二天，他望见一条帆船驶过，早晨打了四只海番鸭或者野鸭，傍晚点着不旺的荆柴火，煮了两只吃掉。第三天，他找点营生干，用高大的芦苇盖了一间茅屋。第四天，他吃了剩下的两只海番鸭。第五天，他拆掉茅屋，巧思构想一间更为精致的房子。第六天……"

"够了！"于贝尔说道，"我明白了，亲爱的朋友，这书你可以写。"说罢便走了。

户外夜色弥漫。我整理一下书稿，没有吃晚饭就出去走走；约莫六点钟，我来到安日尔的家中。

安日尔刚吃完几个水果，还没有离开餐桌。我到她的身旁坐下，动手替她剥个橙子。有人送来果酱，等到又剩下我们两个人，安日尔拿起一片面包，一边替我抹果酱黄油，一边问道：

"您今天做什么啦？"

我想不起做了什么事，便回答："什么也没做。"这样回答未免冒失，怕人家心理上承受不了，随即又想于贝尔的来访，便高声说道：

"我的挚友于贝尔六点钟来看过我。"

"他刚离开这儿。"安日尔接口说道。继而，她又借题发挥，挑起老争论："他呢，至少还干点事儿，总不闲着。"

我却说了自己什么也没有做，心里实在恼火，便问道：

"什么？他干了什么事儿？"

"一大堆事儿……"她说道，"首先，他骑马……其次，您也完全清楚：他参与经营四家企业，还同他的内弟领导另一家防雹

515

灾的保险公司……我刚刚在那家公司上了保险。他去上普及生物学的课,每星期二主持读书会。他还颇通医道,在发生事故时能紧急救护……于贝尔做了不少好事:五个贫困之家靠他的帮助得以生存;他将没有活儿干的工人安置到需要工人的老板那儿。他将病弱的儿童送到乡下疗养院。他创建了一个工场,用盲人青少年给椅垫换麦秸。——最后还有,每星期日他去打猎。——您呢!您做什么呢?"

"我吗!"我有几分尴尬地回答,"我在创作《帕吕德》。"

"《帕吕德》?那是什么呀?"她问道。

我们已经吃完饭,我等着到客厅再继续谈。

我们俩靠近炉火坐定之后,我才开始讲道:

《帕吕德》讲的是一个单身汉住在沼泽地中间塔楼上的故事。"

"啊!"她惊叹一声。

"他叫蒂提尔。"

"一个粗俗的名字。"

"哪里,"我接着说道,"是维吉尔诗中的人物。再说,我不善于编造。"

"为什么是单身汉?"

"唔!……图省事呗。"

"就这些?"

"还有,我叙述一下他做什么。"

"他做什么啦？"

"他观望沼泽地……"

"您为什么写作？"她沉吟一下，又问道。

"我吗？……我也不知道……大概是为了做点儿什么吧。"

"等以后您给我念念。"安日尔说道。

"什么时候都可以。正巧我兜里带了四五页。"我当即掏出几页手稿，尽量以有气无力的声调给她念起来：

蒂提尔（或帕吕德）日记

我略微抬起头，就能从窗口望见一座花园，而我还没有仔细观赏过。花园右侧有一片落叶的树林；花园前方则展现一片平野；左侧是一个水塘，下文我还要谈到。

从前花园里栽植了蜀葵和楼斗菜，但我疏于管理，任由花木乱长；再加上与水塘毗邻，灯芯草和苔藓侵占了整个园子，荒草湮没了花径，只剩下从我的住房通向平野的主甬道还可以走人，有一天我散步就走过。傍晚时分，林中的野兽横穿这条道去水塘喝水；暮色苍茫中，我只能望见灰色的形影，由于很快夜色就四合了，我从未见过它们返回林中。

"换了我，肯定会害怕的，"安日尔说道，"不过，接着念

517

吧——写得很好。"

我费劲念稿，弄得很紧张，便对她说道：

"唔！差不多就这些，余下的还没有成文。"

"有笔记吧，"她高声说道，"念一念笔记呀！这是最有趣的。从笔记上更能看出作者的意图，比看后来写的要强。"

于是，我接着往下念——事先就感到失望，但也无可奈何，只能给这些句子增添一种未完成的表象：

"'蒂提尔从塔楼窗口可以垂钓……'"

"再说一遍，这只是零散的笔记……"

"念您的吧！"

"'沉闷地等待鱼上钩；鱼饵不足，鱼线太多（象征）——因需要，他一条鱼也钓不上来。'"

"为什么这样？"

"为了象征的真实。"

"他若是钓上点儿什么来呢？"

"那就是另一种象征、另一种真实了。"

"根本谈不上真实，事情是您随意安排的。"

"我安排，是让事情比在现实中更真实。这太复杂了，现在不宜向您解释，但是一定要明白，事件必须符合事物的特性，这样才能创作出好小说来。我们所经历的事情，没有一件是为别人所设的。换了于贝尔在那儿垂钓，肯定会钓上大量的鱼来！蒂提尔一条也钓不着：可以说这是心理上的一种真实。"

"就算这样吧——很好，念下去。"

　　岸边的苔藓一直延伸到水底。水面的映像模糊不清；水藻；鱼游过；在谈到鱼时，避免使用"不透明的惊愕体"的字眼。

"但愿如此！可是为什么记上这样一笔呢？"

"只因我的朋友埃尔莫仁已经这样称呼鲤鱼了。"

"我倒觉得这种说法并不高明。"

"不管它。我还继续念吗？"

"请念吧，您的笔记很有趣。"

　　拂晓，蒂提尔望见平野上升起白色圆锥体；盐场。他下塔楼去看人家干活。——世间没有的景象；两片盐田之间堤埂极窄。盐盘白到了极点（象征）；这种景象只有雾天才能见到；盐工戴着墨镜，以防害雪盲。

　　蒂提尔抓一把盐放进兜里，又转身回塔楼了。

"就这些。"

"就这些？"

"我只写出这些。"

"我担心，您这个故事有点枯燥。"安日尔说道。

冷场了好大一会儿，我又激动地高声说道：

"安日尔呀，安日尔，请问，您什么时候才能明白，是什么构成一本书的主题呢？——生活使我产生的情绪，我要说的是这种情绪：烦闷、虚荣、单调——这对我倒无所谓，因为我在写《帕吕德》——不过，蒂提尔的情绪也没什么；我可以肯定地告诉您，安日尔，我们每日所见，还要暗淡而乏味得多。"

"然而我可不觉得。"安日尔说道。

"这是因为您没有过脑子。这恰恰是我这本书的主题。蒂提尔这样生活，也并不觉得不满意；他从观赏沼泽地中找到乐趣：沼泽地随着天气变化，也呈现不同的景象。——况且，瞧瞧您自己嘛！瞧瞧您的经历！也不怎么丰富多彩呀！这间屋子您住了多久啦？——小房客！小房客！——也不单单您是这样！窗户对着街道，对着院子；往前一看便是墙壁，或是也望着您的一些人……再说，此刻难道我会让您对自己的衣裙感到羞愧吗？——难道您真的相信我们早已懂得自爱吗？"

"九点钟了，"她说道，"今天晚上于贝尔朗读，对不起，我要去了。"

"他朗读什么？"我不禁问道。

"肯定不是《帕吕德》！"——她起身走了。

我回到家中，打算将《帕吕德》的开头写成诗，并写出头一节四行诗：

> 我略微抬起头来，
>
> 在窗口就能望见，
>
> 年年不披红挂彩，
>
> 那片树林的边缘。

我度过这一天，便躺下睡觉了。

安日尔

星期三

弄个记事本，写下一周我每天应当干什么，这才是聪明地支配自己的时间。自己决定行动，事先毫无顾忌地决定下来，就可以确信每天早晨不必看天气行事了。我从记事本中汲取责任感。我提前一周就写出来，以便有足够的时间置于脑后，为自己制造一些出乎意料的情况，这也是我的生活方式所不可或缺的。这样，我每天晚上睡觉时，面对的是一个未知的又已经由我安排好了的明天。

我的记事本分两部分：这边一页写上我将做什么，而在对面那页上；每天晚上我记下自己干了什么。然后做个比较，勾销已做的事，而没有做到的亏欠部分，就变为我本来应当做的事情了。我再写到十一月份上，这就促使我从精神上考虑了。——这种办法是三天前开始的。——因此，今天早晨，面对标示的计划，要在六点钟起床，我则写上"七点起床"，并在括号中加一句"负意外"。——再往下看，本上有各种记录：

给居斯塔夫和莱翁写信。

奇怪没有收到朱尔的信。

去看贡特朗。

考虑理查德的个性。

担心于贝尔和安日尔的关系。

争取时间去植物园，为写《帕吕德》研究眼子草的变种。

晚间在安日尔家度过。

接下来是这种想法（我事先为每天写下一种想法；正是这些想法决定我是忧伤还是快乐）："有些事情每天周而复始，只因没有更好的事情可做；这其中毫无进展；甚至连维持都谈不上……然而；人又不能什么也不干……这是时间的困兽在空间的运动，或是海滩上的潮汐。"——还记得我是经过一家带露天座的餐馆时，看见招待端盘子撤盘子，才产生这个念头。——我在下面写道："适用于《帕吕德》。"我准备考虑理查德的个性。关于我的几个好友的思考和偶发事件，我都集中收在小写字台里，每个人一个抽屉。我取出一叠来，又念道：

理查德

第一页

杰出的人，完全值得我敬重。

第二页

通过锲而不舍的努力，终于脱离父母死后他所陷入的穷苦境地。奶奶还活着，但是好几年来，她又返回童年的性情；他又孝顺又温柔，像常见的人们孝敬老人那样，给予奶奶无微不至的照顾。他出于好德之心，娶了一个比他还穷苦的女子，以其专一为妻子营造幸福。——四个孩子。我是一个瘸腿小女孩的教父。

第三页

理查德当年对我父亲极为敬重，他是我最可靠的朋友。他虽然从未看过我写的任何作品，却敢说完全了解我；这就允许我写

《帕吕德》了：我想蒂提尔时便联想到他；我真希望根本不认识他。安日尔和他不相识；他俩相见彼此难以理解。

第四页

我不幸很受理查德的敬重，因此之故，我什么也不敢做了。一种敬重，只要不能停止珍视，就不容易摆脱。理查德时常激动地向我断言，我干不出坏事来；而我有时要决定行动，却被他这话拉住了。理查德高度评价我这种消极状态；将我推上美德之路的，是像他那样一些人，而将我维系在这条路上的，则是这种消极状态。他经常把接受称作美德，因为这是允许穷人所具有的。

第五页

理查德终日在办公室工作，晚上守在妻子身边，念念报纸，好有话题聊天。他问过我："帕伊隆的新剧在法兰西剧院演出，您去看过吗？"他了解所有新到的东西。他知道我要去植物园，就问我："您要去瞧瞧大猩猩吗？"理查德把我看作大孩子，这是我无法容忍的；我做什么他都不当回事，我要向他讲述一下《帕吕德》。

第六页

他妻子叫于絮珥。

我拿起第七页，写道：

"凡是于己无利的行业，都是可怕的，——只能挣点儿钱的行业——挣得极少，必须不断地从头做起。简直停滞不前！临终时，他们一生干了什么呢？他们恪尽职守。——我完全相信！他们的职守同他们一样渺小。"对我无所谓，因为我在写《帕吕德》，否则的话，我看自己也同他们不相上下了。我们的生存，的的确确应当有点儿变化。

仆人给我送来点心和信件，——恰好有朱尔一封信，我还一直奇怪没有他的音信。出于健康考虑，我像每天早晨那样称了称体重；我给莱翁和居斯塔夫各写了几句话，这才边喝我每天的一碗牛奶（按照一些湖畔派诗人的做法），边思考道："于贝尔半点也不理解《帕吕德》，他就是想不通，一个作者一旦不再为提供情况而写作，也就不会写出让人消遣的东西了。蒂提尔令他厌烦；他不明白不是社会状况的一种状态；他因为自己在忙碌，就自认为与这种状态无关；——恐怕我解释得相当糟。一切都会如意的，他这样想，既然蒂提尔挺满意；然而，正是因为蒂提尔满意，我才要停止满意了。反之，还应当气愤。我要让蒂提尔安常处顺到可鄙的程度……"我正要考虑理查德的个性，忽听门铃响了，正是他本人递上名片之后进来了。我略微有点儿烦，只因不能很好考虑在场的人。

"啊！亲爱的朋友！"我边拥抱他，边高声说道，"这也太巧合啦！今天早晨，我正要想到您呢。"

"我来求您帮个忙，"他说道，"唔！也不算什么；不过，由于您也没有什么事干，我就想您可以帮我片刻。我需要一个推荐人，您得替我担保，我在路上向您解释吧。快点儿，十点钟我得赶到办公室。"

我就怕显得无所事事，于是答道：

"幸好还不到九点钟，我们还有时间；可是一完事我就得去植物园。"

"唔！唔！"他接口说道，"您去看新到的……"

"不，亲爱的理查德，"我装出很自然的样子截口说道，"我不去看大猩猩；为了创作《帕吕德》，我必须去那里研究小眼子草的一些变种。"

我随即就怪理查德引出我这愚蠢的回答。他噤声了，怕我们无知妄谈。我心想：他本可以纵声大笑。但是他不敢。他这种怜悯之心叫我受不了。显而易见，他觉得我荒谬。他向我掩饰自己的感觉，以便阻止我向他表示类似的感觉。其实，我们产生这种感觉彼此都知道。我们双方的敬重也相互依存，不能轻举妄动；他不敢撤回对我的敬重，唯恐我对他的敬重也立时跌落了。他对我和蔼可亲的态度有几分俯就的意味……哼！管他呢，我要讲述《帕吕德》，于是，我轻声说道：

"您妻子好吗？"

理查德立即接过话头，独自讲起来：

"于絮珥？哦！我那可怜的朋友！现在她太累眼睛了——这也怪我——要我对您讲讲吗，亲爱的朋友？这情况我对任何人都不会讲的……但是，我了解您的友谊，肯定能守口如瓶。——事情的全部经过是这样。我的内弟爱德华急需一笔钱，必须弄到。于絮珥全知道了，是她弟妹让娜当天来找她谈的。这样一来，我的抽屉几乎都空了，为了付厨娘的工钱，就不得不取消阿尔贝的小提琴课。我很难过，这是他在漫长的康复期间的唯一消遣。我不知道厨娘怎么得知了风声，这个可怜的姑娘特别依恋我们；——您很熟悉，她就是路易丝。她流着泪来找我们，说她宁愿不吃饭，也不能让阿尔贝伤心。只能接受，以免挫伤这个善良的姑娘。不过，我心中也暗暗决定，每天夜里等妻子以为我睡着之后，两点钟再起来，翻译英语文章，我知道哪儿能发表，借此凑足我们亏欠好心的路易丝的钱。

"头一个夜晚，一切顺利。于絮珥睡得很深沉。第二天夜里，我刚刚坐定，忽然看见谁来啦？……于絮珥！——她也萌生了同样的念头：为了付给路易丝工钱，她要制作壁炉隔热扇，做好了知道去哪儿卖。——您也知道，她有几分画水彩画的才能……做出的东西很可爱，我的朋友……我们两个都很激动，相互拥抱并流下眼泪。我怎么劝她去睡觉也是徒然。——其实，她干一会

528

儿就累了，但她绝不肯去休息——她恳求我，让她留在我身边干活，把这当作最大友谊的明证。——我只好同意，——可是，她的确累呀。我们每天夜晚这样做，也就是守夜时间长一些，只不过我们彼此不再隐瞒了，就认为没有必要先睡不再起来干活了。"

"您讲的这件事真是感人极了。"我高声说道，但是心里却想：不行，恰恰相反，我永远也不能向他谈《帕吕德》。接着我又低声说道："亲爱的理查德！要相信，我非常理解您的忧愁——您的确很不幸。"

"不，我的朋友，"他对我说，"不能说我不幸。我得到的东西极少，但是用这极少的东西，我就营造了我的幸福。我向您讲述我这件事，您以为是要引起您的同情吗？自己由爱和敬重围着，晚上又在于絮珥身边工作……这种种快乐，拿什么换取我也不肯……"

我们沉默半晌，我又问道："孩子们怎么样？"

"可怜的孩子！"他说道，"正是他们叫我犯愁：他们需要的是户外新鲜空气，是阳光下的游戏；而居室太狭窄，人在里面生活都变小了。我呢，倒无所谓，人老了，这种情况也就认了……然而，我的孩子不快活，为此我很痛苦。"

"不错，"我又说道，"您家是叫人觉得有点闭塞；——可是，窗户开得太大，街上的各种气味全上来了……还好，有卢森堡公园……这甚至还是个主题，可以……"我马上又想道："不，我绝不能对他谈《帕吕德》……"我心里这样一嘀咕，就换了一副陷入沉思的神态了。

过了一会儿，我正要询问祖母的情况，理查德却向我示意：我们已经到了。

"于贝尔已经在那儿了，"他说道，"对了，我还一点没有向您说明呢……我得找两个保人，算了，您会明白的……到时候看材料。"

"我想你们彼此认识。"在我同我挚友握手的时候，理查德补充一句。我的挚友已抢着问道："喂！《帕吕德》进展如何？"——我更加用力地握他的手，同时压低声音说道："嘘！现在别问！等一会儿你跟我走，我们再谈好了。"

于贝尔和我签完了字，便辞别理查德，同路而行。——他正巧要到植物园那边，去上一堂分娩实践课。

"哦，是这样，"我开口讲道，"你还记得海番鸭吧：我说过蒂提尔打了四只。根本没那事儿！——他打不了：'禁止打猎。马上就会来个神父，他要对蒂提尔说：教会看到蒂提尔吃野鸭，会感到很悲伤，因为这是容易引人犯罪的猎物，人们避之犹恐不及；罪孽到处在等待我们，在拿不准的时候，宁可舍弃；我们应当喜爱苦行，教会了解不少绝妙的苦行之法，其功效十分可靠。——我会冒昧地劝导一位兄弟：请吃，请吃泥塘里面的蛆吧。'"

"神父前脚刚走，一名医生后脚又来了，他说道：'您要吃野鸭！您还不知道，这非常危险！这一带沼泽有恶性热病，要特别当心；应当让您的血液适应；以毒攻毒，蒂提尔！请吃泥塘里面的蛆虫（泥土中的蛆虫）——蛆虫体内聚积了沼泽的精华，而且，这种食物富有营养。'"

"哦，呸！"于贝尔说道。

"是不是？"我又说道，"这一切，虚假到了极点。你想得到，那不过是个猎场看守员！然而，最令人吃惊的，还是蒂提尔品尝了，几天之后就吃习惯了；再过一阵儿，他会觉得蛆虫美味可口。说说看！蒂提尔够可恶的吧？"

"他是个幸福的人。"于贝尔说道。

"那好，谈谈别的事吧。"我不耐烦了，高声说道。忽然想起于贝尔和安日尔的关系应当引起我的不安，我就把他往这个话题上引：

"多单调啊！"我沉默一会儿，又开口说道，"没有一个重大事件！——看来应当想法搅动一下我们的生活。不过，激情是发明不出来的！——再说，我只认识安日尔——她和我呢，我们从来没有以毅然决然的方式相爱：今天晚上我要对她讲的话，本来昨天晚上就可以对她讲了；一点进展也没有……"

我说一句话都等一等。他却保持沉默。于是，我只好机械地讲下去：

"我呢，倒无所谓，因为我在写《帕吕德》——可是，叫我难以容忍的是，她不理解这种状态……甚至正是这种情况使我产生写《帕吕德》的念头。"

于贝尔终于忍不住了："如果她这样挺幸福，你干吗去搅扰她呢？"

"其实，她并不幸福啊，我亲爱的朋友。她自以为幸福，只因为她认识不到自己的状态。你完全清楚，平庸再加上盲目，那就更可悲了。"

"你要让她睁开眼睛，你不遗余力做的结果，不就是让她感到不幸吗？"

"那样就相当可观了，至少她不再感到满足——她要求索。"此时，我不能再进一步了解什么了，因为此刻于贝尔耸了耸肩，又不吭声了。

过了一会儿，他又说道："原先我不知道你认识理查德。"

这话相当于一个问题。——我本可以对他说，理查德就是蒂提尔，但是我认为于贝尔根本无权鄙视理查德，便简单应付一句："他是个很可敬的人。"而我心中决定晚上再补偿，对安日尔谈一谈。

"好了，再见，"于贝尔说道，他明白我们不会谈什么了。"我赶时间，你走得又不快。——对了，今天晚上六点钟，我不能去看你了。"

"那再好不过，"我答道，"这就会给我们带来变化。"

他走了。我独自走进植物园，缓步朝栽植的草木走去。我喜欢这地方，经常来；所有园丁都认识我，给我打开不对外的园地，都以为我是个搞科学的人，因为我坐到水池旁边。多亏终日监守，这些水池就无人管理了，无声的水流为之补养。池中任由杂草生长，浮游着许多昆虫。我就专心注视着游虫；甚至可以说，多少是这景象使我萌生了写《帕吕德》的念头：一种徒劳无益的观赏之感、我面对灰色的微生物的感慨。——这天，我为蒂提尔写下这番话：

  ——各种景观中，平展的大景观吸引我，——景物单调的荒原，——我本想远行到水塘密布的地方，但是我这里就被水塘环绕。

  ——不要以为我悲伤，其实我连忧郁都谈不上。我是蒂提尔，孑然一身，我喜爱一种景色，就像喜爱排解不了我的思想的一本书。须知我的思想是悲伤的，也是严肃的，比起别人的思想来，甚而是沉闷的。我比什么都喜爱这种思想，正因为要带着它漫步，我才到处寻觅平野、没有笑容的水塘、荒原。我带着它信步游荡。

  我的思想为什么是悲伤的呢？——如果这给我造成很大苦恼，我就会更加经常琢磨这个问题了。如果不是您向我指出来，也许我还意识不到呢，因为，许多您根本不感兴趣的事物，它往往乐在其中。譬如，它就乐得重读这一行行文字；它的乐趣寄托在各种小营生上，这无须我赘述，说了您也弄不清楚……

轻风徐吹，颇有点暖意。水面上纤弱的水草被虫子压弯了；刚冒芽的小草间隔开石头的空地儿，稍许逃逸的一点水就润泽了根须。苔藓一直铺到池底，暗影愈显得幽深：青绿色的水藻挂着气泡，供幼虫呼吸。忽然，一只水龟虫游过。我不由得产生一种富有诗意的想法，从兜里掏一页空白纸，在上面写道：

蒂提尔微笑了。

这之后我饿了，于是改天再研究眼子草，先去码头大街寻找皮埃尔对我说过的那家餐馆。我原想独自用餐，不料却遇见莱翁；他向我谈起埃德加。下午，我去拜访几位文学家。将近五点钟，下起一阵小雨。我回到家中，写下学校二十来个用词的定义，还为"胚盘"一词找到新修饰语，竟有八个之多。

到了傍晚，我有点疲倦，吃罢晚饭便去安日尔家睡觉。我是说在她家里，而不是与她同眠：我同她一向只有无伤大雅的小小的调笑。

她一人在家。我进屋时，她正坐在一架新调的钢琴前，准确地弹奏莫扎特的一支奏鸣曲。时间已晚，听不见别种响动。她穿着一条小方格衣裙，多枝烛台的蜡烛全点着了。

　　"安日尔，"我一进屋便说道，"我们应当设法改变一下生活！您又要问我今天干了什么吧？"

　　她无疑没怎么听明白我这话的尖酸，立刻就问道：

　　"怎么样，今天您做什么啦？"

　　于是，我也不由自主地回答：

　　"我见了我的挚友于贝尔。"

　　"他刚从这儿走的。"安日尔接口说道。

　　"亲爱的安日尔，难道您就不能一同接待我们吗？"我高声说道。

　　"恐怕他不怎么愿意吧，"她又说道，"您呢，如果一定要这样，那就星期五来我这儿吃晚饭，他也到场：您给我们朗诵诗……对了——明天晚上，我邀请您了吗？我要接待几位文学家，您也得来。——我们九点钟聚会。"

　　"今天我就见了几位，"我答道，指的当然是文学家。"我喜欢他们平静的生活方式。他们总在工作，然而又怎么也打扰不了他们；您去看他们的时候，就觉得他们只是在为您而工作，也爱对您谈论。他们殷勤好客，显得和蔼可亲，并从音容笑貌上一样样从容地构建出来。我喜爱这些人，他们终日忙碌，而且能和我们一起忙碌。由于他们不做任何有价值的事情，别人占用他们的时间也不会感到内疚。哦！对了，我见到蒂提尔了。"

"那个独身男子？"

"对——不过，实际上他结了婚……是四个孩子的父亲。他叫理查德……不要对我说他刚离开这儿，您不认识他。"

安日尔有点儿生气，对我说道："您看怎么着，您的故事不真实！"

"为什么，不真实？——就因为不是一个，而是六个人吗！——我安排蒂提尔独自一人，是集中表现这种单调的生活，这是一种艺术手法；您总不能让我写他们六个人都垂钓吧？"

"我完全确信，他们在现实生活中，各有不同的事要干！"

"那些事，假如我一一描写出来，就会显得差异太大了。作品中叙述的各种事件之间，并不保留它们在生活中的价值。为了存真，就不得不重新安排。关键是我所指出的事件使我产生的情绪。"

"这种情绪如果是错的呢？"

"亲爱的朋友，情绪从来不会错的。您不是有时读过谬误始自判断吗？其实，何必叙述六遍呢？既然让我产生同样的感觉——恰恰相同，而六遍……您想知道在现实生活中，他们干什么吗？"

"谈谈吧，"安日尔说道，"瞧您这样子，都恼火了。"

"根本没有，"我嚷道，"父亲耍笔杆子；母亲操持家务；大儿子给别人家上课；二儿子上人家的课；大女儿是瘸子；小女儿太小，什么也不干。——还有一个厨娘……主妇名叫于絮珥……要注意，他们所有人，每天都各自干完全相同的事情！！！"

"也许他们穷吧。"安日尔说了一句。

"必然的！不过，您理解《帕吕德》吗？——理查德，刚一结束学业，就丧失了父亲——那是个鳏夫。他只好谋生，他财产不多，又让一个哥哥给夺走了；可是谋生，干些微不足道的活儿，想想看嘛！只是赚钱的活儿！在办公室里，抄多少页的文件！而不是去旅行！他什么也没有见过，他的谈话变得十分乏味；他看报纸是为了能同人交谈——如果他有闲聊的工夫——他的时间全被占用。——还不能说他去世之前，就不可能干任何别的事情了。——他娶了一个比他还穷的女人，出于崇高的感情，并无爱情。妻子名叫于絮珥。——哦！我早就对您说过。——他们将婚姻变成长时间的爱情学徒期，结果还真的很相爱，他们也是这么对我说的。他们非常爱自己的孩子，孩子也非常爱他们……也包括厨娘。星期日晚上，大家玩填格游戏……我差一点忘了老奶奶——她也跟着一起玩，但是她眼神儿不好，看不清子儿了，别人就悄悄说她不算数。啊！安日尔！理查德！他谋生，什么招儿都用上了，以便堵窟窿，填满极深的亏空——都用上！

他的家也一样。——他生来就是独身——每天都同样穷凑合，都是所有最好东西的代用品。——而现在呢，不要想得太糟。——他品德极为高尚。况且，他也觉得幸福。"

"咦，怎么！您在哭泣？"安日尔问道。

"不要介意……是神经质。——安日尔，亲爱的朋友——到头来，您不觉得我们的生活缺乏真正新奇的东西吗？"

"有什么办法？"她又轻声说道，"我们俩到近处旅行一次，您看好吗？"

"可是，您不会考虑——后天！"

"有何不可？我们赶早一道动身；明天晚上，您就在我这儿吃饭——同于贝尔一起；您留下来，睡在我身边……现在，再见，"安日尔说道，"我要去睡了；时间晚了，您弄得我有点累。——女用人给您准备好了房间。"

"不，我不留下了，亲爱的朋友——请原谅我；我太兴奋了。睡觉之前我要写很多。明天见。我回家了。"

我想查一查记事本。我几乎跑着离开，因为已下起雨来，而我又没带雨伞。我一回到家，就立刻为下周的一天写下这种想法，也不仅仅指理查德而言：

"普通人的德行——接受；而且，这特别切合他们一些人的实际，能让人以为，他们的生活就是量他们的灵魂而裁制的。尤其不要怜悯他们；他们的状态适于他们；可悲的状态！一旦这种平庸的状态不再表现在财产上，他们就视而不见了。——我突然对安日尔讲的，也真是那么回事：每人的际遇都很契合自己。每个人找到适于自己的。因此，人若是满足于自己所拥有的平庸，也就表明它合体，不会有别种际遇了。合乎尺寸的命运。梧桐和桉树生长，撑得树皮发出嘎嘎的破裂声，而人的衣服也必然如此。"

"我写得太多了，"我思忖道，"有四个词儿就够了。但是，我不喜欢公式。现在审查一下安日尔惊人的建议。"

我将记事本翻到第一个周六，在这一页上我能读到：

"争取六点钟起床。——让感觉多样化一点儿。

"为安日尔找出虽黑但是美的相应的词语。

"给吕西安和夏尔写信。

"希望能看完达尔文。

"回访洛尔（解释《帕吕德》）、诺埃米、贝尔纳——让于贝尔震惊（重要）。

"临近傍晚，争取从索尔费里诺桥上通过。

"查找'葶状赘'的修饰语。"

只有这些。我又拿起笔，全部涂掉，只写上这样一句话：

"同安日尔去郊游一乐。"

然后，我就去睡觉了。

宴　会

星期四

一夜辗转反侧，今天早晨起来有点难受，就改改习惯，没有喝我这碗奶，而喝了点儿药茶。记事本上这一页是空白——这就表明留给《帕吕德》。没有任何别的事情可干的日子，我就用来工作。我创作了一上午，这样写道：

蒂提尔日记

我穿越了大片荒原，辽阔的平野，无边无际；即使丘岗也很低矮，大地略微隆起，仿佛还在酣睡。我喜爱到泥炭沼边缘游荡；踏出来的小径硬实一点，土层厚而水分少些。其余各处土质松软，一下脚苔藓草墩便往下沉；苔藓吸饱了水分，变得很松软；有些地方则有暗沟放水，晒干苔藓。长了欧石南和矮松，长了匍匐的石松。有些洼地聚水，呈棕褐色而腐臭。我住在低洼地，没有怎么考虑搬到丘岗上，心里完全清楚到那里也不会看到别的什么东西。我并不远眺，尽管朦胧的天空也有魅力。

腐水面上有时展现奇妙的彩虹，飞来极美的蝴蝶，那翅膀是无与伦比的；水面上绚丽多彩的薄层全是分解的物质。夜晚唤醒磷光，飘忽在水塘上，而沼泽地起来的鬼火，真好像升华了。

沼泽地！有谁能讲述你的魅力？蒂提尔！

这几页文字不要给安日尔看，我心想：蒂提尔在那里似乎生活得蛮幸福。

我还记了几笔：

蒂提尔买了一个玻璃鱼缸，摆到毫无装饰的屋子中央，想到外面的全部景色都集中在鱼缸里，心中甚是得意。他只放进去淤泥和水，而随淤泥带来的陌生的水族活动起来，给他增添了乐趣。水总那么浑浊，只能看见游近玻璃的水虫；他喜爱光和影的交替变换，透进鱼缸显得更黄或者更灰暗——从护窗板缝透进来的光线穿过鱼缸。——想不到鱼缸里的水越来越活跃……

这时，理查德进来了，他邀请我星期六吃午饭。我很高兴能回答说，那天我不巧要去外地办事。他显得很吃惊，没有再说什么就走了。

过了一会儿，我简单吃了顿午饭，也出门了，先去看看艾蒂安，他正审阅他的剧本的校样。他对我说，我写《帕吕德》路子走对了，因为在他看来，我天生不适于写剧本。我告辞出来，在街上又遇见罗朗，由他陪同去阿贝尔家，看到克洛狄乌斯和于尔班。这两位诗人也正断言，再也不能创作戏剧了，但是谁也不同意对方阐述的理由，不过一致认为应当取消戏剧。他们也对我说，我不再写诗算是做对了，因为我写不出像样的诗来。泰奥多尔进来了，继而，我受不了气味的瓦尔特也来了；于是我离开，罗朗也随我出来。一来到街上，我便说道："什么生活，真叫人难以容忍！您受得了吗，亲爱的朋友？"

"还行吧，"罗朗说道，"请问，为什么说难以容忍呢？"

"本来可以换样儿而没有换样儿，这一点就足够了。我们一举一动，一言一行都烂熟了，换个人来也会这样做，重复我们昨天的话语，再组成我们明天的词句。阿贝尔每星期四接待客人，客人中不见于尔班、克洛狄乌斯、瓦尔特和您本人，他那惊讶的程度，也像我们大家不见他在家里一样！哦！我也不是发牢骚，确实看不下去了：我要走了……动身去旅行。"

"就您，"罗朗说道，"嘻！去哪儿，什么时候动身？"

"后天……去哪儿？我也说不好……不过，亲爱的朋友，您应当明白，我若是知道去哪儿，去干什么，也就走不出我这苦恼圈儿了。动身就是动身，单纯得很：意料出乎本身就是我的目的——意想之外的情况——您明白吗？——意想之外的情况！我可不是向您提议陪我一起走，因为我要带安日尔……不过，您何不也走一走呢，去哪儿都成，让那些不可救药之人死守去吧。"

"对不起，"罗朗说道，"我和您不一样，我要走，就喜欢弄清楚去哪儿。"

"那就是有选择喽！我怎么对您说呢？——就说非洲吧！您熟悉比斯克拉吗？想想照在沙漠上的太阳！还有那些棕榈树。罗朗啊！罗朗！那些单峰驼！——想一想吧，同一颗太阳，我们隔着尘烟和城市建筑，从屋顶之间可怜巴巴望见那么一点儿，在那里已经阳光灿烂，已经普照大地，想一想吧，到处都无拘无束！您还要一直等下去吗？罗朗啊！这里空气污浊，同烦闷一样令人打哈欠，您走不走啊？"

"亲爱的朋友，"罗朗说道，"那里等待我的，可能有特别令人惊喜的情况；可是，我事情太多，脱不开身——我干脆就不去向往。我不能去比斯克拉。"

"恰恰是要放一放，"我接口说道，"放一放缠住您的这些事务。——总陷在里面，难道您就甘心吗？我呢，倒也无所谓，要知道，我是动身去另外一个地方——不过您想一想，人来到世上，也许就这么一回，而您那活动的圈子有多么小啊！"

"嗳！亲爱的朋友，"他说道，"不必再讲了——我自有重大的理由，您说的这套我也听厌了。我不能去比斯克拉。"

"那就不谈了，"我对他说道，"我也到家了——好吧！过一段时间再见——我去旅行的消息，麻烦您告诉其他所有人。"

我回到家中。

六点钟，我的挚友于贝尔来了，他从互助会那里来，一见面就说道：

"有人向我提起《帕吕德》！"

"谁呀？"我不禁好奇地问道。

"几位朋友……告诉你：他们不大喜欢，甚至还对我说，你最好还是写写别的。"

"那你就住口吧。"

"你了解，"他又说道，"反正我也不懂，只是听人讲；你写《帕吕德》，既然觉得有意思……"

"哪里，我一点也不觉得有意思，"我高声说道，"我写《帕吕德》是因为……算了，谈点儿别的……我要去旅行。"

"嘻！"于贝尔应了一声。

"对，"我说道，"人有时就需要出城走一走。我后天动身，还不知道去哪儿……我带着安日尔。"

"怎么，在你这年龄！"

"嗳！亲爱的朋友，是她邀请我的。我可不建议你同我们一起去，因为我知道你太忙……"

"再说，你们也喜欢单独在一起……不用讲了。你们要到远处逗留很久吗？"

"不会太久，我们还得受时间和金钱的限制；不过，关键是离开巴黎。要出城，只能靠强有力的交通工具，乘坐快车；难就难在冲出郊区。"我站起来踱步，以便激发一下情绪："要经过多少站，才能到达真正的农村！每站都有人下车，就好像赛马刚一起跑，就有人掉下去了。车厢渐渐空了。——旅客！旅客在哪儿呢？——没有下车的人是要去办事；司机和技工，他们要一直到终点，但是留在火车头上。况且，终点，那是另一座城市。——乡村！乡村在哪儿呢？"

"亲爱的朋友，"于贝尔也走起来，说道，"你太夸张了：很简单，乡村始于城市截止的地方。"

我又说道：

"然而，亲爱的朋友，城市恰恰截止不了，出了市区，还有郊区……我看你把郊区给忘了——两座城市之间所见到的全部景象。缩小了的房舍，稀稀落落，还有更丑陋的东西……城市拖拉出来的部分；一些菜园子！还有路两边的沟坡。道路！应当上路，所有人，而不是去别的地方……"

"这些你应当写进《帕吕德》。"于贝尔说道。

这下子我完全火了：

"可怜的朋友，一首诗存在的理由、它的特性、它的由来，难道你就始终一窍不通吗？一本书……对，一本书，于贝尔，像一只蛋那样，是封闭的、充实而光滑的。塞不进去任何东西，连一根大头针也不成，除非硬往里插，那么蛋的形态也就遭到破坏。"

"请问，你这只蛋充实了吗？"于贝尔又问道。

"嗳！亲爱的朋友，"我又嚷道，"蛋不是装满的，生下来就是满的……况且，《帕吕德》已经如此了……说什么我最好写写别的，我也觉得这话说得很蠢……很蠢！明白吗？……写写别的！首先我求之不得；可是要明白，这里同别处一样，两边都有陡坡护着：我们的道路是规定死了的，我们的工作也如此。这里我守着；因为没有任何人；全排除掉了，我才选了一个题目，就是《帕吕德》，因为我确信没有一个人会困顿到这份儿上，非得到我的土地上来干活；这个意思，我就是试图用这句话来表达：'我是蒂提尔，孤单一人。'——这话我给你念过，你没有留意……还有，我求过你多少回，千万不要跟我谈文学！对了，"我有意岔开话题，又说道，"今天晚上，你去安日尔那里吗？她接待客人。"

"接待文学家……算了，"于贝尔答道，"你知道我不喜欢，这种聚会多极了，除了聊天还是聊天；我原以为，你在那种场合也感到窒息呢。"

"的确如此，"我接口说道，"不过，安日尔盛情邀请，我不愿拂了她的意。再说，我去那儿还要会会阿米尔卡，向他指出大家都喘不上来气儿。安日尔的客厅太小，不宜组织这类晚会；这一点，我要设法跟她讲讲，甚至要用上'狭窄'这个词……还有，我到那儿要跟马丹谈谈。"

"随你便吧，"于贝尔说道，"我走了，再见。"

他走了。

我整理一下材料便吃晚饭，边吃边想这次旅行，心中反复念叨："只差一天啦！"——我念念不忘安日尔的这个提议，快吃完饭时心情特别激动，认为应当给她写上这样一句话："感知始感觉的变化，因此必须旅行。"

信封上之后，我不敢怠慢，便去她家里。

安日尔住在五楼。

她招待客人的日子，在门前放一张条凳，另一张放在三楼楼道，摆在洛尔的门前，可以坐下歇口气，以备不时之需：休息站。我上楼就气喘了，坐到头一张凳子上，从兜里掏出一张纸，打算构思几点论据对付马丹。我写道：

人不出门，这是个错误。况且人也不可能出去，但这正是因为人不出门。

不对！不是这码事儿！重写。我把纸撕掉。应当指出的是，每人虽然关在家中，却自认为身在户外。我这生活的不幸！一个事例。——这时有人上楼来，正是马丹。他说道：

"咦！你在工作！"

我答道：

"亲爱的，晚上好。我正在给你写呢，别打扰我。你到楼上那张凳子上坐下等我。"

他上楼去了。

我写道：

　　人不出门——这是个错误。况且，人不可能出去——但这正是因为人不出门。——人不出门是因为自以为已经在外面了。如果知道自己关在家里，那至少会产生出去的愿望。

"不对！不是这码事儿！不是这码事儿！重写。"我撕掉。——"应当指出的是，谁也不观望，因此人人都自以为在外面。况且，不观望也因为是瞎子。我这生活的不幸啊！我简直一点也不理解了……而且，在这里创作真是难受极了。"我又换了一张。这时，有人上楼来，是哲学家亚历山大。他说道："咦！您在工作？"

我正全神贯注，回答说：

"晚上好。我给马丹写东西；他正在楼上，坐在凳子上。——请坐，我这就完……唔！没位置坐啦？……"

"没关系，"亚历山大说道，"我有手杖撑着。"于是他拉开手杖，站着等候。

"喏，现在完了。"我又说道。我从栏杆探出头，喊道："马丹，你在上面吗？"

"在呀！"他也喊道，"我等着呢。你把凳子带上来。"

我到安日尔这里，差不多跟到家一样，就拖着凳子上去。到了楼上，我们三人坐定，马丹和我交换看各自写的，亚历山大则等着。

只见我这一页上写道：

　　盲目自以为幸福。以为看得很清楚就不打算看了，因为：只能看出自己是不幸的。

只见他那张纸上写道：

因盲目而幸福。以为看得很清楚就不打算看了，因为：看清自己只能是不幸的。

"然而，"我高声说道，"我恰恰惋惜令你欢喜的事——应当说我有道理，因为我惋惜你这样欢喜，而你呢，却不能欢喜我对此惋惜。——重来。"

亚历山大在等着。

"马上就完，"我对他说道，"回头再向您解释。"

我们又拿起各自的稿纸。

我写道：

你提示我说，有人这样翻译"Numero Deus impare gaudet"："二号很高兴成为奇数"，他们也认为二号这样有道理。——那么，奇数性本身如果真的蕴含幸福的希望——我是指自由的希望，我们就应当对二这个数说："不过，可怜的朋友，您并不是奇数；您若是满足于做奇数，至少先设法变为奇数。"

他写道：

你提示我说，有人这样翻译"Et dona ferentes"：

"我怕希腊人。"——译者发觉不到在场者了。——那么，每个在场者，如果真的隐藏一个能当即征服我们的希腊人，我就要对希腊人说："可爱的希腊人，给予并索取吧，这样我们就两清了。不错，我是你的人，否则的话，你什么也不会给我了。"凡是我说到希腊人，就理解必要性吧。它索取的相当于它给予的。

我们交换看。一阵工夫过去了。
他在我那张纸下端写道：

　　我越考虑越觉得，你的例子很愚蠢，因为，毕竟……

我在他那张纸下端写道：

　　我越考虑越觉得，你的例子很愚蠢，因为，毕竟……

写到这里，一页满了，我们俩都翻过来——然而，我在他这张纸反面看到已经写了：

规则之内的幸福。乐在其中。构想一份典型的菜单。

第一：汤（根据胡斯曼先生）；

第二：牛排（根据巴雷斯先生）；

第三：蔬菜选择（根据加布里埃尔·特拉里厄先生）；

第四：埃维昂短颈大肚水瓶（根据马拉美先生）；

第五：查尔特勒绿金酒（根据奥斯卡·王尔德先生）。

在我这张纸上，仅仅看到我在植物园所产生的富有诗意的思想：

蒂提尔微笑了。

马丹问道："蒂提尔是谁？"

我答道："是我。"

"这么说，你时常微笑啦！"他接口说道。

"嗳，亲爱的朋友，别忙，听我给你解释（每次都管不住自己！……）——蒂提尔，是我，又不是我——蒂提尔，是那个傻瓜，那是我，是你……是我们大家……别这么嘿嘿冷笑……你惹我恼火了……我说的傻瓜，意思就是残废的人：他往往想不起自己的不幸，也就是我刚才对你讲的。人有忘却的时候；不过要明白，这句话没什么，无非是带点诗意的思想……"

亚历山大看了我们所写的。亚历山大是位哲学家，他说什么，我总持怀疑态度，也从不应答。——他微微一笑，转向我，开口说道：

"先生，您所说的自由行为，照您的意思，我看就是一种不受任何限制的行为。跟着我的思路：是可以游离的——注意我的推理：是可以取消的——我的结论：毫无价值。先生，要紧紧抓住一切，不要追求偶然性：首先，您也得不到，其次，得到了对您又有何用？"

我还照老习惯，根本就不搭腔。每当一位哲学家回答你的问题，你就再也弄不明白自己问的是什么了。——这时传来上楼的脚步声：是克莱芒、普罗斯佩和卡西米尔他们。

"怎么，"他们一见亚历山大同我们坐在一起，便说道："你们变成禁欲主义者啦？——进去吧，几位门神。"

我觉得他们这个玩笑开得有点矫揉造作，因此，我认为应当在他们之后进去。

安日尔的客厅已经满是人了。安日尔在客人中间笑容可掬，她走来走去，给人送咖啡、奶油球蛋糕。她一瞧见我，便跑过来低声说道：

"唔！您来了；——我有点担心大家会感到无聊；您给我们

朗诵几首诗。"

"不行,"我答道,"大家还会同样感到无聊;——况且您也了解我不会作诗。"

"哪里,哪里,近来您总写了点什么……"

这时,伊尔德勃朗凑上来:

"哦!先生,"他拉住我的手,说道,"幸会,幸会。您最近的大作,我还没有拜读呢,不过,我的朋友于贝尔向我大加称赞……今天晚上,您似乎赏光给我们朗诵诗……"

安日尔抽身走了。

伊勒德维尔来了,他问道:

"对了,先生,您在写《帕吕德》?"

"您怎么知道的?"我高声反问道。

"还用问,"他又说道(口气夸张),"这成了大家议论的中心——甚至可以说,新作和您最近这部作品不会一样——新近的大作我还没有拜读,不过,我朋友于贝尔曾对我大谈特谈。——您将要给我们朗诵诗,对不对?"

"可不是水坑里的湿虫,"伊吉道尔愚蠢地插言道,"《帕吕德》里好像生满了——这是听于贝尔讲的。哦!说到这个,亲爱的朋友——《帕吕德》,究竟是什么?"

瓦朗坦也凑过来,由于好几个人都同时恭听,我的思想不免乱了。

554

《帕吕德》……"我开始解释，"这故事讲的是一个中立地区，属于所有人的地方……——更确切地说，讲的是一个正常的人，每人入世都在他身上有所体现的人；这故事讲的是第三者，人们所谈论的人——他生活在每人身上，又不随同我们死去的人。——在维吉尔的诗中，他叫蒂提尔，——诗中还特意向我们说明他是'躺着的'——'Tityre recubans'。《帕吕德》讲的是躺着的人的故事。"

"咦！"帕特拉说道，"我还以为讲的是一片沼泽地的故事。"

"先生，"我答道，"言人人殊嘛——实质却永恒不变。——不过，请您要明白，向每人讲述同一件事的唯一方法，你听清楚了，讲述同一件事，唯一的方法，就是根据每种新精神改变形式。——此刻，《帕吕德》，就是安日尔的客厅的故事。"

"我明白了，总之，您还没有确定呢。"阿纳托尔说道。

菲洛克塞纳走过来，他说道：

"先生，大家都等您的诗呢。"

"嘘！嘘！"安日尔说道，"他这就朗诵了。"

全场肃静。

"可是，先生们，"我又气又恼，嚷道，"我向你们保证，真的没有什么值得朗诵的。迫不得已，我就给你们念一小段，免得说我拿架子，这一小段还没有……"

"念吧！念吧！"好几个人说道。

"好吧，先生们，既然你们坚持……"

我从兜里掏出一张纸，也没有摆姿势，随口就以平淡的声调念道：

散　步

我们漫步，走在荒原上。

愿上帝听见我们的声响！

我们就这样在荒原游荡，

直到暮色降临大地，

我们实在筋疲力尽，

就很想坐下来小憩。

……大家继续保持肃静，还在等待，显然没明白诗已经完了。

"完了。"我说道。

这时，在冷场中间，忽听安日尔说道：

"真妙啊！——您应当把这放进《帕吕德》里去。"她见大家始终沉默，便问道："对不对，先生们，应当把这放进《帕吕德》里去？"

于是，一时间全场议论纷纷，有人问："《帕吕德》？《帕吕德》？——是什么呀？"——另一些人则解释《帕吕德》是怎么回事——可是，越解释越抓不住了。

我也插不上嘴，可是这时，生理学家加罗吕斯，出于追本溯源的癖好，带着询问的神色走到我面前。

"《帕吕德》吗？"我立刻开口说道，"先生，这个故事讲的是生活在黑暗的山洞里的动物，因为总不使用眼睛而丧失视觉。——再说，您请便吧，我实在热得难受。"

这工夫，精明的批评家埃瓦里斯特下了结论：

"我担心这个题材有点太专。"

"可是，先生，"我只好应答，"就没有太特殊的题材。'实在遗憾'，维吉尔这样写道，甚至可以说，这恰恰是我的题材——实在遗憾。"

"艺术就是相当有力地描绘一个特殊的题材，以便让人从中理解它所从属的普遍性。用抽象的词语很难说清楚，因为这本来就是一种抽象的思想。——不过，想一想眼睛靠近门锁孔所看到的广阔景物，您就一定能理解我的意思了。某个人看这仅仅是个门锁孔，但是他只要肯俯下身去，就能从孔中望见整个世界。有推而广之的可能性就够了，推广到一切事物中，那就是读者、批评家的事儿了。"

"先生，"他说道，"您倒把自己的任务大大地简化了。"

"否则的话，我就取消了您的任务。"我答道，一下子噎得他走开了。"嘿！"我心中暗道，"这回我可以喘口气啦！"

恰好这当儿，安日尔又拉住我的袖口，对我说道：

"走，我让您看样东西。"

她拉着我走到窗帘跟前，轻轻撩起窗帘，让我看玻璃窗上一大块黑乎乎的东西，那东西还发出嗡嗡的响声。

"为了不让您抱怨屋里太热，我找人安了个排风扇。"她说道。

"啊！亲爱的安日尔。"

"不过，"她继续说道，"它总嗡嗡响，我又不得不拉上窗帘遮住。"

"哦！是这东西呀！可是，亲爱的朋友，这也太小啦！"

"商店老板对我说，这是适于文学家的尺码。个头儿大的是为政治会议制作的，安到这儿就听不见说话了。"

这时，伦理学家巴尔纳贝走过来，拉拉我的袖口，说道：

"您的许多朋友向我谈了《帕吕德》，足以让我比较清楚地领会您的意图。我来提醒您，我觉得这事无益却有害。——您本人憎恶停滞状态，就想迫使人们行动——迫使他们行动，却不考虑您越是在他们行动之前干预，行动就越不是出于他们的本意。从而您的责任增加，他们的责任则相应减少了。然而，唯独行为的责任感，才能赋予每种行为的重要性——行为的表象毫无意义。您只能施加影响，教不会别人产生意愿：'重复相邻分句的意思'；您努力的结果如能促成一些毫无价值的行为，那就算很可观啦！"

我对他说道：

"先生，您否认能照顾他们，那就是主张不要关心别人了。"

"要照顾，至少是很难的，而我们这些照顾者的作用，不在于多少立竿见影地促成重大的举动，而是让人负起日益重大的微小举动的责任。"

"以便增加行动的顾虑，对不对？您要增加的不是责任感，而是顾忌。这样，您又削减了自由。像样负责的行为，是自由的行为；而我们的行为不再是自由的了，我不是要促使产生行为，而是要解救自由……"

他于是淡淡一笑，以便给他要讲的话增添点风趣，说道：

"总而言之——如果我领会透了的话，先生——您是强制人接受自由……"

"先生，"我提高嗓门儿，"我看到身边有病人的时候，就感到不安——如果要照您的话，担心降低治好病症的价值，我不设法给他们治一治，至少我也要向他们指出他们有病……明确告诉他们。"

迦莱亚斯凑上前，只为插进这种荒谬的对话：

"不是向病人指出病症，而是让他们观赏健康，才能治好病。应当描绘每张病床上躺着一个正常的人，应当给医院楼道里塞满法尔内塞府邸的赫剌克勒斯。"

这时，瓦朗坦冒出来说道：

"首先，正常的人不叫赫剌克勒斯……"

有人立刻帮腔："嘘！嘘！伟大的瓦朗坦·克诺克斯要讲话了。

他说道：

"在我看来，健康并不是一个如此令人艳羡的优点。这不过是一种均衡，各部位的一种平庸状态，缺乏畸形的发展。我们只有与众不同才显得杰出；特异体质就是我们的价值病——换言之，我们身上重要的，是我们独有，在任何别人身上找不到的东西，是您所说的'正常人'所不具备的，——也就是您所称的疾病。

"从现在起，不要把'疾病'视为一种缺陷，恰恰相反，是多出了点什么东西。一个驼子，就是一个多出个肉驼的人，而我希望你们把健康视为疾病的一种欠缺。

"我们并不看重'正常人'，我甚至要说是可以取消的——因为随时随地都能再找见。这是人类最大的公约数，而从数学角度看，作为数，就可以从每个数字拿掉，无损于这个数字的'个性'。'正常人'（这个词令我恼火），就是熔炼之后，将特殊的成分提炼出来，转炉底剩下的渣滓，那种原材料。这就是通过珍稀品种杂交而重新得到的原始鸽——灰鸽子——有色羽毛一掉光，就毫无出奇之处了。"

我听他谈起灰鸽子，不禁激动起来，真想紧紧握住他的手，便说道：

"啊！瓦朗坦先生。"

他只给了我一句：

"你住口，文学家。首先，我仅仅对疯子感兴趣，而您简直太有理智了。"他又继续说道："正常人，就是我在大街上碰到的一个用我的姓名招呼、乍一看当成我自己的人；我把手伸给他，高声说道：'我可怜的克诺克斯，今天你气色这么不好！你的单片眼镜哪儿去啦？'令我惊奇的是，同我一道散步的罗朗，也用他的姓名同那人打招呼，跟我同时对那人说：'可怜的罗朗！您的胡子哪儿去啦？'继而，我们厌烦了，就将那人二笔勾销，一点也不感到遗憾，因为他毫无新奇之处。那人呢，也哑口无言，只因他有一副可怜相。他，正常人，你们知道他是谁吗？就是第三者，人们谈论的那位……"

瓦朗坦转向我，我则转向伊勒德维尔和伊吉道尔，对他们说道：

"嗯？我对你们说什么啦？"

瓦朗坦注视着我，声音极高，接着说道：

"在维吉尔诗中，他叫蒂提尔，就是不随同我们死去，借助每个人活在世上。"他哈哈大笑，又冲着我补充一句："因此，杀掉他也无所谓。"

伊勒德维尔和伊吉道尔也忍俊不禁，嚷道：

"好哇，先生，蒂提尔一笔勾销吧！！！"

我气急败坏，再也忍不住了，也嚷道：

"嘘！嘘！我要讲话啦！"

我顾不得章法，开口便道：

"不对，先生们，不对！蒂提尔也有自己的病症！！！——所有人！我们所有人，从生到死都有，例如在这种糟糕的时候，我们怀疑成癖：今天夜晚，家门上锁了吗？于是又去瞧瞧；今天早晨，领带打上了吗？于是用手摸摸；今天晚上，裤子扣好了吗？于是检查一下。喏！瞧瞧马德吕斯，他还不放心！还有博拉斯！——你们都瞧见了。请注意，我们完全知道事情做好了——可是因为有病又重做——回顾病。就因为做过而重做；我们昨天的每个举动，似乎今天都向我们提出要求；就好像一个婴儿，我们给了他生命，往后还得养活他……"

我筋疲力尽，自己听着也觉得很糟……

"凡是经过我们手做的事，仿佛都得由我们维护延续：从而产生一种恐惧心理；怕事情做多了负担太重，——因为，每个举动一旦完成，非但没有变成我们的一个启动器，反而变成凹陷的床，邀我们又倒下去——'又倒下去'。"

"您讲的这些还真有点儿意思……"彭斯开了口。

"哪里呀，先生，一点儿意思也没有。——根本不应当写进《帕吕德》里……我讲过，我们现在的行为方式，表现不出我们的个性了……个性寓于行为中……寓于我们所做的（颤音）两次行为、三次行为中。贝尔纳是谁？就是星期四在奥克塔夫家遇见的那位。——奥克塔夫又是谁？就是星期四接待贝尔纳的那一位。——还有什么呢？也是星期一去贝尔纳家做客的那一位。——是谁……各位先生，我们所有人，都是谁？我们是每星期五晚上到安日尔家做客的人。"

"可是，先生，"吕西安有礼貌地说道，"首先，这再好不过；其次，请您相信，这是我们唯一的相切点！"

"哦！真的，先生，"我又说道，"我认为，于贝尔每天六点钟来看我，他就不能同时到您家去。如果接待你们的人是布里吉特，那又能改变什么呢？……如果若阿山只能每隔三天接待布里吉特，那又有什么关系？……难道我还统计一下？……不！不过，今天，我倒很想用手着地走路，而不是像昨天那样，用双脚走路！"

"我倒觉得，您就是这样干的。"图利乌斯愚蠢地说道。

"嗳，先生，这恰恰是我自怨自艾的事；要注意，我说'我倒很想'！况且，现在我就到大街上去，试着这么干一干，准得让人当作疯子给关起来。正是这一点令我恼火……也就是说，整个外界、法律、习俗、人行道，似乎决定我们的重复动作，规定我们的单调行为——而其实，这一切又多么投合我们喜爱重复的心理。"

"这样说来，您还有什么可抱怨的？"唐克雷德和加斯帕尔嚷道。

"我抱怨的恰恰是谁也不抱怨！接受害处便助长害处，——

这会变成恶习，先生们，因为久而久之，人们就乐在其中了。我抱怨什么，先生……正是谁也不反抗；正是吃了一锅炖菜，那神气就像美餐一顿，一餐花了三四法郎就容光焕发了。正是人们不起而抗争……"

"嘻！嘻！嘻！"好几个人嚷道，"您这不成了革命者啦？"

"根本不是，先生们，我并不是什么革命者！你们不让我把话讲完，——我说人们不起而抗争……是指内心里。我抱怨的不是食物的分配，而是我们这些人，是习俗……"

"总而言之，先生，"大家七嘴八舌，"您指责人们现行的生活方式，——但另一方面，您又否定他们能换个样儿生活；您还指责他们这样生活就心满意足了，——话又说回来，他们若是喜欢这样呢——若是……总之，先生：您到底要怎样呢？？？"

我满头大汗，完全不知所措，昏头昏脑地答道：

"我要怎样？先生们，我要……就我而言……就是结束《帕吕德》。"

话音未落，尼科代姆从人堆里冲出来，紧紧握住我的手，嚷道："啊！先生，您这样做就太棒啦！"

其他所有人一下子全转过身去。

"怎么，您了解？"我问道。

"不了解，先生，"他又说道，"不过，我的朋友于贝尔总对我大谈特谈。"

"哦！他对您说……"

"对，先生，是钓鱼者的故事，他挖到极好的蚯蚓，就自己吃了，没有给鱼钩上饵，当然……他一条鱼也钓不上来。我觉得这故事非常逗！"

他一点儿也未弄明白。——整个儿还得重新开始。唉！我极度疲惫！说什么这恰恰是我想让他们理解的，真想不到要重新……总是要……重新解释；人家搞糊涂了，我受不了了；哦！我已经说过……

我在安日尔这里几乎像在自己家里，我走到她跟前，掏出怀表，高声叫道：

"哎呀，亲爱的朋友，时间也太晚啦！"

于是不约而同，每人都从兜里掏出表，惊叹道："这么晚啦！"

唯独吕西安出于礼貌，还暗示一句："上星期五还要晚些！"——不过，丝毫也没人注意他的提示（我只是对他说了一句："这是因为您的表慢了。"）；人人跑去拿外衣；安日尔同人握手，她还笑容可掬，让人吃最后的奶油球蛋糕。继而，她又俯身看客人下楼。——我已经散了架，坐在软墩垫上等她，见她回来便说道：

"您这晚会，真是一场噩梦！噢！这些文学家！这些文学家，安日尔！！！全都叫人无法忍受！"

"可是，那天您却没有这么说。"安日尔接道。

565

"那是因为我没有在您这儿看见他们，安日尔。——而且，客人的数量也实在惊人！——亲爱的朋友，一次不能接待这么多人！"

"嗳！"她说道，"也不全是我邀请来的；每人都带来几个。"

"您在他们那些人中间，简直晕头转向了……早知如此，您应当叫洛尔上来一下，你们两个照应，还能从容些。"

"不过，我看您冲动极了，真以为您要把椅子吞下去。"

"亲爱的安日尔，若不如此，大家就会感到太无聊了……您这屋子也实在太憋闷！……下一次，有请柬的才能进来。——我倒要问问您，您这小排风扇算怎么回事儿！首先，再也没有什么比原地转的东西叫我恼火了；这一点，您早就应该知道！——其次，转就转呗，还非得发出难听的响声！当时，大家一停止谈话，就听见它响。他们心里都在纳闷：'那是什么呀？'——您也非常清楚，我不能告诉他们：'那是安日尔的排风扇！'喏，现在您听见了，吱吱嘎嘎一个劲儿响。噢！受不了，亲爱的朋友，请您把它停了。"

"可是，"安日尔说道，"没法儿让它停啊。"

"噢！它也一样！"我高声叹道，"那咱们就高声说话，亲爱的朋友。——怎么！您哭啦？"

"根本没有。"她说道，可是眼圈儿红得厉害。

"随便吧！……"我要压住讨厌的响声，便大肆发起感慨来，"安日尔！安日尔！是时候啦！离开这叫人忍受不了的地方吧！——美丽的朋友，我们会突然听到海滩上的大风吗？——我也知道，人在您身边，只产生一些微不足道的念头，不过，那大风有时能将这类念头吹起来……再见！我需要走走；比明天还需要，想一想吧！还有旅行。想一想，亲爱的安日尔，想一想吧！"

"好了，再见，"她说道，"去睡觉吧，再见。"

我同她分手，连跳带颠地回到家里，脱了衣裳便上床躺下，倒不是要睡觉，而是看别人喝咖啡心就烦。我感到自己陷入困境，心中想道："为了说服他们，我所能做的都做得很好吗？对马丹，我本应找出几条更为有力的论据……还有居斯塔夫！……嗯！瓦朗坦，他只喜欢疯子！……他说我'有理性'……真能这样该多好！我这一整天，除了干蠢事还是干蠢事。我完全清楚，这不是一码事……我的思想哟，为什么到这里停下，把我定住，形成一只惊恐的猫头鹰？——革命者，说到底，也许我就是，只因太憎恶与其相反的东西了。想要摆脱可悲的境地，又感到自己多么可悲！——居然不能让人理解……然而我对他们讲的，却是实实在在的——因为我也深受其苦。——我真的深受其苦吗？——我敢发誓！有些时候，一点头绪也没有了，我不知道自己想干什么事，要怪什么人……就觉得我是在同自己的幽灵搏斗，觉得自己……上帝啊！我的上帝，这种情况实在叫人难以忍受，别人的思想比物质还要迟钝。每人的思想，你只要触碰，似乎就要受到惩罚，犹如夜间的女鬼附在你肩上，吸你的血，使你越虚弱就压得越重……现在我开始寻找思想的等同物，以便向别人解释得更清楚——我不能停止；反思回顾——这种暗喻很可笑——我指责别人的所有那些病症，在我描绘的过程中，却逐渐缠到我身上；这种痛苦，我非但未能赋予别人，反而全留给自己了。——此刻我觉得，这种病痛感又加剧了我的病痛，而别人呢，归根结底，他们也许没有病。——这样说来，他们不感到痛苦也是对的——我没有理由责备他们——然而，我跟他们一样生活，这样生活又感到痛苦……噢！我这头脑一筹莫展！——我要引起别人警惕和不安——为此费了多大心思——可我只引起自己坐卧不宁……咦！一句妙语！记下来。"

我从枕头底下抽出一张纸，又点亮蜡烛，简单写下这样几个词："迷上自己的不安。"

我又吹熄蜡烛。

"……上帝啊，我的上帝！入睡之前，还有一小点我要讨求一下……人产生一个小小的念头……本来也可以置于脑后……嗯！……什么？……没什么，是我在说话；——我说本来也可以置于脑后……嗯！……什么？……哦！我差点儿睡着了……不行，还要想想这个正在胀大的小小念头——我没有很好抓住这种进展——现在，这个念头变得非常庞大……还捉住了我——以我为生，对，我成了它的生存手段——它这么沉重——我必须在世上介绍它，代表它。——它抓住我，就是要我拖它行于世。——它同上帝一样沉重……真倒霉！又来一句妙语！"

我又抽出一张纸，点燃蜡烛，写道：

"它必然胀大而我缩小。"

"这在圣约翰身上就有……唔！趁我还没睡……"于是，我又抽出第三张纸……

"糊涂了，不知道自己要说什么……嗳！管它呢；头这么疼……不行，想法一撂下就会消失——消失……那我就会疼痛，如同安了一个木制假腿……假腿……想法不翼而飞：还能感觉到，想法……想法……——人一重复说的话，就是要睡着了；我再重复：假腿——假腿……假……哎呀！我没有吹灭蜡烛……哪儿的话。——蜡烛吹灭了吗？……当然了，既然我睡了。——况且，于贝尔回来的时候，蜡烛还没有吹灭呢……可是安日尔硬说没有；——正是那会儿，我向她提到假腿——因为假腿插进了泥炭地里；我向她指出，她永远也跑不快了；我还说，这一片地松软得很！……沼泽路——不是这码事儿！……咦！安日尔哪儿去了？我开始跑快一点儿。——真倒霉！陷得这么厉害……我永远也跑不快了……船在哪儿呢？我到地方了吗？……我要跳了……

嗨哟！嘿！——好家伙！……

"安日尔，您若是愿意的话，咱们就乘这条船游一游。我只想指给您看看，亲爱的朋友，这里只有薹和石松——小眼子草……而我兜里什么也没有带，只有一点儿面包渣可以喂鱼……咦？安日尔又哪儿去啦？……亲爱的朋友，您今天晚上是怎么了，动不动人就没了呢？……真的，亲爱的，您整个的人化为乌有！——安日尔！安日尔！听见了吗——唉，听见了吗？安日尔！……难道您这样就没了，只剩下这枝睡莲（我使用这个词的含义，今天很难确定），要我从河面捞上来……怎么，这纯粹是丝绒啊！完全是地毯——这是塑料地毯！……为什么总坐在上面呢？手这样抓着两根椅子腿。总得想法儿从桌椅下爬出来！……还要接待主教大人呢……这里憋闷，更待不得！……哦，于贝尔的肖像。他真是春风得意……太热了，咱们打开房门。另一间屋子，还要像我意料中的情景——不过，于贝尔的像画得糟糕；我还是喜欢另外那一幅；这一幅好似排风扇——我敢保证！活脱脱一个排风扇。他为什么开玩笑呢？……咱们走吧。来，我亲爱的朋友……咦！安日尔又去哪儿啦？——刚才我还紧紧拉着她的手呢；她一定是溜进走廊，去收拾旅行箱了。她本可以把火车时刻表留下……嗳，别跑这么快呀，我怎么也跟不上您。——噢！糟糕！又是一扇关闭的门……幸好这一道道门很容易打开，我随手啪地关上门，免得让主教大人抓住。——我觉得他鼓动起安日尔的所有客人来追我。——这么多呀！这么多呀！文学家……啪！又是一道关着的门。——啪！——噢！难道我们永远也走不出去吗，出不了这走廊！——啪！——没完没了！我都不知道自己到哪儿了……现在我跑得真快！……谢天谢地！这里没有门了。于贝尔的画像没有挂好，要掉下来了；——他一副嘲笑的样子……这间屋实在太小，甚至可以用上'狭窄'这个词：人全进来，怎么也装不下。他们就要到了……我喘不上气啦！——啊！要从窗户进。——我也要随手关上窗户；——我得狠下心，连临街阳台的窗板都关上。——咦！这是条走廊！哎呀！他们来了：我的上帝呀，我的上帝！我简直疯了……我感到窒息！"

我醒来，出了满身大汗：被子捂得太严，就像绳索一般紧紧捆住我，绷得很紧，仿佛死沉的重物压在胸口。我猛一用劲，将被子掀起来，接着一下子全蹬掉了。房间的空气围住我：均匀呼吸……凉爽……凌晨……玻璃窗发白了……这一切应当记录下来；鱼缸，同房间其他什物混淆……这时我浑身发抖——我心想，恐怕要着凉——肯定要着凉。——于是，我哆哆嗦嗦下床，拾起被子，拉上床，又乖乖地捂好睡觉。

于贝尔

打野鸭

星期五

我一起床，就翻看记事本："要六点起床"。现在八点钟了。我拿起笔，将这句话划掉，再写上："十一点起床"。——下面内容看也不看，我就重又躺下了。

折腾了一夜，我感到身体有点儿不舒服，便换换样儿，不喝牛奶，而是喝点儿药茶，甚至还让仆人端来，我就躺在床上饮用。记事本气得我要命，我在一张活页上写道："今天傍晚，买一大瓶埃维昂矿泉水"；然后，我就用图钉把这张纸摁在墙上。为了品尝这种矿泉水，我要留在家里，绝不去安日尔那里用晚餐；况且，于贝尔准去，我去了也许会妨碍他们——不过，到了晚上就马上去，看看我是否真的妨碍了。

我拿起笔写道：

"亲爱的朋友，我偏头疼，不能去吃饭了，况且于贝尔会去的，我不愿意妨碍你们；不过，到了晚上我马上就到。我做了个相当离奇的噩梦，给你讲一讲。"

我将信封上，又拿了一张纸，从容写道：

蒂提尔去水塘边采有用的植物，找见琉璃苣、有疗效的蜀葵和苦味矢车菊，带回一捆药草。既是草药，就得找有病要治的人。——水塘四周，一个人也没有。他心想：真可惜。——于是，他走向有热症和工人的盐田。他朝他们走去，向他们解释，劝告，证明他们有病。——可是，一个人说自己没病；另一个人接了蒂提尔一枝开花的药草，要栽到盆里，看着它生长；最后，还有一个人知道自己染上了热症，但是他认为这病对他身体有益。

到末了，谁也不想医治，而这些花又枯萎了，蒂提尔干脆自己得上热病，至少也能给自己治疗……

十点钟有人拉门铃，是阿尔西德来了。他说道："还躺着！——病了吗？"

我答道："没有，早安，我的朋友。——不过，我只能十一点钟起床。——这是我做的一个决定。——你来有事？"

"给你送行，听说你动身去旅行……要去很久吗？"

"不会很久很久……你也了解，我的财力有限……然而，关键是动身。——嗯？我说这话不是要赶你走——不过，走之前，我还有很多东西要写……总之，你还来一趟，承情了——再见。"

他走后，我又拿起一张纸，写道：

蒂提尔经常躺着。

然后，我又一直睡到中午。

这情况挺有意思，值得一书：一个重大决定，决心大大地改变生活，就使得日常的义务和事务显得多么微不足道，还给人以勇气打发这一切见鬼去。

我对阿尔西德的来访很烦，如果没有这种决定，我就绝不敢如此果断，不客气地打发他走了。——还有，我不由自主，偶尔瞧一眼记事本，只见上面写道：

"十点钟：去向马格卢瓦解释，为什么我觉得他那么蠢笨。"

我同样有勇气庆幸自己没有照办。

"记事本也有用处，"我想道，"因为，我若是不记下今天上午该做什么，就可能把这事忘了，也就尝不到没有照办的这份乐趣了。这对我就是有魅力，这情况我非常俏皮地称为'否定的意外'，而且相当喜爱，因为平日无须多大投入就行之有效。"

晚上吃过饭，我就去安日尔家。她正坐在钢琴前伴奏，配合于贝尔唱《洛亨格林》的著名二重唱，我很高兴将他们打断。

"安日尔，亲爱的朋友，"我一进门便说道，"我没有带旅行箱，而且我还接受您的盛情邀请，留在这里过夜，对不对，和您一起等待清晨启程的时刻。——好久以来，有些物品我不得不放在这儿，您一定收到我的房间里了，有粗皮鞋、毛衣、皮带、雨衣……需要的东西全有，我就用不着回家取了。只有这个晚上，要动动脑筋，考虑明天出行的事，与准备旅行无关的事一概不干；必须想得全面，周密安排，让这趟旅行从各个方面看都令人向往。于贝尔也要吊吊我们胃口，讲讲从前旅途上的奇遇。"

"恐怕没时间了，"于贝尔说道，"不早了，我还得去我那保险公司，赶在办公室关门之前取点儿文件。——再说，我不擅长叙述；讲来讲去还是回忆我打猎的事。——这要追溯到我去朱迪亚的那次长途旅行——说起来很可怕，安日尔，真不知道……"

"嗳！讲讲吧，我求您了。"

"既然您要听，经过是这样：

"我同博尔伯一道去旅行——那是我一个童年好友，你们俩都不认识——别回想了，安日尔，他死了——我讲的就是他死的情况。

"他跟我一样酷爱打猎，是丛林老虎的猎手。他虚荣心还很强，用他打的一只老虎的皮，定做了一件式样土气的皮袄，热天甚至还穿在身上，总是大敞着怀。——最后那天晚上他也穿着……而且理由更充足，因为天黑下来，几乎看不见了，天气也更加寒冷。你们也知道那地方的气候，夜晚很冷，而正是要趁黑夜打豹子。猎手坐在秋千上猎豹——这方式甚至挺有趣。要知道，在埃多姆山区有岩石通道，野兽定时经过；豹子的习性最有规律了——正因为如此，才有可能猎获。——从上往下打死豹子，这也符合解剖学原理。因此利用秋千，不过，只有在一枪未打中豹子的时候，这方式才真正显示它的全部优越性。因为，枪的后坐力相当大，能带动秋千摇摆起来；打猎选的秋千非常轻，立刻就会来回摇摆，而豹子暴跳如雷，但是够不到——人若是待在秋千上一动不动，它就肯定会扑到。——我说什么，肯定会？……它扑到啦！它扑到啦，安日尔！

"这些秋千吊在小山谷两端，我们每人一副；夜深了，我们在等待。——午夜到凌晨一点之间，豹子要从我们下面经过。我那时还年轻，有点胆怯，同时又敢干——我指的是操之过急。博尔伯年龄大，也更稳重；他熟悉这种打猎，出于真诚的友谊，还把能先见到猎物的好位置让给我了。"

"你作诗的时候，一点儿也不像诗，"我对他说道，"你说话还是尽量用散文吧。"

他没明白我这话的意思，又接着说道：

"到了半夜，我给枪压上子弹。十二点一刻，一轮明月照到山岩上。"

"那景色一定很美！"安日尔说道。

"时过不久，就听见不太远的地方传来窸窸窣窣的声音，正是猛兽行进发出的特殊声响。十二点半，我瞧见一个长长的形体匍匐着向前进——正是它！我还等着它到我的正下方。——我开枪了……亲爱的安日尔，让我怎么对您说呢？我在秋千上就觉得一下子被朝后抛去……仿佛飞起来；我立即感到失去控制——一时昏了头，但是还没有完全……博尔伯还不开枪！——他等什么呢？正是这一点我弄不明白——不过我明白这种两个人狩猎很不慎重：因为，亲爱的安日尔，假如一个人要开枪，哪怕在另一个人开枪之后一瞬间，愤怒的豹子看到那不动的点，也来得及扑上去……而且，豹子攻击的恰恰是那个没有开枪的人。——现在我再想这事，就认为博尔伯想开枪，可是子弹打不出去。再好的枪，也有哑子儿的时候。——我的秋千停止后摆，又往前荡时，我就看清博尔伯在豹子爪下了，两个在秋千上搏斗；——的确，这种猛兽最敏捷了。

"我不得不，亲爱的安日尔，——想一想啊！我不得不目睹这一惨剧——我还一直来回悠荡——现在他也悠荡了，但是在豹子爪下——我毫无办法！……开枪吗？……不可能：怎么瞄准呢？……我至少特别希望离开，因为秋千荡得我恶心得要命……"

"那情景该有多激动人心啊！"安日尔说道。

"现在，再见了，亲爱的朋友们，——就此告辞。我还有急事。一路平安，祝你们玩得痛快，别回来太晚。——星期天我还来看你们。"

于贝尔走了。

我们沉默了许久。我若是开口，就准得说："于贝尔讲得很糟。我还不知道他去朱迪亚旅行过。这个故事难道是真的吗？他讲述的过程中，您那种欣赏的神态也太失分寸了。"

然而，我一声不吭，只是注视着壁炉、油灯的火苗儿。安日尔在我身边，我们俩守着炉火……桌子……房间的美妙的朦胧氛围……我们必须离开的一切……有人端茶来。十一点过了，我们二人仿佛都在打瞌睡。

午夜钟声过后，我开口说话了：

"我也一样，我打过猎……"

安日尔似乎惊醒了，她问道：

"您！打猎！打什么？"

"打野鸭子，安日尔。甚至还是同于贝尔一道，那是在从前……嗳，亲爱的安日尔，有何不可呢？——我讨厌的是枪，而不是打猎；我特别憎恶枪声。可以明确告诉您，您对我本人的判断有误。从性情来讲，我很活跃，只是器械妨碍我……不过，于贝尔总关注最新的发明，他通过阿梅代的斡旋，搞到一支气枪，

578

给我冬天使用。"

"哦，从头至尾给我讲讲吧！"安日尔说道。

"倒也不是，"我继续说道，"您想得出来，倒也不是特制的枪，那只能在大型展览会上见到——而且，那类器械贵得要命，我只是租了一支气枪——再说，我也不喜欢在家里保留武器。——一个小气囊连动扳机——借助夹在腋下的一根胶皮管；手上则托着一个有点儿老化的橡胶球——因为那是一支老枪——稍一挤压橡胶球，铅弹就射出去了……您不懂技术，我也没法给您解释得更清楚。"

"您早就应该拿给我看看。"安日尔说道。

"亲爱的朋友，只有特别灵活的手，才能碰这类器械——而且，我也对您说过，我绝不保留。况且，只猎了一夜，猎获得太多了，就足以彻底报销了橡胶球——我这就讲给您听听：——那是十二月份的一个雾蒙蒙的夜晚。——于贝尔对我说：'走吧？'

"我回答说：'我准备好了。'

"他摘下卡宾枪，又拿上诱鸟笛和长靴，我也带上枪；我们还带着镀镍的冰刀。然后，我们凭着猎人的特殊嗅觉，在黑暗中前进。于贝尔熟悉通往窝棚的路；那个隐蔽所位于多猎物的水塘附近，早已生了泥炭火，从傍晚起就用灰压住。不过，我们刚走出密布黝黯杉树的园子，就觉得夜色还相当清亮。一轮八九分圆的月亮，朦朦胧胧地透过漫天的薄雾。它不像常有的情况那样时

579

隐时现，忽而隐匿于云中，忽而洒下清辉；这不是个骚动之夜，但也不是个平静之夜——这个夜晚显得湿重，寂静无声，还有待利用，处于'不由自主'的状态——我这样讲也许您会明白。天空毫无异象，即使翻转过来也不会有惊奇的发现。——平静的朋友，我一再这样强调，就是要让您明白，这个夜晚是多么平常。

"有经验的猎人知道，这种月夜野鸭最喜欢，会大批飞至。——我们走近了水渠，看见枯败的芦苇之间水面平滑反光，已经结了冰。我们穿上冰鞋，一言不发往前滑行，但是越接近水塘，冰面越窄越污浊，掺杂着苔藓、泥土和雪，已经半融化了，也就越难滑行。水渠即将汇入水塘，冰鞋也终于妨碍我们行进了。我们又徒步行走。于贝尔进窝棚里取暖；但浓烟呛人，我在里面待不住……我要对您讲述的，安日尔，是一件可怕的事！——因为，请听我讲：于贝尔一暖了身子，就进入泥塘；我知道他穿着长靴和防水服——但是，我的朋友，他不是进入没膝的水中——也不是没腰，而是整个儿钻进水里！——您不要抖得太厉害：他是特意那么干！为了不让野鸭发现，他要完全隐藏起来；您会说，这有点儿卑劣……对不对？我也这么认为；不过，正因为这样，才飞来大批猎物。一切安排妥当，我就坐在下了锚的小船里，等待野鸭飞近。——于贝尔藏好之后，就开始呼唤野鸭，为此他使用两支诱鸟笛：一支呼叫，另一支应答。在远处的飞鸟听见了，听见这种应答：野鸭蠢极了，还以为是自己应声而答——既然应声了，亲爱的安日尔，很快就飞来。——于贝尔模仿得十分完美。野鸭群黑压压一片，像三角形乌云遮暗我们头上的天空，随着逐渐降落，鼓翼声也越来越响。我要等它们飞得很近时才开枪。

"不大工夫就飞来无数只，老实说我都不用怎么瞄准，每发射一次，只是稍微用点儿力挤压气囊而已——扣动扳机很容易，也没有多大声响，仅仅像万花筒焰火在空中爆开那样——或者更像马拉美先生一句诗中'Palmes'①之音。往往还听不见枪声，我不把枪靠近耳朵时，又望见一只鸟儿坠落才知道子弹射出去了。野鸭听不见响动，就停留很长时间。它们在有泥水薄冰层的褐色水塘上盘旋，跌落下来，翅膀收不拢，挣扎中剐断叶子。芦苇掩藏不住，它们在死之前，还要逃往一处隐蔽的荆丛。羽毛则迟迟未落，在水塘上空飘动，轻轻地，宛若雾气……我呢，心中不免思忖：这到什么时候才算完啊？——天蒙蒙亮时，最后残存的野鸭终于飞走了；忽然一阵鼓翅的喧响，最后垂死的野鸭才明白过来。——这时，于贝尔满身叶子和泥水，也终于回来了。平底小船起了锚，拂晓前天光惨淡，我们用篙撑船，在折断的苇茎之间穿行，拾取我们猎获的野味。——我打了四十多只；——每一只都有一股沼泽味儿……喂，怎么！您睡着了，亲爱的安日

---

① 在法文中意为"棕榈叶状勋章"。

581

尔？"

灯油耗干，灯光暗下来；炉火奄奄一息，而玻璃窗则由曙光洗净。天空储存的最后一点希望，似乎抖瑟着降临……啊！但愿上天的一点点清露终于来润泽我们，但愿曙光终于出现，哪怕是透过雨季的玻璃窗，照进我们这么久打瞌睡的封闭的房间，但愿曙光穿过重重黑暗，给我们送来一点点天然的白色……

安日尔还半打着瞌睡，听不见说话了，才慢悠悠醒来——讷讷说道：

"您应当将这写进……"

"……嗳！打住，留点儿情，亲爱的朋友……不要对我说，我应当把这写进《帕吕德》。——首先，已经写进去了——其次，您也没有听，——不过，我并不怪您——不，恳求您，不要以为我怪您。因此，今天我要高高兴兴的。曙光出现了，安日尔！瞧哇！瞧瞧市区灰色的房顶，瞧瞧照到城郊的这种白色……难道……噢！多么灰暗啊，白耗了一夜，苦涩的灰烬，噢！思想——难道是你的单纯，曙光，不期然而透进来，要解救我们？——玻璃窗上晨光如雨……不对……晨光中玻璃窗泛白……安日尔——晨光也许会洗涤……也许会洗涤……

我们将出行！我感到鸟儿醉啦！

安日尔！这是马拉美先生的一句诗！——我引用得不大好——诗中是单数——可是您也出行——哈！亲爱的朋友，我要带您走！——旅行箱！——快点儿；——我要把背包装得满满的！——不过，东西也不要带得太多，正如巴雷斯先生所说：'箱子里放不进去的所有东西，全是无法忍受的！'——巴雷斯，亲爱的，您了解，他是议员！——噢！这里太憋闷了，我们打开窗户，您说好吗？我特别激动。快去厨房，一上路，真难说到哪儿能吃上饭。我们昨天晚餐剩下的四个面包、煮鸡蛋、香肠和小牛腰肉，统统带上。"

安日尔走了，我独自待了片刻。

然而，这一刻，让我怎么说呢？——为什么不能一视同仁对待下一刻呢：我们知道什么事情重要吗？在选择中多么傲气十足！——以同样关注的态度看待一切，在情绪亢奋地出发之前，让我再冷静地思考一下。瞧啊！瞧啊！——我看见什么啦？

——三个蔬菜商贩经过。

——一辆公共汽车始发了。

——一名看门人打扫门前。

——店主在更换橱窗里的样品。

——厨娘去菜市场。

——学生上学。

——报亭接收报纸；脚步匆匆的先生们买报。

——家咖啡馆摆放餐桌……

上帝啊！我的上帝，安日尔别在这会儿进来，我又潸然泪下……我想，这是冲动的缘故；每次列举一下，我就会这样。——再说，现在我瑟瑟发抖！——噢！看在爱我的面上，关上这扇窗户吧。早晨的空气冻得我发抖。——生活——别人的生活！——这样，就是生活？——瞧瞧生活！然而，活在世上就是这样！！……还有什么可说的呢？喟然长叹。——现在，我打嚏喷了；对，我的神思一停留，一开始凝注，我就要着凉。——唔，我听见安日尔来了——赶紧吧。

安日尔

出　游

星期六

只记下旅途富有诗意的时刻——因为这种时刻更吻合我事前渴望的特点。

在拉我们去火车站的车上，我朗诵道：

瀑布周围山羊羔，

小山谷上架天桥，

落叶松树排成行……

松木杉木树脂香，

我们上坡脂香升，

一切全凭我想象。

"嘿！"安日尔说道，"诗真美！"

"您这样认为，亲爱的朋友？"我对她说，"其实不然，其实不然，我可以明确告诉您——也不是说诗不好，诗不好……反正我觉得无所谓，即兴作的。——不过，也许您说得对：这几行诗可能真的很好。作者本人从来说不准……"

我们到达火车站也太早了，待在候车室里，噢！这一候车，时间可真长。我坐在安日尔身边，觉得应当对她讲点亲热的话：

"朋友……我的朋友……"我开口道，"您的笑容很温柔，但我看不大透其中的奥妙，也许来自您的敏感吧？"

"我也不知道。"安日尔回答。

"温柔的安日尔！我对您的评价，从来没有像今天这样好。"

我还对她说："可爱的朋友，您的联想特别敏锐！"还讲些别的话，我想不起来了。

路两侧长满马兜铃属植物。

将近下午三点——莫名其妙，忽然下起一阵雨。

"顶多掉几个点儿。"安日尔说道。

"亲爱的朋友，"我又问她，"这种让人摸不准的天儿，为什么只带一把阳伞？"

"这是把晴雨两用伞。"她答道。

不料雨下大了，而我又惧潮湿，我们刚离开压榨机棚又跑回去避雨。

只见褐色毛虫一只接着一只，排成长长的行列，缓缓从松树上端爬下来，——而大步行虫蜷缩着，早就等在松树脚下了。

"我没有看见步行虫呀！"安日尔说道（因为我指给她看，说了这句话）。

"我也没看见，亲爱的安日尔——同样也没见到毛虫。——再说，季节也不对；然而这句话，能出色地反映我们旅行的印象，难道不是吗……

"这次短途旅行，我们倒也能长长见识，不过，泡汤了也还算幸运。"

"哦！您为什么这样讲？"安日尔接口问道。

"嗳，亲爱的朋友，要知道，一次旅行所能提供给我们的乐趣，完全是次要的。旅行是为了学习……咦，怎么！——您流泪了，亲爱的朋友？……"

"根本没有！"她回答。

"好啦！没关系。——至少您眼圈儿红了。"

星期天

记事本上写道：

> 十点钟：礼拜。
>
> 去拜访理查德。
>
> 将近五点钟，和于贝尔一道去看望贫苦的罗斯朗日一家，以及善于掘地的小格拉比。
>
> 向安日尔指出我开的玩笑多么严肃。
>
> 结束《帕吕德》。——重要。

现在九点钟了。这一天安排，我感到就像临终料理后事一样庄严。我用手轻轻托住头，写道：

"整个一生，我都会趋向一种更亮一点儿的光明。我见到周围，唉！一堆堆人挤在狭窄的屋里活受罪；一点儿阳光也照不进去；将近中午时分，减色的大牌子才带来点儿反光。而这种时刻在小街上，没有一丝风，溽暑熏蒸，毒太阳无处发散，烈焰集中射到墙壁之间，热得人发昏。见过这种炎炎烈日的人，就想到广阔的天地，想到照在水波上和平原庄稼上的阳光……"

安日尔走进来。

我惊叹道："是您！亲爱的安日尔！"

她对我说道："您在工作？今天早晨，您一副伤感的样子。我感觉到了。我就来了。"

"亲爱的安日尔！……可是——请坐。——为什么今天早晨我更伤感呢？"

"噢！您是伤感，对不对？——您昨天对我讲的不是真话……这次旅行不像我们希望的那样，您不可能还感到高兴。"

"温柔的安日尔！……您这话真叫我感动……不错，我是伤感，亲爱的朋友——今天早晨，我内心苦不堪言。"

"我就是来安慰这颗心的。"她说道。

"我亲爱的，不料我们又回到原来的状态！现在，一切就更可悲了。——不瞒您说，对这次旅行，我期望很大，以为能给我的才华指出一个新方向。不错，旅行是您向我提议的，但是我想了多少年了。——现在我看到又恢复的旧观，就更加明显地感受到我希望离开的一切。"

"也许，我们走得还不够远，"安日尔说道，"不过。要去看大海怎么也得两天，而我们却要星期天回来做礼拜。"

"两件事碰到一起，安日尔，我们考虑得还不周全。——再说了，究竟走到哪里才行呢？不料我们又回到原来的状态，亲爱的安日尔！——现在回头再想想：我们的旅行多凄楚！——'马兜铃属植物'一词，多少表达了这种意思。——在潮湿的压榨棚吃的那顿便餐，饭后我们默默无语，一个劲儿打哆嗦的情景，过很久您也还会记得。——留下吧……整个上午就留在这里吧，噢！求求您了。我感到自己一会儿又要痛哭流涕。我似乎总随身带着《帕吕德》。《帕吕德》烦扰谁，也不像烦扰我本人这样……"

"您干脆丢下吧。"她对我说道。

"安日尔！安日尔，您还不明白！我把它丢在这儿，又在那儿找见，到处都能碰到；看见别人，也能引起我这种烦恼，这次小游也不可能使我解脱。——我们耗损不掉我们的忧郁，我们每日重做昨天的事情，也耗损不掉我们的病症，除了我们自身别无耗损，我们每天都丧失一点儿力量。——过去，延续多久啊！——我怕死，亲爱的安日尔。——除了我们一做再做的事情，难道我们永远也不能将任何东西置于时间之外吗？——终于有了不再需要我们就能延续下去的作品。——然而，我们所做的一切，一旦我们不再经营了，什么也不会持续。反之，我们的所有行为却统统继续存在，成为负担。使我们不堪其负的，就是重复这些行为的必要性；这其中有什么奥妙，我就不得要领了。——请原谅——稍等一下……"

我拿起一张纸，写道："我们还得维持我们这些不再由衷的行为。"

我又说道："可是，亲爱的安日尔，明白吗，正是这事儿搅了我们的旅行……什么也放不下，心里总嘀咕：'事情还撂在那儿呢。'结果我们就回来瞧瞧，是否一切正常。唉！我们生活多贫乏，难道我们就不会让人做任何别的事！任何别的事！而只能照样拖着这些漂流物……就连咱们的关系，亲爱的安日尔，也是相当短暂的！要明白，正因为如此，咱们的关系才得以持续这么久。"

"噢！您这么讲可不公道。"她说道。

"嗳，亲爱的朋友，不对，不是这码事——不过，我一定要让您看到给人的枯燥乏味的印象。"

于是，安日尔垂下额头，得体地微微一笑说道：

"今天晚上. 我就留下。您说好吗？"

我嚷道："噢！瞧您，亲爱的朋友！——现在简直不能同您谈这些事了，一提起您就立刻……况且要承认，您并没有多强的愿望——再说，您这人很敏感，我可以向您肯定，有句话您还记得吧，我正是想到您才写的：'她害怕欲望，把这看作十分强烈、可能会要她命的一件事。'当时您硬要对我说，这话太夸张了……不，亲爱的朋友——不——我们在一起可能会感到别扭——我甚至就此写了几行诗：

　　……

　　亲爱的，我们

　　不是那些繁衍

　　人类子孙的人。

　　"（余下的部分很感人，不过太长了，现在不宜引用。）——再说，我本人身体也不怎么健壮，这正是我试图用诗表达的意思，而这几行诗（有点儿夸张），今后您会记得的：

　　然而你，身体最单弱者，

　　你能干什么？想干什么？

　　你这强烈的欲望，

　　究竟会给你力量，

　　还是让你守在家里，

　　生活得这样安逸？

　　"您一看就明白，我很想走出去……不错，接下来的诗句，情调更加忧伤，甚至可以说相当气馁：

你如出去，啊！当心什么？

你如留下，要受更大折磨。

死亡追命，死亡就在跟前，

二话不说，将带你下黄泉。

"……接下去与您有关，还没有写完。——您若是一定要听……最好把巴尔纳贝请来！"

"噢！今天早晨，您真刻薄。"安日尔说道。她随即又补充一句："他身上的味儿熏人。"

"说的就是，亲爱的安日尔；强壮的男人身上全有味儿。——这正是我那年轻朋友唐克赖德要在这诗中表达的：

得胜的将领气味特别冲！

"（我知道，令您惊讶的，是诗中的顿挫。）——唔，您的脸红得这么厉害！……我不过是要让您看清楚。——啊！敏感的朋友，我本来还要让您注意，我开的玩笑多么严肃……安日尔！我简直疲惫不堪！——我忍不了多久就要哭泣了……嗒，先让我口授几句话，您写下来，您写字比我快——而且，我边走边说更好一点儿。这有铅笔和纸。啊！温柔的朋友！您来得真好！——写吧，写快点儿；况且，说的也是我们这次可怜的旅行：

"……有些人说出去，立刻就能出去。大自然敲他们的门：门外是辽阔的平原，他们一走到旷野，就把居所置于脑后，忘得干干净净。晚上要睡觉了，他们才又回到居所，很容易就找见了。他们若是有兴致，还可以露宿，将自己的住宅丢下一天一夜——甚至忘却好长一段时间。——您若是觉得这很自然，那就是没有很好领会我的意思。对这种事，您更要感到诧异……我可以明确告诉您，就说我们吧，我们羡慕那些十分自由的居民，也是因为我们每次费力建造的安居的房子，总是同我们形影不离，一建起来就罩在我们头上，固然能遮雨，但是也挡住了太阳。我们在它的阴影下睡觉，也在它的阴影下工作、跳舞、相爱和思考——有时曙光非常灿烂，我们还以为能逃往清晨；我们也曾极力忘却，也曾像窃贼一样溜到茅屋下，我们不是为了进去，而是为了出去——偷偷摸摸地——跑向旷野。可是，房子在身后追赶，跳跃着跑来，犹如传说中的那口大钟，追赶企图逃避礼拜的人。我们头顶始终感到房舍的重量。我们要建造的时候，就已经扛起了所有材料，估计了总体的重量。房子压低了我们的额头，压弯了我们的肩背——如同海老人的全部分量压在辛巴德身上那样。——开头还不大在乎，过一阵就很可怕了，仅仅凭着重量紧紧伴随我们，怎么也摆脱不掉。激发起来的所有意念，必须一直带到终点……"

"噢！"安日尔说道，"可怜见的……可怜的朋友……您为

594

什么要动手写《帕吕德》呢？多少题目可以写……甚至更富有诗意。"

"说的就是，安日尔！写呀！写呀！——（天啊！今天我到底能不能坦率？）

"您所谓多少富有诗意究竟指什么，我根本就弄不明白了。——一个关在斗室里的人胸中的所有惶恐，身上感到幽深大海全部压力的打捞珍珠的渔民！以及一个要爬上来见见天日的矿工的所有惶恐，普劳图斯，或者推磨的参孙、推巨石上山的西绪福斯所经受的压迫，一国受奴役的人民所感受的窒息——且不说其他痛苦，就是这一些，我都统统领略过了。"

"您说得太快了，"安日尔说道，"我跟不上了……"

"那就算了！——别写了；——您就听着吧，安日尔！听着吧——因为，我心痛欲绝了。多少回啊，这动作我做过多少回，就像在噩梦中，我想象床铺的天盖脱落下来，压在我胸上——而我惊醒时几乎站立着——我伸出双臂，要推开无形的壁板，——这种要推开人的动作，因为我觉得他靠得太近而受不了口臭——伸出双臂要撑住墙壁，因为墙壁逐渐逼近，或者又沉重又不牢固，在我们头上摇摇欲坠；这种动作，也是要甩掉特别沉重压在我们肩头的大衣。多少回啊，我感到憋闷，要呼吸点儿新鲜空气，做出打开窗户的动作——但是又无望地住了手，因为窗户一旦敞开……"

"您就得着凉吧？"安日尔接口道。

"……因为窗户一旦敞开，我就看到窗外是院子——或者对着别家肮脏的拱形窗户——看到没有阳光、空气污浊的破院子——我一看到这种景象，就悲从中来，全力呼号：天主啊！天主啊！我们就这样被幽禁！——而我的声音又完全从拱顶返回来。——安日尔！安日尔！现在我们怎么办呢？我们仍然力图掀开这一层层缠得紧紧的裹尸布，还是尽量习惯只保持微弱的呼吸，就在这坟墓中延续我们的生命呢？"

"我们从来也没有多生活一些，"安日尔说道，"老老实实告诉我，人能够多生活一些吗？您从哪儿来的这种感觉，有一种更丰富的生活呢？谁告诉您这是可能的？——是于贝尔吗？他那么折腾，就多生活了吗？"

"安日尔！安日尔！瞧瞧，现在我又禁不住哭泣啦！您总该理解一点儿我这惶恐不安的心情吧？也许，我终于给您的笑容增添几分苦涩吧？——哎！怎么！您现在哭了。——这很好！我真高兴！我行动啦！——我要完成《帕吕德》！"

安日尔哭着，哭着，长长的秀发披散下来。

恰巧这工夫，于贝尔进来了。他见我们披头散发，就要退出去，说了一句："对不起！——我打扰你们了。"

见他这样知趣，我很感动，不禁嚷道：

"进来吧！进来，亲爱的于贝尔！压根儿就谈不上打扰我们！"——随即我又伤心地补充一句："对不对，安日尔？"

安日尔答道："没有打扰，我们在闲聊。"

"我只是路过，"于贝尔说道，"想打声招呼。——过两天我要动身去比斯克拉——我说服罗朗陪我一道前往。"

我顿时气愤起来：

"自负的于贝尔——是我呀，是我让他下这个决心的。当时我们俩从阿贝尔家出来——我对他说他应当去那儿旅行。"

于贝尔哈哈大笑，说道：

"你？嗳，我可怜的朋友，想一想吧，你到达蒙莫朗西就已经足够了！你怎么还敢说这种话呢？……再说了，有可能是你头一个提出来的；可是，请问，往人的脑袋里灌些念头，又顶什么用呢？你以为人有了念头，就会行动吗？让我实话对你说吧，你特别缺乏冲劲儿……你自己有的才能给别人。——总之，你愿意同我们一起去吗？……不行吧？你看！怎么样？……那好，亲爱的安日尔，再见——我还要去看看您。"

他走了。

"您瞧见了，温柔的安日尔，"我说道，"我留在您身边；……不过，别以为这是因为爱……"

"当然不是！我知道……"她答道。

"……可是，安日尔，哎呀！"我怀着一点希望嚷道，"快到十一点啦！嗯！礼拜的时间已然过啦！……"

她叹了口气，说道：

"那我们就去参加四点钟的礼拜吧。"

一切又恢复原状。

安日尔有事走了。

我偶尔看一眼记事本，只见上面记了探望穷人这一条，就赶紧冲向邮局打电报：

"喂！于贝尔！——穷人！"

我回来边等回电，边重读《小封斋讲道录》。

两点钟，我收到电报，只见上面写道：

"糟糕，详见信。"

这样一来，忧伤的情绪越发完全侵占我的心。

"因为，"我哀叹道，"于贝尔要走了，万一他六点钟来看我呢？——《帕吕德》一完稿，天晓得我还能干点儿什么。——我知道无论写诗还是戏剧……我都不大可能成功——而我的美学原则又反对构思小说。——我已经想到重新拾起我那老题目《波尔德》，正好可以接续《帕吕德》，又不会同我唱对台戏……"

三点钟，于贝尔给我寄来一封快信，信上写道："我那五户穷苦人家交给你照看；随后寄去名单和注意事项——其他各种事务，我托付给理查德和他的妹夫，因为你一窍不通。再见——我到那里会给你写信的。"

于是，我又翻开记事本，在星期一那页上写道："争取六点起床。"

……下午三点半，我去接安日尔；——我们一道去奥拉托利修会做礼拜。

到了五点钟，我去探望我那穷苦人家。——继而，天气凉下来，我回到家，将窗户关上；开始写作……

六点钟，我的挚友加斯帕尔进来。

他从击剑房来，一进屋就说道：

"咦！你在工作？"

"我在写《波尔德》……"我答道。

……

尾 声

噢！今日晨光多难，

多难一洗这片平原。

我们吹笛给您听

您却不听这笛声。

我们唱歌来伴舞

您该舞时不动步。

该当我们想跳舞

无人吹笛难移步。

既然处处不吉祥

我就更爱大月亮。

月夜犬吠声声哀
善歌蟾蜍唱起来。

明月无言洒清光
水清见底照池塘。

月亮融融赤裸体
清辉流泻无绝期。

我们赶羊无牧杖
赶着羊群回小房。

羊儿却要去赴宴
我们预言也枉然。

别人带着白绵羊
未去水槽去屠场。

我们就在沙滩上
建起易倒大教堂。

另一种解决办法

　　——或者，再次前往，充满神秘的森林呦———一直走到我熟悉的地方：那里棕褐色的死水还在浸泡，泡软了陈年的叶子，几度明媚春天的叶子。

　　正是在那里，我的百无一用的决心，才能得到最好的休息，而我的思想也逐渐萎缩变小，最终变得微不足道。

忒修斯

第一章

　　我一生的经历，本来是希望讲给我儿子希波吕托斯听的，以便让他长些见识；不料他去世了，我还是要照样讲述。如果他在世，我就不敢像现在这样，叙述那几次艳遇：他特别害羞，在他面前我不敢谈论我的恋情。再说，那些恋情的重要性，仅仅表现在我的前半生，不过也至少教会了我认识自己，同我降伏的各种怪物没什么两样。因为，"首先要弄明白自己是什么人，"我对希波吕托斯说道，"然后才好从思想上接受并实际掌握遗产。不管你愿意不愿意，你同我当初一样，是个王子。这是事实，根本无法改变，也就必须承担义务。"然而，希波吕托斯不大在乎，比我在他这年龄时还不在乎，他也像我当年那样，优哉游哉，用不着了解那么多。我在天真烂漫中度过的少年的时光啊！无忧无虑地成长！我就是风，就是波涛。我就是草木，就是飞鸟。我并不停留在自身，同外界的任何接触，也绝没有向我启示外界在身上唤醒的情欲有多大局限。我在抚摩女人之前，先抚摩了果实、小树的嫩皮、海边的光滑石子、狗和马的皮毛。见到潘神、宙斯或忒提斯向我展示的一切美妙的东西，我都会勃起。

有一天，父亲对我说，不能像这样继续下去了。——为什么呢？——还用问，就因为我是他儿子，我必须配得上他要传给我的王位……可是当时，我坐到清凉的草地上，或者灼热的沙砾上，就觉得非常舒服。然而，我不能说我父亲讲得不对。他举我本人的理由说服我，做得当然很好。我正是受此教益，后来才实现了我的全部价值；不管悠闲自在的状态多么惬意，我也停止了那种放任的生活。他教我懂得，任何伟大的、有价值的、流芳于世的业绩，不付出努力是得不到的。

我在他的劝导下，第一次做出了努力，就是翻动岩石寻找武器，他对我说波塞冬（希腊神话中的海神）将武器藏在了一块岩石下。他见我通过这种锻炼，力量增长得相当快，就总是哈哈大笑。这种肌体的锻炼，也倍加锻炼了我的意志。寻找毫无结果，方圆一带的重石全移了位，我又要开始向宫殿门口的石板进击，他却制止了我，对我说道："武器不如掌握武器的手臂重要，手臂又不如指挥手臂的聪慧的意志重要。喏，武器就在这儿，我等到你能得心应手时才交给你。我感到从今往后，你有雄心壮志使用这些武器，也有赢得名誉的渴望，只用来从事高尚的事业，为人类谋幸福。你的童年时代过去了。做个男子汉吧。要善于向男子汉们表明，他们当中的一个有什么本领，打算有什么作为。世上有重大的事情可做。你要去争取。"

第二章

　　我父亲埃勾斯为人很好，特别有教养。老实说，我仅仅是他推定的儿子。有人对我说过这事儿，而我是伟大的波塞冬生育的。果真如此，我用情不专的性格，就是这位神传给我的。在女人方面，我从来就不能专一定情。有时碍于埃勾斯，我才收敛一点儿。但是，我感谢他的监护，也感谢他在阿提卡恢复了对阿佛洛狄忒的崇拜。我很遗憾一次不幸的疏忽导致他死亡：我冒险去克里特，吉凶难卜，说好如果得胜返回，船上就挂白帆，而我却挂了黑帆。人不可能全想到了。不过老实说，我若是扪心自问，会不会有意那么干，我还真不能保证那是一次疏忽。可以这么讲，埃勾斯挡我的路了，尤其是精通巫术的美狄亚插了手，她像埃勾斯自我感觉那样，觉得他当丈夫有点儿老了，就出了个讨厌的主意，让他服药重返青春，那样一来，他就会阻碍我的前程，而照理每人都应当轮到机会。不管怎样，他望见船上挂着黑帆……我回到雅典得知他跳海自杀了。

我认为做了几件大好事，这是个事实：我从大地彻底清除了不少暴君、强盗和魔怪，清扫了一些连最大胆的人踏上都心惊肉跳的险径，也廓清了天空，以便让人额头不要垂得那么低，不要那么惧怕意外的事件。

必须承认，那个时期乡间并不太平。村镇分散，隔着广阔的荒野；连接村镇的道路很不安全，要经过茂密的森林、山间的隧道。有些地点十分险要，强盗盘踞在那里，杀人越货，至少也要勒索赎金才肯放人；而且鞭长莫及，任何警察都控制不了。强盗打劫，匪徒抢掠，再加上凶猛的野兽袭击，妖魔鬼怪作祟，结果一个失慎的人遭难，还真弄不清是吃了恶神的晦气，还是仅仅遭了人的暗算，弄不清像俄狄浦斯战胜的斯芬克司，或者柏勒洛丰战胜的蛇发女魔那样的怪物，究竟接近人还是接近神。凡是无法解释的，都带有神的色彩，恐怖的情绪扩散到宗教，以致英雄行为往往有渎神之嫌了。人要赢得的头几场最重要的胜利，就是降伏神。

人还是神，只需夺过武器，反过来对付他，就像我夺过埃皮达乌鲁斯的可悲的巨人柏里斐忒斯的狼牙棒那样，才能认为真正战胜了他。

至于宙斯的霹雳，我跟您说吧，人总有夺过来的时候，就像普罗米修斯夺过火那样。对，那是最后的胜利。不过，在女人方面，我总是喜新厌旧，这是我的优势，也是我的弱点。我摆脱了一个，只为了拜在另一个的长裙下，而且征服任何女人，无不自己首先被人家征服。庇里托俄斯说得对（啊！我和他相处多么融洽），关键是不要让任何女人给吓住，别像赫剌克勒斯落入翁法勒（希腊神话中的吕狄亚女王，她接受要向神赎罪的赫剌克勒斯给她当三年奴隶。）的怀抱那样。既然我向来不能也不愿割舍女人，每次追求新欢，我总在内心告诫自己："去追求，但要往前走。"如果说有一个女人借口保护我，有朝一日企图用一根线捆住我，把我同她捆在一起，线固然很细，但是没有拉长的弹性，那个女人也正是……不过，现在还不是谈她的时候。

在所有女人中，安提俄珀最接近拥有我。她是亚马逊人女王，同她的属民一样只有一个乳房，但是无损于她的美貌。她训练赛马、格斗，肌肉发达结实，比得上我们的竞技力士。我同她搏斗过。她被我抱住，就像雪豹一样挣扎，没了武器就用指甲和牙齿，乱抓乱咬；她见我哈哈大笑（我同样没有武器），更是暴跳如雷，可又控制不住自己爱我。我从未拥有更为童贞的女子。我并不在乎后来她只用一个奶头喂她儿子，我的希波吕托斯。我正是要以这种贞洁，这种野性培养我的继承人。以后我还要讲述我终生的悼念。因为，生在世上还不够，还要不枉此生：必须传下去，必须做到后继有人，我祖父就一再对我这样讲。庇忒斯、埃勾斯，都比我聪明得多，庇里托俄斯也如此。不过，别人

609

承认我通情达理，其余的随后而来，只要有好好干的意愿，而这种意愿从来没有离开过我。有一种勇气，也寓于我这体内，推动我去干些胆大包天的事情。我壮志凌云：我表兄赫剌克勒斯的丰功伟绩，我年轻时听人讲述，就急不可待了；我一直生活在特雷泽纳，要去雅典找我的推定的父亲时，也不管别人的建议多么明智，根本不愿意听，我知道走海路最安全，但我偏偏要走陆路，正因为陆路绕远，旅途凶险，才使我跃跃欲试，以便考验我的勇敢。自从赫剌克勒斯拜在翁法勒的脚下之后，形形色色的强盗都欣喜若狂，重又在那些地方逞凶肆虐。我长到十六岁了，可以一展身手。这次轮到我了。我兴奋到极点，心怦怦狂跳。我要安全干什么！我嚷道，要平坦的道路干什么！毫无荣耀的那种安逸，还有舒适、懒惰，我都嗤之以鼻。因此，我去雅典，就取道伯罗奔尼撒地峡，先考验一下自己，结果同时认识了自己的膂力和毅力，剪除了几个名副其实的凶恶的强盗，诸如：辛尼斯、柏里斐忒斯、普洛克路斯忒斯、革律翁（不对，这个是赫剌克勒斯除掉的，我想说的是刻耳库翁）。当时，我甚至出了点差错，误杀了斯库龙；他似乎是个大好人，非常真诚，又有一副热心肠，乐于帮助行路之人；可是这种情况，别人告诉我也太迟了，由于我刚刚把他杀掉，有人就干脆说他可能是个坏蛋。

我也正是在前往雅典的路上；在一片石刁柏丛中有了第一次艳遇。珀里戈涅身材修长而灵活。我刚杀了她父亲，但是我让她生了个大胖小子：墨拿利普，也算是补偿了。我无意久留，离去之后，就再也没有见到那母子二人。可见，我做过的事占据不了，也拖不住我，而还要做的事总能把我调走；在我看来，最重要的事情会接踵而来。

因此，我不会在琐碎的准备上过多耽搁，大不了花费一点点时间。然而，我面临一次令人叫绝的奇遇，连赫剌克勒斯都没有经历过。我要细细道来。

第三章

这件事的过程非常复杂。首先要交代一句，当时克里特岛很强大，由弥诺斯统治。他认定他儿子安德洛革俄斯之死，应由阿提卡国负责，便采取报复的办法，要求我们每年进贡七个青年和七个少女，据说是为了满足弥诺陶洛斯的食欲。弥诺陶洛斯那个怪物，是弥诺斯的妻子帕西淮同一头公牛交配生下的孩子。这些牺牲品的命运已经确定。

且说那年，我刚回到希腊。尽管命运放过了我（命运往往放过王子），我还是不顾父王的反对，要求算我一份儿……我无须享有特权，声称全凭勇敢来表明自己与众不同。我自有打算，要战胜弥诺陶洛斯，一举把希腊从被迫进贡的讨厌的义务中解放出来。再说，我也渴望了解克里特：那里盛产美妙而奇特的物品，源源不断地运到阿提卡。于是我启程，加入了另外十三人行列，其中有我的朋友庇里托俄斯。

三月的一天早晨，我们到达小镇阿姆尼索斯，这是附近岛国京城克诺索斯的港口，而弥诺斯就住在建在京城的王宫里。如果没有一场暴风雨阻隔，头一天傍晚我们就应该到达。我们一上岸，武装的卫士就围上来，缴下我和庇里托俄斯的短剑，还搜了身，确认我们没有带别的武器，然后才带我们去见特意率朝廷从克诺索斯赶来的国王。老百姓蜂拥而至，争相挤上来围观。所有男人都光着上身。唯独坐在华盖下的弥诺斯穿着长袍，那是用一整块深红色布料做的，从肩头一直垂到脚面，波纹显得十分威严。他那赛似宙斯的宽阔的胸脯上，展示三串项链。许多克里特人也戴着项链，但是很粗劣，而弥诺斯的项链，却是由宝石和镂刻成百合花的金叶子组成。他坐在上方由两把斧钺护卫的宝座上，右手离身朝前伸去，握着同他一样高的金权杖，左手则拿着一枝三叶形花，类似他项链上的花朵，但是大得多，看上去也像金子的。他那金王冠上竖起一大扇羽饰，镶有孔雀羽毛、鸵鸟和翠鸟羽毛。他表示欢迎我们来到他这岛上，然后久久地打量我们，嘴角挂着带几分嘲讽的微笑，只因我们是来送命的。他身边站着王后和他女儿：两位公主。我很快发觉，大公主留意看我。就在卫士要将我们带走的时候，我看见她俯过身去，用希腊语对她父亲说道（声音很低，但是我的耳朵非常灵敏）："求求你了，饶过那个吧。"同时她还指了指我。弥诺斯又微微一笑，命令卫士将我的伙伴们押走。他面前只剩下我一人，就开始盘问我了。

我早已打定主意，要特别谨慎从事，一点儿也不透露我的高贵出身，也绝不透露我的大胆的计划，但事到临头我却突然觉得，既然我引起了公主的注意，那就不如开诚布公，而公开声明我就是庇忒斯的孙子，比什么都更能使公主贴近我，并博得国王的恩典。我甚至暗示，据阿提卡那里流传，我是伟大的波塞冬所生。弥诺斯听了这话，便郑重提出，为了澄清事实，等一会儿我必须经受波涛的考验。对此我满口答应，表示无论什么考验，我确信无往而不胜。我这种十足的信心，即使没有打动弥诺斯本人，至少也赢得了宫廷这些贵妇的好感。

"现在，"弥诺斯说道，"您立刻去用餐。您那些伙伴已经坐好等着您呢。您颠簸了一整夜，正像我们这里所说的，也该填填肚子了。您休息一下。傍晚时分，有一场隆重的竞技大会欢迎你们，我要请你们参加。然后，忒修斯王子，我们要带您去克诺索斯。您就睡在王宫里，同我们一起用晚餐，是一次家庭便餐，您不会有拘束之感，这些夫人也会很高兴听您讲讲先前的英雄事迹。现在，她们要去打扮一下，好参加盛会。到那里我们还会见面，考虑您这王子身份，而我又不愿意公开对您另眼看待，就安排您和您的伙伴们直接坐到王室包厢的下方，这样，您的伙伴们也借了您的光。"

欢迎会在朝向大海的巨大半圆形竞技场举行，吸引来大批观众，有男有女。他们来自克诺索斯、利托斯，甚至戈尔图恩，听说那儿很远，相距有二百跑道（古希腊长度单位，一跑道长 180 米。）；还有的来自其他城市和周围的村庄，可见农村人口也特别稠密。我看什么都感到惊讶，无法形容我觉得克里特人多么陌生。阶梯看台坐不下，走廊和楼梯台阶都挤满了人。女人同男人一样多，大部分也都裸露着上身，只有少数几个穿着胸衣，还开得很低，照习俗将乳房露在外面：在此我得承认，觉得这种习俗实在不讲廉耻。男人和女人都穿着束身半短背心，扎着腰带，腰身束紧到了荒唐的程度，简直就像沙漏了。男人几乎一色棕褐肌肤，手上戴的戒指，腕儿上戴的手镯，脖子上戴的项链，几乎同女人一样多。女人个个都肌肤雪白。除了国王，以及他兄弟拉达曼堤斯、他的朋友代达罗斯，所有人的脸颊上都没有胡须。王后和公主的看台在我们座位的上方，居高俯瞰全场。她们展示着极其华丽的衣裙和首饰，每人都穿着镶边裙，在臀部下方奇特地撑开，再呈绣花荷叶边状，一直垂到穿着白皮靴的脚面。王后端坐在小看台正中，其豪华的服饰尤为引人注目；她袒臂露胸，肥乳上饰满了珍珠、珐琅和宝石；脸颊两侧垂下长长的发卷，额头则由一束束小发卷遮护。她长着一副贪食的嘴唇、上翻的鼻子，眼睛大而无神，目光酷似牛眼。一副金冠并没有直接戴在头发上，有一顶可笑的深色布帽衬在其间，并从金冠下探出来，高高翘起，尖端微微下弯，犹如额头长出的独角。她的胸衣前面一直袒露到腰带，从后背连上去，领子呈大喇叭口状。裙子在她周围展

615

开，乳白色衬地儿有三排绣花十分悦目：一排蓝蝴蝶花、一排番红花，靠裙摆底边一排是带叶儿的紫罗兰。我坐在正下方，可以说只要回头一仰望，就不禁赞叹那裙子颜色的搭配、图案的美观，还要赞叹那做工的精细。

大女儿阿里阿德涅坐在母亲的右边，正在指挥斗牛。她的服饰不如王后那样华丽，衣裙颜色不同，同她妹妹一样，裙子上只绣了两排图案：上一排是狗和鹿，下一排是狗和山鹑。坐在帕西淮左边的淮德拉，年龄显然小得多，还是玩铁环儿的孩子，还有更小的孩子，正蹲在下面弹球玩。她带着童稚的乐趣观看表演。至于我，新鲜的东西目不暇接，惊叹不已，也就不大留意表演，但是在合唱、跳舞、角斗相继表演之后上场的杂技演员，动作非常惊险，却又十分敏捷、迅疾而灵活，也着实出乎我的意料。我本人很快就要同弥诺陶洛斯较量，能观看他们的假动作、把公牛遛得疲惫而晕头转向的腾挪闪跳，倒也受益匪浅。

第四章

阿里阿德涅向最后一名获胜者授了奖，弥诺斯便由朝廷官员簇拥着，宣布竞技表演结束，并叫我单独来到他身边。

"忒修斯王子，"他对我说道，"现在我要带您去海边，要您接受考验，考验您是否如您刚到时所说的，果真是海神波塞冬的儿子。"

于是，他带我走到浪涛拍击崖脚的岬角的岩石上。

"我这就将王冠抛进波涛里，"国王说道，"以便向您表明，我相信您能从海底给我捞上来。"

王后和两位公主都在场，渴望观看这次考验；因而我受到鼓舞，提出异议：

"难道我是条狗吗，要给主人叼回一件物品，哪怕是一顶王冠？无须诱饵，让我潜入海中，给您捞上点儿什么，足以证明我的身份。"

我的胆子越发大了。当时起了风，刮得还相当猛，恰巧掀起阿里阿德涅肩头的一条长披巾，并朝我刮来。我微笑着一把抓住，就好像是公主或神灵赠给我的。我立刻脱掉穿着显得缩头缩脑的紧身外衣，将披巾缠在腰上，再从大腿之间拉到前面系好。这看似顾些羞耻，绝不在这些夫人面前展示我的阳物，但是我这样做，就能掩饰我挂在皮带上保存的钱袋。不过，钱袋里装的并不是钱币，而是从希腊带来的几颗宝石，因为我知道无论到什么地方，这些宝石都会完全保值。

我这才深吸一口气，扎进水中。

我扎入水中，趁势潜得相当深，从钱袋里取出一颗玛瑙和两颗绿玉髓，才又浮出水面。我回到岸上，极其殷勤地将玛瑙献给王后，将绿玉髓献给两位公主，佯装是从海底带上来的，更确切地说（因为在我们陆地都十分珍稀的宝石，不大可能同时在海底找到，况且我也没有时间挑选），佯装是波塞冬亲自交给我的，让我敬献给这些夫人，从而比考验还能更有力地证明，我是神种，并受神的宠爱。

随后，弥诺斯便将我的剑还给了我。

过了一会儿，我们就乘车去克诺索斯了。

第五章

　　我疲惫到了极点，见到王宫宽阔的庭院、带扶手的巨大楼梯，以及曲折的走廊，丝毫也没有惊讶的反应了，任由举着火炬的尽心尽力的仆人引我上三楼，直到给我准备的客房。房中点着好几盏灯，他们只留一盏，将其余的几盏吹灭，便退出去了。我们乘车走了一整夜，凌晨才到达克诺索斯；在漫长的旅途上，我虽然睡了觉，但是一躺到芳香的软榻上，我就沉沉睡去，直到傍晚才醒来。

　　我根本算不上以四海为家的人。来到弥诺斯的宫廷，我头一次领悟自己是希腊人，不免有客居异乡之感。各种新奇的事物：风俗习惯、言谈举止、家具（在我父亲那里，陈设就很简单）、器物及其使用方法，我见了无不感到惊讶。周围如此文雅讲究，我自惭形同野人，越惹人笑话就越显得笨拙。我吃饭时习惯用手抓起食物送到嘴里，而这些轻巧的金属或镂金叉子，这些用来切肉的餐刀，我使用起来就觉得比最重的武器还要沉。大家的目光都集中到我身上；我应该交谈，却更加显得笨嘴拙舌。上帝啊！我感到自己多么局促不安啊！我一向独来独往施展本领，这是头一回同这么多人打交道，不再是以勇力搏斗并战而胜之，而是要讨人喜欢，这方面我真是一点也不摸门儿。

晚餐我坐在两位公主之间。主人对我说，这是家庭便宴，不拘礼节。的确，餐桌上只有弥诺斯和王后、国王的兄弟拉达曼堤斯、两位公主和她们的弟弟格劳科斯，此外没有邀请任何客人，唯独小王子的希腊文教师是个例外：他刚从科林斯归来，主人甚至没有向我介绍。

他们求我用自己的语言（他们全都能听懂，讲得也很流利，只是稍微带点儿口音），讲讲我的所谓英雄事迹。我讲述如何以其人之道还治其人之身，以普洛克路斯忒斯对待行人的方式来对待他，把他的个头儿高出我的一截削掉，我很高兴小淮德拉和格劳科斯听了狂笑不止。不过，大家讲话都很有分寸，避而不谈我为何来到克里特，佯装只把我看作一名过客。

这顿家宴自始至终，阿里阿德涅都在台布下用膝盖挤我；然而，尤其小淮德拉散发的热气令我心慌意乱。可是，坐在我对面的王后帕西淮，那直勾勾的目光像要把我活活吞下去；而坐在她旁边的弥诺斯，嘴角却始终挂着微笑。唯独黄色大胡子拉达曼堤斯脸色有点儿难看。吃完了第四道菜，他们二人说是要离席，便离开了餐厅。到后来我才明白他们这话是什么意思。

我晕船还没有完全好，这顿饭吃得又多，喝得更多，给我满上的各种果子酒和烧酒，全喝下去了，结果我很快就晕头转向了，因为平常我只喝水或掺水的果子酒。看看就要失态了，我趁着还能站起身来，便请求出去一下。王后立刻带我去她的寝宫隔壁的小卫生间。我大大地呕吐了一通，然后去寝宫找她。她坐在沙发床上开始同我谈话。

"我的年轻朋友……"她说道，"您允许我这样称呼吧，赶紧利用我们俩单独在一起的机会。我并不是您所以为的样子。但也绝不怪您；其实您这人非常可爱。"她一再强调她的话只对我的灵魂，或者我不知道的什么内心讲，可是同时，她的手也不闲着，先抚摩我的额头，再探进我的紧身皮衣里，抚摩我的胸脯，仿佛要确信我在她眼前是实实在在的人。

"我不是不知道您的来意，也就力图防止出差错。您的杀气很重，来同我儿子拼个你死我活。别人怎么讲他，我不得而知，也不想知道。噢！不要听而不闻我内心的呼声！别人叫他弥诺陶洛斯，也一定向您描绘过，不管他是不是怪物，他毕竟是我儿子。"

话讲到这地步，我认为应当说明一下，我对怪物也不乏兴趣；可是她不听我的，径直讲下去：

"请理解我：我的禀性有狂热信仰的倾向，独独崇爱神灵。

可是要知道，事情难就难在根本弄不清神自何处始，到何处终。我经常拜访我的表姐勒达。对她来说，神曾附在一只天鹅身上。因此，弥诺斯也理解我的愿望，要给他生个神种做继承人。然而，如何分辨神播的种子可能存于兽体呢？如果说事后，我只能哀叹自己的过错——我完全感到，对您这样讲，就是剥夺了您这事儿的崇高性——不过我向您保证，忒修斯啊，在当时的确是神圣的。您要知道，我那公牛不是一头寻常的牲畜，那是波塞冬赠送的，作为我们燔祭时给他的祭品；可是，那头牛好看极了，弥诺斯狠不下心来牺牲掉，这就是为什么，神要通过我的欲念进行报复了。您也必定知道，我的婆母欧罗巴，当年就是被一头公牛劫走的。那公牛是宙斯的化身，他们的结合生下了弥诺斯。也正是这个缘故，公牛在他的家族始终备受尊敬。我生下弥诺陶洛斯之后，看见国王皱起了眉头，就只需对他说一句：看看你母亲！他就不能不承认我必是弄错了。他是个智者，认为宙斯任命他和他兄弟拉达曼堤斯为判官。他主张必须首先理解才能很好评断，想到他本人或者他的家庭经受一切考验之后，他才能成为好判官。这对他的家人是个很大的鼓舞。他的子女、我本人，我们个个从不同的方面，以各自独特的过错来促进他这种生涯。弥诺陶洛斯也同样；只是不知道而已。因此我来请求您，忒修斯，恳切地求您，不要极力伤害他，倒是要同他连成一气，以便消除误会，而这种误会使克里特和希腊对立，极大地损害我们两国的利益。"

她这样讲着，也逼得越来越紧，再加上酒气上头，从她的胸衣里又随同她的乳房冒出浓烈的气味，结果弄得我极不舒服。

"还是回到神性上来吧，"她继续说道，"必须时时回到这上面来。您本人，您本人，忒修斯啊，您怎么能感觉不到有神附体呢？"

使我为难到了极点的，还是阿里阿德涅在等我：这个大女儿，真是异常美丽，但还不如妹妹那么令我心慌，我是说阿里阿德涅，在我酒食不适之前，她就又打手势又说悄悄话，让我明白一吃完饭，她就在花园平台等我。

第六章

　　好一个平台！好一座宫殿！令人陶醉的花园悬在半空，在月光下不知在等待什么！时值三月，暖融融已有春意。我刚一回到户外，不适之感就涣然冰释。我这个人在室内待不惯，需要畅快地呼吸。阿里阿德涅朝我跑来，热乎乎的嘴唇一下子就贴到我的嘴唇上，而且来势甚猛，带得我们二人都站立不稳了。

　　"走，"她说道，"我并不在乎别人看见我们，不过要谈话，我们最好还是到笃薅香树下去。"

　　她拉着我下了几个台阶，朝花园一处草木更加茂密的地方走去；那里树木高大，遮住了月光，但是挡不住月亮在海面的反光。她改了一身打扮，换下带裙环的裙子和有胸撑的胸衣，穿了一件轻飘飘的连衣裙，能让人感到里面光着身子。

　　"我想象得出来我母亲对你讲了些什么，"她开口说道，"她疯了，完全丧失了理智，她的话你不要放在心上。首先一点：你来此要冒很大危险。我知道，你前来与我那同母异父的兄弟弥诺陶洛斯搏斗。我讲这事儿是为了你的利益；你要仔细听我讲。我确信你一定能战胜他，只要看看你的样子就无可怀疑了。（你不觉得这像一句好诗吗？你对此敏感吗？）然而，怪物住在迷宫里，到现在为止，谁进去也未能出来；你也走不出来，如果你的情人不来帮一把，你也不可能走出迷宫，而这情人就是我，即将是我。你想象不出，那迷宫有多复杂。明天，我把你引见给代达罗斯，他会告诉你的。迷宫是他建造的，可是就连他也认不清路线了。他会向你讲述，他儿子伊卡洛斯如何冒险进去，凭借翅膀飞起来才得以脱身。可是这种方法，我却不敢建议你采用，那太冒险了。你应当马上明白，你唯一成功的机会，就是永远也不要离开我。你我之间，从今往后，就应当生死与共。你也只有借助我，只有通过我，只有以我为化身，才可能走出迷途，重见天日。这是不容讨价还价的。你若是丢下我，那就自找倒霉。因此，你第一步就要得到我。"此话一出口，她就把保留的部位献给我，投入我的怀抱，紧紧搂住我，一直到清晨。

老实说，我觉得这段时间挺长。我向来不喜爱居所，哪怕是在欢乐的怀抱里，一旦新鲜劲儿过去，我就一心想脱身了。随后她对我说："你答应我了。"我什么也没有答应，还特别坚持我行我素。我要对得起我自己。

尽管我醉醺醺的，观察力锐减，我还是觉出她的保留部位很容易进入，无法相信我是先驱者。这一留意非同小可，我就有了充分权利，以后好摆脱阿里阿德涅。此外，她那种温柔甜蜜，很快也让我无法忍受了，忍受不了她那永远相爱的旦旦信誓，忍受不了她送给我的那些滑稽可笑的亲昵称呼。我一会儿是她唯一的小狗，一会儿是她的金丝雀，一会儿是她的狮子狗，一会儿是她的小猛禽，一会儿是她的小乖乖……我讨厌这些小爱称。而且，她过分沉迷于文学。"我的小心肝儿，"她对我说道，"蓝蝴蝶花刚刚开放，很快就要凋谢。我知道什么都不久长；不过，我只考虑现时。"她还说："我离不开你。"我听了这话，就只想离开她了。

"这事儿，你父王会怎么说呢？"我问过她。她当即回答："弥诺斯嘛，我的宝贝儿，他什么都忍得下。他认为最明智的就是承认无法阻止的事物。我母亲同公牛出了那件风流案，他没有责难，仅仅说了一句：您这么做，我实在领会不了。这是我母亲同他解释之后，向我复述的。他还补充说：木已成舟，什么也改变不了事实。他也会以同样的态度对待我们的事儿。大不了，他将你赶走，那有什么关系，反正你去哪儿，我就跟到哪儿。"

这我们就走着瞧吧，我心中暗道。

我们随便吃了点儿饭，我就求她带我去见代达罗斯；一见面我说要同他单独谈谈，阿里阿德涅让我以波塞冬发誓，一谈完就去王宫找她，这才肯丢下我。

第七章

　　代达罗斯起身迎接我。我走进不大明亮的房间时，他正埋头审阅摊在面前的书板和图表，周围还堆了大量的奇形怪状的器具。他身材修长，年事虽高却不驼背；银须飘然，比弥诺斯的胡子还长，不过，弥诺斯的胡须仍然是黑色的，而代达罗斯则一脸黄胡子。他的额头很宽，被一道道深深的横纹切断。眉毛浓密纷披，在他低头时就半遮住眼睛。他说话语调缓慢，声音深沉，看得出来他沉默是为了思索。

　　他首先祝贺我的英勇行为，说他虽然隐居而远避尘嚣，却也有所耳闻。他还说看我有点傻乎乎的，他不大看重武功，而人的价值也不体现在胳臂上。

　　"当年，我没少见在你之前的赫剌克勒斯。他相当愚蠢，除了英勇，从他身上得不到任何别的东西。不过，当初我在他身上，现在又在你身上品出来的，就是忠于职守、勇往直前的一种精神，甚至还受鲁莽的驱使，先战胜人人皆有的胆怯情绪，进而才战胜对手。赫刺克勒斯比你踏实，也更用心把事情做好，但是有点儿抑郁寡欢，尤其每次完成壮举之后。而在你身上，我喜爱的就是这种欢快，你这一点有别于赫刺克勒斯。我会称赞你绝不为思想犯难。那是别人的事儿，他们不行动，但是为行动提供漂亮而恰当的理由。

"你清楚我们是表亲吧？我也同样（不要告诉弥诺斯，他什么也不知道），我是希腊人。可惜我不得不离开阿提卡，只因我和我的侄儿有了分歧。我侄儿塔洛斯同我一样，也是雕刻家，但他是我的竞争对手。他赢得了民众的好感；就在于他做的神像要固定在基座上，不能移动，保持庄严而呆板的姿态；我则不然，将神的肢体解放了，从而把我们拉近了神。多亏了我，奥林波斯山重又与大地为邻。此外，我也要通过科学，让人也类似神。

"我在你这年龄时，尤其渴望增长知识。很快我就确信，人没有工具，光凭力气成不了事，或者成不了大事，俗谚说得对：器具胜过气力。没有父亲交给你的武器，你肯定降伏不了伯罗奔尼撒或阿提卡的强盗。因此我想，只有改进武器，我的工作才更有意义，而我要做到这一点，也必须首先掌握数学、机械和几何知识，至少像埃及人那样掌握并充分利用知识，也像他们那样从教育过渡到实践，我还必须了解不同物质的性能和特点，即使那些看似没有直接用途的物质，人有时会出乎意料地发现其特殊的功能，正如发生在对人的认识上。我的学识就这样扩展和强化了。

"接着，我又去访问遥远的国度，了解其他的行业和技艺，了解其他的气候、其他的植物，向外国学者学习，只要还有可学的东西就绝不离开他们。然而，我无论去何地，无论在哪里停留，始终还是个希腊人。也正是因为我知道并感到你是希腊的儿子，我的表弟，我才对你产生兴趣。

"我回到克里特，便同弥诺斯谈了我的学习和旅行，又向他介绍了我构思的一项计划，如果他愿意，并且提供给我财物的话，我就仿照我在埃及美利斯湖畔赞赏过的一座迷宫，以不同的设计，在王宫附近建造一座。当时，弥诺斯恰巧碰到一件尴尬事，王后生下一个怪物，他不知道如何安置弥诺陶洛斯，但认为最好隔离，避开公众的耳目，于是他请我设计一座建筑物，配以一系列没有围栏的花园，不用特意囚禁，却能留住怪物而不可能逃出去。我便精心设计建造，施展我的学识。

"然而我认为，世上就没有狱卒能防住执意要逃走的人，也没有大胆和决心跨越不过去的高墙深沟，因此我就想，要想把弥诺陶洛斯留在迷宫，最好的办法绝不是使其不能（要很好理解我这话），而是使其不愿意出去。为此我集中了能满足各种欲念的东西。弥诺陶洛斯的欲念既不多也不复杂；不过，还要考虑所有人，可能进入迷宫的任何人。削弱直至消除他们的愿望也很重要，尤为重要。为了提供这种效用的东西；我将药茶制成软糖，掺在酒中给他们食用。但是这还不够，我又找到更好的办法。我曾注意到，一些植物扔进火里焚烧，就会冒出半麻醉的烟，我认为用在迷宫里极妙，能不折不扣地达到我所期待的效果。于是我提供燃料，保持炉火日夜不熄。炉中飘逸出来的浓烟，不仅作用于意志，还令人昏昏欲睡，能制造一种令人销魂的迷醉，让人产生种种惬意的错觉，引导大脑徒劳地活跃，沉迷于欢畅的幻觉中；我讲徒劳的活跃，就因为除了想象的东西毫无结果，只是经历了一场虚幻，或者一场不连贯、不合逻辑也不坚定的思辨。呼吸这种烟雾的人，反应各不相同，每人头脑都开始紊乱，可以这么说吧，每人都迷失在各自的迷宫里。对我儿子伊卡洛斯而言，头脑紊乱是超感觉的。对我来说，则出现巨大的建筑群：宫殿重重叠叠，走廊、楼梯错综复杂……不过，正如我儿子不着边际的推论那样，全都通向一条死路，通向一个神秘的'此路不通'。然而，最令人惊奇的，还是那种香气，人只要闻上一段时间，就再也离不开了；肉体和精神对这种麻醉都上了瘾，一脱离麻醉状态，就觉得现实没有趣味，反而不愿意回到现实中来了，这一点也有作用，尤其这一点，能把人拖在迷宫里。我了解你的愿望，要进去收拾弥诺陶洛斯，所以警告你。这种危险，我对你讲了这么长时间，就是要让你当心。你独自一人脱离不了险境，必须有阿里阿德涅陪伴。不过，她必须停在门口，绝不要吸入那种烟气。关键是你被迷倒的时候，她要保持清醒。你哪怕迷醉了，也要善于把持住自己：这是关键的关键。你光有意志也许还不够（因为，我跟你说过，那种烟气削弱你的意志），我想出一个点子：把阿里阿德涅和你用一根线连起来：这是触摸得到的职责的形象表现。你离开之后，这根线将允许你，迫使你回到她身边。不管迷宫多有魅力，陌生的东西多么吸引人，也不管你的勇气多么冲动，你也务必保持坚定的决心，不能扯断这根线。回到她身边；否则，此后的一切、最好的追求都要付之东流。这根线将把你同过去连起来。回归过去。回归你自身。须知没有什么来自什么，而你将来的一切，就是依赖你的过去，依赖你现时的状态。

"我对你若是兴趣不大，也就不会跟你谈这么久。不过，在你走向自己的命运之前，我还想让你听听我儿子是怎么说的。你听他讲讲你要冒的危险，就会更明白了。尽管他靠了我，得以逃脱迷宫的魔力，但是遗憾的是，他的头脑还一直受那种魔力的影响。"

他走向一道矮门，撩起门帘儿，声音提得很高，说道：

"伊卡洛斯，我亲爱的孩子，过来对我们讲讲你的惶恐不安吧，或者，干脆还像你独自一人那样，继续自言自语，既不要管我，也不要管我的客人。你说你的，就当我们不在眼前。"

第八章

　　我看见进来一个跟我年龄相仿的青年，在昏暗中觉得他相貌极美。他那长长的金发卷儿披到肩头。他的目光发直，似乎不会注视任何物品。他的整个上身几乎赤裸，只穿着紧紧箍身的铁胸甲；下身有一块深色缠腰布，看似皮革的，裹住上半截大腿，由一个奇特的大花结系住。我的视线被一双白皮靴吸引过去，看样子他准备出行；然而，唯独他的思想在行进。他仿佛没有看见我们，无疑还在继续他那思辨的行程，口中念念有词：

　　"究竟谁起始：男人还是女人？永恒难道是女性？各种各样的形体，你们是哪个伟大的母腹生出来的？而多产的母腹，授孕者又是谁？无法接受的二元性。在这种情况下，神，就是孩子。我的思想拒绝分割神。我一同意分割，就等于赞成斗争。谁有诸多神，谁就有战争。没有诸多神，只有一个神。一个神统治，天下就太平。在这唯一中，一切都自行化解，自行调和。"

他停顿了片刻，继而又说道：

"要想标明神圣，人必须压缩和限定。神完全是分散的。分成诸神。前者是无限的，后者是局部的。"

他又沉吟一下，接着又说道，但是语气有些喘息和惴惴不安："可是，这一切的道理是什么？是明澈的神吗？多少艰难困苦，多少努力奋斗的理由。奔向什么？生存的理由吗？寻求万物存在的理由吗？如果不是奔向神，那又奔向什么呢？如何确定方向？到何处停止？什么时候能够说：但愿如此，一切到此为止？从人出发，如何能达到神？如果我从神出发，又如何达到我自身。然而，一如神造就我这样，难道神不是人创造的吗？我的思想就是要停留在道路的交叉点，停留在这个交叉点的中心。"

他住了口，过了片刻又说道：

"我根本不知道神始于何处，更不知道神止于何处。进而言之，我若是讲神永无休止地起始，大概会更好地表达我的想法。噢！因此我多么讨厌'因此''因为''既然'啊！……多么讨厌推理、演绎。我从最美妙的三段论中，也仅仅得出我放进去的前提。我若是放进去神，就重新得到神。我放进去才能得到。我踏遍了逻辑的所有道路。我在水平面上已经游荡够了。我在爬行，现在我要飞起来，脱离我的影子、我的粪便，抛掉过去的负担！蓝天吸引我，诗意啊！我感到被上天吸上去。人的思想啊，你升到多高，我也要上去。我父亲是机械专家，能向我提供办法。我要独自前往。我有这个胆量。我承担后果。否则，就冲不出去。美妙的思想，陷入错综复杂的问题中，为时太久了，你要冲上没有划定的路上。我不知道拉我投入的这种吸引力是什么；但是我知道终点只有一个，就是神。"

说罢，他就离开我们，一直退到门帘儿，撩起来走进去，又放下了。

"亲爱的孩子，真可怜，"代达罗斯说道，"他念念不忘自己再也逃不出迷宫了，殊不知迷宫就在他自身。我应他的请求，为他制造了能飞起来的翅膀。他认为大地上的路全已堵死，别无出路，只能上天了。我了解他有神秘主义的倾向，萌生这种渴望也不奇怪。餍足不了的渴望，你听他所讲的就明白了这一点。他不顾我的告诫，想飞得很高很高，过早地耗尽了气力，结果坠入海中，淹死了。"

"这怎么可能？"我不禁高声说，"刚才我还看见他活着呢。"

"对，"代达罗斯又说道，"刚才你看见他，觉得他还活着。然而他死了。讲到这里，忒修斯，我倒有点儿担心，你的思想虽是希腊型的，也就是说敏锐，向所有真理敞开，也难以跟上我的思路。因为就连我本人，不瞒你说，我也花了很长时间，才明白和接受这一点：我们每人不是单纯地度过一生；到最终过秤时，不会判定灵魂没有什么分量。在人生这个层次上，人人在这段时间发育成长，实现自己的命运，然后死去。可是在另一个层次上，连时间也不复存在了，那是真正的永恒：人的每个举动，无不按其特殊的意义记录在案。伊卡洛斯，早在生前就是，死后依然是他在短暂的一生所体现的人类不安、探索、诗意的飞升的形象。他按规矩赌完了自己的一局，但是没有停留在自身。有些英雄也如此。他们的行为在持续，由诗歌、艺术接续下去，变为一种持久的象征。正是这个缘故，猎户阿里翁，在盛开阿福花的乐土上，还在追逐他生前猎杀的野兽，而他的星座连同他的肩带，已经在天上永存了。同样是这个缘故，坦塔罗斯要永久忍受饥渴；西绪福斯不断推那不断滚落的巨石，也达不到山顶，那正是他当科林斯国王时劳神忧心的巨石。因为，要知道，在地狱中没有别种惩罚，只是周而复始地去做生前未完成的行为。

"这完全类似动物界：每个动物尽管死去，其种类却保持自己的形体和习性，丝毫也没有退化和减损，只因动物中谈不上个体。然而，人类则不同，个人，独自一个有其重要性。弥诺斯就是这样，他在克诺索斯的生活方式，从现在起就为他任地狱判官做准备。帕西淮、阿里阿德涅也都很典型；任由命运裹卷而去。而你本身，忒修斯啊，不管你显得多么无忧无虑，或者自认为如此，你也像赫剌克勒斯、伊阿宋或者珀耳修斯那样，逃不脱塑造你们每个人的命数。

"不过要知道（既然我的目光掌握了洞视现时和未来的本领），要知道你还要成就大事，而且是在你过去的英雄行为以外的领域；等将来比起那种事业，你的这些英雄行为就如同儿戏了。你要创建雅典，让那成为思想统治之地。

"因此，你经过激烈搏斗获胜之后，无论在迷宫里，还是在阿里阿德涅的怀抱中，都不可久留。继续往前走。要把懒惰视为背叛。直到你的命运达到尽善尽美了，才可以在死亡中寻求安歇。只有超越表面的死亡，由人类的认同再造之后，你才能永世生存。不要停留，往前走，城邦的勇敢的统一者，继续赶路吧。

"现在，你听着，忒修斯啊，要记住我的告诫。毫无疑问，你不用费力就能战胜弥诺陶洛斯，因为，若是把他看透了，他并不像别人以为的那样可怕。有人说他杀戮人吃，那么请问，公牛从什么时候起只啃青草啦？进入迷宫容易，而出来则比什么都难。只有先迷失而后才复归，概莫能外。但是，身后没有留下足迹，你要回头出来，就必须用一条线把你同阿里阿德涅连在一起。我给你准备了几个线团，你随身带着，一边走一边放，一个线团用到头，就接上另一个，千万不要断了，返回时再缠起来，一直到阿里阿德涅握着的一端。不知道为什么我这样强调，其实这再简单明白不过了。难就难在坚持到底，返回的决心不可动摇；而迷宫的香烟及其散播的遗忘、你本人的好奇心，所有一切都竞相削弱你的决心。这一点我对你说过，没有什么可补充的了。这是线团。再见。"

我同代达罗斯分手，便去找阿里阿德涅。

第九章

正是在线团这事儿上，阿里阿德涅和我第一次发生争执。她要我把代达罗斯给我的线团交给她，保存在她怀里，硬说缠线和放线是女人的事儿，她又是把好手，不愿意让我去做，而其实呢，她这样不过是要主宰我的命运，这是我绝不肯答应的。我还能猜想到，她放线让我远离开她，也是迫不得已，她不是牵住线，就是往回拉，就会妨碍我痛痛快快地前进。尽管她使出女人的最后一招，流下眼泪，我还是顶住了，深知只要开始让给女人一根小手指，那么整条胳膊，乃至全身就都赔进去了。

这线既不是麻的，也不是毛的，而是代达罗斯用人所不知的材料做的，我甚至用我的利剑试了试，想割下一小段却根本办不到。我将这把利剑留在阿里阿德涅的手中，决意（按照代达罗斯对我讲的，器械为人提供了优势，我没有器械就不可能战胜怪物），我要说，决意单凭自己的膂力同弥诺陶洛斯较量。我们到达迷宫门口，看见门楣上装饰有克里特到处可见的双斧，我要求阿里阿德涅一步也不得离开。她执意亲自动手，将线的一端系在我手腕上，并说打的是夫妻结；接着，她又把嘴唇贴在我的嘴唇上，吻的时间给我的印象十分漫长。这要延误我的行程。

我那十三名男同伴以及女同伴，在我之前走了，其中包括庇里托俄斯；我赶到头一个厅室就找见他们：他们中了香烟之毒，已经完全痴呆了。我忘记讲了，代达罗斯除了给我线，还给了我一块浸有高效解毒剂的布，嘱咐我千万用它堵住嘴。在迷宫门口，阿里阿德涅还亲手将布团塞进我口中。我几乎不怎么呼吸，也多亏了解毒布团，我在迷人的烟气中，才能保持清醒的意识、坚定的意志。然而，我已说过，我习惯待在大自然的空气中，只有那样才感到舒服，进了迷宫受人为空气的压迫，我就有点窒息。

我放着线，走进第二个厅室，这里比头一个厅室暗了；再到另一间更加昏暗，再进一间，我就只能摸索着往前走了。我的手擦着墙壁，碰到一扇门的把手，一打开门，强烈的阳光迎面扑来。我进入一座花园。对面有一个平台，上面盛开毛茛花、侧金盏花、郁金香、长寿花和香石竹；我看见弥诺陶洛斯躺着，一副懒散的姿态。天赐良机，他睡着了。我本应加快脚步，趁着他睡觉下手，可是，他的睡容又制止住我：怪物很美。就像肯陶洛斯有时显现的那样，人和兽在弥诺陶洛斯身上结合，无疑十分和谐。此外，他很年轻，而他的青春，又给他的形体美增添了难以描摹的可爱的神采；这成了对付我的武器，比武力还厉害，我要与之抗衡，就必须使出全身解数。因为，只有受仇恨的激励，才能更出色地搏斗；而我对他却恨不起来。更有甚者，我还停下半晌欣赏他。忽然，他睁开了一只眼睛。于是我看出他很愚笨，当即明白我该出手了……

说出手就出了手，但是这个过程，回想起来却不真切了。我的口用解毒布团塞得再紧，经过头一个厅室，脑袋也让烟气熏得晕乎乎的，记忆受到了影响，虽说战胜了弥诺陶洛斯，可是取胜的场面，给我留下的记忆却很模糊，不过，倒是一种惬意的感觉。打住，因为我不准自己虚构。我还记得那花园十分迷人，恍若梦境，令人心醉神迷，我想恐怕自己离不开了；可是，既然解决了弥诺陶洛斯，我就不得不遗憾地重又缠上线，回到头一个厅室找我的伙伴们。

他们正大吃大喝，不知是谁，又如何摆了一桌盛宴，他们形同疯子或白痴，相互乱摸，纵声大笑。我表示要带他们走时，他们无不反对，说他们待得非常舒服，根本不想离开。我则坚持说，我是来解救他们的。"解救什么？"他们乱纷纷地嚷道。他们突然结成一伙反对我，破口骂我。庇里托俄斯也参与其中，这叫我特别伤心。他几乎认不出我了，他否定美德，嘲笑自身的才能，恬不知耻地宣称，给他世上的全部荣耀，他也不会同意离开眼前的一切。可我不能怪他，深知若是没有代达罗斯提防措施，我也同样沉迷了，也会跟他，跟他们随声附和。我无可奈何，只好揍他们，挥动拳头，用脚踢屁股，才迫使他们跟我走，可见他们醉得相当厉害，手脚笨重，无法反抗了。

走出迷宫之后，要花多大力气和时间，才能使他们恢复神志，重新坐到他们日常的饭桌上！他们坐下来也一副愁眉苦脸。后来他们对我说，他们就好像从幸福的顶峰，重又下到幽暗的峡谷，回到自身的这座监狱，从此再也无法逃脱了。然而，庇里托俄斯很快就对这一时的堕落深感惭愧，决意以极大的热忱，在他自己的眼中和我眼中赎罪。时过不久，他就有了这样一个机会，向我表明了他的忠诚。

第十章

我什么也不瞒他；他了解我对阿里阿德涅的感情以及我的不满。我甚至没有对他隐瞒我炽烈地爱上了淮德拉，尽管她还是个孩子。这段时间，她经常打秋千：秋千吊在两棵棕榈树干上；我看着她荡来荡去，风掀起她的短裙，心中就激动不已。然而阿里阿德涅一出现，我就移开目光，极力掩饰，害怕当姐姐的萌生嫉妒。可是，不让一种欲望得到满足，是有害健康的。于是，我在心中开始酝酿劫持计划；这个大胆的计划要顺利进行，就必须运用诡计。这回庇里托俄斯帮上我的忙了，他想出一个高招儿，表明了他的丰富的创造性。这期间，尽管阿里阿德涅和我一心想离开，我们在岛上逗留的时间却拖长了；不过，阿里阿德涅哪里知道，我是决心带淮德拉一起走。这事儿庇里托俄斯倒是知道，看他是如何助我一臂之力的。

庇里托俄斯行动比我自由（我让阿里阿德涅给缠住了），他就有闲暇观察，了解克里特的风俗习惯。一天早晨，他对我说：

"我认为事情有把握了。要知道，弥诺斯和拉达曼堤斯，是两个非常明智的立法者，他们整顿了岛上的风气，尤其是鸡奸，你也应当知道，克里特人热衷于此道，这一点从他们的文化就能明显地看出来。此风之盛，青少年概莫能外，谁在成熟之前，没有被一个年龄大一点的选中，就会感到耻辱，认为受别人藐视是丢脸的事；因为大家都这么想：他的相貌若是俊美，那就肯定会造成某种思想的，或者感情的犯罪。弥诺斯的小儿子格劳科斯，长得特别像淮德拉，仿佛孪生的，他就对我谈了这种忧虑。没人理睬使他很难过。我对他说，恐怕是他的王子头衔把喜爱他的人吓跑了；他却听不进去，回答我说有这种可能，但这照样叫他不痛快，别人应当知道，弥诺斯也同样为此伤心，而弥诺斯平时毫不看重社会地位、级别或等级；不管怎样，如果像你这样一位杰出的王子肯对他儿子感兴趣，他当然会觉得很得意。我想过，阿里阿德涅固然嫉妒她妹妹，但是绝不会嫉妒她弟弟，因为没有这种事例：一个女人会把一个男人爱一个男童当回事儿；不管怎么说，她会觉得不宜表露出嫉妒的情绪。你不必害怕，尽可以照此办理。"

"哦！难道你认为，"我高声说道，"我会因为害怕而罢手吗？不过，我虽然是希腊人，却一点也没有同性恋的倾向，不管对方多么年少可爱，在这一点上，我不同于赫剌克勒斯，情愿把他的许拉斯让给他。你那格劳科斯长得再怎么像我的淮德拉，也无济于事，我渴望得到的是淮德拉，而不是他。"

"你没有明白我的意思，"庇里托俄斯又说道，"我不是劝你用格劳科斯代替淮德拉，而是要你佯装带走格劳科斯，瞒过阿里阿德涅，让她和所有的人相信，你带走的是格劳科斯，而其实却是淮德拉。听我说，从头至尾听清楚：岛上有一种习俗，还是弥诺斯本人创立的，就是情人可以掠走他觊觎的男童，带回家一起生活两个月；然后，那男童就当众宣布，那情人是否讨他喜欢，对待他是否得体。将假的格劳科斯带回你家，也就是把他带上船，带上把我们从希腊运到这里的那条船。我们同化了装的淮德拉一旦会齐就起锚，当然还有阿里阿德涅，既然她要陪伴你；然后，我们就快速驶向远海。克里特战船数量多，但是没有我们的速度快。他们若是追赶我们，我们很容易就能甩掉他们。你去对弥诺斯谈谈这个计划。请相信，他听了一定会微笑，只要你让他相信带走的是格劳科斯，而不是淮德拉；因为，要给格劳科斯找个教师和情人，他想不出有比你更好的了。不过，请告诉我：淮德拉同意吗？"

"我还不知道。阿里阿德涅盯得很紧，从来不让我同她单独在一起，因此，我还无法试探她……不过，她们姐儿俩，她一旦明白我更喜欢她，就会同意跟我走，这一点我毫不怀疑。"

先得让当姐姐的有个思想准备，但是根据预谋好的，我向她透露的是假方案。

"这计划真妙！"她高声说道，"能同我弟弟一道旅行，我有多高兴啊！你想象不出他有多可爱。尽管我们姐弟俩年龄相差挺大，但我和他处得相当好，一直是他最喜欢的游戏伙伴。要使他思想开阔，什么办法也不如到外国居住一段时间更有效。他的希腊语已经能凑合讲了，但是语调不好，到了雅典就会很快纠正，大大提高希腊语水平。你将是他的极好的榜样。但愿他能学出你这样子。"

我就由着她讲。可怜的姑娘没有料到，等待她的是什么命运。

我们还必须通知格劳科斯，以便防范意外出现的麻烦。这事由庇里托俄斯去做。事后他对我说，那孩子开头很失望，必须唤起他最善良的情感，才促使他同意参加这场游戏；应当这样说：同意出局，让位给他二姐。还必须通知淮德拉。如果有人企图以武力或偷袭的办法劫持她，她很可能要惊叫起来。不过，这场游戏，庇里托俄斯考虑得十分巧妙，带动他们二人：格劳科斯会尽量哄骗他父母，淮德拉会尽量哄骗她姐姐。

淮德拉乔装打扮，换上格劳科斯平日穿的衣服。他们俩个头儿完全一样，她的头发盘起来，下半张脸再遮住，就很可能骗过阿里阿德涅的眼睛。

自不待言，我感到为难的是要欺骗弥诺斯。他对我信赖有加，还对我说过他期待我以兄长的身份，对他儿子施加好的影响。再说，我又是他的客人，这样做显然辜负他的盛情。然而在我身上，过去没有，也绝不会有什么顾忌能使我罢休。我的欲望的声音，战胜了感激的和情理的各种声音。不择手段。要干就干。

阿里阿德涅赶在我们之前上船，就想收拾出一个舒适的地方。我们等淮德拉一到，就逃之夭夭了。劫持的计划，原定天色一黑就执行，临时推到淮德拉必须露面的全家用餐之后。她提出早已养成的习惯，吃完饭就离开，她说这样一来，直到次日早晨，谁也不会注意她人不在了。如此这般，一切顺利，没有出现一点纰漏。如此这般，我得以同淮德拉上了船，几天之后抵达阿提卡，而中途则把她姐姐，美丽而缠人的阿里阿德涅丢到纳克索斯岛上。

我上岸之后获悉，我父亲埃勾斯已投海自尽，只因我忘记了换帆，他远远望见了船上挂的是黑帆。这事儿我已经交代了几句，不愿意再旧话重提。不过我还要补充一点，头天夜里我做了个梦，梦见自己已经当了阿提卡国王……不管怎样，也不管可能如何如何，对于我和全体人民来说，因为我们安然回来和我登上王位，这是个欢庆的日子，可是因为我父亲丧命，这又是个哀悼的日子。有鉴于此，我立刻组织了几支合唱队，从而交替响起欢乐之歌和哀伤之音；我本人和意外逃脱劫难的伙伴，我们也要参加欢乐的歌舞。欢乐和悲伤，就是要让人民同时处于这两种截然相反的情绪中。

第十一章

后来有些人指责我对待阿里阿德涅的态度。他们说我那是懦夫的行为，我不应该抛弃她，或者至少不应该把她丢在一个岛上。不错；然而，我就是要让大海将我们隔开。她要跟随，追逐我，紧追不舍。她一识破我的诡计，发现格劳科斯的服装里竟是她妹妹，就大吵大闹，不断发出有节奏的叫声，骂我背信弃义；结果我忍无可忍，就明确告诉她，我无意带她走多远，正好突然起了风，一碰到岛屿，我们就能靠岸，或者被迫停泊，就把她丢下；她威胁我说，她要写一首长诗，讲述这种可耻的背弃。我立刻回敬道，那她比干什么都强，从她的愤怒和抒情的腔调来看，我就能判断出诗写出来一定很美，而且足以慰人，她的忧伤一定能从中得到弥补。然而，我说的这番话，只能给她火上浇油。女人就是这样，听不进去道理。至于我，总是跟着本能的感觉走，这样最简单，我认为有把握。

那个岛是纳克索斯。据说我们把她丢在那儿不久，狄俄尼索斯 ① 就去找她，并娶她为妻；按照这种说法，她就是在酒中寻求自我安慰了。还有人说，就在婚礼那天，酒神送给她一顶冠作礼物，那是赫淮斯托斯（希腊神话中的火和锻冶之神。）的作品，而且位居天上星座之列了；还说宙斯迎她上了奥林波斯山，赋予她永生不死的仙体。还有一种说法，有人甚至把她当作阿佛洛狄忒。我由人说去，而且，为了扼断指控的流言，我本人也尽量将她神化，确定对她的礼拜，还带头跳舞祭祀。这样，别人也就会允许我指出，如果我不遗弃她，那么，对她十分有利的这一切，就根本不可能发生了。

有些捏造的事实，就是为了编织无稽之谈：什么劫持海伦呀，同庇里托俄斯下了地狱呀，强奸普洛塞庇娜 ② 呀。我避而不去辟谣，反倒从谣言中捞取更大的威望，甚至还给那些无稽之谈添枝加叶，以便把老百姓牢牢禁锢在信仰中，而阿提卡的老百姓，嘲笑信仰的倾向实在太明显了。因为，庸俗的东西释放出来是必要的，但是绝不能通过大不敬的方式。

实际情况是这样：我回到雅典之后，一直忠于淮德拉。我同时与这个女人和这座城市结合了。我是丈夫，是已故国王的儿子；我当了国王。闯荡冒险的时期过去了，我对自己一再这样

① 希腊神话中的酒神。
② 罗马神话中的冥后，即希腊神话中的珀尔塞福涅。

讲；此后无须征讨了，而应当统治。

这可不是一件小事；因为，老实说，当时雅典还不存在。一大批小城镇，在阿提卡境内争夺霸权，从而攻伐、纷争、械斗持续不断。因此，统一和集中权力至关重要，我不是轻而易举就达到这个目标。在这个过程中，武力和计谋我两样并用。

我父王埃勾斯所考虑的是分而治之。鉴于纷争不和危害了国计民生，我就认识到财富不均，以及人人都想增加个人的财富，正是大多数祸患的根源。我本人并不想发财，关心公众的利益等于或者超过关心自己的利益，我做出了生活简朴的表率。我通过平均分配土地的办法，一下子就消除了霸权，以及由霸权引起的纷争。这项严厉的措施，当然满足了穷苦人，即大多数人，但是也引起了被我剥夺的富人的反抗。他们人数不多，但都很精明。我召集来其中最重要的人，对他们说道：

"我只看重个人才能，不承认别的价值。你们通过机智、技巧和坚持不懈，都发财致富了，但更经常使用不公正的和欺骗的手段。你们之间争权夺利危害国家的安全，而我就是要防止你们的阴谋，实现国富民安。只有如此，我们才能富强起来，抵抗外敌侵略。可恶的金钱欲，搅得你们寝食难安，也不会给你们带来幸福，因为说到底，这种欲望永不餍足。获取越多，就越想获取。因此，我要削减你们的财富，如果你们不甘心接受这种削减，我就动用手中掌握的武力。我给自己也只保留掌握法规和领导军队的权力。其余的同我没有多大关系。我身为国王，也打算过简朴的生活，不改我迄今为止的生活方式，同普通百姓一样。我一定能让人遵守法律，即使不让人惧怕，也得让人尊敬我，并且做到能让周围的人这样讲：阿提卡不是由一个专制暴君，而是由一个人民政府治理的；因为，这个国家每个公民，在议会中都将有平等的权利，根本不管出身如何。如果你们不服，那我可以告诉你们，我会迫使你们服从的。

"我要派人拆毁并取缔你们地方的小法庭、你们地区的议会厅，我还将已经取名雅典的构筑，全集中到卫城。我向保佑我的诸神保证，雅典这个名字，一定会受到后世的敬重。我要将我的城市献给帕拉斯。现在，你们走吧，记住我言出必行。"

我要言行一致，随即就放弃王家的一切权威，回到普通人的行列，像一般公民那样，出现在大庭广众之中，不带扈从也不害怕。不过，我毫不松懈地操持公益事务，确保百姓和睦，国家太平。

庇里托俄斯听了我对大人物那番讲话，就对我说，他认为话讲得很好，但是又很荒谬。因为，他振振有词："在人之间实行平等不合乎自然，进而言之，平等也非人之所愿。最优秀的人，就应当以其超凡的才能统治芸芸众生。没有竞争、对立、嫉妒，民众就会萎靡不振，懒懒散散，停滞不前。必须加上酵母，将民众激发起来。你引导好，矛头不对着你就成了。不管你愿意与否，也不管你期望这种初始的平等化，如何向每人提供同等的机会、同样的起点，人的才能不同，过不了多久，就会形成不同的境况，即受苦的大众和贵族阶层。"

"那好哇！"我接口说道，"但愿如此，我还希望短时间就能实现。不过，首先我不明白，为什么大众会受苦，而我尽量给予优惠的这种新贵族，正如我盼望的那样，不是金钱的，而是精神贵族。"

继而，为了扩大雅典的规模，使之更加强盛，我宣布凡是愿意到此定居的人，不管来自何方，都一律欢迎。于是，宣传公告的差役各地反复高喊："诸位，大家都到这里来吧！"

这消息传得很远。俄狄浦斯不是也被引来了吗？这个退位的国王，伟大而又可悲的落魄之人，从底比斯来到阿提卡寻求帮助和保护，然后在这里死去。这就允许我在雅典主持为他举行的隆重葬礼。这情况，以后我还要谈及。

我向新来者许诺，他们无论是什么人，也都和本地人享有同等权利，先来城里定居的公民，不要急于歧视任何人，等以后经过了考验再说。因为，只有使用过，才识得好工具。我也只想根据贡献来评价每个人。

后来形势发展，即使我不得不承认雅典人之间的差异，从而承认等级，我任由这种等级确立起来，也只是为了更加确保机器的总体运行。比起其他所有希腊人来，雅典人就是这样多亏了我，才无愧于"人民"这一美名；这美名只给了他们，给他们也是众望所归。这便是我的荣耀，远远超过我们从前英雄行为的荣耀，而且无论赫剌克勒斯、伊阿宋、柏勒洛丰，还是珀耳塞斯，谁也没有达到。

唉！我童年游戏的伙伴庇里托俄斯，可惜没有跟随我。我列举的所有这些英雄，还有像墨勒阿革洛斯或珀琉斯等其他英雄，他们延长自己的生涯，也仅仅越过他们初期的一些英雄事迹，还往往是唯一的英雄事迹。而我则不然，不愿意故步自封。我就对庇里托俄斯说：一个时期，要战胜并从大地清除魔怪，过一个时期，就要耕耘安靖了的大地，并使之硕果累累；一个时期，要把人从恐惧中解放出来，过一个时期，又要关注他们的自由，卓有成效地改善他们的生活状况。要做到这一点，没有纪律不成；我不允许这里人像彼俄提亚①人那样，一意孤行，也不允许他们追求一种平庸的幸福。我认为人并不自由，永远也不会自由，自由了也不见得是好事。不过，我不征得他们的同意，就不能推动他们向前，而且不让人民至少抱着自由的幻想，我也得不到他们的同意。我要提高他们，绝不允许他们乐天知命，甘愿总那么俯首帖耳。我一直在考虑，人类能有更大的作为，能表现出更大的价值。我还记得代达罗斯的教导，他认为要用神的所有战利品为人

---

① 古希腊地区名，那里的居民以愚笨著称。

651

谋福利。我的巨大力量在于相信进步。

情况一变，庇里托俄斯就不再追随我了。在我青年时代，他陪伴我到各地闯荡，是我有力的帮手。然而我明白，一种友谊始终不渝，就会拖住我们，或者拉我们向后退。过了某一点，就只能独自往前走了。由于庇里托俄斯很有理性，我还听他阐述自己的观点，但只是听听而已。人老了，从前他进取心那么强，后来就把自己的智慧消耗在清守节欲中了。他给我的建议，只剩下约束和限制了。

"不值当为人操那么多的心。"他对我说道。

"哦！不为人，那又为什么操心呢？"我反诘道。他还不肯罢休。

"冷静点儿嘛，"他又对我说道，"你做得还不够吗？雅典的繁荣有了保障，你尽可以安享赢得的名誉和夫妻幸福了。"

他提醒我多想着点儿淮德拉，至少在这一点上他没有错。因为到这里，我必须讲述一下，我家庭的安宁如何被搅乱了，我又以多么惨痛的哀悼为代价，要向神赎取我的成功和自负。

第十二章

　　我无限信赖淮德拉。我看着她的仪容逐月变得更加秀美。她浑身上下透着贤惠。从少女时起就摆脱家庭有害的影响，想不到她身上还带着家庭的所有发酵酶体。显然她是接受母亲的遗传；待出事之后，她还极力为自己辩解，说这是命中注定的，她没有责任，真叫人不能不承认，这事儿自有前因后果。然而，事情还不止于此：我认为她太不把阿佛洛狄忒放在眼里了。神是要报复的，后来她多多祭献，多多哀求，力图平息女神的恼怒，也无济于事了。须知淮德拉其实很虔诚。在我岳父家中，人人都很虔诚。不过，恐怕糟就糟在他们信的不是同一个神。帕西淮崇拜宙斯；阿里阿德涅信奉狄俄尼索斯。至于我，我尤其奉敬帕拉斯·雅典娜，其次奉敬波塞冬：有一层秘密关系将他同我连在一起，他对我有求必应，反而倒害了我。我同亚马逊女人生的那个儿子，是子女中我最宠爱的一个，他则崇拜狩猎女神阿耳忒弥

653

斯。他同那女神一样贞洁，而我则相反，在他那年龄已经非常放荡了。他光着身子在月光下奔跑，出没在荆棘丛和森林里；他逃避朝廷、聚会，尤其逃避女人圈子，只喜欢同他的猎犬为伍，追逐野兽一直到山顶或幽谷。他还经常驯烈性马，带一群马到海滩上，以便一同跳下海。他这样子我真喜爱！又英俊，又骄傲，又桀骜不驯；当然不是对我，他对我十分敬重；也不是针对法律，而是针对限制进取并空耗人的才能的习俗。我就是想挑他做我的继承者。我将管理国家的大权交到他那双纯洁的手中，就可以高枕无忧了，因为我深知无论威胁还是谄媚，都不能动摇他。

淮德拉居然爱上他，等我发觉已经太迟了。本来我应当想到，因为，他长得像我；我是说像我在他这年龄时的模样。而我已经老了，淮德拉还依然非常年轻。也许她还爱我，但是就像爱一位父亲了。我深受其害才懂得，夫妻二人的年龄不宜相差太大。因此，我不能饶恕淮德拉的，绝不是这种情欲，虽然是半乱伦，归根结底还是相当自然的，我不能饶恕的是她明白不可能满足自己的欲望了，就诬告我的希波吕托斯，将烧灼她的这种邪恶的欲火嫁祸于他。盲目的父亲，过分轻信的丈夫，我相信了她。每次我都相信一个女人的申辩！我竟然呼唤神报复我那无辜的儿子。而我的祈求，神听取了。男人求神的时候却不知道，神要满足他们，十有八九会给他们造成不幸。我一时性起，丧失理智，盛怒之下失手杀了我的儿子。这是我一生都得不到安慰的。淮德拉意识到自己罪过太大，随后就自裁了，这样也好。可是现在，我连庇里托俄斯的友谊也失去了，觉得十分孤寂；我人也老了。

俄狄浦斯，被逐出他的家园底比斯，我在科洛涅接待他时，他双目失明，走到穷途末路，但是境遇再怎么悲惨，至少还有两个女儿在身边陪伴，对他始终那么温存、给他的痛苦带来安慰。从各个方面看，他的事业失败了。我成功了。他的遗体要给安息的地方永远降福，甚至不是降给忘恩负义的底比斯，而是降给雅典。

我们二人命运在科洛涅的这次相遇，二人生涯在十字路口的这次碰撞，我倒奇怪别人极少谈及。我把这一相会视为我的荣耀的顶峰与加冕礼。在这之前，我让一切低了头，看到所有人都在我面前俯首（我可以排除代达罗斯；不过，他比我年长得多。况且，即使代达罗斯也听我的）。唯独在俄狄浦斯身上，我认出可以同我比肩的高尚；在我的心目中，他的不幸只能使这个战败者更加高大。自不待言，我总是无往而不胜；但是比起俄狄浦斯来，我觉得还完全在人的水平面上，似乎有些低下。他则顶住了斯芬克司，把人抬到面对谜语的高度，敢于让人同神分庭抗礼。既然如此，他怎么又接受，为什么接受失败呢？他刺瞎自己的双眼，不是也促成自己的失败吗？在他残害自身的行为中，有什么东西我还看不透。我对他讲了我的诧异。可是我不得不承认，他的解释不怎么令我满意，或者说，我没有很好理解。

"不错，我一时愤怒，没有控制住，"他对我说道，"这股怒气，只能转向我自身；不怪自己，我又能怪谁呢？面对向我展现的一片谴责的恐怖，我强烈地感到必须抗议。况且，我要损坏的，主要不是我的眼睛，而是幕布，是我一生奋斗的这道布景，是我不再相信的这种假象，以便达到现实。

"绝不是！我恰恰什么也没有考虑；我这是本能的行为。我刺瞎眼睛，就是要惩罚自己没有看到明显的事实，正如人们所说的瞎了眼。不过，老实讲……噢！这事儿，我不知道如何向你解释……谁也不明白我当时的这声喊叫：'黑暗啊，我的光明！'连你也不明白，这我能感觉出来，不比别人多明白点儿。他们听出是一声哀叹；其实，这是一种确认。这喊声意味着黑暗为我豁然洞开，射出照亮灵魂世界的超自然的光明。这喊声还表明：黑暗，从今以后，你对我就将是光明。蔚蓝的天空，在我面前已经黑暗重重，与此同时，我内心的天空却星光灿烂。"

他住了口，陷入沉思，过了半晌才又说道："我青年时代，在别人看来还很英明。我本人也是这么看。我不是独自一人头一个道破了斯芬克司的谜语吗？然而，自从我的肉眼由我亲手刺瞎之后，看不到表象世界了，我似乎才开始真正看清楚了。对，我的肉眼一失明，永远看不见外部世界了，一种新的目光就在我身上出现，能纵观内心世界的无穷景象，而在此之前，对我来说只存在表象世界，它一直使我无视内心世界。这种难以觉察的世界（我是说我们的感官掌握不了的），现在我知道，是唯一真实的。

其余的一切无非是虚幻，给我们以假象，遮蔽我们不能观仰神圣。'必须停止看世界，才能看到神。'盲人智者忒瑞西阿斯有一天对我这样说。而当时我还不理解；同你现在一样，忒修斯啊，我明显感到你也不理解我的话。"

"我并不想否认，"我对他说道，"不想否认你多亏失明而发现的超时间世界的重要性，但是，我难以理解的是，你为什么将它同我们生活和行动的外界对立起来。"

"这就是因为，"他答道，"我内视的眼睛第一次见到还从未向我显现的东西，我猛然意识到这样一点：我统治人的权力建立在一桩罪恶的基础上，因而由此派生的一切都被玷污了，不仅包括我个人做出的全部决定，甚至还包括我的两个继承王位的儿子的决定；要知道，那时我抛弃王位，立刻离开我的罪恶赠给我的危险的王国。你可能已经了解到，我儿子卷进了多大的新罪恶，而何等耻辱的命运沉重地压住罪孽的人类可能孕育的一切，我那可怜的孩子不过是臭名昭著的样板。因为，作为一种乱伦的产物，我儿子无疑是被特意选定的；然而我认为，某种原初的污点感染了全人类，结果连最优秀的人都不干净了，注定作恶，注定沉沦，如果没有我也不知道的什么神的拯救，洗刷原初的污点并给予宽赦，人就不可能自拔。"

他又沉吟片刻，仿佛还要潜下去探寻，然后接着说道：

"我居然刺瞎了自己的眼睛，你感到奇怪，我本人也诧异。不过，这种欠考虑而残忍的举动，也许还别有含义：我说不清一种什么隐秘的需要，将我的遭遇推到极致，增加我的痛苦，完成一种英勇绝伦的命运。也许我隐约地预感到这种痛苦所体现的庄严和赎罪性质；因此，拒不接受则不是英雄所为。我认为这样尤其能显示英雄的高尚，落难比任何境况都更能表现其英勇，从而迫使上天承认，并消除神的报复。无论怎样，也不管我的过错多么可悲可叹；我达到的这种超感觉的幸福状态，如今也足以补偿我所忍受的所有痛苦，而且不受此苦难，我也绝不可能达到这种幸福状态。"

"亲爱的俄狄浦斯，"我明白他讲完了，便对他说道，"听了你宣讲的这种超人的智慧，我只能赞佩。不过，在这条路上，我的思想却不能与你为伴。我始终是大地的孩子，相信人不管如何，也不管如你判断的有多大污点，总应该玩一下手中掌握的牌。毫无疑问，哪怕是你自身的不幸，你也善于充分利用，从而更加密切地接触你所说的神性。此外，我也乐于确信，一种祝福紧紧附在你身上，按照神谕，将随你降到你长眠的土地上。"

我没有进一步讲，对我至关重要的是，这应是阿提卡的土地，我暗自庆幸诸神特意让底比斯通向我。

比起俄狄浦斯的命运来，我倒还满意：我的命运圆满完成。我身后留下了雅典城。我珍视它超过珍爱我的妻子和儿子。我建造了自己的城。在我之后，我的思想会永生永世住在这里。临终这么孤寂我也心甘情愿。我尝到了大地的恩泽。想想将来的人类也很欣慰：在我之后，人类多亏了我，将承认自己更幸福、更善良，也更自由。我所做的事业，是为了未来人类的幸福。我不枉此生。

田园交响曲

献给若望·施伦贝格 [①]

---

① 纪德的文友，创建《新法兰西评论》的合作者。

第一篇

189x 年 2 月 10 日

大雪连下三天未停，封住了道路，无法去 R 村了，打破我十五年来的习惯：每月两次去主持弥撒。拉布雷维讷村的小教堂，今天上午只聚了三十来名信徒。

大雪封路，赋闲在家，何不回顾一下，谈一谈我收养热特律德姑娘的由来。

我已有打算，要记述这个虔诚的灵魂成长的全过程。我只想让她崇拜和热爱上帝，才把她带出了黑夜。感谢主交给我这种使命。

那是两年半前，有一天我刚从拉绍德村回来，就见一个素不相识的小姑娘。她匆忙来找我，是要领我去七公里远的地方，看一位要死的可怜老太太。正好马还没有卸套，我估计天黑之前赶不回来，便带上一盏灯笼，让小姑娘上车，一道出发了。

这一带地方，我以为非常熟识，不料一过拉索德雷庄园，照女孩指引，却走上我从未涉足的一条路。又行驶了两公里，看见左边一泓隐秘的小湖，才认出是我少年时滑冰的地方。此地不是我教职的辖区，十五年未见，也说不准小湖在什么方位，忽见它披着彩霞，映现美妙的夕照，还真恍若是在梦中见过。

湖中流出一条小溪，截断森林的末端。马车先是沿溪边行驶，继而绕过一片泥沼。可以肯定，此地我从未来过。

太阳下山了，在暮色中又走了好一阵工夫，带路的女孩才指着让我看，只见山坡上有一间茅舍，若不是升起一缕炊烟，真好像没有人住。那缕细细的炊烟，在暮色昏沉中蓝幽幽的，升到金霞映照的天空里又染成金黄色。我将马拴在旁边一棵苹果树干上，同女孩脚前脚后走进黑乎乎的屋里。老太婆已经咽气了。

此地荒僻肃杀的景象，此时寂静庄严的气氛，令我不寒而栗。床前跪着一位年纪尚轻的女子。带路的女孩，我原以为是老太婆的孙女，其实是个用人。她点燃一支冒黑烟的蜡烛，便伫立在床脚不动了。

走这么远的路，我总想同她聊聊，可是一路上也没有从她嘴里掏出几句话。

跪着的女子站起来。她不像我乍一见所猜想的那样，她并不是死者的亲戚，而是处得好的邻居。用人见主人不行了，才跑去叫她。她闻讯赶来，主动提出晚上守灵。她对我说，老太太临死没有什么痛苦。接着，我们一起商议如何料理丧事。一切都得由我决定，在这种荒僻的地方往往如此。不过，我要承认，这房子看样子再怎么清贫，只交给这邻妇和用人看管，我还真有点为难。其实，这破烂不堪的茅屋，也不大可能有什么财宝埋藏在角落里……怎么办呢？我还是问了问，死者有没有继承人。

于是，邻妇拿起蜡烛，朝一个角落照去，我这才瞧见炉膛边隐隐约约蜷缩着一个人，仿佛睡着了，厚厚的头发差不多将脸全遮住了。

"这是个瞎眼姑娘，女佣说是老太太的侄女。这一家恐怕只剩下她一个人在世。只能把她送进救济院，要不，真不知她往后怎么办。"

就这样当面决定人家的命运，我听了十分不悦，担心这样直接的话会惹盲女伤心。

"别吵醒她。"我悄声说道，好歹也示意邻妇压低嗓门儿。

"唔！我看她没睡，她是个白痴，总不讲话，别人说什么她也听不懂。从我上午进屋到现在，她差不多就没动窝。起初我还以为她耳朵聋，用人说不对，老太太才是聋子。这女孩从不跟用人讲话，也不跟任何人讲话，一直就这样，只是吃喝时才张开嘴。"

"这姑娘多大了？"

"我想总有十五了吧！别的情况，我知道的不见得比您多……"

我没有立即想到收养这个可怜的孤儿，仅仅在祈祷之后——确切地说，在我和邻妇、当用人的女孩跪在床前祈祷时——我忽然憬悟到，上帝将一种职责摆在我的面前，我若是躲避就难免怯懦了。我站起身来，决定当晚就把她带走，只是还未想好今后如何安置，把她托付给谁。我对着死者又凝视了片刻，只见那张脸一副睡容，布满皱纹的嘴凹陷进去，仿佛让守财奴的钱袋绳收紧了口儿，绝不会漏出一文钱来。继而，我又转向盲女，并把我的打算告诉了邻妇。

"明天抬尸的时候，她最好不在场。"邻妇只说了这么一句。

盲女好似一堆毫无意识的肉体，随便让人带走。她生得五官端正，相当秀气，可是一点表情也没有。临走，我到她平时睡觉的地方，通阁楼的楼梯下面的草垫上抱了一床被子。

邻妇也很殷勤，帮我用被子把盲女裹好，因为晴朗的夜晚有点凉。我点上车灯，便赶车走了。这个没有灵魂的躯体，靠着我蜷成一团，若不是黑暗中传来一点体温，我还真感觉不出她还活着。一路上我都在想：她在睡觉吗？进入什么样的黑暗梦乡……她活在世上，醒来和睡着又有什么区别呢？主啊！这颗灵魂，囚在这不透明的躯体里，无疑在等待您的恩惠之光照到它！您是否允许，我的爱心也许能把她带出可怕的黑夜？……

我特别注重真实，不能避而不谈我回到家要遭受的责难。我妻子是美德的园地，哪怕在我们有时难免经历的困难时期，我一刻也未怀疑她善良的心地。不过，她天性善良归善良，就是不喜欢意外事件。她是个讲条理的人，分内事一丝不苟，分外事绝不插手，做起善事也有节制，就好像爱心是一种能耗尽的财富。我们夫妻间只有这一点争议……

那天夜晚，她一见我带回个女孩，就脱口嚷了一句，流露她最初的想法：

"你跑出去又揽了什么事儿？"

每次我们之间都得解释一番，我就先让站在一旁目瞪口呆、满脸疑问和惊讶的几个孩子出去。唉！这种态度，与我的希望相差多远啊！只有我可爱的小女儿一明白车里要出来新东西，出来活物儿，就拍着手跳起来。可是，几个大的让母亲管束惯了，立刻制止小妹妹，让她规矩点儿。

这次还真乱了一阵。我妻子和孩子还不知道我带回个盲女，见我极为小心地搀扶着她，都大感不解。我本人也狼狈极了：在行驶的路上，我一直拉着可怜的残疾姑娘的手，现在一放开，她就怪声怪调地呻吟，听着不像人声，仿佛是小狗的哀号。她在自己狭小的天地里待惯了，这是头一回被人拉出来，走路连腿都发软。我给她搬一把椅子，她却瘫倒在地上，就好像不会坐到椅子上似的，我只好把她扶到炉子旁边，她得靠着炉台蹲下，恢复我在老太太家初见她时的姿势，才算略微平静下来。在车上就是这样，她身子滑落到座位下面，一路上就蜷缩在我双脚旁边。我妻

665

子还是上手帮忙了，须知她最自然的举动总是最好的举动；不过，她的理智不断抗争，往往战胜感情。

"这东西，你打算怎么安置？"我妻子等把盲女安顿好了，又问道。

我一听用"东西"这个字眼，心中一抖，一股火气真难以控制。不过，我还沉浸在长时间的冥想中，也就没有发作，只是转向又围拢过来的孩子们，把一只手放在盲女的额头上，十分郑重地宣布：

"我带回迷途的羔羊。"

然而，我妻子阿梅莉认为，《福音书》的教导不会包含任何无理和超理的内容。我见她又要表示反对，便示意雅克和萨拉两个大孩子离开。他们俩看惯了父母的小争执，也不大关心是怎么回事儿（我甚至觉得关心不够），便带着两个小的走了。可是，我妻子仍不吭声，有点气恼，想必是有这个不速之客在场的缘故。

"有什么话，就当她面讲吧，"我又说道，"这可怜的孩子听不懂。"

于是，阿梅莉就开始责备了，说她当然跟我没有什么好讲的——这通常是她唠叨没完的开场白——说历来如此，她只能听任我异想天开，干些不切合实际，又违反常情常理的事情。前面我已经写过，我还根本没有想好如何安置这个女孩，能否收养她，我还没有这种打算，或者说只有非常模糊的念头，倒是阿梅莉给我提了醒儿，她问我是不是觉得"家里人还不够多"。接着她又数落我一意孤行惯了，从来不顾忌身边人的反对意见，可她认为，五个孩子就足够了，自从生下克洛德（恰巧这时，克洛德仿佛听到叫他名字，就在摇篮里叫起来），她已经觉得"够劲儿"了，已经疲惫不堪了。

刚听她说了几句，我就想起基督的几点训诫，但是话到嘴边又咽了回去，我总认为，拿《圣经》当自己行为的挡箭牌终归不妥。她一提起疲惫，我就无言以对，心里只得承认，我的善心一冲动起来就欠考虑，不止一次让她承担了后果。听她这番责备的话的确有道理，我明白了自己应尽的职责，于是非常温婉地恳求她想一想，换了她会不会像我这样做，眼看一个显然没有依靠的孤女落难，能否袖手旁观。我还充分估计到，收养这个残疾姑娘要给家务增添不少麻烦，我又不能多分担点儿，确实过意不去。我一面极力劝她平静下来，一面恳求她绝不要把怨恨发泄到这无辜的孩子身上。接着我还向她指出，萨拉长大了，往后能多帮她干点活儿，雅克也用不着她多操心了。总之，我凭着上帝赋予我的口才，说服她接受，况且我也确信，这事我若不是突然强加给她，而是容她多考虑一下，她本来会欣然接受的。

我见亲爱的阿梅莉友善地走近热特律德，以为这次我差不多又赢了，不料她举灯端详一下，发现这孩子浑身脏得无法形容，

667

一股怒火又蹿上来，而且更加猛烈。

"哎呀，简直脏死啦！"她嚷道，"刷一刷，快点刷一刷。别在这儿呀！到外面去抖哇。噢！天哪！这么多虱子，要爬满我们孩子一身啊。我最怕虱子了。"

无可否认，可怜的女孩子身上全是虱子，一想起在车上那么长时间同她挨在一起，我就不禁产生一股厌恶情绪。我出去尽量把身子清理一番，两分钟之后回屋来，看见我妻子颓然坐在椅子上，双手抱着头啜泣。

"真没想到，给你耐心持家增添这么大麻烦，"我温柔地对她说，"反正今天太晚，看也看不清楚，没办法了。我守着炉火，就让这孩子睡在这儿。等明儿，咱们再给她剪剪头，好好洗一洗，你看着她顺眼了再照管她。"我还求阿梅莉绝不要对我们孩子提起这件事。

吃晚饭的时候，家里的老厨娘一边侍候我们用餐，一边用敌视的目光，瞪着盲女拿着我递给的餐盘狼吞虎咽的样子。餐桌上没人讲话。我本想给几个孩子讲述我这次遇到的意外情况，让他们明白和感受一下极端穷困的异常滋味，以便激发他们怜悯并同情上帝指导我们收留的女孩，可是又怕把阿梅莉的火再点起来。毫无疑问，我们每人都在想这件事，但似乎有一道无形的命令，要我们把这事置于脑后。

不过，有一件事令我特别感动：就在大家都睡下，阿梅莉把我一个人丢下之后一个多小时，忽见房门推开一条缝，我的小女儿夏洛特光着脚，只穿着睡衣，悄悄走进来。她搂住我的脖子，撒娇地拼命亲我，小声说道：

"我还没有好好祝你晚安呢。"

接着，她又伸出小小的食指，指着乖乖休息的盲女，表明她非常好奇，在进入梦乡之前又跑来瞧瞧，她悄声说道："为什么我还没亲亲她呢？"

"明天再亲吧。现在，咱们别打扰她，她睡觉呢。"我这样说着，又把她送到门口。回头我又坐下来，看看书，准备下一次布道，一直工作到天亮。

我想（现在想起来）可以肯定，夏洛特要比哥哥姐姐显得亲热得多。其实他们哪个在她这年龄，没有给我错觉呢？包括老大雅克，如今他却变得那么疏远，那么持重……大人以为他们性情温柔，其实他们甜言蜜语，只想得到爱抚。

2 月 27 日

夜里又下了大雪。孩子们乐坏了，他们说用不了多久，大家进出就得走窗户了。今天早晨起来，大雪果然封住了门，只能从洗衣间出去了。昨天我就做了准备，村里也储备了足够的食物，毫无疑问，我们要同外界隔绝一段时间了。给大雪封住，这样的冬天倒不是头一回，但是在我的记忆中，还从未见过这么厚的积雪。我讲述的事昨天既然开了头，趁此机会就索性写下去。

我说过。领回这残疾姑娘的时候，我并未多想她在我家能占个什么位置。我知道妻子反对也很有分寸，我也清楚我们家有多大地方，我们的收入极其有限。但是我出于天性，又基于道德原则，一贯这样行事，根本不算计我一时冲动会增加多少开销（我始终认为，计较花费违背《福音书》）。不过，信赖上帝是一码事，将负担推给别人是另一码事。时过不久我就发现，这副重担，我放到了阿梅莉的肩上，而且担子极重，起初真令我深感愧疚。

给这女孩剪头时，我还尽量帮忙，但也清楚地看到，阿梅莉已经非常厌恶了。等到给女孩洗澡的时候，我只好让妻子一个人干，心里明白自己逃避了最繁重、最讨厌的活儿。

阿梅莉倒是再也没有发一点怨言，夜里她大概考虑过，决定接受这副新担子，照料起来甚至显出点儿乐趣，我看见她给热特律德收拾完了，脸上有了笑容。我给盲女剃秃的头上涂了油膏，给她戴上一顶白布软帽；阿梅莉拿萨拉的旧外衣和干净的内衣，把她那身肮脏的破衣裳换下来，扔进火炉里烧掉。这个孤女的真名实姓，连她自己都不知道，我也无从打听，就由夏洛特起了热特律德这个名字，立刻得到大家的赞同。看来她比萨拉年龄略小，穿上萨拉一年前脱掉的衣裳正合身。

我在此必须承认，头几天我深感失望。我给热特律德设计了一大套教育方案，但事实却迫使我放弃了幻想。她那张迟钝的脸表情木然，确切地说毫无表情，使我的好心彻底冷了。她终日守着炉火，处于防卫状态，一听见我们的声音，尤其听见有人走近，她那张面孔似乎就露出凶相，也就是说一有表情，必定是敌意。只要有人稍微和她说话、沟通，她就像动物一样哼哼，嗷嗷叫起来。她这种气恼的态度，直到要吃饭的时候才停止。她扑向我亲自端给她的饭菜，形同牲口，贪吃的样子难看极了。常言道以心换心，我面对这颗顽固拒人的心灵，觉得萌生了厌恶之感。不错，老实说，开头十天我甚至大失所望，甚至对她失去兴趣，后悔一时冲动，真不该把她带回家来。还有一个情况损伤我的面子：阿梅莉看见我难以掩饰的情绪，便有些得意之色，她感到热特律德成为我的包袱，在家里时时令我难堪，就越发关心照料这孩子了。

我正处于两难境况的时候，住在特拉维谷村的友人马尔丹大夫，借巡诊之机前来看我。他听了我的介绍，对热特律德的状态很感兴趣，开头十分惊讶，女孩仅仅双目失明，何以处于如此愚昧的状态。于是，我就向他解释，她本身有这种残疾，而唯一照管她的那个老太太又是个聋子，从来不跟她讲话，结果可怜的孩子一直处于无人过问的境地。马尔丹大夫便劝道，既然是这种情况，我就不该丧失希望，我只是想干好而不得法而已。

"你还没有搞清地基牢不牢，就要动工盖房子，"马尔丹说

671

道，"想想看，这颗灵魂还是一片混沌，连起码的轮廓都没有形成。先得把吃东西的几种感觉联系起来，就像贴标签那样，每种感觉配上一种声音、一个单词，你不厌其烦，反反复复对她说，然后设法让她重复。

"千万不要操之过急，每天按时教她，每次不要拖长时间……"

他详详细细地向我介绍了这种方法，然后又说道：

"其实，这种方法一点也不神秘，绝不是我的发明，别人已经采用过了。你忘了吗？我们一起修哲学那时候，老师谈到孔狄亚克^①和他那活动雕像，就说过一个类似的病例……"他沉吟一下又说道："要么就是后来，我在一本心理杂志上看到的……不管怎么说吧，反正给我留下深刻印象，甚至连名字我都还记得。那女孩比热特律德还要不幸，不但双目失明，还又聋又哑，不知由英国哪个郡的一位医生收养了，说起来那还是上个世纪中叶的事儿。她的名字叫劳拉·布里奇曼。那医生写了日记，记录了孩子的进步，至少记录了开始阶段，他教她学习的种种努力，你也应当写那样的日记。那医生让孩子轮番触摸两件小东西：一根别针和一支笔，就这样一连几星期，然后拿来印有盲文的一张纸，让她摸纸上突起的两个英语单词：'pin'和'pen'。训练几周

---

① 孔狄亚克（1714—1780）：法国神父，哲学家，著有《感觉论》。

也没有一点收效。那躯体仿佛没有灵魂，然而，医生并不丧失信心。他叙述道：'我就像趴在井沿儿上的一个人，在黑洞洞的深井里拼命摇动一根绳子，希望井下迟早有一只手抓住。因为，他一刻也不怀疑深井下有人，那人迟早会抓住绳子。果然有一天，他看见劳拉木然的脸上绽开了笑容。我敢说在那种时刻，医生眼里一定涌出感激和爱的泪水，他一定跪下来感谢上帝。劳拉猛然明白了医生对她的期望——她得救啦！从那天起，她专心致志地学习，进步特别快，不久就能自学了，后来还当上一所盲人学校的校长——如果不是她，那就是另外一个人……还有不少事例，近来报纸杂志连篇累牍地报道，都争相表示惊讶，说是这种人还能得到幸福，在我看来实在有点少见多怪。其实，生来与外界隔绝的人都是幸福的，他们一有了表达能力，当然要讲述他们的幸福了。记者们自然听得入了迷，便引出一条教训：那些五官功能'健全'的人，居然还有脸抱怨……"

讲到这里，我就同马尔丹争论起来，反对他的悲观主义，绝不同意他似乎要表达的观点：归根结底，感官只能给人增添烦恼。

"绝没有这个意思，"他分辩说，"我只是想说明，人的灵魂更容易，也更愿意想象美好、悠然自在与和谐，而不去想象把人世搞得乌烟瘴气、百孔千疮的放荡和罪恶。正是这五种感官向我们提供情况，有助于我们放荡和作恶。因此我认为，维吉尔的话

673

'自知其善'不如改为'不知其恶',而'其乐无穷',这就教导我们:世人若是不知道罪恶,那该有多幸福啊!"

马尔丹还对我提起狄更斯的一篇小说,他认为创造灵感直接来自劳拉·布里奇曼的事例,还答应立刻给我寄来一本。果然,四天之后,我收到了《炉边蟋蟀》一书,怀着浓厚的兴趣看了。这个故事偏长,但是有些段落很感人,主人公是个失明的姑娘,她的他父亲,一个穷苦的玩具制造商,竭力让她生活在舒适、富有和幸福的幻想中。狄更斯的艺术,就在于让人把虚假当成虔诚,谢天谢地!我对待热特律德大可不必如此。

马尔丹来看我的次日,我就开始实施他介绍的方法,做得十分精心。现在我后悔没有像他建议的那样,把热特律德的头几步记录下来。起初,我本人也是摸索着,领她走在这条昏黑的路上。头几周,要有常人难以想象的耐心,因为,这种启蒙教育不仅费时间,还给我招来责备。说起来叫我心里难过,那些责备的话偏偏出自阿梅莉之口。不过,我在这里提及,心中未存半点怨恨之意——我郑重地表明这一点,以后她看了我这些记录便知。(基督不是在亡羊喻[①]之后,立刻教育我要宽恕别人的冒犯吗?)进而言之,我听了她的责备感到最难受的时候,也不能怪她不同

---

① 见《圣经·新约·马太福音》第18章。耶稣用牧人寻回迷途的羊打比喻,勉励弟子去拯救迷途的人。

意我在热特律德身上花那么长时间。我主要责怪她不相信我的努力能有收效。不错，这种缺乏信心的态度令我难受，然而并没有使我气馁。我经常听她唠叨："你若是真能干出点名堂来……"她坚持认为我肯定徒劳无功，因此，她自然觉得我不值当为此消耗时间，还不如干点别的什么。每次我训练热特律德的时候，她总找借口来打扰我，不是有什么人等我去见，就是有什么事等我去办，说什么我把见别人的时间用在这女孩身上了。总之，我认为是母亲的嫉妒心在作怪，不止一次听她这样说："你自己的孩子，哪个也没有这么精心过。"的确如此，我固然非常爱自己的孩子，但我一向认为他们用不着我多操心。

我常常感到，有些人以虔信的基督徒自诩，但是最难接受亡羊喻，他们始终不能领悟，每只羊单独离开羊群，在牧人看来，可能比整个羊群还要宝贵。请看这样的话："一个人如有一百只羊，走失一只，他不是要将九十九只羊丢在山上，去寻找那只迷途的羊吗？"这样闪着慈悲光辉的话，那些所谓的基督徒如果敢直言不讳，他们就肯定要断言是极不公正的。

热特律德脸上初绽的笑容，给我以极大的安慰，百倍地回报了我的苦心。因为，"这只羊如果找到，我实话告诉你们，它给牧羊人带来的快乐，要超过其他九十九只从未迷失的羊。"[1] 对，

_____

[1] 引耶稣的话，见《马太福音》第18章。

我也要实话实说。一天早晨，我看见热特律德雕像般的脸上露出笑容，她似乎突然开了窍儿，对我多日用心教给她的东西开始产生兴趣，我的心立刻沉浸在无比的喜悦中，这是我哪个孩子的笑容都从未产生的效果。

那天是3月5日，我当作一个生日记下这个日期。与其说是笑容，不如说是改容。她的脸突然"活了"，仿佛豁然开朗，就好像拂晓前的紫红色曙光，将阿尔卑斯高山从黑夜里拉出来，映照得雪峰微微颤动，不啻一种神秘的色彩。我还联想到天使降临、唤醒死水的贝塞斯达水池①。看见热特律德有了天使般的表情，我一阵狂喜，觉得此刻降临到她身上的，恐难说不是爱而只是智慧。于是我万分感激，吻了一下她美丽的额头，心想这是献给上帝的一吻。

这种教育起步难，只要初见成效，进步就特别快了。如今，我要用心回想一下我们走过的道路：有时我就觉得热特律德往前跳跃，好像不在乎什么方法了。还记得开头阶段，我注重物品的性质，轻视其种类，如冷热、苦甜、粗糙、柔软、轻重……继而是动作，如挪开、靠拢、抬起、交叉、放倒、捆结、分散、收拢，等等。过了不久，我就什么方法也不用了，干脆同她交谈，不大考虑她是不是总能跟上我的思路，只想慢慢诱导她随便问我

---

① 据《约翰福音》第5章记载，耶路撒冷有一水池，天使每天降临搅动池水，第一个下去的人百病可治。

什么。毫无疑问，在我离开的时候，她的头脑还在继续活动，因为我每次再见到她都很惊讶，感到把她同我隔开的黑夜之墙变薄了。我想事情就应当这样：天气转暖，春天步步进逼，终要战胜冬季。积雪融化的情景，有多少回令我赞叹不已：看表面还是原样，而下面却消融了。每年冬天，阿梅莉总要产生错觉，明确对我说：积雪一直没什么变化，殊不知看着还很厚，下面已经化了，突然间会一处处崩塌，重又显露出生命。

我担心热特律德像老年人那样，终日守着炉火，身子会虚弱下去，就开始带她到户外走走。不过，只有扶着我的胳膊，她才肯出去散步。她一出屋就惊恐万状，在她能够向我说明之前，我就看出来她从未到过户外。我在那间茅舍碰见她时根本没人管她，只给她点吃的，维持她不死，我还真不敢说是帮她活下去。她那昏暗的天地，只限于那间小屋的四壁，她从未出去过。夏天，房门敞着，外面是广阔的光明天地，她也只是偶尔到门口待一待。后来她告诉我，她听见鸟儿叫，还以为纯粹是光的作用，就像她感到脸和手暖乎乎的，也是光的爱抚一样，况且，她也没有细想，只觉得热空气暖人，就跟炉火能烧开水一样极其自然。事实上，她根本就不理会，对什么也不关心，完全处于麻木状态，直到我开始照顾她为止。还记得她听我说那些轻柔的歌声是活物发出来的，简直兴奋不已，认为那些活物的唯一功能，就是感受和抒发大自然的各种快乐。（从那天起，她就有了句口头语：

我像鸟儿一样快乐。）然而，她一想到自己不能欣赏鸟儿歌唱的绚丽景象，就不免伤感起来。

"世间真的像鸟儿唱的那么美吗？"她问道，"为什么别人不说得再明白点儿呢？为什么您不对我说一说呢？您是想我看不见，怕让我难过吗？您这么想就错了。鸟儿的歌声，我听得很真切，觉得完全明白它们说的是什么。"

"看得见的人，倒不如你听得那么明白，我的热特律德。"我对她这样讲是想安慰她。

"别的动物怎么不歌唱呢？"她又问道。她的问题有时出乎我的意料，一时难以回答，因为，她迫使我思考原先我不感到奇怪就接受的事理。于是，我第一次注意到，越是贴近大地的动物越沉重，也越悲伤。我设法让她明白这一点，并向她提起松鼠及其嬉戏。

这又引起她发问："鸟儿是不是唯一会飞的动物？"

"蝴蝶也会飞。"我回答。

"蝴蝶歌唱吗？"

"它们用另一种方式表达快乐，"我又说道，"快乐用鲜艳的颜色写在彩翼上……"接着，我就向她描绘蝴蝶斑斓的色彩。

2 月 28 日

为了教热特律德，我也不得不学盲文，但时过不久，她就学得比我快了，我觉得颇为吃力，总想用眼睛看，不习惯用手摸读。再说又有了帮手，不止是我一个人教她了。起初我很高兴，因为，本乡我有很多事务，而住户又极分散，访贫探病往往要长途跋涉。本来这期间，雅克又去洛桑的神学院，初修功课，圣诞节回家度假，不知怎么滑冰摔伤，胳膊骨折了。我立刻请来马尔丹先生，他认为伤势并不严重，没怎么费劲就给接上了，无须另请外科医生，但是雅克要在家待一段时间养伤。在这之前，雅克从未仔细端详过热特律德，现在他突然发生兴趣，要帮我教她学习，不过也只限于养伤期间，大约三周。可是就在这三周里，热特律德进步非常明显。她的智慧昨天还处于懵懂状态，现在刚刚学步，还不怎么会走就跑起来，真令我惊叹。她不大费劲就能设法表达思想，相当敏捷，也相当准确，绝没有孩子气，根据所学形象地表达出来，总能大大出乎我们的意料。我们利用教她辨识的物品，向她讲解和描绘那些不能直接触到的东西。

　　这种教育的最初几个阶段，我认为无须在这里一一记述，应是所有盲人教育的必经之路。我想每个教授盲人的老师，都要碰到颜色这个难题。（提起这一点，我要指出《圣经》里没有一处谈到颜色的问题。）不知道别人是如何教法，我首先告诉她彩虹透过三棱镜所显示的七种颜色；不过这样一来，颜色和光亮又随即在她头脑里混淆了。我也意识到她单凭想象力，还难以区别色质和画家所说的"浓淡色度"。最难理解的是，每种颜色还可能有深有浅，不同颜色相混能调出无限多的颜色，她觉得这怪极了，动不动就扯到这个话题上。

于是，我找了个机会，带她去纳沙泰尔听了一场音乐会。我借助每种乐器在交响曲中的作用，又回到颜色的问题上，让热特律德注意铜管乐器、弦乐器和木管乐器的不同音色，注意每件乐器各自以或强或弱的方式，能发出从最低到最高的整个音阶。我让她也这样联想自然之物：红色调和橙色调类似圆号和长号的音色，黄色调和绿色调类似小提琴、大提琴和低音提琴的音色，而紫色调和蓝色调则类似长笛、单簧管和双簧管。她听了心中喜不自胜，疑云随之消散了。

"那该多美呀！"她一再这样说。

继而，她突然又问道：

"那么，白色呢？我这就不明白了，白色像什么……"

我立刻意识到，我这样比喻多么经不起推敲。

不过，我还是尽量向她解释："白色，就是所有音调交融的最高极限；同样道理，黑色则是最低极限。"这种解释，别说是她，连我自己也不满意，同时我也注意到，无论木管乐器、铜管乐器还是提琴，从最低音到最高音，都能分辨出来。有多少回，我就像这样被问住，只好搜索枯肠，不知打什么比喻才能说清楚。

"这么说吧！"我终于对她说，"你就把白色想象成完全纯洁的东西，根本没有颜色了，只有光的东西；反之，黑色，就像颜色积聚，直到一片模糊……"

我在此重提对话的片段不过是个例证，说明我经常碰到这类难题。热特律德这一点很好，从不不懂装懂，不像一般人那样，脑子里装满了不确切或错误的材料，以后一开口就出错。一个概念只要没弄明白，她就坐卧不安。

就我上面所讲的情况，光和热这两个概念，起初在她的头脑里紧密相连，这就增加了难度，后来我费了九牛二虎之力才分开。

通过对她的教育，我不断有所体验：视觉世界和听觉世界相去多远，拿一个同另一个打比方，无论怎样都有欠缺。

2 月 29 日

我只顾打比方，只字未提纳沙泰尔音乐会，热特律德产生极大乐趣。那天的节目恰巧是《田园交响曲》。我说"恰巧"，这不难理解，因为我希望让她听的，没有比这更理想的作品了。我们离开音乐厅之后，好长时间热特律德还心醉神迷。

"你们所看到的，真的那么美吗？"她终于问道。

"真的那么美呀，亲爱的。"

"真像《溪畔景色》那样？"

我没有立刻回答，心想这种难以描摹的和谐音乐，表现的并不是现实世界，而是可能没有邪恶和罪孽的理想世界。我还一直未敢向热特律德谈起邪恶、罪孽和死亡。

"眼睛能看见东西的人，并不懂得自己的幸福。"我终于说道。

"我眼睛倒是一点儿也看不见，"她立刻高声说，"但是我尝到听得见的幸福。"

我们朝前走，她紧紧偎依着我，像孩子一样拽着我的胳膊。

"牧师，您能感受到我有多么幸福吗？不，不，我这么说并不是要讨您喜欢。您瞧瞧我：不是能从脸上看出来吗？我呢，一听声音就能听出来。您还记得吧，有一天，阿姨（她这样称呼我太太）责备您什么事也不肯帮她做，过后我问您，您说您没有哭，我马上嚷起来：'牧师，您说谎！唔！我从您的声音立即就听出来，您没有对我讲真话；我不用摸您的脸就知道您流过泪。'接着，她又高声重复："是的，我用不着摸您的脸。"这话说得我脸红了，因为我们还在城里，行人纷纷回头瞧我们。然而，她还是照旧说下去。

"喏，不应当存心骗我。一是欺骗盲人就太卑鄙了……二是这也骗不了人。"她笑着补充道，"告诉我，牧师，您还算幸福吧，对不对？"

我拉起她的手，放到我嘴唇上，仿佛避免向她承认，要让她觉出我的一部分幸福来自于她，随即又答道：

"不错，热特律德，我还算幸福。我怎么能说不幸呢？"

"可是，有时候您怎么哭呢？"

"有时候我哭过。"

"从我说的那次以后，再没有哭过？"

"没有，再也没有哭过。"

"您那是不想哭了吗？"

"对，热特律德。"

"您再说说……那次以后，您还有过想说谎的情况吗？"

"没有，亲爱的孩子。"

"您能向我保证，永远也不会骗我吗？"

"我向你保证。"

"那好！您这就告诉我：我长得美吗？"

问得突如其来，我一下就愣住了，况且，直到这天为止，我根本就不想留意热特律德无可否认的美貌；再说，我也认为毫无必要把这情况告诉她本人。

"你知不知道有什么关系呢？"我随即反问一句。

"这是我一件心事。"她回答，"我就是想知道我是不是……您怎么说的？……我在交响曲中是不是太不和谐。牧师，除了您，这事儿能问谁呢？"

"牧师无须考虑人的相貌美不美。"我还极力辩驳。

"为什么？"

"因为，对牧师来说，灵魂美就够了。"

"您这是让我相信我长得丑啦。"她说着，撒娇地噘了噘嘴。见此情景，我憋不住了，便高声说道：

"热特律德，你明明知道自己长得很美。"

她不再说话了，神态变得十分庄重，一直到家还保持这种表情。

我们刚进屋，阿梅莉话里话外就让我明白，她不赞成我这样消磨一天时间。本可以事前跟我讲，可是她一言不发，放我和热特律德走了，先听之任之，但保留事后责备的权利。就是责备也不明言，而是用沉默表达出来。她既已知道我带热特律德去听音乐会了，见我们回来就问一问我们听了什么，这不是很自然的事吗？哪怕略表关怀，让这孩子感到别人关注她玩得开心不开心，不是让她更加高兴吗？况且，阿梅莉并不是真的沉默，而是有意只讲些无关痛痒的事。等晚上孩子们都睡下了，我就把她拉开，口气严厉地问她："我带热特律德去听音乐会，你生气啦？"

"你对家里哪个人，也不会像对她这样。"

看来，心里总怀着同样的怨恨，始终不理解"欢迎回头的浪子，而不款待在家的孩子"的寓意。还令我难受的是，她根本不考虑热特律德是个有残疾的孩子，除了受点照顾，还能期望什么呢。平时我很忙，碰巧那天空闲，而阿梅莉明明知道我们孩子不是要做功课，就是有事脱不开身，她本人对音乐毫无兴趣，音乐纵然送上门来，她有多少时间，也想不到去听听，因此，她的责备尤为显得不公道。

阿梅莉居然当着热特律德的面讲这种话，就更令我伤心了。当时她虽然被我拉开了，但她故意提高嗓门儿，让热特律德听见。我感到伤心，更感到气愤。过了一会儿，等阿梅莉走了，我就靠近前，拉起热特律德的小手，贴到我的脸上：

"你摸摸！这回我没有流泪。"

"没有，这回轮到我了。"她勉颜一笑，说道。她朝我抬起那张清秀的脸，我猛然看见她泪流满面。

3 月 8 日

我所能做的阿梅莉唯一喜欢的事，就是不干她不喜欢的事情。这种完全消极的爱情表示，是她唯一能接受的。她也不可能意识到，她把我的生活限制到何等狭窄的圈子里。噢！但愿她要我干一件难办的事，哪怕为她赴汤蹈火，我也在所不辞！然而，她似乎讨厌一切打破习惯的行为，因此在她看来，生活的进步，无非是雷同的一天天加到过去上。她不希望，甚至不接受我再有新的品德，也不接受已有的品德进而完善。她即便不表示反对，也是怀着不安的心情，注视灵魂力图从基督教教义中，看出驯化本能这一点之外的东西。

有件事我得承认，阿梅莉让我一到纳沙泰尔，就去缝纫用品商店结一下账，并给她带回一盒线，我却忘得一干二净。事后，我对自己比她的气还大，尤其我临走还保证绝错不了，深知"小事办不好，大事也不可靠"的说法，就担心她从我的疏忽中得出这种结论来。毫无疑问，在这点上我该受责备，也宁愿她责备我几句。要知道，臆想的怨恨，往往超过明确的指责。噢！我们若能只看实际的痛苦，绝不倾听我们思想中幽灵和魔鬼的声音，那么生活该有多美好，苦难也容易忍受了……我信笔写来，这简直成了一场布道的主题了（《马太福音》第十二章，第二十九节："无须惴惴不安"）。而我在这里要记述的，是热特律德智力和思想的发展过程。我回到正题上来。

这一发展过程，我本想一步一步记述，而且开头已经讲得很细了；怎奈我没有时间，不能详详细细地记录每个阶段，现在回想也极难准确地将这过程贯穿起来。我顺着思路，先讲了热特律德的想法，以及我同她的谈话。这些情况都近得多，有人若是看了，无疑会奇怪时间不长，她竟表达得如此准确，说理如此头头是道。不过，她的进步也的确快得惊人。我经常赞叹她头脑敏捷，能领会我的思路，而且什么也不放过，不断吸收消化各种知识。我这个学生往往想到前头，超越我的思想，着实令我惊讶，每次谈话下来，往往令我刮目相看。

不过几个月的工夫，她的智力真不像沉睡了那么多年。她的智慧已经为大多数少女所不及，只因正常少女总为外界分心，主要精力消耗在一些鸡毛蒜皮的事情上。此外，我认为她的实际年龄，比我们当初估计的要大。她似乎要把双目失明这一不利因素变为有利因素。于是，我产生一个疑问：在许多方面，她的残疾是不是成为一个长处。我不免拿她同夏洛特相比，在我辅导学习的时候，只要飞过一只小苍蝇，夏洛特也要分神，我就要想："她的眼睛若是也看不见，听我讲解肯定会专心多啦！"

自不待言，热特律德非常渴望阅读，但是我要尽量伴随她的思想，宁愿她少读，至少我不在时少读一些，也主要让她读读《圣经》——这在新教徒看来有点反常。这一方面我要说明一下，不过在谈及这个重大问题之前，我想先说一件与音乐有关的小事。据我回想，这事发生在纳沙泰尔那场音乐会之后不久。

不错，那场音乐会，我想是在雅克回家度暑假的三周前。在那段时间里，我不止一次带热特律德去我们小教堂，让她坐在小风琴前。这架风琴平时由路易丝·德·拉·M弹奏，现在热特律德就住在这位老小姐家中。当时，路易丝·德·拉·M还没有开始给她上音乐课。我虽喜爱音乐，但是懂得不多，同她并排坐到键盘前的时候，也觉得自己没有能力教她什么。

"不，让我自己来吧，"她刚摸几下琴键，就对我说道，"我愿意自己试一试。"

我最好离开她，觉得同她单独关在小教堂里毕竟不妥，一来要敬重这个圣地，二来也怕惹起非议——尽管平常我根本不理睬

687

那些流言蜚语，但这又牵连到她，而不仅仅是我一个人的事了。我每次到某地巡视，就带她去，把她一个人丢在教堂里，往往几个小时之后，到了傍晚再去接她，只见她还在聚精会神地学琴，耐心地发现和声，面对一个和音久久沉浸在喜悦中。

距今半年多之前，在八月初的一天，我去慰问一位可怜的寡妇，不巧她不在家，我只好返回教堂去接热特律德。她没有料到我回去那么早，而我不胜诧异，发现雅克在她身边。他们俩谁也没有听见我进去的声音，因为我的脚步很轻，又被琴声所掩盖。我生来不愿窥探别人，但事关热特律德的事，我无不放在心上，因此，我悄悄地登上台阶，一直走到讲坛，那是观察的极好位置。老实说，我躲在那里好大工夫，也没有听见他们哪个讲一句不敢当我面讲的话。然而，雅克紧挨着她，好几次手把手教她按键。她先对我说不用指导，现在却接受雅克的指导，这事儿怪不怪呢？我心里有多惊讶，有多难过，都不敢向自己承认，我正要上前干预，忽见雅克掏出怀表。

"现在，我该走了，"他说道，"爸爸快回来了。"

这时，我看见热特律德任由他拉起手来吻了吻。等雅克走了有一会儿工夫，我才悄无声息地走下台阶，打开教堂的门，故意让她听见声响，好以为我刚进来。

"哎，热特律德！想回去了吗？琴练得好吗？"

"哦，好极了，"她声调极其自然地回答，"今天我真的有进步。"

我伤心透了，不过，我们谁也没有提到我刚才讲的场面。

我想尽快同雅克单独谈谈。一般吃完晚饭，我妻子、热特律德和孩子们早早就撤了，我和雅克留下来，看书要看到很晚。我等待这一时刻。可是，在同雅克谈话之前，我心中十分难过，思绪异常纷乱，不知这话从何谈起，抑或没有勇气触及。倒是雅克突然打破了沉默，说他决定每逢放假都回家来过。然而就在前几天，他还对我和妻子说要去上阿尔卑斯地区旅行，我们都一口答应了。我也知道他选定的旅伴，我的朋友 T 先生正等着他呢，因此，我明显感到，他突然改变主意同我白天撞见的场面不无关系。我先是心头火起，但是转念一想，我若是发作出来，只怕我儿子永远不会对我讲真话了，也怕自己只图一吐为快，事后又该后悔了，于是，我极力控制住自己，口气尽量自然地说道：

"我原以为 T 还指望与你同行呢。"

"哦！"他又说道，"也不是非我不成，再说，他也不难找个人替我。我在家休息挺好，不亚于去奥伯兰山区。真的，我认为在家里能更好地利用时间，总比到山里乱跑强。"

"看来，你在家里找到营生干啦？"我又问道。

他听出我话里带刺，但还不知其中缘故，他注视着我，满不在乎地又说道：

"您知道，我一直喜欢的是书，而不是登山杖。"

689

"不错，我的朋友，"我反过来盯着他说道，"可是，你不认为教琴比看书更有吸引力吗？"

想必他觉出自己脸红了，便把手放在前额，仿佛要避开灯光。但是，他马上又镇定下来，说话的声调那么坚定，也不是我所希望的：

"不要过分指责我，爸爸。我无意向您隐瞒什么，我正要向您承认，却让您占先了。"

他说话一板一眼，就好像在念书本，每句话都那么平静，仿佛与己无关。他装出这种异常冷静的态度终于把我激怒了。他看出我要抢话，就抬起手，似乎向我表明：别打断我，让我先把话讲完，然后您再讲。我却不管那一套，抓住他的胳臂摇晃着，气冲冲地嚷道：

"我就是不能坐视你扰乱热特律德的纯洁心灵！哼！我宁愿再也见不到你。用不着你来表白。你是欺人家有残疾，欺人家单纯无知，欺人家老实。万万没有料到，你卑鄙无耻到了这种地步！居然像没事儿似的来跟我说话，真是可恶透顶！……你听清楚了，我是热特律德的保护人，一天也不能容忍你再同她说话，再碰她，再见她。"

"可是，爸爸，"他仍以令我火冒三丈的平静口气说道，"请相信，我像您本人一样尊重热特律德。您若以为有什么见不得人的事。那就大错特错了，我指的不仅仅是我的行为，还包括我的意图和心中的秘密。我爱热特律德，也敬重她，跟您这么说吧，我爱她和敬重她的程度是一样的。我同您的想法一样，扰乱她的心灵，欺她单纯无知，欺她双目失明，是卑鄙可耻的。"接着他又申辩，说他想要成为她的支柱、朋友和丈夫，还说他在打定主意娶她之前，本不应该对我谈这事，而且这种决定他要先跟我谈，连热特律德本人还不知道呢。"这就是我要向您坦白的事儿，"他又补充说，"请相信，我再也没有什么要向您忏悔的了。"

听了这番话，我目瞪口呆，一边听一边感到太阳穴怦怦直跳。我事先只想如何责备，不料他却一条一条打消了我愤慨的理由，我觉得心里慌乱极了，等他陈诉完了，我再也没有什么话可讲了。

"先睡觉吧，"我沉默好半天，把手搭在他肩上，"关于这一切，明天我再告诉你我的想法。"

"至少您应当告诉我，您不再生我的气了。"

"夜里我要好好想一想。"

次日，我又见到雅克的时候，就好像是初次见面，突然觉得儿子不再是小孩子，而长成小伙子了。只要我还把他当作小孩子，我就会觉得我发现的这种爱情是可怕的。我一夜都在说服自己，要相信这是极其自然而正常的。既然如此，我的不满情绪又为何越发强烈呢？这事儿稍后一点儿我才弄清楚。眼下，我必须同雅克谈谈，让他知道我的决定。一种跟良知一样可靠的本能提醒我，要不惜一切代价阻止这桩婚事。

我将雅克拉到花园的最里端。到了那儿，我劈头就问他：

"你向热特律德表明了吗？"

"没有，"他答道，"也许她已经感觉到我的爱了，不过，我一点也没有向她吐露。"

"那好！你要答应我，先不对她讲这事儿。"

"爸爸，我答应听您的话，可是，能不能告诉我是什么理由呢？"

我颇犯踌躇，不知我首先想到的，是不是最重要而应先讲的理由。老实说，在这件事上，正是良知而不是理智在指导我的行为。

"热特律德还太小，"我终于说道，"想想看，她还没领圣体呢。你也知道，她跟一般孩子不同，唉！她的发育要晚得多，那么单纯轻信，乍一听到表白爱情的话，肯定很容易就动心了。正因为如此，千万不要对她讲。征服一个不能自卫的人，这就太卑劣了，我知道你不是那号人。你说你的感情无可指责，我却要告诉你，你的感情早熟就是有罪。热特律德还不懂得谨慎，我们应当替她多想想才对。这事要凭良心。"

雅克就有这一点长处，只需讲一句："我要你凭良心去做"，就能劝住他。在他小时候，我常用这句话劝止。然而，我端详着，心里不禁暗想：他的身材又挺拔又灵活，漂亮的前额没有皱纹，眼神十分坦诚，还有几分稚气的脸上似乎突然蒙上严肃的阴影，头上没戴帽子，浅灰色的长发在双鬓微微卷曲，半遮住耳朵，他这副模样，热特律德若是能看得见，能不赞赏吗？

"我对你还有一点要求，"我说着，就从我们坐的长椅上站起来，"你说过打算后天就动身，我求你不要推迟。你要离家整整一个月，我求你一天也不要缩短旅程。就这样说定啦？"

"好吧，爸爸，我听您的话。"

看得出来，他脸色变得刷白，连嘴唇也没了血色。不过我确信，他这么快就顺从，心中的爱就不会太强烈，因而我感到一阵说不出来的轻松。再者，他这么听话，也令我感动。

"你还是我从前喜爱的孩子。"我口气温和地说，同时把他拉过来，亲了亲他的额头。他微微往后退了退，我也并不在意。

3 月 10 日

房子太小，我们住在一起稍嫌拥挤，二楼虽有我一间专用和待客的小屋，但有时我做事也觉得不便，尤其想跟家里哪个人单独说话的时候，气氛总难免显得庄严肃穆了，只因这小屋像个会客室，孩子们戏称圣地，是不准随便进入的。且说那天上午，雅克去纳沙泰尔买旅游鞋，天气晴朗，午饭后，孩子们和热特律德一道出去了，她和他们也说不准谁引导谁。（我要在这里高兴地指出，夏洛特格外关心照顾她。）这样一来，到了照例要在堂屋喝下午茶的时候，很自然就只剩下我和阿梅莉了。这也正是我所希望的，早就想同她谈谈了。平时难得有机会同她单独在一起，我反而感到有点拘束了，事情重大，要对她讲时不免心慌，就好像要吐露自己的心迹，而不是谈雅克的恋情。在开口之前我还感到，两个相爱并在一起生活的人竟会如此陌生，彼此间像隔了一道墙。在这种情况下，我们相互讲的话就宛如探测锤，凄然地叩击这道隔墙，警示我们墙壁有多坚固，如不当心，隔墙还要增厚……

"雅克昨天晚上和今天早晨同我谈了，"我见她倒茶，便开门说道，而我的声音有点颤抖，恰同昨晚雅克的坚定声音形成鲜明的对比，"他对我说爱上了热特律德。"

"他跟你谈了就好。"她瞧也不瞧我就这么应了一句，继续干她的家务活儿，就好像我说了一件极其自然的事情，或者等于什么也没有说。

"他对我说他要娶她，他决定……"

"早就能看出来。"阿梅莉咕哝一句，还微微耸了耸肩。

"这么说，你早就觉察出来啦？"我有点不耐烦地问道。

"早就看出苗头来了，只不过这种事儿，你们男人粗心罢了。"

要分辩也无济于事，况且，她的巧妙回答也许有几分道理，我只好指出：

"既然如此，你应当提醒我一下呀。"

她嘴角抽动，微微一笑，这种神情往往伴随并维护她的保留

694

态度。她偏着头摇了摇，说道：

"唔！你粗心的事儿，都得由我来提醒！"

这句话话里有话，到底是什么意思呢？我不明白，也不想弄明白，干脆不理睬：

"不管怎么说，我本想听听你的看法。"

她叹了口气，又说道：

"你也知道，亲爱的，我始终就不同意把这孩子收留在咱们家里。"

我见她又重提旧事，强忍着才没有发火。

"现在不是收留不收留热特律德的事。"我刚说一句，阿梅莉就截口又说道：

"我始终认为，她来不会有好事儿。"

我特别想和解，就赶紧抓住这个话头：

"这么说，你认为这种婚姻不是什么好事儿了。好哇！我就是想听你这句话，好在我们想到一处了。"我还告诉她，雅克倒是乖乖听了我给他讲的道理，因此她无须担心，已经说服雅克明天动身，要旅行整整一个月。

"我跟你一样，"最后我又说道，"旅行回来，不想让他再见到热特律德。我考虑过了，最好把热特律德托付给德·拉·M 小姐，我还可以去那里看她，这事儿我也不隐讳，我对她承担了名副其实的义务。不久前我探了探口气，德·拉·M 小姐愿意帮我

695

们忙，当她的新房东。这样，你也就可以摆脱你瞧着别扭的一个人。路易丝·德·拉·M 就照看热特律德，这样安排她很高兴，而且已经兴致勃勃地给她上音乐课了。"

阿梅莉似乎执意保持沉默，我只好又说道：

"我想，这事儿也应当告诉一下德·拉·M 小姐，免得雅克背着我们去找热特律德，你看呢？"

我这样询问，是要从阿梅莉的嘴里挤出一句话来，然而，阿梅莉就是紧闭双唇，仿佛发誓一声不吭。我实在受不了她这种缄默，再也无话可说也还是继续说道：

"再者说，雅克这趟旅行回来，也许恋爱病就治好了。他这种年龄的人，能摸得透心思吗？"

"哼！就是年龄再大些，心思也不是总能摸得透的。"她终于怪里怪气地说道。

她这种神秘兮兮的警示语气令我恼火。我生性直率，最不习惯秘而不宣的态度，于是朝她转过身去，要她把话说明白。

"没什么，朋友，"她忧伤地说道，"我不过在想，刚才你还希望有人提醒你没有留意的事儿。"

"那又怎么样？"

"怎么样？我心想，也不是那么容易提醒的。"

我说过，我讨厌这种神秘兮兮的，原则上也不愿听藏头露尾的话。

"你真想让我听明白，就该把话说得再清楚些。"我又说道，但马上就后悔这话有点粗暴，因为一时间，我看见她的嘴唇在颤抖。她扭过头去，站起身，迟疑地在屋里走了几步，脚步似乎有点踉跄。

"阿梅莉，你倒是说呀，"我提高嗓门儿，"现在事情已经挽回了，你何必还自寻烦恼呢？"

我感到她受不了我的目光，就索性转过身去，臂肘撑着桌子，手抱住头说道：

"刚才我说话太粗鲁了，对不起。"

这时，我听见她走过来，继而感到她的手指轻轻放到我的额头上，只听她含泪温柔地说了一句：

"我可怜的朋友！"

她随即离开房间。

阿梅莉的话，当时我还觉得神秘难解，不久以后就完全明白了。我原本原样叙述起初的理解，那天我只理解一点：热特律德该离开我家了。

3月12日

我给自己规定这个义务：每天在热特律德身上花一点时间，根据忙闲的程度而定，几小时或片刻时间不等。同阿梅莉谈话之后的第二天，我碰巧有工夫，好天气又邀人出游，我就带热特律德穿过树林，一直走到汝拉山脉的山口。每逢天晴气朗，站在这山口，目光透过枝叶的屏障，越过广阔的原野，就可以望见薄雾笼罩的阿尔卑斯山雪峰的美景。我们走到常歇脚的地点时，太阳已经在我们左侧开始下山了。我们脚下的坡地牧场长满密实的矮草，奶牛在稍远处吃草：在我们山区，牛脖子上都吊着铃铛。

"铃铛描绘出这里的风景。"热特律德听着铃声说道。

像每次散步那样，她要我描述我们停留的地点。

"你不是已经知道了吗，"我对她说，"这是树林边缘，能望见阿尔卑斯山。"

"今天望得清楚吗？"

"壮美的山色一览无余。"

"您对我说过，山色每天都有点变化。"

"今天的山色，就像夏天正午的干渴吧。天黑之前，山色就融入暮色中了。"

"我希望您告诉我，我们面前这大片牧场上，有没有百合花？"

"没有，热特律德，这么高的地方不长百合花，顶多只有罕见的品种。"

"没有人们所说的田野百合花吧？"

"没有田野百合。"

"在纳沙泰尔一带的田野，也没有吗？"

"也没有田野百合。"

698

"那么主为什么对我们说：'瞧瞧田野百合花呢？'"

"主既然说了，他那时代当然就有了；后来人类耕作，这种百合花就绝迹了。"

"还记得您常对我说，尘世最大的需求是信任和友爱。您认为人多一点信赖，还能重新看到田野百合花吗？我向您保证，我听这句话时，就看见了田野百合花。我来给您描绘一下，好吗？——看上去就像火焰钟，像天蓝色的大钟，充溢着爱的芳香，在晚风中摇曳。为什么您对我说，我们前边没有呢？我闻到啦！我看见牧场上开满了田野百合花。"

"这种花并不比你看到的更美丽，我的热特律德。"

"您说，并不比我看到的美。"

"跟你看到的一样美丽。"

"我要老实地告诉您，就连所罗门罩在他整个的光轮中，也不如这样一朵花的穿戴。"她引用基督的话。而我听着她那优美的声音，就仿佛头一回听见这句话。"在他整个的光轮中"，她若有所思地重复道，继而沉默片刻，于是我接上说：

"我对你说过，热特律德，眼睛看得见的人不会看。"这时，我听见从内心深处升起这句祷文："上帝啊，我要感谢你，你向聪明人掩饰的，却揭示给卑贱者！"

"您若是了解，"她兴高采烈地高声说，"您若是能了解，这一切，我多么容易就能想象出来。喏！要我向您描述景致吗？……

我们身后，头顶和周围，全是高耸的冷杉，散发树脂的香味，树干是石榴红色的，平伸的深暗色长枝在风中摇曳，发出阵阵哀鸣。我们脚下就像斜面桌上摊开的一本书、展现一大片花花绿绿的牧场，忽而在云影下变得蓝幽幽的，忽而由阳光辉映得金灿灿的。书上醒目的文字便是花朵，有龙胆花、银莲花、毛莨花，还有所罗门的美丽百合花，那些奶牛用铃声拼读这些文字，既然您说人的眼睛闭着，那就由天使来看这部书吧。在这部书下方，我看见一条热气腾腾的奶液大河，遮住一道神秘的深渊，那是一条特别宽阔的河流，没有彼岸，一直到我们远远眺望的美丽耀眼的阿尔卑斯山。雅克要去那里。告诉我，他明天真的动身吗？"

"他要明天动身。是他告诉你的吗？"

"他没有告诉我，但是我一想就明白了。他要走很久吗？"

"一个月……热特律德，我是想问你……他去教堂找你，你为什么没有告诉我呢？"

"他去找过我两次。哦！我什么也不想瞒您！不过，我怕让您难过。"

"你不告诉我才让我难过呢。"

她的手寻找我的手。

"他走了会伤心的。"

"告诉我，热特律德……他对你说过爱你吗？"

"他没有对我说过，可是，这事儿不说我也能感觉出来。他不如您这么爱我。"

"那么，热特律德，眼看他走了，你伤心吗？"

"我想他还是走了好。我不能答复他呀。"

"您明明知道，我爱的是您，牧师……咦！您干吗把手抽回去？假如您没有结婚，我就不会对您这样讲了。其实，谁也不会娶一个双目失明的姑娘。因此，我们为什么不能相爱呢？您说，牧师，您认为这种爱是作恶吗？"

"爱里面从来没有恶。"

"我感到心中只有善。我不愿意让雅克痛苦，我也不愿意给任何人造成痛苦……我只想给人幸福。"

"雅克打算向你求婚。"

"他走之前，您能让我同他谈谈吗？我想让他明白，他应当放弃对我的爱。牧师，您理解，谁我也不能嫁，对不对？您让我同他谈谈，好吗？"

"今天晚上就谈吧。"

"不，明天，就在他临走的时候……"

夕阳落入灿烂的晚霞中。空气温和。我们站起身，说着话又沿着幽暗的小径往回走。

第二篇

4月25日

这本记事本，我不得不撂下一段时间。

积雪终于化了，道路一通，我就赶紧处理村子长期被雪封住时延误的大量事务。直到昨天，我才稍微有点闲暇。

昨晚，我又重看了一遍我写出的部分⋯⋯

今天，我才敢正名，直面我久久不敢承认的内心感情。实在难以解释，我怎么会把这种感情误解到现在。对于阿梅莉的一些话，我怎么会觉得神秘难解，在热特律德天真的表白之后，我怎么还会怀疑我是否爱她。这一切只因为我当时绝不承认可以有婚外恋，也绝不承认在我对热特律德的炽烈感情中，有任何违禁的成分。

她的表白那么天真，那么坦率，当时倒叫我放了心。我心想：她还是个孩子。若真是爱情，总难免羞涩和脸红。从我这方面讲，我确信我爱她就像怜爱一个有残疾的孩子。我照顾她就像照看一个病人，我把训练她当成一种道德义务，一种责任。对，的确如此，就在那次她对我表白的当天晚上，我感到心情十分轻松欢快，竟然误解了，还把谈话记录下来，更是一误再误，只因我认为这种爱应受到谴责，而受到谴责心情必然沉重，但当时我的心情并不沉重，也就不相信是爱情了。

我不仅如实记录了这些谈话，还如实转达了当时的心态。老实说，直到昨天夜晚重读这些谈话时，我才恍然大悟……

雅克去旅行，要到假期快结束时才能回来。临行前，我让热特律德同他谈谈话，而他却有意回避热特律德，或者只想当着我的面同她说话。他走后不久，我们又恢复了极为平静的生活。按照商量好的办法，热特律德搬到路易丝小姐那里住了。我每天去看她，但是害怕重提那种爱情，我就有意不再同她谈论会使我们激动的事儿。我完全以牧师的身份同她讲话了，而且尽量当着路易丝的面，主要指导她的宗教教育，让她准备好，在复活节那天初领圣体。

复活节那天，我也授了圣体。

那是半个月前的事儿了。雅克有一周假，回家来过了，但令我吃惊的是，他没有陪我待在圣餐桌上。我还十分遗憾地指出，阿梅莉也没有去，这种情况还是我们结婚以来头一回。他们母子二人似乎串通好，故意不参加这次隆重的礼拜，给我的欢快投下阴影。我感到庆幸的是，这一切热特律德看不到，因此唯独我一人承受这阴影的压力。我十分了解阿梅莉，自然看得出她的行为中间谴责的全部意图。她从不公然驳斥我，但喜欢用回避的方式表示反对。

我深深感到不安，这种怨恨——我是说如同我不愿意看到的那样——可能拖累阿梅莉的灵魂，乃至偏离最高的利益。回到家里，我衷心为她祈祷。

雅克没有参加礼拜则另有原因，事后不久我同他谈了一次话便清楚了。

5月3日

我要指导热特律德修习宗教，便以新的眼光重读了《福音书》，越看越发现构成基督教信仰的许多概念，并不是基督的原话，而是圣保罗的诠释。

这正是我最近同雅克争论的话题。他生来性情偏于冷淡，那颗心就不能向思想供应充分的养料，也就变成因循守旧的教条主义者。他指责我断章取义，拿基督教教义"为我所用"。其实，我并没有选取基督的这句话或那句话，只是在基督和圣保罗之间，我选择了基督。他担心把基督和圣保罗对立起来，不肯拆开两者，无视从一个到另一个给人的启示明显不同，还反对我的说法：我听一个是人语，听另一个则是上帝的声音。越听他推理我越确信这一点：他丝毫也感觉不到基督每句简单的话所独有的神韵。

我遍读《福音书》，也没有找到戒律、威胁、禁令……这些都出自圣保罗之口，在基督的话中却找不到，正是这一点令雅克难堪。像他这类心性的人，一旦感到失去依靠、扶手和凭栏，就不知所措了。他们也难以容忍别人享有他们放弃的自由，总想强夺别人出于爱心要给予他们的东西。

"可是，爸爸，"他说，"我也希望别人灵魂幸福。"

"不对，我的朋友，你是希望那些灵魂驯服。"

"在驯服中才有幸福。"

我不愿意吹毛求疵，也就没有反驳，但是我完全清楚，寻求幸福而不从幸福入手，只从其结果求之，肯定是南辕北辙。我也清楚，如果真的认为充满爱的灵魂，能情愿在驯服中自得其乐，那么再也没有比无爱的驯服更远离幸福的了。

不过，雅克还颇为善辩，我若不是在这年少的头脑里发现这么多僵死的教条，那么无疑会大大赞赏他推理的力度和逻辑的严谨。我经常觉得我比他年轻，而且一天比一天年轻，我反复背诵这句话："你们若是不能变得和孩童一样，就休想进入天国。"

把《福音书》主要当作"通往幸福生活的途径"，难道就是背叛基督，难道就是贬低和亵渎《福音书》吗？基督徒本应处于快乐的状态，可是却受到怀疑和冷酷的心的阻碍。每个人多多少少都可以快乐。每个人也应当追求快乐。在这个问题上，热特律德微微一笑教给我的，胜过我给她上的课程。

基督的这句话字字放光，呈现在我面前："你们若是盲人，就没有罪了。"罪过，就是遮蔽灵魂的东西，就是阻碍快乐的东西。热特律德浑身焕发的完美幸福，就是因为她不知何为罪过。她身上只有光明和爱。

5月8日

昨天，马尔丹从拉绍德村来了。他用验光镜仔细检查了热特律德的双眼。他对我说，他同洛桑的眼科专家鲁大夫谈过热特律德的情况，还要把这次检查的结果告诉鲁大夫。两位医生一致认为，热特律德的眼睛可以动手术。不过我们商量好，没有更大的把握，对她本人绝口不提。马尔丹去同鲁大夫作出诊断再来通知我。这种希望可能转瞬即逝，那又何必让热特律德空欢喜呢？——何况，她现在这样不是很幸福吗？……

5月10日

复活节那天，雅克和热特律德在我面前又见面了——至少是雅克又见到热特律德，同她说了话，也只讲些无足轻重的事儿。他并不像我担心的那样激动，我也再次确信，尽管去年临行前，热特律德明确对他说过这种爱没有希望，他的爱若真是特别炽热，就不会这么容易压下去了。我还注意到，现在他对热特律德称呼"您"了，这样当然很好。我并没有要求他这样做，见他自己就明白了这一点，我自然很高兴。无可否认，他身上有不少优点。

然而，我还有疑虑，雅克不会没有经过思想斗争，就这样顺从了。糟糕的是，他强加给自己心灵的约束，现在他认为可取，就会希望强加到所有人头上。最近同他讨论，我就感觉到存在这个问题，并在前面记述下来。拉罗什富科①不是说过，思想往往受感情欺骗吗？自不待言，我了解雅克的脾气，知道他越辩论越固执，就没敢立即向他指出拉罗什富科的话。不过，我碰巧在圣保罗的书中（我只能用他的武器同他较量），找到了反驳他的话，当天晚上，我在他房间留了一张字条，上面写道："不吃东西的人不要评论吃的人，因为上帝已经接待了吃的人。"（《罗马书》第十四章，第三节）

我本可以再抄上后面这句话："我从主耶稣那里知道并深信，没有什么东西本身是不洁的，只是对认为它不洁的人，一件东西才是不洁的。"但是我未敢抄上去，唯恐雅克头脑里掠过妄测之念，推想我对热特律德存心不良。显然这里讲的是食物，不过，

---

① 拉罗什富科（1613—1680）：法国公爵，散文家，著有《回忆录》和《箴言录》。

《圣经》中许多段落不是可做出两三种解释吗？（例如："你的眼睛若是……"；面饼倍增的奇迹；迦南婚宴上的奇迹，等等。①）这里不是钻牛角尖，这句话的确含义深远：规定约束的不应是法律，而应是爱德，因此，圣保罗又赶紧强调："然而，你兄弟如因食物而伤心，那么你就没有遵循爱德。"只因缺少爱德，魔鬼才袭击我们。主啊！从我心中排除不属于爱的一切思想吧……我真不该向雅克挑战。次日，我在我的书案上发现我的那张字条，只见雅克在背后抄了同一章的另一句："不要用你的食物葬送基督为之舍命的那个人。"（《罗马书》第十四章，第十五节）

　　这一章我又从头至尾看了一遍。这是一场无休无止的争论的开端。然而，我怎么能用这种种困惑扰乱，用这重重乌云遮蔽热特律德的明媚天空呢？我教导她，并让她相信，唯一的罪恶，就是侵害别人的幸福，或者损害我们自己的幸福。

　　唉！有些人就是拒幸福于门外，他们无能、蠢笨……我想到我可怜的阿梅莉。我不断劝说推动她，想把她硬拖上幸福之路。不错，我想把每个人都举到上帝那里。可是她总是躲躲闪闪，自我封闭，就像有些花朵见不得一点阳光。她见到什么都不安，都伤心。

　　"有什么办法呢，朋友，"有一天她答道，"我生来没有瞎眼

---

① 均为耶稣显圣的故事，他用几个面饼和几条鱼，让数千人果腹还有剩余；他在婚宴上变水为酒。

的命啊。"

噢！她的嘲讽多令我痛苦啊，要有多大涵养，我才不至于乱了方寸！然而，我觉得她应当明白，这样含沙射影触及热特律德的残疾，会给我造成特别的伤害。而且，她还让我感觉到，我对热特律德的特别赞赏，无非是那种无止境的宽厚：我从未听她讲过半句怨恨别人的话。我不让她知道任何可能伤害她的事儿。

幸福的人以爱的辐射，向周围撒播幸福，而阿梅莉的周围，则是一片黝黯和沮丧。阿米埃尔[1]大约这样写道：他的灵魂射出黑光。我访贫问苦，看望病人，奔波一天之后，天黑回到家中，有时疲惫不堪，内心多么渴望得到休息、关爱的热情，可是到家里听见的，往往是愁苦、非难和争执，相比之下，我宁愿到外面去受那寒风冷雨。我们家的老用人罗莎莉一向固执己见，而阿梅莉又总想逼她退让，我知道老女佣不见得全错，女主人也不见得全对。我也知道夏洛特和加斯帕尔顽皮得要命，然而，如果阿梅莉不总那么喊叫，声音压低一点儿，难道效果就差了吗？叮嘱、警告、训斥简直太多了，就跟海滩上的卵石一样失去棱角，孩子们不怎么在乎，倒吵得我难以安生。我还知道，小儿子克洛德正出牙（他每次哭闹至少得到母亲的支持），他一哭起来，母亲或萨拉就赶紧跑过去，不停地哄他，这不等于鼓励他哭闹吗？我确

---

[1] 阿米埃尔（1821—1881）：瑞士法语作家。他在《日记》中详细分析了他面对生活的不安和畏怯。

709

信什么时候趁我不在家让他哭个够，弄几次他就不会总那么哭了。可是我知道，她们准会急忙跑过去。

萨拉酷似她母亲，因此，我很想把她送进寄宿学校。因为，我在萨拉身上只发现世俗的兴趣。她效仿母亲，只关心庸庸琐事，脸上没有什么表情，仿佛僵化了，显露不出一点心灵的火焰。对诗歌毫无兴趣，连书也不看。什么时候撞见她们母女谈话，我也没有听到我希望参与讨论的话题。我在她们身边，只能更痛苦地感到我是多么孤独，还不如回我的书房，我也逐渐养成了这种习惯。

同样，从去年秋天起，我趁天黑得早，又养成另一种习惯——每次巡视回来，只要有可能，也就是说回来得比较早，我就去路易丝·德·拉·M 家喝茶。有一点我还没有交代，去年十一月，经马尔丹介绍，路易丝·德·拉·M 和热特律德收留了三个盲女。热特律德成了老师，教她们识字和做各种小活儿。几个女孩已经做得相当熟练了。

每次回到名为"谷仓"的温暖氛围中，我感到多大的安慰啊！假如一连两三天没有去，我又觉得是多大的损失啊！不用说，德·拉·M 小姐有能力收养热特律德和那三个女孩，不必为她们的生活操心和发愁，有三名忠心耿耿的女用人当帮手，繁重的活儿全替她干了。路易丝。德·拉·M 一贯照顾穷人，她那颗心灵十分笃信宗教，仿佛整个身心要献给人世，活在世上只为了爱。她那镂花软帽下头发已经斑白，但那笑容却无比天真，那举止无比和谐，那声音无比优美。热特律德学会了她的言谈举止、话语声调，不仅声音，而且思想，整个人儿都相像，我时常同两个人开玩笑，但是她俩谁也没有觉察这种现象。我若是有时间在她们身边多待一会儿，该有多好啊！看她们坐在一起，热特律德有时额头偎着这位朋友的肩膀，有时把手放在她手里，听我朗诵拉马丁或雨果的诗篇，而我同时观赏诗句在她们清澈的心灵里激起的涟漪！就连那三个女孩对诗也不是无动于衷。她们在这种恬静和爱的气氛中，成长得异常快，有了长足的进步。路易丝说起为了健康和娱乐，要教她们跳舞，我乍一听还置之一笑，而现在我多么赞赏她们富有节奏的优美动作，只可惜她们自己无法欣赏！然而，路易丝小姐却让我相信，她们瞧不见动作，但是能感受到肌肉活动的和谐。热特律德也加入跳舞的行列，她舞姿优美，喜气洋洋，显得开心极了。有时，路易丝·德·拉·M 跟孩子一起嬉戏，热特律德则坐下弹琴。她在音乐上的进步惊人，现在每逢星期日就去教堂弹琴，她还能即兴弹几段短曲，作为圣歌的前奏。

每个星期天，她就来我家吃午饭。我的孩子在情趣方面，尽管同她相差越来越大，还是很高兴同她见面。阿梅莉也没有怎么表露不耐烦的样子，一餐饭下来没有发生什么抵牾。饭后，全家人陪同热特律德回"谷仓"，晚半晌儿就在那里吃点心。孩子们

711

就像过节似的，受到路易丝的盛情款待，甜食点心管够吃。如此盛情，阿梅莉也不能无动于衷，她终于舒展眉头，焕发了青春生气。我想从今以后，她在枯燥乏味的生活中，恐怕难以离开这种暂歇了。

5 月 18 日

晴朗明媚的日子又来了，我又能和热特律德一道出去，这种机会不久之前才有可能（因为前一阵又下了大雪，几天前道路还难以通行），而且很久以来，我们也没有单独在一起了。

我们脚步挺快。冷风吹红了她的面颊，不断把她的缕缕金发吹到脸上。我们沿着泥炭沼的边缘走去，我顺手折了几根开花的灯芯草，插进她的软帽下，和她头发一起编成辫子、就不会吹落下来了。我们好久没有单独在一起了，一时不免惊诧。路上几乎没有怎么说话。热特律德没有视觉的脸转向我，突然问道：

"您认为，雅克还爱我吗？"

"他早已决定不同你交往了。"我当即回答。

"不过，您认为他知道您爱我吗？"她又问道。

去年那次谈话，在前面记述了，事过六个多月（想想真吃惊），我们之间只字未提爱情。我说过，我们一直没有单独见面，这样也许更好……我听了热特律德的问话，心怦怦狂跳起来，不得不放慢脚步。

"可是，热特律德，谁都知道我爱你呀！"我高声说道。

她才不上这个当，说道：

"不，不是，您没有回答我的问题。"

她低下头沉默了片刻，又说道：

"阿梅莉阿姨知道这事儿，我也知道这事让她伤心。"

"没有这事儿，她也要伤心，"我分辩道，但声调却不大坚定，"她生来就是愁苦的性情。"

"唔！您总想宽慰我的心，"她颇不耐烦地说道，"可是，我用不着人来宽慰。我知道，有许多事情您不告诉我，怕引起我不安，或者使我难过。许多事儿我不知道，结果有时候……"

她声音越来越低，终于停止，仿佛没了气力。我接过她未说完的话，问道：

"有时候怎么的？……"

"结果有时候，"她忧伤地又说道，"我觉得您给我的全部幸福，是建立在无知上面。"

"可是，热特律德……"

"别打断，让我说下去，这样的幸福我不要。您要明白，我并不……我并不是非要幸福不可。我宁愿了解真相。有许多事情，当然是伤心事，我看不见，但是您没有权利向我隐瞒。冬季这几个月，我考虑了很久。喏，我担心整个世界并不像您对我说的那么美好，牧师，我甚至担心差远了。"

"不错，人往往把世间丑化了。"我心慌意乱。如果像这样奔泻，我着实害怕，想扭转又难以得手。她似乎就等着我这样说，立刻抓住话头，就像抓住了链条的主要环节："好啊，"她高声说道，"我正想弄清楚，我是否又增添了罪恶。"

我们继续快步朝前走，好一阵工夫谁也没有说话。我感到我本来可以对她讲的，不待出口就撞上她的想法，唯恐一言不慎激出什么话语，殃及我们二人的命运。我又想起马尔丹对我说过，经过治疗她可能恢复视力，心里就感到极度的恐慌。

"我早就想问您，"她终于又说道，"可是又不知道该怎么说……"

无疑，她问要鼓起全部勇气，我听也要鼓起全部勇气。然而，我怎么能预见她苦苦想的问题呢？

"盲人生的孩子，也一定是盲人吗？"

这场对话，不知道是她还是我感到压力更大，但事已至此，我们总得谈下去。

"不，热特律德，"我回答，"那是极特殊的情况。盲人生的孩子，毫无理由就是盲人。"

她似乎完全放下心来。我本想反过来问她为什么要问我这事儿，但又没这个勇气，便笨拙地补充一句：

"可是，热特律德，要先结婚才能生孩子呀。"

"别对我讲这种话，牧师。我知道这不是事实。"

"我按照情理对你这样讲，"我分辩道，"不过，人类法律和上帝法律禁止的，事实上自然法律却允许。"

"您可常对我讲，上帝的法则就是爱的法则。"

"这里所说的爱，已不是一般人所讲的，而是慈爱。"

"这么说，您爱我是慈爱啦？"

"你完全清楚，不是吗，我的热特律德？"

"那么您就承认，我们的爱脱离上帝的法则啦？"

"你这是什么意思呀？"

"嗳！您完全清楚，用不着我讲。"

我想拐弯抹角也是徒然，我的论证溃不成军，整颗心败退下来。我气急败坏，还是高声说：

"热特律德……你认为你的爱有罪吗？"

她立刻纠正：

"是我们的爱……我想我应当这样看。"

"怎么样呢？"

我忽然发觉，我的声调有哀求的意味，而她却一口气把话说完："然而我又不能割舍对您的爱。"

这是昨天发生的事情。起初我颇为犹豫，要不要记述下来……我想不起这次散步是如何结束的，只记得我紧紧挽住她的胳臂，我们脚步匆忙，仿佛是在逃跑。我的灵魂已经出壳，路上哪怕踩到一个小石子，我觉得我们也会跌倒在地。

5 月 19 日

今天上午，马尔丹又来了。热特律德可以动手术。鲁大夫肯定了这一点，并要求把她交给他一段时间。我固然不能反对这种安排，但是卑怯地要求容我考虑一下，容我慢慢有个思想准备……我本应高兴得跳起来，却感到沉重，有一种无名的惶恐。一想到要通知热特律德有望恢复视力，我顿时就泄气了。

5 月 19 日夜

我又见到了热特律德，却只字未提这事儿。今天晚上，我趁"谷仓"客厅无人，便上楼溜进她的房间。屋里只有我们二人。

我长时间紧紧搂着她。她没有一点抵制的动作，后来她朝我抬起头，我们的嘴唇相遇了……

5 月 21 日

热特律德昨天住进洛桑医院，大约二十天才能出院。我怀着极度的惶恐等她归来。马尔丹要送她回来。热特律德要我答应住院期间不去看她。

5 月 22 日

马尔丹来信说：手术成功。感谢上帝！

5 月 24 日

迄今为止，她看不见我而一直爱我，可是，想想她要看见我了，这个念头令我坐立不安，简直难以忍受。她会认出我来吗？有生以来，我头一回对着镜子惴惴不安地询问。假如我感觉出她的眼睛不如她的心那么宽容，那么深情，我该怎么办呢？主啊，有时候觉得，为了爱您，我需要她的爱。

热特律德应当明天回来。这一周，阿梅莉只向我表现她性情最好的方面，似乎有意让我忘掉去住院的姑娘，并和孩子一道准备庆贺她出院归来。

5 月 28 日

加斯帕尔和夏洛特去树林和牧场，采来所能寻到的野花。老女佣罗莎莉做了一个特大号的蛋糕，萨拉则别出心裁用金箔来装饰。我们等她中午回来。

为了消磨等待的这段时间，我就坐下来写点儿日记。现在十一点钟了，我不时地抬头张望大路，看看有没有马尔丹马车的影子。我控制住自己，没有前去迎候，这样好些，要照顾阿梅莉的面子，不能单独去迎接。我的心却冲出去了……啊！他们到啦！

5 月 28 日晚

我陷入不堪设想的黑夜！可怜可怜吧，主啊，可怜可怜吧！我情愿割舍对她的爱，主啊，千万别让她死去！

我这样担心完全有理由！她干了些什么？她到底要干什么呀？阿梅莉和萨拉回来告诉我，她们一直送她到"谷仓"门口，德·拉·M 在那里等候。可是，她还要出门……到底出了什么事？

我想理一理自己的思绪。别人向我讲的情况不可理解，或者相互矛盾。我的头脑乱成一团麻……德·拉·M 小姐的园丁把她救回"谷仓"，她已不省人事。园丁说他望见她沿着河边走，接着过花园桥，接着俯下身，接着就不见人影了。不过，起初他还没有反应过来，没想到她会掉进河里，也就没有跑过去。她被水流冲到小闸门附近，才被园丁捞起来。出事不久我去看她时，她还没有苏醒过来，至少是又昏迷过去了，因为事后立即抢救，她还是醒来一会儿。谢天谢地，马尔丹还没有离开，他也不明白她何以这样麻木呆滞，问她什么也不回答，就好像她一点也听不见，或者决意不开口。她的呼吸还非常急促，马尔丹怕她肺充血，给她涂了芥子膏，用了拔火罐，并答应明天再来。事情糟就糟在开头只顾抢救，没有及时把湿衣服换下来，冰冷河水浸透的衣服在她身上裹得太久。唯独德·拉·M

小姐能从她口中问出几句话，认为她是要摘河岸这边盛开的勿忘我花，还不大会估计距离，或者把漂浮的一层花当作实地，就突然失足落水了……我若能相信这话就好了，确信这纯粹是个意外事件，我这颗心就会卸下沉重的负担！吃饭的时候还那么欢快，只是她脸上总挂着笑容的样子有点怪，令我隐隐不安。那是一种勉颜的笑，我从未见过，就竭力认为是她恢复视力的笑。那笑意宛如泪珠，从眼中流到脸上，相比之下，别人的俗笑我就看不上眼了。她没有加入大家的嬉笑！看样子她发现了什么秘密，假如单独和我在一起，她就会告诉我了。她几乎不讲话，但这不足为奇，周围如有别人，而且吵吵闹闹，她往往一声不吭。

主啊，我恳求您，请允许我同她谈谈吧。我需要了解情况，否则，往后叫我怎么活呢？……然而，她若真的要寻短见，是不是恰恰因为知道了呢？知道了什么呢？亲爱的朋友，您究竟了解到什么可怕的事情？我又向您隐瞒了什么要命的事情，而您猛然看到了呢？

我在她床前守了两小时，目不转睛地注视她那额头、那惨白的面颊、那紧闭的秀目——仿佛闭而不视一种无名的忧伤——注视她那像海藻一般散落在枕头上的湿发，同时倾听她那不均匀而困难的呼吸。

5 月 29 日

今天上午，我正要去"谷仓"，忽见路易丝小姐打发人来叫我。热特律德这一夜过得比较安稳，终于脱离了呆滞的状态。她见我进屋，还冲我笑了，示意要我坐到床前。我还不敢盘问她，而她也肯定怕我发问，就抢先说话，似乎要防止流露真情。

"您管那种小蓝花叫什么来着？是天蓝色的花，我在河边想采摘。您比我灵活，能替我采一束来吗？采来就摆在我床前……"

她说话的轻快声调不免做作，令我难受，无疑她也感觉到了，便转而严肃地补充道："今天上午我太乏了，不能同您说话。您去替我采那种花，好吗？过一会儿您再来吧。"

然而，一小时之后，我给她采来一束勿忘我花，不料路易丝小姐却对我说，热特律德又休息了，天黑之前不能见我。

今天晚上，我又见到她了。床上摆起靠垫，她靠在上面，几乎坐起来了。新梳的发辫盘在头上，插着我给她采的勿忘我花。

她肯定发烧了，看来喘气很急促，她的手滚烫，握住我伸过去的手。我就伫立在她身边。

"牧师，我得向您坦白一件事，因为，今天夜晚，我怕是活不过去了。今天上午，我对您说了谎话……其实并不是要采花……如果现在我向您承认我要自杀，您会原谅我吗？"

我握住她那纤弱的手，跪到她床前。她抽出手，抚摩我的额头。我把脸埋进衾单，以便掩饰我的眼泪，捂住我的啜泣。

"您是不是觉得，这样很不好呢？"她柔声地问道。她见我不回答，便又说道：

"我的朋友，我的朋友，您瞧见了，我在您的心里和生活中，占的位置太大了。我一回到您的身边，就立刻明白了这一点，至少可以说，我占据了另一个女人的位置，而她正为此伤心呢。我的罪过，就是没有及早觉察出来，至少可以说，我虽然心里明白，还是任由您爱我。可是，我突然看见她那张脸，看见那张可怜的脸上充满悲伤，而想到那悲伤是我造成的，也就不忍心了……不，不，您丝毫也不要责备自己，还是让我走吧，把欢乐还给她吧。"

她的手不再抚摩我的额头了，我抓过来连连亲吻，洒上眼泪。然而，她却把手抽回去，又开始焦灼不安了。

"这不是我本来要说的话，不是我要说的话。"她重复道，只见她前额沁出汗珠。接着，她垂下眼睑，闭目待了一会儿，好像要收拢心思，或者要恢复当初瞎眼的状态。继而，她睁开眼睛，同时又开口讲话，起初声调迟缓而凄然；继而提高嗓门儿，越说越激动，最后疾言厉声了：

"您让我恢复了视觉，我睁开眼睛，看见一个比我梦想还美的世界。千真万确，我没有想到阳光这样明亮，空气这样清新，天空这样辽阔。不过，我也没有想到人的额头这样瘦骨嶙峋。我一走进你们家，您知道最先看到什么吗……噢！我总得告诉您，我最先看到的，就是我们的过错，我们的罪孽。嗳，不要申辩了。您想一想基督的话：'你们若是盲人，就没有罪了。'可是，现在我看得见了……请起来吧，牧师，您在我身边坐下，听我说，不要打断我的话。我在住院期间，阅读了，确切地说，请人给我念了《圣经》中您从未给我念过、我还不知道的段落。记得圣保罗有一句话，我反复背诵了一整天：'从前没有法律，我就那么活着；后来有了戒律，罪孽便复活，我却死了'。"

她激动极了，说话声音特别高，最后几乎是喊出来的，弄得我很尴尬，真怕外边人听见。随后，她又闭上眼睛，仿佛自言自语：

"'罪孽便复活，我却死了'。"

我不寒而栗，一阵恐惧，心都凉了。我想转移她的思想，便问道："是谁念给你听的？"

"是雅克，"她回答，同时睁开眼睛凝视我，"他改宗了，您知道吧？"

这太过分了，我正要恳求她住口，可是她已经讲下去了：

"我的朋友，我的话要让您非常难过；可是你我之间，不能再容一点谎言了。我一看见雅克，就恍然大悟，我爱的不是您，而是他。他跟您的面孔一模一样，我是说像您在我想象中的面容……噢！为什么您叫我拒绝他了呢？我本来可以嫁给他……"

"哼，热特律德，现在也成啊！"我气急败坏地嚷道。

"他成为天主教神职人员了，"她冲动地说道。接着，她开始啜泣，身子也随之颤动："噢！我真想向他忏悔……"她神志恍惚地哀叹道，"您瞧见了，我只有一死。我渴了，求求您，叫个人来。我胸口憋闷。您走吧。唉！原指望同您这样谈谈，我的心情会轻松些。离开我吧。我们分手吧。看到您在面前，我再也忍受不了啦。"

于是我离开，叫路易丝小姐替换我守护她。热特律德极度狂躁，令我十分担心，但是我又不得不承认，我在那里，反而会使她的病情恶化。我请求路易丝小姐，一旦情况不妙，赶紧派人通知我一声。

5月30日

唉！再见面时，她已经安眠了。她处于谵妄状态，折腾了一夜，天亮时咽气了。遵照热特律德的临终要求，路易丝小姐给雅克发了电报。她去世几小时之后，雅克才赶到。他声色俱厉地指责我，没有及时请来一位神甫。可是，我不知道热特律德在洛桑住院期间，显然受他怂恿改信了天主教，怎么会想到请神甫呢。他当即向我宣布，他和热特律德都改宗了。这两个人，就是这样一同离开了我，仿佛生前被我拆散，就策划好逃离我，双双到上帝那里去结合。不过我确信，雅克改宗的动因，推理成分要多于

723

爱情成分。

"爸爸,"他对我说,"我指责您也不合适,不过,恰恰是您的前车之鉴,给我指明了道路。"

雅克离开之后,我投在阿梅莉的脚下,求她为我祈祷,只因我的确需要帮助。她仅仅背诵了《天主经》,但每背诵一节就长时间停顿,我们默默地哀祷。

我多想痛哭一场,然而我觉得,这颗心比沙漠还要干燥。

纪德生平和创作年表

1869 年

11 月 22 日，安德烈·纪德生于巴黎梅迪契街 19 号（今埃德蒙·罗斯唐广场 2 号）。他是独生子。父亲保尔·纪德 1832 年生于于泽城意大利裔的新教家庭，在巴黎大学法学院任教。母亲朱莉叶·隆多 1835 年生于鲁昂一个富有的资产阶级家庭，信奉天主教新教。二人于 1863 年在鲁昂结婚。

1877 年

入小学，在达萨街的阿尔萨斯学校读书，数月后因"不良习惯"被除名。此后，他在学校的系统学习中断，只好经常请家庭教师了。安德烈自小接受了两种矛盾的教育：母亲认为"孩子应当顺从，而不需要明白为什么"；"父亲则始终倾向于无论什么事，都要向我解释清楚"。父亲把自己喜欢的书推荐给他，给他朗诵莫里哀的戏剧故事、《奥德赛》中的段落、《天方夜谭》中的辛巴达冒险故事、阿里巴巴的故事、意大利戏剧的滑稽场面等。这些读物给他幼小的心灵留下深刻的印象，是他后来强烈表现出来的好奇心与探索冒险精神的种子。

1880 年

10 月 28 日，父亲保尔·纪德去世。

1882 年

年末，去鲁昂，得知舅母玛蒂尔德·隆多生活放浪，与人私奔，他表姐玛德莱娜为此痛苦不堪，他便萌生了对表姐的爱。

1887 年

10 月，又重入阿尔萨斯中学，进修辞班，开始与同学皮埃尔·路易（后来署名皮埃尔·路伊）交往。

1888 年

10 月，入亨利四世中学哲学班，结交了后来成为著名政治家的莱翁·布鲁姆。

1890 年

3月1日，舅父埃米尔·隆多去世，安德烈陪表姐玛德莱娜守灵，他觉得那便是他们的订婚仪式。夏季，独自在安西湖畔写《安德烈·瓦尔特笔记》。12月，去南方蒙彼利埃看望叔父、经济学家夏尔·纪德，在那里结识青年诗人保尔·瓦莱里。

1891 年

1月8日，玛德莱娜拒绝了纪德的求婚。纪德的母亲也始终反对这门婚事。2月2日，由作家巴雷斯引荐给诗人马拉美，此后他便成为罗马街"星期二聚会"的常客。11月，同造访巴黎的奥斯卡·王尔德多次会面。自费出版了《安德烈·瓦尔特笔记》《那喀索斯解》。

1892 年

夏季，同诗人亨利·德·雷尼埃游布列塔尼。《安德烈·瓦尔特诗集》出版。

1893 年

10月18日，同他的朋友，年轻画家阿尔贝·洛朗在马赛港登船去北非，游历突尼斯和阿尔及利亚。出版《爱的尝试》和《乌连之旅》。

1894 年

2 月，和洛朗取道意大利返回法国。10 月至 12 月，去瑞士拉布雷维纳，在孤寂中写出了《帕吕德》，并于次年出版。

1895 年

1 月至 5 月，再次去阿尔及利亚旅行。5 月 31 日丧母。6 月 17 日，他与表姐订婚。10 月 7—8 日在库沃维尔结婚，结婚旅行，一路游览瑞士、意大利、突尼斯和阿尔及利亚，直至次年 5 月才回国。

1897 年

结识汪荣博（文学活动中称亨利·盖翁）。《人间食粮》出版（法兰西水星出版社）。

1898—1900 年

出国旅行，先后去了意大利、阿尔及利亚（两度）。开始和在中国任领事的诗人克洛岱尔建立通信关系。出版傻剧《没有缚紧的普罗米修斯》、文论《致安琪尔的信》《借题发挥》。

1901—1903 年

先后出版剧本《康多尔王》《扫罗》和小说《背德者》。1903 年，游历德国，然后又去阿尔及利亚。

1905—1908 年

1906 年出版《阿曼塔斯》。1907 年出版《浪子归来》。1908 年，同停刊的《隐居》杂志原班人马马赛尔·德鲁安、雅克·科波、亨利·盖翁、安德烈·鲁伊特、让·施伦贝格创建《新法兰西评论》杂志。从 1897 年开始同文学杂志《隐居》合作，直到 1906 年停刊为止。

1909—1911 年

出版小说《窄门》（1909）、《奥斯卡·王尔德》（1910）、《伊萨贝尔》。在《新法兰西评论》杂志创刊号上发表数篇文章。《新法兰西评论》在 20 世纪法国文学发展中，起了举足轻重的作用，许多重要作家的处女作都是在这份杂志上发表的。这家杂志社于 1911 年创建了自己的出版社，由加斯东·伽利玛任社长，这就是后来发展成法国第一大出版社的伽利玛出版社。

1912—1919 年

同亨利·盖翁一道去游历意大利（1912），又一道去游历意大利、希腊和土耳其（1914）。第一次世界大战爆发后，在一年半期间，全力投入"法国－比利时之家"的工作，救助被占领地区的难民。于 1916 年和马克·阿莱格雷有了同性恋关系，他同马克去瑞士逗留（1917），又去阿尔及利亚共度 4 个月（1918）。

妻子玛德莱娜因气愤而焚毁纪德给她写的全部信件。出版《梵蒂冈的地窖》（1914）、《重罪法庭回忆录》（1914）、《田园交响曲》（1919）。雅克·科波创建老鸽棚剧院（1913年10月），隶属于《新法兰西评论》杂志社，成为戏剧改革的基地。

1922—1929 年

1922年2月至3月，以陀思妥耶夫斯基为题，在老鸽棚剧院做了6场讲座。夏季，同赖塞尔贝格夫妇去蓝色海岸。1923年4月18日，他与伊丽莎白·冯·赖塞尔贝格的私生女出生，取名卡特琳，直到1938年妻子去世后，他才正式认自己的女儿。1925年7月14日，同马克·阿莱格雷登船去非洲，到刚果和乍得旅行考察，历时将近一年，回国后撰文猛烈抨击殖民制度和特许大公司的掠夺，引起议会辩论，媒体论战，政府被迫派员去调查。出版一系列重要作品：《科里东》（1925）、讨论宗教问题的《你也是……》《伪币制造者》《如果种子不死》（1926）、《刚果之行》（1927）、《乍得归来》（1928）、《妇人学校》（1929）。

1930—1935 年

去德国和突尼斯旅行（1930）。次年1月4日，与马尔罗前往柏林，要求戈培尔释放保加利亚共产党领袖季米特洛夫。同年2月，加入了"反法西斯作家警惕委员会"。7月至8月去中欧旅行。1935年1月4日，在巴黎的"争取真理联盟"，以"安德烈·纪德和我们的时代"为题，展开公开大辩论。3月至4月，同荷兰共产党作家丁·拉斯特去西班牙和摩洛哥旅行。6月，主持在巴黎召开的"世界作家保卫文化代表大会"。出版小说《罗贝尔》（1930）、剧本《俄狄浦斯》（1931）、《日记》（1929—1932）、《新食粮》（1935）。《纪德全集》从1932年开始出版，至1939年出到15卷时因战争而中断。

1936—1939 年

从1932年开始关心苏联政治和社会的进步，越来越同情和接近共产主义。1936年6月17日，应苏联政府（通过苏联作家协会）的邀请，同几位青年作家一道去访问，历时两个月有余，回国著文批评苏联当权者的政策。1938年，再次去法属西非旅行，又先后到希腊和埃及，以及塞内加尔旅行（1939）。战争爆发后不久，到南方朋友家暂住。出版小说《热维维埃芙》（1936）、《日记新篇》《访苏归来》（1936）。《日记》（1889—1939）纳入经典的《七星文库》，开在世作家的先例。

1940—1946 年

1941年，同《新法兰西评论》断绝关系，因为德里厄·拉罗舍尔将杂志拖入与德国合作的政治中。1942年5月4日，登船去突尼斯逗留一年，再去阿尔及尔逗留数月，然后去摩洛哥，均住在朋友家中，共历时两年有余。1946 年 4 月 16 日，在贝鲁特做了《文学回忆与现实问题》的重要讲座。出版《戏剧集》（1942）、《日记》（1939—1942）（纽约，1944）、《忒修斯》（纽约，1946）。

1947—1951 年

1947 年 6 月，获英国剑桥大学名誉博士称号，11 月获诺贝尔文学奖。1949 年 1—4 月，由让·昂鲁什录制《纪德谈话录》，于 11 月 10 日至 12 月 30 日在法国电台播放。1950 年，马克·阿莱格雷拍了电影《和安德烈·纪德在一起》。12 月 13 日，《梵蒂冈的地窖》在法兰西喜剧院首次演出。出版《戏剧全集》（1947）、《与弗朗西斯·雅姆通信集》（1948）、《与保尔·克洛岱尔通信集》（1949）、《秋叶集》（1949）、《日记》（1942—1950）。1951 年 1 月，计划去摩洛哥旅行。2 月 19 日，因肺炎在巴黎病逝，享年 82 岁。

轻经典

出 品 人：许　永
责任编辑：许宗华
特邀编辑：林园林
装帧设计：海　云
印制总监：蒋　波
发行总监：田峰峥
投稿信箱：cmsdbj@163.com
发　　行：北京创美汇品图书有限公司
发行热线：010-59799930

创美工厂
微信公众平台

创美工厂
官方微博